KB241392

우리 시대의 문학

우리 시대의 문학

천이두 평론집

문학동네

● 일러두기

1. 각 글의 말미에 처음 발표했던 지면을 밝혀두었다.
2. 인용문의 표기는 원전의 원칙에 따랐다.
3. 외국어 서적명은 이탤릭체로 표기하였다.
4. 본문에서 사용한 약호는 다음과 같다.
   ● 장편소설, 책, 잡지 :『 』
   ● 작품, 평론, 논문 :「 」
   ● 노래, 그림, 영화 제목 :〈 〉
   ● 대화, 인용 : " "
   ● 짧은 인용, 강조, 외국어 논문 및 소제목 : ' '

책 머리에

　이는 졸저 『한의 구조 연구』 이후 5년만의 저술이다. 『한의 구조 연구』 이후에 쓴 논문들과 그 이전의 평론집에 수록하지 못한 몇 편의 논문을 여기에 수록하였다. 더러는 적지않이 손질을 한 글도 있다.

　바야흐로 문학이라는 한 사회적 제도가 존립해나가기가 아주 어려운 시대에 접어들었다. 이런 시대에 문학은 과연 존재 이유가 있는가. 앞으로 존속돼나갈 수 있을까, 이런 문제를 생각하면서 표제를 '우리 시대의 문학'이라 하였다. 졸저의 제1부에는 그런 문제를 생각해본 글이 몇 편 수록되어 있다.

　제2부에는 우리 시가의 전통 및 몇몇 시인들에 관한 견해가 수록되어 있고, 제3부에는 소설 및 몇몇 소설가에 관한 견해가 수록되어 있으며, 제4부에는 판소리 및 그와 관련되는 견해가 수록되어 있다. 제4부에 피력된 나의 생각은 졸저 『한국문학과 한』 그리고 『한의 구

조 연구』의 연장선상에서 생각해본 글들이다. 또한 그것은 제2부 가운데의 「한의 여러 얼굴」, 제3부 가운데의 「한의 여러 궤적」 「성장소설의 계보와 실상」 같은 글과도 연관이 된다.

1958년도에 『현대문학』에 故 조연현 선생의 추천으로 서툰 평론을 발표하기 시작한 지 올해로서 꼭 40년이 된다. 올해는 고희를 바라보는 해이기도 하다. 이런 책이라도 내게 되니 나름의 감회가 없지 않다. 어떻든 사는 날까지는 문학을 생각하며 살아갈 수밖에 없다는 생각을 스스로 다짐하면서 이 책을 엮었다. 독자 여러분의 많은 편달이 있기 바란다.

이 어려운 IMF사태에도 불구하고 어설픈 글들을 거두어 책으로 내주신 문학동네의 강태형 사장을 비롯하여 사원 여러분께 깊이 감사드린다.

1998. 10.

千二斗

차례

1. 문학과 역사

위기의 시대와 문학의 위기

1

우리들이 놓여 있는 현재의 시점은 여러 가지 의미에서 확신을 가지고 당대를 진단하기 어렵고 뚜렷한 어떤 설계를 가지고 미래를 예측하기 어려운 그러한 시점이다. 19세기 말의 유럽의 지성인들은 당대의 상황을 '세기말'이라는 말로 묘사하였다. 그리고 이 말에 걸맞게 문학의 영역에 있어서도 예견되지 않은 지극히 불투명한 미래를 맞아야 할 시점에서 허무와 절망의 분위기와 아울러 퇴폐적 풍조가 팽배했었던 사실을 서구의 문학사는 우리에게 전해주고 있다. 그런데 21세기를 불과 2년 남겨두고 있는 오늘의 시점 또한 글자 그대로 세기말임이 분명하다. 뿐만 아니라 21세기를 코앞에 두고 있는 오늘의 세기말의 시점은 한 세기 전의 그것에 비하여 여러 가지 의미에서 훨씬 불확실성과 복잡성으로 충만해 있는 시점이라 아니할 수 없다.

찰스 다윈의 진화론과 오귀스트 콩트의 실증철학 등으로 상징되는 19세기의 과학만능주의는 그대로 20세기에로 연결이 되면서 19세기의 낙관적 과학만능주의자들이 미처 예견하지 못하였던 숱한 가공할 만한 사태가 금세기에 빚어졌던 사실을 우리는 기억하고 있다.

폴 발레리는 제1차세계대전이 끝난 지 얼마 되지 않은 1919년의 시점에서 「정신의 위기」라는 자신의 에세이를 통하여 인류의 미래를 아주 비관적으로 예견한 바 있다. 그는 이 에세이에서 매우 지성적인 유럽의 햄릿이 숱한 망령들을 바라보며 독백하는 형식으로 당시의 시대적 상황을 진단하고 미래를 예견하였던 것이다. 즉 더위에 시달리는 도시의 거리에 시원하게 흩뿌릴 눈을 실어오기 위하여 높은 산으로 날아오를 수 있도록 고안된 비행기가 그 고안자의 의도를 배반하고 다른 용도로 쓰이게 되는 현실을 보면서 근대정신의 줄기찬 노작(勞作)들이 결과적으로 인간의 행복을 위해서가 아니라 인간을 파멸에로 내닫게 한 사실을 지적하면서 머지않아서 "마침내 우리는 완전한 동물사회의 기적, 완전하고도 결정적인 개미떼의 둥지를 보게 될 것이다"라고 예언하였던 것이다.[1]

그런데 20세기인은 두 차례의 세계대전말고도 숱한 국지전쟁을 종족이니 민족이니 또는 계급이니 종교니 하는 이름으로 되풀이하여온 사실을 아프게 실감하지 않으면 안 되었다. 우리 세기의 사람들은 또한 일본의 군국주의, 독일의 나치즘 그리고 이탈리아의 파시즘 등의 발생에서 몰락에 이르는 비인간적인 광기의 과정을 목격하여야 하였으며, 레닌, 스탈린에서 고르바초프, 옐친에 이르는 소비에트 러시아의 탄생과 팽창과 붕괴의 과정을 목격하게 되었다. 말하자면 인류의 복지를 위하여 고안된 인간의 온갖 정신의 노작들이 오히려 인간을 파멸로 이끄는 흉기로 변하게 되는 끔찍한 사태들을 어김없이 목격

---

1) Paul Valery, Transtated by M. Cowley, 'The Intellectual Crisis', *Selected Writings*, New Directions Books, 1950.

하기에 이르렀으며 조국이니 민족이니 계급이니 하는 이름으로 내걸었던 숱한 이데올로기의 깃발들이 결국 그 허구의 정체를 드러내면서 맥없이 무너져내린 과정을 또한 목격하지 않으면 안 되었다. 발레리의 예언은 불행히도 어김없이 적중된 것이다. 2차세계대전이 끝난 직후의 지극히 황량한 시점에서 루마니아의 작가 게오르규가 그의 소설 『25시』에 피력한바 현대인은 이제 기계의 주인이 아니라 기계의 노예로 전락하고 말았노라는 비관적인 견해 역시 결국 발레리의 견해의 연장선상에서 이해될 수 있는 말이라 할 것이다.

그런데 이제 미국 대 소련으로 표상되던 정치적 이데올로기의 양극화 현상은 붕괴된 반면 G7이니 유럽연합이니 또는 IMF니 하는 이름으로 표상되는 선진 강대국들의 자본이 세계의 경제를 주름잡는 새로운 국면이 전개되어가고 있는 시점에 우리는 서게 되었다.

고요한 아침의 나라라 하였던 우리나라는 이데올로기적 양극화 시대의 쓰라린 후유증이라 할 휴전선에 의하여 국토는 양단된 채로 있고 남과 북의 당국자들은 아직도 화해의 실마리를 찾아내지 못한 채 겨레는 반세기 이상의 쓰라린 이산의 아픔을 겪고 있다. 이런 속에서 국민 소득 만 달러 시대니 선진국 진입의 시대니 하는 화려한 꿈이 고무 풍선처럼 부풀던 우리나라는 급기야 그 허황한 풍선들이 어이없이 터지고 그 동안의 거품이 빠지면서 역사상 6·25 이후 최대의 국난이라고 해야 할 IMF한파의 시대를 맞기에 이르렀다.

이러한 시점에서 우리의 어제와 오늘을 살펴보고 아울러 문학의 내일을 전망해보는 일은 차라리 사치스런 일같이 생각되기도 한다. 왜냐하면 오늘의 시점은 문학이 그 명맥을 유지해가기가 지극히 어려운 시대처럼 보이기 때문이다. 그러나 오히려 그렇기 때문에 오늘의 자리에서 문학의 앞날을 살펴보는 것은 무의미한 일은 아닐 듯하다.

2

1차대전 직후의 황량한 시점에서 인간 사회를 거대한 개미떼의 둥지(ant-hill)에 비유한 발레리의 발언이나 2차대전 직후의 절망적 시점에서 현대인을 일러 기계의 주인 아닌 그 노예로 규정한 게오르규의 발언은 따지자면 다 같이 인간의 자기 모순을 지적한 발언들이라 아니할 수 없다. 그들의 발언은 인간의 복지 향상을 위하여 줄기차게 내달아온 근대적 인간 정신의 노력들이 결과적으로는 역설적이게도 인간을 자기 파멸의 궁지에 몰아넣은 원흉으로 변해버린 사실을 지적한 말들이라 할 수 있기 때문이다.

그런데 발레리에서는 80년이 지났고 게오르규에서는 반세기가 지난 오늘의 시점에서 우리가 놓여 있는 현실을 진단해본다고 할 때 과연 우리는 어떤 해답을 이끌어낼 수 있을까? 발레리나 게오르규의 비관적인 견해에 대신하여 과연 우리는 낙관적인 견해로써 우리들의 오늘을 규정할 수 있을까?

2차세계대전이 끝난 지 반세기 이상의 세월이 지났음에도 불구하고 우리는 아직 세계적인 규모의 전쟁을 치르지 않았으니 인류는 이제 주기적으로 세계대전을 되풀이하던 지난날의 어리석음은 되풀이하지 않고 있다고 일단 말할 수 있을 듯하다. 그리고 여러 강대국들이 무시무시한 핵무기를 가지고 있음에도 불구하고 또 최근에는 인도나 파키스탄 같은 나라에서 핵 실험을 하여 세계인의 눈살을 찌푸리게 하였음에도 불구하고 1945년 미 공군에 의한 일본의 히로시마 및 나가사키에의 원자탄 투하가 있은 이후로는 아직은 그 핵무기를 가지고 지구를 파괴해버릴 만한 광기를 빚어낸 일은 일어나지 않았으니 우선 다행한 일이라 해야 하겠다. 그리고 미국과 소련의 양극 체제하에서 소모적인 경쟁을 되풀이하던 그 동안의 세계 판도도 소비에트 러시아 및 동구권의 몰락으로 하여 양극체제로 연유된 부정적 요인들에서 인류는 해방되었다고 일단 말할 수 있을 듯하기도 하

각적 청각적 매체의 무한정한 팽창현상 역시 문학의 자리에서 보자면 매우 좋지 않은 환경이라 할 것이다. 현대인들은 하루 24시간 동안 안방에서든 차 안에서든 길거리에서든지 가릴 것 없이 어느 한순간도 시각적 청각적 매체의 공격에서 완전히 해방되기는 거의 불가능한 형편에 놓이게 되었다. 라디오와 텔레비전과 컴퓨터 인터넷은 가는 곳마다 따라다니며 시각적 청각적 매체의 집요한 공격을 계속하고 있다. 사람들은 이러한 시청각적 매체 앞에 100퍼센트 수동의 자세로써 편안하게 이를 받아들이기만 하면 되게 되어 있다. 시각적 청각적 매체의 집요한 공격에 100퍼센트 노출되어 있는 현대인은 좀처럼 오랜 시간의 인내를 감수하고 그리고 책값까지 지불해가면서 독서를 하려 하지 않는다. 왜냐하면 라디오나 텔레비전 같은 시청각 매체 앞에서는 사람은 100퍼센트 받아들이는 수동적 자세에 있기만 하면 되지만 책을 읽을 때에는, 시나 소설을 읽을 때에는 수동적인 받아들임의 자세뿐만 아니라 오히려 능동적으로 책 속으로 다가가서 책과 나 사이에 대화의 관계를 설정하지 않으면 안 되기 때문이다. 말하자면 시청각 매체 앞에서 사람은 다만 편안한 받아들임의 자세를 취하면 되지만 문학 앞에서는 대화에 능동적으로 참여하지 않으면 안 된다는 것이다. 시청각 매체 앞에서 사람의 시청각은 바깥으로 열려 있으면 되지만 시나 소설을 읽을 때는 밖으로 향한 시청각을 수시로 나의 내면으로 돌려 나의 안에서 이를 성찰해야 하는 고된 과정을 거쳐야 하는 것이다. 시청각의 습관을 전환시켜 그것을 이따금 자기 내면으로 돌려놓을 수도 있도록 하기에는 문학은 이제 너무도 무력한 것이 되어버렸다고 해야 할 듯하다. 말하자면 시청각 매체의 압도적인 공격에 길들어져 있는 대다수의 현대인은 이제 문학에서 차츰 멀어져가고 있음을 실감하지 않으면 안 되기에 이르렀다는 것이다.

문학과 오늘의 독자 사이의 거리가 멀어지게 된 데에는 독자 쪽뿐만 아니라 문학 쪽에서도 크게 한몫 거든 사실을 간과할 수 없다. 문학 쪽에서도 독자 대중으로부터 등을 돌리는 조짐을 진즉부터 보여 오기 시작한 사실을 간과할 수 없다는 것이다. 그것은 특히 1차대전 전후부터 시작된 이른바 일련의 전위적 실험적인 문학에서 그런 움직임의 효시를 보게 되며 그러한 움직임의 연장선상에 근래의 이른바 포스트 모더니즘의 움직임이 있다고 해야 할 것이다. 이러한 일련의 움직임으로 하여 문학은 극심한 난해성의 미로 속으로 파고들었고 독자는 그 미로로 따라들어가는 일을 점차 포기하기에 이르른 것이다.

일찍이 오르테가 이 가세트는 현대예술은 작자와 독자 사이에 메시지를 전달할 수 있는 나룻배를 폭파해버렸노라는 요지의 말을 한 바 있다. 여기서 오르테가가 말하는 현대예술이란 물론 전위적 실험적인 일련의 문학 예술을 지칭하는 것이기는 하지만 이러한 경향은 근래의 포스트 모더니즘에 이르러 한결 극단화된 양상을 보이고 있는 것이 사실이다. 이러한 전위적 실험적인 작가들은 대다수 사람들을 문학 쪽으로 끌어들이려는 노력을 포기한 대신 소수의 고도로 훈련된 전문 독자에 의한 이해에 기대를 거는 것이다. 따라서 이처럼 난해한 문학 예술 앞에 선 당대의 대다수의 사람들은 그야말로 나룻배를 잃은 강가의 나그네같이 강 건너에 다가갈 방도를 찾지 못한 채 강 이 편에서 망연히 서성일 수밖에 없다. 그렇지 않아도 시청각 매체의 압도적인 공격을 수동적으로 받아들이는 데 길들어져 있는 대다수의 현대인들은 책값을 지불해가면서까지 이런 전위적 실험적인 문학이 설치해놓은 난해성의 미로 속에 들어가 고된 암중모색을 하고자 하지 않을 것은 당연하다.

요컨대 오늘의 시점은 문학과 독자가 일찍이 볼 수 없을 정도의 치명적인 불화의 관계에 놓여 있다. 이러한 불화의 관계를 해소시킬 수 있는 방도는 무엇일까?

흔히 문학은 사회의 거울이라고 한다. 문학 속에는 사람 살아가는 모습이 그려져 있다는 점에서 이 말은 일단 타당하다고 할 수 있다.

그러나 문학 속에 그려진 현실과 실제 현실 사이에는 근본적인 다름이 있다. 문학이라는 이름의 거울은 광대 무변한 인간 현실을 무한정으로 비쳐주는 것도 아니며 그나마 그 현실을 있는 그대로 비쳐주는 것도 아니다. 문학이라는 이름의 거울은 광대 무변한 인간 현실 중에서 가치 있다고 생각하는 현실만을 골라서 비쳐주며 그나마도 있는 그대로가 아니라 문학이라는 이름의 자기 형식에 알맞게 왜곡 굴절시켜서 비쳐주는 것이다. 따라서 실제 현실의 단면이 문학 예술이라는 형식 안에 수용되기 위해서는 필연적으로 광대무변한 현실로부터의 취사 선택의 과정이 있어야 하고 또 그것을 왜곡 굴절시키는 과정이 있어야 한다. 이러한 취사 선택 및 왜곡 굴절을 지향하는 정신이야말로 문학 예술이 간직하는 실험적 탐험적 정신이다. 그리고 이러한 실험적 탐험적 정신이 극대화된 모습으로 나타나는 것, 그것이 이른바 일련의 난해성을 유발하는 모더니즘 내지 포스트 모더니즘의 영역인 것이다.

이런 점에서 모더니즘에서 최근의 포스트 모더니즘에 이르는 일련의 전위적 실험적 문학예술의 존재 이유는 충분히 성립된다고 하겠다. 그러나 그들이 간직한 모험적 실험적인 지향성이 독자에게 받아들여질 수 없게 된다고 할 때 그것은 결국 실패라고 규정할 수밖에 없다. 왜냐하면 모험이나 실험은 그 자체가 뜻이 있는 것이 아니라 그것이 어떤 성과로서 나타날 때에만 뜻이 있는 것이기 때문이다. 다시 말하면 독지에 의하여 그들의 성과가 받아들여질 수 있게 될 때에만 그 모험은 비로소 존재 이유가 성립될 수 있다는 말이다.

그러면 문학 예술은 무엇 때문에 이런 왜곡 굴절된 현실을 빚어내는가? 그런 왜곡 굴절된 현실을 목격하게 됨으로써 독자는 역설적이게도 자신의 일상적인 삶의 모습을 근원적인 자리에서 돌이켜볼 수 있게 된다. 마치 고장난 거울에 비친 자신의 일그러진 얼굴을 보며 자기 모습을 전면적으로 다시 돌이켜볼 계기를 갖게 되는 것과 같은 이치이다.

사회 현실은 끊임없이 규격화·인습화의 길을 지향하는 데 반하여 문학 예술은 끊임없이 그 인습화에의 틀을 깨뜨리려 한다는 점에서 양자는 결정적인 차이를 드러낸다. 사람들은 인습의 틀 속에 안주하려 하는데 문학은 그러한 사람들로 하여금 인습의 틀에 갇혀 있는 자신의 모습을 생소한 시선으로 돌이켜볼 수 있게 함으로써 자아와 세계를 새로운 눈으로 바라볼 수 있게 하는 것이다. 쉬클로프스키의 이른바 낯설게하기(defamiliarization)라는 것이 곧 이것이다.[2] 문학 예술이 지향하는 왜곡 굴절에의 지향의 진정한 의의는 이런 데서 찾을 수 있다.

오늘날과 같은 고도의 기술 사회와 문학 예술의 관계 역시 여기서 예외일 수 없다. 그러나 오늘날과 같은 고도 기술 사회와 문학과의 관계는 훨씬 더 심각한 양상을 띨 수밖에 없다. 오늘의 무한 경쟁 시대의 주역은 말할 것도 없이 '기술'이다. 기술에 앞서면 이 시대의 승자가 되고 뒤지면 이 시대에 도태된다. 기술을 기반으로 한 사회 그리고 그 안에 사는 모든 개인들은 끊임없이 규격화·인습화되어 가려 한다. 그것이 현대 사회의 주역인 기술(technology)의 속성이다.

예술도 물론 고도의 기술을 기반으로 하지 않으면 안 된다. 예술 (art)이라는 말이 원래 라틴어인 기술(ars)에서 연유되었다는 사실이 단적으로 이를 반증한다. 그러나 예술은 고도의 기술뿐만 아니라 풍부한 상상력이 또한 수반되지 않으면 안 된다. 기술과 예술이 같은 뿌리에서 연유된 것은 사실이지만 기술은 물질적 성과를 지향하게 되고 따라서 끊임없이 규격화·인습화로 나아가게 되는 반면 예술·문학은 오히려 그러한 규격화·인습화를 깨뜨리는 상상의 세계를 지향하며 나아가서 현실의 규격화·인습화에서 끊임없이 탈출하려 한다. 그렇게 함으로써 인습의 틀 속에 안주하려는 사람들로 하여금 무

---

2) 쉬클로프스키 외 지음, 김기찬 역, 『러시아 형식주의 문학 이론』, 월인재, 1980.

한한 꿈의 세계로 나아가는 계기를 열어주며 자신의 모습을 근원적인 자리에서 돌이켜보도록 하는 것이다.

이런 점에서 생각할 때 규격화·인습화에로만 치닫고 있는 오늘의 기술만능의 현실에서 또 그렇게 해야만 무한경쟁 시대, IMF한파의 시대를 살아남을 수 있는 현실에서 그러한 규격화 인습화에의 지향성에 제동을 거는 문학 예술은 차라리 무익할 뿐만 아니라 유해한 것이라고 해야 할 것인가? 얼핏 생각하면 그렇게 말할 수도 있을 것이다.

그러나 사실은 그렇지 않다. 역설적인 말 같지만 오늘과 같은 고도 기술 사회의 시대일수록 문학 예술은 필수 불가결의 요소로 돼야 한다. 왜냐하면 기술은 상상력이라는 것과는 인연도 없는 정반대의 것 같이 생각될지 모르지만 기술의 바탕에는 상상력의 뒷받침이 따라야 한다. 비행기를 만든 기술은 400년 전의 위대한 예술가 레오나르도 다 빈치의 황당무계한 공상적 설계로부터 연유되었다는 사실은 우리들에게 중요한 암시를 던져준다. 우리가 문학 속에서 일그러진 사람의 모습을 보면서 상상력이 촉발되고 나아가서 자신을 새로운 눈으로 바라볼 수 있게 되는 것도 바로 이러한 의미에서 가능한 것이다.

요즈음 시대적 총아로 부각되고 있는 이른바 벤처산업이라고 할 때의 벤처(venture)라는 것이 다름아닌 기존의 인습을 깨뜨리려는 대담한 모험 정신에서 연유된다는 사실이 이를 반증한다. 미지의 영역에 대한 도전 정신 그것이 벤처산업의 출발점이라면 하이테크놀로지 시대의 꽃으로서의 벤처산업이야말로 풍부한 상상력을 펼쳐나가는 영역이며 말하자면 문학 예술이 추구하는 영역과 궤를 같이하는 영역인 것이다. 여기서 예술과 기술의 만남의 자리를 다시 한번 확인할 수 있게 된다.

그런 점에서 앞으로는 교육의 방향부터 달라져야 한다. 고도 기술 사회에의 지향이 절실하면 할수록 그와 안팎을 이루는 문학 예술에의 지향도 아울러 충실하게 실현되어야 한다는 것은 역설 같지만 진실이다. 이는 당대의 교육 당국자들이 원대한 설계를 가지고 교육의 전면적 개혁을 실현시켜나가야 할 부분이기도 하다. 얼마 전에 새로 들어선 국민의 정부의 교육부장관은 독서를 많이 한 사람이 유리하도록 대학 입시의 출제를 하겠노라는 요지의 방침을 밝힌 바 있다. 전적으로 옳은 방향이라고 필자는 생각한다. 물론 이 방침을 구체적으로 실행하는 단계에서는 기술적으로는 말하기보다 쉽지 않은 국면이 여러 가지로 드러나리라고 생각한다. 그러나 그러한 여러 어려움을 감수하고서라도 이 일은 기필코 실현시켜야 할 부분이다. 책을 많이 읽은 사람, 위대한 인류의 고전을 많이 읽은 사람, 그래서 풍부한 상상력을 갖춘 사람이 주역이 되는 사회가 올 때 우리는 하이테크놀로지의 분야에서도 앞서는 사회를 맞게 될 것이다.

거듭 말하거니와 우리는 지금 문학에서 가장 멀리 떨어져 있는 형편에 있지만 사실은 지금이야말로 문학적 상상력 예술적 상상력이 가장 절실하게 필요한 때이며 따라서 오늘의 우리들은 그 어느 때보다도 문학 예술과 친화 관계를 이룩해야 하는 것이다.

(『표현』 1998년 8월호)

문학의 본질적 가치와 정신사의 맥락
― 해방기 문학 비평의 구도

1

해방을 맞은 지 올해로서 꼭 40년의 세월이 흘렀다. 민족사라는 거시적인 자리에서 보면 이 40년은 분단시대라는, 아직도 미해결의 진행선상에 있는 한 시대의 일부에 지나지 않지만, 우리들 개개인의 주체적인 자리에서 보면 거의 한 생애에 버금갈 만한 기간이기도 하다. 그러나 짧다면 짧고 길다면 길다 할 수 있는 이 기간의 문학적 성과를 역사적 안목에서 종합적으로 살펴보기에는, 아직은 여러 가지 어려움이 가로놓여 있다고 할 수밖에 없다.

그 어려움은 첫째로, 이 기간이 오늘의 우리들과 시간적으로 너무 근거리에 있을 뿐 아니라, 이 기간에 우리들 개개인이 입어야 했던 아픈 상처들과 밀착되어 있고, 오늘의 우리들이 감당하지 않으면 안되는 여러 비극적 요인들과 연결되어 있다는 사실에서 연유한다. 이

기간의 일부는 이미 역사적 기정사실로 굳어져가고 있음에도 불구하고 그 많은 부분은 아직도 우리들의 구체적인 생존의 조건들을 규제하는 결정적 요인으로 작용하고 있기 때문에 이를 역사적 사실로서 조명할 만한 냉정한 퍼스펙티브를 설정하기가 지극히 어려운 것이다. 그러나 더욱 심각한 둘째의 어려움은 우리들이 놓여 있는 문학외적 조건, 즉 정치적·사회적 조건 때문이다. 설사 오늘의 우리가 주체적인 면에서 어느 정도의 냉정한 역사적 퍼스펙티브를 유지하는 일이 가능하다 할지라도 남과 북이 팽팽히 맞서 있는 상황에서 기정사실로 굳어져가고 있는 양극화 현상을 뛰어넘는 종합적인 민족문학사의 안목을 정립하기는 지극히 어려운 일이다. 팽팽히 맞서 있는 상황하에서 양극화 현상에 처해 있는 것이 당면한 현실이요, 우리들 개개인의 생존을 규제하는 조건인 데 반하여 그 양극화 현상을 뛰어넘는 종합적인 민족문학사의 안목을 정립하려는 것은 일종의 당위론이기는 할지언정 통일의 전망이 아직은 까마득하기만 한 오늘의 자리에서 보면 한낱 환상에 불과한 것이라고 할 수도 있기 때문이다. 우리가 이 기간을 분단의 시대라고 할 때, 그 분단이란 국토의 분단만을 의미하는 것이 아니라, 민족의 분단 및 문학의 분단까지를 아울러 의미하는 것일 수밖에 없을진대, 오늘 우리들의 손길이 미칠 수 없는 금기의 지대에 유폐되어 있는 나머지 반쪽이 그대로 방치되어 있는 상태에서 종합적인 민족문학사의 안목을 정립하기란 사실상 불가능한 일이라고 할 수밖에 없다.

그렇다고 해서 지난 40년의 문학을 그야말로 불구적인 '분단'의 문학으로만 간주해버리는 것도 민족사의 큰 흐름 위에서 관망할 때는 역시 안이한 근시안적인 태도라 아니할 수 없다. 우리가 지난 40년의 기간을 분단의 시대라고 명명할 때, 이는 결국 재결합을 전제로 하는 잠정적 기간임을 스스로 시인하는 발상에서 연유된 것이라고 볼 수 있고, 분단의 조건이 우리에게 주어진 회피할 수 없는 현실이라 할지라도 결합을 위한 노력이야말로 우리 시대가 감당해야 할 민족적 과제임을 스스로 드러내는 발상에서 연유된 것이라 할 수 있기 때문이다. 분단은 현실이요, 통일은 이상이라고 할 때, 이상으로만 치닫는 것은 달콤한 환상에 빠지는 것이라 할 수도 있겠으나 그렇다고 당면한 현실에 안주하는 것 또한 안이한 책임회피라 아니할 수 없다. 지난 40년의 문학을 올바른 민족문학사의 안목에서 조명하기 어려운 가장 심각한 난점은 여기에 걸려 있다고 할 것이다.

최근의 문단 학계의 움직임 가운데서 바람직한 노력의 하나를 찾을 수 있다면, 그것은 바로 오늘의 민족문학사를 조명함에 있어서 이러한 현실과 이상을 어떻게 합리적으로 수렴·종합할 수 있겠느냐 하는 문제를 성찰하기 시작한 점이라 할 수 있다. 가령 김윤식의 『한국 현대문학사』(1976), 염무웅의 『8·15 직후의 한국문학』(1975), 정한숙의 『해방문단사』(1980), 권영민의 『한국근대문학과 시대정신』(1983) 그리고 백낙청의 일련의 민족문학론 등은 그러한 노력의 소산으로 볼 수 있을 듯하다.

이러한 논의들에서 찾을 수 있는 한 두드러진 특징은 대부분 그 관심의 초점이 8·15 직후에서 정부수립까지의 기간에 있어서의 문학현상에로 집중되어 있는 점이라 하겠다. 이 기간은 말하자면 비극적 분단시대의 발단부에 해당하는 기간이요, 해방이라는 소중한 전기를 민족의 대동단결이라는 역사적 과제 수행에로 수렴시킬 수 있는 가능성이 가장 농후한 시점이었음에도 불구하고, 비록 외세의 작용 탓이라고는 하나 그 가능성을 성취시키는 데 실패한 기간이다. 하지만, 바로 그렇기 때문에 해방 40년을 민족사의 안목에서 점검한다고 할 때 이 부분은 일단 철저히 짚고 넘어가야 할 부분인 것은 사실이다.

문학의 자리에서 보더라도 이 점은 마찬가지다. 문단적으로나 이념적으로 좌우가 분열되어 통합적인 민족문학의 지평이 채 열려지기도 전에 뒤미처 밀어닥친 6·25의 소용돌이 속으로 휘말려들고 말았으나, 그래도 그 짧은 기간의 업적들은 해방 40년의 문학을 통시적으로 조명함에 있어서 여러 가지 소중한 단서로 될 수 있다는 점에서 제일차적인 검토의 대상이 될 수 있다. 상기한 일련의 논의들이 이 기간의 문학 현상에 관심을 집중시키고 있는 것은 그런 데 연유하는 것이 아닐까 한다.

통합적인 민족문학의 안목을 정립해보려는 노력은 신동욱 교수의 다음과 같은 제안에서도 엿볼 수 있다.

현재와 같이 남·북간에 긴장이 유지되는 상황하에서는, 학문과 예술의 동질적 기반을 구축하면서 사회·문화적인 통합을 기대하기는 어려울 것이라 생각되기 쉽다. 그러나 그렇다고 하여 통합의 가능성을 모색하지도 않는다는 것은 일종의 책임회피가 될 것이다. 비록 국토는 외세에 의하여 불가피하게 분단되었다 하더라도 문화창조와 전승에 있어서는 통합적 논리를 대전제로 하고 민족적 일체감을 유지하며 발전하는 상호협조의 풍조를 이루어왔어야만 옳은 것이었다.

현대와 같이 긴장된 대립이 긴박성을 가지는 시점에서는 이러한 논의가 허황된 것으로 볼 수도 있겠지만, 역사의 발전적 논리에 비추어 볼 때 이러한 논의는 합당한 것이고 또 필요한 것이라 생각된다.[1]

이번에 권영민 교수에 의하여 엮어진 『해방 40년의 문학』도 크게 보아서는 상기한 일련의 노력의 일환으로 간주할 수도 있지 않을까 한다.

2

『해방 40년의 문학』은 이른바 해방세대의 한 사람인 젊은 평론가에 의하여 엮어진 사화집이라는 점에서 우선 주목의 대상이 된다. 이

---

1) 신동욱, 「해방 40년 한국문학」, 『2000년대 한국문학』

사화집의 편찬방향을 명시하고 있다고도 할 수 있는 편자 자신의 『해방 40년의 문학을 어떻게 볼 것인가』(4권)에서 필자는 "해방 40년이 문학의 문학사적 정리작업은 자기 문학체험의 영역으로 이 시대의 문학을 기억하고 있는 사람들에게는 부적절한 일이라고 본다. 그런 사람들에게는 어떤 정밀한 문학사의 방법론의 확립보다도 자기 자신의 위치 조정문제가 더욱 문제시될 수 있기 때문이다"라고 말하고 있는데, 이는 그 말의 타당성 여부는 어떻든 간에, 이 사화집의 편찬이 왜 굳이 30대 후반의 젊은 평론가에 의하여 시도되기에 이르렀는가 하는 데 대한 해명이 되고 있음은 사실이다.

우선 이 문장의 요지를 간추려봄으로써 이 사화집의 성격을 해명하는 단서로 삼고자 한다. 편자는 한국 근대문학의 발전과정을 19세기 후반에서 오늘에 이르기까지의 한 세기 정도의 기간으로 잡고, 그것을 개화기 문학, 식민지시대 문학, 해방 이후의 문학의 3단계로 시대구분하였는바, 이 사화집은 그 세번째 단계의 문학에 해당하는 셈이다. 이 해방 40년의 문학은 "역사적 사실로 고정되어 있는 것이 아니라, 여전히 현실 속에 살아 있는 상황적 조건으로 작용하고" 있기 때문에 문학사적으로 이를 규명한다는 것은 시기상조인 것같이 느껴지기도 하나, "체험의 영역에서 분리시켜 문학사적 사실로 정리할 수 있는 시간적 간격을 유지할 수 있게 되었으므로" 이는 문학사적 의미망으로 포괄되어야 한다는 것이다. 그리고 이는 현대문학사의 "연속적인 실체"로 포착되어야 하며, 사실에 대한 정리·기술의 차원이 아닌 "전체적인 흐름을 이해하는" 차원에서 검토되어야 하고, 사실의 나열이 아니라 "문학정신의 지향에 의하여" 그 사적 의미가 인식되어야 한다고 말하고 있다.

해방 40년의 문학의 상황적 특징은 식민지 지배로부터의 해방, 그리고 민족의 분단이라는 상반된 체험이라고 규정한다. 해방은 자유의 확산을 가능케 했으나, 정신의 집중을 유도하지 못하였고, 따라서 민족문학의 지표가 분명하게 제시될 수 있었음에도 불구하고 제대로 실천 방법이 모색되지 못한 채 이데올로기의 대립, 열강의 술책 등에 의하여 결국 비극적 분단시대로 접어들고 말았다고 한다. 따라서 해방은 '광복'이라는 관점에서만 문학사적 의미가 규정될 수 없고 오히려 분단시대의 발단이 되고 있다는 점에 문제성이 있다고 한다. 따라서 해방 40년의 문학은 '분단시대 문학'이라 부를 수 있다고 규정한다. 요컨대 그것은, 분단시대의 문학이라는 역사적 성격에서 벗어날 수는 없으나, 분단의 현실에 안주하려는 타성을 벗어나 자주적이며 평화적 통일이라는 민족적 과제에 적응하는 민족문학의 수립을 '문학적 신념'으로 하지 않을 수 없다는 것이다.

다음으로 문학사 전개의 방법론에 언급하여 "필자의 경우는 분단시대라는 상황성과 이에 대응하는 문학정신의 추이를 하나의 문학사적 맥락으로 파악해야 한다는 원칙을 선택할 수밖에 없다"고 편자는 말한다. 그는 한편으로 문학사를 당대의 사상사 또는 사회사, 연대순에 의한 문학적 사실의 나열 등으로 환원시켜버린 종래의 역사주의적 문학사에 대한 르네 웰렉의 비판을 부분적으로 승인하면서도 예술 문학의 공시적 보편성만을 일방적으로 강조하는 E. M. 포스터의 철저한 반역사주의적 입장도 전적으로 신봉할 수는 없다고 말한다. 문학사란 문학의 본질적 가치와 시대적 관련 양상이 동시에 조명되어야 하며, 따라서 미적 관점과 역사적 관점이 통합된 토대 위에서 해방 40년의 문학이 하나의 전체적인 인간정신의 형상으로 파악되어져야 한다는 것이다. 이 점에서 편자는 딜타이적 관점에 가깝다고 할 수 있다.

다음으로 편자는 해방 40년의 문학의 문학사적 연속성은 두 가지 문제가 규명된 토대 위에서 포착되어야 한다고 말한다. 그 하나는 식민지 시대의 문학에서 해방 이후의 문학에로의 연속성을 인식하는 노력인데, 이를 위해서는 문학적 가치의 자율성 확보, 분단 의식의 정신사적 해명을 전제로 하여 문학사적 공백이 메워져야 한다고 말한다. 해방 40년의 문학이 문학사적 연속성을 회복하기 위해서는 이데올로기의 표면화로 인한 문학의 정신적 파멸과정이 반드시 비판적으로 인식될 필요가 있고, 그러기 위해서는 '월북 문인'들의 문학적 행각이 암묵적인 상태로 방치되어서는 안 된다는 것이다. 또 하나는, 해방 40년의 문학 자체의 연속성도 사실은, 연속성과 비연속성이 교착하는 가운데서 이어지는 것이라는 점이다. 따라서 이 연속성을 더욱 명확히 부각시키기 위해서는 이 기간도 3단계로 나누는 것이 효과적이라는 것이다. 첫째는 해방에서 6·25까지의 기간에 대응하는 민족 문학의 재확립을 모색하던 시기, 둘째는 50년대 초에서 60년대 중반까지에 대응하는 문학과 현실이 전후의 참혹한 상황으로 인하여 극도로 분열되었던 시기, 셋째는 60년대 후반에서 현재까지에 대응하는 산업화에로의 전환, 한글세대의 등장 등을 배경으로 한 문학적 자기 발견, 사회에의 인식 등이 시도된 시기로 나누고 있다.

요약이 길어졌거니와, 문학의 본질적 가치와 정신사의 흐름을 동시에 포괄코자 하는 편자의 방법론에 입각한, 전질 4권의 이 사화집을 구체적으로 살펴보기로 하자.

여기서 일차적으로 주목의 대상이 되는 것은 제4권에 해당하는 '비평'의 부분이다. 상기한 문장은 해방 40년의 문학에 대한 편자 자신의 문학사적 관점의 피력인 데 반하여, 이 사화집 자체는 일종의 자료의 배열에 해당하는 것이기 때문에 그 관점과 자료의 관계가 직선적으로 상응할 수 있는 것은 아니며, 그 양자가 하나로 통합되기 위해서는 이른바 문학사적 해석이라는 작업이 뒤따라야 할 것은 물론이지만, 그런 나름으로 필자의 편찬 의도가 비교적 직선적으로 반영되어 있는 부분은 역시 '비평'의 부분이라고 볼 수 있다. 물론, 문학비평의 자료가 문학비평사일 수도 없고, 또 문학비평사가 곧 문학사일 수도 없는 것이지만, 한 시대의 문학사를 문학의 본질적 가치와 정신사의 흐름을 동시에 포괄하는 것으로 파악하려 할 때, 그 일차적 단서가 되는 것은 역시 정신사의 맥락을 비교적 직접적으로 드러내는 문학비평의 전개과정 속에서 찾는 것이 첩경이라고 할 수 있기 때문이다.

이 비평집은 모두 4부로 나뉘어 있다. 편자의 시대구분법에 좇아서 볼 때 제1부는 제1기, 제2부는 제2기, 제3부와 4부는 제3기에 해당한다고 하겠다.

해방 직후부터 6·25까지에 해당하는 제1기는 식민주의 잔재의 청산, 민족문학의 확립을 모색하던 시기로서 계급문학론과 민족문학론이 날카로운 이데올로기의 대립·갈등을 배경으로 하고 전개되던 기간이다. 편자 자신의 말과 같이 해방 40년의 문학을 문학사의 맥락에서 조명하기 위해서는 이 기간의 문학적 전개과정은 그 공백이 채워넣어져야 할 부분임에도 불구하고, 남북 분단이라는 현실적 조건으로 인하여 아직은 그 전모가 드러나지 못하고 있는 부분인데, 비록 일부이기는 하나 그 공백을 메워보고자 하는 편자의 의도가 반영되어 있는 점이 우선 주목할 만하다 하겠다. 이 기간은 해방 40년의 문학사의 발단부분에 해당되는 중요한 기간이기 때문에 좀 면밀히 살펴보기로 한다.

제1부의 8편의 논문 중에서 임인식, 김효식은 당시의 이른바 문학가동맹의 입장을 정면에서 표방하고 있고, 김기림은 다소 온건한 논조이기는 하나 이에 동조하는 입장이며, 백철은 당시의 캐치프레이즈인 '진보적'이라는 입장을 취하고 있기는 하나 문학가동맹의 '획일주의'에는 어느 정도 비판적 입장을 취하는 절충주의적 입장임을 알 수 있다.

"문학건설의 운동이 조선사회의 근대적 개혁의 운동과 조선의 민주주의적 국가건설의 사업의 일익이 될 의무와 권리가 있다"고 표방한 임인식은 우선 8·15의 시점이야말로 "진정한 의미의 조선민족문학수립의 과제"의 실현이 가능한 시점이라고 전제하면서 지난날의 문학적 과정을 비판적으로 회고하고 있다. 진정한 민족문학의 수립을 위해서는 "민주주의적인 개혁"을 수행하지 않으면 안 되고, 이 개혁의 토대 위에서만 "모어의 문학"의 수립은 가능한데 "조선의 봉건

왕국이 과도하게 장수한" 탓으로 그 일이 성취될 수 없었다고 말함으로써 한문 대신에 국문의 문학을 지향하기 위해서 "문학적 사대주의"의 기반이 되는 봉건적 잔재가 타도되어야 한다는 것이다. 다음으로 한국의 근대문학은 서구문학의 모방에서 시작하였으나, 그 자체 안에 "조선시민계급의 문학적 이상이 반영되어 있다"고 함으로써 부분적으로 그 긍정적 의의를 시인하고 있다. 20년대 후반에서 30년대 초에 걸친 문학적 상황은 "프롤레타리아 문학의 혁명성"과 "데카당티즘의 절망적 의식의 심연으로 선락되는" 두 갈래의 것이었다고 규정하고, "프로문학의 공식주의" "그 밖의 문학의 국수주의적 잔재와 예술지상주의를 청산할 수 있었다면" "높은 의미의 민족문학의 수립이란 과제에로 접근할 수 있었을 텐데 당시는 민주주의적 개혁과 진보문학 수립이란 역사적 과제에 대한 충분한 이해와 자각을 가지고 있지 못한" 탓으로 그것이 제대로 성취되지 못하였다는 것이다. 소위 만주사변에서 일제 말기까지는 양 진영의 문학이 공동전선을 펼 수 있었던 기간이요, 일제의 문화침략에서 조선어를 지키고, 침략전쟁에 조선문학을 동원하려는 일제의 술책에 대응하여 예술성을 옹호함으로써 "일본 제국주의의 선전문학이 됨을 거부하는" 소극적 저항을 하였으며, 일제의 파쇼적 비합리주의에 대응하여 합리정신을 고수함으로써 당시의 조선문학은 "비교적 마찰이 적은 논리적 측면으로써" 맞섰다는 것이다. 그리고 일제 말기의 이른바, '국민문학'에 언급하여 "친일문학은 존재하였고 반일문학은 존재할 수 없었다"는 사실을 유감스러운 일이라고 반성하고 있다. 끝으로 앞으로의 민족문학의 방향에 언급하여 "일본 제국주의의 잔재"와 "봉건적 잔재"의 완전한 제거 위에서만 민족문학은 건설될 수 있으며, 계급적 문학이냐, 민족적 문학이냐를 갈라세울 것이 아니라, "완전히 근대적인 의미의 민족문학"의 건설만이 "보다 높은 다른 문학의 생성, 발전의 유일한 기초가 될 수 있다"고 말하고 있다.

이 논리에서 앞으로의 민족문학은 '모어의 문학'이어야 한다는 제

안은 일단 긍정적으로 받아들여질 수 있다. 계급적 문학이다, 민족적 문학이다 하는 흑백논리를 넘어서서 "완전히 근대적인 의미의 민족문학"의 수립만이 당면 과제라는 논지 자체도 얼핏 보면 일단 타당한 것으로 볼 수 있다. 그러나 그 다음에, 그것을 기반으로 하여서만 "보다 높은 문학"을 건설할 수 있다는 논지에 이르러 이 문장의 정체는 드러난다. 그 "보다 높은 문학"이란 곧 "조선의 민주주의적 국가 건설의 사업의 일익이 될 권리와 의무"를 갖는 문학을 뜻하는 것이며, 그 민주주의라는 것은 우리가 항용 말하는 자유민주주의가 아니라 당시의 좌익 정당에서 내걸었던 이른바 '진보적 민주주의'를 의미하는 것이었다. 요컨대 문학은 특정한 정치적 이데올로기의 실현을 위해서 봉사되어야 한다는 것이 임인식의 지표였던 것이다.

한편 이러한 강령에 입각한 '새로운 창작방법'으로 김효식이 내건 슬로건은, "혁명적 로맨티시즘을 계기로 내포한 진보적 리얼리즘"이라는 것이었다. 리얼리즘이란 본시 대상을 객관적으로 인식 묘사하는 것이기 때문에, 대상의 구체적 파악이 가능하나, "거족적으로 싸우고 승리적으로 해결하여야 할 민족적 역사적 과제"인 이른바 "진보적 민주주의"의 건설을 위해서는 작가는 "유물변증법적 세계관"으로 무장되지 않아서는 안 되며, 거기에 다시 혁명을 달성하려는 "치열한 꿈"이 없어서는 안 되므로 "혁명적 로맨티시즘"이 요청되지 않을 수 없다는 것이다.

그 논조가 다소 온건한 김기림의 논지 역시 위의 두 사람의 입각점과 궤를 같이하고 있음은 마찬가지다. 르네상스로 탄생한 이제까지의 '근대인'은 '이익인(利益人)'이었지만, 새시대의 인간은 "이익인을 완전히 지양한 집단인, 과학인, 세계인, 문화인"이어야 하며, 지난날의 민주주의는 "주주나 상인의 민주주의"였으나, 앞으로 건설해야 할 조선의 민주주의는 "일부가 아니라 만인의 정치적, 경제적, 문화적 민주주의" 다시 말하면 진보적 민주주의라는 것이며, 그러한 민주주의의 실현을 위하여 새시대의 시인은 "시의 새로운 원천이 무진장으로 있는" "인민 속으로" 뛰어들어야 한다는 것이다. 한편 이 작업을 실현시키기 위한 선행조건으로서 "우리는 반드시 한번은 과거로 다녀와야 하리라고 생각한다"는 것이다. 즉 "굴욕과 배신과 변절과 거짓과 아부에 찬 36년, 특히 최후의 수년간을 우리는 쉽사리 잊어서는 아니 된다"는 것이다. "나는 감히 돌을 잡으라고 하지는 않는다. 누가 누구에게 돌을 던지랴. 돌을 던질 대상은 반드시 우리들 주위에만 있는 것이 아니고 실로 우리들의 정신의 내부에 먼저 있는 것이다"라고 말함으로써 먼저 자기 자신에 있어서의 반역행위에 대해서부터 준엄해야 할 것임을 제안하고 있다. "우리 문학이 용감한 반일 문학의 기치를 높이 들고 싸우지 못한 사실"이 부끄럽다고 임인식은 말했거니와, 김기림의 이 논조에서도 해방의 자리에 선 시인으로서의 자기 반성을 제의하고 있는 점이 주목된다고 하겠으나, 그의 논지 역시 '진보적 민주주의 건설'이라는 특정한 목적을 선행시킨 점에서 문학이 결국 이데올로기의 예속물이 되는 길을 선택하고 있다.

이에 반하여 비교적 절충주의적 입장에 서 있는 것이 백철의 논지이다. "우리 문학의 융성할 운명은 우리 문학자가 그 진보적 세력과 운명을 같이하는 결의"를 준비해야 한다고, 자신의 이른바 '진보적' 입장을 천명한 백철은 앞으로의 문학은 "순수성이란 고독한 실내에서 해방되어 나아가 진정한 정치와 정신의 동맹을 논결할 때에" 비로소 위대한 열매를 맺을 수 있다고 말함으로써 이른바 '순수주의 문학론'을 비판하면서도, 그러나 현단계의 문학은 "진보적인 문학 일색으로만 표현되기를 희망하기도 어렵다"고 말하고, 당대와 같은 과도기의 시점에 있어서는 "그 주체성을 획일적으로 결론하지 않도록 충분한 신축성을 가져야 할 문제"라고 말함으로써 계급주의 문학의 도식주의에 대해서도 일침을 가하고 있다.

한편 상기한 계급주의적 이데올로기 선행의 문학에 맞선 입장에 있는 것이 다음 4명의 입장이다.

김동리는 민족문학의 구체적 형태로서 순수문학을 거론하면서, 그것은 "탐미주의나 상아탑류의 문학"이 아니라 "문학정신의 본령정계 (本嶺正系)의 문학"이라고 규정하고, 그 본령이란 "인간성 옹호에 있으며" "휴머니즘이 기조가 된다"고 말하고, 그 휴머니즘을 다시 3기로 나누어 제1기는 고대 헬레니즘의 이성적 인간정신 및 헤브라이즘의 기독교적 인간관, 제2기는 르네상스 이후의 인본주의에 기반을 둔 과학주의가 그것인데, 앞으로 지향해야 할 제3기 휴머니즘은 "동서정신의 '창조적 지양'에서의 새로운 정신적 연천의 양성으로서만 가능할 것"이라고 하였다. 그런데 "현하 조선에서는 (……) 지금 바야흐로 과학주의적 기계관이 성행하는 후진사회 특유의 병상을 정출하고 있는바 과거의 경향파 계열의 문학인을 중심으로 한 문학동맹 산하의 다수 문학인들에 의하여 '과학적 세계관' '진보적 레알리즘' '혁명적 로맨티스즘' '과학적 창작방법' 등등 하는 일련의 공식론이 유물사관 체계에서 연속적으로 유출되고 있다"고 지적함으로써 이데올로기 일변도 문학론의 기계론적, 도식적인 면을 지적하고, "민족문학이면서 곧 세계문학의 지위를 확보하는 데에 순수문학 정신의 전면적 지표가 있다"고 말하고, "각자는 각자의 개성과 양심과 성의를 통하여 민족정신을 체험하고 민족정신의 창조적 지양에서 제3기 휴머니즘을 천명함으로써 민족문학 수립의 정확한 각도를 획득하여야 한다"고 제창하고 있다.

한편 이헌구의 논지는 대체로 당대의 문단 풍조의 난맥상에 대한 비판에 집중되고 있는바 구호와 강령이 판을 치는 당대의 문단 풍조를 "문학은 없고 작가만은 있다"는 말을 빌려 비판하고, 한편으로는 계급주의 문학에 대하여 "당의 문학, 복무(服務)의 문학 등의 시대착오적 문학 제창"만을 일삼고 있다고 비판하는 일방, "그러지 아니한 문학만을 위한다는 작가층에서 너무 안이한 문학관으로서 조열대가연(早熟大家然)하는 경향도 있다"고 비판하고 있다. "우리에게 있어서 정치는 최대 관심사가 아니다. 그러나 민족이 어떻게 다시 살아나갈 수 있느냐 하는 것은 우리의 절대(絶大)요, 절대(絶對)의 명제다.

민족의 독립이 없는 곳에 문학이 있을 수 없다. 더군다나 세계를 풍미하는 양대 이데올로기 논쟁 자체의 비생산적 측면"을 지적하고 있다. 이런 점에서 백철이 '진보적' 입장에서 절충주의를 제안한 것과는 대조적으로 그의 논지는 '민족주의적' 입장에서 논쟁의 지양을 촉구하고 있다는 점에서 역시 일종의 절충주의적 입장을 취하고 있다 하겠다.

김광섭의 논조는 정부수립 이후, 그러니까 좌우 이데올로기 논쟁의 소용돌이가 외적 상황 변화로 미진한 상태에서나마 일단 자취를 감춘 이후의 문장답게 문화인의 국가적 사명감을 강조한 것이라 할 수 있다. 따라서 이 논조 역시 논쟁적인 톤이 아니라, 구체적인 방향 제시의 성격을 띠고 있다. 이 글은 먼저 한국의 독립이 UN에서 승인된 사실을 경축하고 문화인의 창조적 역할을 촉구하고 있다. 이때에 창조의 원천이 되는 것은 '민족정신'임을 먼저 강조한다. 논지는 이어, 일제 침략에 대한 민족의 저항의 전통을 회고하고 나서 민족주의 운동은 "세계정치상의 근본문제의 하나"임을 지적하고, 모든 민족 국가가 위기에 봉착할 때마다 '조국관념의 고조'로 나타났던 예들을 열거하고 나서 우리의 민족주의는 영토적·문화적 팽창을 목표로 하는 강대민족의 민족주의와는 달리, 우리를 방어하면서 민족주의를 민주화하는 데 있다고 규정한다. 한편 좌익이니 우익이니 하는 '이데아의 세계'를 극복하는 길은 민족정신에 근거함에 있으며, 오늘의 문화인은 "민족의식의 부활을 위하여 이상을 민주제도의 모체로서 체계화하고 퇴폐한 심리를 재건하고 문화를 수립하며 외래사상을 비판 섭취하는 동력이 되어 인류공존의 세계관을 수립할 것"이라고 규정한다.

한편 조연현의 논지 또한 논쟁적인 성격을 벗어나 앞으로의 민족문학에 대한 방향 제시에 중점을 두고 있다는 점에서 김광섭의 문장과 비슷하다. 이 문장에 강조되고 있는 것은 문학에 있어서의 전통의 문제이다. 이 글에서는 먼저 "역사가 움직이는 데는 반드시 그 이면에 전통이 작용되고 있다"고 규정한다. 따라서 위대한 천재는 위대한 전통의 기반 위에서 창조의 꽃을 피우며, 또 그 자신이 전통의 산물이라는 것이다.

그런데 불행히도 우리 조선에는 그러한 전통이 빈곤하다는 것이다. 따라서 "우리들은 조선문학에 대해서 당분간은 절망적임을 면할 수 없다"고 말한다. 그러나 근대문학의 전통이 불과 1세기밖에 되지 않은 러시아 문학이 위대한 문학을 창조한 사실은 "우리의 자신있는 창조력을 자극시키기에 충분한 것"이라고 말함으로써 민족문학의 앞날을 희망적으로 전망하고 있다.

이 시기의 문학 논쟁의 중심적 쟁점은 역시 민족문학이라 할 수 있는바, 그것을 계급주의적 목적주의에서 보는 입장과 민족주의 내지 순수주의에서 보는 입장이 맞서 있었고, 여기에 톤을 달리하는 몇 갈래의 절충주의적 입장이 있었던 듯하다. 이러한 논쟁은 충분한 결실을 거두기 전에 밀어닥친 6·25동란으로 마침내 비극적인 분단시대에로 접어들게 된다. 그리고 그 미진한 부분의 일부는 역사의 그늘에 묻혀버리고 다른 일부는 제2기에로 연결되면서 순수·참여의 논쟁에로 연결된다. 그리고 전쟁이라는 비극적 사태는 새로운 쟁점을 유발하기도 하였다.

이어령의 당돌한 논조에서 우리는 이른바 전쟁세대의, 그 선배 작가들에 대한 전면적 거부의 몸짓을 볼 수 있고, 유종호의 논조에서 우리 산문문학의 한계성에 대한 진단을 볼 수 있고 정명환, 김붕구의 문장에서 한국에 있어서의 이른바 사회참여문학의 특수성에 대한 진단을, 그리고 김주영, 임중빈의 문장에서 문학의 사회참여적 기능에 대한 강조를 볼 수 있다.

유종호의 서술적 논조는 서구의 산문과 다른 한국 산문의 일면, 즉 짙은 정서적인 일면을 드러내주고 있고, 그러한 드러냄 자체가 김효식 같은 사람에 의하여 제기된 창작방법론의 도식성에 대한 극복의 가능성을 시사하는 것으로 되고 있다. 정명환, 김붕구의 논지에서 우

리는 당대의 유행어였던 이른바 앙가주망의 당대문학의 실제에 있어
서의 허와 실을 규명함으로써 당대의 열기 띤 쟁점이었던 순수·참
여 논쟁을 동시에 극복하려는 노력을 볼 수 있고, 또 시를 치열한 삶
에의 뛰어듦으로 파악한 김주영의 논지에서 전대의 목적주의적 참여
론과는 다른 경지를 엿볼 수 있다. 그리고 당대의 부정적 측면에 대
한 저항의 몸짓 속에서 문학의 사회적 기능을 포착하려 한 임중빈의
논지를 통해서 한국 참여문학론의 한 전형적인 패턴을 보게 되고 그
것은 뒤이은 민족문학론, 그리고 그에 뒤이은 민중문학론의 중심적
쟁점에로 이어진다.

　이 사화집의 편자가 말한바 제3기에 대응하는 제3부와 제4부에 이
르러 문학비평은 비교적 다양한 전개를 보인다. 우선 창작 방법론을
중심으로 하는 리얼리즘 논쟁(구중서, 성민엽) 등 분단 상황의 극복
문제와 관련되는 민족문학론(백낙청, 천이두, 신동욱, 염무웅, 김주연,
최원식), 산업화 사회의 대두와 문학의 형상화 문제(김용직, 임헌영,
김우창, 김치수, 김현, 조남현, 채광석), 분단시대와 문학의 문제(김병
익), 민중의식의 고양과 문학적 수용(受容)의 문제(조동일, 채광석,
정과리), 산업화 사회의 소비적 파생물로서의 대중문학의 문제(오생
근, 이동하) 등이 그것이다. 그러나 사실은 이런 여러 쟁점들은 서로
긴밀히 연관되어 있는 것이다. 대체로 유신체제의 등장 이후 오늘에
이르기까지의 기간에 해당하는 이 시기의 상황 조건은, 강력한 물리
적 힘에 의한 사회적 안정, 급격한 산업 사회에로의 전환에서 파생되
는 소득 재분배의 불균형 문제의 대두, 소비 성향의 팽창과 비례하는
민중의식의 고양, 기정사실로 경화되어 있는 분단 상황에 대한 각성
등을 그 특징으로 들 수 있는데, 당대의 문학은 개인의 사회로부터의
소외의식 및 개인의 사회에로의 확산으로서의 참여의식의 추구, 고
양하는 민중의식의 문학적 형상화, 분단 현실을 극복하려는 의지의
문학적 형상화 등을 주된 작업으로 하기에 이르렀고, 문학평론은 그
러한 문학적 현실과 상응하여 전개되었던 것이다.

이상으로 전질 4권 중의 비평집만을 중점적으로 살펴보았다. 시, 소설의 부분을 살펴보기에는 소정의 지면이 너무도 많이 초과되었으므로 간단한 언급으로 그치려 한다. 채만식, 허준, 김동리, 염상섭 등에서 80년대의 작가에 이르기까지의 작품들을 대체로 연대순으로 배열하고 있는 소설집(1권, 2권)에서 특히 주목의 대상이 되는 것은 6·25 이전의 몇 작품이 선을 보여 8·15 직후의 문학적 상황을 어느 정도 엿보이게 하는 점이다. 각 작품의 말미에 그 발표 연대가 밝혀져 있고 그 배열 순서에도 편자 자신의 일정한 문학사적 의도가 반영되어 있어서 문학사적 맥락을 더듬는 데 효과적이다. 이에 반하여 시집(3권)의 경우는 시인의 활동 연대순으로 안배되어 있어서 그런 맥락을 파악하기 어려운 점이 아쉽다.

　전질 4권의 사화집은 단순한 사화집이라는 뜻을 넘어서서 문학사적 자료의 배열이라는 뜻을 아울러 지니고 있는 점이 특색이라 하겠다. 그런 점에서 각 권의 말미에 부록으로 첨가된 작품 목록은 귀중한 자료로 활용될 수 있을 듯하다. 사화집이란 편찬 의도와 방향에 따라서 각기 그 특색과 가치를 달리할 수 있을 것이다. 이 사화집은 각 시대의 대표적인 작품이 되면서 동시에 문학사적 맥락을 지닌 것으로 선정 배열되었다는 점이 두드러진 특색이라 할 수 있다. 그리고 해방 40년의 문학사적 자료가 이른바 해방세대의 젊은 평론가에 의해서 편찬되었다는 것 또한 특별한 의의를 지니는 점이라 하겠다.

(『세계의 문학』 1985년 겨울호)

문학에의 역사적 접근과 공시적 접근
—김종균, 김용직

1

근래에 문학평론 및 문학연구의 분야에서 이루어지고 있는 여러 성과들을 몇 가지 계열로 나누어보면, 대충 다음과 같은 네 가지 방향으로 될 듯하다. 첫째는 실증적 역사적인 측면에서 한국의 신문학을 재정리 종합하려는 시도. 둘째는 이른바 뉴크리티시즘을 방법론적으로 이용하면서, 문학에 대한 분석적 접근에 주력하려는 시도, 셋째는 정신 분석학적 방법을 기반으로 한 문학 작품의 해명, 나아가서 신화비평을 기반으로 한 한국문학의 원형(archetype)을 정착시켜보려는 시도. 넷째는 사회적, 문명비평적 관심을 기반으로 하여, 한국의 신문학을 재평가해보려는 시도. 물론 상기한 네 갈래의 노력들은 서로 넘나들기도 하고 혹은 겹쳐지기도 하는 터이므로, 그 한계를 뚜렷이 긋기 어려운 경우가 많기는 하지만.

그중에서도 특히 첫째의 시도는 그 양적인 면에서 볼 때 유달리 앞서고 있는 편이 아닌가 한다. 실증적 역사적 측면에서 한국의 신문학을 재정리하려는 일련의 노력들은 문헌연구가 이제껏 중심과제로 되어온 대학강단 및 그 둘레의 인사들에 의하여 주로 이룩되고 있는 편이며, 작품 분석을 중심과제로 하고 있는 둘째의 노력들은 주로 영미문학에 익숙하여온 일부 인사들에 의하여 이룩되고 있는 편이다.

한국문학의 전통에 관한 관심, 한국문학의 주체성 확립에의 관심이 촉구되고 있는 근래의 문단 학계의 분위기와 병행하여, 한국 신문학 전반에 관한 재평가의 시도가 활발해지고 있다. 이러한 시도는 한걸음 더 나아가서 매몰된 제반 자료의 발굴, 그것들을 역사적 문맥 속에 재편입시킬 경우 필연적으로 요청되는 역사적 조명의 재조정, 나아가서 문학사 자체에 대한 전면적 재검토 등등 실로 값지고도 벅찬 과제들을 수행하려는 노력들이 시도되고 있다. 이 과정에서 실증적 역사적인 관점에서 한국문학을 재정리 · 재조명하려는 시도들은 주목할 만한 성과를 거두고 있다. 한국문학의 전통에의 관심, 그 주체성 확립에의 관심 등 근래의 문단 학계의 추세는 다른 한편으로 신문학 60년을 일단 문학의 독립자재한 가치대상으로 재검토하는 노력을 요청하게 되었고, 이러한 요청은 한 걸음 더 나아가서 종래의 모든 그릇된 평가들을 전면적으로 바로잡는 동시에 새로운 가치평가의 조명 아래 위치지으려는 일련의 노력들을 촉구하게도 된 것이다. 신문학 60년을 공시적인 자리에서 재검토하려는 일련의 분석비평적 노력들은 결국 이러한 움직임 가운데 영위되어온 것이라 할 수 있다.

신문학 60년을 차원 높게 재정리한다는 측면에서 생각할 때 문학에의 실증적 역사적 접근이나, 그것에의 분석적 공시적 접근은 다 같이 소중한 것이며, 그 둘은 마치 그래프의 수직축과 수평축의 관계처럼 각기 불가결의 조건들이라고 필자는 생각하고 있다. 문학은 숙명적으로 어떤 시대의 산물이므로 역사적 문맥 속에 묶여 있을 수밖에 없는 것이며, 그것은 또 가치의 대상이기 때문에 언제나 우리 앞에 현존해 있는 것이라 믿기 때문이다.

　문학에의 실증적 역사적 접근의 노력에서 우리가 기대할 수 있는 이점은, 문학을 그 생성된 당대의 상황 속에 일단 되돌려놓음으로써(물론 그 작업은 매우 어렵고도 위험한 것이어서 만일 그 일이 잘못될 경우에는 그 작품에 대한 엉뚱한 오해와 편견을 유발시킬 경우가 얼마든지 많은 법이기는 하지만) 그 작품의 독자적 가치를 파악하는 효과적인 단서를 얻을 수 있고, 또 그 작가의 생애의 흐름 속에 위치지어놓음으로써(이 작업 역시 어렵고도 위험한 일임은 마찬가지지만) 그 작품이 어쩔 수 없이 그 작품일 수밖에 없었다는 사실을 재확인할 수 있다는 점이다. 뿐만 아니라 실증적 역사적 접근의 노력이 보장해주는 풍부한 문헌 역시 그것을 다루기 나름에 따라서는 얼마든지 새로운 암시의 발원체로 이용할 수도 있다. 더구나 가혹한 일제의 탄압 때문에 치욕의 그늘에서 빛을 보지 못한 소중한 문헌들이 얼마든지 있다. 실증적 역사적 접근을 통해서 우리는 우리 문학의 매몰된 재산을 되찾을 수 있는 것이다. 문학이 있고서야 문학사가 있을 수 있는 것이다. 따라서 문학을 찾는 일, 매몰된 문학 유산을 발굴해내는 작업은 모든 여타의 과업에 앞서야 할 절대 과업이다.

　한편 분석적 공시적 접근에서 우리가 얻을 수 있는 이점 또한 크다. 첫째 그것은 문학사는 문학의 자료의 집적이 아니라, 문학적 가치의 역사라는 가장 중요한 사실을 우리에게 환기시켜준다. 동시에 문제의 초점이 무엇인가를 분명하게 밝혀준다. 즉 우리가 송강(松江)에게 관심을 갖는 것은 그가 좌의정을 지냈고, 모년 모월에 전남 어디로 귀양살이를 간 사람이기 때문이라서가 아니라, 「사미인곡」이 우리 앞에 있기 때문에서라는 것을 우리에게 일깨워주는 것이다. 따라서 우리에게 궁극적으로 중요한 것은 송강의 「사미인곡」이라는 가장 소박한 진리를 환기시켜주는 것이다. 동시에 선조 시대의 사람들이 찬양했기 때문에 그 작품이 가치 있는 게 아니라, 가치가 있기 때문에 오늘의 우리가 그 작품을 읽는다는 사실을 환기시켜준다.

그러나 실증적 역사적 접근과 분석적 공시적 접근은 앞서도 말한 것처럼 긴밀한 상호보완의 관계 아래 있어야 한다. 문학이 무엇보다도 먼저 현존하는 가치의 대상이라는 사실이 망각될 때 한 작가의 대표작은 그 습작기의 파지의 산더미 속에 빛을 잃게 되거나, 그 대표작은 제쳐두고, 그 작자의 족보나 교우 관계, 혹은 그 시대의 풍문을 천착하는 쪽으로 초점이 빗나가게 될 것이다. 실증적 역사적 접근이 안고 있는 함정은 바로 여기에 있다. 한편 분석적 공시적 방법은 또 그 나름의 한계를 지닐 수 있다. 문학은 어쩔 수 없이 특정한 어떤 천재의 산물이며, 그 천재가 살았던 시대의 산물이라는 사실을 망각하기 쉽다는 사실이다. 모든 시대는 그 시대 나름의 컨벤션을 가지고 있고, 또 모든 천재 역시 그 점에서는 마찬가지다. 그 특정한 천재의 그리고 그 시대의 컨벤션을 정확히 파악하지 않고서 그 작품의 비밀을 올바르게 파악할 수는 없다. 이런 약점은 실증적·역사적 접근에 의해서만 극복될 수 있는 것이다. 더구나 우리의 신문학은 별수 없이 그 문학사적 가치와 문학적 가치를 엄연한 별개의 것으로 구분지어 생각해야 할 허다한 경우가 있다. 우리 시문학 60년을 공시적 자리에서만 살피기로 할 때 「해에게서 소년에게」나 「불놀이」나 그 밖의 많은 작품들이 문학소년의 습작의 파지로 처리되어버리지 말라는 보장이 없다.

이런 문제들과 관련하여 김종균의 『염상섭 연구』와 김용직의 『한국문학의 비평적 성찰』을 흥미있게 읽었다. 『염상섭 연구』에서 기반으로 하고 있는 방법이 앞서 말한 실증적·역사적 접근 방식이었는 데 반하여, 『한국문학의 비평적 성찰』의 대부분이 분석적·공시적 방법에 의존하고 있었고, 그 점에서 각기 특색 있는 성과들을 거두고 있기 때문이다. 이제 그 점을 좀더 세밀히 살펴보기로 하자.

2

 김종균의 『염상섭 연구』는 모두 4부로 나뉘어 있다. 1부는 연구사, 2부는 작가론, 3부는 작품론, 4부는 한국문학과 상섭문학. 그리고 부록으로 염상섭의 가계, 작품목록, 연구목록 등이 수록되어 있다.

 제1부의 연구사에서 다루어지고 있는 문제는 염상섭의 동시대에서 최근에 이르기까지의 염상섭에 관한 모든 종류의 언급들을 그 연대순으로 섭렵해가면서, 각 시기의 연구성과를 낱낱이 소개하면서 그 특질과 한계들을, 지적하고 있다. 이 과정에서 저자는 개개의 연구들을, 그 핵심이 될 만한 문제점들을 발췌 소개하면서 필자 자신의 코멘트를 곁들이고 있으며 개개의 문헌들에 관한 출처를 낱낱이 밝히고 있다.

 제2부의 작가론에서는 인간 염상섭의 면모를 부각시키기 위한 노력이 시도되고 있다. 그리고 이 항목은 다시 그 생애, 성격, 그의 문학수업의 모습, 그리고 그의 사상 등을 파악하려는 네 갈래의 노력으로 나뉘어 있다. 이 부분에서 저자는 염상섭 자신의 자전적인 기록, 그의 친지 후배들의 제반 기록, 염상섭의 유가족들의 제반 증언 등을 참조하면서, 작가 염상섭의 성장과정이며, 그 환경, 그의 성격, 그의 작가로서의 영향 관계, 그의 작가로서의 사상적 기반 등을 실증적으로 기술하고 있다. 염상섭의 인간적 풍모가 비교적 종합적으로 재구성되어 있다고 하겠다. 제3부는 이 저서의 핵심부라 할 수 있는 작품론이다. 이 부분은 다시 소설·평론·시·수필 등 세 갈래로 나뉘어, 1920년대에서 1963년 그가 작고하기까지의 문학적 성과들을 발표된 순서대로 하나하나 섭렵해가면서 개개의 작품들에 관한 여러 가지의 비평적 문헌들을 인용 소개하면서, 저자 자신의 견해를 피력해가고 있다. 이 부분 가운데 핵심을 이루고 있는 것은 역시 소설에 관해 언급한 부분이다. 이 부분에서 저자는 작가 염상섭의 문학적 경과를 면밀하게 보고하고 있으며, 특히 상섭문학의 몇 갈래의 흐름을 그 작품

들 상호간의 유사성과 다양성, 그것들 상호간의 계보상의 동질성과 이질성 등을 검토함으로써 부각시켜보려 하고 있으며, 나아가서 그 소설들을 그와 동시대의 다른 작가들의 작품들과 비교함으로써 염상섭에 끼친 다른 작가들의 영향관계 및 차이점 등을 밝히고 있다.

제4부는 이 저서의 결론 부분이라고 할 수도 있는바, 근대적 시민문학의 작가, 온건한 타협주의적 리얼리스트, 시대현실의 탁월한 묘사가, 한국 사실주의 문학의 완성자인 염상섭의 전모를 종합적으로 귀납함으로써, 한국문학에 있어서의 상섭문학의 위치를 정착시키려 하고 있다.

근 600면에 달하는 방대한 이 저서를 통해서 저자가 밝혀내고자 한 것은 염상섭에 관계되는 '모든 것'이라고 일단 말할 수 있다. 한 작가를 두고, 그와 관련되는 전후좌우의 모든 조건과의 대비를 통하여, 종합적으로 검토하려는 시도는 이 저서를 제쳐두고 달리 그 전례를 찾을 수 없지 않을까 한다. 그만큼 이 저서는 그 의욕에 있어서 대단하고 그 범위에 있어서 방대하고 그 끈기에 있어서 경탄할 만하다.

특히 그 방대한 자료 수집의 노고는 앞으로의 상섭문학의 연구를 위한 훌륭한 이정표가 되고도 남음이 있다 할 수 있다. 한국문학에 관계되는 모든 문헌들을 체계적이고도 조직적으로 수집 정리하는 일은 우리 학계 및 문단의 당면과제 가운데서도 가장 소중한 것의 하나라 할 수 있다. 우리의 신문학은 그것이 치러야 했던 치욕적인 식민지 시대의 특수성 때문에 그 소중한 많은 문헌들이 혹은 인멸(湮滅)되고, 혹은 매몰 직전의 위협 속에 놓여 있는 게 사실이다. 근래의 의욕적인 노력들은 이런 문제에 착안하여 끈기 있게 우리 문헌들의 발굴작업을 서두르고 있거니와, 이번의 『염상섭 연구』가 이룩한 성과도 그러한 노력의 중요한 한 결실이라 할 수 있겠다.

이런 문제와 관련하여 작가 염상섭의 작품뿐만 아니라, 그에 관한 제반 연구의 문헌들을 체계적으로 집대성했다는 사실 또한 이 저서의 큰 성과라 할 수 있다. 이러한 노력이야말로 문학의 역사적 연구가 담당해야 할 가장 중요하고도 기초적인 작업 가운데 하나라 할 수 있다. 저자 김종균은 작가 염상섭의 문학적 출발점에서 최근에 이르기까지의 연구문헌들을 정리하였을 뿐 아니라, 그 문헌들이 각기 그 때그때의 문학사적 전후관계 속에서 차지한 성격이며 위치까지를 밝혀놓고 있는데, 이런 노력을 통하여 문학의 공시적 연구가 자칫 빠뜨리기 쉬운 가장 소중한 측면, 즉 당대현실의 문학적 컨벤션을 해명하는 측면에 효과적으로 기여하고 있다.

한 작가를, 그의 출생에서 임종까지의 인간적 조건을 더듬어나가면서, 그 성격 형성의 비밀, 문학적 성격의 형성 경위, 그의 사상적 기반의 해명 등에 끈기 있는 노력을 기울이고 있는 점 또한 이 저서의 방법론인 실증적 역사적 접근이 거둔 소중한 성과 중의 하나라 할 수 있다. 저자 자신 여러 군데서 언명하고 있는 바와 같이 문학은 시대의 반영이며, 또 개성의 반영이다. 따라서 한 작가의 문학 세계를 폭넓고 깊이 있게 이해하는 전제조건으로서 그 시대적 배경 및 인간적 조건이 효과적인 조명으로 동원돼야 할 것은 말할 것도 없다. 이런 의미에서 김종균은 작가 염상섭의 문학세계를 이해하기 위한 중요한 기초 공사를 이룩했다고 할 수 있다. 이 저서의 근본적 성과는 바로 이런 측면에서 찾아야 할 것이다.

자료를 끈기 있게 수집하는 일, 그것들을 과학적으로 분석 검토 종합하는 일, 나아가서 한 작가면 작가와 관련되는 전후좌우의 제반 조건들을 면밀히 조사 검토하여 그의 문학세계를 밝혀내는 효과적인 조명으로 동원하는 일, 한 작가 및 그의 작품의 계보나 영향관계 등을 밝혀내는 일 등등은 문학 연구의 소중한 한 분야이기는 하다. 그러나 그것은 문학 연구를 위한 기초공사의 분야이기는 할지언정, 그 최종의 완성의 분야는 아닌 것이다. 우리들에게 궁극적으로 문제되는 것은 어디까지나 작품 그 자체인 것이다. 이 저서는 기초공사에 치중한 편이라 할 수 있다.

물론 이 저서에서도 작품 자체에의 관심이 큰 비중을 차지하고 있는 것은 사실이다. 저서의 체제상으로 볼 때 작품론이 이 저서의 핵심을 이루고 있다. 이 경우 저자는 그 개개의 작품들에 관한 여러 비평적 문헌들을 광범하게 모으고 개개의 작품들에 관한 저자 자신의 온당하고 정확한 논평을 가하고 있다. 이 과정에 있어서 주류를 이루고 있는 것은 비평적 문헌 쪽이고 저자 자신의 견해는 부수적인 자리에 서 있는 듯하다. 어디까지나 역사주의적 실증주의적 관점을 견지하려는 저자의 일관된 자세의 반영을 여기서 볼 수 있다.

저자의 이러한 방법론이 이룩한 성과는 높이 평가돼야 할 것이다. 그러나 일말의 미흡감이 느껴지는 것도 사실이다. 문학 연구는 어떤 유의 연구든 간에 일단은 과학이어야 하지만 그러면서도 결국은 과학 이상의 어떤 것일 수밖에 없다. 이런 점에서 문학의 연구는 자연과학과 다를 수밖에 없고 다른 인문과학 내지 사회과학과도 다르다. 이 저서가 이룩한 많은 성과에 깊이 공감하면서도 일말의 미흡감을 느끼게 되는 것은 결국 그런 문제와 관련되는 부분이다.

3

김종균의 『염상섭 연구』가 실증적 역사적 방법을 기반으로 한 학구적인 노력의 소산이라면, 김용직의 『한국문학의 비평적 성찰』은 주로 뉴크리티시즘의 방법을 기반으로 한 비평적 노력의 소산이다.

이 저서에는 20편의 논문들이 수록되어 있는데, 그것은 구도와 검증, 분석비평시론, 시인론, 기타 세 부분으로 분류하여 묶어놓고 있다.

구도와 검증의 부분에 수록되어 있는 7편의 논문들은 대개 한국의 신문학을 전반적인 자리에서 재검토하는 입장에 서서 거기에서 제기되는 몇 가지 문제점들에 언급하고 있는 것들이다. 여기 수록된 논문들은 어떤 일관성을 띤 것들은 아니지만 한국 신문학을 전면적인 자리에서 재검토하려는 근래의 문단적 시도와 대체로 궤를 같이하는 것들이라는 점에서 일련의 공통성을 찾을 수도 있다. 가령 「외래지향성과 그 극복의 길」이라는 논문에서 필자는 개화기문학에 대한 종래의 정평에 대하여, 일종의 회의적인 반응을 보이면서 새로운 차원에서 그 시대의 문학이 정리 평가되어야 한다는 것을 제안하고 있다. 말하자면 한국의 개화기문학은 응당 그에 선행한 고전문학을 정당히 계승한 토대 위에서 전개되었어야 할 것임에도 불구하고, 오히려 민족문학의 유산을 계승하는 가장 소중한 과제를 외면한 채 지나치게 외래지향적인 측면으로 기울어져버렸고, 그것은 결국 당시의 일부 문인들에 있어서의 투철한 민족주의 정신의 결여에서 연유되는 것임을 지적하고 있다. 이러한 약점은 개화기의 대표적 문학양식인 신체시나 신소설에서 다 같이 지적해낼 수 있는 요소인데, 개화기문학이 이처럼 외래지향성의 문학으로 규정되게 된 것은 개화기문학을 평가 판단하기 시작한 일제 말기의 시대적 제약에 연유된 것일 가능성이 많다는 것이며, 따라서 오늘의 우리들은 새로운 각도에서 개화기의 문학을 검토해볼 필요가 있다는 것이다.

사상적인 입장에서 볼 때 당시는 오히려 투철한 민족주의 정신이 팽배한 시대였다는 것이고, 그것은 가령 외세를 물리치려 한 동학사상이나, 위정척사파(衛正斥邪派)들의 주장 등을 통해서도 능히 알 수 있다는 것이다. 요컨대 이처럼 민족주의 정신이 팽배해 있었던 개화기에 있어서 문학만이 유독 외래지향적인 성격으로 정착되었다고 보기는 아무래도 부자연하므로 개화기의 문학에 대한 전면적인 재검토가 절실히 요청되는 것이며, 그것은 우선 자료 수집의 차원에서부터 다시 시작하는 것이 타당하다고 말하고 있다.

이 논문은 민족문학의 주체성 확립이라는 우리 시대의 당면과제와 관련하여, 매우 중요한 한 국면을 열 수 있는 단서를 제공해준 것이라는 점에서 주목할 만하다. 한국 신문학을 전면적인 자리에서 재검토하여보려는 저자의 노력은 가령 「근대문학의 기점문제」 「식민지시대의 한국문학」 「통념과 작품의 진실」 등을 비롯한 이 부분의 거의 모든 논문에 일관하는 성과 속에 반영되어 있다. 이런 일련의 논문들에서 저자는 우리 문학사의 재정비라는 당대의 소중한 과제와 관련하여 핵심적인 문제점들을 제시하고 있다.

'분석비평 시론'이라는 표제 아래 배열된 논문들과 그 실천적 적용이라 할 수 있는 '시인론'에 배열된 논문들에서 이 저서의 진면목은 한결 효과적으로 발휘되고 있다. '분석비평 시론'에서 저자는 이른바 뉴크리틱들의 이론을 소개하면서 아울러 구체적인 작품의 분석을 하고 있는데 선명한 논리와 아울러 문장의 품격을 느끼게 된다. 이 계열의 논문들이 한결 논리도 선명하고 문장의 밀도도 짙다. 「소월시와 앰비귀이티」에서 김용직은 우리 문학의 고유성을 검토하기 위해서는 우리의 고유한 비평적 척도가 있어야 한다는 것을 절실히 느끼고는 있으나 현실적으로 그게 불가능하다는 사실을 지적하고 이어서 다음과 같이 말하고 있다.

　　우리 스스로의 방법에 의한 우리 것의 검토, 분석, 논의, 지금 같아서는 그것은 아직 우리의 이상에 지나지 않는다. 그리고 우리의 현실이라는 것이 아직은 거기에서 먼 계층에 있는 것임을 우리는 알 필요가 있다.

그의 이러한 견해는 타당한 것이라 시인할 수 있을 듯하다. 이러한 입장에서 그가 필요한 방법론으로 채택한 것이 곧 뉴크리티시즘이라 할 수 있겠다. 사실 그는 이러한 뉴크리티시즘의 방법론적 기초 위에서 우리 문학에 대한 종래의 평가들의 오류를 적잖이 바로잡고 있다. 가령 일제시대의 작품들이라서 걸핏하면 애국주의적 관점에서 풀이하려 한다든지, 혹은 어떤 시인의 행적이 애국투사나 승려의 그것이었다고 해서 덮어놓고 그의 작품들을 애국사상 혹은 불교사상과 관련시켜 풀이한다거나 하는, 이른바 의도비평의 오류에 대한 지적, 종래의 소박한 인상비평이 곧잘 범하기 쉬웠던바 문학작품에 대한 평판적(平板的) 해석을 시도함으로써 그 의미의 중층(重層)을 봉쇄해 버린 일련의 오류에 대한 지적 등은 단순히 서구의 방법론을 도입했다는 측면에서가 아니라 그것을 한국문학의 실제 속에서 효과적으로 적용하고 있다는 점에서 큰 의의를 지니는 성과들이라 할 수 있다.

이러한 방법론을 기반으로 하여 이룩된 박두진·조지훈·황동규 등 시인론 역시 문학에의 분석적 접근이 이룩할 수 있는 비평적 성과의 좋은 보기가 된다 하겠다.

그러나 분석적 공시적 비평은 그 나름의 일정한 한계를 간직하고 있다. 그리고 김용직의 성과 가운데서도 그런 점을 부분적으로 느낄 수 있다. 『의도의 오류와 의도비평』 가운데 이상화의 「나의 침실로」를 풀이한 부분을 살펴보기로 하자.

이 논문에서 김용직은 종래의 의도비평이 곧잘 비평적 오류를 범하기 쉬웠다는 사실을 지적하는 한편 종래의 역사주의적 비평태도에 대해서도 "물론 우리가 일방적으로 역사주의적 비평을 공격, 거부하자는 것은 아니다. 다만 언제나 문예비평의 배경론, 작가의 전기조사, 작가를 통해 작품을 평가·판단하는 차원에 머물 수는 없지 않을까 한다"라고 말함으로써 역사주의적 비평의 한계를 지적하고 있다. 이러한 의도비평 내지 역사주의적 비평의 한 오류의 예로서 종래 몇 사람들에 의하여 시도된 「나의 침실로」에 대한 해석을 들고, 거기 대한 비판을 가한 뒤, 저자 자신의 새로운 해석을 가하고 있는바, 바로 그 해석이 분석적 공시적 비평이 자칫 떨어지기 쉬운 오류의 한 예가 되고 있는 것이다.

저자는 「나의 침실로」에 있어서의 침실이 곧 죽음을 의미하는 것이라 결론함으로써, 인간세상은 일장춘몽이니 이 세상 아닌 다른 세상, 즉 죽음의 세상으로 가자는 것이라 이 작품을 풀이하고 있다. 바로 이 점이 문제다. 나의 결론을 먼저 말하자면, 이 침실이 "이 세상 아닌 다른 세상"을 상징하는 것이라는 김 교수의 풀이에는 전적으로 동감이지만, 그렇다고 "죽음을 원하고 그 찬미를 꾀"하고 있는 작품으로 풀이될 수는 없다는 것이다. 혹 죽음을 뜻할 수 있다 할지라도 죽음 그것만을 뜻하는 것으로 풀이될 수는 없다는 것이다. 그렇게 되어버릴 때 우선 이 작품이 간직하는 앰비귀이티의 묘미를 박탈해버리는 결과가 되기 때문이다.

이 작품은 분명 현재 놓여 있는 세계(현실)에서 다른 어떤 세계에로 옮아가고자 하는 뜻을 표백하고 있는 것만은 분명하다. 그렇다고 조국광복을 위한 투쟁의 장소로 가자는 것으로 풀이될 수도 없지만 죽음의 세계로 가자는 뜻을 나타낸 것으로 풀이할 수도 없다. 그것은 그냥 침실로 돌아가자는 것이요, 지금 있는 장소 아닌 보다 평화롭고 행복한 어떤 곳으로 가자는 것을 나타낸 것이라 풀이할 수밖에 없다는 것이다. 그러니까 유토피아의 세계로 가자는 것이라 풀이할 수밖에 없다는 것이다. 이 침실이 죽음을 상징하는 것이라 단정하는 김용직은 그 유력한 근거로 "뉘우침과 두려움의 외나무다리 건너 있는 내 침실 열 이도 없으니!"라는 구절을 인용하고, "침실이 조국독립을 위한 준비와 공작의 비밀장소라면 두려움은 몰라도 뉘우친다는 감정까지를 지녀야 할 까닭은 무엇인가는 설명되기 힘들다"고 말하고 있지만, 문제의 '뉘우침과 두려움'은 그 문맥으로 볼 때 분명 외나무다리 이편에 있는 것이지, 건너편 즉 침실의 편에 있는 것은 아니라는 사실이다. 이 사실을 김용직은 정반대의 각도에서 풀이하고 있다. 그리고 그 외나무다리가 한번 가면 돌아올 수 없는 다리라고 하더라도 한번 가면 못 돌아오는 세계가 꼭 죽음의 세계일 수만은 없다는 것은 가령 유토피아와 현실 사이의 관계에 있어서도 그것은 마찬가지로 적용되기 때문이다. 그리고 김용직이 이용하고 있는바, "갈 테면 우리가 가자 끄을려 가지 말고"라든지, "부활의 동물"이라든지 하는 구절 역시 마찬가지로 적용된다. 요컨대 이 작품은 당대 현실에 절망한 한 젊은이의, 보다 행복하고 평화스런 어떤 다른 현실에의 갈망과 동경을 나타낸 작품이라 할 수밖에 없다는 것이다.

그런데도 저자가 이 작품을 굳이 '죽음을 찬미한 것'이라고 그 의미의 중층을 제한해버리게 된 결정적 이유는 무엇일까? 이 작품의 시대적 배경을 전혀 고려에 넣지 않았기 때문일 것이다. 이 작품이 발표된 1920년대의 초기는 주지하는 바와 같이 3·1운동이 좌절된 직후 민족이 실의와 절망에 빠져 있던 때다. 따라서 문학도 그러한 당시의 분위기를 반영하고 있는 게 사실이다. 그러기에 이 시대의 모든 시인들은 거의 예외없이 침실이니 동굴이니 밀실이니 황혼이니 하는 이미지들을 즐겨 썼고, 나아가서 무덤이니 명부(冥府)니 유령이니 하는 이미지들을 썼던 것이다. 실제로 죽음을 찬미한 작품들이 있었던 것도 사실이기는 하다. 그러나 그런 모든 어휘나 이미지들은 어디까지나 절망적인 당시의 상황에서 탈출하여 보다 평화롭고 행복한 어떤 다른 세계를 갈망하는 간절한 소망의 반영에 지나지 않았었다는 사실을 감안해야 할 것이다.

요컨대 당시의 시인들이 즐겨 사용한 동굴이니 밀실이니 침실이니 하는 이미지나 어휘들이 혹 그 내포적 의미 가운데 죽음의 개념이 들어 있을 수는 있다 할지라도, 그것만이 아닌 그 이상의 어떤 것을 뜻하는 것이었다는 말이다. 이런 이미지나 어휘들은 1920년대 초두의 시인들이 간직한 특수한 이디엄이요, 그들이 이룩한 특수한 시적 컨벤션이다. 따라서 「나의 침실로」는 무엇보다도 먼저 백조파의 한 사람이었던 이상화의 작품이고, 그리고 1920년대 초두의 특수한 시대적 이디엄과 컨벤션을 기반으로 하여 이룩된 작품이라는 사실을 명백한 전제조건으로 할 때에만, 이 작품에 대한 올바른 이해와 평가가 성립되는 것이다.

문학에의 공시적 분석적 접근의 한계성은 바로 이러한 특수한 시대적 이디엄 및 컨벤션에 대하여 자칫하면 등한히 할 수 있다는 점이다. 이러한 한계성을 지양하기 위해서 문학에의 역사주의적 접근은 아직도 여전히 충분한 존재 이유가 성립되는 것이다.

(『문학과사회』 1974년 가을호)

문학에 표상된 서울의 모습

—8·15에서 50년대까지

　나에게 주어진 과제는 8·15에서 50년대까지의 기간에 있어서 우리 문학 속에 그려져 있는 서울의 모습을 살펴보는 일이다.

　이 기간은 파란만장한 우리의 근·현대사의 흐름 가운데에서도 가장 긴박하고 비극적인 사태들이 돌발적으로 연이어 일어난 기간이다. 8·15는 이 땅에서 일본제국주의의 식민통치를 종식케 하였지만, 미소 열강의 자의적 결정에서 연유된 38선으로 하여 국토가 양단되었다는 점에서는 뼈아픈 분단시대를 열게 한 날이라 할 수 있다. 38선은 국토를 양단시켰을 뿐 아니라, 민족을 또한 분열시켰다. 이 땅에 군림하던 일본제국주의가 물러간 8·15 직후의 정치적 공백기에 빚어진 좌우 이데올로기의 싸움은 이내 남과 북에 각기 용납을 불허하는 두 개의 정권을 등장케 하였고, 그것은 1950년의 6·25라는 민족 최대의 비극으로 치닫게 하였다. 3년간에 걸친 이 비극적인 전쟁은 숱한 인명의 희생을 가져오게 하였을 뿐 아니라 이 땅의 모든 국면에 있어서의 물질적·정신적인 황폐화 현상을 가져오게 하였다. 이러한 황폐화 현상은 적어도 50년대 말까지 계속되었던 것이다.

그리고 오늘 우리들은 아직도 여전히 통일을 이룩하지 못한 채 쓰라린 분단의 시대를 살고 있는 것이다. 분단 50년의 기간 중에서도 최초의 15년간, 즉 내가 검토의 대상으로 하고자 하는 해방에서 6·25를 거쳐 50년대 말까지의 기간은 이른바 분단시대의 개막에서 고착화에 이르기까지의 기간이요, 동시에 가장 비극적인 기간이다. 이 기간의 서울의 모습이 어떠하였던가를 살피는 일은 분단의 연유를 점검함에 있어서 소중한 단서를 얻을 수 있을지도 모르며 아울러 이 분단시대의 극복을 위한 효과적인 반성의 계기를 찾을 수 있을지도 모른다.

그러면 우선 우리들에게 있어서 8·15는 무엇이었던가? 그것은 어떻게 우리들에게 다가왔었던가를 생각해보기로 하자.

"결국 일본이 지고 만 거죠. 철원 가면 신문을 보십시오" 하고(운전사는)차를 달려버린다. 이쪽 차도 갑자기 굴르는 바람에 현은 털석 주저앉았다.

'옳구나! 올 것이 왔구나! 그 지리하던 것이······.'

현은 코허리가 찌르르해 눈을 섬벅거리며 좌우를 둘러보았다. 확실히 일본 사람은 아닌 얼굴들인데 하나같이 무심들 하다.

"여러분은 운전사들의 대활 못 들었습니까?"

서로 두리번거릴 뿐, 한 사람도 응하지 않는다.

"일본이 지고 말았다면 우리 조선이 어떻게 될 걸 짐작들 허시겠지오?"

그제야 그것도 조선옷 입은 영감 한 분이,

"어떻게든 되는 거야 어디 가겠소? 어떤 세상이라고 똑똑히 모르는 걸 입을 놀리겠소?"

한다. 아까는 다소 흥미를 가지고 지껄이던 운전사까지,

"그렇지오. 정말인지 물어보기만도 무시무시한 걸요."

하고 그 피곤한 주름살, 그 움푹 들어간 눈으로 운전하는 표정뿐이다.

현은 고개를 수그렸다. 조선이 독립된다는 감격보다는 이 불행한 동포들의 얼빠진 꼴이 우선 울고 싶게 슬펐다.

"이게 나 혼자 꿈이나 아닌가?"

이는 이태준의 「해방전후」(1946)의 한 구절이다. 이 작품은 순수파 작가였던 이태준이 해방을 맞은 이후 급변하는 정세 속에서 좌익으로 기울어지기까지의 경위를 진술한 자전적인 소설이다. 이런 이데올로기적인 측면은 충분히 감안하겠지만, 어떻든 8·15 직후의 서울의 모습을 매우 상세하게 묘사하고 있으므로 이 작품을 따라가며 당시의 서울의 모습을 살펴보기로 한다. 시국에 협력하라는 일제 당국의 강요를 피하여 시골에 칩거해 있던 '현'은 "급히 상경하라"는 친구의 전보를 받고 어떤 심상치 않은 예감을 느끼면서 서울행 버스를 타는데, 버스 운전사끼리의 대화를 통하여 일본의 패망 소식을 듣게 되고, 마침내 올 것이 왔구나 하는 감격에 휩싸이는데, 이러한 현과는 달리 다른 승객들은 모두 이 엄청난 사실에 전혀 무심하다. 함부로 입을 놀리기를 꺼려한다. 얼빠진 동포들의 모습에 현은 깊은 슬픔에 빠진 이다.

이윽고 주인공 '현'은 뚜껑 없는 모래차에 실리어 8·15보다 이틀 뒤인 17일 새벽에야 청량리에 당도한다. 그런데 정거장을 지날 때마다 목청껏 독립만세를 외쳤던 것과는 달리 서울의 분위기는 냉랭하다. "독 오른 일본 군인들"이 예리한 무장을 하고 거리를 지키고 있었고, 총독부의 기관지인 경성일보의 논조도 여전히 태연자약하다. 아직도 총독부와 일본군대가 우리 민족에게 명령하고 있는 것이다. 이러한 시점에서 문단의 기선을 장악하는 것은 좌익문사들이다. '총독부와 일본 군대'가 여전히 살아 있고, 해외의 임시정부가 채 들어오지도 않은 시점인데다가 문화인들도 지방으로부터 다 모이지도 않앉는데 재빨리 간판부터 내걸고 서두르는 사람들이 대부분 좌익문사들인 점에 현은 처음에는 불쾌히 여기며 걱정마저 하기도 하다가 점차 그들의 "진실한 정신적 준비"에 공감을 느끼면서 그들에게 동조하게 된다.

이런 가운데 좌익이 주도하는 데모대가 붉은 기를 앞세우고 적기가를 부르며 종로를 지나고, 조선문학건설본부(후에 문학가동맹으로 개편되는 좌익 문학단체) 옥상에는 '조선인민공화국 절대지지'라는 현수막이 내걸리게 된다. 현은 이런 일련의 일들에 심한 거부감을 의식하면서도 점차 그들의 신탁통치 지지의 논리에 설득되어간다.

이미 미국 군대가 들어와 일본 군대의 총뿌리는 우리에게서 물러섰으나 삐라가 주던 예감과 마찬가지로 미국은 그들의 군정을 포고하였다. 정당은 누구든지 나타나는 바람에 하룻밤 사이에 오륙십의 정당이 꾸미어졌고, 이승만 박사가 민족의 미칠 듯한 환호 속에 나타나 무엇보다도 조선민족이기만 하면 우선 한 데 뭉치고 보자는 주장에 그 속에 틈이 있음을 엿본 민족반역자들과 모리배들이 다시 활동을 일으키어 뭉치는 것은 박사의 진의와는 반대의 효과로 (……) 민심은 집중이 아니라 이산이요 신념이라기보다 회의의 편이 되고 말았다.

미군정이 들어서고 각종 정당들이 난립하는 가운데 한때 기가 꺾이었던 친일파 민족반역자들이 다시 고개를 들기 시작하고 모리배들이 활동을 시작하게 되는 경위를 진술하고 있다.

삼팔선은 날로 조선의 허리를 졸라만 가고 느는 건 강도요, 올라가는 건 물가요, 민족의 장기간 흥분하였던 신경은 쇠약할 대로 쇠약해만 가는 차에 신탁통치 문제가 터진 것이다.

사회적·경제적인 혼란이 심해가는 판에 신탁통치 문제가 터지게 됨으로써 가뜩이나 대립적이었던 좌익과 우익 사이의 갈등은 점차 심각한 방향으로 치닫게 되는 것이다. 요컨대 「해방전후」에 그려져 있는 서울의 모습은 지극히 소란스럽고 불안한 풍경이다.

작중상황의 설정이 「해방전후」와 비슷한 지하연(池何蓮)의 「도정」(1946)에 그려져 있는 해방 직후의 서울의 모습도 마찬가지다. 당시의 서울의 풍경을 시인 오장환은 이렇게 읊고 있다.

아, 저마다 손에 손에 깃발을 날리며 노래조차 없는 군중이 만세로 노래 부르며 이것도 하루아침의 가벼운 흥분이라면…… 병든 서울아, 나는 보았다.

언제나 눈물 없이 지날 수 없는 너의 거리마다.

오늘은 더욱 짐승보다 더러운 심사에 눈깔에 불을 켜들고 날뛰는 장사치와 나다니는 사람에게

호기 있어 먼지를 씌워주는 무슨 본부, 무슨 본부

무슨 당, 무슨 당의 자동차.

군중들은 흥분에 싸여 만세를 부르고 있고, 장사치들은 사리사욕에 눈이 어두워 있고, 정당이네 사회단체네 하는 간판들은 무한정으로 늘어나기만 하고, 이런 난장판의 서울을 시인 오장환은 깊은 병이 든 서울로 보고 있는 것이다.

"데모는 가고 문둥이는 남고"라는 시구가 인상적인 한하운의 「데모」라는 시는 '성한 사람들'이 벌이는 데모의 행렬을 부러운 눈으로 바라보는 나병환자로서의 그의 슬픔과 외로움을 노래한 시라는 점에서 오장환의 「병든 서울」과는 성격을 달리하고 있으나 데모로 날을 새운 해방 직후의 서울의 풍경을 반영하고 있다는 점에서는 궤를 같이하고 있다 할 것이다.

그러나 서울은 한반도의 38 이남의 수도인 것은 분명하다. 일제의 통치하에서 사방으로 흩어져 있었던 많은 동포들이 해방과 더불어 돌아가야 할 그리운 고장인 것은 분명하다. 이리하여 서울은 해방과 더불어 숱한 귀환동포의 집결지로 된다. 해방과 더불어 서울로 가기

위하여 숱한 고초를 겪으면서 고단한 나그네길을 계속하는 허준의 「잔등(殘燈)」의 주인공은 이 무렵의 귀환동포의 한 전형적 표상이라 할 수 있다. 그런데 「잔등」의 주인공은 미처 서울에 당도하기도 전에 그 나그네길을 중단하고 있다.

김동리의 「혈거부족(穴居部族)」에는 외지에서 해방이 되자 살길을 찾아 서울에 왔으나 의지할 집이 없어서 전쟁중에 파놓은 방공호 속에 기거하는 사람들의 이야기가 그려져 있다. 거의 매일같이 독립만세, 데모행렬이 있는 가운데 간상모리배들이 날뛰는 한편에는 의지해야 할 집이 없어 그야말로 혈거(穴居)를 해야 하는 귀환동포도 적지 않다는 것이 당시의 서울의 풍경이었던 것이다.

계용묵의 「별을 헤다」의 가족들도 비슷하게 딱한 처지에 있다. 38선이 막히어 이북의 고향으로 갈 수 없어, 서울에 살기로 하고 들어섰으나 도무지 발붙일 곳을 찾지 못한다. 할 수 없이 가족을 이끌고 38선을 넘을 셈으로 북쪽을 향해 가다가 그쪽에서 못 살고 내려오는 피난민의 홍수를 목격하고 어디를 찾아가야 할지 갈피를 못 잡는다. 그리하여 밤하늘에 떠 있는 별을 헤며 시름을 달래는 것이다.

미군의 진주와 아울러 종래에 없는 새로운 직종으로 등장한 것이 영어통역관이다. 이 직종의 등장과 함께 한국 사정에 어두운 미국인에게 알랑거리면서 권세를 누리는 새로운 인간 타입이 등장하게 된다. 30년대의 풍자작가 채만식의 「미스터 방(方)」(1946)은 그 대표적인 한 예이다. 주인공인 미스터 방은 본래 시골의 가난한 짚신장수의 후예로 태어나 머슴살이를 하다가 일본으로 상해로 떠돌아다니는 동안에 미군 포로수용소에서 일을 보게 되는데 이때에 토막 영어를 익히게 된다. 해방이 되어 결국 길거리에서 구두수선을 하고 있었는데 우연히 한 미군 장교의 통역을 해준 덕으로 그의 통역관이 되어 권세를 누리게 되는 것이다. 미군 장교가 길거리의 한 가게를 지나다가 담뱃대를 보고 호기심이 동하여 그 담뱃대를 집어들고 값을 묻는데 가게 주인과 영어가 통하지 않자, 이를 본 방상복(미스터 방)이 나서서 통역을 하니 미군 장교가 "캔 유 스피크?" 하고 반가워하며 그날로 그의 통역관이 되는 것이다. 그날 이후로 그는 권세를 누리며 떵떵거리며 잘살게 되는데, 나중에는 하찮은 실수로 미군 장교의 비위를 거스르게 되어 실직하게 된다는 이야기이다.

이 작품의 주인공 미스터 방은 특수하게 과장되어 있고, 미군 장교와의 관계 또한 극단으로 캐리커처되어 있으나, 바로 그러한 면이 당시의 서울, 내지 우리나라의 사회상의 한 단면이었다. 김형석의 「코」역시 비슷한 성격의 작품이다.

1948년에 이르러 남과 북에는 각기 이념을 달리하는 정권이 들어선다. 분단시대의 고착화인 것이다. 정부가 들어선 이후로 극심했던 혼란은 어느 정도 극복되고 사회는 안정을 되찾기 시작한다. 이와 아울러 삶의 흐름에도 여러 가지 변화가 일게 되거니와, 당대 소시민의 삶의 모습을 사실적으로 그리고 있는 것이 염상섭의 「두 파산」(1949)이다. 서울 중류가정의 주부인 나와 옥임이는 여학교 때부터의 친구인데 해방 이후의 급변하는 인정세태 속에서 각기 다른 방향으로 변모되어간다. 여학교 때에 문학소녀이기도 하였던 옥임이는 급변하는 환경에 적응하는 사이에 어느새 돈을 모으기 위해서는 수단 방법을 가리지 않는 성격파산자로 변모해가는 것이며, 급변하는 현실에 제대로 적응하지 못하고 순진한 탓으로 남에게 속기만 하는 '나'는 경제적 파산의 위기에 직면하게 되는 것이다.

1950년에 빚어진 6·25로 인하여 한반도는 동족상잔의 비극 속으로 휘말려들어간다. 6·25가 터진 지 3일 만에 서울은 인민군의 수중으로 들어갔다가 3개월 만에 9·28수복을 맞게 된다. 이리하여 전쟁 문학 내지 전후 문학의 시대가 열리게 된다. 이는 대체로 50년대 말까지 계속되고 있다고 하겠다.

나는 6·25에서 9·28까지의 기간, 다시 말하면 인민군에 의하여 서울이 점령되어 있었던 3개월 동안의 서울의 모습을 소상하게 그린 작품을 그다지 보지 못하였다. 다만 김동리의 장편소설 「자유의 역사」와 조연현의 회고록인 「내가 살아온 한국문단」만이 기억에 남는다. 그런데 이 두 책에 진술되어 있는 이야기는 한쪽이 허구요, 한쪽이 회고록이라는 차이가 있지만, 다 같이 그 악몽 같은 3개월간을 숨어서 살아야 했던 체험의 기록이라는 점에 공통성이 있다.

자유주의자이며 아나키스트적인 일면을 지니고 있기도 하지만, 우익적 성향을 띠고 있는 「자유의 역사」의 주인공 김인식은 학병으로 끌려가 중국대륙을 방황하다가 해방이 되어 돌아온 이후로는 작가생활을 하고 있는 터인데 운명의 6·25를 맞게 되는 것이다. "삼팔선 전역에서 남침! 이십오일 미명을 기해 이북군 총침공……"이라는 신문 호외를 받아보게 되는 것이다. 처음에는 이 호외의 진의를 파악하지 못한 채 정치협상 같은 것을 유리하게 벌이기 위한 이북 정권의 위장전술의 일종이 아닐까 하는 의구심을 가져보기도 하나, 서울의 분위기는 차츰 심각하게 돌아가고 있었고, 북쪽에서 내려온 피난민 행렬이 줄을 잇고 있었으며, 이틀 후인 27일에는 서울 북쪽에서 포소리가 들려오기 시작한다. 이리하여 그는 자기 애인과 함께 남으로 피신할 것을 결심하고 준비를 서두르는데 그 과정에 차질이 생겨 미처 서울을 빠져나가지 못한 사이에 인민군이 서울에 닥치는 것이다.

이리하여 김인식은 국군과 UN군이 서울을 수복할 때까지의 석 달 동안 이곳 저곳을 전전하며 피신생활을 하게 되는 것이다. 그 동안에 인민군 측에 발각되지나 않을까, 또는 아는 사람에 의하여 밀고 당하지나 않을까 전전긍긍하는 나날을 보내게 되는 것이다.

만약 서울에 계신다면 계신다고만 알려주십시오. 무리한 모험은 어떠한 목적을 위해서라도 삼가해주십시오. 죽음의 계절 속에는 목숨을 보존하는 일보다 더 영웅적인 일이 없다고 생각합니다. 그리고 그 이상 더 참되고 아름다운 사랑도 없다고 생각합니다.
저의 생명이신 당신에게 하나님의 보호가 계시기를.

이는 피차 연락이 두절된 자기 애인으로부터 전해온 편지의 한 구절이다. "죽음의 계절 속에서 목숨을 보존하는 일" 그것이야말로 당시의 상황에서는 선택의 여지 없는 절대과제였던 것이다.

조연현의 「내가 살아온 한국문단」에도 6·25 당시 남하하지 못한 채 9·28수복 때까지 서울에 숨어 살지 않으면 안 되었던 필자의 절실한 체험이 기술되어 있다. 당시 문학평론가요 『문예』지의 편집자이기도 하였던 그는 인민군의 남하 소식을 접하고 피난 준비를 하느라고 하루 이틀 보내다가 결국 서울을 빠져나올 수 없게 된다. 처음에는 친척집을 찾아다니다가 아무래도 위험하여 친지의 집을 전전하며 간신히 9·28을 맞는다. 이 회고록 가운데서 가장 충격적인 장면은 9·28수복 직후에 국군 장병과 만나는 장면이다. 친지의 집에 숨어 살던 피신생활 말기에 필자는 머리를 박박 깎고 지냈다. 그러다가 9·28수복이 온 것을 알고 이제는 살았구나! 기뻐하는 참인데 난데없이 무장한 군인들, 그것도 인민군 아닌 국군들이 들이닥쳐 불문곡직하고 그에게 총을 들이댄 것이다. 인민군 낙오병이라는 것이다. 그는 물론, 자기는 인민군이 아니라고, 오히려 인민군을 피해다니던 사람이라고 발명하였다. 그러면 이름이 뭐냐고 국군이 물었다. 그런데 그는 그 순간 자기 이름이 뭔지, 아무리 생각해도 떠오르지 않는 것이다. 그 지긋지긋한 석 달 동안을 용케도 견뎌왔던 그는 다시 돌아온 자유의 하늘 아래서 죽음을 당하게 되는가 하며 미칠 것 같았다. 그런데 한 장교가 그에게 다가오더니 경례를 붙이며 "조연현 선생이 아니십니까?" 하더라는 것이다. 문학청년인 그는 조연현을 알고 있었던 것이다.

나중에 안 일이지만 이웃에서 머리를 박박 깎고 있는 그를 보고 인민군 낙오병인 줄 알고 신고를 했더라는 것이다. 아무튼 살얼음판을 걷는 것 같은 당시의 상황에서 위기를 모면한 것은 천만다행이라 하겠다.

이건 마치 두꺼운 유리 속을 뚫고 간신히 걸음을 옮기는 것 같은 느낌이로군.

이는 황순원의 『나무들 비탈에 서다』(1960)의 첫머리이다. 전우들과 같이 수색 작전을 진행하던 작중인물 '동호'의 내부독백이다. 개미 한 마리 얼씬하지 않는, 언제 저격병의 총알이 날아올지도 모르는 산비탈길을 숨막힐 듯한 긴장감 속에 헤쳐가면서 수색병인 동호는 자기가 마치 "두꺼운 유리 속을 뚫고 간신히 걸음을 옮기고 있는 것 같은 느낌"에 사로잡힌다. 전쟁터의 긴박한 분위기를 감각적으로 잘 표현한 구절이라 하겠다. 이 작품의 후반에는 전후의 황폐한 서울을 배경으로 한 이야기가 전개된다.

전쟁이 끝나고 서울로 돌아온 현태 '동호의 전우'는 착실하게 가업에 종사하던 어느 날, 우연한 계기로 하여 전날 전쟁터에서 예사로 저질렀던 자신의 비인간적인 일에 대한 죄의식이 일게 되고, 그 죄의식으로 하여 그는 모든 삶의 활력을 잃고 방탕의 나날을 보내다가 결국은 무작위의 살인을 하고 감옥으로 가게 된다. 그는 긴박한 싸움터에서 동호가 느꼈던바 전쟁이라는 이름의 두꺼운 유리의 파편에 의하여 정신에 상처를 입은 것이다.

전쟁·전후 문학이라는 말로 성격지을 수 있는 50년대 문학의 가장 큰 주제의 하나는 바로 이와 같은 전쟁에 의한 젊은이들의 정신의 상처를 추구하는 것이라 할 수 있다. 50년대 문학에 묘사되어 있는 서울의 거리는 바로 이러한 전쟁의 피해자들이 방황하는 거리이다. 두 남성이 한 여자를 공동의 아내로 생활해가는 젊은이들의 생태를 그린 서기원의 「암사지도(暗射地圖)」, "모가지를 뎅경 잘라서 내용 없는 혈서를 쓸까?"라는 한 작중인물의 시구가 작품의 분위기를 암시하고 있는, 그리고 하는 일 없이 모여앉기만 하면 의미없는 입씨름만 벌이는 젊은이들의 암담한 생태를 그리고 있는 손창섭의 「혈서」, 암담한 전후의 현실 속에서 자식으로서 남편으로서 가장으로서의 자격을 상실한 자기는 '조물주의 오발탄'이라고 자조하며 서울의 밤거리를 방황하는 한 샐러리맨을 그리고 있는 이범선의 「오발탄」, 어떤 막연한 기대감 속에 무위의 시간을 보내고 있는 한 가정의 붕괴의 양상을 상징적인 분위기 속에 묘사하고 있는 이호철의 「닳아지는 살들」 등은 모두가 50년대의 황폐한 서울의 모습을 잘 반영하고 있는 작품들이라 할 수 있다.

당대의 서울은 풍자문학의 대상으로 적발되기도 하였다. 김광용의 「꺼삐딴·리」, 남정헌의 「현장」 등에서 그 반영을 볼 수 있다. 일제시대에는 친일파로, 북한정권에서는 훈장을 타는 인물로, 서울로 내려와서는 갑부로 변신해가는 한 인간을 풍자적으로 그리고 있는 「꺼삐딴·리」와 전후 서울의, 넓게 말해서 한국의 퇴폐적 분위기를 제멋대로 놀아나는 한 가정의 세태 속에 풍자하고 있는 남정현의 「현장」 등은 그 좋은 예이다.

문학 속에 묘사되어 있는 50년대의 서울의 모습, 그것은 어둡고 을씨년스러운 것이다. 이러한 모습은 4·19를 기점으로 하는 60년대 이후에 이르러 새로운 국면에로 전환의 계기를 맞게 된다.

(한국평론가협회 주최 문학세미나 발표논문, 1994. 6. 24~25)

중용적 강단비평의 성과
—신동욱 『우리 시대의 작가와 모순의 미학』

    문학평론가이자 국문학 교수이기도 한 신동욱의 『우리 시대의 작가와 모순의 미학』은 그 동안에 신동욱이 발표한 작가론만을 더러는 다시 손질까지 하여서 엮은 책이다. 신동욱의 그 동안의 업적은 상당히 광범한 분야에 걸쳐왔었던 것으로 생각된다. 그의 그 동안의 업적을 간추려보면, 첫째로 문학의 원론적인 분야에 있어서의 적지 않은 천착을 보여주고 있는 점을 들 수 있는데 그런 업적은 『미학의 이론』(공저), 『한국 현대문학론』 등의 저서에서 찾아볼 수 있다. 그리고 한국 현대비평의 사적(史的)인 정리 작업에 있어서도 적지 않은 기여를 하여왔는데, 그런 업적은 『한국 현대비평사』 『한국 현대문학비평 선집』(편저) 등의 저서를 통해서 알 수 있다.

    그리고 작품론의 분야에 있어서도 많은 업적을 남기고 있는데 소설문학을 대상으로 한 논문집으로 『문학의 비평적 해석』 『우리 이야기 문학의 아름다움』 등을 들 수 있고, 시문학을 대상으로 한 논문집으로 『우리 시의 역사적 연구』를 들 수 있다.

이번에 편 『우리 시대의 작가와 모순의 미학』은 이광수, 김동인 등 신문학 초창기의 작가를 비롯하여 이청준, 김상국 등 현재 활발히 활동하고 있는 작가에 이르기까지 모두 12명의 작가들을 대상으로 하고 있으며 소설가들만을 대상으로 한 작가론 내지 작가 연구라는 점에서 그의 업적 가운데의 중요한 일부를 이루는 것이라 하겠다.

비평가 내지 문학연구가로서의 신동욱의 입장은 매우 포괄적 중용적인 것이면서도 기본적으로는 역사주의적 실증주의적인 관점이 그 주조를 이루고 있는 것같이 보인다. 다시 말하면 새로이 대두하는 여러 가지 문학연구의 방법론들을 꾸준하게 수렴하면서도 문학을 당대 현실의 조건과의 관련 아래에서 조명하려는 노력 및 가능한 한 많은 관계 문헌들을 섭렵함으로써 그것들을 자기 연구의 과정 속에 효과적으로 수렴시키려는 노력 등을 견지함으로써, 주관적 인상비평 내지 창조적 비평이 곧잘 범하기 쉬운 작품 해석상의 자의적 견강부회를 배제하는 일방, 특정한 이슈 내지 특정한 방법론을 작품의 현실보다 선행시키려는 사람들이 곧잘 떨어지기 쉬운 비평적 편견을 또한 배제하고도 있다. 김동리를 논하는 글의 서두 부분에서 저자는 이렇게 적고 있다.

우리 학계에서 근년에 이르러 여러 연구 방법들을 문학연구에 시도하여온 것이 사실인데, 그중에서도 민속학적 방법에 의존한 문학의 연구는 괄목할 만한 성과를 거두었다고 생각한다. 그런데, 이 방법은 문예미학적 가치를 해명하는 데 있어서 일정한 한계를 지니고 있음으로, 작품의 개개의 아름다움을 평가해주는 데는 어떤 문제가 있는 것 같다. 또 구조를 해명하려는 이론가들의 노력도 작품에 공통되는 짜임의 틀을 보여주거나 주지(主旨)들의 집합 관계를 말해주기는 하지만, 역시 각 작품의 미적 가치를 해명하는 데는 못 미치는 것으로 보인다. 이런 점에서 역시 작품은 말로 만들어진 모습을 지니고 있다는 사실에 비추어 만든 사람의 교양이나 사상이나 솜씨를 살피는 일이 불가 피하다고 여겨진다. 말은 또 필연적으로 사회와 역사를 포함하는 뜻을 지니며 우리의 의식을 전달하는 구실을 담당한다는 점도 아울러 배려 해야 할 것으로 보인다. 이에 이 작품론을 씀에 있어서 이와 같은 점 들을 고려하려 한다.

이 문장은 대체로 문학평론가 내지 문학연구가로서의 저자의 입장 을 집약적으로 말해주고 있는 것같이 보인다. 문학은 먼저 문예 미학 이라는 점이 고려되어야 한다. 문학을 만든 사람의 교양, 사상, 솜씨 를 살피는 일은 불가피하다. 말은 사회와 역사를 포함하는 뜻을 지니 며 의식을 전달하는 구실을 한다는 사실을 고려해야 한다는 등등의 논지는 특정한 이슈나 방법론을 극단적으로 내세우려는 사람의 관점 으로 보면 지나치게 포괄적이요, 또 지나치게 모순적인 것이라고 생 각할 수도 있을 것이다. 왜냐하면 언어의 미학적 측면을 일방적으로 강조하려는 쪽에 이른바 형식주의 비평이 도사리고 있는 데 반하여, 문학의 사회적 내지 사상적 속성을 중시하는 다른 한쪽에 역사주의 비평 내지 사회학적 비평이 도사리고 있으며, 솜씨의 문제를 중시하 려는 쪽에 이른바 기법 비평이 진을 치고 있는 반면, 그 사상성을 중 시하는 다른 한쪽에 윤리적 · 철학적 비평이 맞서 있기 때문이다. 그 러나 문학을 총체적 조합적인 자리에서 포착하려 한다고 할 때 그것 에의 단세포식의 접근만으로써는 필연적으로 일정한 벽에 부딪치지 않을 수 없다. 이 책의 저자는 그런 단세포식 접근을 최대한으로 배 제하고 있는 것이다. 따라서 신동욱은 앞서 말한 바와 같이 문학을 당대 현실의 조건과의 상관 관계 속에서 조명하면서도 개개의 고유 한 미학적 특질을 부각시키는 노력을 또한 게을리하지 않는다. 이 점 에서 그는 매우 중용적인 타당성을 견지하여온 문학평론가이다.

이 책에서 느끼게 되는 또 하나의 특징은 문헌적 자료들을 최대한 으로 섭렵하여 그것을 저자 자신의 작품 해석의 문맥 속에 수렴시킴으로써 평가상의 주관적 편견을 최대한으로 배제하려 하고 있다는 점이라 하겠다. 관계 문헌들을 면밀하고도 체계적으로 섭렵한다는 것은 매우 힘겹고 고된 일이기는 하지만, 대상에의 보편타당한 이해 및 해석을 위해서는 필수적으로 선행되어야 할 과제이기도 하다. 그런 힘겨운 과제와 더불어 저자의 깊이 있는 해석이 부과됨으로써 개개의 논문들로 하여금 학구적인 품위와 깊이를 획득하게 하고 있다. 개개의 작가들에 관한 연보(年譜) 및 참고 문헌들을 첨가해놓고 있는 점도 저자의 그런 노력의 일단을 반영하는 점이라 하겠다.

이러한 신동욱의 입장이 전형적으로 반영되어 있을 뿐 아니라 그 성과의 면에 있어서도 두드러진 논문으로 이광수, 김동인, 염상섭, 채만식 등에 관한 연구를 들 수 있지 않을까 한다.

어려운 시대를 살아가면서 늘상 민족의 지도자로서의 자세를 잃지 않으려 한 이광수의 생애와 당대 현실과의 함수 관계를 부각시키면서도 작가로서의 그의 문학적 성과를 정당하게 평가하고 있는 이광수론은 이제까지 지나친 찬사와 지나친 비난의 소용돌이 속에 있어온 이광수를 그 본래의 자리에 되돌려놓는데 획기적인 기여를 하고 있다 하겠다. 특히 그의 초기작인 『무정』에 관한 재조명은 주목을 요하는 부분이라 하겠다.

이광수 문학에는 자아와 현실 사이의 이상적 균열이 큰 작가였다. 그러나, 그러한 일련의 시도들은 소설, 시, 비평에 있어 매우 고르지 못한 극단에 흘렀고 그러면서도 항상 지도자적 자세를 유지하려는 경향을 띠었다. 이광수 문학을 통하여 우리가 생각할 수 있는 다른 중요한 하나는 실패의 역사가 지닌 의미가 무엇인가를 이해하는 것으로 그의 문학적 가치를 모두 시인하면서도 동시에 그의 문학적 실패와 지속적 일관성이 적었던 신념의 변덕도 또한 시인할 수밖에 없다는 점일 것이다.

그러나 그의 작품에 일관되게 흐르고 있는 민족주의 사상은 근대적 평등의식에 의한 개혁적인 의미가 짙게 깔려 있고, 실천적인 인간형을 크게 긍정한 특성 또한 평가받아야 되는 점이라 생각한다.

이는 신문학의 선구자이자 그 자신이 신문학사(史)였던 이광수에 관한 저자의 최종적 평가이거니와 이런 문장의 톤에서 우리는 저자의 타당한 중용적 관점의 반영을 볼 수 있다. 이러한 관점은 단편소설에 있어서는 '하강적(下降的) 인물'을 즐겨 묘사하고, 장편 역사소설에 있어서는 신비적인 '지도자상'을 즐겨 등장시키고 있는 김동인을 당대의 민족사적 조건과의 관련 아래서 구명하고 있는 김동인연구, 또는 사실주의 작가로서의 염상섭의 문학적 특질을 구명하면서 동시에 자아와 사회와의 상관 관계의 의미를 부각시키고 있는 염상섭 연구, 또는 풍자작가로서의 채만식의 문학적 성격을 해명해나가면서 비극적인 시대에 있어서의 지식인의 좌절의 위상을 밝혀내고있는 채만식 연구 등에 있어서도 일관하여 반영되고 있다.

신동욱의 논조는 면밀하면서도 중후하다. 그리고 그의 대부분의 논문들은 평론이라기보다는 학구적인 논문의 성격으로 기울어져 있다. 따라서 그의 문장에서 이른바 에세이 같은 풍미를 찾으려는 사람에게는 일종의 중압감 같은 것을 주게 될지도 모른다. 그러나 그의 문장은 언제나 학구적인 깊이와 품격을 잃지 않고 있다. 이번 저서에서도 그런 미덕은 두드러져 있다. 이른바 강단비평(講壇批評)의 훌륭한 보기라 하겠다.

(『문예중앙』 1983년 가을호)

고독과 그 안팎

―김교선의 평론집 『관념과 생리』를 중심으로

1

　이번에 김교선 선생께서 평론집을 출판하게 되었다. 이에 뜻깊은 출판을 축하하고 아울러 선생의 앞으로의 나날에 변함없는 건강과 행운이 함께 하시기를 기원하면서 선생의 그 동안의 문학적 업적을 살펴보기로 한다.

　선생은 1912년 함경남도 함흥에서 출생하여 함흥보고와 일본 법정 대학 문과를 졸업하고 중고등학교 교사 및 교장을 역임하였으며 1954년부터 20여 년 동안 전북대학교에서 국문학 강의를 하다가 정년을 맞았고 이어서 진주대학교에서 약 10년 동안 객원교수로 재직하였다.

　대학에서 강의와 연구에만 전념하던 그는 1960년대 초에 주위 사람의 권고로 문단 활동을 시작하여 『현대문학』 『창작과비평』 등을 비롯하여 국내 유수의 지면에 무게 있는 논문들을 발표하기 시작하였다. 그리하여 1972년에는 그의 회갑을 기념하려는 제자들의 뜻을 받아들여 그 동안의 업적을 모아 평론집 『소설의 이해와 평가』를 출판한 바 있다. 또한 이 해에는 그 동안의 그의 업적을 평가하여 '현대문학상'이 수여되기도 하였다. 그 뒤 '전라북도 문화상', 1992년에는 '목정문화상' 등을 수상하였다. 이번의 저서는 그의 두번째 평론집이 된다.

  70년대 후반쯤으로 기억되는데 연전에 작고한 소설가 김동리가 전주에 문학 강연을 하러 왔을 때의 일이다. 강연이 끝나고 고장의 문인들과 함께 다른 장소로 옮기려고 모두들 차를 기다리고 있었는데 저만치 혼자 떨어져 있는 김교선 쪽으로 시선을 주고 있던 김동리가 문득

  "저분은 자기 파이프에 자기 담배 담아 피우는 분이야."

라고 중얼거리는 것이었다. 어떤 대화의 흐름 가운데서 김동리가 그런 말을 하게 되었는지는 지금 기억에 없지만, 그때 그의 중얼거림이 들릴 만한 거리에는 김동리보다 꽤 먼저 젊은 나이에 세상을 뜬 소설가 이정환과 나 두 사람이 있었는데 그는 그 누구에랄 것도 없는 혼잣말로 이렇게 중얼거렸던 것이다. 처음 어리둥절한 느낌도 없지 않았으나 곰곰 생각할수록 김동리의 이 말은 김교선의 어느 일면의 분위기를 아주 생생하게 형상한 말이라 여겨졌던 것이다.

  내가 전북대학교에서 김교선의 강의를 처음 듣게 된 것은 학교 3학년에 올라가던 해로 기억되는데 그때 한국의 현대문학 그리고 1차대전 이후의 서구 현대문학의 흐름 등을 강의하였다. 그의 강의는 이른바 명강의 내지 열강 같은 스타일은 아니었다. 웅변조나 연설조와 같은 화려한 강의 스타일과는 정반대의 조용하고 차근차근하게, 더듬거리지 않으면서도 어딘지 더듬거리는 듯한 느낌을 주는 그러한 강의 스타일이었다. 그 무렵에 그가 한 30년대의 이상(李箱)에 관한 강의, 그리고 1차대전 이후의 서구의 일련의 전위문학 내지 불안문

학에 대한 강의 등은 지금도 어렴풋이 기억에 되살아난다. 특히 유럽의 전위문학 내지 불안문학의 세계는 나에게 신선한 충격의 세계였다. 그 무렵에 무슨 이렇다 할 확신이 서 있었던 것은 아니지만 그저 막연히 문학 쪽에서 삶의 길을 찾아야 할 것이 아닌가 생각하고 있었던 당시의 나는 차츰 그의 강의에 끌려들어갔고 강의도 강의지만 특히 그분 특유의 인간적인 분위기에 자꾸 끌려들어갔던 것이다. 강의가 끝나면 교수실에까지도 찾아 들어가서 이것 저것 질문도 하고 설명도 듣곤 하였다.

내가 자꾸 끌려들어갔다는 선생 특유의 분위기, 그것을 짤막하면서도 생생하게 표상한 것이 앞서 말한바 김동리의 '자기 파이프에 자기 담배 담아 피우는 분'이라는 말이라 생각된다. 이 말 자체가 미묘한 뉘앙스를 풍기는 것이어서 한두 마디로 집어서 풀이할 수는 물론 없지만 어떻든 김교선에게서 풍기는 어떤 고독의 분위기를 두고 이른 말이 아닐까 생각한다. 김현승의 시에 「견고한 고독」이라는 제목의 시가 있다. 김현승씨를 접해본 분이라면 대체로 이 시의 제목 자체가 그분의 인품을 잘 반영한 것이라 생각하리라고 믿거니와, 김교선에게서 풍기는 고독의 분위기는 물론 김현승의 경우와 같은 견고한 것이 아니라 매우 부드러운 것이요, 또 얼핏 느끼기에는 싸늘한 듯하면서도 사실은 한없이 따뜻한 것이기는 하지만, 아무튼 거기에서 어떤 짙은 고독의 그림자가 느껴지는 것은 사실이었다. 1950년대 중반기의 그 어수선하고 절망적인 상황 속에서 모두들 부릅뜬 눈으로 전후좌우를 두리번거리며 자기 존재를 지탱해가지 않을 수 없었던 속에서, 어수선한 장삼이사(張三李四)의 소용돌이의 한 편에 비켜서서 조용히 자기 파이프에 자기 담배 담아 피우는 모습, 그 모습은 아무튼 당시의 나에게는 매우 신선하면서도 소중한 부분으로 느껴졌던 것이다. 동족상잔의 절박한 상황 속에서 양자택일의 결단만이 요구되는 조건하에서 조용히 자기 고독을 견지해간다는 것은 쉬운 일이 아닐 뿐만 아니라 매우 소중한 일이라 생각되었던 것이다.

그러나 이는 어디까지나 오늘의 시점에서 당시의 그의 인상을 회상했을 때 그렇게 생각되었던 것 같다는 것이지 애숭이 대학생이었던 당시의 내가 감히 거기까지 생각이 분명하게 미쳤던 것은 물론 아니다. 그 참혹한 상황 속에서 일상의 삶을 지탱해가는 일 자체가 한결 힘겹게 느껴지고 있었던 당시의 나로서는 그의 그러한 모습이 어딘지 특이하고 신선하게 느껴졌고 자꾸 그에게 다가가고 싶었고 자주 말씀을 듣고 싶었던 것이다. 어떻든 이렇게 해서 나는 내 생애에 가장 소중한 한 스승이자 큰 은인을 만나게 되었던 것이다.

김교선에게서 느끼게 되는 이러한 면은 그의 문학에서도 일관성 있게 느낄 수 있는 면이라고 나는 생각한다. 말하자면 그는 '자기 파이프에 자기 담배 담아 피우듯이' 자기 문학 세계를 이룩하여온 분이라고 생각된다는 말이다.

2

'머리말'에서도 이미 언급한 것처럼 필자가 이 소론에서 밝히려고 한 것은 '모반'에 대한 종래의 견해를 상세하게 소개하고 그것을 분석 평가하려는 것이 아니었다. 또 말로 소설과 모반을 서로 비교 분석하여 그 차이점과 유사점을 논평하려는 것도 아니었다. 다만 어떤 선입견에도 사로잡히지 않고 작품 자체에 밀착하여 검토한 결과를 보고하려는 것뿐이다.

이는 그의 「오상원의 '모반'」이라는 논문에서 인용한 한 구절이다. 이중에 "어떤 선입견에도 사로잡히지 않고 작품 자체에 밀착하여 검토한 결과를 보고하려는 것뿐이다"라는 구절은 그의 비평문학의 성격과 관련하여 주목의 대상이 된다. 이 구절은 얼핏 생각하면 실험실에서 분석에 임하는 자연과학자의 철저한 객관적 분석적 태도를 연상케 한다. 그의 비평문학의 저변에는 이러한 면밀한 분석적 입장이 예비되어 있음을 간과할 수 없다. 어떤 선입견에도 사로잡히지 않고 대상에 밀착하여 그 검토한 결과를 보고하는 데 머무르려는 입장은 분명 엄밀한 분석적 입장이라 할 수 있다. 그의 비평문학의 바탕에는 무엇보다도 먼저 대상 자체에 대한 여하한 선입관도 개재되지 않은 객관적인 이해에 당도하려는 이러한 면밀한 분석적 노력이 전제되어 있다는 말이다.

이런 점에서 그의 비평문학의 바탕에는 '원전에 밀착한 책읽기 (close textual reading)'를 지향하는 이른바 신비평과 궤를 같이하는 일면이 있다고 할 수 있다. 그가 이룩한 문학적 성과의 중요한 일부는 이런 노력에서 연유된 것이라 할 수 있다. 사실 그의 이러한 원전에 밀착한 책읽기의 노력에 의하여 이제까지 잘못 이해되고 잘못 평가되어온 많은 작가 및 작품들이 제 본래의 자리에 되돌려지게 되었다고 할 것이다. 가령 이제까지 춘원에 뒤이은 1920년대의 대표적 작가로 평가되어온 김동인의 문학의 저변에 깔려 있는 이른바 근대성을 명쾌히 규정하는 일방(「동인문학의 근대성의 저변」, 제1평론집『소설의 이해와 평가』참조), 김동인의 휘황한 명성의 그늘에 가리어 이제까지 제 빛을 제대로 발하지 못했던 나도향의 근대작가로서의 진면목을 부각시키고 있는 점(「나도향론」)은 그의 이러한 노력이 거둔 중요한 성과의 일부이다. 또한 이제까지 막연히 자연 내지 본능 예찬의 작가다 엑조티시즘의 작가다 하는 식의 지극히 모호하고 유형적인 평가를 받아오던 이효석의 한국적인 토양에 있어서의 리얼리스트로서의 진면목을 면밀하게 부각시키고 있는 「이효석론」, 이른바 관념소설이란 무엇이며 한국문학의 전후관계에 있어서 그것은 어떻게 가능한가를 구체적인 문학적 점검을 통해서 살피고 있는 「관념소설론— 이청준의 '당신의 천국'」, 혹은 「관념소설로서의 '벙어리 삼룡이'」, 이제까지 천재적인 민요시인 내지 토속적인 정한의 시인 등으로만 평가되어온 김소월에서 현대적인 고독의 모습을 발견하고 있는 「소월의 '산유화' 소고」 등도 그의 이러한 노력이 거둔 빛나는 성과이다.

그의 비평적 자세의 바탕에는 위에서 말한 바와 같이 작품에 밀착하여 그것을 분석하려는 자세가 한결같은 기조를 이루고 있는 것이 사실이지만 그러나 그 분석은 자연과학자의 경우와 같이 메마르고 생기 없는 그것이 아니라 매우 따뜻하고 피가 통하는 그것이다. 이런 점과 관련하여 생각할 때 '어떤 선입견에도 사로잡히지 않고 작품 자체에 밀착하려는' 그의 비평적 자세는 오히려 '나' 밖의 일체의 도그마를 배제하고 작품 자체와의 '순수한 만남'을 지향하려는 자세를 말하는 것이라 할 수 있을 것이다. 이 점에서 그의 비평문학의 바탕에는 인상비평 내지 창조비평의 일면이 짙게 깔려 있다고 할 수 있다.

'문학을 모르는 문학박사'라는 말이 있다. 문학 자체에 대한 애정도 없이 그리고 그것을 절실한 주체적 삶의 문제와 관련시킴도 없이 단순한 현학 취미에서 이를 거창하게 운위하는 사람을 야유하는 말이라 하겠거니와 그는 이런 현학 취미를 아주 싫어하는 분이다. 이런 면 역시 앞서 말한바 대상과 '나'의 심정적 만남을 전제로 하는 그의 비평적 자세와 긴밀히 관련된다고 할 것이다. 이리하여 그의 비평문학의 바탕에는 에세이 내지 팡세적 톤이 기조를 이루게 된다. 그의 비평문학이 대개의 경우 문학적 윤기 내지 인간적 품격을 유지하는 것은 그 때문이다. 「최명익의 '장삼이사'」(선생의 제1평론집『소설의 이해와 평가』에 수록), 「이상론」「현대적 배리의식의 원형」같은 논문들은 그의 이러한 인상 내지 창조비평적 열정이 짙게 투영된 탁월한 논문들이라 할 것이다.

그러나 그의 문학적 성격을 인상 내지 창조비평이라고만 단정할 수는 물론 없다. '작품 자체에 밀착하려는' 그의 비평적 자세 자체는 다분히 인상 내지 창조비평의 그것과 방불하지만 그러나 그는 작품 자체보다는 필경 비평가 자신의 자기 표현으로 귀결되는 인상 내지 창조비평의 과잉한 에고티즘으로 기울어지지는 않기 때문이다. 말하자면 그는 작품 자체에 밀착하여 작품의 실상을 따뜻하게 심정적으로 수용하는 자세를 전제하면서 그 속에 몰입해버리거나 그것을 '나' 속에 흡수해버리거나 하는 일 없이 항상 대상과 나 사이에 일정한 거리를 유지하려는 중용적 자세를 견지한다는 것이다. 대상과의 따뜻한 심정적 만남을 실천하면서도 앞서 말한 바와 같이 대상과 '나' 사이에 일정한 거리를 유지하는 분석적 자세를 아울러 간직한다는 것이다. 열정과 냉정을 아울러 간직하는 것 그것은 참으로 어려운 일이다. 그러나 그것은 비평가가 간직해야 할 기본적 덕목이라고 필자는 생각하고 있거니와 이 점에서 그는 후학들의 훌륭한 귀감이 된다고 하겠다.

다음으로 말할 수 있는 것은, 선생은 일체의 교조(dogma)적인 태도를 싫어한다는 사실이다. 여기서 교조적이라는 것은 단적으로 말해서 주관적 신념 내지 고정관념을 이름이다. 선생은 한편으로 '나'가 배제된 '나'의 주체적 심정적 참여가 배제된 여하한 비평적 고담준론도 믿지 않으며, 다른 한편으로 지나치게 '나' 속으로 탐닉해버림으로써 대상을 '내' 안에 흡수시켜버리려는 나르시시즘 또한 배제하는 것이다. "어떤 선입견에도 사로잡히지 않고 작품 자체에 밀착하"려 한다는 발언은 그의 그러한 자세를 반영하는 것이라 할 것이다. 평생을 대학 강단에서 살아왔음에도 불구하고 이른바 속물적 현학취미 내지 속류 아카데미즘이라는 것을 싫어한 데에 그의 한 아이러니가 있고 또 선생의 진면목이 있다고 하겠거니와, 특정한 이데올로기를 내걸고 모든 문학을 일도양단식으로 재단하는 비평 혹은 생경한 어떤 외래의 이론적 도식을 앞세워서 작품을 그런 각도에서만 바라보는 비평이 허다하였던 우리 문단이나 학계의 그 동안의 환경 속에서 대상과 따뜻한 심정으로 만남으로써 그것을 심도 있게 이해하면서도 그 대상 속으로 몰입해들어가는 법 없이 그 대상을 그 자체의 자리에 되돌려놓고 바라보는 자세를 아울러 견지하여온 그의 그 동안의 업적은 오늘의 자리에서 볼 때 참으로 빛나 보인다.

3

비평의 기능이 무엇이냐를 이 자리에서 운운할 겨를은 없으나 통시적 안목으로 볼 때 한 가지 분명한 것은, 비평가의 발언은 작가에게 독자에게, 그리고 결국은 비평가 자신에게 아울러 걸쳐왔었다고 하겠다. 좋은 비평은 우선 그 작자에게 좋은 충고가 될 수 있었고, 독자에게 그 작품에 대한 좋은 안내가 될 수 있었고, 결국에는 비평가 자신의 훌륭한 자기 표현의 자리로 될 수 있었다고 나는 생각한다. 말하자면 작가를 지도하는 기능, 독자를 계발하는 기능 그리고 비평가 자신을 표현하는 기능은 비평의 기본적인 기능이라고 생각한다. 김교선의 그 동안의 업적은 더듬거리는 듯하면서도 조용하고 차근차근하게 전개하는 그의 강의 스타일과도 같이 웅변적 고담준론을 펴는 일이 전혀 없는 '자기 파이프에 자기 담배 담아 피우듯이' 조용하면서도 차근차근하게 펴나가는 그것이었으며 그런 가운데 앞서 말한바 비평의 세 가지 기능을 밀도 있게 이룩하여온 것이다.

물론 이러한 비평의 세 가지 기능은 비평의 소재나 대상으로 하는 독자의 성격 그리고 비평가 자신의 관점이나 의도에 따라서 상대적으로 어느 한쪽으로 더 많이 기울어질 수도 있고 비교적 안배될 수도 있지만, 그러나 그 어느 경우에 있어서도 이 세 가지 기능은 동시적으로 조금씩이라도 다 함축되기 마련이다. 김교선의 비평의 경우에 있어서도 이 점은 마찬가지다.

그러나 그의 비평적 업적의 핵심은 역시 자기 표현적 측면에 있다고 생각된다. 앞서 말한 바와 같이 인상, 창조비평적 성격이야말로 그의 비평문학의 중심적 성격이었다고 생각되는 것이다. 이런 의미에서 주목의 대상이 되는 것은, 「최명익의 '장삼이사'」(『소설의 이해와 평가』 참조), 「이상론」 「현대적 배리의식의 원형」 등이다. 이러한 일련의 논문들은 한결같이 현대인으로서의 불안의식 내지 소외의식의 문제를 다룬 작가와 작품들을 대상으로 하고 있다는 점에서 일정한 맥락을 유지하고 있으며 그러한 문제에 대한 관심은 그의 거의 모든 논문의 저변에 직접 간접으로 투영되어 있다고 생각된다.

　현대인으로서의 고독 내지 소외의식의 문제는 현대문학의 중심적 이슈이거니와 그것은 동시에 현대의 한 지식인인 그 자신의 진실한 삶의 문제이기도 하였던 것이다. 대학생 시절에는 막연히 좌파적 발상에 동조적이었고 일제가 중일전쟁을 일으킨 그 다음해에 대학을 나왔고 해방과 더불어 소련군의 진주 및 공산주의를 겪어야 하였고 그 사회에 적응하지 못하여 해방 다음해에 38선을 넘어 남한 땅으로 넘어왔고 이 과정에서 어머니를 여의었고, 6·25의 소용돌이 속에서 아버지를 여읜 선생은 현대사회의 비인간적인 메커니즘이 그 속에서 삶을 지탱해가는 개인의 개인성을 얼마만큼 혹독하게 말살하고 있는가를 뼈저리게 실감할 수밖에 없었고 이러한 개인사(個人史)가 그로 하여금 앞서 말한바 불안의식 내지 소외의식의 문제를 절실한 삶의 문제로 생각하게 하기에 이르렀을 것으로 여겨진다.

　그러면 이제 그에게 있어서 불안의식 내지 소외의식이란 어떤 것인가를 알아보기 위하여 「이상론」(1962)을 살펴보기로 한다. 이 글에서 그는 당시의 우리나라 신진작가들의 의욕이 일반적으로 서구 불안문학 쪽으로 기울어져가고 있는바 이런 문제와 관련하여 한국 작가로서 검토의 대상이 되는 것이 이상(李箱)이라고 말하고, 이어서 서구에 있어서의 불안의식 계보를 살핀다. 르네상스로 비롯된 서구 근대정신은 "출발점에서부터 이율배반적인 것으로 발전된 두 개의 방향을 내포하고 있었다"고 말하고 그 하나가 감성의 해방에서 연유된 낭만주의의 개성주의에서 세기말적인 자아편집에로 이어지는 흐름이고, 다른 하나는 지성의 해방에서 연유되는 자아를 타자화하려는 경향이라는 것이다. 이 두 흐름은 다 같이 자아주장의 형태임에는 틀

76

림이 없으나 감성이 주관적이요 지성은 객관적이라는 점에서 상호 이율배반적인 관계에 놓이게 된다는 것이다. 이같이 상반되는 두 가지 의지를 하나의 주체 안에 지니고 산다는 것은 근대인 누구에게나 공통되는 것이지만, 그러한 성격이 극단적인 양상으로 나타나는 것은 근대 작가에 있어서라고 한다. 그 이유는, 작가는 다른 어느 분야의 문화활동에 비해서도 직접적인 인간 표현을 지향하고 있기 때문이라는 것이다. 그런데 표현이란 그 대상에 대한 애정이 전제되어야만 가능한 것이지만 그것이 그 자체의 리얼리티를 갖출 수 있도록 하기 위해서는 그것에 대한 철저한 객관화의 노력이 동시에 수반되지 않으면 안 된다. 즉 인간애와 인간 구명의 상반되는 두 가지 정열에 의해서만 인간표현이 이룩된다는 것이다.

본질적으로 이중성을 지니지 않을 수 없는 이같은 작가적 의지와 앞서 말한 이중적인 근대정신과의 결합에서 어떠한 인간형의 투쟁을 보게 되겠는가는 상상하기 어렵지 않으리라.

근대적 지성인 특히 근대 작가에게서 유다른 자아분열증을 발견하게 되는 것은 그가 바로 이러한 이중성 위에서 자기 작업을 영위해야 하기 때문이라는 것이다.

이러한 서구의 문예사조의 직접적인 영향하에서 작품세계를 개척한 대표적인 작가가 다름아닌 이상이라는 것이다. 이상이 작가 활동을 한 불과 4, 5년 동안의 기간은 바야흐로 일제의 군국주의가 기승을 부리기 시작한 때요 한국은 식민지로서의 최악의 상황에 있을 때였다. 이러한 외적 조건이 이상에게 불안의식을 유발하였을 것이고 이는 서구문학에서 영향받은 불안의식을 형상화하는 데 결정적으로 작용하였을 것이라는 것이다.

이러한 전제 위에서 그는 「거울」이라는 작품에 대한 분석으로부터 이상의 문학세계에 접근해간다. 이상의 자의식의 세계를 '거울'로,

의식 속에서 자신을 감시하는 자기 분신을 '거울 속의 나'로 각각 비유함으로써 이상은 모파상의 이른바 '배우기도 하고 또한 관객이기도 한' 이중적 자아의 모습을 그려내고 있다는 것이다. 이어서 그는 「오감도」 시 15호에 대한 분석, 이상의 소설에 대한 분석에로 나아가면서 불안의식의 문학의 계보에 있어서의 이상의 위치를 구명하고 있다. 말하자면 이상은 당대에 한창 유행하였던 행동주의 실존주의 문학의 한 선구적 계보에 놓인다는 것이다.

현대적 불안의식 내지 소외의식에의 그의 탐구는 「현대적 배리의식의 원형」(1963)으로 이어지면서 한결 심화되고 또한 팽세적인 품격을 더해간다. '체홉의 「육호실」의 현대적 해석'이라는 부제가 있는 것처럼 이 논문은 그가 당시보다 30년 전에 읽었던 19세기 말의 러시아 작가 안톤 체홉의 「육호실」을 사르트르, 카뮈 등 실존주의 문학에서 운위하는 이른바 부조리의 의식과 관련시켜 재음미하고 있는 논문이다.

체홉의 「육호실」에는 무기력하기는 하지만 선량하고 지적인 면도 다소 있다고 할 수 있는 어느 시골 정신병원 원장이 억울하게 정신병자로 몰리어 이 병원에 입원한 어느 총명한 한 젊은이를 만나 그와의 대화를 통해서 비로소 지적인 즐거움을 느끼게 되는데, 주위에서는 그 원장을 정신병자라고 소근거리기 시작하고 그가 이를 눈치챘을 때는 그는 이미 정신병자로 규정되어 '육호실'에 갇히게 된 뒤라는 이야기가 그려져 있다. 말하자면 철저한 부패와 배리가 지배하는 사회 속에서 선량한 정상적인 사람이 오히려 정신병자로 몰리어 갇히게 되는 작중의 육호실이야말로 현대 실존주의 작가들이 말하는 이른바 부조리의 현실을 상징하는 것으로 간주할 수 있다는 것이다.

선생은 전세기의 사람들이 별로 주목하지 않았던 체홉의 한 작품에 주목하여 그 시대를 넘어서는 탁월성을 명쾌하게 부각시킴으로써 독자에게 문학의 초시대성을 일깨우고 있을 뿐 아니라 현대의 이른바 부조리의 연원을 밝히고 있다. 그것은 2차대전 이후의 현대소설의 이른바 현대성의 정체를 규명하는 한 소중한 단서를 제시한 업적이라 할 것이다.

이 밖에도 정한의 시인 혹은 전통적 민요시인 등으로만 규정되어 온 김소월의 시 세계에서 현대적인 고독감을 발견하고 있는 「소월의 '산유화' 소고」, 시골 역에서 완행열차를 기다리는 사람들의 모습을 그리고 있는 임철우의 「사평역」의 인물들을 살펴나가면서 그들 상호 간의 따뜻한 유대감 같은 것을 감지하고 있는 「꿈과 좌절의 엘레지」 등도 그의 중심적 관심사의 일면을 반영하는 논문들이라 하겠다.

그의 그 동안의 업적은 작가론, 작품론, 단평 등 다양한 분야에 걸쳐 있다. 지면 관계로 그 모든 업적들을 두루 섭렵하지 못함이 유감스럽다. 끝으로 선생의 앞으로의 나날이 변함없이 밝고 빛나시기 바라면서 이 글을 마친다.

(김교선, 『관념과 생리』 해설, 신아출판사, 1996)

창조적 비평의 길
―조연현의 문학세계

석재 조연현(石齋 趙演鉉) 선생의
10주기에 즈음하여 삼가 고인의 명복을 빈다.
아울러 선생의 업적에 관하여
소견을 말할 수 있는 기회를 준
본 연구소에 감사를 드린다.

나에게 주어진 과제는 조연현의 문학비평의 부분을 살피는 일이다. 조연현의 문학평론가로서의 업적이야말로 그의 여러 갈래에 걸친 방대한 업적 가운데에서도 가장 근원적인 업적임은 말할 것도 없는 일이다. 이 업적은 그의 다른 여러 업적들과 직접·간접으로 연관되어 있으므로, 본 과제에 들어가기 전에 먼저 그의 업적의 전체적 윤곽을 살펴보기로 한다. 그의 생애 중 비교적 후기에 쓴 「나의 일과」라는 에세이에는 그의 하루의 일과가 진술되어 있다. 그의 하루의 일과는 H문학사에 출근하는 것으로부터 시작된다. 그는 다른 사원들보다도 한 시간쯤 먼저 출근하여 여기에서 원고를 쓴다. 다음으로 나가는 곳이 D대학교. 이곳에서 그는 수업도 하고 제자들도 만나고 한다. 학교가 끝나고 나면 예총회관으로 나간다. 그가 대표의 소임을 맡고 있는 문인협회와 예술문화윤리위원회의 일을 본다. 그는 이러한 자신의 하루의 일과를 말하고 나서 다음과 같이 쓰고 있다.

내 하루의 일과를 이렇게 적어보면 이 하루의 일과는 광복 이후 30년 동안의 내 생활의 축도가 된다. 잡지의 주간, 대학교수, 문화단체의 임원. 이런 외형적인 직능의 수행과 함께 나는 이 30년 동안 쉬지 않고 평론과 수필을 써왔다. 이것은 나의 내면적인 근원적인 직능이다. 앞으로 나의 외형적인 직능을 죄다 버려야 할 때가 있을 것이다. 그러나 죽는 날까지 나는 나의 내면적인 근원적 직능은 버릴 수 없을 것이다. 이 직능을 어떻게 보다 더 빛나게 할 수 있을 것인가 하는 것만이 나에게 남아 있는 문제이다.

　이 에세이를 통해서 우리는 그의 생애의 업적을 요약해볼 수가 있다. 그 업적을 요약해보면 ① 잡지의 편집자 내지 경영자 ② 문단 내지 문학단체의 지도자 ③ 대학교수 ④ 문학인의 네 갈래로 된다. 연보에 의하면 그는 중학생 때부터 동인지를 발간한 것으로 되어 있다. 그러나 동인지, 준동인지에 간여한 것말고도『문예』의 편집장을 시발로 하여『현대문학』의 주간·사장으로서 이국땅에서 급서하기까지 38년 동안을 그는 문단의 중심적 발표기관인 문학잡지의 편집 및 경영을 하여왔다. 그 업적을 일일이 열거할 겨를은 없으나, 한마디로 말해서 그는 그 기간의 한국문단을 주도하여왔다고 해도 좋을 것이다. ②의 역할도 ①의 역할과 긴밀히 관련되는 것이거니와 그는 문인협회의 대표로서 명실공히 한국문단의 최고 지도자로서의 역할을 한 생애의 마지막 8년간은 물론이려니와 그 이전에도 해방 직후에 좌익문학에 대항하여 발족한 청년문학가협회, 전국문필가협회 등을 비롯한 여러 문학단체의 임원으로서 꾸준히 한국문단의 중심적 역할을 맡아왔다. ③의 역할로 말하면 동국대학교, 서울대학교, 연세대학교, 성균관대학교 등에 출강하는 것을 비롯하여 60년대 초에는 동국대학교의 전임교수로 취임하여 후진양성에 주력하였고 후에 한양대학교의 문과대학장으로 취임하기도 하였다.

그런데 그 자신은 이러한 일련의 역할들을 '외형적인 직능'으로 규정하고 이러한 직능의 수행과 함께 그 동안 쉬지 않고 평론과 수필을 써왔으며, 이 글 쓰는 일은 자신의 '내면적인 근원적인 직능'이라 규정하고 있다. 즉 문학인으로서의 직능을 그는 자신에 있어서 가장 소중한 직능으로 보고 있으며, '이 직능을 어떻게 보다 더 빛나게 할 수 있을까' 하는 것만이 앞으로의 문제라고 말하고 있다.

그런데 그에 있어서의 내면적 · 근원적 직능, 즉 문학인으로서의 직능 또한 여러 부면에 걸쳐 있다. 따라서 이 문학인으로서의 그의 업적도 몇 갈래로 나누어 생각할 수가 있다.

그는 먼저 시인으로서 문학활동을 시작하였다. 그는 10대 후반의 중학 시절부터 이미 시를 써서 신문 · 잡지에 발표하고, 친구들과 동인지 활동을 하기도 하였다. 이러한 시인으로서의 활동은 그의 20대 전반기까지 계속된 듯하다. 1945년 8 · 15해방과 함께 상경한 25세 때에도 그는 동인지 『예술부락』을 창간하고 시를 발표하고 있는 것이다.

그러다가 좌익문학이 팽창해지기 시작하자 그는 좌익문학에 반대하는 청년문학가협회, 전국문필가협회, 전국문화단체총연합회 등의 발족에 참여하여 좌익문학에 대항하기 위하여 평론활동에 주력하게 된다. 여기서부터 그의 평론가로서의 방향이 잡히게 되었다고 할 것이다. 1948년에 발간된 그의 첫 평론집 『문학과 사상』은 이 시기의 업적을 말하는 것이다.

그러나 이러한 평론활동과 병행하여 그는 수필 내지 수필적인 사색적 문장도 계속 집필하였고, 그의 역저인 『현대문학사』를 연재하기 시작했다. 그리고 「한국신문학고」와 같은 학구적 논문을 발표하기도 하였다. 그 밖에 여행기, 일기, 회고록 등을 종합해보면, 시인으로서의 업적, 평론가로서의 업적, 에세이스트로서의 업적, 국문학자로서의 업적, 그리고 문학사가로서의 업적 등 다섯 갈래로 나눌 수 있다. 이중에 시인으로서의 업적은 그 스스로 너무 일찍 손을 떼버렸으므로 일단 제외하기로 한다 하더라도, 나머지 네 갈래의 업적은 그 어느 쪽에도 경중을 매길 수 없을 정도로 각기 높은 평가에 값할 만한 것이기는 하나, 석재 문학의 핵심이 되는 것은 아무래도 그의 평론가로서의 업적이라 하겠다.

물론 이 네 갈래의 업적들은 서로 긴밀히 연관되어 있을 뿐 아니라, 각기 독자적인 가치의 차원을 이룩하고 있는 것은 사실이지만, 그 네 갈래의 업적의 기반에는 항상, 그의 평론가로서의 개성과 안목이 깔려 있다고 볼 수 있기 때문이다. 본격적인 문학평론이 아닌 그의 수필이나 학술논문 내지 문학사 등에도 역시 평론가로서의 그의 뚜렷한 개성과 도저한 안목이 늘 투영되어 있다는 것이다. 지나치게 신변잡기적, 서정적인 경향이 짙은 대부분의 우리나라 수필에 비하여 그의 수필이 다분히 사색적인 밀도를 유지하고 있는 것은 그 때문이다. 반면에 그의 학구적인 논문이나 문학사 등은 또 전형적인 학자풍의 비개성적인 문장과는 달리 그의 개성적 풍미와 명쾌한 가치판단 등을 반영하고 있는데 이 또한 문학평론가로서의 그의 면모가 짙게 투영된 현상으로 보아야 할 것이다.

요컨대 그는 전형적인 문학평론가인 것이다. 이는 앞서도 말한 것처럼 그의 문학평론가로서의 업적만이 우월하다거나, 그의 다른 업적들은 이에 비하여 종속적이라거나, 그런 의미에서 하는 말은 물론 아니다. 그의 모든 문학적 업적에 편재하는 뚜렷한 개성이 그렇다는 말이다. 그의 천부적인 평론가로서의 개성이야말로 그의 문학평론을 가장 독창적인 문학평론을 존립케 하는 요인으로 되고 있을 뿐 아니라, 그의 다른 갈래의 업적들, 즉 수필, 학술논문, 문학사 등도 가장 독창적인 차원을 유지케 하는 요인으로 되고 있다고 할 수 있다는 말이다.

그런데 역설적이게도 석재 자신은 평론가로서의 자신의 직능에 대하여 다분히 불만이었던 듯하다. 자기고백적 문장인 『나와 나의 비평』이라는 에세이에서 그는 이렇게 쓰고 있다.

내가 이 세상에서 제일 싫어하는 인간적 특성과 제일 싫어하는 사회적 직능이 있다면 그것은 남을 항상 비방하는 사람과 남을 비평함으로써만 스스로의 존재 이유를 갖는 비평가라는 직종이다. 그런데 나는 비록 대상이 문학이기는 하지만 평론가라는 레테르가 붙어 있는 사람이다. 평론가란 직업적 비평가를 말하는 것이 아닌가. 이 엄청난 모순을 생각할 때마다 나는 인생을 느끼게 된다. 인생이란 인간생활의 모순의 양상이 아닌가.

20전후에 누구나 그러했던 것처럼 나도 시를 썼다. 한 권의 시집이 될 만치는 썼지만 모두가 청승맞은 언어의 배열에 불과했다. 그중의 몇 편은 선배나 친구들 중에 좋다고 칭찬하는 사람도 있기는 했지만 나 자신의 부끄러운 육체를 남에게 자꾸 드러내는 것만 같아서 시를 쓰는 일과는 점점 멀어져갔다.

그러한 과정 속에서 나는 조금씩 평필을 들었고, 그러는 사이에 나는 나 자신도 모르게 내가 제일 싫어하는 직능의 사람이 되어가고 있었다. 내가 나 자신의 오입을 자각했을 때는 이미 나는 너무 많이 그 생활을 하고 마친 뒤였다. 참회나 후회는 항상 모든 일이 지난 다음에만 찾아오는 것일까.

평론가! 이 기분 나쁜 직종 아래 비록 내 성명 두 자가 그 자리를 차지하고 있다 해도 이제 와서 나는 별로 그것을 슬프게도 못마땅하게도 생각하지 않는다. 그것이 내 인생의 최후의 포부거나 목적이 아니라는 점에 있어서는 역시 나에게는 말할 수 없는 슬픔이었다. 문학에 있어서의 직접적인 창조적 직능의 인간이 아니라는 점에 있어서도 나는 원통한 슬픔을 지니고 있다.

그러한 자기 뜻대로 자기의 인생이 전개되지 않았다고 해서 자기 인생을 부인할 수 없듯이 자기의 직능이 자기가 희망한 것이 아니라 해서 그것을 부인할 수는 없지 않은가. 사람이 자기의 한 생애를 회고해볼 때 그 생애가 얼마만치 자기의 뜻에 의해서 영위되었고, 얼마만치 남의 뜻에(사회적 요구까지도 합친) 의해서 영위되었는가를 알게 된다면 누구나 인간은 운명적인 것을 느끼게 될 것이다. 아무리 못마 땅할지라도 그것을 벗어날 수 없는 것이 운명이라면 내가 나의 직능을 슬프게도 못마땅하게도 느끼지 않는다는 나의 이 심정이 조금은 양해가 될까.

비교적 후기에 쓴 그의 이 에세이는 우리들에게 기묘한 감흥을 불러일으킨다. 이 글에서 그는 인생은 모순이라고 하였지만, 이 글을 읽는 우리 또한 기묘한 모순을 느끼게 된다. 시를 발표하기 시작한 10대 후반에서 20대 초반까지의 기간을 제외한 나머지의 전 생애를 평론가라는 이름으로 살아왔고, 또 그 기간에 일관하여 한국의 평단을 대표하여온 석재 자신의 이러한 발언은 역시 읽는 이에게 기묘한 감흥을 불러일으킨다. 그는 평론가를 싫어하는 이유로서 '심판받는 겸손한 자세보다도 남을 심판하는 우위에 선다는 것' '사물의 긍정적 가치의 발견보다도 부인적 요소의 발견에 더 많이 주력하는 것', 혹은 '아무리 훌륭한 비평이라 할지라도 그것은 창작된 예술은 아니라는 것' 등을 들고 있다.

이 에세이에서 볼 수 있는바 평론 내지 평론가에 대한 그의 입장이 과연 온당한가, 또 그가 평론 내지 평론가를 싫어하는 이유로서 내건 조건들이 과연 타당한가, 평론가 내지 평론을 이렇게만 규정하는 것이 과연 타당한가 하는 문제에 대해서는 여러 가지 논란의 여지가 있을 수도 있을 것이다. 그러나 여기서 문제되는 것은 그 논지의 일반론적인 타당성 여부가 아니라 석재 자신이 그렇게 믿고 있었다는 사실이다. 이는 분명 평론가 조연현에 있어서의 모순이 아닐 수 없다. 그는 자신이 하고자 하지 않는 일에 어느새 깊이 관여해버린 자신의 평론가로서의 생애를 돌이켜보면서, "그것은 인생의 모순과 같은 하나의 운명"이라고 말하고 있다.

이렇게 볼 때, 그는 시인이고자 한 꿈을 간직하였음에도 불구하고 어느새 평론가로 되어버린 자신의 생애를 다분히 운명론적인 시선으로 되돌아보고 있는 것 같기도 하다. 이런 점과 관련하여 시인 김춘수는 석재에게 바친 조시에서

먹어도 먹어도 배고픈 꽃
진달래꽃,
을유년이던가 진달래꽃을 그렇게 노래한 당신은
시인이었소.

조형, 그 뒤로
시는 저만치 밀쳐두고
왜 열몇 권의 평문을 써야 했던가요?

(……)
한 줄이면 족할
시는 저만치 밀쳐두고
그처럼 긴 회랑을 돌고 돌다가
그처럼 많은 평문과
조형, 당신은 이제는 어디로 갔소?

김춘수의 이 시에는 석재의 "그처럼 많은 평문"의 무게에 가리어 타고난 시인으로서의 석재의 모습이 "저만치 밀쳐"진 사실을 못내 아쉬워하는 감회가 서리어 있다. 석재 자신은 자신의 시에 언급하여 "그 지나친 감성적 서정적인 주조가 그때나 지금이나 마음에 들지 않는다. 아마 이 때문에 나는 시에서 멀어졌는지 모른다"라고 말하고 있으나, 어문각간의 『조연현문학전집』에 수록되어 있는 딱 6편의 그의 시를 읽은 필자로서는 그가 만만치 않은 시인임을 확인할 수가 있다. 석재의 그 많은 평론가로서의 업적을 김춘수가 생각하는 것처럼

‘긴 회랑을 돌고 돈’ 것으로는 결코 생각지 않으나, 석재의 타고난 시인의 모습이 ‘저만치 밀쳐진’ 사실에는 필자 역시 아쉬움을 느끼지 않을 수가 없다.

앞서 인용한 에세이에서 볼 수 있는바 평론가로서 살아왔음에도 불구하고 평론가라는 것을 가장 싫어하는 석재의 마음의 밑바닥에는 시인으로서 살고 싶고 또 그런 천분도 타고났음에도 불구하고 그러한 소망과는 다른 평론가로서의 길을 걷지 않을 수 없게 된 자신의 운명을 서글프게 여기는 의식이 깔려 있다고 할 수도 있을지 모른다.

그러나 이 에세이를 좀더 면밀하게 읽어내려가다 보면 그의 논지는 결코 평론이나 평론가 자체를 부정하고 있는 것이 아님을 이내 알게 된다. 그는 앞서 인용문에 뒤이어 평론 가운데에는 가령 J. M. 머리의 경우와 같은 “작품 이상으로 창조적인 평론”이 있다고 말하고 “나도 이런 능력을 갖출 수만 있다면 평론가로서 나는 또 얼마나 영광스러운 창조자가 될 수 있을까”라고 말하고 있는 것이다. 말하자면 그의 염원은 ‘작품 이상으로 창조적인 평론’을 쓰고 싶은데 자신의 평론은 이에 미치지 못한다는 자의식에서 앞서 인용한 바와 같은 발언을 한 것이다. 그의 이러한 염원이 과연 충족되었는가의 여부를 이 자리에서 따지는 것은 무의미한 일이다. 여기서 우리가 주목해야 할 사실은 시인으로 출발한 그가 평론으로 기울어져갔음에도 불구하고 그 평론을 통해서 작품 이상의 창조를 성취하려는 줄기찬 염원을 간직하고 있었다는 사실이다.

시를 쓰던 그가 시는 ‘저만치 밀쳐두고’ 평론 쪽으로 줄곧 기울어져간 경위를 석재 자신은 다음과 같이 진술하고 있다.

문학을 정치의 이름 아래 파괴하려는 일군의 정치적인 문학자들이 단결과 조직의 힘으로 이 땅에서 문학을 말살하려고 할 때 문학을 지키기 위하여 우리들은 조직과 단결로써 이에 항거하지 않을 수 없다는 것은 우리들의 본의 아닌 일종의 문학적인 외도이기도 하였던 것이다. 이러는 사이에 나는 몇 군데의 신문사와 잡지사 등을 전전하면서 불안정한 생활을 유지하면서 처음에는 시를 써보려고 하였다. 내가 만족하기 이전에 이미 남에게 보여서 부끄러운 몇 편의 시를 세상에 내놓아보았으나 남의 평가를 기다리기 전에 내가 먼저 그러한 작품활동을 집어치우고 있었다. 여성문화에 「혼자 가는 길」이 발표되었을 때 조선일보엔가 서정주씨가 호의 있는 친절한 시평을 해주었으나 성급한 시대적인 요구는 어느 사이에 시 한 편 똑똑히 지어내지 못하는 나에게 시평의 붓을 잡게 하였던 것이다.(『문학적 산보』)

20세 전후에는 시를 썼고, 또 남에게서 좋은 평판을 듣기도 하였음에도 불구하고, 그가 시를 '저만치 밀쳐두게' 된 이유는 우선 스스로 자신의 작품을 '남에게 보여서 부끄러운' 것으로 규정할 정도의 평론가적 안목이 앞섰다는 것과, 또 하나는 좌우의 문학적 대립의 소용돌이 속에서 좌익문학과 대항하기 위한 '성급한 시대적 요구'가 그로 하여금 평론의 붓을 들게 하였다는 것이다. 어떻든 이렇게 하여 평론의 붓을 들게 되었거니와 그의 염원은 "작품 이상으로 창조적인 평론"을 쓰는 것이었다. 평론가로서의 자신의 위치에 불만을 토로한 것은 따지고 보면 평론이나 평론가 자체의 염원을 실현시키지 못한다는 자의식에서 연유되는 것이다. 이렇게 볼 때, 시인이고자 하였고, 또 시인으로 출발하였다가 '성급한 시대적 요구'로 하여 평필을 들지 않을 수 없었음에도 불구하고, 여전히 시인적인 창조에의 정열을 잃지 않았고, 그 창조에의 정열을 평론을 통해서 표상하려고 한 석재야말로 지극히 '모순'에 찬 평론가라고 아니할 수 없다.
　작품 이상으로 창조적인 평론을 성취시키고자 한 그의 염원이 과연 그의 그 많은 평론을 통해서 성취되고 있는가, 또 그것만이 평론의 유일의 직능일까 하는 문제들을 여기서 따지는 것은 무의미한 일이다. 여기서 우리가 확인해두어야 할 것은 '작품 이상으로 창조적인 평론'을 쓰고자 했던 석재의 염원이 한국의 문학평론사의 자리에서 볼 때 한 시대를 새롭게 여는 소중한 전기를 마련하는 것이었다는 사실이며, 또 그의 「도스토예프스키론」, 「서정주론」 등을 비롯한 적지 않은 평론들이 상기한바 그의 염원의 구체적 표상으로서 우리 앞에 남겨져 있다는 사실이다. 이 점에서 한국의 비평문학사상에 있어서 석재 조연현이 차지하는 위치는 대단히 중요한 것이다.

여기서 석재의 비평문학사상의 위치를 확인해보기 위하여 그의 『60년의 한국 문예비평』에서 보여주고 있는바 시대구분을 우선 더듬어보기로 하자. 그는 그때까지의 60년의 한국 문예비평의 흐름을 태동기, 발아기, 발전기, 좌우투쟁기, 본격적 활동기 등으로 구분하고 있다.

태동기는 신소설 시대에서 3·1운동 전까지의 기간으로서 이해조의 소설에 보이는바 소설에 관한 단편적 진술, 이광수의 선후평을 비롯한 이론적 진술 등이 나타난 시기로서 본격적인 문예비평이라기보다는 단편적 감상, 계몽적 문장의 차원을 넘어서지 못하는 시기이다. 발아기는 1920년대 전후부터 1930년대 전후의 기간, 김동인과 강상섭 사이의 비평 유용·무용론을 비롯하여 프롤레타리아문학의 대두와 함께 등장한 민족주의 대 계급주의, 혹은 내용 대 형식의 논쟁 등이 전개되던 기간으로서 이론체계가 미숙하고 단편적이며 전문적 비평가가 아직 등장하지 않은 시기.

발전기는 1930년대에서 8·15해방까지의 기간으로서 김동인의 『춘원연구』 등을 위시하여 전문적 평론가가 상당히 많이 등장하고 이론적 체계적인 비평활동이 전개된 시기이다. 과학적 방법이 도입되고 예술성이 있는 평론도 나타나게 되었으니, 김환태, 김문집 등이 그 예이다.

좌우투쟁기는 8·15에서 6·25를 거쳐 휴전까지의 기간. 이 시기는 좌우의 정치적 대립이 문학의 대립을 야기시킨 시기이며, 정치주의 대 순수주의의 대립이 격화된 시기이다. 이때의 순수주의는 종래의 그것과 궤를 같이하는 것으로서 무목적주의, 표현기술의 실현 등

에 있어서 일치하지만 여기에다가 '인간성 옹호'라는 좀더 근원적인
의미가 부과되어 이론적 전개를 보인 시기이다. 본격적 활동기는 휴
전 이후부터 오늘까지. 이때에 이르러 문학평론은 비로소 본격적인
자세를 갖추고 다양하게 전개되기에 이르렀다.

석재 자신이 구분한 이러한 한국 문학비평의 흐름을 놓고 볼 때 석
재의 비평사적 위치는 어느 어름에 놓이게 될까. 그는 우선 이광수의
공리주의를 비판한 김동인의 예술지상주의, 카프문학의 계급주의, 목
적주의에 대항한 20년대 후반의 민족주의 내지 무목적주의 혹은 30
년대의 일련의 순수주의의 계보를 이어받은 평론가라 할 수 있다. 그
가 구분하고 있는바 8·15 직후의 이른바 좌우투쟁기에 있어서 그는
문학가동맹 쪽의 계급주의 내지 목적주의 문학에 대항하여 민족주의
및 순수주의문학을 옹호한 입장이었기 때문이다. 이 시기에 이러한
입장을 대표하는 사람은 김동리와 조연현이었던 것이다.

그런데 석재의 평론이 종래의 일련의 순수주의 내지 무목적주의
비평과 뚜렷하게 구별되는 것은 첫째 그의 평론은 '작품보다도 더
창조적인 평론'의 길을 지향하였다는 점, 그리고 자신의 평론을 통하
여 '인간성 옹호라는 좀더 근본적인 의미'(「60년의 한국 문예비평」)
를 추구하는 길을 지향하였다는 점이라 할 것이다. 평론 그것에 창조
성을 부여하고자 했던 평론가는 물론 석재나 김동리 이전에도 없었
던 것은 아니다.

석재 자신도 지적하고 있는 것처럼 '예술성을 지닌 비평'을 남긴
1930년대의 김환태나 김문집 등에서 그 선구적인 자취를 볼 수 있는
것은 사실이다. 그러나 그들의 업적은 아무래도 단편적인 단계에 머
물러 있다. 더구나 '작품보다도 더 창조적인 평론'을 의식적·적극
적으로 지향한 전문적 평론가는 석재에서 비롯되는 것이다. 이 점에
서 그는 한국 비평문학사상의 한 소중한 위치를 차지하는 것이다.

'작품보다도 더 창조적인 평론'이란 이른바 창조적 비평을 말하는
것이다. 석재의 비평가로서의 지향점은 창조적 비평에 있었던 것이

다. 창조적 비평의 대표적인 사람으로 우선 떠올릴 수 있는 사람은 메레즈코프스키, J. M. 머리, 폴 발레리, 앙드레 지드, 고바야시 히데오(小林秀雄) 등이다. 또 문학평론가는 아니지만 지극히 문학적인 철학자 셰스토프 같은 사람도 여기에 포함될 수 있다. 그런데 석재의 독서 편력의 목록에는 이러한 사람들의 명단이 주류를 이루고 있다. 「나의 독서 편력」에 보면 그는 중학교 때에 오스카 와일드의 「옥중기」를 읽기 시작하였고, 전문학교 시절에는 도스토예프스키, 괴테, 랭보, 보들레르 등을 위시하여 니체, 셰스토프, 앙드레 지드, 폴 발레리 그리고 메레즈코프스키, J. M. 머리 등을 읽은 것으로 되어 있다. 이러한 독서 편력이 그의 창조적 비평가로서의 안목을 형성함에 있어서 소중한 계기가 되었으리라는 추리를 갖게 한다. 가령 폴 발레리는 "이미 있는 작품이 아니라 있을 수 있는 작품"을 추구하는 것을 자신의 비평의 지향점으로 하였던 것이다. 즉 이미 있는 작품을 하나의 계기로 하여 그것을 재창조하는 작업을 지향하였던 것이다. 또 앙드레 지드는 그의 「도스토예프스키론」의 서두에서 도스토예프스키는 지드 자신을 말하기 위한 핑계라는 요지의 말을 하고 있다. 다시 말하면 지드는 도스토예프스키를 매체로 하여 사실은 자기 자신을 표현하고자 하였던 것이다. 발레리나 지드, 또는 메레즈코프스키, 머리 등은 비평가로서의 지향점을 한결같이 대상 그 자체가 아니라 그것을 매체로 하는 자기 자신의 표현에 두었던 것이다. '작품 이상으로 창조적인 평론'에 자신의 지향점을 둔 석재 역시 창조적 비평의 길을 걷고자 한 평론가였던 것이다. 이 점에서 한국 문학평론사에 있어서의 그의 위치는 획기적인 것이다.

　한국 문학비평사에 있어서 그가 차지하는 위치와 관련하여 간과할 수 없는 또 하나의 중요한 사실은, 이른바 한국의 순수주의는 석재의 대에 이르러 한결 근원적인 문제 위에 이론적 정착을 보일 수 있게 되었다는 사실이다. 석재는 이른바 좌우투쟁기의 문학적 성격과 관련하여 다음과 같이 회고하고 있다.

해방 직후부터 정부 수립까지는 격심한 좌우논쟁의 시기로 볼 수 있다. 민주주의와 공산주의라는 두 개의 사상적 현실적 대립은 문학평론에도 그대로 반영되어 정치주의 문학이냐 순수주의 문학이냐 하는 것으로서 평단은 양분되어 있었다.

(······)

이 시기의 이와 같은 대립은 1920년대의 좌우대립을 그대로 연상케 했으나 그때와 다른 것은 순수문학에 대한 개념의 확대와 심화였다. 20년대에 있어서 프로문학에 대항하는 예술주의란 물론 해방 후에 나타난 순수문학과 비슷한 성질을 지니기는 했지만 그 개념은 반드시 동일한 것은 아니었다. 20년대의 예술주의가 30년대에 들어가서 순수문학이라는 용어로 변질되기는 했으나 그때까지도 무목적주의문학, 반통속주의문학, 기술 중시(重視)의 문학 등의 의미를 가진 것인 데 반하여 해방 후의 순수문학의 개념에는 그 위에다 인간성 옹호하는 좀더 근본적인 의미가 부과되어 있었던 것이다.(「60년의 한국 문예비평」)

석재의 이러한 회고는 물론 8·15 직후부터 전개된 이른바 순수주의 문학비평의 성격을 규정하는 것이지만, 동시에 그것은 김동리와 더불어 이 시기의 문학평론을 대표한 한 사람이었던 석재가 종래의 순수주의문학론을 대체로 계승하면서도 '그 위에다 인간성 옹호라는 좀더 근본적인 의미가 부과되'도록 이를 심화·확대시키는 데 결정적 역할을 하였다는 것이다.

윤재근은 석재의 문학비평을 직관비평이라 규정하고,

선생의 직관비평이 탐미적 방향을 취했던 것은 아니다. 오히려 문학과 윤리의 연관에 보다 중점을 두고 문학의 가치에 접근하려고 했다. 그분이 도스토예프스키의 소설문학에 애정을 간직하고 있었던 점도 문학의 윤리적 가치를 중요시했던 결과로 볼 수 있다.(『현대문학』 365호)

라고 말하고 있다. 여기서 석재문학의 성격으로 규정한바 직관비평이란, 필자가 말하는 창조적 비평을 이름이라 하겠고, 석재의 문학이 윤리와의 연관에 중점을 두고 있다는 지적은 석재의 문학이 순수주의문학론의 계보 위에 서 있으면서도 '인간성 옹호'라는 뚜렷한 관점을 견지한 사실을 지적한 것이라 하겠다.

2

　전항에서 필자는, 평론가로서의 석재는 첫째, 최초의 의식적·적극적인 창조적 비평가였다는 것, 둘째, 김동인 이래의 한국의 예술주의 내지 순수주의의 계보를 이은 평론가임에도 불구하고 탐미주의적인 쪽으로 기울어지지 않고 일관하여 '인간성 옹호'를 지향한 점에 있어서 그 비평사적 위치를 규정할 수 있다고 말하였다. 이러한 그의 문학적 성격을 좀더 구체적으로 살펴보기로 하자.
　석재의 문학비평의 성격이 창조적 비평을 지향하였으며 동시에 인생론적 비평을 지향하였다고 말하였거니와, 석재에 있어서 이 두 가지 측면은 사실은 분리될 수 없는 성격의 것이다. 왜냐하면 그의 창조적 비평가로서의 정열과 인생론적 사색은 항상 원인과 결과의 관계에 있는 것이기 때문이다. 즉, 그의 창조적 비평가로서의 정열이 최상의 조건에서 가동(稼動)이 될 때 그것은 예외 없이 그의 명쾌하면서도 깊이 있는 인생론적 탐구로 되어 나타난다는 것이다. 그의 「도스토예프스키론」 「서정주론」 「김동리론」 등을 비롯한 많은 대표적인 평론이 거의 예외없이 평론이면서도 광세적·에세이적인 사색의 흐름을 유지하고, 반면에 그의 많은 에세이들이 대부분의 우리나라 수필과는 달리 수필적 윤기를 유지하면서도 그의 평론에서 볼 수 있는 바와 같은 사색적인 흐름으로 기울어지고 있는 것도 석재의 그러한 문학적 개성에 연유되는 것이다. 그는 자신이 젊었을 때 즐겨 읽었을 뿐 아니라 "젊은 한 시절에 있어서 나에게 가장 중대한 영향을 끼쳐준 사람의 하나"라고 말하고 있는 「셰스토프론」에서 다음과 같이 말하고 있다.

셰스토프는 철학가로 통칭되는 사람이지 문예비평가는 아니다. 그러나 그가 톨스토이니, 니체, 체홉, 도스토예프스키, 셰익스피어, 입센 등 문학적인 거장들을 그의 철학을 표현하는 중요한 대상으로서 선택해왔고, 그가 그 소재를 문학 이외의 순수한 철학적 문제에서 가져온 경우에 있어서도 그 표현방식이 학문적·논리적·객관적·체계적이기보다는 심리적·감성적·주관적·생명적이었던 기질에 미루어본다면 그를 문예비평가로 해석하는 것은 결코 잘못된 것이 아니다. 문예비평이 그 구경(究竟)에 있어서는 단순한 창작상의 기술비평이 아니라 인생관이나 세계관과 같은 사상적 철학적 문제에 귀착되는 것이라면 그의 문학적인 표현방식과 아울러 생각할 때 그는 어쩌면 가장 전형적인 문예비평가라고까지 말할 수도 있다.(「비평과 인간」)

철학자로 통칭되고 있는 셰스토프를 "어쩌면 가장 전형적인 문예비평가라고까지 말할 수도 있다"고 단정하고 있는 석재의 이 문장에는 창조적 비평가 내지 인생론적 에세이스트로서의 석재 자신의 소신의 피력 내지 성격의 규정이 아울러 표상되어 있다고 할 수 있다. 석재에 있어서 문예비평이란, '학문적·논리적·객관적·체계적이기보다는 심리적·감성적·주관적·생명적인' 기질의 소유자를 뜻하는 것이며, 또 그에 있어서 문예비평의 구경(究竟)은 '단순한 창작상의 기술비평이 아니라 인생관이나 세계관과 같은 상상적 철학적 문제에 귀착되는 것'이다. 이러한 석재의 발언을 통해서 우리는 김동인 이래의 순수주의의 계보를 어어받은 그가 '그 위에 다시 인간성 옹호'라는 과제를 부과함으로써 그 순수주의를 한결 심화·확대시키려는 자신의 문학적 입장을 천명하고 있음을 보게 된다. 그는 순수주의를 지향하면서도 짙은 윤리의식 내지 인생론적 의식을 동시에 반영하고 있었던 것이다.

예술이나 학문은 목적이 아니고 방법이다. 목적은 언제나 인생이다. 인생을 위해서 도움이 되지 않는다면 그것은 예술이나 학문이라고 해서 소중히 다룰 까닭이 어디에 있겠는가.

또는

'인생은 짧고 예술은 길다' 라는 유명한 말을 인생보다는 예술이 더 소중하다는 뜻으로 잘못 착각하고 있는 사람들이 있다. 인생이 소중하기 때문에 예술지상주의도 생겨난 것이다. 인생이 소중하지 않다면 이 세상에는 소중한 아무것도 없다. 이 때문에 예술지상주의는 인생지상주의이어야 한다.(「문학과 인생」)

가령 20세기 초에 제기된바 '예술을 위한 예술이냐' '인생을 위한 예술이냐' 하는 양분법적 논리로 따지자면 석재의 이러한 발언은 분명 후자에 속하는 것이라 할 것이다. 그렇다면 춘원의 공리주의를 비판한 김동인의 예술지상주의에서 발단을 볼 수 있는 한국의 순수주의의 계보를 이어받은 석재로서는 모순된 관점을 표백한 것이라 할 수 있다. 그러나 바로 이 점이야말로 석재의 문학비평이 종래의 소박한 양분법적 순수주의에 비하여 한결 심화·확대된 그것임을 반증하는 것이다. 석재는 순수주의의 계보를 이어받음으로써 목적주의를 물리치는 일방, 문학의 구경(究竟)의 목표는 인간의 탐구에 있다는 사실을 확인함으로써 종래의 순수주의가 자칫하면 탐미주의적인 데카당티즘 쪽으로 기울어져갔던 전철을 되풀이하지 않은 것이다. 말하자면 석재에 있어서 문학의 구경(究竟)의 목표는 인생을 탐구하는 데 있는 것이며, 그가 정치주의·목적주의 문학관을 배격한 것은 특정한 정치적 이데올로기, 특정한 목적주의에 사로잡히는 것은 인생 탐구에 치명적 장애 요인으로 되기 때문이라는 이유에서였다고 할 것이다.

　석재에 있어서의 창조적 비평의 성격과 관련하여 그의 셰스토프에 관한 언급을 좀더 읽어보기로 하자.

　'비평문학에 나타난 인간상'이라는 논제의 원고청탁서를 받고 내가 셰스토프를 제일 먼저 생각한 것은 다음과 같은 두 가지 이유에서다. 그 하나는 남을 비평한다는 형식을 통하여 가장 자기 자신을 잘 나타내 보여준 사람이 셰스토프이기 때문이다. 그는 누구를 비평하든 혹은 어떤 문제를 취급하든 그 대상에 객관적인 해석이나 가치를 내린 적이 없다. 그의 모든 논저를 하나의 객관적인 가치판단이라고 해석하다가는 큰일난다. 모든 소재와 대상은 단지 셰스토프 자신의 이상을 표백하기 위해서 편리하게 이용되어 있을 뿐이다. 그가 니체를 말하고 도스토예프스키를 말하고 있을 때 니체나 도스토예프스키가 얼마나 셰스토프처럼 만들어져가고 있는가를 주의하지 않으면 안 된다. 시나 소설과 달라서 작자의 인간상이 투영되기 가장 어려운 비평문학에 있어서 우리가 그 작자의 인간상을 상상해보려면은 이러한 셰스토프는 가장 적합한 그 대상이 된다. 그리고 내가 셰스토프를 택한 또 하나의 이유는 내가 문학을 하기 시작했던 지난날의 젊은 한 시절에 있어서 나에게 가장 중대한 영향을 끼쳐준 사람의 하나가 이 셰스토프였기 때문이다.(「비평과 인간」)

　석재는 셰스토프를 규정하여 "남을 비평한다는 형식을 통하여 가장 자기 자신을 잘 나타내 보여준 사람"이라 하였다. 모든 소재와 대상은 어디까지나 셰스토프 자신의 사상을 표현하기 위해서 편리하게 이용되고 있을 뿐이라는 것이다. 말하자면 석재는 셰스토프에게서 가장 전형적인 창조적 비평가의 모습을 보고 있는 것이다. 앙드레 지드는 그의 「도스토예프스키론」의 서두 부분에서 "도스토예프스키는 실상 나 자신을 말하기 위한 핑계이다"라는 요지의 말을 한 바 있다 하였거니와 석재가 파악하고 있는바 문예비평가로서의 셰스토프가 바로 앙드레 지드의 입장과 완전히 궤를 같이하고 있는 것이다.

셰스토프나 지드가 지향한 길은, 그들이 대상으로 하는 어느 작품은 실상 그들 자신을 표현하기 위한 핑계 내지 소재에 지나지 않는다는 사실을 보여주는 그것이다. 그 대상을 소재로 하여 그들은 그들 자신을 표현하는 것이다. 이리하여 그들의 이러한 작업을 통하여 그들은 새로운 작품 즉 '작품보다도 더 창조적인 비평'을 생산하는 것이다. 여기에 창조적 비평가의 길이 있다. 셰스토프, 앙드레 지드, 폴 발레리의 비평가로서의 길이 이 길이며, 메레즈코프스키, 머리, 고바야시 히데오(小林秀雄) 등의 「도스토예프스키론」이 지향한 길이 바로 이 길이었다. 젊은 날의 석재가 즐겨 읽은 주요 독서목록 중에 이들의 이름이 열거되어 있는 것은 결코 우연이 아니다.

그런데 '작품 이상으로 창조적인 평론'을 창작하는 길, 즉 창조적 비평으로 나아가는 길이 과연 타당한 길이냐, 또는 그것만이 유일의 길이냐 하는 문제를 따지는 것은 이 자리에서 중요한 것이 아니다. 인상비평에서 창조적 비평에 이르기까지의 이른바 창조적 열정을 기반으로 한 일련의 비평들은 웰렉과 워렌 같은 사람은 싸잡아서 '불필요한 복사(needless duplication)'(*Theory of Literature*)라고 규정해 버리고 있는 것이다. 문학평론이 과학이냐 창작이냐 하는 문제는 아직도 해결되지 않은 문제로 남아 있다. 이는 영원히 해결될 수 없는 문제라고 보아야 할 것이다. 필자 개인의 견해를 말한다면 그 양자는 공존해야 하고 상호 협력을 해야 한다는 것이다. 따라서 어느 한쪽이 다른 쪽을 부정하거나 무시할 수는 없다는 것이다.

각설. '작품 이상으로 창조적인 평론'을 창작하는 길, 즉 창조적 비평으로 나아가는 길이 제대로 열리기 위해서는 두 가지 조건이 충족되지 않으면 안 된다. 첫째는 평론가 자신의 예술적 천분 내지 창조적 정열이 갖추어져 있어야 하고, 둘째는 그의 천분과 정열을 충족시켜줄 만한 탁월한 대상을 만나야 한다는 것이 그것이다. 말하자면 비평가의 창조적 정열과 그 정열에 상응할 만한 천재적 작품과의 기적적인 만남이 이루어질 때 비로소 '작품 이상으로 창조적인 비평'은 가능하게 되는 것이다. 셰스토프에 있어서의 니체, 발레리에 있어서의 괴테, 메레즈코프스키, 지드, 고바야시 히데오(小林秀雄) 등에 있어서의 도스토예프스키가 그러한 경우이다. 말하자면 어떤 창조적 정열이 경탄해 마지않을 만한 어떤 천재를 만났을 때의 불꽃 튀기는 듯한 감동과 갈등의 흐름, 그것이 곧 창조적 비평의 흐름이 되는 것이다.

따라서 가장 이상적인 차원에 있어서의 창조적 비평의 경우란 그야말로 '기적적인' 우연의 만남에 의해서만 가능한 것이다. 왜냐하면 최상의 창조적 정열이 최상의 천재와 그야말로 의기투합한 감동적 만남을 실현시키기란 기적적인 우연을 기다려서 비로소 가능한 것이기 때문이다. 석재의 젊은 날의 주요 독서목록이었던 상기한 일련의 인물들의 평론들은 한결같이 그들의 그러한 기적적인 만남의 산물이라 아니할 수 없다. 또 '작품 이상으로 창조적인 평론'을 쓰고자 했던 석재의 염원이 정열적으로 표상되고 있는 「도스토예프스키론」 「셰스토프론」 「서정주론」 「김동리론」 등도 그러한 기적적인 만남의 산물임은 물론이다.

그가 문학평론을 무슨 고정된 주의나 공식이나 개념의 진술로 생각지 아니하고 '삶의 몸부림'으로 파악하고 있는 것도 그러한 그의 비평가로서의 자세와 긴밀히 관련되는 것이다. 「삶의 몸부림으로서의 비평」은 그러한 그의 소신을 피력한 글이라 할 수 있다. 또 「개념과 공식」 「순수의 본질」 등에서 개념의 나열에 시종하는 비평, 공식에 의존하여 있는 비평 등을 비판하고 있는 것도 그의 창조적 비평가로서의 소신의 반영인 것이다. 또 「현대와 실존주의」 「현대의 위기와 문학정신의 방향」 「간통문학론」 등에서 추구하고 있는 과제는 그의 문학을 통한 인생론적 탐구의 노력이 거둔 성과라 할 수 있다.

그런데, '작품 이상으로 창조적인 평론'을 쓰는 일, 즉 최상의 창조적 정열이 어느 천재와 감동적인 만남을 성취하는 일이란 앞서도 말한 것처럼 참으로 어려운 일이다. 천시(天時)와 지리(地理)와 인화(人和)가 합친 '기적적'인 우연에 있어서만 가능한 일이기 때문이다. 창조적 정열이 아무리 갖추어져 있다 할지라도(석재는 김춘수가 말한 바와 같이 시인이었고, 또 시인적 정열의 소유자였던 것도 사실이다.) 그 정열에 감동을 줄 만한 천재를 만나기는 쉬운 일이 아니다. 더구나 자신과 완전히 의기투합한 감동적 만남을 이룩하기란 지난한 일이다. 문학 전통이 풍요롭다 할 수 없는 우리나라의 경우에 있어서는 더욱 그렇다. 여기에 석재의 슬픔이 있었다. 전항에서 인용한바 석재가 토로하고 있는 평론가로서의 슬픔의 진정한 원인이 바로 여기에 있었다고 해야 할 것이다.

김윤식은 석재비평의 본질은 석재의 "생명의식의 드러남에서 찾아야 될 것"이며, 따라서 그것은 아무도 흉내내거나 모방할 수 없는 지극히 개성적인 것이라고 말하고 나서 다음과 같이 쓰고 있다.

여기까지 나오면 문득 우리는 저 일본 비평가 고바야시 히데오(小林秀雄)를 연상한다. 논리에 맞서, 생리로써 비평의 문학화를 유려하게 당설한 고바야시 히데오를 거울삼아, 고바야시가 그러했듯, 조연현이 도스토예프스키론에 깊이 빠져들었음은 결코 우연이 아니다. 그러나 그가 도스토예프스키에 접근하는 일은 그가 속한 문화의 후진성으로 말미암아 한계에 부딪쳤다. 동시에 이 한계는 생리적 비평가로서의 그의 한계이기도 하였다. 그는 이때부터 문학사가로 변신하였다. 『한국 현대문학사』(1955년부터 연재)라는 대저가 그것이었다.(『현대문학』 325호)

김윤식이 석재비평의 성격으로서 규정한바 '생명의식의 드러남' 으로서의 생리비평이란 필자가 말한바 창조적 비평 내지 인생론적 비평과 궤를 같이하는 것이라 하겠다. 석재의 비평이 도스토예프스키에의 접근을 중도에 포기하고 문학사가로 전환하는 것은 우리 문화의 후진성으로 하여 한계에 부딪친 때문이라고 지적하고 있거니와 이는 일리 있는 평가라 하겠다. 앞서 말한바 「나와 나의 비평」에서 토로하고 있는바 비평가로서의 석재의 슬픔, 그것은 문학유산의 빈곤을 앞에 둔 한국 평론가의 일반적 한계와 궤를 같이하는 것이라 하겠다. 특히 창조적 열정과 천재와의 감동적 만남을 전제로 하는 석재에 있어서 이 한계는 더 심각한 것이 아닐 수 없었을 것이다.

그가 문학사가, 국문학자, 수필가로서의 작업에 손을 대기 시작한 것은 비평가로서의 그러한 한계에 부딪친 때문이 아닐까 한다. 그의 『한국 현대문학사』는 그 이전의 문학사들과는 달리 도저한 평론가적 안목이 짙게 반영되어 있는 것이다. 또 그의 일련의 학술논문 또한 그 명쾌한 평론가적 안목이 투영되어 있음을 부인할 수가 없다. 요컨대 석재의 평론가로서의 개성은 어느 갈래의 업적에나 짙게 투영되어 있다.

그의 창조적 비평가로서의 개성이 앞서 말한 바와 같은 한계에 부딪쳤을 때 자신의 창조적 열정을 표상할 수 있는 가장 효과적인 터전으로 찾아간 세계가 에세이의 세계였다. 그가 이 에세이의 세계로 찾아감으로써 평론과 수필이 하나로 만나는, 한국의 수필문학사의 자리에서 보면 지극히 예외적인 장르가 출현하게 된 것이다. 그는 비교적 후기에 낸 『손수건의 사상』(1975)이라는 수필집 서문에서, 문학이란 어떤 형태로 나타나든 결국 인생의 표현이며, 이런 점에서 보면 시나 소설, 또는 수필이나 평론에 다름이 없다고 말하고,

평론과 수필과의 구별이나 차이가 나에게는 무의미한 것이 되어버

렸다. 시나 소설의 차이도 무의미한 것처럼. 누구나 대결하지 않을 수 없는 인생의 문제를 앞에 두고 이를 표현하는 데에는 다만 그에 적절한 표현양식만이 문제일 뿐이기 때문이다.

라고 말하고 있다. 이리하여 평론과 수필이 하나로 되는, 한국문학의 자리에서 보면 꽤 특이한 양식이 중기 이후의 석재에 의하여 줄기차게 생산을 보게 되었다. 물론 서양문학적 개념으로서의 이른바 에세이라고 할 때, 경수필(硬隨筆)이니 연수필(軟隨筆)이니 하는 구별이 있을 수 있고, 이 점에서 석재의 에세이는 이른바 경수필에 해당하는 것이라 할 것이다. 우리나라의 경우 수필이라고 할 때, 대체로 신변잡담이나 노변(爐邊)의 한담(閑談) 같은 가볍고 부드러운 글을 지칭하여온 것이 사실이다. 흔히 이양하와 김진섭을 두고 말할 때 전자를 연수필의 대표로, 후자를 경수필의 대표로 꼽는 이가 있기도 하나, 사실은 이 두 분의 차이는 전자의 문체가 비교적 부드럽고 상대적으로 정서적인데, 후자는 다소 난삽하고 장황한 문체라는 차이가 있을 뿐이지 어떤 사색적인 명제를 조리 있게 천착해들어가는 스타일은 아니라는 점에서 결국 양자는 다 같이 연수필의 범주에 든다고 할 수 있다.

그러나 석재의 수필은 오히려 프랑스의 팡세에 가까운 문장이라 할 수 있고, 앞서 분류법으로 보자면 경수필에 해당한다고 할 수 있다. 가령 다음과 같은 글을 보기로 하자.

새로운 현대적 생활방식과 생활윤리는 당연히 고대적인 임을 추방해야 했고 그렇게 함으로써 우리 조국의 근대화는 진전되었다 할 것이다. 그러나 그렇다고 임은 영 없어진 것은 아니고 또 완전히 없어져서 좋은 것도 아니었다. 옛날의 멋도 될 수 있고, 우리 조상들의 피와 살 속에 맺혀온 것은 아무리 시대가 변해도 완전히 사라질 수만은 없었던 것이다. 사랑하는 사람을 위하여 자기의 생명과 자기의 전 생애를 바치는 사람은 아직도 많고 조국이나 민족을 위하여 아무런 보상도 없는 자기 희생을 감수하는 애국자는 오늘날에도 많은 것이다. 진리를 위하여 정의를 위하여 스스로의 모든 것을 바치는 순교자가 현대의 우리 한국에는 누가 없다고 말할 것인가? 조국, 애인, 진리, 정의 이 모든 것이 바로 임이 아닌가. 자기가 그것을 위하여 살고 그것을 위하여 죽을 수 있는 모든 것은 다 임인 것이다. 임은 죽지 않고 한국 사람들의 정신과 사상, 그리고 모든 분야의 생활윤리 속에서 살아가고 있다.

이는 「임의 사상」이라는 제목의 글이다. 이 글은 그 서두에서 간단히 '임'이라는 말의 개념을 규정하고 나서, 정몽주의 「단심가」와 황진이의 "내 언제 신의 없어 / 임을 언제 속엿관듸"로 시작되는 시조를 거론하여 여기에 나오는 임의 뜻을 천착한 다음 1920년대의 대표적인 두 시인 한용운과 김소월에 있어서의 임의 뜻을 말하고 난 다음에 앞의 인용문이 이어지는 것이다. 즉 처음 부분에서 한용운·김소월의 임의 개념에 대한 언급에 이르기까지의 문장은 비교적 부드럽기는 하나 문학평론 문장의 흐름임이 분명한 것이다. 그런데 그러한 문장의 흐름이 앞서 인용한 부분에 이르면 문학의 영역을 벗어나서 인생 일반, 사회 일반의 문제로 관심의 방향이 달라지는 것이다. 말하자면 이 문장은 문학의 문제에서 출발하여 사회와 인생에 대한 문제에로 그 관심의 방향이 확산되는 것이다. 어문각의 『조연현문학전집』에는 '문학적 인생론'이라는 표제 아래 이 문장을 수록하고 있거니와, 석재의 에세이는 '문학적 인생론'이라는 말이 잘 표상해주고 있듯이 평론과 수필이 합작하여 인생을 천착하는 문장이라고 할 수가 있다. 이른바 전형적인 연수필로 일관하여온 우리나라의 문학사의 자리에서 볼 때 사색적인 깊이를 유지하는 이러한 팡세적 에세이의 세계를 열었다는 점에서도 그의 업적은 중요한 한 위치를 차지한다고 할 것이다.

석재의 또하나의 큰 업적인 『한국 현대문학사』에 관하여는 별도로 거론키로 되어 있으므로 여기서는 생략하기로 한다.

(동국대학교 한국문학연구소, 『한국문학연구』 15집, 1992. 12)

문학과 역사

1

역사와 문학이 어떻게 관련되는가 하는 문제는 문학이 무엇인가 하는 문제와 거의 때를 같이하여 제기되어온 문제이다. 문학의 본질을 구명한 인류 최초의 본격적 저서라 할 수 있는 아리스토텔레스의 『시학』의 많은 부분에 있어서 시(문학)와 역사의 관련 문제가 언급되어 있음은 이를 반증하는 좋은 예라 하겠다. 말하자면 문학과 역사의 관련성을 구명하는 일은 저절로 문학의 본질을 구명하는 일에로 연결이 되기 때문이다.

그러면 문학과 역사는 어떻게 관련되는가. 즉 어떤 측면에서 양자는 만나게 되고, 어떤 경우에 서로 헤어지게 되는가. 우선 양자가 만나는 경우를 생각해보기로 하자. 양자는 다 같이 인간에 관한 것을 기술하고 있다는 점에서 만난다고 할 것이다. 어둠이 찾아온 다음 모닥불에 둘러앉은 동굴 안의 원시인들이 긴긴 겨울밤을 이야기로 보내는 과정에서부터 소설은 시작되었노라는 요지를 『소설의 이해』에서 부룩스와 워렌은 말하고 있다. 즉 그들이 낮 동안에 산과 들에서 행한 사냥 이야기며, 종족들을 지키기 위하여 행한 영웅적 행적에 대한 이야기 등이 소설(문학)의 출발이 되었다는 것이다. 인간이 한 일을 이야기하고 기술하는 것이 소설(문학)의 출발이라고 한다면, 그것은 동시에 역사의 출발이 되기도 한다. 역사 또한 인간이 한 일을 기술하는 분야이기 때문이다. 그리고 그런 의미에서 보자면 신화나 전설 등도 일차적으로는 역사와 뿌리를 같이하고 있다고 할 것이다. 그 모두가 인간이 한 일을 이야기하는 것이기 때문이다.

문자로 기록된 모든 것이 다 문학이라는 넓은 의미의 문학의 개념은 여기서 논외로 한다 하더라도, 문학과 역사가 명확하게 분화된 이후에 있어서도 양자는 수시로 만나게 되고, 더러는 양자의 경계가 지극히 모호해져버리기조차 한다. 플루타르크의 역사는 우리들로 하여금 무엇보다도 먼저 문학적 흥미를 유발시키기에 족한 것이고 이와는 대조적으로 대부분의 역사소설은 예외 없이 우리들을 특정한 역사적 공간에로 유도하는 것이다. 그만큼 역사는 허다한 경우에 있어서 문학의 방법을 이용하며, 문학은 또한 빈번히 역사에서 무진장한 제재를 빌려오기도 하는 것이다.

아리스토텔레스는 시(문학)와 역사를 구별하여 전자는 허구요 후자는 사실의 기록이라고 말한 바 있다. 그러나 허구로서 표상되는 문학적 공간도 결국에 있어서는 시대성·역사성을 반영하지 않을 수 없다는 점에서 역사와의 친연성을 지울 수는 없다. 소설은 인생의 거울이라고 스탕달은 말한 바 있다. 소설(문학) 속에 표상되는 현실은 분명 가공의 현실임에도 불구하고, 그 안에서 우리는 살아 있는 특정한 한 시대의 삶의 양상이 직접·간접으로 반영되어 있음을 보게 된다. 이를 일러 흔히 문학의 시대성이라는 말로 표현하거니와 이러한 문학의 시대성이야말로 역사성과 다르지 않은 것이다. 이런 점에서 문학은 직접적이냐 간접적이냐, 또는 명시적이냐 암시적이냐 하는 차이는 있을지 몰라도 숙명적으로 역사와의 친연성을 갖지 않을 수 없는 것이다.

그와 아울러 허구의 세계를 빚어내는 작가나 시인의 문학행위 자체 또한 당대사회의 한 현상으로 존재하고 있다는 점에서 역사의 일부를 형성하는 것이다. 말하자면 작가나 시인이 빚어내는 문학적 공간이 비록 허구의 공간이라 할지라도 그것은 필연적으로 당대사회의 반영으로 될 수밖에 없다는 점에서 시대적·역사적 성격을 띠게 되거니와, 그러한 허구세계를 빚어내는 작가·시인의 문학행위 자체도 당대사회의 중요한 현상을 이루고 있다는 점에서 시대적·역사적 성격을 띠게 된다는 말이다.

가령 송강의 「사미인곡」의 작중화자의 모습에서 일차적으로는 지상으로 적강(謫降)되어, 천상의 낭군을 그리는 애절한 한 여인의 모습을 보게 되지만, 동시에 그 여인의 모습을 통하여 조선조 중기의 정치구조의 조건에 있어서 상감의 총애로부터 소외되어 실의에 빠진 한 양반관료의 모습을 보게 되는 것이며, 그것은 당대사회의 역사적 상황을 구조적으로 이해하는 소중한 단서가 되기도 하는 것이다. 또한 그러한 「사미인곡」을 쓴 송강 자신의 행위의 궤적 자체가 당대 사회를 이해하는 소중한 사실(史實)로 된다는 것이다.

이런 문제와 관련하여 문학은 넓은 의미에 있어서 시대의 산물이라는 사실을 부정할 수는 없다. 문학의 시대성을 지나치게 강조한 텐느 같은 사람의 방법이 가령 20세기의 신비평에 의하여 비판을 받게된 사실을 우리는 기억하고 있거니와, 그야 어떻든 문학이 시대성을 띠게 되는 것은 부인할 수 없는 일이다. 그와 동시에 작가·시인도 결국은 특정한 한 시대의 관점에 입각하여 문학행위를 할 수밖에 없다. 우리는 물론 문학의 항구성 내지 보편성이라는 것을 인정한다. 그러나 그럼에도 불구하고 작가·시인 앞에 구체적으로 제기되어 있는 상황은 자기가 살고 있는 당대사회인 것이며, 따라서 작가·시인은 자신에게 주어진 당대사회의 조건 안에서 문학행위를 하게 되는 것이다. 따라서 작가·시인은 자기가 놓여 있는 당대사회에 대한 의식을 갖지 않을 수 없다. 그는 자기에게 주어져 있는 구체적 상황에 입각하여, 그리고 동시대인을 향하여 글을 쓴다. 그의 염원은 자신의 문학이 당대사회에 투철하면서도 당대사회의 한계를 뛰어넘을 수 있기를, 그리고 동시대인의 갈채를 기대하면서도, 동시대인뿐만 아니라 먼 미래의 독자들의 갈채까지도 아울러 기대하는 것이다. 이는 결국 문학이 시대성과 초시대성을 아울러 간직하고 있음을 반증하는 현상이라 할 것이다.

작가가 자기의 시대현실에 대하여 간직하는 일정한 관점, 이를 일러 작가의 시대의식, 또는 역사의식이라 할 수 있을 것이다. 작가의 시대의식 내지 역사의식은 작가의 개성이나 취향에 따라서 강약의 차이가 있을 수 있고 또 적극성이나 소극성의 차이는 있을 수 있으나, 결국 필연적인 것이다. 작가가 빚어내는 현실이 아무리 허구의 현실이라 할지라도, 그 허구의 현실을 빚어내는 구체적 기반이 되는 것은 자신이 살고 있는 당대현실일 수밖에 없고, 따라서 의식적이든 무의식적이든, 또는 적극적이든 소극적이든 당대현실에 대한 일정한 관점은 전제되지 않을 수 없는 것이다.

요약건대, 문학은 인간의 일, 인간이 행한 바를 기술한다는 점에서 역사와 뿌리를 같이하는 것이며, 문학은 역사에서 많은 제재를 빌려 오고 역사는 또한 수시로 문학의 방법을 빌려가고 있다는 점에서 양자는 근접하는 경우가 많고, 문학 속에 펼쳐지는 작중현실은 비록 그것이 가공의 현실일지라도 결국은 당대현실의 반영일 수밖에 없다는 점에서 시대성·역사성을 수반하게 되는 것이며, 작가의 그러한 문학행위 자체가 또한 한 사회 현상을 형성한다는 점에서 역사의 일부로 되는 것이며, 작가는 그의 문학 행위의 과정에 있어서 자기에게 주어진 시대상황에 대한 일정한 역사의식을 전제로 하지 않을 수 없다는 점에서 역사와의 친연성을 갖고 있다고 할 것이다.

2

이제까지 문학과 역사가 만나게 되는 몇 가지 측면에 관하여 언급하였다. 그러나 문학과 역사는 분명 별개의 영역임을 부정할 수 없다. 문학은 허구인데 역사는 사실의 기록이라는 아리스토텔레스의 규정이 말해주듯이 양자는 근본적으로 다른 것이다.

앞서 양자가 다 같이 인간의 일을 기술한다는 점에서 공통된다 하였거니와, 그러나 역사가 기술하는 내용은 실제로(actual) 일어난 일을 기술하지만, 문학이 기술하는 내용은 거짓으로 꾸민 허구(fiction)인 것이다. 즉 전자는 이미 일어난 실제의 일을 기술하지만, 후자는 새롭게 만들어낸 일을 기술하는 것이다. 물론 문학에서도 실제로 일어난 일, 또는 역사에서 제재를 빌려오기도 한다. 이른바 역사소설이니 전기적 소설이니 하는 것이 있는 것은 그 때문이다. 그러나 문학이 역사나 실제현실에서 아무리 제재를 빌려다 쓰는 경우라 할지라도 그것이 문학적 공간으로 빚어지기 위해서는 그것은 일단 전혀 질서와 차원을 달리하는 요인으로 재편성되지 않으면 안 된다. 시인 자신의 주관적 정서가 가장 직선적으로 표상된다고 할 수 있는 서정시에 있어서의 '나'라는 것도 시인 자신과는 일단 별개의 '극화(劇化)'된 '나'라고 『문학의 이론』에서 웰렉과 워렌이 말하고 있는 것도 이를 반증하는 것이라 하겠다.

사실을 기술하는 역사와 허구의 공간을 빚어내는 문학 사이의 두 번째 차이는, 전자가 사실의 정확성에 기반을 두는 데 반하여 후자는 참신하고 풍부한 상상력에 기반을 두고 있다는 점이다.

역사의 출발은 이미 일어난 일을 정확히 파악하여 기술하는 일에 두지만, 문학의 출발은 앞으로 일어날 일을 자유분방하고 참신한 상상력에 의지하여 빚어내는 일에 둔다.

사실의 정확성을 기반으로 하는 역사와는 달리, 허구의 공간을 빚어내는 문학은 그 안에 필연성과 개연성이 표상되지 않으면 안 된다고 아리스토텔레스는 강조하고 있다. 말하자면 문학은 비록 허구라 할지라도 거기에서 허구 아닌 진실을 느낄 수 있게 되어야 한다는 것이다. 본 세미나의 주제로 설정한바 문학적 진실(reality)이란 이를 두고 이름인 것이며, 이 문학적 진실에 대응되는 것은 역사적 사실(actuality)이라 할 것이다.

앞서 문학은 역사나 실제현실에서 많은 제재를 빌려다 쓴다고 하였거니와 그러나 이러한 제재들이 일단 문학이라는 허구의 공간 속에 편성이 된다고 할 때, 그것은 이미 본래의 모습과는 전혀 질서와 차원을 달리하는 것이므로 여기에서 그 본래의 모습을 찾으려 하는 것은 무리한 일이라 아니할 수 없다. 그것들은 이미 왜곡 굴절된 모습으로 변용되어 있기 때문이다. 그리고 문학 속에서 필연적으로 시대성·역사성이 반영될 수밖에 없다고 하였거니와, 이 또한 어디까지나 허구적 공간 안에서 왜곡 굴절된 양상으로 드러나는 것임을 간과할 수 없다.

끝으로 생각해야 할 문제는 작가에 있어서의 역사의식의 문제이다. 앞서 말한 바와 같이 작가는 의식적이든 무의식적이든 또는 적극적이든 소극적이든 자기가 처해 있는 당대현실에 대한 일정한 관점 내지 관심에 입각하여 글을 쓰는 것이다. 그는 무엇보다도 먼저 당대의 독자들을 향하여 글을 쓰는 것이다. 자기의 동시대인이야말로 그에 있어서의 제일차의 고객이요 스폰서이기 때문이다. 그는 자기 문학이 베스트셀러가 될 수 있기를 염원하면서 글을 쓰는 것이며, 이런 염원에 곁들여서 그의 동시대에 대한 의식, 즉 역사의식도 아울러 발동하는 것이다. 동시에 그는 동시대인의 갈채뿐만 아니라 미지의, 후대의 독자에 의한 갈채까지도 기대하는 것이다. 이런 점에서 작가는 글을 쓰는 행위를 통하여 당대의 역사와 만나고 있는 것이며, 그러면서도 그 역사의 테두리를 뛰어넘어 미래의 독자에게까지 호소하려고 한다. 어떻든 작가에 있어서 당대가 일차적 조건이 되는 것은 당연하다. 앞서 문학이 필연적으로 시대성을 수반하게 된다고 말한 바 있거니와, 그것은 바로 작가가 동시대인과 맺고 있는 이러한 관계양식과 긴밀히 관련되는 문제인 것이다. 이런 의미에서 그의 문학에는 당대의 현실적 이슈들이 직접 간접으로 투영되게 마련인 것이다.

그러나 그가 빚어내는 현실은 어디까지나 허구의 현실이다. 그의 문학 안에 당대현실의 제반 이슈들이 투영될 수밖에 없다 할지라도 그것은 어디까지나 허구적으로 왜곡굴절된 양상으로 나타날 수밖에는 없다. 따라서 작가에 있어서의 역사의식이란 문학이라는 허구의 공간을 통해서 왜곡 굴절된 양상으로 표상되는 의식인 것이다.

역사와 문학은 그 뿌리를 같이하고 있으면서도 근본적으로 다르다. 문학은 역사를 포용하면서도 역사에 의하여 포용되는 것이다. 말하자면 문학은 역사를 표상하지만, 문학 그 자체 또한 역사의 일부인 것이다.

(한국문학평론가협회 문학세미나 발표논문, 1992. 6. 27～28)

비평의 이상

　비평가는 누구를 향하여 발언하는가? 이 물음에 대한 분명한 해답은 실상 그다지 손쉬운 일이 아닐 것 같다. 이 물음은 비평활동에 있어서의 지엽적인 물음이라기보다 어쩌면 그 본질에의 물음인 것처럼 보이기 때문이다.

　비평가는 누구를 향하여 발언하는가, 하는 물음은 곧 누구를 위해서 하는 발언인가, 무엇을 발언하는가, 어떻게 발언하는가? 하는 물음들을 유발하게 될 것이다. 그리고 누구에게, 무엇을, 어떻게라는 비평의 기능, 질료, 방법에의 물음은 곧 비평은 무엇인가? 하는 본질에의 물음과 불가분리(不可分離)의 관계에 있다 하겠다.

　이런 점에서 '나는 어떻게'라는 비평의 방법에의 물음은 곧 그 본질에의 물음과의 긴밀한 관련 아래에서만 올바른 해답이 이루어질 수 있을 것이다. 그러니 이 물음에 만족할 만한 해답을 내리기에는 주어진 지면이나 필자의 역량이 아울러 부족하다. 별수 없이 문제를 축소시킬 밖에 없다. 비평에 관한 필자의 견해라기보다도 필자가 그렇게 되기를 바라는 비평의 이상을 말하는 데 그치고자 한다.

비평가의 발언은 대체 누구에게 향해지는 것일까? 이 물음에 대해서 있을 수 있는 첫째의 해답은 그것이 창작가에게 향해진다는 것이다. 즉 비평가는 실제 창작가를 위해서 글을 쓴다는 견해이다.

이런 경우 비평가는 실제 창작에 종사하는 작가 시인의 충고자 내지 교사로 자처할 수 있을 것이요 그들이 이룩한 창작적 성과에 대하여 평가자 내지 심판자로 군림할 수 있을 것이다. 창작가를 위해서 비평가가 이룩해야 할 첫째의 과업은 어떻게 써야 할 것인가? 하는 당위의 조항을 설정하는 일이 될 것이다. 아울러 어떻게 써서는 안된다는 금기의 조항을 설정하는 일이 될 것이다.

어떻게 써야 할 것인가 하는 문제는 어떻게 쓰는 게 좋은가 하는 물음을 전제로 하게 될 것이다. 따라서 어떻게 씌어진 작품이 좋은 작품인가 하는 물음을 유발하게 될 것이다. 이리하여 비평가는 의식적이든 무의식적이든 필연적으로 문학작품의 어떤 이상적인 모델 같은 것을 설정하게 될 것이다. 그리고 그러한 이상적인 모델이 저절로 어떤 것이 좋은 작품이고 어떤 것이 나쁜 작품인가를 가려내는 평가의 기준이 될 것이다.

자기가 거점으로 삼고 있는 명백한 이상적 모델이 있으니만큼 비평가는 모든 창작가들에게 그러한 모델에 도달할 수 있도록 촉구할 수 있을 것이요, 건설적인 조언을 줄 수 있을 것이다. 본질적인 의미에 있어서 비평가는 창작가가 준수해야 할바 당위(must)와 금기(must not)를 제시해야 하는 것을 주요한 과업으로 삼게 될 것이다. G. 왓슨이 명명한바 "명명법(inperative mood)을 그 문장의 특색으로 하고 있는" 입법비평(立法批評, legislative criticism)이 대개 여기에 해당할 것이다.

그리고 이런 성격의 비평가에 있어서는 명백한 가치평가의 기준이 있으니만큼 그 기준에 입각하여 모든 창작적 성과들에 대하여 그 우열의 서열을 뚜렷하게 구분할 수 있을 것이다. 이러한 구분에 의하여 작가는 자기의 창작적 성과가 어느 위치를 차지하는가를 손쉽게 알 수 있을 것이다.

실제 창작가에게 주어지는 비평가의 이러한 논공행상(論功行賞) 및 문죄과벌(問罪課罰)은 많은 문학작품들 앞에서 곤혹을 치러야 하는 독자대중에게도 손쉬운 선택의 척도가 되어줄 수 있을 것이다. 왜냐하면 명백한 평가기준에 의한 이러한 우열의 서열의 결정은 작가로 하여금 그의 창작적 성과가 차지하게 될 위치를 감수하게 하는 절대적 권위가 될 뿐 아니라 어느 것이 좋은 작품이고 어느 것이 나쁜 작품인가를 가려낼 수 있는 제나름의 안목이 없는 독자 대중에게는 더욱더 권위 있는 선택의 기준이 되겠기 때문이다. 그러나 모든 인간사가 그러하듯이 이상과 현실 사이에는 항상 숙명적인 차질이 가로 놓이기 마련이다. 비평가가 요구하는 이상이 구체적 창작의 현실에서 그대로 성과를 거두기란 어려운 일이거나 거의 불가능한 일이기 쉽다. 이리하여 작가에게 향해지는 비평가의 발언은 왕왕 간곡한 조언자의 그것이 아니라 골이 난 훈장의 꾸지람이 되기가 일쑤이다. 비평가가 생각하는 이상적 모델에 비하면 작가의 현실적 성과는 숙명적으로 흠투성이이기가 쉽다. 비평가는 이리하여 곧잘 흠잡기(Bault-Binding)에 골몰하게도 될 것이다.

그러나 그것만이 아니다. 도대체 비평가가 설정한 이상적 모델이라 해서, 과연 모든 사람이 무조건으로 떠받들 만큼 절대적 권위가 돼야 한다는 법도 없지 않겠는가 하는 의문이 제기될 수 있다. 비평가가 설정한 이상적 모델이 혹 평범한 작가에게는 어떤 지도이념이 되어줄 수 있을지 몰라도 진정으로는 위대한 새로운 천재를 길러내는 데는 오히려 결정적 장애가 될 수도 있지 않겠는가 하는 의문을 제기할 수도 있다. 왜냐하면 평범한 천재는 기존의 모델에 도달하는 것으로 끝날지 모르지만 진정으로 위대한 천재는 오히려 기존의 모델을 초극하는 데서 탄생한다고 할 수 있기 때문이다.

그러면 비평가는 누구에게 발언해야 할 것인가? 둘째로 있을 수 있는 해답은 비평가 자신을 위해서 발언한다는 견해이다.

이런 경우 무엇보다도 중요한 명제로 제기되는 것은 개성의 문제이다. 문학 혹은 예술작품은 각기 그 나름의 독자적인 개성을 가지고 있다. 하나의 작품이 간직하는 이 개성은 그 자체가 한 유기적 전체를 형성하고 있기 때문에 그 작품 밖의 일반적 법칙이나 모델로써 그것을 설명할 수도 재단할 수도 없다는 것이다.

나아가서 작자에게는 자기 개성을 마음껏 살릴 수 있는 자유가 주어져야 할지언정 그 개성을 구속하고 제약하는 일반적 법칙이나 어떤 형태의 기존의 모델을 강요해서는 안 된다는 것이다. 절대적으로 존중되어야 할 작가의 개성과는 아무 상관도 없는 일반적 법칙이나 기존의 모델을 작가에게 강요해보았자 그러한 강요가 작가의 실제 창작현실에 별로 도움을 주지 못할 뿐 아니라 오히려 적극적으로 그러한 개성의 신장을 방해하는 완고한 인습이 되기가 고작이라는 것이다. 이러한 견해는 근대 낭만주의의 승리 이래 19세기까지에 있어서 지배적이었던 것처럼 보인다.

이리하여 비평가의 할 일은 작품을 평가 심판하는 일이 아니라 주로 감상 소유하는 일이라는 것이다. 말하자면 비평가는 작가의 교사나 작품의 심판자가 아니라 작품의 수호가(愛護家) 내지 작가의 찬미자가 되는 것이 주요한 방향이라는 것이다. 비평가는 이리하여 절대적인 권위의 진술자가 아니라 노련하고 부지런한 딜레탕트의 자세를 갖추게 되는 것이다.

이런 경우 비평가의 가장 중요한 핵심적 과업은 무엇보다도 먼저 작품을 바르게 감상하는 일이 될 것이다. 감상이란 일종의 무상행위인 동시에 극히 주체적인 행위이다. 감상이 한 무상행위인 이상 그 감상의 대상인 작품에 대하여 그것 밖의 어떤 선입견이나 고정관념을 가지고 접근해서는 안 된다는 것이다. 매듀 · 아놀드의 이른바 몰이해(disinterestedness)의 입장이야말로 비평가가 견지해야 할 첫째의 신조가 될 것이다. 비평가에 있어서 작품은 감상의 대상 혹은 쾌락의 대상 밖의 다른 아무것도 될 수 없는 이상 비평가는 작품이 주는 감동을 자기 활동범위의 알파요 오메가로 생각하게 될 것이다. 비평가는 작품이 주는 감동의 내용을 재확인하는 일에만 골몰하게 될 것이다. 비평가에게 가장 소중하게 요청되는 것은 물론 체계적 지식이나 보편적인 원리 따위가 아니라 각기 자기 나름의 개성을 갖는 천태만상의 작품들을 빈틈없이 받아들일 수 있는 포용적인 교양과 올바른 인상향수(印象享受)를 위한 날카롭고 세련된 감수성이 될 것이다.

비평가의 발언이 자기 자신을 위하는 것이라고 할 때 소극적인 감상이나 인상의 기술에만 만족할 수 없게 되는 경우도 있을 것이다. 감상이나 인상의 기술 역시 비평가 자신의 감동을 재확인하는 애고티스틱한 행위임에는 틀림없으나 그건 결국 작품을 다만 받아들이는 데 그치는 수동적인 행위이기 때문이다. 비평가가 보다 더 '자기'에 적극적이고자 할 때 남의 것(작품)을 수동적으로 받아들이는 데 그칠 게 아니라, 자기 나름의 능동적인 자료를 생산하려는 욕망을 품게도 될 것이다. 자기로서의 개성, 자기로서의 삶의 문제, 자기로서의 세계를 구축하고자 하는 야심을 품을 수 있을 것이다.

이런 경우 작품에서 받은 감동이나 인상은 비평활동의 전부가 아니라, 오히려 그 활동을 유발하는 중요한 발단이 되는 데 그칠 것이다. 말하자면 어느 작품에서 받은 감동이나 인상을 계기로 하여 비평가는 자기 나름의 별개의, 바랄 수만 있다면 보다 고차적인 가치의 세계를 창조하려고 노력하게 될 것이다. 따라서 이런 비평가들은 인상의 기술이나 감상에만 머무르려는 일련의 비평들을 모방행위라고 규정할 것이며 남의 작품에서 출발하되 자기의 완벽한 개성으로 되돌아올 것을 희구하게 될 것이다. 티보데의 이른바 "미완의 작품에서 완벽한 작품에로의 고양"이라는 노력은 말하자면 이러한 자기의 완벽한 개성에의 지향을 단적으로 표명한 것이라고 할 수 있을 것이다. 이리하여 비평가의 개성에의 지향이 적극적이 될수록 그의 노력은 창작가의 그것과 유사해질 것이다.

그러나 비평가의 발언이 자기 자신을 위한 것이 되어버릴 때 결국에 있어서 작품 그 자체가 무엇이냐, 하는 문제는 여전히 숙제로 남게 된다. 왜냐하면 이런 경우 어느 작품에 관한 비평가의 언급은 실상 그 작품이 계기가 된 비평가 자신의 개성의 표백이지 작품 그 자체에 대한 해명은 아니기 때문이다. 따라서 이런 경우 비평가의 어느 작품론을 읽는 것은 극단으로 말해서 그 비평가를 알기 위해서지 그 작품 자체를 알기 위해서는 아니라는 결론이 되어질 수 있을 것이다.

물론 비평이 지니는 이러한 창조적 성격을 가령 『문학의 이론』의 저자(Wellek & Warren)가 규정한 것처럼 '무용의 복사'라는 식으로 처리할 수는 결코 없는 것이지만, 그렇다고 작품 그 자체가 무엇이냐 하는 가장 중요한 문제를 숙제로 팽개쳐둘 수는 없는 일이겠다. 비평의 첫째 과업은 작품 그 자체로 되돌아가는 일이라는 명제는 여기서 비롯될 것이다.

이때 작품 그 자체가 무엇인가? 하는 것이 가장 중요한 물음으로 제기될 것이다. 그 물음은 작품의 바른 이해를 희구하는 물음이다. 그리고 그 물음에의 해답은 작가를 위해서라기보다도 오히려 그 작품을 감상하려는 독자들에게 주어지는 것이다. 이리하여 비평가의 발언은 독자를 위해서 한다는 견해가 나오게 되는 것이다.

이런 비평의 일차적 기능은 독자의 올바른 감상을 돕기 위하여 그들을 작품의 조건으로 안내하는 역할을 담당하는 것이다. 그 작품의 감상이나 이해에 필요하다고 생각되는 지식이나 정보를 독자들에게 제공할 것이다. 말하자면 독자들의 문학적 교양이나 지식을 높여주고 그들의 편견이나 무지를 교정하고 계몽하는 일을 담당할 것이다. 그러나 작품 그 자체가 무엇인가를 알고자 하는 독자들에게는 이러한 비평가의 노력은 결국 예비적 협조에 지나지 않을 것이다. 왜냐하면 그러한 노력은 작품의 외적 조건의 해명은 될지언정 작품 그 자체의 해명은 아니기 때문이다. 작품 그 자체가 무엇인가를 알고자 하는 독자를 위해서는 그를 작품 밖에서 서성거리게 할 게 아니라, 직접 작품 속으로 끌고 들어가지 않으면 안 될 것이다. 직접 작품 속으로 들어간다는 점에서는 감상이나 인상의 기술에 주력하는 일련의 에고티스틱한 비평가들의 노력이 더 철저할지 모른다. 그러나 그들에 있어서는 비평가와 그 대상(작품) 사이에 일정한 거리가 유지될 수 없었다. 그들이 작품 속으로 들어가는 것은 그것을 소유하기 위하여 그것과 자기를 일치시키기 위해서였기 때문이다. 거기서는 작품 그 자체의 해명에 필요한 타당성이 있는 퍼스펙티브는 여전히 별개의 숙제로 남게 마련이었던 것이다. 이리하여 비평가는 작품 그 자체의 해명을 위해서 모든 독자들이 충분히 납득할 만한 타당성 있는 방법론을 수립하지 않으면 안 되는 것이다. 그들의 방법은 필연적으로 지적 분석적인 것이 될 것이다. 작품 그 자체에의 정서적 공감보다는 그것의 지적 이해를 지향하게 될 것이다. 작품 속에 함축된 의미의 발견의 열쇠로서 원문에 밀착한 독서(the close textual reading)를 지향하는 뉴크리틱들의 노력이 그 전형적인 것이 될 것이다.

그러나 철저히 독자를 위한 이러한 비평에 있어서도 그 나름의 한계를 지니고 있는 게 사실이다.

첫째 문학은 그리고 예술은 지적 이해의 대상이 아니라 정서적 감동의 대상이라는 사실이 무시되고 있다. 물론 지적 분석적인 이해가 작품의 바른 감상에 도움을 줄 수 있을지는 모른다. 그러나 이해와 감동은 엄연한 별개의 차원이다. 결국에 있어서 유기적 전체인 작품을 미시적인 분석만으로 파악할 수 있을까 하는 것도 의문이다. 유기적 전체인 한 작품의 완벽한 소유는 오히려 직관적 감동의 차원에서만 가능할 것이기 때문이다.

둘째로 어느 것이 좋은 작품인가 하는 가치판단의 문제 또한 분석적 방법만으로서는 기대할 수 없다. 개개의 작품들의 지적 분석에 의하여 보편적 가치를 발견하려는 귀납적 방법을 그들은 지향하고 있는 터이지만, 가치의 발견이라는 명제는 가치판단의 기준을 전제로 할 때에만 가능한 것이다. 말하자면 무엇이 좋은가를 알기 전에는 좋은 것을 밝혀낼 수 없다는 것이다. 그리고 무엇이 좋고, 무엇이 나쁜가를 밝혀내는 문제는 이미 귀납적 문제가 아니라 명백한 가치관을 기준으로 한 연역적 방법인 것이다. 따라서 치밀하고 충실한 분석적 방법에 의하여 작품의 지적 이해가 가능하다 할지라도 과연 그 작품이 좋은가 나쁜가 하는 판단의 문제는 여전히 별개의 차원으로 남기 마련인 것이다. 이 판단의 차원을 충족시키기 위해서는 필연적으로 대상으로 하는 개별적 작품의 밖에 일반적 기준을 설정하지 않으면 안 될 것이다.

이리하여 우리는 다시금 최초의 물음으로 되돌아갈 필요가 있다. 도대체 비평가는 누구를 위해서 발언하는가? 작가에의 충고자, 작품에의 평가자로서의 비평가의 역할은 가능한가? 노련하고 훈련된 딜레탕트, 개성적인 창작가로서의 비평가의 역할은 가능한가? 독자의 안내자 작품의 지적 이해자로서의 비평가의 역할은 가능한가?

아마도 이런 모든 물음들에 대하여 한 입으로 동시에 만족할 만한 해답을 줄 수 있는 비평가만이 자기의 역할을 이상적으로 수행했다고 할 수 있을 것이다. 말하자면 작품의 열렬한 애호자이면서 자기 자신의 내적 생명에 충실하고 모든 사람이 납득할 만한 타당한 작품의 이해자이며 또 옥석을 가려낼 만한 투철한 판단력의 소유자이며, 따라서 모든 창작가가 신뢰를 걸 만한 지도이념의 소유자, 이런 비평가야말로 자기 과업을 이상적으로 수행할 수 있을 것이다. 날카롭고 세련된 감수성 및 탁월한 창조적 개성을 갖고 있되 작품 그 자체에 대하여 초개성적인 타당한 퍼스펙티브를 견지할 수 있는 비평가, 작품의 바른 이해를 위한 치밀한 분석적 방법론을 갖고 있되, 유기적 전체로서의 직관적 감동이나 보편적 판단력을 아울러 행사하는 비평가, 보편적 가치판단의 기준을 간직하되 완전한 도그마에 떨어지지 않으며, 투철한 지도이념을 제시하되 인습적인 아나크로니즘에 떨어

지지 않는 비평가, 그러한 비평가가 되기란 실상 인간의 지평 위에서
는 영원한 꿈에 지나지 않을지 모른다.

왜냐하면 이런 요소들은 상호보족완(相互補足完)의 관계에 있다기
보다도 숙명적으로 상호배반의 관계에 있기 때문이다. 여하한 비평
적 전략도 그것만으로써는 작품을 완전히 공략할 수 없다는, 『비평의
해부』의 저자 노드롭 프라이의 말은 이런 의미에서 타당성을 갖게 된
다.

그러나 그럼에도 불구하고 이처럼 상호배반의 관계에 있는 요소들
을 조화시키려는 노력이 비평가의 최고의 이념이 되지 않으면 안 될
것이다. 그것은 나의 염원의 피안(彼岸)이다. 그것은 다름아니라 완
전성에 도달하려는 모든 인간의 영원한 이상이기도 하지만.

(『문학』 1966년 5월 창간호)

2. 한국 시문학의 위상

우리 시문학과 전통의 문제

1

문학에 있어서의 보편성이란, 문학으로 하여금 인류의 고전으로 위치지우는 시금석이라 할 수 있다. 어느 한 작품이 그 작자가 속해 있는 인종이나 계층에게뿐 아니라 그 한계를 넘어서서 세계의 모든 사람들에게 한결같은 감명을 불러일으킬 수 있는 광범한 호소력을 간직하게 될 때, 우리는 그러한 작품의 가치와 보편성을 승인하게 된다. 세계의 모든 인종이나 계층은 각기 그 나름의 기호와 입장과 퍼스펙티브를 가지고 있다. 그리고 그러한 기호나 입장이나 퍼스펙티브는 한 민족과 다른 민족 사이에 있어서 행복한 조화와 일치를 이룩하는 게 아니라, 왕왕 대립 갈등의 양상으로 표현되는 것이다. 그럼에도 불구하고 소수의 선택된 문학작품은 민족과 민족 사이에 가로놓인 이러한 기호와 퍼스펙티브의 벽을 뚫고 세계를 향하여 광범한 호소력을 행사하는 것이다.

이런 의미에서 볼 때 문학에 있어서의 보편성이란 문학의 포용적인 호소력이 간직하는 세계성을 의미하는 것이라고 일단 말할 수 있다. 셰익스피어가 영어 사용 민족에게뿐 아니라 세계의 모든 사람들에게 애호와 예찬을 받고 있는 것도 그 때문이다.

그러나 소수의 선택된 문학작품은 민족이나 국경을 초월하여 지평적인 의미에 있어서의 광범한 호소력을 간직하고 있을 뿐 아니라, 수많은 세월을 통하여 항상 새로운 감명을 불러일으키는, 수직적인 의미에 있어서의 항구적인 포용력을 간직하고 있는 것이다. 각 민족이나 계층이 그 나름의 기호와 편견과 퍼스펙티브를 가지고 있듯이 각 시대는 또 그 나름의 각기 다른 기호, 편견, 퍼스펙티브를 간직하고 있다. 그리고 소수의 선택된 작품들은 민족과 민족 사이의 장벽을 뛰어넘을 수 있는 것처럼 시대와 시대 사이의 장벽을 뛰어넘을 수 있는 것이다. 『햄릿』이 다만 빅토리아조 시대 사람들의 문학임에 그치지 않고 오늘 우리들의 문학일 수 있는 것도 그 때문이다. 이런 의미에서 문학은, 진정으로 위대한 문학은 보편성과 아울러 항구성을 간직하고 있는 것이다. 인류가 여러 시대의 여러 민족에 의하여 이룩된 작품들을 고전으로서 향유하고 있고, 그것으로써 세계문학이라는 한 문화적 체계를 형성하고 있는 것도 문학의 가치가 그 속성으로 간직하고 있는바 보편성과 항구성 때문이다.

그러나 문학가치의 보편성이니 항구성이니 하는 것은 구체적으로는 어느 한 단위 민족의 문학적 전통 및 그들이 처해 있는 시대현실을 전제로 할 때에만 성립되는 개념이다. 작가에 있어서 가장 기본적이고도 소중한 독자는 그가 살고 있는 시대와 동포들이다. 작가는 자기와 같은 시대를 호흡하고 있는 자기 동포들에게 그들과 더불어 같이 쓰고 있는 모국어로써 호소한다. 도스토예프스키는 다른 누구보다도 먼저 19세기의 러시아 사람들을 위하여 『카라마조프가의 형제들』을 썼던 것이다. 따라서 작가는 그가 속해 있는 민족문학적 및 시대적 조건 속에서 글을 쓸 수밖에는 없다. 그의 문학이 국경을 넘어선 세계의 독자들을 포용할 수 있게 된 경우라 할지라도 그러한 행운의 성취를 보장한 구체적이고도 직접적 추진력은 그가 그 속에서 잔뼈가 굵은 민족문학의 전통에서 연유된 것이며, 그의 문학이 두고 두고 후대의 사람들에게 새로운 감명을 줄 수 있게 되는 경우라 할지라도, 그러한 호소의 직접적이고도 구체적 계기가 된 것은 그들과 더불어서 같이 살며 고민했던 자기의 시대상황 자체인 것이다.

이러한 사실은 한 시대가 그 이전의 문학유산을 계승하는 과정에 있어서나 한 민족문학이 외래문학을 소화 섭취하는 과정에 있어서 엄청난 진통을 치르지 않으면 안 되고, 그 진통을 통한 엄청난 굴절작용을 수반하지 않을 수 없다는 사실로써도 반증이 된다. 작가는 숙명적으로 자기가 살고 있는 시대상황을 발판으로 하고서만 전통계승의 진통을 치를 수 있는 것이며, 자기가 소유한바 문학전통의 터전 위에서만 세계문학 성취의 고투를 감당할 수 있는 것이다. 이러한 수직적 및 수평적인 굴절과정을 전제로 하지 않는 한 "예술은 길다"라는 경구도 골동품을 불멸의 예술인 양 망상하는 완고한 미신가들의 편리한 구설로 둔갑할 것이요, 민족문학의 세계성이란 것도 감상적인 코스모폴리탄들의 행복한 관념의 유희를 제공하는 소재로 타락할 것이다. 문학이 국적과 시대를 초월하기 위해서는 무엇보다도 먼저 국적이 분명하고 시대에 투철해야 한다는 것은 역설적이게도 사실이다. 오늘의 우리들에게 감동적으로 어필하는 『카라마조프가의 형제들』의 작자는 다른 누구보다도 19세기의 재정 러시아의 상황 속에서 고민한 사람이며, 그리고 광적일 정도의 자부와 애정을 가지고 슬라브의 대지(문학적 전통)에 발을 딛고 살았던 사람이다.

이리하여 문학이 숙명적으로 간직하게 되는 전통성과 시대성은 문학의 가치의 속성으로서의 보편성과 항구성의 대립개념이 아니라, 오히려 그 보편성과 항구성을 성취시키는 직접적이고도 기본적인 계기가 되는 것이며, 동시에 그것들을 위치지우는 효과적인 퍼스펙티브가 되는 것이다. 따라서 한국문학의 보편성과 항구성이 무엇이냐를 구명하기 위해서는 먼저 한국문학의 전통은 무엇이며, 그것이 오늘의 우리 문학에 있어서 어떠한 굴절양상을 보이고 있느냐를 구명해봐야 할 것이다.

2

오랜 세월을 한결같은 흐름으로 이어져오고 있을 뿐 아니라, 오늘의 우리 앞에도 여전히 살아 있는 실체로서 탄력 있게 작용하는 창조적 추진력이 될 수 있는 것을 전통이라고 할 때, 그런 의미의 문학전통은 한국문학의 어느 측면에서 찾아야 할 것인가? 한국 서정시의 흐름에 두드러져 있다고 보는 것이 필자의 견해이다.

그렇다면「정읍사」이래의 한국 서정시에 이어져 내려오는 일관된 특질은 무엇인가?

한국의 대표적인 서정시들은 첫째, 한결같이 연애시의 형식으로 되어 있다는 데에 두드러진 공통성이 있다. 이 사실은「정읍사」를 비롯하여「서경별곡」「가시리」, 그리고 황진이나 매창(梅窓) 등의 시조를 살펴보아도 쉽사리 승인할 수 있는 일이다. 그리고 그 사실은 이른바 모군가(慕君歌)로 알려져 있는「정과정」(정서),「단심가」(정포은),「사미인곡」(송강) 등의 경우에도 예외는 아니다. 이런 모든 시가들은 한결같이 '임'을 위하여 자기의 모든 것을 바치겠다는 내용의 노래다. 그 임의 실체가 때로 낭군이나 애인일 수도 있고, 때로 임금이나 조국을 의미할 때도 있지만, 일차적으로 '임' '애인, 낭군'을 가리키고 있다는 점에서도 변함이 없다.

둘째, 한국의 서정시들은 한결같이 남성적인 것이 아니라 여성적인 것이다. 한국의 대표적인 서정시들이 대부분 여성들의 손에 의하여 이룩되어져왔었다는 사실로서도 이는 쉽사리 반증이 되거니와,

설사 포은, 송강 같은 남성들의 시가인 경우에 있어서도 한결같이 여성적인 톤으로 되어 있다는 사실에는 변함이 없다. 포은의 「단심가」는 낭군을 향한 여성의 일편단심을 빌려온 작품이었고, 송강의 임금에 대한 충성은 하늘나라에 있는 낭군에 대한 지상 선녀의 애절한 사모의 정을 통해서 구체화되었던 것이다. 임금을 향한 신하로서의 그들의 위치는 언제나 남성을 향한 여성의 위치에 서 있었던 것이다.

그러고 보면 한국 서정시의 핵심이 되는 '임'이라는 어휘의 분위기 자체가 남성의 목청에서 발언된 어휘라기보다도 여성의 목청에서 발언된 어휘라는 인상을 준다. 말하자면 그것은 남성이 여성을 향하여 지칭하는 이름이기보다도 여성이 남성을 향하여 지칭하는 이름인 것처럼 느껴진다는 것이다. 「정읍사」「서경별곡」, 황진이 등의 경우는 말할 것도 없거니와, 포은이나 송강에 있어서의 임조차도 그들이 '임'이라 불렀을 때 그 목청은 여성의 목청이었던 것이다.

셋째로 한국 서정시의 기본적 모티프가 된 것은 한결같이 좌절에서 연유되는 설움이었다. 간절한 소망이 무참하게 꺾인 자리에서 비롯되는 가슴에 맺힌 설움이 그 직접적 모티프로 되고 있는 것이다. 말하자면 한(恨)인 것이다. 임을 향한 애절한 한이 한결같은 모티프로 되는 것이다. 왜냐하면 한국 서정시에 있어서의 임은 언제나 현실부재(現實不在)의 임이었기 때문이다. 그 임은 바야흐로 등을 대고 돌아서는 임이거나 멀리 떠나가버린 임이거나 영영 만날 기약이 없는 야속한 임이다. 따라서 그 임을 향한 지향점은 현재나 미래가 아니라 언제나 과거 쪽인 것이다. 한국의 서정시들은 한결같이 추억과 회상의 터전 위에서 이룩되어왔었던 것이다.

한국 서정시가 간직하는바 이러한 속성들을 종합해볼 때 거기서 우리는 한 전형적인 여인상을 그려볼 수 있게 된다. 그것도 좌절된 사랑으로 하여 한이 맺힌 청상(靑孀)으로서의 여인상이다. 이 청상의 여인상이야말로 한국 서정시가 이룩한 전통의 실체인 것이다. 갑오경장 이후의 한국 현대시의 가장 핵심적인 과제는 이러한 청상으로서의 여인상에 대하여 어떻게 대처할 것인가를 모색하는 과제였다고 말할 수 있다. 김소월, 한용운, 서정주, 박재삼 등 대표적인 서정시인들의 작품세계에서 그러한 노력의 전형적인 표현을 보게 된다.

청상의 설움을 줄기차게 그리고 아름다운 가락으로 읊어내는 데 있어 자기의 전부를 내건 시인으로 김소월같이 전형적인 시인이 다시 없을 것이다. 김소월의 온갖 설움은 이 청상의 여인상과 일체를 이룸으로써 자신의 시적 자아를 거기에 투영시켰던 것이다. 그는 시인으로 탄생하면서부터 임을 떠나 보내야 하는 설움에 겨운 여인의 모습을 갖추었던 것이다. 김소월로 하여 청상의 애절한 설움은 연삽한 대변자를 얻게 된 것이다. 소월로 하여 한국의 현대시는 갑오경장 이후 약 20년간의 어수선한 암중모색에 종지부를 찍고, 제 본바탕을 찾을 수 있게 된 것이다. 그가 너무도 여성적이었고, 끝내 ‘여성적’ 이상일 수 없었다는 이유로 하여, ‘현대시’에 보다 다부지게 다가서지 못하고 있다는 사실은 시인할 수밖에 없지만, 그럼에도 불구하고 그는 여전히 한국의 탁월한 시인의 한 사람임에는 틀림이 없다.

한용운에 있어서도 시의 핵심이 되는 것은 ‘임’ 이다. 그리고 그 임이 현실부재의 임이라는 점에서도 변함이 없다. 이제는 떠나가고 없는 임을 갈망하는 애절한 한이 그의 「임의 침묵」의 모티프로 되어 있는 것이다.

그러나 그의 ‘임’ 은 임 이상의 어떤 것일 수 있었다. 임을 통하여 그는 그 이상의 더 포용적인 세계, 조국의 실체를 포착할 수 있었던 것이다. 임을 여읜 설움 앞에 그는 다만 좌절과 회한에 쫓기만 했던 것은 아니다. 그러한 좌절과 회한이 그 시의 직접적 모티프가 된 것은 사실이라 할지라도 그는 그 좌절과 회한을 성공적으로 극복할 수 있었던 것이다.

‘헤어짐’이 어쩔수 없는 숙명이라면, 그 헤어짐 다음에 찾아오기 마련인 더 찬란한 ‘만남’의 숙명 또한 있을 것임을 확신함으로써 청

128

상의 여인상이 그 속성으로 간직하여온 과거 지향성을 극복할 수 있는 귀중한 계기를 마련한 것이다. 이리하여 한용운에 이르러 한국의 서정시는 훨씬 더 포용적인 차원을 이룩하게 된 것이다.

서정주에 이르면 한국의 서정시는 한 정점을 이룩하게 된다. 「귀촉도」에서 「신라초」 「동천」에 이르는 그의 시의 과정을 통하여 우리는 전통의 계승 및 전개라는 오늘의 당면과제를 성공적으로 수행해 나간 전형적 샘플을 얻게 된다. 「귀촉도」에 있어서 절정을 이룬 청상의 애절한 한은 가령 「국화 옆에서」에 이르러 그것이 극복 지양될 수 있는 귀중한 계기에 접어들게 된다. 먼 서역삼만리로 떠나간 임을 갈망하던 젊은 여인의 뜨겁고 숨결 가쁜 한은 「국화 옆에서」에 이르러 "그립고 아쉬움에 가슴 조이던 머어먼 젊음의 뒤안길에서 인제는 돌아와 거울 앞에 선" 나이 지극한 그리고 어느 한 체념과 달관의 경지에 바야흐로 접어든 중년 여인의 모습으로 나타난다. 이러한 체념과 달관의 경지는 「신라초」를 거쳐 「동천」에 있어서와 같은 불교적인 윤회(輪廻)의 경지를 체득함으로써 한국시의 한 뚜렷한 단락을 형성하는 것이다.

전통의 계승 및 전개라는 의미에 있어서 한국시의 새로운 가능성을 기대해볼 수 있는 시인으로서 박재삼의 위치는 중요하다. 그는 한국의 현대시가 지향해야 할 가장 타당한 한 방향을 모색하고 있는 시인 중의 하나이다.

햇빛이 제일 많이
나뭇잎과 강물에 와서는
놀다 가는 모양이더라.
달빛 또한 그런 모양이더라.

그런 하염없는 세상에,
나는 그들의 사돈의 팔촌이나 되던가

부모 섬기고 형제 위하기
한결 얼룩진 무늬가 드디어
살에 패인 피리 구멍 되어
뿌리 젖은 나무로 우노니,
또한 발 적시는 강물로 우노니.

이는 그의 「피리 구멍」이라는 시의 전문이다. 근래에 보기 드문 절
창(絶唱)인 이 작품에서 우리는 한국 서정시가 표상할 수 있는 가장
좋은 일면의 성공적인 표현에 접하게 된다. 부모형제가 생활의 울타
리요 윤리의 기준일 수밖에 없는, 아니 한 걸음 더 나아가서 신앙의
대상일 수밖에 없는 한국의 우리 시대에 있어서의 생활의 쓰라림에
접할 수 있고, 그 쓰라림을 극복해나가는 탁월한 슬기에 접할 수 있
다. "살에 패인 피리 구멍"은 박재삼 나름의 방식으로 자기 가슴에
맺힌 한의 실체일 뿐 아니라, 그 한을 딛고 일어서는 효과적인 창조
의 바탕이기도 할 것이다. 살을 에어낸 이 아픈 구멍(상처)은 또 거
기서 소슬영롱한 신명을 자아내게 하는 피리 구멍이기도 하기 때문
이다.
　그러나 이 작품을 두드러지게 하는 요인은 다른 무엇보다도 이 작
품이 가장 '한국적'인 시라는 사실 때문이다. 제1연에서 볼 수 있는
바 햇빛, 나무, 강물, 달빛 등은 신(神) 없는 우리들에게 신앙의 대
상이 되어준 것들이다. 햇빛과 나뭇잎과 강물과 달빛이 한데 어우러
져 교환(交歡)하는 풍경은 그 자체로서 가장 아름답고 평화스런 풍
경일 뿐 아니라, 한국적인 분위기가 효과적으로 잉태할 수 있는 풍경
이다. 그러한 한국적인 풍경이 또 가장 서럽고도 신명나는 박재삼의
「피리 구멍」과 혼연한 일체를 이룸으로써 가장 오랜 설움과 가장 새
로운 오늘의 아픔이 오르페우스의 가락으로 풀려나오게 된다.
　이제껏 한국의 서정시를 중심으로 한국문학의 전통의 실체가 무엇
인가를 살펴보았고, 그것이 갑오경장 이후의 한국시에 의하여 어떤

양상으로 계승·전개되어왔는가를 더듬어보았다.

(『예술계』 1970년 9월호)

그리움, 그리고 그 너머
─박재삼의 시의 자취

1. 가난 그리고 육친에의 아픈 마음

박재삼의 시 세계에 표상되는 유년의 기억들 가운데 가장 압도적인 비중으로 나타나는 것은 가난에 대한 것이라 하겠다. 가난에 관한 기억은 박재삼에 있어서 그의 숙명과도 같은 것으로 각인지어져 있는 듯하다. 그의 시 세계에 주류적으로 드러나는 설움 또한 일차적으로는 그의 뼈저린 가난에 그 뿌리를 두고 있다고 해야 할 것이다.

어머니의 등에 업혀 팔자 한탄의 노래를 구슬프게 들었던 것이 아득하게 생각난다. 적어도 시에 슬픔이 있다면 그것은 원천적으로 여기에 말미암은 것이 아닐지 모르겠다.

이는 박재삼이 시집 『아득하면 되리라』(1984)의 권말의 연보에서 피력한 말이다. 이 연보에 의하면 그는 일본 동경에서 모래 채취 인부로 생계를 꾸려가는 아버지의 둘째아들로 태어나 네 살 되던 해에 외가 고장인 경남 삼천포로 이사를 한다. 위의 인용문은 그가 어렸을 때 어머니 등에 업혀 어렴풋이 들었던 어머니의 구슬픈 팔자 한탄의 노랫소리를 회상한 구절이다. 자기 시에 슬픔이 있다면 그것은 "원천적으로 여기에 말미암은 것이 아닐지 모르겠다"고 그는 진술하고 있다. 삼천포로 돌아온 뒤에도 아버지는 막노동을, 어머니는 생선장사를 하여 생계를 이어간다. 이런 혹독한 가난 속에서 그는 철저한 배고픔을 맛보아야 하였고 또 다른 아이들처럼 학교를 제대로 다닐 수도 없어, 낮에는 학교 사환 일을 보고 밤에는 야간학교를 다녀야 하였다. 가난으로 연유되는 이런 성장의 과정이 그의 시의 중요한 원천으로 작용하였으리라고 생각된다. 그의 시의 주조로 되고 있는 '슬픔'의 원천은 여기에서 연유된다고 할 것이다.

晋州장터 생魚物전에는
바닷밑이 깔리는 해다진 어스름을,

울엄매의 장사 끝에 남은 고기 몇마리의
빛發하는 눈깔들이 속절없이
銀錢만큼 손안닿는 恨이던가
울멈매야 울멈매야,

별빛은 또 그리 멀리
우리 오누이의 머리맞댄 골방안되어
손시리게 떨던가 손시리게 떨던가,

晋州南江 맑다 해도
오명 가명

신새벽이나 밤빛에 보는 것을,

울엄매의 마음은 어떠했을꼬,

달빛 받은 옹기전의 옹기들같이

말없이 글썽이고 반짝이던 것인가.

—「추억에서」 전문

 이는 그의 첫 시집 『춘향이 마음』(1962)에 수록된 작품이다. 이 작품에는 생어물전에서 "해다진 어스름"까지 생선장사를 하는 어머니의 모습이 회상되어 있다. 미처 다 팔지 못한 생선 몇 마리, 그것을 본전이 무서워 감히 시장한 오누이를 위해 선뜻 먹일 엄두를 내지 못한 채, 해 다 지도록 장판을 지키고 있는 어머니의 모습을 화자는 "장사 끝에 남은 고기 몇마리의 / 빛發하는 눈깔들이 속절없이 / 銀錢만큼 손안닿는 恨이던가 / 울멈매야 울멈매야"라고 회상하고 있다. 그리고 시장하고 지친 가운데 차가운 별빛 아래서 떨면서 어머니 오기를 기다리는 화자 남매의 정경을 "별빛은 또 그리 멀리 / 우리 오누이의 머리맞댄 골방안되어 / 손시리게 떨던가 손시리게 떨던가"라고 회상하고 있다. 화자에 있어서 '한'은 일차적으로는 "銀錢만큼 손안닿는" 그러한 정황에서 연유되는 것이었다. 돈은 항시 '손 안 닿는' 먼데 있었고 '울멈매나'나 '오누이'를 비롯한 화자의 모든 피붙이들은 '손시리고' 배고픈 데 있지 않으면 안 되는 데에서 화자의 한은 비롯된 것이다.

 화자는 시장해서 견딜 수 없는 자식들의 다급한 정경을 번연히 알고 있으면서도 팔리지 않은 그 생선에 감히 손을 못 대는 어머니의 안타까운 심정을 "빛發하는 눈깔들이 속절없이 / 銀錢만큼 손안닿는 恨이던가"라고 진술하고 있다. 생선 눈깔, 은전, 한 등 전혀 엉뚱한 것들이 연결됨으로써 자식들에 대한 어머니의 애처로운 심사가 격조 높게 표상되고 있다. 또 신새벽이나 밤늦게 진주 남강가를 지나야 하는 어머니의 쓰라린 눈물을 "달빛 받은 옹기전의 옹기들같이 / 말없이 글썽이고 반짝이던 것인가"라고 선연한 영상으로 표상하고 있다. 육친에의 간절한 헤아림이 뼈를 깎는 아픔으로, 그것이 다시 가슴에 사무치는 한으로 응어리지고 있음을 보여주는 시라 하겠다.

박재삼의 시적 개성은 처녀시집 『춘향이 마음』 한 권에 집약적으로 그리고 탁월하게 표상되어 있다고 하겠다. 뒷날의 그의 시적 변용에도 불구하고 그 모든 변용의 기반 역시 이 시집에 이미 마련되어 있다고 하겠다. 그 점에서 시인 박재삼은 지극히 변하지 않은 시인이라 하겠다. 따라서 이 시집을 집중적으로 검토함으로써 그의 시적 개성을 이해하는 단서로 삼고자 한다.

앞서 말한바 가난에서 연유되는 슬픔은 그의 시의 도처에서 보게 된다. 특히 그의 어린 시절을 회상한 시집 『추억에서』(1983)에 수록된 거의 모든 작품들은 이러한 가난으로 연유되는 슬픈 기억들 그리고 그 가난을 더불어 감당하지 않으면 안 되는 자기 어머니를 비롯한 모든 피붙이들에 대한 기억들을 제재로 하고 있다고 하겠다.

햇빛이 제일 많이
나뭇잎과 강물에 와서는
놀다 가는 모양이더라.
달빛 또한 그런 모양이더라.

그런 하염없는 세상에,
나는 그들의 사돈의 팔촌이나 되던가
부모 섬기고 형제 위하기
한결 얼룩진 무늬가 드디어
살에 패인 피리 구멍 되어
뿌리 젖은 나무로 우느니,
또한 발 적시는 강물로 우느니.

　　　　　　　　　　　　　　—「피리 구멍」 전문

이는 그의 첫 시집이 나온 지 근 10년이 지난 70년대 초에 발표한 작품이다. 그런데 이 작품에서 우리는 앞서 인용한 그의 「추억에서」 와 비슷한 모티프와 만나게 된다. 육친에의 따뜻한 헤아림에서 오는 아픈 마음 — 한(恨) 말이다. 화자는 햇빛과 나뭇잎과 강물 그리고 달빛의 무심한 모습을 보면서 "나는 그들의 사돈의 팔촌이나 되던가"라고 한탄하고 있다. 그런 대자연의 흐름같이 하염없을 수도 대범할 수도 없는 자기는 그 대자연과는 사돈의 팔촌도 될 수 없다는 것이다. 자기는 대자연처럼 하염없이 그리고 대범하게 '놀' 수는 없고 그저 '부모 위하고 형제 위하기'에 골몰할 뿐이며 그러는 가운데 "한결 얼룩진 무늬가 드디어 / 살에 패인 피리 구멍 되어" 울기나 한다는 것이다. 화자에 있어서 삶의 연유, 울음 우는 연유는 부모와 형제에의 간절한 사랑 그리고 그 사랑에서 연유되는 마음의 아픔 때문이라는 것이다.

요컨대 시인 박재삼에 있어서의 한은 일차적으로는 가난에서 연유되는 것이고 그 가난을 나누어 감당하지 않으면 안 되는 자기 육친에의 아픈 마음에서 연유된다고 말할 수 있을 것이다. 장시 「어머님 전상서」는 그의 육친에의 헤아림에서 오는 아픔 — 한을 집대성한 작품이라 할 것이다.

2. 그리움 그리고 암뛴 사랑

그런데 박재삼에 있어서의 이런 슬픔 — 한은 한결같이 분노나 원망의 서슬 같은 것이 말끔히 가신 그러한 슬픔 — 한이라는 데에 한 특징이 있다. 다시 말하면 그의 한은 원한이나 분노로 기울어질 개연성은 전혀 없는 한, 정한(情恨)으로서의 한이라는 것이다. 박재삼의 시에 표상되는 한은 홍길동이나 임꺽정에서 볼 수 있는 그러한 남성적인 한이 아니라 심청이나 춘향에서 볼 수 있는 여성적인 한이라는 말이다.

이 점에서 박재삼은 한국 서정시의 전통을 충실하게 계승한 시인이라 할 수 있다. 「정읍사」「서경별곡」에서 김소월, 한용운에 이르는 한국 서정시의 중심적 흐름이 정한을 주조(主調)로 하고 있다는 것은 주지의 사실이거니와 시인 박재삼의 시 세계가 주조로 하고 있는 것이 바로 이 정한이라는 것이다.

그의 유년 시절의 체험들이 혹독한 가난과 밀착되어 있고 또 그의 시의 제재 가운데의 많은 부분이 가난과 관련되는 경우가 많음에도 불구하고 박재삼에 있어서의 가난은 어떤 문제로서의 가난 내지 이데올로기로서의 가난으로 나아가지는 않는다. 박재삼에 있어서 가난은 그냥 주어진 것이고 그는 그것을 그냥 받아들이고 있을 뿐이다. 그에 있어서의 가난의 의식은 사회적 문제 내지 이데올로기의 문제 같은 데로 나아가지 않고 이제까지의 대다수 한국인이 그래왔던 바와 같이 한탄으로 기울어져갔던 것이며 한국 서정시의 근원적 정서인 정한으로 기울어져갔던 것이다. 앞서 인용한바 어머니 등에 업혀서 들었던 어머니의 구슬픈 '팔자 한탄의 노래'가 자기 시에 있어서의 슬픔의 원천이 되었을 것이라는 박재삼 자신의 진술은 이 점에서 주목해야 할 부분이라 하겠다.

이런 점과 관련하여 그의 첫 시집의 표제가 '춘향이 마음'이라 되어 있고 실지로 그의 초기 시의 많은 부분이 춘향에게서 모티프를 얻고 있는 것도 결코 우연이라고만 말할 수는 없을 듯하다. 정한의 시인 박재삼은 갖은 고초를 겪으면서도 목숨을 내걸고 끈기 있게 자기의 일편단심을 지켜낸 정한의 여인 춘향의 모습에서 쉽사리 자기 혈연을 찾게 되었을 것으로 생각된다. 말하자면 박재삼 자신의 영원한 그리움의 감정 즉 정한의 정서가 춘향의 일편단심과 만나는 데서 그의 첫 시집 『춘향이 마음』의 일련의 작업이 이룩되었을 것으로 생각된다는 것이다.

목이 휘인 채 꽃진 꽃대같이 조용히 춘향이는 잠이 들었다. 칼 위에
는 눈물방울이 어룽져 꽃이파리의 겹쳐진 그것으로 보였다. 그렇다.
그것은 달밤일수록 영롱한 것이 오히려 아픈, 꽃이파리 꽃이파리, 꽃
이파리들이 되어 떨고 있었다.

　　참말이다. 춘향이 일편단심을 생각해보아라. 원(願)이라면, 꿈속엔
훌륭한 꽃동산이 온전히 제것이 되었을 그것이다. 그리고, 그것을 가
꾸는 슬기 다음에는 마치 저 하늘의 달에나 비길 것인가, 한결같이 그
둘레를 거닐어 제자리 돌아오는 일이나 맘대로 하였을 그것이다. 아니
라면, 그 많은 새벽마다를 사람치고 그렇게 같은 때를 잠깨일 수는 도
무지 없는 일이란 말이다.

—「화상보」 전문

춘향이 모진 매를 맞고 목에 긴 칼 쓰고 옥에 갇혀 잠든 모습을 진
술하고 있는 시이다. 칼 위에 어룽져 있는 춘향의 눈물방울을 화자는
달밤일수록 영롱한 꽃이파리에 비유하고 있다. 또한 화자는 춘향의
일편단심은 하늘의 달에나 비길 수 있으리라고 말한다. 그런 일편단
심 아니고서는 어찌 하늘의 달이 그렇게 한 치의 어김이 없이 하늘을
운행할 수 있겠느냐는 것이다. 춘향의 일편단심, 일편단심을 굳게 지
키고자 함에서 연유되는 수난, 오매불망 임을 그리는 그 정한에서 시
인 박재삼은 자기 시의 뚜렷한 바탕을 찾은 셈이다. 「수정가」 「포
도」 「바람 그림자를」 등 일련의 작품들도 대체로 비슷한 맥락에서
이해할 수 있을 것이다.
　　이러한 기반 위에서 박재삼의 일련의 정한의 시편들은 빚어진다.
시집 『춘향이 마음』에는 「울음이 타는 가을 강」이라는 작품이 있다.
이는 아마도 박재삼의 그 많은 작품들 중에서도 많은 독자들에 의해
서 유달리 애송되는 시가 아닐까 한다. 이 작품은 한 작품으로서도

뛰어날 뿐만 아니라 박재삼의 시적 개성 즉 정한의 극대화에서 연유되는 시적 개성을 전형적으로 표상하고 있다는 점에서도 대표적인 작품이 되리라 생각되어 이 작품을 음미해보기로 한다.

마음도 한자리 못 앉아 있는 때,
친구의 서러운 사랑 이야기를
가을 햇볕으로나 동무삼아 따라가면,
어느새 등성이에 이르러 눈물나고나.

제삿날 큰집에 모이는 불빛도 불빛이지만,
해질녘 울음이 타는 가을 강을 보겠네.

저것 봐, 저것 봐,
너보다도 나보다도
그 기쁜 첫사랑 산골 물소리가 사라지고
그 다음 사랑 끝에 생긴 울음까지 녹아나고
이제는 미칠 일 하나로 바다에 다 와가는
소리 죽은 가을 강을 처음 보겠네.
―「울음이 타는 가을 강」 전문

이 작품을 받치고 있는 이른바 키 워드는 서러움, 눈물, 울음 등등이다. 그런데 이런 어두운 분위기를 환기시키는 어휘들은 또한 "친구의 서러운 사랑 이야기"와 어울려 있고, "해질녘 울음이 타는 가을 강"과 조응(照應)하고 있다. 말하자면 이 시의 키 워드라 할 수 있는 서러움, 눈물, 울음 등등이 다 녹아난 다음 바다에 다 와가는 "소리 죽은 가을 강"을 처음 보겠다는 마지막 연의 진술로 알 수 있듯이 화자는 한 지각(知覺)의 경지를 이룩한 듯이 보인다. 그런 점에서 이 작품은 첫사랑의 슬픔 그 자체가 아니라 그런 사랑의 슬픔에서 연유되는 울음마저 녹아난 다음의 한 깨달음의 차원에 이르렀음을 표상하는 작품이라고 말할 수 있을지 모르겠다. 이제는 바다에 다 와가는 "소리 죽은 가을 강을 처음 보겠"다는 것이 이를 반증한다고 할 수도 있을 것이다.

이렇게 볼 때 이 작품에서 독자는 서정주의 「국화 옆에서」의 "그립고 아쉬움에 가슴 조이던/ 머어먼 젊음의 뒤안길에서/ 인제는 돌아와 거울 앞에 선/ 내 누님같이 생긴 꽃이여" 하는 구절에 있어서의 그 여인의 모습을 연상할지도 모른다. 첫사랑의 산골 물소리도 사라지고, 사랑 끝에 생긴 울음까지 녹아나고 이제는 바다까지 다 와가는 "소리 죽은 가을 강을 처음 보겠"다 하였으니 말이다. 말하자면 첫사랑이며 눈물이며가 이제는 모두 '소리 죽은' 정황에 이르렀으니 말이다. 그런 점에서 그리움이며 아쉬움이며 하는 젊은 날의 '가슴 조이던' 모든 사연들을 이제는 졸업하고 주름진 자신의 모습을 거울 앞에 비쳐보는 「국화 옆에서」의 중년 여인의 호젓한 적막감 같은 것을 이 시에서도 감지할 수 있다고 할는지 모른다.

그러나 박재삼의 이 작품은 「국화 옆에서」의 여인의 경우와 같은 어떤 중년의 달관 같은 것을 느끼게 하기에는 아직도 많은 젊음의 여진(餘塵)을 거느리고 있음을 간과할 수 없다. 첫사랑의 산골 물소리도 사라지고, 사랑 끝에 생겨난 울음도 녹아나고, 그리하여 "소리 죽은 가을 강을 처음 보겠네"라고 화자는 진술하고 있고, 이런 면으로 볼 때는 「국화 옆에서」의 중년 여인과 비슷한 분위기를 연상하게도 되지만, 그럼에도 불구하고 화자는 또한 "미칠 일 하나"만은 아직도 남아 있다고 진술하고 있기 때문이다. 그리고 어찌 보면 첫사랑의 괴로움이나 그 다음에 오는 눈물 등등이 다 "소리 죽은" 정황에 이르렀다 해도 "미칠 일 하나"가 고스란히 그대로 남아 있다고 한다면 문제는 이제야 오히려 심각한 지경에 이르렀다고 할 것이다. 설사 서러움이며 눈물 같은 것들이 "소리 죽은" 정황에 이르렀다고 할지라도 "미칠 일 하나"가 고스란히 그대로 남아 있다고 한다면, 이를 두고 어찌 슬픔을 다 졸업했다 할 수 있으랴.

서러움이니 눈물이니 울음이니 하는 가시적 증후가 고스란히 그대로 활동적인 상태에 있는 경우는 아직도 심각한 상황이 아니다. 그런 가시적 증후군들이 다 사라지고 난 다음에 오는, 눈에 보이지 않는 증후, 즉 '미칠 일 하나'로 응어리진 증상이야말로 진정 심각한 증후라 해야 할 것이다. 서러움이니 눈물이니 울음이니 하는 가시적 증후군들이 다 사라지고 난 다음 마음속에 한 '골병'으로 남게 되는 이러한 증후, 이를 일러 우리 한국인은 흔히 정한이라 한다. 그리고 서러움이니 눈물이니 하는 모든 가시적 증후군들이 사라지고 난 다음 마음속에 정한으로 응어리지는 것, 그것이 앞서 잠시 언급한바 정한의 극대화라는 것이다. 박재삼의 첫 시집 『춘향이 마음』의 전편의 주조를 이루고 있는 것은 바로 이 정한이라 하겠다.

요컨대 가난으로 연유되는 슬픔, 그 가난을 감당해나가야 하는 어머니를 비롯한 육친에의 헤아림에서 연유되는 마음의 아픔, 이런 것들이 시인 박재삼의 시의 기본적 모티프로서의 한을 자리잡게 하였다면 그러한 한을 민족의 보편적 정서로서의 그리움 — 정한으로 전형화시킴으로써 그의 시는 한결 넓은 지평을 이룩하게 되었다고 할 수 있다. 이 경우 박재삼의 시의 기본적 모티프는 그리움이라고 할 수 있을 것이다.

감나무쯤 되랴.
서러운 노을빛으로 익어가는
내 마음 사랑의 열매가 달린 나무는!

이것이 제대로 벋을 데는 저승밖에는 없는 것 같고
그것도 내 사랑하던 사람의 등뒤로 벋어가서
그 사람의 머리 위에서나마 마지막으로 휘드러질까본데,

그러나 그 사람이
그 사람의 안마당에 심고 싶던
느껴운 열매가 될는지 몰라!
새로 말하면 그 열매 빛깔이
前生의 내 줄설움이요 줄소망인 것을
알아내기는 알아낼는지 몰라!
아니, 그 사람도 이 세상을
설음으로 살았던지 어쨌던지
그것을 몰라, 그것을 몰라!

　이는 박재삼의 「한(恨)」이라는 시이다. 앞서 인용한 「울음이 타는 가을 강」과 함께 박재삼의 초기의 시 세계를 전형적으로 표상하는 뛰어난 작품이라 하겠다. 이 시의 작중 화자는 "서러운 노을빛으로 익어가는" "마음 사랑의 열매"와도 같은 간절한 사랑을 가슴에 끓이고 있건만 그러나 화자는 자기 사랑을 드러내어 상대방에게 고백할 수는 도저히 없으므로 그 사랑의 나무가 "제대로 벋을 데는 저승밖에는 없는 것 같고" 그나마 그의 등뒤로 은밀히 벋어가서 마지막으로 휘드러지기나 했으면 하는 것인데, 그러나 그 사랑의 열매가 과연 그 사람에게 "느껴운 열매"가 될 수 있을는지 어떤지, 그리고 그 열매가 "前生의 내 줄설움이요 줄소망인 것을 / 알아내기는 알아낼는지 모"르겠다는 것이며, 과연 그 사람도 이승에서 "설음으로 살았던지 어쨌던지" 그것을 몰라 안타깝다는 것이다.
　화자에 있어서의 안타까움 내지 설움은 사랑하는 사람에게 사랑한다는 것을 고백할 수 없다는 것, 그런 기미마저도 눈치채지 못하게 할 수밖에 없다는 것, 그러면서도 그 사람도 자기처럼 이 세상을 과연 설움으로 살았던지 어쨌던지 그것을 몰라 안타깝고 한스럽다는 것이다. 간절히 그리워하면서도, 또 그 그리움을 드러내어 말하지 못하면서도 그 사람 또한 나처럼 이 세상을 설움으로 살았는지 어쨌는

지 그것을 몰라 한스럽다는 화자의 진술에서 우리는 한국인에 있어서의 고전적인 사랑의 한 전형을 보게 되며 이루지 못한 사랑에서 연유되는 정한의 한 전형적 표상을 보게 된다.

김동리는 정한을 규정하여 "다른 무엇으로도 영원히 메울 수 없는 그리움의 감정"이라 규정한 바 있다. 이 작품의 화자의 가슴에 사무치는 정감이야말로 그리움의 극치요 정한의 극치라 하겠다. 박재삼의 시의 바탕을 이루는 것이 가난에서 연유되는 슬픔 그리고 그 가난을 감당해가야 하는 육친에의 헤아림에서 연유되는 마음의 아픔이라고 한다면 이러한 감정과 안팎을 이루는 것이 바로 그리움 — 정한이라고 할 수 있다.

시인 박재삼에 있어서의 이 그리움의 대상이 누구인가, 또는 무엇인가를 필자로서는 탐색할 길이 없다. 가령 "우리가 少時적에, 우리까지를 사랑한 南平文氏 夫人은, 그러나 사랑하는 아무도 없어 한낮의 꽃밭 속에 치마를 쓰고 찬란한 목숨을 풀어헤쳤더란다"(「봄바다에서」)라는 구절에서 볼 수 있는바 유년기의 화자를 유달리 사랑했고 화자 또한 유달리 따랐던 그 "南平文氏"에 대한 화자의 애틋한 추억이 그의 그리움의 바다를 이룩하였는지도 모른다. 또는 "이윽고 누님은 섬이 떠 있듯이 그렇게 잠들리./그때 나는 섬가에 부딪치는 물결처럼/누님의 치맛살에 얼굴을 묻고/가늘고 먼 울음을 울음을/울음 울리라"(「밤 바다에서」)에서 볼 수 있는바 누님에의 슬픈 추억이 그의 그리움의 원형을 이루게 하였는지도 모른다. 그러나 그 그리움의 대상이 무엇인지, 또는 누구인지를 알아내는 일 자체는 사실은 그다지 중요한 것이 아니다. 독자인 우리에게 중요한 것은 작품으로 표상되어 있는 그리움 그 자체이기 때문이다.

한편 박재삼의 시에 표상되는 그리움 — 정한은 유달리 농도가 짙다. 그것은 그의 그리움이 그의 천성적인 부끄러움과 안팎을 이루고 있기 때문이 아닐까 생각된다.

남들이 보는 앞에서만
수줍고 부끄럼을 타는 것은
흔히 겪는 일이지만
나는 그러고 나서도
아무도 없는 데서
암뙤어 어쩔 줄을 몰랐네.

—「부끄러움의 내력」 중에서

최근의 시집 『다시 그리움으로』(1996)에 수록된 이 작품에서 화자는 자신의 '암뙨' 성격을 말하고 있다. 남들이 보는 앞에서 부끄러워하는 것만이 아니라 아무도 없는 데에서마저 "암뙤어 어쩔 줄을 몰랐"노라고 진술한다. 같은 시집에 수록된 「사랑의 결말」에서 화자는 지리산 입구까지는 가서 산을 그냥 바라만 보고 돌아오듯이 기껏 사랑하는 사람 앞에까지 가서는 더이상 내닫지도 고백하지도 못한 채 돌아서고 마는 스스로를 "결국 나의 암뙨 사랑도/그와 같은 것인가" 라고 스스로에게 묻고 있다. 앞서 언급한 「한」이라는 작품에 있어서의 화자의 안타까움—한(恨)도 이런 암뙨 사랑에서 연유되는 것이라 할 것이다. 이런 암뙨 사랑에서 연유되는 한은 박재삼의 시의 도처에서 만나게 된다.

갈대밭에 오면
늘 인생의 변두리에 섰다는
느낌밖에는 없어라.

하늘 복판을 여전히
구름이 흐르고 새가 날지만
쓸쓸한 것은 밀리어
이 근처에만 치우쳐 있구나.

사랑이여
나는 왜 그 간단한 고백 하나
제대로 못 하고
그대가 없는 지금에사
울먹이면서, 아, 흐느끼면서
누구도 듣지 못하고
알지도 못할 소리로
몸채 징소리 같은 것을 뱉나니.

　　　　　　　　　—「갈대밭에서」 전문

　이는 박재삼의 열한번째 시집 『사랑이여』(1987)에 수록된 작품이다. 이 작품에서도 우리는 박재삼의 암뛴 사랑의 독백을 들을 수 있다. 그 점에서 이 작품은 첫 시집에 수록된 「한」과 모티프가 아주 비슷하다고 할 수 있다. 「한」의 화자가 자신의 간절한 그리움을 그 사람에게 말로 전할 수는 도저히 없어 울 너머로 뻗어가는 감나무 가지처럼 그 사람 등뒤로 휘드러지게 할 수나 있었으면 하고 바랐거니와 이 「갈대밭에서」의 화자 또한 "그 간단한 고백 하나" 제대로 못 하고 그 사람 없는 지금에야 "울먹이면서, 아, 흐느끼면서" 아무도 알아듣지 못할 소리로 "징소리 같은 것을" 뱉어낸다는 것이다. 시집 『사랑이여』 『다시 그리움으로』(1996)에 수록된 작품들 중의 많은 부분이 바로 이 그리움을 모티프로 하고 있고 그것도 '암뛴 사랑'이 주조를 이루고 있다는 점에서 일련의 공통성을 드러낸다.

햇빛이 골고루 내리고 있건만
내가 혼자서만 그리는
그대 집 둘레에만
더 밝게 내리붓고 있는 이 사실은

아무도 느끼지 못하리라.

이것은
내 공상을 통하여
내 視界에만 그렇다는 것일 뿐
열심히 사랑의 감정을 쏟아
더 눈물이 날 듯
이렇게 눈부신 것을
누가 눈치챌 것인가.

그러나 이 부끄러운
눈물 범벅을 씻고 나면
그대는 어쩔 것인가
이미 이승을 하직하고 없는 不在를 확인하고
비로소 대낮의 캄캄한 천지에 놓이느니.

　　　　　　　　　　　　　　　―「이 광명 이 암흑」 전문

　그의 시집 『꽃은 푸른 빛을 피하고』(1991)에 수록된 작품이거니와
이 작품에 있어서의 모티프 또한 초기의 「한」의 그것과 비슷한 면이
있다. 햇빛은 공평하게 골고루 비치고 있지만 "내가 혼자서만 그리
는/그대 집 둘레에만/더 밝게 내리붓고 있는 이 사실"은 아무도 알
지 못하리라고 화자는 말하고 있다. 이는 자기 그리움을 감나무 가지
처럼 그 사람의 등뒤로 벋어가게 해서 그 사람의 "느껴운 열매"가 될
수 있었으면 하고 바랐던 「한」의 화자와 방불한 바 있다. 그런데 박
재삼의 화자들은 그것이 사실은 하나의 환상일 뿐 현실이 아님을 잘
알고 있다. 그러기에 「한」의 화자가 임과의 교감이 가능한 공간이란
저승밖에 없음을 이미 알고 있었던 것처럼 「이 광명 이 암흑」의 화
자도 한순간의 황홀한 만남이 하나의 환상에 지나지 않음을 알게 되

146

는 순간 화자는 "이미 이승을 하직하고 없는 不在를 확인하고/ 비로소 대낮의 캄캄한 천지에 놓"여 있는 자신을 돌이켜보게 된다는 것이다.

시집 『사랑이여』(1987), 『다시 그리움으로』(1996)를 비롯한 많은 작품에서 보게 되는 박재삼의 사랑의 노래는 한결같이 「한」에서 보게 되는 사랑의 방식 즉 사랑하는 사람에게 사랑한다고 말할 수 없는 '암뙨 사랑'이며, 이승에서는 실현의 가망성이 없는 현실부재의 사랑이며 따라서 저승에서나 자기 뜻이 전달되었으면 하고 바라는 그러한 사랑이라는 데에 일련의 공통성이 있다. 시인 박재삼은 언어의 마술사처럼 동일한 모티프를 가지고 이처럼 각기 전혀 다른 시적 공간을 빚어내는 것이다.

「정읍사」나 「서경별곡」 이래의 한국 서정시에 표상되는 임이 언제나 현실부재의 임이요 따라서 한국 서정시의 주조가 이제는 없는 임에 대한 간절한 그리움을 표상하는 데 두고 있다는 것을 감안할 때 그리움의 대상이 언제나 현실 부재인 박재삼의 임 역시 한국 서정시에 표상되는 임과 완전히 혈연을 같이하는 존재임을 알 수 있다. 다시 말하면 시인 박재삼은 「정읍사」 「서경별곡」 이래의 한국 서정시의 주조적(主調的) 모티프를 자기 시의 거점으로 하고 있다는 말이다.

3. 육신(肉身)의 아픔과 그 받아들임

박재삼이 혹독한 가난과 더불어 살아왔음에도 불구하고 그 가난을 논리화하거나 이데올로기화하는 쪽으로 기울어지지 아니하고 대다수 조선 민중들과 같이 한탄—정한으로 이를 소화하고 승화시키는 쪽으로 나아간 것과 궤를 같이하여 그는 삶 그것을 추상화하거나 논리화하는 쪽으로 기울어지지 아니하고 있는 그대로의 삶을 있는 그대로 받아들이는 자세로 일관하여왔다.

  낮에는 해
  밤에는 달이
  차례차례로 떠서
  하늘에서
  땅을 향하여
  늘 환히 밝히고 있건만
  말 없는 가운데
  하나 지치는 일 없네.

  그런 가운데
  오직 머리가 똑똑하다는 사람만이
  너무 변덕이 심해서
  늘 옥신각신 잘 싸워
  부끄럽기만 하네.
—「자연과 인간의 차이 1」 전문

　　자연은 조용한 가운데도 "하나 지치는 일 없"이 운행하고 있건만 "오직 머리가 똑똑하다는 사람만이" 변덕을 부리고 시끄럽다고 화자는 말한다. 자연에의 무한한 신뢰와 인간에의 한량없는 혐오의 정을 여기서 볼 수 있다. 후기로 올수록 박재삼의 이러한 관점은 두드러진다.
　　이러한 관점은 한 걸음 더 나아가서 있는 그대로의 자연을 그대로 받아들인다는 방향으로 점차 기울어지게 된다. 이 점에서 그의 삶의 방식은 다분히 숙명론자 같은 면이 있다고 할 수 있다. 그러나 그는 숙명론자는 아니다. 말하자면 삶 그것을 주어진 그대로 받아들인다는 자세로 일관해왔다는 점에서는 숙명론자와 비슷한 면을 보인다 하겠으나 그것을 무슨 자기 이데올로기처럼 표방하지는 않는다는 점에서 그는 이른바 무슨 무슨 주의자니 무슨 무슨 논자니 하는 것과는 전혀 인연이 없다는 말이다.

이런 점은 박재삼이 30대 중반 이후로 늘상 끓이고 살지 않으면 안 되었던 그 숙명적인 질병과의 대응 자세에서 극명하게 드러난다. 30대 중반에 그는 고혈압으로 쓰러지게 되고 뒤이어 기적적으로 회복된다. 그런데 그 이후로 이 병은 수시로 그의 일상을 침해하기에 이른다. 그는 생애 중에 여러 번 이 반갑지 않은 질환의 돌연한 방문을 받게 되고 그는 쓰러지지만 뒤이어 오뚝이같이 다시 일어서곤 하였다. 짓궂은 질환과의 끈덕진 싸움 끝에 그는 마침내 얼마 전에 영영 저승으로 가고 말았다. 어떻든 이 숙명적인 질환과 대응해오는 가운데서 그는 자기 삶에 있어서의 이른바 받아들임의 자세를 갖추는 데 좋은 계기를 얻었을 것으로 추리된다.

> 사과汁과 綠汁을 마시면
> 내 피를 얼마나 맑힐 것인가.
> 高血壓 피 그늘에 앉은 나는
> 그 피를 다스릴 길 없어 고개 휘어지노니.
>
> ―「소곡」 전문

고혈압을 다스리기 위하여 사과즙 녹즙 등을 마시며 피를 맑히기 위하여 노력하지만 그러나 "그 피를 다스릴 길 없어 고개 휘어"진다고 화자는 탄식하고 있다. 박재삼은 처음 이 질환의 돌연한 방문을 받았을 때 당황하였고 또 억울하게 여기기도 하였었다. 그런 분위기는 다음과 같은 작품에서도 느낄 수 있다.

> 뜰에 보는 겨울 나뭇가지는
> 시방 눈에 덮이어

무겁게 죽지가 처지고
앙상한 채 언제
새순이 돋을지 저승인 양 먼데,
그래도 언젠가는 물이 오르겠지
아지랑이 아른아른
온몸이 가려워지겠지
그리하여 때가 되면 解冬되겠지.

내 몸에 온 高血壓과 胃潰瘍도
저 나무 가지처럼
살아날 길은 없는가
아무리 기다려도
소식 없는 그 無主空山에서
적막을 삭이고 다독이고 쓰다듬고
별짓을 다해도
결국 새로이 보는
껍질을 갈아입는
눈부신 벌레만도 못하고나.
그러나 눈물을 가진
둘도 없는 어린 것들을 가진
행복에 목이 메어오느니.

— 「병중유감(病中有感)」 전문

　뜰에 보는 겨울 나뭇가지는 지금은 눈에 덮여 있어서 언제 새순이
돋을지 "저승인 양" 멀기는 하나 언젠가는 물이 오르고 "때가 되면
해동되"겠지. 그러나 "내 몸에 온 高血壓과 胃潰瘍도/ 저 나무 가지
처럼/ 살아날 길은 없는가"라고 화자는 스스로에게 묻고 있다. 이 시
에서도 우리는 앞의 작품에서와 같은 한탄의 분위기를 느낄 수 있는

것은 사실이다.

  그런데 이 작품의 화자가 아무리 회춘의 소식을 기다려도 소용 없
는 자신은 '봄을 맞아 껍질을 갈아입는 벌레만도 못하다'고 스스로
탄식하면서도 '그러나'라는 소중한 전기(轉機)를 포착하고 있는 사
실은 주목에 값할 만한 점이라 하겠다. 즉 화자는 회춘의 가망이 없
는 자신은 새봄을 맞아 껍질을 갈아입는 벌레만도 못하다고 한탄하
면서도, "그러나 눈물을 가진 / 둘도 없는 어린 것들을 가진 / 행복에
목이 메어"온다는 것이다. 다시 말하면 겨울에 죽은 듯이 웅크려 있
던 나뭇가지가 새봄을 맞으면 다시 물이 오르고 새순이 돋듯이 화자
는 소멸과 생성의 큰 흐름을 화자 자신과 자기 '어린 것들'과의 연속
성 가운데서 보게 된다는 것이다. 화자는 나와 나의 어린 것들과의
연속성 가운데서 생의 더 큰 흐름을 깨닫게 됨으로써 죽음을 연속선
상의 한 계기로 포착하기에 이르는 것이다. 이는 박재삼에 있어서의
매우 소중한 전기라 할 것이다. 이러한 전기는 시인 박재삼으로 하여
금 자연의 전폭적인 받아들임으로 나아가게 하는 유인으로 된다.

      봄이 오는도다.
      풀어버린 머리로다.
      달래나무처럼 헹구어지는
      쌍긋한 뒷맛
      이제 피는 솜 식어
      제자리 제대로 돌 것이로다.

      눈여겨볼 것이로다, 촉 트는 풀잎,
      가려운 흙살이 터지면서
      약간은 아픈 氣도 있으면서
      아,
      그러면서 기쁘면서……

모든 살아 있는 것이
뇌뼐로 보이는 넉넉함이로다.

땅에는 목숨뿌리를 박고
햇빛에 바람에
쉬다가 놀다가
하늘에는 솟으려는
가장 크면서 가장 작으면서
친지여!
어쩔 수 어쩔 수 없는
찬란한 몸짓이로다.

—「병 후에」 전문

　이 작품은 박재삼의 제2시집 『햇빛 속에서』(1970)에 수록된 작품이다. 아마도 그가 첫번째의 졸도를 치르고 난 다음 회복되어가는 과정에 쓴 시일 듯하다. 이제 피도 식어 '제자리로 돌 것'이라고 화자는 말한다. 그만큼 모든 것이 반갑고 모든 것이 새삼스럽게 소중하게 받아들여지는 것이리라. 그러기에 화자는 "눈여겨볼 것이로다"라고 다짐한다. 또한 "모든 살아 있는 것이/뇌뼐로 보"인다고 진술한다. 그러면서 화자는 땅에 목숨뿌리를 박고 살아가는 자신을 포함한 모든 살아 있는 것들의 찬란한 몸짓을 황홀한 심사로 바라보는 것이다. 여기에 이 시인의 받아들임의 계기가 열린다. 이런 받아들임의 연장선상에서 박재삼에 있어서의 자연에의 순응의 자세를 보게 된다.

항상 햇빛과 함께 가면
거기다 바람까지 거느리고 가면
순하고 맑아진다구.
이 萬古의 진리를

사람은 욕심 때문에 못 지키고
늘 수렁창에 빠지고
거기에서 기를 쓰고는
다시 不死身처럼 일어난다구.

그것을 거듭하는 것이
전에는
不屈의 鬪志 같아 보였으나
어쩔꼬
결국은 기껏해야
百年을 못 넘기는
허황한 사실로 돌아오네.
　　　　　　　　　　　—「햇빛과 바람 앞에서」 전문

　　최근에 발간된 『다시 그리움으로』(1996)라는 시집에 수록된 작품
이다. 이 시의 화자는 "항상 햇빛과 함께 가면 / 거기다 바람까지 거
느리고 가면 / 순하고 맑아진다구"라고 진술하고 있다. 다시 말하면
대자연의 운행을 그대로 따라가면 순하고 맑아진다는 것이다. 이 "萬
古의 진리"를 사람들은 욕심 때문에 지키지 못하고 자연의 순리를 거
역하느라 기를 쓴다는 것이다. 전에는 이 "萬古의 진리"를 거역하는
것이 "不屈의 鬪志" 같아 보였지만 그것이 모두 "허황한 사실"로 돌
아온다는 것이다. 이 진술에서 알 수 있는 것은, 젊어서는 자연의 흐
름을 거역하는 것이 무슨 투지 같아 보였으나 지금에 보니 그것이 모
두 허황한 일이라는 것을 이제 알게 되었다는 것이다. 자연을 거스를
것이 아니라 자연의 흐름에 순응하는 삶이 지혜로운 삶임을 진술한,
다분히 교훈적인 작품이다. 후기의 작품으로 올수록 박재삼의 어조
는 이따금 교훈적으로 기울어지는 경우가 있다. 자연에 순응하려는
박재삼의 자세도 후기로 올수록 차츰 분명하고 두드러지게 나타난다.

4. 그리움, 그 너머

「한」「이 광명 이 암흑」「갈대밭에서」 등등 박재삼의 일련의 그리움의 시편들에 있어서 공통되는 것은 작중의 화자들이 한결같이 '고백 하나' 제대로 못 하는 '암된 사랑'의 소유자들이라는 것, 그들의 임은 한결같이 현실부재라는 것(이미 저승으로 가버린 경우가 많다), 화자 또한 저승에 가서나 그 사랑을 드러낼 수 있을지 모르겠다고 생각하고 있다는 점 등에 있어서 일련의 공통성이 있다.

그런데 근래의 박재삼의 시편들에는 한 가지 큰 변화를 보이고 있다. 근래의 그의 시편들에서는 이승만 있지 저승은 없다는 생각, 삶이란 일회성으로 끝나는 것이라는 생각이 두드러지게 드러나 있다는 것이다. 이 점에서 보면 그는 다분히 허무적인 경향으로 기울어진 듯이 보이는 것도 사실이다. 그러나 그러면서도 삶 그 자체를 전폭적으로 받아들인다는 그의 입장에는 변함이 없다.

> 그러나
> 작년꽃과 금년꽃은
> 한 나무에 피었건만
> 분명 똑같은 아름다움은 아니네.
> 그러고 보니
> 이 꽃과 나와는 잠시
> 時空을 같이한 것이
> 이 이상 고마울 것이 없고
> 未久에는 헤어져야 하니
> 오직 한 번밖에 없는
> 절실한 반가움으로 잠시

한 자리 머무는 것뿐이네.
아, 그러고 보니
세상 일은 다
하늘에 흐르는 구름 같은 것이네.
　　　　　　　　　　　　　　　—「라일락을 보면서」 중에서

　『해와 달의 궤적』(1990)에 수록되어 있는 이 작품에서 화자는 뜨락에 피어 있는 라일락을 보면서 그 꽃들이 작년과 같은 나무에 피어 있지만 분명 작년에 피었던 꽃은 아니라고 말하고 있다. 오늘의 이 꽃과 나는 잠시 "時空을 같이한 것"뿐이며, "오직 한 번밖에 없는/ 절실한 반가움으로 잠시/ 한 자리 머무는 것뿐"이라는 것이다. 즉 이승에서의 모든 만남은 결국 '일회성'일 수밖에 없다는 것이다. 그 점에서는 그의 진술이 다분히 허무적인 분위기를 느끼게 하는 것도 사실이다. 그러면서도 화자는 "오직 한 번밖에 없는" 이승에서의 만남을 "절실한 반가움으로" 받아들이고 있는 것이다. 요컨대 이승의 일을 "오직 한 번밖에 없는" 일로 포착하고 있다는 점에서는 허무적이라 할 수 있으나 그러면서도 이승에서의 살아 있음 그것을 "절실한 반가움으로" 받아들이고 있다는 점에서 결코 허무적이 아님을 알 수 있다.

　　기껏해야 이 세상에는
　　70년 정도 머물다 기지만
　　그 밖의 세월은 한 사람의 생애로 볼 때
　　무한정으로 침묵만이 계속될 뿐,
　　그래서 지금 살아 있다는
　　이상으로 기쁜 일이 있을까.

　　이 일회성짜리 목숨에는
　　그 기쁨 위에

슬픈 일도 자주 일어나네.
그래서 기쁜 일, 슬픈 일이
쉬임 없이 마치 밀물이었다가 썰물이었다가로
아름다운 무늬를 지어 교직(交織)하고
눈부시게 반짝일 따름이어라.

이것만으로도
사람을 환장하게 하고
또한 유정하게 하여
어느 장단에 맞출까
어지럽기만 하여라.

―「유정(有情)」 전문

　사람은 기껏해야 70년 정도 이승에 머물다 가지만 그 밖의 세월은
"무한정으로 침묵만이 계속될 뿐"이며 따라서 지금 살아 있다는 것
이상으로 기쁜 일이 다시 없다고 화자는 말한다. 이 "일회성짜리 목
숨"을 살아가는 과정에는 기쁜 일, 슬픈 일이 "아름다운 무늬를 지어
교직(敎職)"해가는 것이고, 그것만으로도 사람들을 환장하게 하고 또
유정하게도 한다는 것이다.
　그 어조가 다분히 교훈적이며 팡세적인 이 작품에서 화자는 인간
의 삶을 일회성으로 규정하고 따라서 그 삶을 무한한 기쁨으로 받아
들이겠다는 것이다. 화자의 이러한 자세에서 우리는 시인 박재삼의
삶에 대한 두 가지 입장을 확인할 수가 있다. 그 하나는 죽음 그 너
머의 세계에는 무한한 침묵이 놓여 있을 뿐이라는 것, 다른 하나는
따라서 살아 있는 이 시간을 한없는 기쁨으로 받아들이자는 것이 그
것이다. 삶의 허무를 응시하면서도 삶 그것을 최대한으로 긍정하자
는 것 그것이 시인 박재삼이 당도한 삶에의 구경적(究竟的) 관점인
듯하다.

그런데 박재삼이 당도한 이러한 삶의 구경의 문제와 관련하여 간과해서 안 될 또하나 중요한 사실은 후기의 시편들에서는 점차 인연―윤회적인 관점으로 기울어지고 있다는 점이다.

> 당신이 푸른 빛과
> 별로 관계가 없는 것은
> 빤하고 분명하지만,
> 그러나 늘 그 근처에서
> 자나 새나
> 그리워하고 산 것은
> 너무나 확실하다.
>
> 저 햇빛에 반짝이는
> 무수한 이파리들 둘레에서
> 혼을 빼앗긴 채
> 멍청히 지냈던 사실을 헤아려보라.
>
> 결국 이런 과정을 거치고
> 죽고 나면 어떻게 될까.
> 땅 밑에 묻혀
> 스미는 물로 변하여
> 이 이파리들을 타고
> 눈부시게 올라오기는 하리라.
> 아, 이것이 復活이 아니고 무엇인가.
> ―「부활의 생각」 전문

이는 『허무에 갇혀』라는 후기의 시집에 수록된 작품이거니와 이 시에서 박재삼은 인간에 있어서의 부활의 의미를 노래하고 있다. 화자는 작중의 청자(聽者)에게, 사람이 푸른 빛과 별로 관계없는 것은 사실이지만 그러나 늘상 그 푸른 빛을 그리워하고 그 푸른 빛과 더불어 살다 보면 결국 죽고 나서 땅 밑에 묻혀 "스미는 물로 변하여 / 이 이파리들을 타고 / 눈부시게 올라오"게 될 것이 분명하니, "아, 이것이 復活이 아니고 무엇인가"라고 묻고 있다.

무성한 잎들이 지고
가지엔 텅 빈 바람
죽자 사자 기를 쓰고
戀書처럼 보채더니

그 속에
봄을, 아, 復活을
예비하고 있었네.

그대는 몰라도 돼
저승 같은 데를 향해

그 동안 부지런히
애터지게 쏟은 것이

어느새
육자배기 가락
신바람을 곁들이네.

　　　　　　　　　　　　　　　　　　—「나무의 부활」 전문

　시집 『울음이 타는 가을 강』(1994)에 수록되어 있는 이 작품에서도 부활이 모티프로 되어 있다. 가을에 낙엽이 지고 긴긴 겨울 동안

죽자 사자 연서를 쓰듯이 그렇게 애타게 기다리더니 마침내 부활의 봄을 잉태하기에 이르렀다고 화자는 말한다. 마찬가지 이치로 "저승 같은 데를 향해 // 그 동안 부지런히 / 애터지게 쏟은 것" 또한 "어느새 / 육자배기 가락 / 신바람을 곁들이"게 된다는 것이다. 말하자면 조락의 가을을 거쳐 겨울 동안에 죽었던 나무가 긴긴 기다림 끝에 마침내 부활의 봄을 맞듯이 저승―죽음 그 너머의 세계에서 부활하는 것 또한 그와 같은 이치라는 것이리라.

> 처음 태어날 때는
> 풀잎에 매달려
> 가늘은 물방울로 맺혔던 잎이
> 이 세상에 모습을 드러낼 때였네.
>
> 그런 것이
> 온갖 어려운 굴곡(屈曲)을 거쳐
> 결국 이승을 뜰 때에는
> 또다시 물방울로밖에
> 너무나 뻔하게
> 갈 데가 달리 없었네.
>
> 이런 잎을
> 내 나름으로 느끼며
> 살아가는 요즘인데
> 갑자기 저승 운운하지 말라구.
> 이승만 있지
> 어떻게 따져도
> 저승은 없다는 것이
> 너무나 빤한데.

  필자가 접한 박재삼의 마지막 작품인 「이런 느낌」에서 확인되는
것은 "이승만 있지/어떻게 따져도/저승은 없다"는 것이 박재삼이
다다른 한 확신이라고 생각된다. 이 점에서 보자면 그는 그의 시집
『허무에 갇혀』를 비롯한 여러 작품에서 곧잘 운위한바 허무 내지 삶
의 일회성을 믿는 사람이라 할 수 있을지 모른다.

  그러나 그렇지 않다. 이 작품에서 주목해야 할 것은 화자가 처음
태어날 때는 풀잎에 매달린 "가늘은 물방울"이 "이 세상에 모습을
드러낼 때"였었는데 온갖 굴곡을 거쳐 저승에 갈 때도 "또다시 물방
울로밖에" 달리 갈 데가 없다는 화자의 진술이다. 여기서 그의 인
연―윤회의 사생관을 읽을 수 있다. 이미 언급한 「부활의 생각」
「나무의 부활」 등의 작품에서 볼 수 있었던 바와 같은 부활, 대자연
의 순환 반복으로서의 부활에서 시인 박재삼은 삶의 구경적 모습을
찾기에 이르렀다고 하겠다. 이 점에서 그의 사생관은 다분히 윤회설
내지 물활론(animism)의 관점에 기울어진 듯하다. 이 점에서도 시인
박재삼은 전형적인 한국인이다. 왜냐하면 이런 윤회설 내지 물활론
이야말로 대다수 한국인이 필경에 의지하는 사생관이기 때문이다.

  시인 박재삼은 그 동안 고혈압·신장염 등으로 오래 투병생활을
해왔으나 지난 1997년 6월 8일 64세를 일기로 마침내 이승을 하직하
고 말았다. 그의 말대로 그가 과연 풀잎의 물방울같이 이승을 하직했
는지 어떤지, 그리고 어느 날 그 물방울의 모습을 하고 다시 이승에
환생할는지 어떤지, 그것은 알 길이 바이 없으나, 그가 우리나라 서
정시의 소중한 봉우리 하나를 이룩하여놓았다는 사실은 아무도 부정
하지 못하리라.

  박재삼 형 고이 잠드소서.

                              (『펜과 문학』 1998년 가을호)

건강한 삶에의 의지
—이성부

모두 서둘고, 侵略처럼 활발한 저녁
내 손은 외국산 베니어를 만지면서
歸家하는 길목의 허름한 자유와
뿌리 깊은 거리와 食事와
거기 모인 구릿빛 건강의 힘을 쌓아둔다.
톱날에 잘려지는 베니어의 纖細,
快樂의 깊이보다 더 깊게
파고 들어가는 노을녘의 技巧들,
잘한다 잘한다고 누가 말했어.
한 손에 夕刊을 몰아쥐고
빛나는 구두의 偉大를 남기면서
늠름히 돌아보는 젊은 아저씨.
역사적인 집이야, 조심히 일하도록.

흥, 나는 도무지 엉터리 손발이고
밤이면 건방진 책을 읽고 라디오를 들었다.
함마 소리, 자갈을 나르는 아낙네가 십여 명,
몇 사람의 남자는 鐵筋을 정돈한다.
순박하고 땀에 물든 사람들
힘을 사랑하고, 배운 일을 경멸하는 사람들,
저녁상과 젊은 아내가 당신들을 기다린다.
일찍 돌아간다고 당신들은 뱉어내며
그러나 어딘가 거쳐서 헤어지는
그 허술한 空腹,
어쩌면 번쩍이는 누우런 戀愛.
거기엔 입, 입들이 살아 있고 天才가 살아 있다.
아직은 숙달되지 못한 노오란 나의 飮酒,
친구에겐 단호하게 지껄이며
나도 또한 帝王처럼 돌아갈 것이다.
늦도록 잠을 잃고 기다리던 내 아내
문밖에 나와 서 있는 그 사람
비틀거리며 내 방에 이르면
구석 어딘가에 저녁이 죽어 있다.
아아, 내 톱날에 잘려지는 외국산 나무들.
외롭게 잘려서, 얼굴을 내놓은 김치, 깍두기.
차고 미끄러운, 된장국 時間.
베니어는 잘려나가고
무거운 내 머리, 어제 읽은 페이지가 잘려나간다.
허리 부러진 흙의 이야기
活字들도 하나씩 기어서 달아나는
딩구는 낱말, 그 밥알들을 나는 먹겠지.
상을 물리고 건방진 책을 읽기 위하여

나는 잠시 아내를 멀리하면
바람이 차네요. 그만 주무셔요.
퍽 언짢은 紫色 이불 속에 누워
아내는 몇 차례 몸을 뒤채지만
젊은 아내여 내가 들고 오는 도시락의 무게를
구멍난 내 바지 가랑이의 時代를
그러나 나는 읽고 있다.
모두 서둘고, 침략처럼 활발한 저녁
鐵筋工, 십여 명 아낙네, 스스로의 解放으로 사라진 뒤,
빈 공사장에 녹슨 西風이 불어올 때
나도 일어서서 가야 한다면
계절은 몰래 와서 잠자고, 미움의 짙은 때가 쌓이고
돌아볼 아무런 歷史마저 사라진다.
목에 흰 수건을 두른 저 거리의 일꾼들
담배를 피워 물고 뿔뿔이 헤어지는
저 떨리는 民主의 一部, 市民의 一部.
우리들은 모두 저렇게 어디론가 떨어져간다.
— 「우리들의 양식」 전문

　이 작품이 무엇을 말하고 있는가를 총체적으로 이해하기 위해서는
먼저 누가 어떤 상황하에서 어떻게 말하고 있는가를 알아야 하겠다.
즉 이 작품의 작중 화자의 아이덴티티, 그가 놓여 있는 시간적·공
간적 배경, 그가 구사하는 톤의 성격 등을 정확히 파악하는 노력이
선행돼야 한다는 것이다. 왜냐하면 이 작품에 있어서 작자는 자신의
메시지를 우리들에게 직선적으로 진술하고 있는 것이 아니라, 특정
한 극적 상황을 제시함으로써 그것 스스로가 우리들에게 무엇인가를
말하게 하는 방식을 취하고 있기 때문이다. 즉 이 작품에 있어서는
특정한 시간적·공간적 상황에 놓여 있는 한 특정한 작중 화자가 내

부 독백을 통하여 스스로를 진술하고 있는 것이며, 따라서 독자는 그의 내부 독백을 엿듣는 입장에 놓여 있기 때문이다. 그러므로 독자는 그의 내부 독백을 근거로 하여 이 작품의 이해에 필요한 모든 조건들을 추리하지 않으면 안 된다.

우선 손쉽게 추리가 가능한 것은 이 작중 화자가 놓여 있는 시간적·장소적 배경이다. 시간은 저녁 어스름 때, 장소는 어느 건축 공사판이다. 톱날, 베니어, 집, 자갈, 철근 등의 어휘만으로도 장소적 배경이 건축 공사장임을 쉽사리 추리할 수 있다. 그것도 여느 공사판이 아니라, "역사적인 집"을 짓기 위한, 대도시의 큰 규모의 공사판이다. 십여 명의 아낙네가 자갈을 나르고 있고, 몇 사람의 남자들이 철근을 정돈하고 있을 정도의 공사판인 것이다. 그러기에 아마도 현장 감독이거나 혹은 그 이상의 지위에 있는 듯한 "젊은 아저씨"가 "역사적인 집"이라고 단언할 수 있었던 것이다.

시간적 배경은 이 시의 첫 행에 명시되어 있는 바와 같이 저녁때이다. 그것도 하루의 공사판 노동이 끝나갈 무렵의, 모두들 피로와 허기에 지친 근로자들이 "저녁상과 젊은 아내가" 기다리고 있는 각자의 집으로 돌아가기 위하여 일의 마무리를 서두르고 있고, 또 그러기에 그만큼 어수선하기도 한 그러한 저녁 어스름 때인 것이다. 이 경우 "侵略처럼 활발한 저녁"이라는 직유법은 매우 당돌하면서도 적절하다. '침략'이라는 어휘가 내포하고 있는바 살벌하면서도 활기에 넘친 분위기가 공복과 피로로부터의 해방을 눈앞에 둔 공사판 근로자들의 다급하면서도 기대에 부푼 마음의 분위기와 적절하게 결합될 수 있었기 때문이다.

"역사적인 집"을 짓기 위한 큰 공사판에서의 하루의 노동이 바야흐로 끝나가려는 지금, 공복과 피로 가운데서도 "저녁상과 젊은 아내"가 기다리고 있는 집으로 돌아가기 위하여 하던 일의 마무리를 서두르고 있는 작중 화자는 그러면 어떤 사람인가? 그 역시 이 공사판에 일하는 한 근로자임에는 틀림없다. "내 손은 외국산 베니어를 만지"고 있고, 톱날에 의하여 베니어는 잘려지고 있는 것이다. 즉 '나'는 이 공사판에서 베니어를 자르는 목수의 한 사람인 셈이다. 이런 점에서 나 역시 "순박하고 땀에 묻든 사람들" 혹은 "힘을 사랑하고, 배운 일을 경멸하는 사람들" 중의 한 사람인 것이다. 게다가 '나'는 결코 숙달된 목수가 아니다. 아마도 누군가가 인사치레로 말하였을 것이 분명한 "잘한다 잘한다"라는 찬사에도 불구하고 스스로는 "도무지 엉터리 손발"임을 자인하고 있는 것이다. 요컨대 '나'는 이 공사판의 모든 근로자들과 별반 다르지 않은 근로자에 지나지 않다.

이처럼 채 끝나지 않은 하루 일의 마무리를 서두르고 있는 작중 화자가 일손을 털고 일어나 "일찍 돌아간다"고 뿔뿔이 흩어져 가는 동료들을 떠나 보내면서 그들의 "허술한 空腹"의 어느 귀가길에서 한판 벌이게 될 것이 틀림없을 "노오란" 막걸리판을 상상하며, 그들과 어울려 취중에 벌일 당당한 입씨름이며, "帝王처럼" 호기있게 귀가길에 오를 모습들을 그려보며, 또 그들과 대체로 비슷한 경로를 거쳐 "늦도록 잠을 잃고 기다리"는 아내가 있는 자기 집을 "비틀거리며" 찾아가게 될 자신의 모습을 동시적으로 그려보기도 하는 것, 그것이 '나'의 진술의 대체적인 내용이다. 물론 나의 진술의 내용은 밝고 희망적인 것이기보다는 한결같이 어둡고 좌절적인 것이다. 비틀거리며, 잘려지는, 차고, 무거운, 허리 부러진, 죽어 있다, 기어서 달아나는, 퍽 언짧은, 구멍난, 녹슨, 미움의 짙은 때, 사라진다, 떨리는 등등 그 서술어들이 진술의 주조를 이루고 있는 사실로써도 이는 쉽사리 추리할 수 있다. 요컨대 나나 나의 동료들은 한결같이 어두운 좌절적 분위기 속에 놓여 있다. 이러한 그들의 피로와 공복의 분위기는 "아아, 내 톱날에 잘려지는 외국산 나무들. / 외롭게 잘려서, 얼굴을 내놓은 김치, 깍두기. / 차고 미끄러운, 된장국 時間"이라는 구절에 있어서의 공사판의 나무들과 저녁상 위의 김치, 깍두기 등의 당돌하면서도 적절한 연결에서 효과적으로 부각된다.

그러나 '나'는 두 가지 점에서 자기 동료들과는 다르다. 즉 밤이면

"건방진 책"을 읽고 있다는 점에서, 그리고 나의 음주는 "아직은 숙달되지 못한" 점에서 그렇다. 말하자면 "나는 도무지 엉터리 손발"이라 자인하고 있는 것처럼 자기 일에 숙달되지 못하여 있을 뿐 아니라 술에 있어서도 아직은 숙달되어 있지 않은 것이다. 말하자면 나 역시 부러지고, 구멍나고, 녹슬고, 잘려져 있는 분위기 속에 놓여 있다는 점에서는 여느 근로자들과 다를 바 없으나, 그러한 분위기 속에 고스란히 순응해버리기에는 나는 아직 너무도 어리고 미숙한 것이다. 그러기에 나는 그런 분위기를 거부하는 것이다. "배운 일을 경멸하는" 여느 근로자들과는 달리 밤이면 "건방진 책"을 읽는 나의 행위 자체가 그들에게서는 찾을 수 없는 당돌한 거부의 표현이라 할 수 있다. 말하자면 나는 여느 근로자들과는 달리 꽤 '건방진' 위인이라는 말이다.

작중 화자의 그런 '건방진' 인간됨은 그가 구사하는 톤에도 일관성 있게 반영되어 있다. 앞서 "侵略처럼 활발한 저녁"이라는 구절에 언급하면서도 잠깐 지적한 바 있거니와, 이 작품의 도처에서 우리는 이른바 래디컬 이미지라고 할 수 있는 이미지와 이미지의 연결법을 수시로 만나게 된다.

① 톱날에 잘려지는 베니어의 纖細,
快樂의 깊이보다 더 깊게
파고 들어가는 노을녘의 技巧들,

② 빛나는 구두의 偉大를 남기면서
늠름히 돌아보는 젊은 아저씨.

③ 그 허술한 空腹,
어쩌면 번쩍이는 누우런 戀愛.
거기엔 입, 입들이 살아 있고 天才가 살아 있다.

④ 아아, 내 톱날에 잘려지는 외국산 나무들.
외롭게 잘려서, 얼굴을 내놓은 김치, 깍두기.
차고 미끄러운, 된장국 時間.

⑤ 베니어는 잘려나가고
무거운 내 머리, 어제 읽은 페이지가 잘려나간다.
허리 부러진 흙의 이야기
活字들도 하나씩 기어서 달아나는
딩구는 낱말, 그 밥알들을 나는 먹겠지.

⑥ 젊은 아내여 내가 들고 오는 도시락의 무게를
구멍난 내 바지 가랑이의 時代를
그러나 나는 읽고 있다.

　①에서는 베니어를 파고 들어가는 '톱날'의 날카로움을 오관을 파
고드는 '쾌락'에 연결시킴으로써 작업 그것에서 짙은 육감을 빚어내
게 하고 있다. ②에서 구두와 위대 사이의 결합으로 하여 '젊은 아저
씨'의 거만한 자신감에 넘친 모습이 회화적으로 부각된다. ③에 있
어서 빈 속에 누우런 막걸리를 걸치고 입들만 살아서 갑론을박하는
술판의 분위기가 허술한 공복, 누우런 연애, 입, 천재 등의 당돌한 결
합에 의하여 탄력 있게 빚어진다. ④에서는 작업을 하고 있는 현재의
시간과 간절히 필요로 하는 식사의 시간이 나의 의식 내부에서 동시
적으로 스쳐가고 있음을 보여줄 뿐 아니라, 피로와 궁핍이 불가분리
의 하나라는 사실을, '잘려지는'이라는 서술어에 의한 연결로써 효
과적으로 부각시키고 있다. ⑤에 있어서도 작업이 진행중인 현재의
시간과 건방진 책을 읽은 어제의 시간, 농촌에서 마침내 도시 노동판
으로 흘러 들어오기까지의 무수한 우여곡절의 시간, 그리고 일손을

털고 돌아가 저녁상을 받게 될 미래의 시간이 동시적으로 병치됨으로써 피로와 공복과 건방진 생각 등이 뒤범벅이 된 채 작업을 계속하고 있는 작중 화자의 마음의 분위기가 선명하게 부각된다. ⑥에 있어서 도시락과 무게, 바지 가랑이와 시대를 연결시킴으로써, 그리고 그것들을 다시 '읽고 있다'라는 서술어와 연결시킴으로써 작중 화자가 읽어내고자 하는바 '건방짐'의 내용이 무엇인가를 선명하게 부각시키고 있다.

물론 이처럼 엉뚱한 것들 사이를 연결시킴으로써 어떤 인식의 놀라움을 빚게 하려는 방식은 오늘에 있어서는 그다지 새로운 방법이 아니다. 이른바 모더니즘 이후의 현대시인의 누구나가 조금씩은 시도하고 있는 방법이기 때문이다. 그러나 문제는 그러한 방법이 한 작품의 총체성의 자리에 있어서 효과적으로 기여를 하고 있느냐 하는데 있다. 이 작품에서 우리는 그런 방법의 성공적인 샘플을 보게 되는 것이다. 그 점에서 이 작품은 우선 주목의 대상이 된다 하겠다.

이제까지 필자는 이 작품 안에 설정되어 있는 극적 상황, 작중 화자의 아이덴티티, 그의 톤의 특질 등을 살펴보았다. 그러한 몇 가지 요건들을 구명해가는 과정에서 우리는 이 작품의 초점이 무엇인가를 파악할 수 있는 단서를 획득한 셈이다. 말하자면 끊임없이 잘려 나가고, 부러지고, 구멍나고 하는 분위기에 놓여 있으면서도 그런 분위기에 순응하기를 거부하는 한 근로자의 '건방진' 거부의 몸짓을 볼 수 있었던 것이다. 그것을 일러 '땀에 물든 사람'으로서의 건강하고도 질긴 삶의 의지라고 할 수 있을 것이다. 사실 이러한 삶의 의지를 뒷받침하는 또 하나의 유력한 근거로서 우리는 "구릿빛 건강의 힘을 쌓아둔다" "힘을 사랑하고" 등에서 볼 수 있는바 '힘'이라는 시어를 들 수 있다. 물론 그 힘이라는 것은 근로자에게 없어서는 안 될 필수 조건이기는 하지만, 그리고 이 작품의 경우에 있어서도 일차적으로는 그런 측면과 긴밀히 관련되어 있지만, 그 시어는 또한 물리적인 의미 이상의 의미, 즉 삶의 의지에로 연결되어 있기도 하다. 작중 화자가 밤이면 읽는 그 건방진 책도 요컨대 이런 건강한 힘을 얻어내기 위함이라 할 것이다. 그리고 그 점이야말로 시인 이성부의 문학에 일 관하는 두드러진 특질이요 매력이기도 하다.

"이성부의 시적 감성이 단순 소박한 것이라는 점과 함께 지적할 수 있는 것은 그의 시세계가 또한 남성적인 힘에 대한 찬탄이나 신뢰 에 가득 찬 세계라는 사실이다. 한국의 전통적인 시가의 대부분이 극 히 여성적인 성향을 드러내고 있다는 점을 고려하면 이성부의 남성 적인 시적 분위기는 이색적이기 때문에 흥미롭다."[1]

김종철의 이 말은 이성부의 문학적인 일면의 특질을 적절하게 지 적한 말이라 하겠다. 그리고 그 점은 이성부의 시로 하여금 한국 현 대시에 있어서 중요한 한 위치를 차지하게 하는 조건으로 되게 하는 점이기도 하다. 이 작품은 그의 이러한 특질을 대표하는 작품이라 할 수 있을 것이다.

이성부의 문학적 특질과 관련하여 또 하나 지적할 수 있는 사실은 근로자의 삶의 현장이 한국시의 세계 안에 터전을 마련할 수 있게 되 었다는 사실이다. 이는 물론 1970년대 중반기의 일련의 사회 참여파 시인들에게서 볼 수 있는 한 공통된 시도이기도 하였거니와 그런 시 도의 한 성공적인 샘플을 이 작품에서 보게 된다. 물론 이런 시도 자 체 역시 결코 새로운 것은 아니다. 카프파의 시에서 이미 시도된 바 있었던 것이기 때문이다. 사실 이성부의 이 작품 역시 얼핏 보면 카 프파의 그것과 비슷한 면이 있는 것 같기도 하다. 그러나 이 작품은 카프파의 시가와는 다음의 두 가지 점에서 근본적으로 다르다. 이 작 품은 카프파와는 달리 어떤 생경한 이념 같은 것을 표방하고 있지 않 다는 것, 그리고 근로하는 사람으로서의 건강한 삶의 의지를 시적 형 상화를 통해서 부각시키고 있다는 것이 그것이다. 그런 점에서 이 작 품은 대부분의 한국 현대시가 간직하고 있는바 일종의 나르시시즘에

---

1) 김종철, 「이성부의 시 세계」, 『우리들의 양식』

서 탈피할 수 있는 하나의 가능성을 보여준 것이라고 할 수 있겠다. 이 작품이 주목의 대상이 되는 또하나의 점이라 할 것이다.

(정한모·김재홍 편저, 『한국대표시평설』, 문학세계사, 1983)

만남의 미학
─박일규

1

　최근 박일규의 『그루터기와 햇순』이라는 시집을 읽었다. 근래에
이런저런 이유로 시를 접할 기회가 뜸해져 있었던 터라, 이 얄팍한
시집을 읽고, 필자는 참으로 오랜만에 시를 읽는 즐거움을 느끼게 되
었다. 인쇄물의 홍수 속에 좋은 책을 만나기가 그만큼 어려워져가는
요즈음의 세태에서 이런 즐거움과 만난다는 것은 소중한 일이 아닐
수 없다. 그래서 박일규의 시 세계를 살펴보기로 하였다.

　그는 80년대 초에 50세의 나이로 『현대문학』을 통하여 시단에 등
단하였다. 올해가 등단한 지 꼭 10년 만인데 첫 시집을 낸 것이다.
올해는 이 시인의 회갑의 해라 한다.

　나이 50에 등단하여 회갑이 되어서 처녀시집을 냈으니 그리 흔한
일이 아니다. 그러나 이 시인을 거론코자 하는 것은 그의 문학이 한

국의 현대시에 있어서 소중한 한 위치를 차지하고 있다고 믿어지기
때문이다.

우리 집 뒤란에 있는 묵은 감나무는
저승에 한 번 다녀온 나무다.

할아버지가 세상 버린 뒤에
석양마다 노을을 태우며
앙상하게 가지만 남더니……

함박눈 오던 어느 겨울밤에는
섭섭하게 살다가 가신 이들의
곤한 꿈결에 서 있던 나무.

봄에는 꽃잎
꽃잎 피우며
떨어지는 꽃들로는 써놓았는가.

"오오, 이 내 새끼들아"

감나무는
저승을 더러는 다녀오는 나무다.

이것 다 억지일지 모르지만
오오, 거기
그래야 할 나무야.

시집 첫머리에 실려 있는 「감나무」라는 작품이다. 그의 첫 발표작

품일 뿐 아니라, 그의 문학세계를 이해함에 있어서 효과적인 실마리도 될 수 있을 듯하여 우선 이 작품부터 음미해보기로 한다.

이는 고향집 뒤란에 서 있는 묵은 감나무에 대한 감회를 진술한 작품인바 여기 쓰이고 있는 어법이 요즈음의 시치고는 그다지 까다롭지 않아서 읽기에 아주 편하다. 그러나 여기에 표상되어 있는 작중화자의 체험은 아주 특이한 것이라 하겠다. 우선 고향집 뒤란에 서 있는 그 묵은 감나무부터가 예사로운 감나무라 하기 어렵다. "저승에 한 번 다녀온" 감나무이기 때문이다.

할아버지가 세상을 버린 뒤에 앙상하게 가지만 남긴 채 아마도 할아버지를 따라 저승으로 떠난 것 같은데 다시 이승으로 돌아와 꽃을 피우고 있다는 것이다. 즉 감나무부터가 이승과 저승에 두루 걸쳐 있는 예사롭지 않은 감나무라는 것이다.

따라서 이 묵은 감나무가 새봄이 되어 피워내는 꽃들 역시 예사로운 것일 수 없다는 것이다. 떨어지는 꽃들도 예사로운 낙화가 아니라, 저승으로 가신 어른한테서 보내온 간절한 전갈이라는 것이다. 화자가 그 떨어지는 꽃들에서 해독해낸 전갈의 내용은 "오오, 이 내 새끼들아"라는 것이다. 간절한 인간적인 정감이 느껴지면서도 이승의 차원을 넘어선 암시성이 짙은 말씀이라 하겠다.

작중 화자가 겪고 있는 이러한 기이한 체험, 저승으로 가신 이와 이승에 살아 있는 '나' 사이의 이러한 신비적 교감은 이 시인의 세계에서 보게 되는 한 중요한 모티프로 되고 있다. 이 모티프는 그의 여러 작품에서 발견할 수 있다. 가령 「왕솔밭 높이 부는 바람 소리」의 화자가 왕솔밭 바람 소리 가운데서 낯선 손자 만나러 오는 낯 모르는 할아버지 말소리를 듣는 경우로써 표상되기도 하고 「하늘」의 화자가 흰 빨래 헹궈낸 것과 같이 상쾌하게 개인 하늘에서 돌아가신 어머니의 모습을 보는 경우로 표상되기도 하고, 「오군도」의 화자가 까마귀떼 떠도는 저문 하늘을 보면서 저승 문 닫히는 소리를 듣는 경우로, 「목련을 보며」의 화자가 떨어지는 목련에서 모닥불에 눈 매운 삼년상 지난 다음 밝은 세상으로 가는 이의 모습을 보는 경우로 표상되기도 한다. 감나무, 바람 소리, 하늘 등을 비롯하여 시인 박일규가 만나는 거의 모든 자연과 인간사는 이승과 저승에 걸쳐 있고, 가신 이와 살아 있는 이 사이에 걸쳐 있다.

저승과 이승 사이의, 또는 가신 이와 살아 있는 이 사이의 이러한 대응과 짝을 이루고 있는 것이 묵은 것과 새것, 조상과 후손 사이의 만남의 모티프이다. 이런 점과 관련하여 「감나무」에 있어서 고향집 뒤란에 서 있는 감나무가 '묵은' 감나무라는 것, 그리고 세상 버린 할아버지의 이미지와 겹쳐 있다는 것은 주목을 요하는 면이다. 이 시인에 있어서 '묵은' 감나무는 저승, 조상, 연면한 과거 등의 시간과 관련되어 있다. 동시에 그것은 죽음, 소멸, 어둠 등과 연결되는 것이기도 하다. 그의 많은 작품에서 돌아가신 조상의 모습이 보이는 것도 이런 점과 관련된다고 하겠다.

시인 박일규의 현재의 시간이 대개의 경우, 이런 연면한 과거의 시간 '대물려' 내려오는 조상들과의 관련 속에 지속되고 있다는 점에서 생각할 때, 그는 과거지향적인 일면이 있는 시인이라 하겠다. 왜냐하면 그의 과거의 시간들은 죽음, 소멸, 어둠 등과 연결되는 것임이 분명함에도 불구하고 수시로 그의 현재의 시간 속에 현현하고 있기 때문이다. 시인 박일규에 있어서 그 연면한 과거의 시간, 대물려 내려온 조상의 시간들은 때로는 간절한 전갈의 말씀으로, 때로는 인자하고 자상한 타이름으로, 때로는 코먹은 꾸지람으로 현현하는 것이다. 이리하여 시인 박일규는 고향집 묵은 감나무를 통하여 세상 버린 할아버지의 "오오, 이 내 새끼들아"라는 말씀과 만나는 것이며(「감나무」) 왕솔밭 바람 소리에서 저승 또한 밝은 세상이라는, 가엾신 어른들의 가르침의 말씀을 듣는 것이며(「왕솔밭 높이 부는 바람 소리」), 어둠 짙은 마을로 물살처럼 밀려오는 오랜 징소리 속에서 대물려 내려오는 조상의 타이름·꾸지람과 만나는 것이며(「징소리 여운 1」), 성묘 갔다 오는 길의 저녁 노을에서 어린 손자의 귀가 길을 비쳐주기

174

위하여 멀리 밝혀 든 저승 할아버지, 할머니의 등불을 보는 것이다.(「노을」)

이러한 과거지향성과 아울러 그의 시의 어법 역시 대체로 한국 서정시의 흐름에 뿌리를 두고 있다. 그의 시집의 도처에서 「정읍사」나 「가시리」 이래의 한국 서정시의 주조라 할 정한의 숨결이 감지되는 것도 이와 관련된다 하겠다.

「하늘」 같은 작품은 이런 면이 특히 두드러지는 작품이라 하겠다.

어머니
외동손자 재우시는 고운 숨결의
맑은 당신의 하늘이 열렸습니다.

첫닭 울면 길어 온 정화수
흰 사발에 받쳐들던 마음의 하늘.

흰 빨래 헹궈내는
물내 나는 당신의 하늘입니다.

이 숨쉬는 개인 하늘 여기에 두고
어디서 당신을 찾겠습니까.

우러르면 목메이는 머언 하늘가
부뚜막엔 김 서리는 햇닭 한 마리
열네 식구 국 뜬 마음 깃든 하늘가

우리는 언제 어디를 가나
그 하늘의 복판에 머리 두리라.

어머니,
지난날 근심이랑 함께 이고 사시던

이제 다시는 닫히지 않을
당신의 고운 하늘이 열렸습니다.

— 「하늘」 전문

이 시에서 우리는 가신 어머니에 대한 화자의 간절한 그리움의 감정을 읽을 수 있다. 첫닭 울면 정화수 떠놓고 축원 올리던 어머니, 가난한 부뚜막에서 햇닭 한 마리로 열네 식구의 허기를 채워주신 어머니, 온갖 근심을 하늘과 더불어 이고 사신 어머니, 그러한 어머니를 회상하는 화자의 정감이야말로 정한 그것이라 하겠다. 그러기에 화자는 어머니의 영상이 떠오르는 머언 하늘을 우러르며 목이 메이는 것이다. 이 시가 짙은 서정성을 띠는 것은 화자의 이러한 정한의 정서가 이 시의 바탕에 깔려 있기 때문이라 하겠다.

이러한 정한은 이 시집의 도처에서 느낄 수 있다. "섭섭하게 살다가 가신 이들의 곤한 꿈결에 서 있던" 고향집의 묵은 감나무의 모습으로 나타나기도 하고(「감나무」), "홀로된 누님이 말없이 서곤 하던/울가에 핀 복사꽃"의 모습으로 나타나기도 하고(「복사꽃」), "반벙어리 점이 고모/울고 간" 바람의 모습으로(「바람」), "한세상 곤히 살고" 저승 떠나는 이의 모습으로(「가는 길」), "긴 세월 못다 한 말" 이제야 하소연하듯 내리는 새벽비의 모습으로(「새벽비」), "살아서 못 왔던 고향"에 설레는 눈발이 되어 내리는 모습으로(「설경」), 그리고 "피로 살로 뼈로 받아 키운 새끼들 매운 세월 보내고" 이제야 형제를 찾아오는 이의 모습으로(「징소리 여운 2」), 나타나기도 한다. 이러한 정한의 정서는 「정읍사」나 「가시리」 이래의 한국 서정시의 주조로서 이어져온 것이기도 하다.

그런데 여기서 간과할 수 없는 것은 박일규에 있어서의 이러한 정한은 거의 예외 없이 그것과 대조가 되는 남성적 부계적인 권위 내지 교훈과 대응이 되고 있을 뿐 아니라, 그 부계적 권위 내지 교훈에 의하여 그의 정한은 통제를 받고 있다는 사실이다.

이런 점과 관련하여 「하늘」에서 볼 수 있는바 어머니의 영상이 하늘의 영상과 대응되어 있다는 사실은 주목할 만한 현상이라 하겠다. 정화수와 가난한 부뚜막과 온갖 근심 등과의 얽힘 가운데서 회상되어지는 어머니의 이미지는 시인 박일규에 있어서는 농도 짙은 정한의 원천이 되고 있다. 그러한 정한은 「우리 어머니」에도 농도 짙게 표상되어 있다. 그런데 그러한 어머니의 모습이 고요한 달밤이나 아련한 꿈결에 떠오르는 것이 아니고 곱게 개인 청명한 대낮의 하늘에 떠오르고 있다는 것이다. 시인 박일규에 있어서 농도 짙은 정한의 유인이 될 수도 있는 어머니의 영상은 비애와 탄식으로 나아가는 달밤에로 연결되지 아니하고, 절제와 사려의 터전으로 나아가는, 아폴로의 개인 하늘에로 연결되어 있다는 말이다. 이리하여 화자는 정화수와 가난한 부뚜막과 근심 걱정 등과의 관련 속에서만 회상되는 어머니의 영상이 떠오르는 머언 하늘을 우러르며 목이 메이면서도 그 정한의 심연 속에 탐닉하는 것이 아니고, 햇닭 한 마리로 열네 식구의 국을 뜬 어머니의 깊은 두량과 지혜를 헤아리면서 언제 어디를 가나 '그 하늘에' 머리 둘 것을 다짐하는 것이다. 말하자면 시인 박일규는 모계적 정한을 오히려 부계적 교훈으로 소화하고 있다는 것이다.

박일규의 시 세계에 있어서 이러한 부계적 영상은 도처에서 볼 수 있다. 가령 「왕솔밭 높이 부는 바람 소리」 같은 작품은 그 대표적인 예라 하겠다.

왕솔밭에 불어오는 바람 소리는,
가옵신 어른들이 오는 소리다.

낯모르는 우리 할아버지들,

낯선 손자 만나러들 오는 소리다.

너무 서럽게만 살지 말라고,
죽음도 별것은 아니더라고,
저승 또한 밝은 세상이라고,

일러주시고는 떠나시는가.

왕솔밭 높이 부는 바람 소리는
우리 할아버지 가시는 소리.
하늘 멀리 사라지는 바람 소리여.
　　　　　　　—「왕솔밭 높이 부는 바람 소리」 전문

　이 시에도 연면한 과거와 살아 있는 현재 사이의 대응을 볼 수 있
다. 낯 모르는 할아버지와 낯선 손자 사이의 대응이 그것이다. 낯 모
르는 할아버지의 영상이 낯선 손자의 시간 속에 현현하고 있다. 말하
자면 부계적 권위가 그 후손들의 시간 속에 현현하여 있다는 것이다.
여기서 주목하지 않으면 안 될 점은 제2연에서 볼 수 있는 바와 같이
손자가 할아버지 쪽으로 거슬러가고 있는 것이 아니고 할아버지가
손자를 만나러 오고 있다는 사실이다. 말하자면 현재가 과거 속으로
침거하기 위하여 거슬러올라가는 것이 아니라, 과거가 현재와 미래
를 만나기 위하여 내려오고 있다는 것이다.
　앞서 박일규의 시 세계에 있어서는 과거지향성을 볼 수 있다 하였
거니와, 그러나 그 과거지향성은 어디까지나 현재와 미래를 전제로
한, 현재와 미래에의 바른 지침을 이어받기 위한 그것임을 알 수 있
다. 이런 점에서 그의 시 세계에서 볼 수 있는 과거 현재 미래의 존
재양식은 「정읍사」 이래의 한국 서정시에서 보게 되는 그것과는 정
반대의 양상을 보이는 것이라 할 것이다. 가령 정한의 시인 김소월에

있어서의 과거는 영원한 노스탤지어의 지향점으로서의 그것이었다. 그러나 박일규에 있어의 과거는 미래를 조명하기 위한 발판으로서 기능하고 있는 것이다. 김소월의 정한이 한결같이 영탄으로 일관하고 있는 데 반하여 박일규의 정한이 앞서 「하늘」에서 볼 수 있었던 바와 같이 부계적 교훈으로써 극복되고 있는 것은 그 때문이다. 박일규에 있어서 과거가 미래를 조명하기 위한 발판으로서 기능하고 있다는 것은 「노을」에서도 볼 수 있다.

성묘 갔다 오는 저녁
타는 노을은,

할아버지 할머니가
밝혀 든 등불.

활개치며 잘 가라고
높이 든 등불.

—「노을」 중에서

성묘 갔다 돌아오는 길에서 만난 저녁 노을에서 화자는 성묘를 마치고 돌아가는 아들 손자의 앞길을 비추기 위하여 그 무덤의 할아버지 할머니가 활개치며 잘 가라고 밝혀 든 등불을 보고 있다. 이 경우에 있어서도 시간은 현재에서 과거로 거슬러가고 있는 것이 아니고, 과거에서 현재와 미래로 흐르고 있는 것이다. 지금 아들 손자가 가고 있는 방향은 무덤 쪽이 아니라 무덤에서 돌아선, 이승 쪽인 것이다. 시인 박일규의 시간이 과거와 연계되어 있으면서도 그 향하는 방향은 한결같이 미래 쪽이라 하였거니와, 이는 그의 시 세계가 부계적 교훈주의를 바탕에 깔고 있는 사실과 긴밀히 관련된다. 그의 시 세계에는 물론 어머니(「하늘」), 할머니(「노을」)를 비롯하여 고모나 누이

등의 모습이 등장하는 것도 사실이지만, 교훈주의적 권위로서의 이미지를 짙게 풍기며 등장하는 것은 할아버지의 이미지이다. 「감나무」 「왕솔밭 높이 부는 바람 소리」 등에 등장하는 할아버지는 그 전형적인 모습이라 하겠다. 「감나무」에 있어서 세상 버린 할아버지는 죽었다 새봄에 되살아난 묵은 감나무의 떨어지는 꽃들을 매체로 하여 "오오, 이 내 새끼들아"라는 간절한 전갈의 말씀을 이승의 화자에게 전하는 것이며 「왕솔밭 높이 부는 바람 소리」의 낯모르는 할아버지는 그 바람 소리를 매체로 하여 낯선 손자에게 "너무 서럽게만 살지 말라고 / 죽음도 별것은 아니더라고 / 저승 또한 밝은 세상이라고" 타이르는 것이며, 「징소리 여운 1」에 있어서 어둠 짙어오는 마을에 물살처럼 스며드는 징소리를 매체로 하여 대물려 내려오는 아버지, 할아버지는 어린 총생들을 위하여 간절한 나무람과 타이름을 하는 것이다. 그것은 저승으로 가신 이들이 이승의 총생들에게 보내는 간절한 전갈이며 타이름이다. 요컨대 시인 박일규에 있어서의 조상은 권위와 지혜의 표상이다. 그 조상으로부터 그는 저승의 소식에 접하여 아울러 깊은 삶의 지혜를 전수받는다.

　이런 점과 관련하여 이 시집의 제목이 「그루터기와 햇순」이라는 사실은 시사적이다. 그의 시 세계에는 흔히 '저승과 이승', 혹은 과거와 현재가 대응한다 하였거니와. 그것은 동시에 「그루터기와 햇순」, 다시 말하면 묵은 것과 새것의 대응으로 표상되기도 한다. 말하자면 시인 박일규의 어법은 저승과 이승에 두루 걸쳐 있으나 한결같이 이승 쪽에 방향이 설정되어 있으며, 과거와 현재에 두루 걸쳐 있으나 한결같이 현재와 아울러 미래를 지향하고 있으며, 「그루터기」에 뿌리를 두고 있으나, 한결같이 「햇순」 쪽에 방향이 설정되어 있다는 것이다.

　「그루터기와 햇순」, 즉 과거 현재 미래를 이처럼 연속적 관계로서 포착하고 있는 시인 박일규는 분명 확고한 전통의식의 소유자라 하겠다.

신문학의 개척자인 젊은 날의 이광수는, 자기들에게는 '정신의 부로(父老)'가 없노라고 개탄한 바 있다. 정신의 부로가 없으므로 스스로가 스승이면서 제자가 되어야 하고, 제자이면서 스승이 될 수밖에 없노라고 말하였던 것이다.

같은 무렵의 최남선 역시 『소년』지의 권두시 「해에게서 소년에게」에서 저 세상의 저 사람들 모두 미우나 그중에 딱 하나 담 크고 순진한 소년들만은 사랑스럽다고 노래하였다. 즉 기성세대에게서는 아무것도 기대할 수 없고, 오직 소년들에게만 미래의 희망을 걸 뿐이라고 하였던 것이다. 근대화의 여명기에 있어서, 선구자들이 제기한 이런 철저한 전통 단절론이 얼마나 많은 대가를 치러야 하였던가는, 그 이후 외래문학에의 맹목적인 모방의식을 되풀이한 우리 신문학사가 잘 말해주고 있다. 우리 문화의 전통에 대한 반성이 본격적으로 일기 시작한 것은 그리 오래 전의 일이 아니다. 어떻든 박일규의 시 세계에서 볼 수 있는 전통의식을 우리 신문학의 흐름 위에서 바라볼 때 그 타당성이 부각된다.

박일규에 있어서의 이러한 전통의식은 「전주 사람」에서와 같은 애향심으로 표상되기도 하고, 「징소리 여운 1, 2」 또는 「장고 독주」에서와 같은 우리 문화유산에 대한 끔찍한 애정으로 나타나기도 하고, 「세계여 이 아침에 서울로 모이자」에서와 같은 당당한 애국심으로 표상되기도 한다.

야 이거 참 우리는 어디 가도 달라지지 않는 사람들,
나라는 달라져도 우리가 모이면 우리네 하늘.

어디로 구울러도 출렁여 출렁여서 천년 물살 타고 우리네 쪽빛 하늘로 오네.

그리웁구나!

저들을 저만큼 때 안 묻게 우리네 딸로 기르신 이들.

지난날 소리가 될 수 없게 산산조각 났던 징소리 모두어 여기 찾아
온 아들 딸이여

길이 울리리라! 우리네 징소리.

                      —「징소리 여운 2」 중에서

이 시의 화자에 있어서, 우리는 어디를 가도 우리이며, 어느 나라
에 가도 우리가 모이면 우리 하늘이 된다는 것이다. 어디로 굴러도
결국에는 조국의 아름다운 하늘로 돌아오게 마련이라는 것이다. 그
리고 그처럼 인도하는 길잡이가 다름아닌 징소리라는 것이다. 조국
에 대한 당당한 긍지와 뜨거운 사랑이 격조 높게 메아리치는 구절이
라 하겠다.

2

박일규의 시 세계에서 볼 수 있는 전통의식 내지 미래지향성과 안
팎을 이루고 있는 것이 만남의 모티프이다. 아닌게 아니라, 그의 시
집의 여러 군데에서 우리는 만난다라는 시어를 발견할 수 있다. 그
만남은 낯모르는 할아버지와 낯선 손자 사이의 만남일 수도 있고
(「왕솔밭 높이 부는 바람 소리」) 뿔뿔이 흩어졌던 동포들이 징소리와
더불어서 굿판으로 어우러지는 그것일 수도 있고(「징소리 여운 1,
2」), 흥겨운 장고 소리와 더불어 그리운 이면 어디 있는 누구와도 이
루어지는 그것일 수도(「장고 독주」), 멀리 떠나 있는 아내와의 "처음
만나듯" 만나는 간절한 그것일 수도(「조춘」), 우렁찬 징소리를 중
심으로 온 세계가 서울을 향하여 이루어지는 그것일 수도(「세계여,

이 아침에 서울로 모이자」), 또는 「교우여 우리 새벽에 만나자」처럼
‘살아가는 일이 힘겨울수록’ 그만큼 절실해지는 그것일 수도 있다.

　헤어짐이 인간사의 어떤 종말을 뜻하는 것이라면, 만남은 그 시작
을 뜻하는 것이다. 헤어짐이 추억과 노스탤지어의 계기로 되는 것이
라면, 만남은 미래로 향한 무한한 가능성을 예비하는 것이다. 박일규
의 시 세계에서 과거지향성을 볼 수 있는 것은 사실이지만, 그것은
과거 그 속에 침잠해버리는 종래의 서정시에 있어서의 그것과는 달
리, 현재 내지 미래에의 지향성을 예비하기 위한 그것임을 말한 바
있거니와, 이는 곧 그의 시 세계가 만남의 모티프를 기반으로 있다는
사실을 반증하는 것이라 하겠다. 왜냐하면 ‘만남’ 이야말로 미래를
향하는 계기를 여는 행위이기 때문이다.

　　해가 열리는
　　이 함박눈 내리는 날에

　　아내여
　　멀리 떠나 있는 아내여

　　지난날 나 위해
　　숨어서 흘린 눈물의 量을
　　헤아려본다.

　　아직도 어느 구석에
　　덜 아문 아픔이 남아 있으면

　　이 아침에 포근히 내리는 눈으로
　　잠재워다오.

아내여
수줍고 부끄럽게 처음 만나듯
어서 만나자.

　이는 「조춘(早春)」이라는 시의 전반부이다. 이른 봄날 포근히 내리는 함박눈을 보면서 멀리 떠나 있는 아내를 생각하는 시이다. 평범한 한 편의 서정시라 하겠다. 그런데 이 시가 우리의 전통적 서정시와 다른 점은, 이 시에는 '만남'이 예비되어 있다는 점이다. 화자는 멀리 떠나 있는 아내에게 "수줍고 부끄럽게 처음 만나듯 / 어서 만나자"고 진술하는 것이다.

　김동리는 김소월을 논한 글에서 정한을 규정하여 "다른 무엇으로도 메워질 수 없는 영원한 그리움의 감정"이라 한 바 있다. 「정읍사」 「가시리」에서 김소월에 이르는 한국 서정시의 주조를 정한이라 규정한다고 할 때, 그것은 '임'에 대한 영원한 그리움의 감정을 이름일 것이며, 임과 영원한 헤어짐을 한탄하는 것이 곧 그 내용이라 할 것이다. 「조춘」에 있어서도 임에 대한 그리움을 제재로 하고 있는 것은 사실이지만, 그러나 이 작품에 있어서는 헤어짐이 아니라 만남을 예비하고 있다는 점에서 전래의 서정시와 다르다. 「조춘」의 화자는 전래의 서정시의 화자들이 폐쇄적인 과거 속에 칩거해버렸던 것과는 달리 '만남'을 예비함으로써 무한한 미래에의 가능성을 지향하게 되는 것이다. 이리하여 화자는 깜깜하던 지난날의 눈물이며 아픔 등을 회상하면서도 만남이 보장해줄 미래의 가능성에 오히려 관심이 쏠리는 것이다. 그리고 그 미래에의 관심은 부푼 희망인 것이다. 박일규의 시에서 보게 되는 옵티미즘은 이런 어름에서 연유되는 것이다.

　이러한 옵티미즘은 시인 박일규의 가톨릭적인 신앙에 그 연원을 두고 있는 것이라 하겠다.

　한세상 살고 가는 길이다.

세상 근심 다 벗고 가는 길이다.
새 옷 갈아입고 가는 길이다.

이제는 아무 두려움 없이
저 거룩한 성 향하여
어서 이 낡은 성문을 나서자.

떠나는 사람의 그리움으로
철마다 겹겹 포개진 꽃잎들의
꽃은 피리라.

이는 「가는 길」의 전반부이다. 박일규의 시 세계에 있어서 '만남'
이라는 것이 중요한 모티프로 되고 있다고 말한 바 있거니와, 이 시
에는 그것과는 대조되는 '감'이 모티프로 되어 있다. 이 시에서 보는
이 '감'의 모티프는 「정읍사」이래의 한국 서정시에 있어서의 그것
과 완전히 궤를 같이 하는 것이다.

왜냐하면 「정읍사」이래의 한국 서정시의 임은 떠나가는 임. 영이
별의 임이었기 때문이다. 「가는 길」에 있어서의 '감' 또한 영이별의
그것임에는 틀림이 없다. 그럼에도 불구하고 이 시에 있어서의 '감'
은 종래의 우리 서정시에서 있어서의 '감'과 근본적으로 성격을 달
리한다. 종래의 서정시에 있어서의 '감'이 영원한 종말을 향하는 것
인 데 반하여, 이 시에 있어서의 그것은 오히려 새로운 '만남'을 향
한 출발로서의 그것이 되고 있기 때문이다.

화자로 볼 때 지금 가고 있는 상여는 이승을 버리고 저승으로 가는
것임이 분명하지만, 그러나 그것은 이승의 모든 것을 다 벗어버리고
"새 옷" 갈아입고 가는 것이며, "이 낡은 성문"을 벗어나서 "저 거
룩한 성"을 향하여 가는 것이다. 요컨대 시인 박일규에 있어서 죽음
은 종말을 뜻하는 것이 아니라 새로운 시작을 뜻하는 것이다. 낡은

이승의 성을 벗어난다는 점에서는 종말이라 할 수 있을지 몰라도 거룩한 성을 향하여, 그리고 "더 밝은 세상"으로 가고 있다는 점에서 그것은 출발이 되는 것이다.

죽음의 세계에 대한 박일규의 이러한 옵티미스틱한 관점은 그의 시집 도처에서 볼 수 있다. 그의 시집 도처에서 우리는 저승과 이승 사이의 대응, 또는 대물려 내려오는 조상과 후손 사이의, 그루터기와 햇순 사이의 대응을 보았거니와, 저승 및 저승으로 가신 조상에 대한 화자의 유다른 친화성에서 우리는 다름아닌 시인 박일규의 죽음 너머의 세계에 대한 옵티미스틱한 관점을 보게 되는 것이다. 박일규로 볼 때 저승이란, 「왕솔밭 높이 부는 바람 소리」의 할아버지의 말과 같이 이승과 다름없이 밝은 세상이며, 따라서 죽음도 별것 아니고 낡은 옷 벗어던지고 "새 옷" 갈아입고 나서는 것과 같은 것이라는 말이다. 이리하여 저승으로 가는 길은 종래의 서정시에서와 같은 종말을 향한 길이 아니고, 새 세상, 더 밝은 세상과 만나기 위한 길이 되는 것이다.

죽음이 새로운 삶의 시작이라는 역설, 그것은 이 시인의 크리스천으로서의 신앙에서 얻어진 것이라 하겠다. 이 시집의 제2부는 그의 크리스천으로서의 신앙을 반영하는 시편들이다. 죽음에서 새로운 삶의 시작을 보고 있는 이러한 역설은 불교 스님인 한용운에서도 볼 수 있다. 「알 수 없어요」에서 한용운은 타고 남은 재가 다시 기름이 된다고 하였다. 재가 기름이 될 수 있다는 것, 그것은 죽음이 새로운 삶으로 되는 것과 궤를 같이하는 것이다. 그러한 역설은 한용운의 「임의 침묵」에서 격조 높게 표상되어 있다. 이 시에서 화자는, 임과의 이별을 슬퍼하면서도, 이별로 하여금 눈물의 원천을 삼는 것은 스스로 사랑을 깨뜨리는 것인 줄 아는 까닭에 걷잡을 수 없는 슬픔의 힘을 옮겨서 새 희망의 정수박이에 들어부었노라고 하였던 것이다. 그리고 임은 갔지만 자기는 임을 보내지 아니 하였노라고 하였던 것이다.

한용운의 이러한 면과 관련하여 윤재근은 다음과 같이 말한 바 있다.

우리의 서정성(lyricism)은 정한을 벗어나지 못했었다. 소월도 그 정한을 극복하지 못하여 현대의 서정문학에 가장 빼어난 정한의 서정 시인으로 멈추고 말았다. 드디어 만해에 의하여 소월이 넘지 못했던 정한의 한계점은 탁 트이게 되었다. 즉 시인 만해에 의하여 정한이란 서정의 한계점은 서정의 정리로 변화시킬 수 있었다. 만해는 우리에게 거의 타성화하였던 정한의 숙명성을 파괴하여 서정의 정리를 창조하였다. 그 결과 우리는 시집 「임의 침묵」으로써 우리의 서정성이 정서의 차원에서만 맴돌지 않고 사유의 무한하고 깊은 세계까지 비추게 되었다.

임과의 헤어짐에서 연유되는 정한을 한탄하면서도 결국 그것을 넘어선 자리에 미래의 만남을 예비할 수 있었던 한용운의 시사적 위치에 대한 윤재근의 평가는 타당한 것이라 하겠다. 그리고 종교적 기반은 각기 다르지만, 박일규에서 볼 수 있는 '만남'의 모티프 역시 한용운의 그것과 궤를 같이하는 것이라 하겠다. 한쪽이 불교적 세계관에 입각해 있고, 다른 한쪽이 가톨릭적 영생관에 근거해 있다는 차이는 있으나 양자는 다 같이 미래에의 옵티미즘을 견지하고 있다는 점에서 공통된다.

시인 박일규에 있어서의 미래에의 옵티미즘은 이승의 차원에 있어서뿐만 아니라, 저승 그 너머의 세계에 임하는 자세에 있어서도 동일하게 드러난다.

박일규에 있어서는 저승 역시 이승과 마찬가지로 "밝은 세상"(「왕솔밭 높이 부는 바람 소리」 「가는 길」)인 것이다. 따라서 저승을 향한 '감'은 영원한 '감'이나 영원한 이별이 아니라, 더 밝은 세상과의 '만남'을 향한 '감'인 것이다. 이 시집 제2부의 시편들은 이런 문맥 속에서 이해할 수 있을 것이다. 어떻든 죽음 그 너머의 세상을 밝은 세상으로 파악할 수 있다는 것은 한 자기구원의 표현이라 할 것이다. 우리 시의 흐름에서 볼 때 이런 경지에 당도할 수 있다는 것은 아주 희귀한 일이라 아니할 수 없다. 그런 점에서 이 시인을 주목하게 된다.

(『현대문학』 1993년 6월호)

빈 자리의 빛과 그림자
—김시철

　　김시철의 일곱번째의 시집 『그대 빈 자리』를 읽었다. 이 시집은 그 표제가 암시하고 있듯이 시인 김시철이 부인을 저세상으로 보내게 되기까지의 전후의 사연을 읊은 시편들이 중심을 이루고 있다. 그 밖에 세상사를 관조 명상 내지 풍자한 시편들, 친지에 대한 정감을 표현한 시편들도 있으나 중심을 이루고 있는 것은 역시 자기 부인의 생전 사후를 지켜보면서 읊은 시편들이라 할 수 있으므로 이 계열의 시편들을 중심으로 시인 김시철의 근래의 시 세계를 살펴보기로 한다.

　　몹쓸 병에 걸려서
　　肉身을 아주 못쓰며 살고 있는
　　내 마누라는
　　요 몇 달새
　　죽음을 맞이하는 연습을 한다.

모잘라는 제 人生
주섬 주섬,
꿰매기나 할 듯이
요래라 조래라 자주
며느릴 불러세워 일르기도 하고
아이들을 대하는 위세가
전에 없이
힘에 부쳤다.

남편의 歸家를 日課로 삼던
그녀의 눈빛도
처분만을 바라는 그것만 같아서
나 또한 수없이
숨어서 운다.

모든게 서럽기만 하고
억울한 그녀에게
더이상 나는
아무것도 해드릴 것이 없구나.

— 「아내의 병실에서 1」 전문

이는 「아내의 병실에서」라는 연작 중의 첫번째 작품이다. 저자가
자서에서 밝히고 있는 바와 같이 그의 부인은 "현대의학으로도 묘책
이 안 서는 희귀병"에 걸린 것이다. 죽어가는 아내를 옆에서 지켜보
고 있을 수밖에 다른 도리가 전혀 없는, 초라하고 무능하기 그지없는
남편인 화자가 "죽음을 맞이하는 연습을" 하는 아내를 보며 모든 게
서럽고 억울한 그녀에게 더이상 "아무것도 해드릴 것이 없"는 자기

190

자신을 자책하고 있는 시이다.

저자는 자서에서 "피를 말려내는 아픔의 날은 날이 갈수록 더하였고, 나는 이런 비통한 상황하에서 나도 모르게 병실에 앉아 자주 붓을 들곤 하였다. 그것이 글이 되건 안 되건 상관되지 않았다. 그러지 않고서는 견디기가 어려운 순간순간이었던 것이다. 그야말로 그것은 글이라기보다는 눈물이었다"라고 진술하고 있거니와 이렇게 아내의 병실에서 씌어진 시편들이 십여 편이고 그 밖의 작품들도 대부분 이와 관련된 소재의 작품들이라고 저자는 진술하고 있다.

이 작품의 화자는 "나 또한 수없이 / 숨어서 운다"라고 진술하고는 있지만 "요 몇 달새 / 죽음을 맞이하는 연습을" 하는 아내를 바라보는 화자 자신의 자세는 대체로 봐서 오히려 차분하고 담담한 편이다. "모잘라는 제 人生 / 주섬 주섬, / 꿰매기나 할 듯이" 그렇게 자기 삶의 마무리를 서두르는 아내의 모습을 바라보는 화자의 자세 또한 담담한 가운데 깊은 여운을 느끼게 한다. "죽음을 맞이하는 연습을" 하는 아내를 담담히 관조하면서도 그 안에 헤아릴 수 없을 만한 짙은 정감이 응축되어 있다. 죽음을 앞에 둔 시점에서 자기의 미진한 삶을 서둘러 마무리하려는 아내의 서두르는 모습을 "주섬 주섬, / 꿰매기나 할 듯이"라는 바느질의 영상과 연결시키고 있다. 사실적이면서도 다분히 함축적인 여운을 느끼게 한다.

현대의학으로도 어찌할 수 없는 병을 얻어 "처분만 기다리는 신세가 되어 / 거기서 끝내 / 헤어나질 못하는" 아내를 지켜보는 화자는 "앞서거니 / 뒤서거니 하는 / 한 번은 가야할 종착지"인 죽음을 절실한 당면 문제로서 성찰하지 않을 수 없고(「아내의 병실에서 2」), 여러 달 동안 병상에 누워 지내는 아내의 모습을 지켜보는 화자는 "산다는 것의 그 처절함과 / 죽음을 交感하는 / 허망한 하루의 반복"을 확인하며 또한 "人生은 / 누리기도 벅찬 것"이고 '버리기도 어렵다'는 것을 실감한다.(「아내의 병실에서 3」) "죽음을 맞이하는 연습을" 하는 아내를 옆에서 지켜보면서 화자는 인간에 있어서 누구나 회피할 수 없는 죽음과 직면하게 되는 것이다.

> 물에 빠지고 나면
> 지푸라기라도 잡아야 할 목숨이기
> 세상 못할 짓도 없다.
>
> 살고 보자가
> 체통과 수치심을 타고 앉으면
> 눈알도 뒤집힌다.
>
> 바람 불면
> 부는 대로 흔들리는
> 갈대의 生理
>
> ──「아내의 병실에서 4」 중에서

　물에 빠진 사람이 지푸라기라도 움켜잡듯이 죽음 앞에서 바람 앞
의 갈대처럼 약해질 수밖에 없는 아내의 애처로운 모습을 화자는 담
담히 응시하고 있다. 죽음 앞에서 약해질 수밖에 없는 아내의 모습을
보면서 화자는 또한 어쩔 수 없이 결국은 "갈대의 生理"일 수밖에 없
는 인간의 숙명적 한계를 의식한다. 인간의 숙명적인 한계에의 인식
은 우주 속에서의 인간의 왜소성에 대한 인식으로 이어진다. 가령

> 아무리 무한한 時空이라 한들
> 잉태와 더불어 얻은
> 運命 그 자체는
> 제 몫에 不過할 뿐.
>
> 意志가 하늘을 찌를 듯이

起高하다 해도
세월 앞엔 한낱
고무風船인 것을.

—「아내의 병실에서 5」 중에서

　이 구절에 이르러 화자는 무한한 시공(時空) 속에서의 한 개체의 유한성 내지 한량 없는 왜소성을 확인하고 있다. 따라서 인간의 의지가 아무리 하늘을 찌를 듯이 날뛰고 솟구친다 해도 무한한 세월 앞에서는 인간도 한낱 고무풍선 같은 존재에 지나지 않는다는 것이다.
　"죽음을 맞이하는 연습"을 하는 아내를 옆에서 지켜보며 "아무것도 해드릴 것이 없"어 애달파하던 화자는 죽음 앞에서 약한 존재일 수밖에 없는 인간의 한계를 의식하게 되고 나아가서 무한한 시공(時空) 속에서의 유한하고 왜소한 존재일 수밖에 없는 인간의 모습을 돌이켜보기에 이른다. 이와 아울러 인간의 숙명적 고독을 의식하기에 이른다.

단근질 하는 아내의
핏빛 숨결
애써서 내가 그
아픔이고자 해본다.

死力의 그 얼마만이라도
나누고픈
남편된 도리랄지.
(……)
내 오늘 그 아픔
나눠 갖는다 한들
어찌 당신 아픔만 할 것인가.

—「아내의 병실에서 6」 중에서

인간이 숙명적으로 고독한 단독자일 수밖에 없다는 것은, 사람은 누구나 각기 자기 몫의 감각기관을 가지고 있다는 사실에서 단적으로 드러난다. 아무리 혈육지간이라 한들, 또 아무리 사랑하는 사람끼리라 한들 상대방의 아픔을 내가 대신 아파할 수 없는 것이고, 그의 아픔을 내가 나누어 아파할 수도 없는 것이다. 아픈 그를 보고 내가 아파하는 것은 필경 나 혼자만의 마음의 아픔, 내 몫의 덧없는 아픔일 뿐 그의 아픔을 내가 나누어 가진 때문에 그러는 것은 아니다. 말하자면 이때의 그이 앞에서의 나의 아픔은 고독한 메아리로서의 아픔인 것이다. 이 작품의 화자는 바로 그러한 고독한 메아리로서의 아픔을 반취하고 있을 뿐이다. 단근질하는 아내를 보며 화자는 "애써서" 아내의 "아픔이고자 해보"지만 그러나 그것이 아내에게는 아무런 도움이 되지 못한다는 것을 잘 알고 있다. 그러기에 화자는 "내 오늘 그 아픔/ 나눠 갖는다 한들/ 어찌 당신 아픔만 할 것인가"라고 반문하는 것이다.

드디어 아내의 마지막 날은 다가온다. "하늘에 저당한/ 반 토막 의식./ 경각을 놓고/ 처분만 기다리던" 화자의 아내는 무슨 말을 할 듯하다가

잠시 입속에 맴돌았던
하고픈 얘기는
가슴속 깊은 곳에 묻혀버린 채
昇天하고 있었다.
　　　　　　　—「아내의 병실에서 8 - 마지막 날」 중에서

라고, 화자는 진술한다. 마침내 화자의 아내는 이승을 하직하고 저승으로 떠난다. 여기에서 "하고픈 얘기는" 운운한 구절은 김소월의 「초혼」에 있어서의 "심중에 남아 있는 말 한 마디는 끝끝내 마저 하지

못하였구나"라는 구절을 연상시킨다. 죽음에 즈음하여 갈 길을 서두르는 이가 이승에 남아 있는 이에게 하고 싶은 이야기, 그것을 어찌다 말할 수 있으랴. 저승 길을 서두르는 이가 이승에 남은 사랑하는이에게 하고 싶은 이야기, 그것은 사랑하는 이가 남아 있는 이승에서더불어 살고 싶은 마음만큼이나 무한한 것인데…… 화자는 그런 애처러운 순간을 이상과 같이 진술하고 있다. 이제 화자와 그의 아내는이승과 저승으로 헤어지게 되었다.

> 저승새 찾아
> 이승새 운다
> 울고 있다.
> 살아생전
> 빚 진 죄값으로
> 그래서
> 또
> 운다.
>
> —「아내를 보내고 나서 1」 전문

　화자와 아내의 이승과 저승으로의 헤어짐을 화자는 이승새와 저승새라는 토착적인 이미지로 표상하고 있다. 김소월에서 느낄 수 있는그런 토착적인 이미지가 환기하는 전설적 분위기로 하여 이 작품은한결 고풍스런 품격을 띠게 된다. 그리고 그런 분위기는 "살아생전/빚 진 죄값으로"라는 진술과 조응(照應)하여 고희(古稀)를 바라보는시인 김시철의 고분지통(鼓盆之痛)을 한결 격조높게 하고 있다. 이에이르러 시인 김시철의 톤은 점차 회한의 그것으로 기울어진다.

> 내 안에 들어와 있었을 때는
> 미처 다 알지를 못하였다.

내 곁을 아주,
떠났다 싶어지니
거듭 거듭 소중해지며
잃은 것을 이토록 슬퍼한다.
                              —「아내를 보내고 나서 2」 중에서

　아내와 더불어 있었을 때는 아내의 소중함을 미처 느끼지 못하였
었으나 아내가 영영 떠나고 없으니 그 소중함이 절실해진다는 것이
다. 이리하여 화자는 '멀리서만 찾으려 하다' 어느새 가까운 것을 다
잃고 만 자신을 자책하는 것이다.

봄비마저 흐느끼던 끝에
南道産 꽃소식 한 짐 엎어다가
그대 빈 자리 가득히
메워놓는다 한들

추억 속에 멎은
時針,
하늘도 내려앉은
무너져버린 내 城壁에는
아직도,
겨울바람이 차다.
                              —「그대 빈 자리」 전문

　화자는 아내 살아 있었을 때는 알지 못하였었으나, 아내가 저승으
로 떠나고 나서 비로소 아내가 차지하던 자리가 얼마나 크고 소중한
것이었던가를 깨닫게 된다고 진술하고 있다. 아내가 비워놓은 자리

는 아무리 아름다운 "南道産 꽃소식"으로 가득 메운다 해도 도저히 메워질 수 없다는 것이다. 이제 아내는 살아 움직이는 존재가 아니라 "추억 속에 멎은 / 時針"와도 같은 존재로 동결되어버렸다는 것이다. 그러기에 아무리 남도 꽃소식이 풍성하다 해도 무너져버린 화자의 성벽에는 여전히 겨울바람이 차갑기만 하다는 것이다.

　이 작품은 시집 『그대 빈 자리』 중에서도 백미(白眉)로 꼽을 작품이라 할 것이다. "南道産 꽃소식"으로 "그대 빈 자리"를 메운다는 발상이 매우 신선하면서도 함축적이다. 그리고 "그대 빈 자리"와 "무너져버린 내 城壁"의 연결 또한 매우 신선하고 함축적이다. 꽃소식과 그대 빈 자리의 연결, 그것은 새로운 삶과 죽은 삶의 연결이라 할 것인데 죽은 삶의 비중이 워낙 크고 압도적이어서 다가오는 새로운 삶의 기운으로도 아직은 어쩔 수 없다는 것이다. 아내가 떠나고 없는 지금, 성벽이 무너지듯이 빈 자리가 너무 많아져버린 지금은 아직도 여전히 겨울바람이 불고 있다는 것이다.

　이런 뼈저린 상실감은

　　그대 가고 없는
　　이 늦가을이
　　차디찬 허공 속에 매달려 있다.
　　歸家를 채문하던
　　지겨운 잔소리랑
　　허허, 모두 다 거느리고
　　가버리고 없다.

　　　　　　　　　　　　　—「이 늦가을에」 중에서

에서도 느낄 수 있다. 아내 살았을 때는 아내의 하고 많은 "채문"도 "잔소리"도 지겹기만 하더니 이제 그런 모든 귀찮은 것들을 다 거느리고 아내가 가버린 지금 화자 앞에는 늦가을이 "차디찬 허공 속에 매달려 있다"는 것이다. "늦가을" "차디찬 허공" 등의 이미지가 평생의 반려를 잃은 화자의 황량한 심사와 조응하여 잔잔하게 메아리치고 있다. 화자의 이런 허망한 상실감을 한결 절실하게 부각시키고 있는 것은 그가 무심히 토로하는 "허허"라는 감탄사이다. 웃음이라 해야 할지 한탄이라 해야 할지 딱이 종잡기 어려운 이 "허허"라는 감탄사 속에 화자의 상실감과 공허감이 짙은 분위기로 부각되어 있다.

그러나 이 "허허"라는 감탄사는 상실감이나 공허감만을 환기시키는 것은 아니다. 그것은 동시에 그런 상실감이나 공허감마저도 포용해버리는 자구적(自救的) 기능을 아울러 간직하고 있기도 한 것이다. 그것은 상실감이나 공허감을 드러내는 정서적 반응이기도 하지만 그런 반응을 통해서 스스로 그런 상실감, 공허감을 넘어서는 기능을 아울러 행하기도 한다는 말이다. 상실감 공허감은 한탄으로 연결되지만 한탄의 연장선상에서 체념과 만나게 되고 체념은 서서히 제2의 삶을 예비하기 위하여 기능하기 때문이다. 이런 점에서 시인 김시철의 앞으로의 삶이 밝고 건강한 쪽으로 전환될 날이 서서히 다가오리라고 믿는다.

이제까지 시집 『그대 빈 자리』에 수록된 작품들 가운데서 그의 부인과 사별하기 전후의 체험을 담은 시편들을 살펴보았다. 반절 가량의 시편들이 이에 해당한다. 나머지 시편들 가운데는 삶의 어느 일면을 관조하는 작품들이 상대적으로 많다.

아무것도 더
바랄 것이 없는
길손.

가진 것이라곤
꿈,
그것도 없음이네.

青山
저편 산자락
空山에 드러누운
죽음 같은
安息

궂은 일 모두 끼고 누워
드릉드릉
코만 곤다.

—「잠」전문

　화자는 잠을 "아무것도 더 / 바랄 것이 없는 / 길손"이라고 진술하고
있다. 잠이 가진 것이 있다면 오직 하나 '꿈'이라 할 수 있으나 그
꿈이라는 것도 따지자면 '없음'이라는 것이다. 왜냐하면 꿈이란 깨
고 보면 모두가 덧없는 것이기 때문이리라. 이리하여 '안식(잠)'이
란, '청산 저편'의 세상 즉 죽음의 세상에 드는 것과 같다는 것이다.
화자는 끝연에서 "궂은 일 모두 끼고 누워" 잠만 자는 모습을 진술하
고 있다. 모든 '궂은 일'이란, 삶의 세계에서 우리가 일상으로 대하
여야 하는 모든 번잡스러운 일들을 말하는 데, '잠'이란 그런 모든
일상사의 잠정적인 휴지(休止)를 뜻한다는 것이리라.
　이리하여 '잠'이란 살아 있는 자의 행위라는 점에서 삶의 일부이
지만 그 행위를 통하여 "青山 / 저편"의 세계 즉 꿈의 세계에 다달을
수 있다는 점에서 그것은 피안(彼岸)의 세계로 가는 통로이기도 하
다. "죽음 같은 / 安息"이라는 구절에서 볼 수 있듯이 삶의 일부로서
의 '잠'이 '죽음'과 유사한 것으로 표상되는 것은 그 때문이다. 시인
김시철은 '잠'이 간직하는 이러한 양면성을 간결하면서도 함축적인
언어로 표상하고 있다.

거울 앞에 서서
하룻새 자란 수염이며
묵은 想念들까지
말끔히 밀어낸다.

오늘을 또 찾아나서는
새 아침의
묵은 것의 청산이랄까.

溫故知新
묵은 것은 묵은 만큼의
새것들 어머니가 되어
거울 밖을 조용히 떠나고 있다.

지금 나를 떠나가는
나의 모든 것들이여
〈무엇이 되어 내일 다시
내 앞에 돌아올 것인가〉

窓 밖 단풍잎이
가을바람 이고
落葉진다.

—「거울 앞에 서서」 전문

　이 작품 역시 「잠」과 마찬가지로 삶의 어느 일면을 조용히 관조하
고 있는 시이다. "오늘을 또 찾아나서"기 위하여 거울 앞에서 "하룻
새 자란 수염이며 / 묵은 想念들까지" 말끔히 밀어내는 자신의 행위를

화자는 오늘을 시작하기 위한 "묵은 것의 청산" 즉 온고지신(溫故知新)이라고 진술한다. 물론 '묵은 것'은 그냥 사라지는 것이 아니요 "새것들 어머니가 되어" 거울 밖으로 조용히 떠난다는 것이다. 여기서 화자는 지금 자기를 떠나가는 것들을 "말끔히 밀어내"면서 문득 그 떠나는 것들이 "무엇이 되어 내일 다시/내 앞에 돌아올 것인가"라고 독백한다. 그것은 "나를 떠나가는/나의 모든 것들"에 대한 한 석별(惜別)의 정의 표백이라 할 수 있을 것이다. 그런 석별의 정은 끝연의 "窓 밖 단풍잎이/가을바람 이고/落葉진다"라는 구절에 이르러 한결 짙은 분위기를 자아낸다.

그 석별의 정이란 유수 같은 세월의 흐름에 대한 아쉬움과 다르지 않다. 동시에 덧없이 늙어가는 자기 자신의 확인에서 오는 페이소스 같은 것이라 할 수 있을 것이다. 그런 페이소스의 분위기가 한결 짙은 운치를 빚는 것은 "窓 밖 단풍잎이/가을바람 이고/落葉진다"라는 끝연에 이르러서이다. 인생의 황혼기를 맞은 화자의 눈에 비친 창 밖의 가을의 낙엽, 그것은 지금 화자를 떠나가는 모든 것들의 그 떠나감의 덧없음을 화자에게 농도 짙게 환기시켜주고 있기 때문이다. 나를 떠나는 모든 것들은 가을바람에 날리는 낙엽처럼 덧없는 것이라는 그러한 환기 말이다.

「어간(於間)」 「하나는」 등도 대체로 삶의 어느 일면을 관조하는 가운데서 빚어진 작품들이라는 점에서 이미 언급한 두 작품과 계열을 같이한나고 하겠다. 한편 「게타령」 「도시의 비둘기」 「대학로에서 1, 2, 3」 「마음 비우기」 등은 대체로 당대 현실을 풍자적으로 관조한 작품들이라 하겠다. 이 가운데서 「도시의 비둘기」에 관하여 살펴보기로 한다.

서울 都心 삘딩가에는
失業을 한 여러 무리 비둘기떼가
건물 지붕마다 둥지를 틀고

눈 뜨자 거지행각으로 나선다.

한 무리는 공원 벤치로
한 무리는 人道 가게터로 몰려가
던져주는 빵조각 강냉이 비스켓
공짜 먹이에 길들여지며
사람들 처분만 기다린다.

　　　　　　　　　　—「도시의 비둘기」 전문

　이 작품은 김광섭(金珖燮)의 70년대의 작품 「성북동 비둘기」를 연상케 한다. 70년대 개발의 붐을 타고 서울 변두리가 마구 무너지고 파헤쳐지게 되자 삶의 보금자리를 파괴당한 비둘기들이 의지할 곳 없이 방황하는 모습을 노래한 것이 김광섭의 작품인데 이 「도시의 비둘기」는 오늘날의 비둘기들의 생태를 노래한 시이다. 김시철의 「도시의 비둘기」는 한마디로 말해서 「성북동 비둘기」의 후일담을 진술한 작품이라 해도 좋을 듯하다. 개발 붐으로 인하여 삶의 터전을 상실한 70년대의 비둘기들이 도시 주변을 맴돌며 방황하는 모습을 보였는 데 반하여 이제 그 후손들은 마침내 거지떼가 되어 도심(都心)을 맴돌고 있다는 것이다. 그리하여 "공짜 먹이에 길들여지며/사람들 처분만 기다리는" 신세로 전락해버렸다는 것이다. 비둘기떼의 생태의 변화를 보면서 화자는 다름아닌 오늘의 우리 현실을 조명하고 있다. 「성북동 비둘기」 시절과는 상상도 할 수 없이 절박하고 심각해진 오늘의 현실을.
　이 밖에 자연을 관조한 작품들도 있고 친지를 비롯하여 인물에 대한 정감을 소재로 한 작품들도 있으나 이들에 관한 언급은 생략키로 하고 이 글을 여기서 마무리하기로 한다.

　　　　　　　　　　　　　　　　(『서평문화』 1997년 가을호)

구도(求道)의 궤적
—하희주

1955년 『현대문학』에 「임께 한 말씀」이라는 작품을 발표함으로써 문단에 등단한 하희주가 등단 40년 만에 고희를 맞이하여 약 70편의 시로 첫 시집을 냈다. 극도의 과작의 시인 하희주의 이번 시집 출간을 환영하면서 이를 계기로 하여 그의 시 세계를 살펴보고자 한다.

그의 시 세계에 흐르는 중심 과제는 근원적 존재 내지 초월적 세계에 대한 꾸준한 탐구라고 말할 수 있겠다. 이 과제는 그의 시작 생활의 출발점에서부터 비롯하여 최근의 작품에 이르기까지 꾸준히 계속되어온 것이라 하겠다.

있는 것 고요히 있게 하시고
움직일 것 그대로 움직이게 하소서.

산이 늘 우뚝이 그대로만 있다고.

바람이 부산히 스치기만 한다고.
임께 아예 푸념은 아니 하리다.

있다가도 없을 것 없게 하시고.
없다가도 있을 것 있게 하소서.

바윗돌 부서져 슬게 하지 마시고,
빈 하늘 실구름 일게 하지 마시라고
임께 새로 빌지는 아니 하리다.

내가 임께 억지를 아니 할 때에
스스로 내 마음이 놓아집니다.

아, 마음속 아늑한 꽃마을에선
오늘로 지는 잎 하나 제 자리를 가립니다.

　　이는 1955년에 발표된 「임께 한 말씀」이다. 그의 첫 작품일 뿐 아
니라 그의 시 세계를 이해하는 데 기점이 될 듯하므로 이 작품부터
음미하기로 한다.
　　이 작품의 화자는 '임'께, 있는 것은 있게 하시고 없는 것은 없게
하시라고 기원하고 있다. 또 산이 늘 그대로 우뚝이 있다고 해서, 또
는 바람이 부산히 스치기만 한다고 해서 임께 무슨 푸념도 안 할 것
이고, 바윗돌이 스러지지 말게 해달라고, 또는 빈 하늘에 실구름이
일지 않게 해달라고 하는 등의 무슨 요구 같은 것도 하지 않겠다는
것이다.
　　내가 임께 억지를 부리지 않을 때 내 마음도 저절로 놓이는 것이며
지는 잎 하나도 제 자리를 가린다는 것이다. 화자는 모든 것을 임의
뜻에 맡김으로써 오히려 마음이 놓인다는 것이다. 일종의 기도와도

같은 시라 할 수 있고, 따라서 이 시에 있어서의 '임'은 화자의 기도를 들어주는 어떤 초월적 존재라 하겠다.

이 작품에서 보게 되는 '임'이라는 모티프 자체는 우리 시가문학의 자리에서는 조금도 새로운 것이 아니다. 그것은 「정읍사」나 「가시리」 이래의 우리 서정시의 주조적 모티프라 할 수 있다. 그것은 정과정, 정포은, 정송강, 황진이, 그리고 김소월, 한용운, 서정주 등에 이르기까지 거의 모든 작중화자의 사모와 염원의 대상으로 되어온 가장 소중한 존재였다. 하희주도 이러한 '임'에 대한 기원에다 자신의 시의 출발점을 두고 있다. 이 점에서 그는 우리 시가문학의 전통에 뿌리를 두고 있다고 할 것이다.

그러나 그의 임은 그 성격 자체에 있어서나 그 임에 대한 화자의 대응 자세에 있어서나 우리 전통 서정시에 있어서의 임과는 다르다. 특히 그의 초기 시에 있어서의 '임'이 그러하다. 우리 전통시가에 있어서의 임과 화자 사이의 관계는 그리워하는 주체와 그가 그리워하는 대상 사이의 관계이다. 임과 나 사이에는 반드시 이별이 전제되며, 작중화자의 염원의 내용이란 곧 임과의 만남을 위한 것이다. 따라서 그 임이 가령 조국이나 민족 혹은 어떤 비실체적 대상으로 설정되는 경우라 할지라도 그것은 반드시 일정한 인격체의 모습으로 표상되게 마련이다. 말하자면 임과 나 사이의 관계는, 그것이 아무리 수직적인 관계라 할지라도 결국은 인격체 상호간의 관계로서 표상되는 것임은 분명하다. 한용운은, "임은 임만이 임이 아니라 기른 것은 다 임이다"라고 하였다. 임이라는 실체가 무한히 확산된 것임을 알 수 있으나 그럼에도 불구하고 그 모두가 결국은 인간적인 그리움의 대상이 된다는 점에 있어서 일치한다. 한국 시가문학에 있어서의 임은 말하자면 정한의 대상으로서의 그것이었던 것이다. 인간적 차원의 것이라는 말이다.

그러나 하희주의 작중 화자와 임 사이의 관계는 오히려 초월적, 단절적인 관계이다. 그에 있어서의 임은 정한의 대상으로서의 그것이 아니라 어떤 초월적 절대자로 표상되는 그것이다. 위에 인용한 작품에서 우리는 임께 기도하는 작중화자의 모습을 볼 수 있다. 상대적 존재로서의 '내'가 초월적, 절대적 존재인 임께 기도하고 있는 것이다. 그의 임의 정체를 좀더 살펴보기 위하여 그보다 4년 후의 작품인 「자화상」을 살펴보기로 하자.

저 세월 같은 강물 위에 닻줄 없는 배를 놓아
상앗대 찍어박는 뱃사공을 그리자.
출렁이는 풍랑을 다스리기 위하여
어깨는 한쪽으로 치올라가고.

바람에야 불리어도 고향이야 못 잊을
갈대밭 그려 우는 기러기를 그릴거나.
사운대는 소리 있어 뒤만 돌아보고 싶은
고개는 한쪽으로 외틀어지고.

눈펄 위에 그리자야 붉은 발자국.
걸음은 비슬걸음, 풀죽은 꽃을 안고,
어긋진 길목일래 기다리는 사람 없어,
시나브로 떨어지는 꽃잎 밟아가는 시늉.

임을 찾아 헤매는 내 눈앞에는
타오르는 노을도 칠흑의 바다
꽃밭 속에 청맹과니 그리어보자.
임께서 거울같이 내게 오실 때까지.

조지훈이 격찬한 바 있는 이 작품은 지금에도 그 찬사가 적절함을 시인하게 한다. 이 작품에서 우리는 "임을 찾아 헤매는" 화자의 모습

을 볼 수 있다. 어깨는 한쪽으로 치올라가고, 고개는 외틀어지고, 비
슬걸음으로 떨어지는 꽃잎을 밟아가는 시늉을 하는, 그러한 모습의
화자이지만, 임을 찾아 헤매는 그 모습에는 결연하고 줄기찬 결의가
감돌고 있다. 임을 찾아 헤매는 '나'의 모습은 말하자면 "저 세월 같
은 강물 위에 닻줄 없는 배를 놓아" 출렁이는 풍랑을 다스리며 저어
가는 뱃사공의 모습이기도 하다. '나'의 이 힘겨운 운항은 "임께서
거울같이 내게 오실 때까지" 아니 더 정확히 말하자면, '나'의 배가
그 임께로 다가갈 때까지 쉬지 않고 계속될 것이라고 '나'는 말하고
있다.

그런데 임과 '나' 사이에는 뛰어넘을 수 없는 장애가 가로놓여 있
음을 '나'는 또한 알고 있다. 임을 찾아 헤매는 '나'에게는 "타오르
는 노을"도 "칠흑의 바다"로밖에는 보이지 않고, 아무리 기화요초가
무성한 꽃밭이 눈앞에 있다 해도 '내' 눈은 청맹과니여서 그것을 볼
수 없다는 것이다. 말하자면 임과 '나' 사이에는 칠흑의 바다가 가로
놓여 있는데다가 임을 찾아 헤매는 '나'는 세상 만물을 못 보는 청맹
과니라는 것이다.

30대 초반의 젊은 날의 하희주는 너무도 일찌감치 초월적, 근원적
존재 앞에서의 상대적 존재로서의 인간의 숙명적 한계를 통찰해버린
것이다. 그가 유다른 과작의 생애를 살아온 것도 어쩌면 인간의 숙명
적인 벽을 너무도 일찍 깨달은 데서 연유하는 중압감 때문이 아니었
는지 모르겠다. 어떻든 그의 40년간의 시 작업의 중심 과제는 인간의
이러한 숙명적인 벽을 어떻게 초극하느냐의 그것이었다고 할 것이다.

보들레르는 「교응(交應)」이라는 시에서 자연은 너무도 오묘하고
신비로운 궁전이어서 인간의 일상의 언어로써는 도저히 그 궁전에
접근할 수 없고, 오직 상징의 숲을 통해서만 그 궁전에 다가설 수 있
을 뿐이라고 노래한 바 있다.

임 앞에서 절대적 좌절감에 사로잡히는 「자화상」의 '나'의 모습에
서 우리는 다름아닌 자연이라는 신비의 궁전 앞에서 숙명적인 인간

의 한계를 의식하는 보들레르의 좌절감을 연상하게 된다.

이런 점과 관련지어 하희주의 시론이라 할 수 있는「고행자의 말」
의 한 구절을 음미해보는 것은 효과적일 듯하다.

시인은 과학자도 철학자도 모르는 묘차원(妙次元)의 세계를 또한
보지 못하면서도 나름대로의 눈을 부릅떠서 이를 밝히어 그것과 한
몸이 되는 경지를 형상화하려고 안간힘을 다하는 비원(悲願)의 소유
자다.

현상 세계의 배후에는 비오(秘奧)의 세계, 진여(眞如)의 세계가 있
는바, 그 세계는 시인의 예지와 직관으로써만 꿰뚫어 볼 수 있다는
전제에 뒤이어 진술되는 이 인용문에서 우리는 앞서 말한 보들레르
의 소견과 상통하는 면이 있음을 알 수 있다. 이러한 논지는 현상의
세계와 비오·진여의 세계 사이의 이원론을 전제로 하는 것이며 그
양자를 연결하여주는것, 그것이 곧 시인의 예지요 직관이라는 것이
다. 그 시인의 예지 내지 직관을 보들레르식으로 말하자면 상징의 숲
이 되는 셈이다.

형상의 세계와 그 너머의 비오·진여의 세계 사이의 대응을 하희
주는 또한 '거울 앞'과 '거울 뒤'로 비유하기도 한다. 초월적, 근원적
인 세계에의 천착을 위주로 한「임께 한 말씀」「자화상」을 비롯한
일련의 작품들을 '거울 뒤'를 다루는 부류에 묶고, 일상적 현상을 서
정적으로 형상화하고 있는「향나무와 옹달샘」「산무리」등등, 그리
고 현실의 부정적 측면을 경세적(警世的), 풍자적 가락으로 표상하고
있는「애국조(愛國調)」「잡초를 뽑자」등등을 '거울 앞'을 다루는
부류에 묶고 있는 것도 저자의 그런 의도를 반영하는 면이라 하겠다.

어떻든 현상계와 초월적 진여의 세계, 혹은 '거울 앞'과 '거울 뒤'
의 세계를 이원론적 단절의 관계로서 전제하고 있는 하희주의 입장
은 나와 불(佛)을 연속선상에서 포착하고 있는 불교 혹은 나와 자연

을 하나로 포섭하는 도교 등과는 대립이 되는 서구적 발상이라 할
수 있다. 젊은 날의 하희주가 모색한 '나'와 임과의 관계는 가령 플
라톤에 있어서의 현상계와 이데아의 관계, 기독교에서의 인간과 신
의 관계 등과 궤를 같이하는 것이었다.

　그의 이러한 이원론적 대응은 가령, "보라, 복사꽃 이쪽으로 흐르
는 이 세월이요,／그 너머 틔어 뵈는 의미에의 통로(通路)"(「산(山)
구멍」)에서와 같은 현상과 의미 사이의 대응으로 나타나기도 하고,
"찰나마다 하늘의 복판이로되, 찰나마다 비켜 서는 나의 자리여!"
(「학 울음」)에서와 같은 찰나와 영원 사이의 끊임없는 괴리의 양상
으로 나타나기도 한다.

　하희주에 있어서의 일관된 과제는 물론 그 양자를 합일(合一)하는
것이었다. 이런 과제와 관련하여 주목의 대상이 되는 것은 「당신」이
라는 작품이다.

　　당신의 있음을 꼭 믿기는
　　천리 밖에서 살갗을 스치는
　　머리칼 하나로도 가슴 설레는
　　저 바다의 몸짓을 알면서부터.

　　이것은
　　춤추는 하늘을 찍어내는 판화(版畵)
　　이것은 노래하는 하늘을 박아내는 소리판
　　이것은 찰나마다의 어긋남을 메꾸어
　　임 향한 충만으로 이어지는 완성.

　　여기는
　　영원한 임과의 합일을 위해 마음 가〔邊〕를 육신으로 채우는 자리.

문지르자 노을로 멍든 앙가슴.
이마의 생채기는 무지개로 싸매고
빈 눈동자에 박히는 별빛.

나 여기 바다로 하고 있음은
틈 없이 와서 닿는 당신의 있음.

― 「당신」 전문

　화자는 "천리 밖에서 살갗을 스치는／머리칼 하나로도 가슴 설레
는" 파도의 출렁거림을 알고서부터 '당신(임)의 있음'을 믿게 되었
다고 말한다. 그 파도의 출렁거림은 "임 향한 충만으로 이어지는 완
성"이며 그 출렁거림의 자리는 "영원한 임과의 합일을 위해 마음 가
〔邊〕를 육신으로 채우는 자리"로 된다는 것이다. 말하자면 화자는 파
도의 출렁거림을 감촉하면서 '당신의 있음'을 '꼭 믿는다'는 것이다.
　'당신의 있음'에 대한 믿음에 다다를 수 있었다는 것은 임과 '나'
사이에 칠흑의 바다가 가로놓여 있음을 의식할 수밖에 없었던 이 시
인에게는 매우 소중한 전기(轉機)라 할 것이다. 이 단계에 이르러 하
희주에 있어서의 현상세계와 비오·진여의 세계 사이의 이원론적 관
계는 극복되고 일원론적 종합에의 길로 나아가게 된다.
　근래의 작품인 「공즉시색(空卽是色)」 「은행잎」 등에서 볼 수 있는
바 이 시인의 불교적 달관의 경지는 이러한 일원론적 종합의 연장선
상에서 성취한 경지라 할 것이다.

　방금 하늘에 무지개 섰더니
　이내 곧 사라졌다.

　어디서 왔다가
　어디로 갔는고?

온 데도 없고,
간 데도 없다.

그것은 항시 거기 있는 것
안 보일 때도

그것은 항시 거기 없는 것
보일 때도.

— 「공즉시색(空卽是色)」 전문

앞서 「당신」에서 볼 수 있었던바 일원론적 종합의 연장선상에 「공즉시색」이 놓이게 된다고 말한 바 있지만 「당신」에 있어서의 일원론적 종합이란 어디까지나 임과 '나' 혹은 현상과 진여의 이원론적 대응을 전제로 하는 일원론이다. 마치 유심론이 물질과의 이원론적 대응에서 그 물질을 극복한 데서 연유하는 일원론이요, 유물론이 또한 그 역의 대응관계에서 연유하는 일원론임과 같다.

그러나 「공즉시색」에서 보게 되는 하희주의 불교적 달관의 경지는 분명 일원론임이 분명하지만, 그러나 서구의 일원론에서 볼 수 있는 바 한쪽이 다른 한쪽을 극복한데서 연유하는 그러한 일원론이 아니고, 양쪽이 다 같이 수렴되는 혹은 양쪽이 다 같이 부정되는 그러한 일원론이다.

반야심경에서 연유하는 이 '공즉시색'이라는 말은 이와 똑같은 무게로 대응하는 '색즉시공(色卽是空)'이라는 말과 아울러서 파악할 때 그 정당한 뜻을 헤아릴 수가 있다. 색은 있음이요 공은 없음이라 할 때 있음과 없음을 완전히 평등·무차별로 시인한 경지가 곧 '색즉시공·공즉시색'의 경지인 것이다. 있음(혹은 살아 있음, 생성)은 그 자체 안에 이미 없음(혹은 죽음, 소멸)을 전제하는 것이요, 없음 그것은 또한 있음을 전제한다는 이 반야심경의 구절은 전변무상(轉變無常)한 자연과 인간의 조건에 대한 표현인 것이다. 시인 하희주는 삼라만상의 이러한 숙명적 조건을, 하늘에 나타났다 사라지는 무지개의 있고 없음의 대응을 통하여 탁월하게 형상화하고 있다. 인간을 포함한 삼라만상은 보이는 것도 사실은 없는 것이며, 안 보이는 것도 사실은 있는 것이다. 있고 없음, 혹은 없고 있음이 완전한 평등·무차별의 '하나'로 인식되는 경지, 그러한 경지를 이 작품은 이룩하고 있다. 이 경지에 이르러 시인 하희주의 오랜 갈등과 모색의 과정은 대단원의 막을 내리고 유현(幽玄)한 불교적 달관의 경지를 이룩하게 된다.

이러한 달관의 경지는 「은행잎」에서 또한 전혀 다른 모습으로 탁월하게 표상되고 있다.

노란 은행잎이
소리 없이 떨어진다.
가볍게
가볍게.

봄철의 가뭄과 여름철의 우박은
다 잊어버리고
훌훌 떠나는 마지막 길이매.
소리 없을 밖에.

알탈갈탕 이룩한 보람도
모두 뿌리에 돌리고 지닌 것 없으매.
있음과 없음이 하나인 고향
그곳을 찾아가는 영혼의 빛은
저렇게 금빛으로 빛날 수밖에.

―「은행잎」 전문

　「공즉시색」 「은행잎」에 이르러 하희주의 삶과 문학은 어느 한 절정의 경지를 이룩한다. 임과의 합일을 염원해 마지않았던 젊은 날의 하희주는 마침내 있음과 없음이 하나인 그러한 고향에 당도한 것이다. 「은행잎」에 있어서의 모든 어법은 너무도 자명한 것이어서 산문적 주석 같은 것이 오히려 부질없을 정도이다. 훌륭한 시란 이처럼 그 어법이 자명하여 읽기에 즐거우면서도 깊이깊이 느끼고 생각하게 하는 그러한 시를 이름일 것이다.

　이제껏 필자는 하희주씨의 시 세계 가운데의 그의 구도적 궤적을 더듬는 데 주력하였다. 아울러 그의 자유시의 업적들이 주목의 대상이 되었다. 이 밖에도 그는 시조문학의 분야에서도 많은 작업을 이룩하고 있다. 그리고 특히 이런 작업을 통하여 이 시인은 여러 가지 실험을 하고 있다. 첫째는 시조의 형식의 다양화를 위한 노력(가새짬시조, 4장시조의 창안), 둘째는 시어의 개발을 위한 노력, 예컨대 옛말이나 소멸된 말들을 다시 찾아 쓰는 일방, 새말을 만들어 쓰는 일 등등. 풍부한 창작적 체험과 깊이 있는 학문적 연찬을 기반으로 한 그의 이러한 업적들을 검토하는 일 또한 소중한 과제임이 분명하지만, 그 분야에 대하여는 더 조예가 깊은 다른 적격자에게 맡기는 것이 좋을 듯하여 남겨두기로 한다.

　끝으로 일정 때 옥고를 치른 바 있는 하 시인의 애국적 정열이 이 시집 여러 편에 배어 있음도 또한 보아넘길 수 없다는 것을 부언하면서 졸론은 여기서 일단 마무리짓기로 한다.

(하희주,『자화상』해설, 1994. 10)

한의 여러 얼굴
—서정주

1

　필자는 미당 서정주(未堂 徐廷柱)의 시집 『화사집』에서 『동천』에
이르기까지를 살펴본 바 있고 뒤이어 그의 시적 이디엄을 점검함으
로써 그의 문학적 특질을 살펴본 바 있다.[1] 이제 그의 여섯번째 시집
인 『질마재 신화』의 몇 작품에 등장하는 몇몇 인물들의 모습을 살펴
나가면서 한국문학에 있어서의 핵심적 모티프라 할 수 있는 한(恨)
의 몇 가지 양상을 살펴보기로 한다.

　이 문제와 관련하여 여기에서 관심의 초점이 되는 작품은 「신부」

---

1)「지옥과 열반」, 『시문학』 1972년 6~9월호.
　　졸저, 『종합에의 의지』, 일지사, 1974.
　　「시인에 있어서의 이디엄 고(考)」, 『한국언어문학』 10호, 1973.
　　졸저, 『문학과 시대』, 문학과지성사, 1982.

와 「해일」「석녀 함몰댁의 한숨」 등이다. 필자는 『질마재 신화』에 수록되어 있는 「소망」「상가수(上歌手)의 소리」 등을 중심으로 한국인에 있어서의 한(恨)의 표상에 관하여 언급한 바 있다.[2] 본론은 그 두 작품을 중심으로 한에 관하여 언급한 논지의 연장선상에서 검토되어야 할 문제이므로 우선 그 두 작품과 관련하여 언급한 필자의 소견을 여기서 잠시 간추려보고 나서 본론에 들어가기로 한다.

「상가수(上歌手)의 소리」에는 뛰어난 소리꾼이면서 또한 고달픈 농사꾼이기도 한 한 인물의 삶의 모습이 그려져 있다. 그의 노랫소리는 '이승과 저승'에 두루 뻗칠 정도로 뛰어나다. 그런데 화자가 어느 아침에 보니까 그는 오줌 항아리에서 똥오줌 거름을 퍼내고 있었는데 그 똥오줌 항아리를 거울로 하여 거기에 비친 자기 얼굴을 보면서 망건 밑으로 흘러내린 머리털을 보기 좋게 망건 속으로 밀어올리는 염발질을 하고 있더라는 것이다. 이어서 화자는 "명경(明鏡)도 이만큼은 특별하고 기름져서 이승 저승에 두루 무성하던 그 노랫소리는 나온 것 아닐까요?"라고 진술하고 있다.

여기 등장하는 상가수는 뛰어난 소리꾼이면서 고단한 농사꾼이라는 양면성을 드러내고 있다. 그런데 그가 똥오줌 거름을 져내며 거울 삼아서 자기 얼굴을 비쳐보는 그 소망(똥오줌 항아리) 역시 양면성을 드러내고 있다. 소망은 인간의 것 가운데서 가장 더러운 마지막 것이 고여 있는 곳이지만 다른 한편으로는 "하늘의 별과 달은 / 소망에도 비친답네"라는 「소망」에 인용되어 있는 민요의 화자가 말하고 있는 바와 같이 그것은 천상(天上)의 해와 달도 비치는 거울이 되기도 한다는 것이다. 이런 면에서 볼 때 상가수와 소망은 상사관계(相似關係)에 있다고 하겠다. 양자가 다 같이 미(美)와 추(醜), 밝음과 어둠의 양면에 걸쳐 있기 때문이다.

---

2) 「한(恨)과 그 안팎」, 『현대문학』 1993년 1월호~1994년 3월호.
　　졸저, 『한의 구조 연구』, 문학과지성사, 1993.

그런데 상가수와 소망은 상사관계에 있을 뿐 아니라 그 양자 자체가 미와 추, 밝음과 어둠, 유희와 노동 사이의 역설적이면서도 일원적인 대응을 이루고 있다. 똥오줌 거름을 져내야 하는 이 가난한 농부로 볼 때 소망은 고단하고 역겨운 노동의 현장이지만 또한 그것은 염발질을 할 수 있도록 자기 얼굴을 비쳐주는 명경(明鏡)이 되고 있다는 점에서는 맑고 깨끗한 유희의 공간이기도 하기 때문이다.

가장 더러운 소망이 천상의 해와 달을 비칠 수 있는 맑은 거울이 되기까지의 꾸준한 침전(沈澱)의 과정과 상사관계를 이루고 있는 상가수의 꾸준한 정진(精進)의 과정, 즉 가장 더러운 소망에서 고된 노동을 해야 하는 가난한 농사꾼인 그가 이승과 저승에 두루 뻗칠 소리를 할 수 있는 상가수로 되기까지의 꾸준한 정진의 과정에서 우리는 한국인에 있어서의 한(恨)의 꾸준한 '삭임'의 과정을 볼 수 있다.[3]

필자는 한의 문제와 관련하여 한은 맺힘이요 따라서 이를 풀 때 도덕적인 의미에 있어서 가치 지향적이 될 수 있다는, 이른바 맺다·풀다의 이원대립론의 모순점을 지적한 바 있다. 즉 한국인에 있어서의 한은 맺다·풀다와 같은 이원대립적 구조로 되어 있는 것이 아니고 한국인의 주체 안에서의 꾸준한 '삭임'의 과정을 통하여 한의 대타적(對他的) 공격성(怨) 및 대자적(對自的) 퇴영성(嘆)을 초극하고 대타적 우호성(情) 및 주체적 지향성(願)으로 그 질적 변화를 이룩해가는 그러한 연속적 구조로 되어 있음을 지적한 바 있다. 그리고 「춘향가」에 있어서의 '춘향'의 행위의 궤적에서 한의 대타적 공격성(怨)이 대타적 우호성(情)으로 변화해가는 이른바 삭임의 과정을 살펴보았고 「심청가」의 '심청'의 행위의 궤적에서 한의 대자적 퇴영성(嘆)이 주체적 지향성(願)으로 변화해가는 삭임의 과정을 살펴본 바 있었다. 그리고 춘향이나 심청에서 볼 수 있는바 한의 초극 양식이 바로 한국적 한의 전형적인 구조임을 말한 바 있었다.[4]

---

3) 졸저, 위의 책.

그런데 서정주의 「신부」와 「해일」이라는 작품은 필자가 미처 언급하지 못한 한국적 한의 또다른 모습을 보여주고 있어서 이 작품들을 음미하면서 그러한 면을 살펴보기로 한다.

2

바닷물이 넘쳐서 개울을 타고 올라와서 삼대 울타리 틈으로 새어 옥수수밭 속을 지나서 마당에 홍건히 고이는 날이 우리 외할머니네 집에는 있었습니다. 이런 날 나는 망둥이 새우 새끼를 거기서 찾노라고 이빨 속까지 너무나 기쁜 종달새 새끼 소리가 다 되어 알발로 낄낄거리며 쫓아다녔습니다만, 항시 누에가 실을 뽑듯이 나만 보면 옛날이야기만 무진장 하시던 외할머니는, 이때에는 웬일인지 한마디도 말을 않고 벌써 많이 늙은 얼굴이 엷은 노을빛처럼 불그레해져 바다 쪽만 멍하니 넘어다보고 서 있었습니다.

그때에는 왜 그러시는지 나는 아직 미처 몰랐습니다만, 그분이 돌아가신 인제는 그 이유를 간신히 알긴 알 것 같습니다. 우리 외할아버지는 배를 타고 먼 바다로 고기잡이 다니시던 漁夫로, 내가 생겨나기 전어느 해 겨울의 모진 바람에 어느 바다에선지 휘말려 빠져버리곤 영영 돌아오지 못한 채로 있는 것이라 하니, 아마 외할머니는 그 남편의 바닷물이 자기집 마당에 몰려오는 것을 보고 그렇게 말도 못 하고 얼굴만 붉어져 있었던 것이겠지요.

—「해일」 전문

이는 「해일」이라는 시이다. 화자만 보면 언제나 "누에가 실을 뽑듯이" 옛날 이야기를 무진장 들려주시던 외할머니가 해일이 일어 외할

---

4) 졸저, 위의 책.

머니네 마당까지 바닷물이 흥건히 고인 어느 날에는 웬일인지 한마디도 말을 않고 바다 쪽만 '멍하니' 넘어다보고 서 있더라는 것이다. 벌써 많이 늙은 얼굴이 "엷은 노을빛처럼 불그레해져" 가지고 그러더라는 것이다.

그 당시에는 할머니가 화자인 귀여운 외손자에게 옛이야기 들려주는 것도 잊고 늙은 얼굴에 홍조(紅潮)를 띠고 먼 바다 쪽만 멍하니 넘어다보고 서 있는 까닭을 알지 못하였었으나 그분이 돌아가신 이제는, 철이 든 화자로서는 그 이유를 간신히 알 것 같다고 진술하고 있다.

화자의 외할아버지는 화자가 태어나기도 전의 어느 해 먼 바다로 고기잡이를 떠났다가 풍랑에 휘말려 빠져버리고는 영영 돌아오지 못한 채로 있었는데 바닷물이 외할머니네 마당까지 밀려온 그날 외할머니는 그 바닷물이 "남편의 바닷물"이라고 생각하고 벌써 많이 늙은 얼굴에 홍조를 띠고 이를 맞은 것일 것이라고 화자는 추측하고 있다.

이 작품에는 특이한 만남이 진술되어 있다. 해일이 되어 집 마당까지 밀려온 바닷물과 이제는 "벌써 많이 늙은" 한 여인과의 만남이 그것이다. 여기에서 해일로 밀어닥친 바닷물은 여느 바닷물이 아니라 그 여인이 기다리고 기다리던 "남편의 바닷물"인 것이다. 그러기에 이 여인은 마치 신부가 신랑을 맞듯이 "엷은 노을빛처럼 불그레해진" 그러한 얼굴로 그 바닷물을 맞은 것이다. 말하자면 이 여인에 있어서 해일이 되어 밀려올라온 이 바닷물은 오랫동안 기다리던 그리운 낭군의 상징물인 셈이다. 그러기에 여인은 "벌써 많이 늙은" 나이임에도 불구하고 "엷은 노을빛처럼 불그레해진" 얼굴로 그 바닷물을 맞은 것이다. 이리하여 바다와 여인과의 만남에서는 마치 신랑과 신부의 만남에서와도 같이 화창하고 우호적인 분위기마저 감돌기에 이른다.

이 바다는 여인으로 볼 때 남편이 길이 잠들고 있는 곳이며 따라서 그것은 '남편의 바다'이기도 하지만, 그러나 다른 한편으로 보면 그것은 이 세상에서 가장 소중한 남편을 앗아간, 자기의 모든 행복의 가능성을 원천적으로 박탈해간 유인자(誘因者)이기도 하다는 사실을 부인할 수 없다. 따라서 이 점에서 볼 때는 바다와 여인과의 관계는 적대적 상극적 관계에 있다고 할 수 있다. 요컨대 바다와 여인과의 관계는 한편으로는 화창하고 우호적인 관계에 있지만 다른 한편으로는 적대적·상극적 관계에 있기도 하였었다는 것이다. 아니 더 정확히 말하자면 본래 적대적·상극적 관계에 있었던 바다와 여인과의 관계가 오랫동안의 여인의 눈물과 한숨의 세월을 거치는 동안에 여인이 간직한바 그 적대적 상극적인 공격성은 '삭고' 그 바다를 "남편의 바다"로 맞을 수 있을 만큼 우호적인 정서가 빚어지기에 이르렀다고 해야 할 것이다. 적대적·상극적 관계에 있었던 바다와 여인과의 관계가 마침내 우호적인 관계로 질적인 변화를 일으키기까지에는 자기 한에 대한 그녀의 오랫동안의 '삭임'의 과정이 있어야 하였다는 사실을 간과해서는 안 될 것이다. 이런 '삭임'의 노력에 의하여 그녀의 한의 대타적 공격성은 '삭아서' 대타적 우호성으로 질적 변화를 이룩하기에 이른 것이다.

이 여인이 자기 집 안마당까지 밀어닥친 바닷물을 "엷은 노을빛처럼 불그레해진" 그러한 얼굴로 맞을 수 있게 되기까지의 어둡고 오랜 동안의 남편을 잃은 여인으로서의 그녀의 눈물과 한숨으로 보냈을 세월의 부피에 대하여 화자는 이렇다 할 진술이 없다. 그러나 할머니에 대한 화자의 "벌써 많이 늙은 얼굴"이라는 진술에서 우리는 그런 문제를 생각할 수 있는 소중한 단서를 찾을 수가 있다. 이 진술을 통하여 우리는 남편을 앗아간, 그리하여 그녀의 모든 행복의 개연성을 원천적으로 박탈해간 바다에 대한 그녀의 원한에 사무쳤었을 어둡고도 오랜 세월의 부피를 읽어낼 수 있고, 그 원한을 '삭이는' 고된 정진의 과정을 통하여 마침내 그 바다를 그리운 낭군의 한 상징으로 받아들이게 되기까지의 과정을 읽어낼 수 있다.

바다와 여인과의 대응 관계는 「상가수(上歌手)의 소리」에 있어서의 똥오줌 항아리와 상가수 사이의 대응 관계와 마찬가지로 상호모순적·역설적인 그것으로 되어 있다. 여인에 있어서 바다가 한편으로는 소중한 남편을 앗아간, 따라서 사무치는 원한의 대상이지만 다른 한편으로는 남편이 고이 잠들어 있는, 따라서 반가운 "남편의 바다"이기도 한 것과 마찬가지로, 상가수에 있어서의 소망(똥오줌 항아리)는 한편으로는 고되고도 역겨운 노동의 현장이지만 다른 한편으로는 염발질을 할 수 있는 맑은 '명경'으로도 되고 있다는 점에서 그렇다. 여인에 있어서의 바다나 상가수에 있어서의 소망은 다 같이 어둠과 밝음, 반감과 호감의 양면에 걸쳐 있다고 할 수 있고 더 정확히 말하자면 어둠·반감에서 밝음·호감으로 꾸준한 질적 변화를 이룩해가는 관계에 있다고 할 것이다.

「해일」에서 볼 수 있는바 바다에 대한 여인의 대응 관계의 전환의 과정 다시 말하면 남편을 앗아간, 그리하여 자기의 모든 행복의 개연성을 원천적으로 앗아간 바다에 대한 그녀의 사무치는 원한이 오랜 세월의 '삭임'의 과정을 통하여 남편을 고이 잠들게 하는 "남편의 바다"로서 이를 맞을 수 있게 되기까지의 꾸준한 전환의 과정에서 우리는 또한 부당한 박해자인 변학도에 대하여 간직했던 사무치는 원한의 감정이 고된 수난의 과정(이 수난의 과정이야말로 춘향에 있어서의 통과의례의 과정이기도 하다)을 치른 끝에 그리운 낭군을 만나게 되는 행복한 대단원에 이르러 마침내 변학도에 대한 너그러운 관용의 마음으로 달라져간 춘향의 행위의 궤적에서 볼 수 있는바 한(恨)의 '삭임'의 구조와 비슷한 구조를 볼 수 있다. 한의 대타적 공격성(怨)이 그 한의 주체자의 '삭임'에 의하여 대타적 우호성(情)으로 질적 변화를 이룩해가는 구조 말이다.

2

「상가수(上歌手)의 소리」에 있어서의 상가수, 「해일」에 있어서의 외할머니 등의 한의 궤적은 이미 살펴본 바와 같이 대체로 춘향의 그것과 궤를 같이하고 있다고 할 수 있다. 그런데 「신부」에 있어서의 신부의 한의 모습은 사뭇 성격을 달리하고 있다. 이제 그런 문제를 살펴보기로 한다. 먼저 「신부」를 음미하기로 한다.

新婦는 초록 저고리 다홍치마로 겨우 귀밑머리만 풀리운 채 新郎하고 첫날밤을 아직 앉아 있었는데, 新郎이 그만 오줌이 급해져서 냉큼 일어나 달려가는 바람에 옷자락이 문 돌쩌귀에 걸렸습니다. 그것을 新郎은 생각이 또 급해서 제 新婦가 음탕해서 그새를 못 참아서 뒤에서 손으로 잡아다리는 거라고, 그렇게만 알곤 뒤도 안 돌아보고 나가버렸습니다. 문 돌쩌귀에 걸린 옷자락이 찢어진 채로 오줌 누곤 못쓰겠다며 달아나버렸습니다.

그리고 나서 사십 년인가 오십 년이 지나간 뒤에 뜻밖에 딴 볼일이 생겨 이 新婦네 집 옆을 지나가다가 그래도 잠시 궁금해서 新婦방 문을 열고 들여다보니 新婦는 귀밑머리만 풀린 첫날밤 모양 그대로 초록 저고리 다홍치마로 아직도 고스란히 앉아 있었습니다. 안스러운 생각이 들어 그 어깨를 가서 어루만지니 그때에서야 매운 재가 되어 폭삭 내려앉아버렸습니다. 초록재와 다홍재로 내려앉아버렸습니다.

—「신부」 전문

이 시에 그려져 있는 정경은 섬뜩할 정도로 처참하다. 경솔한 신랑의 터무니없는 곡해로 하여 한 여인의 가지가지 모습으로 행복할 수도 있었을 모든 운명의 개연성이 완벽하게 차단된 채 고스란히 그대로 미라와도 같이 동결되어버린 작중의 정경, 그런 일은 괴기소설이나 민담 같은 데서라면 모르지만 우리들의 일상의 대지에서는 찾아볼 수 없는 일이다. 그러나 세상에는 여기에 펼쳐지는 바와 꼭 같지는 않더라도 이와 유사한 일은 얼마든지 생길 수 있는 것이 사실이다. 작중에 펼쳐지는 이러한 정경이 지극히 예외적인 것임에도 불구하고 우리들에게 섬뜩할 정도의 감명을 주는 것은 그것이 단순히 괴기소설에서 볼 수 있는 바와 같은 실없는 것이 아니고 인간의 대지에서 일어날 개연성이 얼마든지 있다는 사실에서 연유된다.

첫날밤에 신랑이 뒷간을 가려고 문을 열고 나서다가 옷자락이 문돌쩌귀에 걸렸는데 신랑은 이를, 아내될 사람이 음탕하여 "그 새를 못 참아서" 자기를 붙들고 놓지 않으려는 것으로 착각하고 정나미가 떨어져 도망쳐버렸다. 그후 몇십 년이 지난 어느 날 신부집 앞을 지나다가 "그래도 잠시 궁금해서" 신부방을 들여다보니 신부가 첫날밤의 모습 그대로 앉아 있었다. 안쓰러운 생각이 든 남자가 방 안으로 들어가 가만히 그녀의 어깨를 어루만졌더니 신부는 스르르르 매운 재 한줌으로 풀어져내렸다…… 이 작품에 진술되어 있는 이야기는 사실은 우리나라 민담으로 전해오는 이야기이다.

귀신 잡귀의 실없는 이야기 정도로 전해오던 민담의 줄거리를 빌려서 미당(未堂)은 그 구수한 화술로써 한 여인의 애처롭고도 섬뜩할 정도의 운명적 정경을 빚어놓았다. 화자는 이런 처참한 정경을 진술함에 있어서 다분히 해학적인 톤으로 진술하고 있다. 말하자면 작중의 정경과 이를 진술하는 화자의 톤이 언밸런스를 유지하고 있다는 것이다. 따라서 작중의 괴기성은 이런 익살기 있는 화자의 진술로 하여 한결 회화화(戱畵化)되고, 그렇게 됨으로써 작중의 여인의 괴기스러우면서도 애절한 정황은 한결 심화된 모습으로 부각되기에 이른다. 이 작품의 일차적인 묘미는 그 점에서 찾을 수 있다.

이 작품에서 우리는 한 여인의 섬뜩할 정도로 애처로운 한 생애를 목격하게 된다. 얼마든지 행복할 수도 있었는데 남편될 사내의 터무니없는 곡해로 하여 그녀는 소박을 맞게 되고 평생을 풀 길 없는 억울함 가운데 결빙(結氷)되기에 이른 그러한 생애 말이다.

그런데 신부의 생애가 이처럼 혹독하게 불행한 것임에도 불구하고 그것은 지극히 엉뚱한 오해에서 연유된 것일 뿐이다. 물론 우리는 사내의 경솔한 행위를 탓할 수는 있다. "못쓰겠다"고 신방에서 뛰쳐나와버릴 만큼 엄청난 결단을 할 정도라면 한 번쯤 연유를 알아보기라도 한다든지 하다 못해 잠깐 뒤돌아보기라도 했어야 할 일인데도 그는 "뒤도 안 돌아보고" 그대로 나가버린 것이다. 그의 경솔한 소행으로 하여 죄 없는 한 여인이 가련한 소박데기가 됨으로써 그 일생이 완전히 동결되어버린 것이다.

그러나 결과는 이처럼 엄청나게 빚어졌지만 그렇다고 그 신랑의 행위에서 무슨 고의성 내지 악의성 같은 것을 찾을 수 있는 것은 아니다. 이 점이 여인의 비극을 한결 심화시키는 요인으로 되고 있다. 여인은 일생을 망쳤지만 그렇다고 그 불행을 빚게 한 결정적인 가해자가 있는 것은 아니기 때문이다. 가령 옥중의 춘향의 한에는 변학도라는 뚜렷한 가해자가 있었다. 원통한 죽음을 맞은 장화 홍련의 한에도 자기들을 죽음으로 내몬 계모나 마당쇠라는 가해자들이 분명 있었다.

그러나 이 작품의 신부에게는 자기 불행의 결정적인 가해자가 없는 것이다. 신랑의 엉뚱한 오해가 신부의 일생을 미라와도 같이 결빙시켜버린 것은 사실이라 할지라도, 그리고 신랑의 경망스런 소행을 얼마든지 탓할 수 있는 것은 사실이라 할지라도 그의 소행 자체에서 치명적인 고의성을 찾을 수 있는 것은 아니기 때문이다.

이 작품의 신부는 자기 한을 빚게 한 결정적 가해자를 상정할 수 없다는 점에서 「해일」에 있어서의 외할머니의 경우와 비슷한 입장에 있나고 하겠다. 「신부」에 있어서 신랑의 첫날밤의 행위는 경솔한 행위임이 분명하며 따라서 얼마든지 이를 타박해서 마땅하지만 그럼에도 불구하고 그를 신부의 비극의 결정적 가해자로서 내세울 수 없는 것과 마찬가지로 「해일」에 있어서의 바다 역시 외할머니의 평생의 한을 빚게 한 결정적 가해자라고 할 수는 없다. 바다의 거친 파도가 외할머니의 소중한 남편을 앗아간 것은 사실이고 따라서 얼마든지 이를 애달아할 수는 있다 하더라도 그러한 바다에서 무슨 의도성을 찾을 수는 없는 일이기 때문이다. 여기에 신부의 안타까움이 있고 외할머니의 안타까움이 있다. 그런 점에서 외할머니나 신부의 한은 자기 한의 치명적 유인자가 있는 춘향이나 장화 홍련의 한과는 다름이 있다고 하겠다.

그러나 외할머니의 한과 신부의 한 사이에도 근본적으로 다른 점이 있는 것이 사실이다. 외할머니의 경우는 사람과 자연과의 대응관계에서 빚어진 한인 데 반하여 신부의 경우는 사람과 사람 사이에서 연유된 한이라는 점이 그 하나요, 외할머니의 경우는 한의 주체자가 살아 있는 사람인 데 반하여 신부의 경우는 한의 주체자가 죽은 사람의 혼백이라는 점이 그 둘이요, 외할머니나 신부가 다 같이 자기 한의 가해자를 찾을 수 없다는 점에서는 일치하지만 그러나 바다와 외할머니 사이에는 인간적인 관계 같은 것이 애당초 성립될 수 없는 데 반하여 신부와 신랑은 사자(死者)와 생자(生者) 사이의 관계에 있음에도 불구하고 아직도 여전히 인간적인 관계에서 벗어나 있지는 않다는 점이 그 셋이다. 다시 말하면 신부는 신랑을 자기 한의 의도적 유인자로 생각할 수는 없고 따라서 그에게 공격적인 감정(怨)까지를 품고 있어야 할 입장은 아니라 하더라도, 그가 자기를 결정적으로 오해한 사실에 대하여 섭섭하다는 감정(憾), 나아가서 이유 없이 소박을 맞게 된 자기는 억울하다는 감정(寃)에서 자유로울 수 없는 것은 사실이다. 신부가 간직하게 되는 이런 억울한 심정을 한과 구별하여 흔히 '감(憾)이다 원(寃)이다'라고 명명하기도 하지만 그러나 이들은 모두 한의 하위개념으로 보아야 할 것이다.

할머니의 한과 신부의 한 사이의 이러한 다름은 그들의 한의 성격적 차이를 드러내는 요인으로 되고 있음은 물론이다. 첫째, 무심한 바다로 말미암아 소중한 낭군을 잃은 외할머니의 한은 그 한의 공격성(怨)이 겨냥할 표적이 당초에 없고 따라서 그녀의 한은 어디까지나 그녀 자신의 몫으로 돌아올 수밖에 없는 데 반하여 엉뚱한 오해로 연유하여 평생을 망친 신부의 경우는 비록 외할머니의 경우와 같이 자기 한의 공격성의 표적을 뚜렷하게 상정할 수 없는 것은 사실이라 할지라도 죄 없는 자기를 곡해함으로써 자기 일생을 망치게 한 신랑에 대한 섭섭함과 그로 연유되는 억울함이 해소되지 않은 채 그녀의 동결과 함께 고스란히 그대로 동결되기에 이르렀다는 점에서 그녀는 신랑을 자기 한의 부작위의 유인자(誘因者)로 상정한 상태에서 동결해버렸다고 할 것이다. 둘째, 외할머니의 한은 살아 있는 사람이 자기 삶을 영위해가는 과정에서 '삭이어' 나가야 할 삶의 일부로서의 한인 데 반하여 신부의 한은 섭섭함과 억울함을 가슴에 품고 죽은 한이므로 신부가 미라처럼 동결된 것과 마찬가지로 그녀의 한 역시 미라처럼 동결된 한일 수 밖에 없다는 것이다. 다시 말하면 외할머니는 자기에게 주어진 한을 자기 삶의 일부로 간직하고 살아가면서 이를 삭이어가는 데 반하여 사자(死者)인 신부는 그녀 자신과 함께 동결해버린 자기의 한을 삭이거나 풀 수 있는 능력을 이미 상실하였다는 것이다. 따라서 신부의 한은 히말라야의 만년설처럼 살아 있는 사람의 손길이 닿지 않는 한 결코 그 결빙된 모습이 풀릴 수 없다.

히말라야의 만년설과도 같이 결빙된 신부의 한을 풀어줄 수 있는 유일의 존재는 다름아닌 그녀의 한의 부작위의 유인자인 그녀의 신랑뿐이다. 왜냐하면 신부가 신랑으로부터 "못쓰겠다"는 딱지를 맞은 것은 애오라지 신랑의 엉뚱한 곡해에서 연유되는 것이며 따라서 신부가 뒤집어쓴 이 억울한 누명을 벗겨줄 수 있는 유일의 존재도 다름아닌 신랑뿐이기 때문이다. 왜냐하면 이 억울한 누명이 벗겨지기 위해서는 일단 신랑이 현장에 나타나야 하며 그리하여 당시의 정황을 직접 확인해야 하기 때문이다. 신부가 첫날밤의 모습 그대로 미라가 되어 오랜 세월을 신랑이 나타나기를 기다린 것은 그 때문이다. 따라서 이 경우 결빙된 신부의 한을 푸는 일은 무속(巫俗)의 이른바 푸닥거리에 해당되는 것이며 따라서 이 경우 신부의 차림으로 몇십 년을 기다리고 있었던 신부의 모습은 그 자체가 비록 무언(無言)의 소행이기는 할망정 훌륭한 넋두리를 한 셈이 되며 그러한 신부의 모습을 보고 '안쓰러운' 생각이 들어 그 어깨를 어루만진 신랑의 소행은 말하자면 망자(亡者)의 '넋두리'를 들어준 샤먼의 기능을 행사한 셈이 된다. 말하자면 신랑(생자)이 신부(망자)의 넋두리를 들어줌으로써 그녀의 결빙된 감(憾)과 원(寃)은 따스한 햇볕에 눈 녹듯이 녹아내리기에 이른다. 신부의 모습이 신랑의 손길이 닿자마자 "매운 재" 한 줌으로 사그라진 것은 그 때문이다. 이제 오랫동안 응어리져 있던 신부의 감(憾)과 원(寃)은 비로소 풀리게 된 것이다.

3

망자의 감(憾)과 원(寃)을 풀어주는 푸닥거리, 그것은 샤먼에게 있어서 가장 중요한 기능 중의 하나다. 이 경우 한의 당사자인 망자(亡者)는 그의 삶 자체가 동결(凍結)되어버린 존재이므로 그 망자 스스로는 자기 한을 풀거나 삭일 능력을 이미 상실해 있다. 따라서 그의 한을 풀어줄 수 있는 사람은 망자에게 그런 한(憾·寃)을 빚게 한 유인자거나 그 유인자의 대행자인 샤먼뿐이다. 이 경우 망자는 완전히 수동적 입장에 놓이게 되고 따라서 그는 생자인 한의 유인자 내지 그의 대행자인 샤먼의 푸닥거리에 의존하지 않으면 안 된다. 심청, 춘향 혹은 상가수, 외할머니 등에 있어서의 한이 어디까지나 살아 있는 그 개개인이 스스로의 삶의 지향성으로써 '삭이어야' 할 몫임에 반하여 「신부」에 있어서의 망자인 신부의 한은 생자이며 그녀의 한의 유인자인 신랑에 의해서 비로소 '풀리게' 되는 것이다. 다시 말하면 심청이나 춘향 같은 생자의 한은 그 당자들이 감당해야 할 몫임에 반하여 신부와 같은 망자의 한은 생자인 그 한의 유인자 혹은 그 유인자의 대행자인 샤먼이 감당해야 할 몫이라는 말이다.

망자의 한을 생자인 샤먼이 풀어주는 이른바 푸닥거리의 모티프는 우리나라의 대표적 판소리인 「심청가」「춘향가」에서도 볼 수 있다. 가령 남경장사 선인들에게 몸이 팔려 인당수로 실려가는 심청에게 역대의 열녀 열사들이 나타나 자기들의 원억(冤抑)한 사연을 심청에게 하소연하며 그녀의 효성을 찬양하는 장면이 있다. 바디에 따라 그 내용이 조금씩 다르기는 하지만 억울하게 죽은 열녀 열사들이 출천대효(出天大孝) 심청의 효성을 칭송하며 자기들의 억울한 사연(한)을 심청에게 하소연하고 있다는 점에 일련의 공통성이 있다. 가령 명창 정권진의 「심청가」에서는 심청이 남경장사 선인들의 배에 실려 인당수로 가는 도중에 꿈인지 생시인지 종잡을 수 없는 정황 가운데 순(舜)임금의 이비(二妃)가 나타나서 심청에게 천추의 한을 품고 죽은 자기들의 원억한 사연을 하소연하고 출천대효 심청을 칭송하고자 여기에 왔노라고 하면서 '수로만리 먼먼 길을 조심하여 다녀 오너라'라고 당부한다. 이어서 간신배의 참소로 하여 죄 없이 죽음을 당한 오자서, 억울한 귀양살이 신세를 비관하여 멱라수에 빠져 죽은 굴원(屈原) 등도 차례로 나타나서 심청에게 자신들의 억울한 사연을 하소연하며 수로만리 먼먼 길을 조심하여 다녀오라고 당부한다. 그리고 이들 역대의 원혼들은 한결같이 심청에게 장차 귀히 되거든 (또는 황후가 되거든) 황제를 잘 보필하여 자기들처럼 억울하게 누명을 쓰고 죽임을 당하는 사람이 생기지 않도록 하라고 간곡히 당부한다.[5]

이와 유사한 정경은 「춘향가」 중의 '몽중가'에서도 보게 된다. 「심청가」에서는 심청이 꿈인지 생시인지 모를 지극히 격앙된 분위기에서 인당수로 실려가는 동안에 앞서 말한 열녀 열사들이 나타나는 데 반하여 「춘향가」 중의 '몽중가(夢中歌)'에서는 옥중에 갇힌 춘향의 꿈속에 역대의 열녀들이 나타난다는 점에서 다름이 있다 하겠으나 생자가 망자인 역대의 열녀 열사 혹은 열녀들을 만나는 초인간적인 장면이라는 점에서는 일치한다.

이 '몽중가'에서는 매를 맞고 기진한 춘향이 황릉묘(黃陵廟)의 이비(二妃)의 부름을 받고 나비가 되어 그곳에 찾아가 이비를 비롯하

---

5) 정권진 창, 「심청가」, 정병욱, 『한국의 판소리』, 집문당, 1981, 참조.

여 역대의 열녀들을 차례로 만나는 장면이 전개된다. 한편 신재효본 「춘향가」에서는 은하수 천장전의 직녀성을 찾아가는 것으로 되어 있다. 그러나 그 역대의 열녀들이 차례로 나타나서 춘향의 정절을 찬양하고 자기들의 억울한 사연들을 하소연하고 있다는 점에서는 일치한다.

심청이 인당수로 실려가는 과정에 역대의 열녀 열사들을 만나는 장면이나 춘향이 꿈속에서 황릉묘(혹은 천장전)의 이비(혹은 직녀성)을 만나는 장면은 다 같이 생자가 망자를 만난다는 점에서 일치하며 망자의 원억한 사연을 생자가 들어주고 있다는 점에서 일치한다. 말하자면 심청, 춘향에게 나타난 망자들은 생자인 심청, 춘향에게 넋두리를 하고 있는 셈이며 심청, 춘향은 그들의 넋두리를 들어줌으로써 그들의 원억한 한을 풀어주는 푸닥거리를 하고 있는 셈이다. 이 경우 '푸닥거리'라는 말이 '풀다'라는 말에 근원을 두고 있으리라고 추리된다.

요컨대 심청, 춘향과 그들 앞에 현현한 망자들과의 관계는 샤먼과 원령(怨靈) 사이의 관계로 대응된다. 그리고 그러한 대응양식은 미라가 된 신부와 오랜만에 신부를 찾아 그 어깨를 어루만지는 신랑의 대응양식과 완전히 궤를 같이하는 것이다. 생자가 망자의 한을 '풀어주는' 그러한 양식 말이다.

이런 문제와 관련하여 증산교(甑山敎)에서 말하는 해원사상(解冤思想)에 관하여 잠시 생각해보기로 한다. 증산교에서 말하는 해원이란 모든 원억한 마음을 풀어 서로 화해하는 일을 말하며, 원통하게 죽은 동서고금의 모든 원령들을 위무(慰撫)하여 그들을 저승으로 천도(薦度)함으로써 세상을 평화롭게 하는 일을 천지공사(天地公事)라고 말한다. 따라서 증산교에서 말하는 천지공사의 바탕에는 원억한 망자에 대응하는 생자의 기능이 강조되어 있다고 할 것이며 무속의 이른바 푸닥거리 내지 해원(解冤)굿 등과의 연관성이 있으리라고 생각된다.[6]

필자는 이제까지 한론(恨論)의 중심을 이루어온 맺다·풀다라는 이원대립론의 모순점을 지적한 바 있었다. 첫째, 한이란 금방 맺혔다가 금방 풀 수 있는 구조로 되어 있는 것이 아니라 자기 한의 유인자에 대한 대타적 공격성(怨) 내지 한으로 연유되는 대자적 퇴영성(歎)이 그 주체자의 한의 '삭임'의 과정을 통하여 그것이 점차 대타적 우호성(情) 혹은 주체적 지향성(願)으로 질적 변화를 이룩해가는 일원적·연속적인 구조로 되어 있다는 것, 맺다·풀다의 이원대립론의 바탕에는 맺음은 나쁘고 풀이는 좋다는 전제가 깔려 있으나 맺음은 좋을 수도 나쁠 수도 있으며 풀이 또한 이 점에서는 마찬가지라는 것, 따라서 한국인은 한을 풀며 살아온 민족이라고 하기보다는 한을 삭이며 살아온 민족이라고 해야 옳다는 것 등을 지적한 바 있었다.

필자의 이러한 견해는 어디까지나 살아 있는 사람이 자기 삶을 영위해가는 과정에서 자기 한을 감당해나가야 하는 경우를 전제로 한 견해였던 것이다. 그러나 죽은 신부의 원령(怨靈)의 한이 살아 있는 그의 신랑의 위무(慰撫) 내지 푸닥거리에 의하여 그 한이 풀리게 되는 미당의 「신부」의 경우나 역대의 열녀 열사 혹은 역대의 열녀들이 심청이나 춘향 앞에 현현하여 자기들의 원억한 사연들을 하소연함으로써, 넋두리함으로써 그 한이 '풀리게' 되는 경우에 있어서는 맺음은 반드시 나쁘고 풀이는 반드시 좋다는 맺다·풀다의 이원대립론의 논리는 타당성이 성립된다고 하겠다. 그러나 이 경우는 망자의 결빙된 한이 생자의 위무, 푸닥거리에 의하여 '풀리게' 되는 것이므로 한의 주체자인 망자는 철저히 수동적 자세에 놓이게 된다는 사실을 간과할 수 없다. 이 경우 '풀다'라는 낱말이 '풀리다'라는 수동형으로 표현되는 것은 그 때문이다.

이제까지의 맺다·풀다의 이원대립론의 오류는 한의 주체자인 망자(亡者) 대 그 한의 유인자(혹은 샤먼)의 대응 가운데서 실현되는

---

6) 이정립, 『증산사상』, 증산사상연구회, 1977, 참조.

한의 '풀림'의 구조를 살아 있는 사람의 삶의 지향성으로 연장시켜 적용시키려 한 데서 연유된 오류였음을 지적하지 않을 수 없다.

요컨대 한국인은 심청이나 춘향이 혹은 「상가수(上歌手)의 소리」의 상가수나 「해일」의 외할머니의 경우와 같이 자기 한을 '삭이며' 살아가는 민족이다. 그러나 자기 한을 '삭일' 능력을 상실한 망자는 심청, 춘향 등이 몽현중(夢現中) 혹은 몽중(夢中)에 만난바 원사(冤死)한 열녀 열사들이나 혹은 「신부」의 신부의 경우와 같이 그 유인자 혹은 그의 대행자인 샤먼의 푸닥거리에 의하여 그 한이 '풀리게' 되는 그러한 구조로 되어 있다.

4

시집 『질마재 신화』에는 이른바 여한(女恨)의 모티프가 중요한 일부를 이루고 있는 사실을 간과할 수 없다. 이미 살펴본바 「신부」 「해일」도 그렇거니와 특히 「석녀 함몰댁의 한숨」은 그 대표적인 작품 중의 하나다. 이 작품에 등장하는 함몰댁은 가령 「소자(小者) 이 생원네 마누라님의 오줌 기운」에 등장하는 이 생원네 마누라와는 여러 가지 점에서 대조적이다.

  小者 李 생원네 무밭은요, 질마재 마을에서도 제일로 무성하고 밑둥 거리가 굵다고 소문이 났었는데요. 그건 이 小者 李 생원네 집 식구들 가운데서도 이 집 마누라님의 오줌 기운이 아주 센 때문이라고 모두 들 말했습니다.
          ―「소자(小者) 이 생원네 마누라님의 오줌 기운」 중에서

이는 「소자(小者) 이 생원네 마누라님의 오줌 기운」이라는 시의 처음 부분이다. 이 작품에 등장하는 이 생원네 마누라는 옛날 지도로

대왕(智度路大王)의 배우자인 색시에 비교될 정도로 거대하고도 왕성한 생산성을 가진 여인으로 묘사되어 있다. 그녀 집 무밭의 무가 "마을에서도 제일로 무성하고 밑둥거리가 굵다고 소문이 난" 것은 그녀의 "오줌 기운이 아주 센 때문"이라는 것이다. 무밭을 밟고 질러 가는 마을 아이들에게 더운 오줌 세례를 주겠다고 엄포를 놓는 것도 그런 연유에서이다.

이 여인의 모습에서 우리는 그리스 신화에서 말하는 지모신(地母神) 데메테르를 연상하게 된다. 대지의 여신 데메테르는 만물을 생산 양육하는 능력을 가졌다. 이 생원네 마누라는 그런 다산성을 가진 여인으로 표상되어 있다. 그녀의 더운 오줌 줄기가 왕성한 생식 기능을 환기시키고 있으며 그녀의 그런 기운을 받은 무밭의 무가 마을에서도 제일로 무성하고 굵은 것도 그런 연유에서라 하겠다.

물론 데메테르에 비하여 이 생원네 마누라는 다분히 희화화되어 있는 것이 사실이다. 그만큼 데메테르가 상징하는 초인간적, 신비적인 분위기에 비하여 그녀에게서는 한결 범속한 희극적 분위기를 느끼게 한다. 그것은 데메테르에 비하여 그녀는 우리가 우리 고향의 둘레에서 흔히 볼 수 있는 평범한 일상인의 하나이기 때문이다. 그러나 어떻든 그런 기운이야말로 조선 여인이 갖는 왕성한 생명력이라고 할 것이다. 그런데 「석녀 함몰댁의 한숨」에 등장하는 함몰댁은 이 생원네 마누라와는 대조적인 여인이다.

아이를 낳지 못해 自進해서 남편에게 小室을 얻어주고, 언덕 위 솔밭 옆에 홀로 살던 함몰宅은 물이 많아서 붙여졌을 것인 한물이란 그네 親庭 마을의 이름과는 또 달리 무척 차지고 단단하게 살찐 玉같이 생긴 女人이었습니다. 질마재 마을 女子들의 눈과 눈썹 이빨과 가르마 중에서는 그네 것이 그중 端正하게 이쁜 것이라고 했고, 힘도 또 그중 아마 실할 것이라 했습니다. 그래, 바람 부는 날 그네가 그득한 옥수수 광우리를 머리에 이고 모시밭 사이 길을 지날 때, 모시 잎들이 바람에 그 흰 배때기를 뒤집어 보이며 파닥거리면 그것도 "함몰宅 힘 때문이다"고 마을 사람들은 웃으며 우겼습니다.

그네 얼굴에서는 언제나 소리도 없는 옛비식한 웃음만이 玉 속에서 핀 꽃같이 벙그러져 나와서 그 어려움으론 듯 그 쉬움으론 듯 그걸 보는 男女老少들의 웃 입술을 두루 위로 약간씩은 비끄러올리게 하고, 그 속에 웃 이빨들을 어쩔 수 없이 잠깐씩 드러내놓게 하는 莫强한 힘을 가졌었기 때문에, 그걸 당하는 사람들은 힘에 겨워선지 그네의 그 웃음을 오래 보지는 못하고 이내 슬쩍 눈을 돌려 한눈들을 팔아야 했습니다. 사람들뿐 아니라, 개나 고양이도 보고는 그렇더라는 소문도 있어요. "함몰宅같이 웃기고나 살아라." 모두들 그랬지요.

그런데 그 웃음이 그만 마흔 몇 살쯤하여 무슨 지독한 熱病이라던가로 세상을 뜨자, 마을에서는 또다른 소문 하나가 퍼져서 시방까지도 이어내려오고 있습니다. 그 함몰宅이 한숨 쉬는 소리를 누가 들었다는 것인데, 그건 사람들이 흔히 하는 어둔 밤도 궂은 날도 해 어스름도 아니고 아침 해가 마악 올라올락말락한 아주 밝고 밝은 어떤 새벽이었다고 합니다. 그리고 그것은 그네 집 한 치 뒷산의 마침 이는 솔바람 소리에 아주 썩 잘 포개어져서만 비로소 제대로 사운거리더라고요.

그래 시방도 밝은 아침에 이는 솔바람 소리가 들리면 마을 사람들은 말해오고 있습니다. "하아 저런! 함몰宅이 일찌감치 일어나 한숨을 또 도맡아서 쉬시는구나! 오늘 하루도 그렁저렁 웃기는 웃고 지낼라는가부다"고……

─「석녀 함몰댁의 한숨」 전문

함몰댁은 마을에서도 제일 예쁘고 거동도 제일 단정하고 언제나 웃는 얼굴로 사람을 대하는 바람에 마을 사람들은 그녀의 그 "莫强한" 웃음의 힘을 당해낼 사람이 없을 정도라는 것이다. 사람뿐 아니라 개나 고양이마저도 이 점은 마찬가지라는 소문이 있다는 것이다.

그런데 마흔 몇 살에 그녀가 죽고 난 이후로 색다른 소문이 하나

퍼져서 시방까지도 전해오고 있는데 그것은 그녀가 한숨 쉬는 소리를 누가 들었다는 것이었다. 그것도 다른 때가 아니라 "아침 해가 마악 올라올락말락한 아주 밝고 밝은 어떤 새벽이었다는 것"이다. 이어서 이 작품의 화자는 다음과 같이 맺고 있다. "그래 시방도 밝은 아침에 이는 솔바람 소리가 들리면 마을 사람들은 말해오고 있습니다. '하아 저런! 오늘 함몰宅이 일찌감치 일어나 한숨을 또 도맡아서 쉬시는구나! 오늘 하루도 그렁저렁 웃기는 웃고 지낼라는가부다'고……"

이러한 함몰宅의 모습에서 우리는 이 생원네 마누라와는 여러 가지 점에서 대조적인 모습을 느끼게 된다. 첫째로 이 생원네 마누라가 왕성한 생산성을 상징하는 여인인 데 반하여 함몰댁은 석녀라는 사실이다. 둘째로 이 생원네 마누라는 다분히 희화화되어 있는데 반하여 함몰댁은 다분히 미화(美化)되어 있다는 사실이다. 다산성으로 표상되는 이 생원네 마누라가 희극적인 인간상인 데 반하여 불모의 조건으로 운명지어져 있는 함몰댁은 비극적 분위기가 짙게 드리워 있다고 할 수 있다. 함몰댁이 남 모르게 흘렸다는 한숨이야말로 단적으로 이를 반증한다.

"아이를 낳지 못해 自進해서 남편에게 小室을 얻어주고" 자신은 홀로 살아간 함몰댁은 여인으로서 다시 없이 한 많은 생애를 산 여인이라 할 것이다. 그러기에 남 모르는 한숨을 흘리며 살았으리라고 능히 추리해볼 수도 있을 것이다. 이 점에서 그녀는 비극적인 분위기를 짙게 거느리고 있다고 할 수도 있을 것이다. 그럼에도 불구하고 그녀는 마을에서도 가장 이쁘고 단정하며 마을의 어느 누구도 감히 당해낼 수 없는 "莫强한 힘을 가진" 그러한 웃음을 잃지 않고 살았다는 것이다. 이런 면에서 보면 석녀로서의 그녀에게서 풍기는 비극적 분위기와는 사뭇 다른 밝고 건강한 분위기를 느끼게 한다.

석녀로서의 한을 안고 살아야 했던, 그래서 남 모르는 한숨을 흘려야 하였던 함몰댁의 모습과, 마을의 어느 누구도 감히 당해낼 수 없는 '막강한 힘'을 가진 웃음을 잃지 않고 평생을 살아간 함몰댁의 모습 사이에는 엄청난 거리가 있다. 그 두 모습 사이의 거리가 너무도 엄청나서 우리들은 과연 그 두 모습 중의 어느 것이 함몰댁의 진짜 모습인가 의문을 제기하고 싶을 정도이다.

그러나 그 두 모습은 모두가 함몰댁의 모습이다. 뿐만 아니라 그 두 모습은 결코 분열되거나 상호모순된 그러한 이원적(二元的)인 모습이 아니라 함몰댁의 그 숙명적인 한이 표상하는 어두운 면과 밝은 면, 연속적·일원적인 양면성일 뿐이다. 마치 「상가수(上歌手)의 소리」에 있어서의 상가수의, 농사꾼으로서의 고단하고 어두운 면과 상가수로서의 흥겹고 밝은 면이 연속적·일원적인 양면성이었듯이.

한의 여인 함몰댁의 한숨이 언제나 변치 않는 웃음으로 표상될 수 있게 되기까지의 그녀의 한에 대한 오랜 '삭임'의 과정에 관하여 화자는 아무런 진술을 하고 있지 않다. 그러나 밝은 아침에 이는 솔바람 소리를 듣고 일찌감치 일어난 함몰댁이 자기들을 대신하여 도맡아 한숨을 쉰 덕택으로 자기들은 하루를 마음 놓고 웃고 지낼 수 있겠다는 마을 사람들의 진술을 통하여 우리는 그녀에 대한 마을 사람들의 외경에 가까운 믿음을 실감할 수가 있다. 그것은 그녀가 자신의 한을 이타행(利他行)의 연꽃 같은 미소로 삭이었음을 반증하는 것으로 보아야 할 것이기 때문이다.

『질마재 신화』에 등장하는 인물들의 모습은 그 시편의 수효만큼 가지가지다. 그러나 그중의 많은 인물들은 건강하고 낙천적이다. 그것은 그들이 또 거의 예외 없이 한을 삭이며 살아가는 지혜를 터득하고 있기 때문이다. 본론에서는 그중의 전형적인 몇 인물들을 중심으로 그런 면을 검토해보았다. 물론 「신부」의 경우는 여기서 예외적인 경우이지만.

(『문예연구』 1998년 8월호)

3. 현대소설의 양상

신화와 문명비평

—박구홍

1

근래에 많은 문학작품들이 출판되고 있는 것은 바람직한 일이라 하겠거니와 그 가운데서 참신한 신인을 만난다는 것은 순수한 독자의 입장으로서나 문학계에 관계하는 사람의 입장으로서나 적지 않은 기쁨이 아닐 수 없다. 근래에 필자가 읽은 장편소설 가운데 박구홍의 『브론토자우루스』라는 작품은 필자에게 그러한 신선한 감동을 준 작품의 하나이다. 그래서 이 작품에 관해서 생각해보기로 하였다.

제목부터 지극히 생소한 이 소설의 작자인 박구홍은 시나리오 작가 극작가로 출발한 사람으로서, 이번의 『브론토자우루스』의 출판은 소설가로서의 자신의 역량을 시험한 작품이라 할 수도 있을 것이다. 소설가 최일남은 이 책의 머리말에서

"전에는 〈TV문학관〉과 〈베스트셀러 극장〉 등 드라마의 극본작업으

로 영상매체의 가능성을 확인케 하더니 이번에는 또 공룡을 데리고 와서 놀라게 하는구나…… 이러면서 그의 통 큰 도전에 괄목하는 것이다."

라고 쓰고 있거니와, 이 작품은 그 제재나 기법이 매우 당돌하다 하겠는데 바로 그런 점이 필자에게는 신선한 감동으로 느껴지는 면이다.

이 소설의 제목이기도 한 '브론토자우루스'라는 것은 공룡의 일종이다. 이 소설은 제목 그대로 공룡에 관한 이야기이다. 까마득한 옛날에 지구의 주인이었던, 그러나 오늘날에는 겨우 박물관의 화석(化石)으로 남아 있는 이 공룡에 관한 이야기는 작가 후기에서 말하고 있는 바와 같이 '시대착오적인 작품'이라 할 수 있을지도 모른다. 이미 화석으로 굳어져서 박물관에 정착되어 있는, 사멸해버린 것에 관한 이야기이기 때문이다. 고작해야 어린이들의 동화의 주인공으로나 나타나고, 이따금 호사가(好事家)의 기행문 같은 데 나타났다가 번번이 그 황당무계한 허구가 드러나면서 세인(世人)의 빈축과 함께 자취를 감추곤 하는 그 공룡은 오늘날에는 분명 고고학적 유물에 지나지 않는다.

그러나 집채만했었다 하기도 하고, 태산만했었다 하기도 하는 그 거대한 공룡이 오늘날 과연 사멸한 유물로 정착되어버린 것이냐, 아니면 아직도 살아남아 있는 것이냐 하는 문제는 새삼스럽게 한번쯤 따져봄직한 문제이다. 물론 이미 사멸한 것이라는 고고학적 결론을 누구나가 승인할 수밖에 없는 것은 일단 사실이라 할지라도, 그것이 적어도 우리들의 상상의 세계에서마저 사멸해버린 것이라 할 수는 없다. 그것이 사멸한 지 엄청난 시간이 흘렀음에도 불구하고 끊임없이 동화의 주인공으로 나타나고 있다는 사실, 그리고 번번이 세인의 빈축을 사면서도 주기적으로 공룡 출현의 풍문이 되풀이되고 있다는 사실이 단적으로 이를 말해준다. 공룡은 이미 신화의 주인공에 지나지 않지만 바로 그렇기 때문에 모든 신화의 주인공과 마찬가지로 그것은 이따금 되살아나서 우리들을 놀라게 하는 것이다.

공룡은 신화의 이미지 내지 모티프의 하나이다. 인간은 거대한 것, 초인간적인 힘을 가진 것에 대한 근원적인 공포와 외경(畏敬), 그리고 흠모와 동경의 의식을 가지고 있거니와, 공룡은 그러한 인간 심리의 저변에 살아 있는 이미지 내지 모티프의 하나인 것이다. 인간이 이러한 거대한 볼륨과 힘을 가진 것에 대하여 공포와 흠모의 상반된 의식을 아울러 간직하고 있다는 것은, 그에 반비례하여 자기 존재의 왜소성에 대한 의식을 반사적으로 드러내고 있는 현상이라 할 수 있다. 그런 의미에서 이 작품은 공룡의 거대한 볼륨과 힘에 관한 이야기이면서도 사실은 약하고 왜소한 인간에 관한 이야기라고 할 수 있다. 『브론토자우루스』의 작자가 구태어 이미 사멸해버린 공룡을 우리들의 삶의 지평으로 데리고 와서 우리를 놀라게 하는 것은, 오히려 공룡의 세계에는 있었는데 오늘 우리의 삶의 지평(地平)에는 이미 사멸해버린 것이 무엇인가를 성찰하기 위함이라 할 수 있기 때문이다. 그리고 그런 점에서 이 작품은 공룡에 관한 이야기라기보다도 우리들의 일상의 지평에 있어서의 공룡의 사멸 내지 그것의 실종에 관한 이야기라 할 수 있다. 실종하여 이제는 행방이 묘연해져버린 한 병사(윤모후)를 주인공으로 설정하고 있는 이 작품의 구성부터가 그런 점에서 상징적이다.

이 작품은 공룡에 관한 이야기이면서 동시에 공룡 같은 볼륨도 힘도 없는 인간에 관한 이야기라고 말하였거니와, 사실은 차원이 다른 세 가지 이야기가 병치되어나가는 다원적 구조로 되어 있는 작품이다.

작품의 발단은 윤모후라는 한 훈련대 병사의 실종이 밝혀진 시점에서 비롯된다. 사고사인지 탈영인지조차 알 수 없다. 이리하여 부대 장병들은 그의 행방을 추적하는 일에 착수하게 된다. 이것이 이 작품에 설정되어 있는 현재의 시점이다. 함 중위, 유 중위 등에 의하여 전개되는 추적의 과정에서 그의 실종 직전에 만난 사람들의 제보에 접하게도 되고 또 그가 남겨놓은 수기들이 하나씩 발견되면서 윤모후의 성장의 궤적, 나아가서 실종의 궤적이 조금씩 밝혀져나간다. 이것이 이 작품에 설정되어 있는 또하나의 시간이다. 이미 행방이 묘연해진 한 병사의 행방을 추적하는 함 중위, 유 중위 등의 액션이 전개되면서 다른 한편으로 그 실종한 병사의 성장의 궤적 내지 실종의 경위 등이 밝혀져나가는 방식으로 전개되고 있는 이 작품은 일종의 추리소설적 방법을 기반으로 하고 있다고 할 수 있고, 또 현재의 시간의 진행과 병행하여 차원이 다른 별개의 시간을 병치해나가는 방식은 가령 이청준 같은 작가가 즐겨 사용하는 이른바 액자소설적 방법과 방불한 것이라 할 수도 있다.

그러나 이청준의 액자소설이 소설 속에 또하나의 소설을 펼쳐 보이는 이른바 이원적 구성으로 되어 있는 데 반하여, 이 작품은 그 '또하나의 소설' 속에 차원이 다른 또하나의 소설이 더 펼쳐지고 있다는 점에서 굳이 말하자면 이중의 액자소설이라 할 수 있고, 삼원적 구성으로 되어 있다고 할 수 있다. 함 중위, 유 중위 등의 추적의 과정에서 차례로 발견되는 윤모후의 수기들 자체가 차원이 다른 두 가지 이야기, 즉, 자기 자신의 자전적 기록과 공룡의 사멸과정에 관한 이야기의 두 가지가 병행하여 펼쳐지고 있기 때문이다.

따라서 삼원적 구성으로 되어 있는 이 작품은 훈련대장인 강 소령을 비롯한 함 중위, 유 중위, 황 병장 등에 의하여 펼쳐지는 현재의 시간과 윤모후의 수기 가운데의 자전적 기록인 윤모후를 중심으로 하는 그 가족들의 생애의 궤적, 그리고 역시 그의 수기 가운데의 상상적 기록이라 할 수 있는 '굵은 발'을 중심으로 하는 공룡들의 비극적인 몰락의 궤적의 세 가지 시간으로 병치되어 있는 것이다. 그 세 가지 이야기는 각기 차원을 달리하는 별개의 이야기이면서도 윤모후라는 이른바 '문제적 개인'의 자리에서 보면 모두가 긴밀히 관련되는 것들이다.

2

'문제적 개인'으로서의 윤모후의 실종의 궤적을 추적함에 있어서, 그 추적의 발판이 되는 것은 말할 것도 없이 훈련대 및 그 훈련대가 주둔하고 있는 이 섬마을의 현재의 시간이다. 왜냐하면 그 문제적 개인의 거주지는 본래 이 섬마을에 주둔하고 있는 훈련대였기 때문이다. 그런데 이 훈련대 및 훈련대가 주둔하고 있는 섬마을의 일상의 풍경은 매우 권태롭고 암울하며, 지극히 맥이 빠져 있다. 격렬한 사건이 다 끝나고 난 다음의 난장판 같은 황폐감만 감도는 풍경, 그것이 곧 이 일상적 시간의 풍경이다.

우선 장소적 배경부터가 외진 섬마을이라는 것, 그것도 군대라는 특수사회를 중심으로 하여 영위되는 섬마을의 일상적 흐름부터가 윤모후라는 인물의 행위의 궤적과 관련하여 상징적 장치로 부각되는 점이다.

비가 내리고 있었다. 빗줄기가 굵었다. 위병소의 불빛은 어둠에 싸여 조그맣게 보였다. 빗줄기는 검은 하늘을 배경으로 숨어 있다가 흰 배를 드러내 보이며 떨어지고 있었다.

이 작품은 이렇게 비가 내리는 묘사로부터 시작되고 있다. 이 묘사는 더없이 신선하면서도 정확한 사실적 묘사임에 틀림없다. 희미한 위병소 불빛의 반사를 받으며 떨어지는 빗줄기를 "흰 배를 드러내보이며" 떨어지는 것으로 파악한 이 작가의 시각은 더없이 싱싱하면서도 정확하다. 그러면서도 이 작품에 전개되는 암담하고 황폐한 분위기와 관련하여 생각할 때, 이 '흰 배'라는 활유(活喩)가 환기시키는 효과는 독자로 하여금 사실적인 차원 이상의 상징적 세계로 나아갈 수 있는 단서를 열어주는 것이다. 그 '흰 배'라는 활유는 희미한 불빛을 받으며 떨어지는 빗줄기의 낙하하는 모습뿐만 아니라, 죽은 생명체의 낙하하는 모습까지를 아울러 연상시킬 수 있기 때문이다. 이 작품에는 이런 음산하고도 불길한 빗줄기가 줄곧 내리고 있는 것이다.

이 빗줄기로서 연상되는 것은 신화적 모티프로서의 '노아의 홍수'이다. 주인공 윤모후가 실종 직전에 만난 교회 목사와의 대화 가운데에서도 '노아의 홍수'에 관한 이야기가 나오거니와, 그 홍수는 한 시대의 종말과 새 시대의 탄생을 예고하는 신호이자 그 유인자인 것이다. 이 작품의 현재의 시간 속에서 줄곧 계속되는 그 빗줄기는 이런 신화 내지 상징적 장치로서의 기능을 발휘하고 있는 것이다.

이 작품의 현재의 시간 속에 움직이는 인물들도 예외 없이 생기를 잃은 위인들이다. 우선 훈련대장만 하더라도 깊은 정신의 외상(外傷)을 입은 임포텐스이며, 그의 아내 또한 자신의 고독을 주체하지 못하여 아슬아슬한 곡예라도 하듯이 위악적(僞惡的)인 나날을 보내는 인물이다. "아무에게나 잘 준다"는 별명이 붙을 정도로 마음이 헤프다 못하여 백치에 가까운 이수 역시 지극히 예외적인 인물이며, 타산과 이기주의를 생활철학으로 생각하는 유 중위나 말끝마다 악담과 저주가 튀어나오는 황 병장 등도 상식적 기준으로 볼 때 모두 예외적인 위인들이다. 그들은 모두가 악에 받쳐 있거나 악에 받쳐 있는 체하거나, 그도 저도 아니면 아예 백치처럼 되어버린 위인들이다.

물론 이런 악의적이거나 위악적인 인물들이 움직이는 섬마을에도 그렇지 않은 건강한 속성을 간직한 인간상들이 없는 것도 아니다. 함 중위나 이수, 그리고 어떤 면에서 우체국의 권양 같은 인물이 그러하다.

함 중위는 이 황폐한 섬마을의 사람들 가운데서는 그래도 자기 나름으로 자신과 자신의 둘레를 성찰할 수 있는 내면의 눈을 가진 거의 유일의 인물이다. 그런 점에서 그는 대체로 작자 자신의 관점에 서 있는 인물이라 할 수 있다. 우선 그는 철저히 이기적이거나 철저히 악의적인 유 중위나 황 병장 등에게서는 볼 수 없는 교양인의 분위기를 간직하고 있다. 자기 고독을 이기지 못하여 위악적인 분위기를 발산하는 대장 부인에게 그가 성의를 가지고 정중하게 응대할 수 있는 것도 그의 교양의 힘에 의한 것이라 할 수 있고, 우체국 권양으로부터 성의 있는 협력을 얻어낼 수 있었던 것도 타자에게 신뢰감을 줄수 있는 그의 인품의 탓이라 할 수 있다.

그가 윤모후의 행적의 추적에 유다른 의욕을 보이고 있는 것도 물론 그의 유다른 책임감 탓도 있다 하겠으나, 이를 한낱 골치 아픈 사건으로 간주하는 유 중위나 황 병장 등과는 달리, 윤모후라는 문제적 개인에 대한 깊은 이해를 바탕으로 하고 있기 때문이라 할 수 있다. 왜소하고 황폐한 이 섬마을의 분위기에는 전혀 어울리지 않은, 또 어울릴 수도 없는 윤모후에게서 그는 이 섬마을에는 없는 건강하고 당당하며 고결한 어떤 것을 감지할 수 있었기 때문이다. 말하자면 함 중위의 인간적 이해를 바탕으로 한 추적행위를 통해서 윤모후의 모습은 점차로 독자 앞에 드러나는 것이다.

함 중위의 이 추적행위의 과정에서 만난 우체국의 권양도 마치 단역배우처럼 잠시 나타났다가 사라지는 인물이기는 하지만 윤모후의 인간을 깊이 있게 이해하고 있다는 점에서, 그리고 함 중위의 추적작업에 결정적으로 중요한 사항을 제보(提報)하고 있다는 점에서 주목의 대상이 된다. 권양에게 있어서 윤모후는 처음으로 만난, 그리고 유일의 참사람이요 참남자인 것이다. 그녀의 말과 같이 윤모후는 그녀에 있어서의 '목숨의 끝'이었던 것이다. 윤모후에게서 그녀는 다른 어느 섬마을 사람에게서도 발견할 수 없는 고결한 영혼을 발견한 것이다. 그리고 그 영혼은 왜소하고 황폐한 이 섬마을에서는 살아 있다는 사실 그 자체가 "고문당하는 모습으로만 남아 있는" 그러한 삶을 살아야 하는 영혼인 것이다. 또한 그 영혼은 윤모후의 것이면서 그와 혈연을 같이하는 권양 자신의 것이기도 하다.

한편 함 중위나 권양과는 다른 의미에서 이수 역시 이 섬마을 사람들과는 다른 건강하고도 소중한 바탕을 간직한 인물이다. 그녀의 행적 자체는 섬마을 사람들의 누구나가 승인하고 있는 바와 같이 '아무에게나 잘 주는' 아주 헤픈 여자임이 분명하며, 그러한 그녀의 행적은 황폐한 이 마을의 분위기와 빈틈없이 부합하는 것이기는 하지만, 그럼에도 불구하고 그녀는 이 섬마을의 황폐한 분위기에 절대로 오염될 수 없는 근원적인 순결성을 가진 인물이다. 이 섬마을의 황폐한 분위기에 오염되기에는 그녀의 영혼은 천부적인 처녀성인 것이다. 그녀가 백치의 모습으로 나타나고 있다는 사실은 윤모후가 '고문관'의 모습으로 동료 대원들의 눈에 비치고 있는 사실과 더불어 상징적이다. 그리고 그 점은 우체국의 권양이 유 중위 같은 위인의 눈에 탕녀로 비치고 있는 사실과도 궤를 같이하는 점이다. 백치 같은 모습의 이수가 '고문관' 같은 모습의 윤모후의 애인이며, '고문관' 같은 윤모후에게서 고결한 영혼을 감지할 수 있을 정도로 총명한 권양이 윤모후의 깊은 이해자라는 사실 또한 상징적이다. 이 왜소하고 황폐한 섬마을에 있어서는 이수의 순결성, 윤모후의 고결성, 권양의 총명성이란, 백치, 고문관, 탕녀의 모습 등등 왜곡되고 훼손된 모습으로밖에는 살아남을 수가 없는 것이다. 윤모후를 정점으로 하여 이수, 권양 등이 서로 사랑과 이해로써 맺어질 수 있는 혈연을 같이하는 위인들이라면 수직적 강압과 획일적 관습, 왜소하고도 간교한 책략 등에 재빨리 익숙해지지 않고서는 살아남을 수 없는 이 황폐한 섬마을 사람들 가운데서 그들은 예외자로 비칠 것은 당연하다. 이 섬마을 사람들에게 있어서 그들의 고결한 덕목들은 오히려 거추장스런 악덕일 수밖에 없다. 그들이 이 섬마을 사람들의 눈에 백치, 고문관, 아니면 탕녀로밖에는 비치지 않는 것도 당연한 일이다.

　요컨대 이 작품의 현재의 시간 속에 등장하는 건강한 속성을 간직한 인간상들은 이 황폐한 섬마을의 분위기 속에서는 예외적인 인물로 드러날 수밖에 없고, 따라서 자기들의 건강한 속성을 건강하게 표현하지 못하고 있는 것이다. 함 중위의 추적은 유다른 그 의욕에도 불구하고 이렇다 할 명백한 결론에 다다르지 못하고 있는 것이 사실이며, 윤모후가 떠나버린 마당에 이른 지금 권양으로서는 '목숨의 끝'을 의식하지 않으면 안 되기에 이르렀다. 윤모후에 대한 지순한 사랑을 간직하고 있는, 그런 점에서 함 중위나 권양 등에 비하여 더 심각한 처지에 있다 할 수 있는 이수의 행위마저도 소득 없는 기다림의 시간만을 무한히 되풀이하고 있을 뿐이다.

그러나 이런 점은 대장 부부를 비롯하여 유 중위, 황 병장 등등 이른바 이 섬마을의 진짜 주민들의 경우도 마찬가지다. 대장 부부의 관계는 변함없이 임포텐스의 삭막한 관계로 지속되고 있을 뿐이며, 유 중위와 황 병장 사이에는 책임전가를 위한 간교한 악의와 저주의 왕래가 있을 뿐이다. 노아의 홍수를 연상시키는 장마가 계속될 뿐이며 끊임없는 악담과 저주가 되풀이될 뿐이며, 치사한 폭행과 간악한 살인이 있을 뿐이다. 이 섬마을 안의 충격적 사건이라 할 수 있는 유 중위의 황 병장에 대한 구타, 그리고 그에 대한 보복으로 행해진 황 병장의 유 중위 살해사건마저도 이런 문맥 속에서 이해될 수 있다. 요컨대 이 섬마을의 현재의 시간은 진짜 사건은 이미 다 끝나버린 다음의 어수선한 난장판의 그것 같은 것이다. 그도 그럴 것이 이 섬마을의 '문제적 개인'인 윤모후는 이미 실종해버린 뒤이기 때문이다.

3

왜소하고 황폐한 이 섬마을의 현재의 시간에 비하여 윤모후의 수기 속에 진술되는 그 자신의 생애의 궤적은 상대적으로 강렬하며 신선하다. 윤모후는 이 왜소한 섬마을의 분위기에 비하면 거인다운 풍모를 지니고 있다. 그의 가계(家系)부터가 그러하다. 그의 아버지는 독립투사였으며, 그의 형 또한 출중한 주먹힘의 소유자였다. 윤모후 역시 거대한 체구와 출중한 체력을 간직하고 있다.

그러나 그의 가계의 이런 거인적 속성은 사실은 모두가 쓸모없는 것으로 되고, 따라서 그들은 좌절의 인간상으로 낙착된다. 당당한 독립투사였던 아버지는 해방된 조국에서는 선거에 번번이 낙선되던 끝에 세상을 뜨고, 형은 너무도 과잉한 주먹힘으로 하여 권투선수로서도 실패하고 결국은 깡패 두목의 호위 노릇으로 연명하다가 결국 그 깡패들에게 몰매를 맞아 죽는다. 그런 가계의 후예답게 윤모후 또한 거대한 체구와 출중한 완력을 간직하고 있으나, 그런 속성은 군대에서는 그다지 긴요한 것이 되지 못한다. 체구가 유별나게 크다는 것은 군대에서는 '고문관'이라는 별명이나 얻어듣기 고작이요, 그의 출중한 완력 역시 우연한 기회에 트럭을 들어올려 인명을 구출하는 데 요긴히 쓰인 일이 있기는 있었지만, 결국은 별반 요긴한 조건이 못 되는 것이다. 결국 윤모후는 김동리의 「황토기」의 억쇠나 득보처럼 쓸모없는 장사인 것이다. 게다가 윤모후가 놓여 있는 조건은 억쇠나 득보에 비하면 훨씬 불리한 것이다. 용 못 된 이무기의 전설이 배경으로 되는 「황토기」의 황토골이나, 노아의 홍수와도 같은 짓궂은 장마가 계속되는 섬마을이 모두 불모(不毛)의 공간임에는 틀림없으나 그래도 전자의 고대적 공간은 왜소하고 황폐한 후자의 공간에 비하면 훨씬 더 낭만적인 분위기를 느끼게 한다. 전자의 장사들이 숙명적으로 손발이 맞는 한쌍의 적수가 되어 힘겨루기라는 이름의 무상(無償)의 유희를 즐길 수 있는 데 반하여 후자는 동료들로부터 '고문관'이라는 모욕적인 별명이나 듣는 고독한 거인인 것이다.

　더욱 불리한 것은, 윤모후는 이런 왜소하고 황폐한 조건 속에서도 거인의 후예다운 당당한 기개를 끝까지 꺾지 않으며 있다는 것이다. 따라서 그가 이 섬마을에서 삶을 지탱한다는 것은, 그의 말마따나 그 자체가 "고문당하는 모습으로 남아 있는" 것이 되는 것이다.

　이 작품에 있어서의 왜소하고 황폐한 섬마을과 그 속에서 고문당하는 모습으로밖에는 남아 있을 수 없는 고독한 거인으로서의 윤모후가 각기 무엇을 상징하고 있는가 하는 문제는 새삼스럽게 설명할 필요도 없을 것이다. 고도산업사회에로 줄달음치고 있는 현대사회에 있어서의 인간의 비인간화의 징후에 대한 지적은 이미 여러 사람들에 의하여 지적되어온 바이거니와, 고독한 거인으로서의 윤모후야말로 비인간화의 징후에 재빨리 길들지 않으면 안 될 현대사회 속에서 끝내 거기에 길들지 못하는, 아니 오히려 끝내 길들기를 거부하는, 고독하면서도 당당한 인간의 모습을 상징하고 있다 할 것이다. 획일화, 집단화, 비개성화로 치닫고 있는 현대사회 속에서 창조적 개성이 자신의 개성과 인간으로서의 긍지를 지탱하며 살아가기란, 삶 그 자체가 고문일 수밖에 없다. 고독한 거인 윤모후의 모습이야말로 그러한 개성과 긍지를 잃지 않으려는 고독한 개인의 모습인 것이다.

윤모후의 이런 비극적인 모습을 한결 효과적으로 부각시키는 데 기여하고 있는 것이 '굵은 발'을 중심으로 하는 공룡 일족의 비극적 몰락의 과정이다. 윤모후의 수기에 펼쳐지고 있는바 거대한 몸집과 천하무적의 힘을 가진 공룡들이 결국에는 지극히 왜소하면서도 간특한 쥐떼들에 의하여 멸종당하는 것으로 결말지어져 있는 공룡 일족의 몰락의 과정, 그것은 말하자면 윤모후 일가로 상징되는 거인 일가, 즉 진정으로 인간다운 인간 일가의 몰락을 효과적으로 부각시키는 상징적 장치로 되어 있다고 할 것이다. 이 작품에 설정되어 있는바 차원이 다르게 전개되는 세 가지 액션들은 이런 점에서 효과적으로 상호조응의 관계를 이룩하고 있다고 하겠다.

(『현대문학』 1987년 11월호)

산문의 길
—한문영

60년대 초반에 등장한 작가 한문영의 그 동안의 문학적 성과가 대체로 이 책 속에 집약되어 있다. 따라서 이 책을 통하여 그의 문학세계를 일단 종합적으로 살펴볼 수 있게 된다.

이제껏 그가 걸어온 문학적 과정은 단적으로 말해서 소설문학의 정도(正道)였다고 할 수 있다. 비슷한 시기에 등장한 서정인, 김승옥, 이청준 등이 지적(知的) · 우화적인 공간을 재기발랄하게 펼쳐내고 있는 동안, 그는 오히려 사실주의의 정통을 꾸준하게 지켜왔던 것이다. 따라서 그의 문학세계에서 어떤 기발한 착상이라거나 참신한 위트 같은 것을 찾을 수는 없다. 그와 아울러 무슨 대담한 실험의 흔적이나 거창한 문제성의 제시 같은 것을 찾을 수도 없다. 기발하고 참신한 무슨 재주를 부리기에는 그의 작가적 자세는 너무도 진지하다. 현실 세계를 바라보는 자세에 있어서, 즉 작중현실을 바라보는 자세에 있어서 그의 시선은 언제나 정시(正視)의 시선이다. 따라서 인생을 흘겨보는 사람들에게서 찾을 수 있는 통쾌한 야유나 재치에 넘치는 조소 같은 것을 찾을 수 없다. 그의 작가적 시선이 언제나 너무 진지하기만 하기 때문에 독자 역시 진지해질 수밖에는 없다. 이런 점은 독자들에게 일종의 부담으로 의식될 수도 있다. 농담 없는 대화에 접했을 때 우리가 항용 느끼게 되는 그러한 부담감 말이다.

그렇지만 바로 이러한 진지성이야말로 그의 문학이 간직하는 소중한 미덕이기도 하다. 재치 있는 화술은 대화를 화려하고 탄력 있게 꾸려갈 수도 있지만, 왕왕 낭비에 흐를 경우가 많다. 농담 그것 때문에 대화의 핵심은 오히려 엉뚱하게 빗나가버릴 경우가 많다. 한문영의 문학에서는 그러한 위험성을 느끼지 않아도 된다. 독자를 교묘하게 매혹시킨다거나 희한하게 압도한다거나 하지 않는 대신 그의 이러한 진지성은 독자들에게 언제나 묵직한 신뢰감을 안겨준다. 이 점은 그의 문학이 간직하는 기본적인 특질이며 동시에 저력이기도 하다.

그의 문장의 톤은 언제나 차분히 가라앉아 있다. 때로 인생의 어떤 격렬한 국면에 부딪칠 경우조차도 그의 문장은 그 작중현실의 고조된 분위기에 동조하는 법 없이 언제나 잔잔한 자세를 흐트리지 않는다. 인생의 어떤 부정적 측면에 대하여 그가 때로 분노의 시선을 보낼 때도 있지만, 그 분노는 결코 열기 띤 웅변이나 요설로 발산되지는 않는다. 오히려 진득하게 억제된 톤 속에 그 분노는 감싸여 있다. 요컨대 그의 문학은 차분하고 심세한 묘사에 의히여 뒷받침되고 있다. 따라서 그의 작중현실은 거의 예외 없이 차분히 가라앉아 있다. 이런 점은 가령 「우수의 강」이나 「파시」와 같은 낡은 인간상들의 아련한 패배의 모습을 그린 작품에서만이 아니라, 「흑영」이나 「표류자」 같은 극한적인 액션의 세계를 그린 작품에 있어서도 동일하게 드러난다. 특히 테러리스트의 격렬한 액션을 차분하고 섬세한 필치로 그려낸 「흑영」에서 그의 묘사의 매력은 두드러지게 부각된다.

그의 작가적 시선은 상당히 다양한 측면에 걸쳐 있다. 가령 「우수

의 강」「풍속도」「파시」 등에서 그는 시대의 흐름에서 밀려난 낡은
인간상들의 아련한 패배의 모습을 그리고 있다. 현대적인 인도교가
세워지게 됨으로써 오랜 생활의 터전을 잃게 되는 늙은 나루터 뱃사
공의 애잔한 패배의 모습을 그린 「우수의 강」, 온 가족들이 각기 뿔
뿔이 흩어져가고 있는 속에, 예비 운전사로서의 고되고도 서글픈 나
날을 보내야 하는 도시 소시민의 생태를 그린 「풍속도」, 그리고 여기
저기에 차츰 근대적인 상설시장이 생기게 됨으로써 오랜 장돌뱅이의
생활에서 밀려날 운명에 직면한 어느 늙은 홀아비의 모습을 그린
「파시」 등에서 우리가 느낄 수 있는 것은, 차츰 시대의 주류 속에서
밀려날 수밖에 없었던 낡은 인간상들에 대해서 작자는 따뜻한 애정
의 시선을 보내고 있다는 점이다. 섬세하고 차분한 사실적 묘사의 배
후에서 작자의 따뜻한 애정의 시선을 의식할 수 있다는 것, 그것은
그의 문학이 간직하는 중요한 특질의 하나라 할 수 있다.

　「흑영」「표류자」 등에는 또 격렬하고도 극한적인 액션이 펼쳐져
있다. 밀항자를 유인하여 바닷속에 처치하고 그 금품을 빼앗는 일을
되풀이하는 한 상습적인 살인자의 내면세계를, 그가 표류하다 죽는
마지막 순간의 상황을 설정하여 그려내고 있는 「표류자」, 일정한 정
치적 목적 아래 자기 정적을 차례로 제거하는 일을 하여오는 한 직업
적 테러리스트의 심리적 갈등을, 본의 아니게도 그가 어느 청년까지
도 죽이지 않으면 안 되었던 우발적인 사건의 묘사를 통하여 부각시
키고 있는 「흑영」 등에서 그가 보여주고 있는 세계는 또 지극히 예
외적이고도 격렬한 액션의 세계이다. 이런 격렬한 액션의 세계에 부
딪쳐서도 그의 작가적 시선은 차분하고도 섬세한 사실적 자세를 흐
트리는 법이 없다. 생략이나 비약의 기교를 희롱하는 법 없이 그는
이 끔찍한 액션의 세계를 끈기 있게 추구해나간다. 이 끈기야말로 그
의 문학이 지닌 기본적인 저력이라 할 수 있다.

　그런가 하면 당대현실의 부정적 측면에 대하여 분노의 시선을 보
내는 경우도 있다. 지난날 6·25의 쓰라린 회상과의 관련 속에서 오

늘의 월남전을 반성하고 있는 한 종군기자의 내면세계를 그린 「잔흔」, 어딘가 창백하고도 허술해 보이면서도 현실의 어두운 측면에 대하여 강한 저항의 자세를 반영하는 한 지식인의 생태를 그리고 있는 「겨울 미소」, 외세의 경제적 압력에도 불구하고 민족적 주체성을 잃지 않으려 안간힘 쓰는 한 지식인의 생태를 그린 「돌사자」 등에서 우리는 이 작가의 분노의 목청을 들을 수 있다. 그러나 그것은 결코 열기띤 높은 목청이 아니라 한결 가라앉은 차분한 목청이다.

자기를 에워싼 암울한 분위기 속에서 한껏 권태와 좌절감을 의식하면서도 자기 현실의 압력을 극복하려 안간힘 쓰는 한 지식인의 생태를 그린 「열풍의 계절」, 4·19의거 때 부상한 한 젊은이의 시선을 통하여 어느 한 골목의 풍경을 펼쳐 보임으로써 4·19의 히로이즘과 그 좌절의 의미를 부각시키고 있는 「움직이는 창」, 한 유한부인의 애완용 개의 뒷바라지를 하는 것으로 생계를 유지하는 한 젊은 지식인의 굴욕과 울분의 생태를 그린 「출행」 등에서 우리가 느낄 수 있는 것은 암울한 시대 현실의 벽 앞에서 감당해야 하는 지식인의 일종의 좌절과 굴욕의 생태이다. 그것은 발랄한 히로이즘과 암울한 좌절감을 거의 동시에 느끼지 않으면 안 되었던 4·19세대 작가들이 공통적으로 간직하는 생태이기도 한 것이다.

한문영의 작가적 시선이 이처럼 현실의 다양한 측면에 걸쳐 있으면서도, 앞서 말한바 그의 차분한 사실적 자세에는 변함이 없다. 또 그의 소새가 이처럼 다양한 측면에 걸쳐 있으면서도, 그가 추구하는 방향은 결국 언제나 한 곳으로 귀착된다. 눈부시도록 변모되어가는 외부 현실의 흐름 속에서 상대적으로 자꾸 위축되어가는 인간의 건강한 제 모습을 되찾으려는 일관된 노력이 그것이다. 그의 문학의 바탕에는 언제나 발랄했던 지난날의 히로이즘에 대한 동경의 자세가 깔려 있다. 그의 문학에서 언제나 일종의 아련한 노스탤지어를 느끼게 되는 것은 그 때문이다.

그의 여러 작품 가운데서도, 현대화의 소용돌이 속에서 삶의 터전을 잃고 만 한 늙은 장돌뱅이의 애잔한 모습을 그린 「파시」와 긴박한 액션의 순간을 치밀하고 차분한 묘사를 통하여 그려낸 「흑영」 등이 한결 두드러진다. 그의 문학적 특질이 비교적 잘 반영된 탓이라 할 것이다. 외세의 경제적 압력 앞에서도 민족의 주체성을 세워보려 안간힘 쓰는 한 지식인의 생태를 그린 「돌사자」 같은 작품도 그 끈기 있는 대결의 자세에는 공감할 수 있지만, 다소 소설적 작위를 느끼게 하는 점이 흠이라 할 수 있다.

앞으로 이 작가가 어떻게 변모되어나갈지는 예측할 수 없지만, 그러나 그다지 크게 변모하지도 않는 대신, 큰 파탄을 보이거나 하지도 않으리라 생각한다. 꾸준함, 그것이 이 작가의 기본적 저력이기 때문이다. 「파시」가 보여준 따뜻하고도 아련한 시정(詩情)과 「흑영」이 보여준 밀도 있는 묘사가 행복한 조화를 이룰 때, 그의 문학은 한결 높은 차원으로 올라서게 될 것이다.

(한문영, 『열풍의 계절』 해설, 범우사, 1976)

일상적 상황과 비일상적 상황
—한문영

    한문영의 「산인(山人)들」과 「고향길」은 여러 가지 점에서 대조적인 작품이다. 우선 장소적 배경만 하더라도 「산인들」은 이웃이라고는 하나도 없는 깊은 산중의 외딴집에 설정되어 있는 데 반하여, 「고향길」은 평범한 일상 현실의 차원에 설정되어 있다. 전자의 제재가 인간의 근원적 염원 내지 본능적 욕망 같은 문제와 관련되는 것인 데 빈하여 후자는 오늘의 시사적인 문제와 긴밀히 관련되어 있다.

    먼저 「산인들」을 살펴보기로 하자. 이 작품의 장소적 배경이 되는 깊은 산중의 외딴집에는 시아버지와 며느리 두 식구가 살고 있다. 일년 내내 사람 하나 찾아오는 법이 없다. 사람을 만나려면 험한 산길을 넘어야 한다. 시아버지인 장가는 덫이나 활로 짐승을 사냥하는 것을 주된 생계 수단으로 하고 있다. 잡은 산짐승의 고기는 식용으로 하고 가죽은 이따금 산 너머에 내다 팔아 곡식이며 의류 따위를 바꾸어 오곤 하는 것이다. 그 외에는 전혀 바깥세상과 교섭이 없다. 그는 이 산골에서 낳아서 자라 오늘에 이르기까지 바깥세상에 나아가 하룻밤도 자본 일이 없는 위인이다. 그리고 며느리는 도회지로 돈 벌러 나간 채 소식이 없는 남편을 기다리며 시아버지와 같이 살고 있는 것이다.

눈이 많이 쌓인 날 저녁 무렵인데 이 외딴집에 뜻밖에도 두 명의 길손이 찾아온다. 이 집 며느리가 돌아오기를 기다리고 있는 남편, 그러니까 시아버지 장가의 아들인 장팔동의 유골을 전하기 위하여 눈길을 헤치고 여기까지 어렵사리 찾아온 주걱턱과 뱁새눈의 두 사람이다. 그들은 죽은 장팔동과 같은 개혁대의 동료들인데, 장팔동이가 폭발 사고로 죽었으므로 그 유골을 유족들에게 전해주기 위하여 이곳까지 찾아온 것이다.

개혁대란 사회의 두통거리인 폭력배를 비롯하여 강도, 절도 등을 장기간 수용하여 교화시키는 단체를 말하는 것이다. 그러니까 주걱턱과 뱁새눈은 모두들 전력이 수상한 자들임이 분명하고, 또 장가의 아들인 장팔동 역시도 전과자였음을 알 수 있다. 돈 벌러 나간다고 나간 이후의 그의 행적이 좋지 않은 쪽으로 기울어졌음을 짐작할 수 있다.

어떻든 장팔동이를 기다리며 살아오던 시아버지와 며느리는 그 기다리던 당자가 죽었다는 이 끔찍한 사실 앞에서 말할 수 없는 충격을 받을 것은 당연하다. 아들의 죽음을 안 장가로서는 "심장이 왈칵 밖으로 토해지는 것 같은 고통"을 느끼게 된다. 남편의 죽음을 확인한 며느리는 눈바닥에 벌렁 쓰러져버린다. 기절을 한 것이다.

유골을 메고 왔던 두 사내를 산 너머로 바래다주고 난 시아버지는, 앞으로 어떻게 살아가야 할지 눈앞이 캄캄하기만 하다. 아들이 살아 있을 때는 그래도 언제라도 돌아오겠지 하는 마음으로 며느리와 의지하고 살아왔지만 이 지경이 되어버렸으니 앞으로 어떻게 해야 할지 망연하기만 하다. 더욱 심각한 것은 이제 아들이 죽었으니 대가 끊기게 된 것이다. 자기 조상이 어떻게 해서 이 산골에 들어오게 되었는지는 모르지만, 어떻든 "명주실처럼 길고 질기게" 대가 이어져온 것이다. 그런데 자기의 대에 와서 손이 그치다니 큰일이 아닐 수 없다.

슬픔으로 나날을 보내던 장가는 어느 날 문득 장가를 들어야 되겠다는 생각을 한다. 고개 너머 주막거리에는 사팔뜨기 여자가 있었다. 인물은 볼품 없었지만 아이만 얻을 수 있다면 그만이라는 생각이었다. 그래서 사냥한 짐승의 털이며 웅담 따위를 가지고 주막거리로 나간다. 그러나 사팔뜨기는 없었다. 유골을 메고 왔던 두 사람 중의 뱁새눈이 그녀를 데리고 줄행랑을 친 것이다. 장가는 자신의 복 없음을 탄식하면서 돌아올 수밖에 없다.

이날은 장가가 술에 취해 있었다. 주막에서 마신 술 탓도 있었지만 사팔뜨기가 없어졌다는 사실 때문에 속도 상하고 해서 집에 돌아와서도 소주를 병째로 들이켰다. 대를 끊겨서는 안 된다는 생각으로 장가는 결국 며느리의 방을 범하는 것이다. "마당 저편 방에는 젊은 여자가 누워 잠자고 있다"고 취중에 장가는 생각하였고, 그 여자 얼굴은 사팔뜨기로 보였던 것이다. "우리 집안의 씨만 뿌려주거라" 하는 것이 장가의 염원이었던 것이다. 그런데 갑자기 여자가 빠져나갔다. 나가는 그 여자가 장가에게는 "사팔뜨기였다가 며느리 같았다"가 한다.

집을 나간 며느리가 좀처럼 돌아오지 않는다. 장가는 며느리가 목을 매어 죽었을 것으로 생각한다. 그러면서 자신의 소행을 후회했다. 이때의 장가의 심정을 "그는 비록 취중이라서 며느리를 사팔뜨기로 착각했었지만 어쨌든 자신의 부도덕한 행위를 후회했다. 그러면서도 그녀가 자기의 뜻을 전혀 몰라주고 집을 나간 것이 야속하기까지 했다"라고 작지는 진술하고 있다. 자신의 부도덕한 행위를 후회하고는 있지만, 대를 잇고자 한 자기의 뜻을 몰라주는 며느리가 야속하기도 하였다는 것이다.

그런데 며느리는 달포가 지난 후에 다시 돌아왔다. 장가는 어디서 무얼 하다가 이제 왔느냐고 묻지 않았다. 며느리의 허리가 나날이 굵어져 보였다. 장가는 아기를 누가 받아야 할까 하는 일을 걱정하기도 하면서 어떻든 꼭 아들을 낳아주기만을 바란다.

그러던 어느 날 죽은 것으로 되어 있던 아들 장팔동이가 불쑥 나타

난다. 며느리도 시아버지도 놀랄 수밖에 없다. 죽은 사람이 나타났으
니 귀신이 나타난 것으로 여겨졌기 때문이다. 그는 물론 귀신이 아닌
장팔동이가 분명하였다. 폭발 현장에 신분증이 든 웃옷만 벗어놓고
도망쳤기 때문에 장팔동은 죽은 것으로 처리된 것이었다.

기다리던 아들이 돌아왔고 또 남편이 돌아왔으나 시아버지나 며느
리나 그를 반가워할 수 없는 상황이 되어버렸다. 이제 큰 문제가 일
게 되었다. 만삭의 아내를 보고 장팔동이 추궁할 것은 당연하다. 그
러나 아버지로서는 떳떳하게 말릴 수도 없다. 여기에서 작중 액션은
일대 반전(反轉)을 한다.

남편의 맷손을 피하여 밖으로 도망쳐나간 며느리는 다음날 나무에
목을 맨 시체로 발견되고 아내를 찾으러 나간 장팔동은 돌아오지 않
았는데, 뜻밖에 주걱턱이 찾아와서 전혀 예상치 않은 사실을 알게 된
것이다. 즉 며느리가 임신했던 것은 시아버지 탓이 아니라 그날 밤
시아버지를 피해 나온 며느리를 만난 자기 탓이라는 것이었다. 시아
버지와는 아무 일도 없었다는 것이다. 그래서 그는 며느리와 아기를
데리러 왔노라는 것이다.

이 작품의 액션은 바깥세상과는 거의 교섭이 없는 깊은 산골 사람
(시아버지와 며느리)과 죄를 짓고 바깥세상에서 격리되어 있던 무리
들 사이에 빚어진 것이다. 바깥세상에서 멀리 떨어져 있는 사람들답
게 그들이 벌이는 액션은 매우 당돌하고 예외적이다. 일상적인 윤리
의 기준에서 매우 일탈된 액션이 빚어지고 있다. 특히 시아버지의 행
위를 어떻게 보아야 할 것인가 하는 것은 하나의 문제로 제기될 수
있다. 그러나 그의 행위를 윤리적으로 어떻게 평가할 것인가 하는 문
제와는 별도로 그 행위의 개연성을 시인할 수는 있을 듯하다.

「산인들」이 지극히 예외적인 액션을 그리고 있는 작품이라면 「고
향길」은 평범한 일상 현실의 차원에 상황이 설정되어 있다. 국민학
교 교장에서 정년 퇴직한 공 노인은 그야말로 평범한 일상인이다. 다
만 그는 6·25 당시 월남한 실향민이요, 이북에 아내를 두고 온 몸이

요, 이남에서도 재혼한 아내가 있는 사람이라는 점에서 가슴에 슬픔이 서려 있는 인물이다.

낚시 도구를 챙기는 공 노인으로서 볼 때 오늘은 좀 유다른 날인 것은 사실이다. 지루한 겨울 동안 내내 집 안에 갇혀 있다가 오늘 비로소 새봄의 낚시를 시작하는 날이므로 한없이 즐겁다는 것도 있지만, 특히 오늘 남북 적십자 회담이 평양에서 열리게 되어 우리 대표가 가게 되는 날이라는 점에서 그렇다. 이북에 아내와 아들을 두고 온 공 노인으로서는 이날이 예삿날과 같을 수는 도저히 없는 것이다. 그래서 장소도 이왕이면 고향에 가까운 임진강 쪽으로 정한 것이다.

그러나 공 노인으로서는 내심에 갈등이 없는 것도 아니다. 남북 대화로 세상이 들뜰수록 자신조차 덩달아 좋아할 수는 없는 노릇이다. 이북에 아내를 두고 온 자신으로서 이번 일에 마음놓고 흥분할 수 없는 것은, 남쪽의 현재의 아내에 대한 미안한 마음 때문이다. 그가 임진강으로 장소를 정하고서도 아내에게는 수원 쪽으로 간다고 속인 것도 고향 가까운 곳으로 간다고 하기가 아내에게 공연히 미안한 마음이 들어서였던 것이다.

그가 낚시를 드리우고 잠시 조는 사이에 꾼 꿈. 고향을 찾아가 북쪽의 아내와 장성한 아들을 만나는 장면이 반갑고 후련한 상봉의 장면이 되지 못하고 안타깝고 미진한 만남으로 그치고 마는 것도 따지자면 그의 상기한 갈등의 심리가 반영된 탓으로 보아야 할 것이다.

「산인들」이 지극히 예외적인 상황 속에서 빚어지는 예외적인 액션의 전개를 통하여 윤리적 범주와 인간의 근원적 욕망(가령 종족 보존의 욕망 같은) 사이의 함수 관계 같은 것을 문제 삼은 작품이라고 한다면, 후자는 오늘의 우리 시대가 안고 있는 가장 비극적 요인의 하나를 평범한 일상적 차원에서 묘사하고 있는 작품이라 하겠다. 그 점에서 이 두 작품은 대조적이다.

(『우리 시대의 한국문학』 12, 계몽사, 1991)

허구와 현실 사이

―한용환

   소설은 인생의 거울이다라는 말이 있다. 삶의 현장을 직접 묘사의 대상으로 하고 있다는 면에서, 문학의 여러 장르 가운데서도 가장 적극적인 것이 소설이라 아니할 수 없다는 점에서 이 말은 일단 타당하다고 하겠다.

   한편, 소설은 '허구(虛構)이다'라는 말이 또한 있다. 소설 속에 빚어지는 일들은 모두가 꾸며낸 것이라는 말이다. 역사는 사실의 기록인데 시(문학)는 허구이다라고 한 아리스토텔레스의 시학에서 연유되었을 이 허구라는 말에는 그러나 필연성과 개연성을 바탕으로 하는 것이라는 조건이 첨가되어 있다. 즉 문학은 허구이지만, 그 속에는 필연성과 개연성이 있다는 것이다.

   소설을 논할 때 이 두 가지 문제는 대개의 경우 동시적으로 제기되곤 한다. 소설이 인생의 거울이라 할 때 '광대 무변한 인생을 다 그릴 수는 없는 노릇이며 어디서 어디까지를 그려야 한단 말인가' 하는 문제가 다시금 제기될 수 있다. 또 소설은 허구이지만 거기에는 필연성과 개연성이 바탕으로 된다고 하였으니 그 필연성과 개연성이란 결국 현실을 기준으로 한 것이 아닌가. 그렇다면 그 허구라는 것은 과연 어느 정도의 선에서 현실과 무관할 수 있고, 어느 선에서 현실과 유관할 수 있을까 하는 물음이 다시금 제기될 수 있다.

한용환의 「총」이라는 작품을 읽었을 때 필자에게 떠오른 느낌도 상기한 두 가지 물음과 관련되는 것이었다. 이 작품은 그만큼 현실과 허구라는 상반되는 두 가지 요인에 교묘하게 연계되어 있기 때문이다.

가난한 시골 청년이 서울의 부잣집 딸과 결혼하여 손쉽게 출세 가도를 달릴 수 있게 된다는 이야기, 이는 흔히 있는 이야기이다. 그런데 이렇게 결합된 부부가 서로 죽이고 싶을 정도로 미워하면서도 그 결혼 생활을 청산하지 못한다. 이런 이야기는 흔히 있는 이야기가 아니다. 더구나 사내가 자기 아내를 죽이고 나서(사내가 죽였다고 생각할 뿐이지, 사실은 여자 쪽에서 심장 발작으로 죽은 것이지만) 자기가 살인을 하였으니만큼 응분의 벌을 받아야 한다고, 무혐의로 풀려난 이후에도 계속 주장하고 나선다는 것, 이런 일은 분명 흔히 있을 수 있는 일은 아니다. 말하자면 이 작품은 이런 흔히 있을 수 있는 일과 일상적 차원에서는 좀처럼 있기 어려운 이야기가 교묘하게 연계되어서 소설적 공간을 형성하고 있는 것이다.

누군가를 증오해본 적이 있는가? 죽이고 싶도록 그렇게 증오해본 적이 있는가.

나는 내 아내를 증오했다. 정말로 죽이고 싶도록 증오했다. 내 손으로 그녀를 죽일 수만 있다면, 돌아오는 죄의 대가가 어떠한 것일지라도 기꺼이 받아들일 각오가 내게는 오래 전부터 되어 있었다. 그리고 나는 나의 소망을 이루었다. 그러니 이제는 이미 내가 각오하고 있던 것을 받아들일 당연한 차례다.

이 작품의 첫머리는 이와 같이 시작되고 있다. 작중 화자인 '나'는 자기 아내를 극도로 증오하였고, 만일 자기 손으로 죽일 수만 있다면 그 죄의 대가는 무엇이든 달게 받겠다는 것이며, 그 소원을 풀었으니 이제는 당연히 벌을 받을 차례라고 주장하는 것이다. 그래서 '나'는 경찰에 출두하여 이 사실을 주장하고 응분의 벌을 내려줄 것을 요구한다.

그러나 경찰측에서는 도무지 나의 주장을 받아들이려 하지 않는다. 뿐만 아니라 그를 오히려 정신 이상자로 취급하려 드는 것이다. 그도 그럴 것이 내가 아내를 쏘아 죽였노라고 주장하고 있지만, 검시 결과 아내는 총상은 고사하고 타박상 하나 입지 않은 것이다. 또 내가 아내를 극도로 미워하고 있었다고 하지만, 세상에 알려지기로는 그들은 아주 금실이 좋은 부부인 것이다. 아내를 죽일 이유가 없다는 것이다. 더구나 내가 아내를 쏘았을 때에 사용했노라고 제시한 권총이 사실은, 정교하게 만들어지기는 하였으나 모의 권총이었던 것이다. 게다가 나는 연전에 1년 동안이나 정신 병원에 입원한 경력도 있는 것이다.

이런저런 이유로 하여 경찰측에서는 나의 주장을 도무지 진지하게 받아들이려 하지 않는다. 오히려 나를 정신 이상자쯤으로 간주하는 것이다. 결국 나는 내가 지은 죄에 대한 응분의 벌을 받음으로써 자신의 죄가 보상되고, 또 아내에 대한 자신의 '증오심이 완결'되기를 바랐던 일이 허사로 돌아가게 되었음을 깨달은 것이다. 이리하여 그는 자신이 아내를 죽이게 되기까지의 경위를 고백하기에 이른다.

여기까지의 이야기는 지극히 비일상적 차원의 이야기이다. 자기 아내를 증오한 나머지 죽이고 싶은 생각까지 하게 되고, 그 소망을 실현시켰을 뿐 아니라, 그 죄에 대한 응분의 벌을 받기를 원한다는 것, 이런 일은 흔히 있는 일은 아니다.

경찰에 의하여 자신의 유죄를 인정받기에 실패한 나는 아내를 죽이게 된 경위를 고백하기에 이른다. 나는 가난한 시골 출신의 청년이고 아내는 서울의 부잣집 딸이다. 나는 처가의 덕으로 출세 가도를 달린다. 이런 일은 흔히 있는 일이다. 그런데 이 부부는 말하자면 잘못 만난 부부인 것이다. 아내는 나를 사랑한 적은 없고 지배할 뿐이라고 나는 생각한다. 한때 나는 나에 대한 아내의 애정과 처가의 경제적 지원을 고맙고 자랑스럽게 생각한 적도 있었지만, 그것이 어리석은 착각이었음을 이내 깨닫는다. 아내를 비롯한 처가 쪽 사람들은 언제나 '채권자'라는 의식을 가지고 나를 대했었고, 나는 견딜 수 없는 능멸감을 느끼며 살아야 하였다. 이리하여 나는 이혼을 결심하는 것이다. 서로를 증오하는 것으로 서로의 생애를 탕진하느니 보다는 헤어지는 것이 '합리적인 방도'라고 생각했기 때문이다.

그런데 아내는 이를 거절한다. 아내는 나를 사랑하지도 않지만 증오하지도 않는다는 것이다. 아내가 증오하는 것은 자기 자신이라는 것이다. 자기 자신을 처벌하기 위해서 내가 필요하다는 것이다. 그래서 이혼할 수 없다는 것이다. 자신의 불행을 슬퍼하기는커녕 오히려 즐기고 있는 아내의 이러한 반응 앞에서 나는 절망과 공포를 느끼지 않을 수 없다.

이리하여 나는 말할 수 없는 능멸감을 자아내게 하는 아내의 시선으로부터 도망치기 위하여 필사의 노력을 다한다. 이러한 노력의 과정에서 만난 것이 윤애라는 여자이다. 윤애는 나에 있어서는 "감정의 공허를 가득 채워주는" 그러한 존재이다. 나에 있어서 윤애는 '행운' 그것이고 행복을 가능케 하는 존재이기도 하였던 것이다.

그러나 나에 있어서의 이러한 행복에의 가능성도 돌발적인 사고와 아내의 냉혹한 증오심으로 하여 무산되고 만다. 나는 정신 병자로 취급되어 요양원에 수용되기에 이른 것이다. 수용소에서 풀려나온 나는, 그 동안에 행방을 알 수 없게 된 윤애를 찾기 위해 온갖 노력을 다하여 보았으나 허사로 끝난다. 윤애를 찾는 일이 부질없는 일이라는 것을 깨달은 날 밤, 나는 술이 취한 김에 술집 입구를 지키고 있는 문지기의 허리에서 모의 권총을 빼들고 한바탕 장난을 친 다음, 집으로 돌아와 아내에게 그 총을 겨누었던 것이다.

아내의 사인(死因)은 경찰의 조사에서 알 수 있듯이 심장 발작으로 보아야 할 것이다. 나의 주장으로는 총을 쏘았다고 하지만, 그것은 술집 문지기한테서 장난으로 얻은 모의 권총인데다가 아내에게서는 총상은커녕 가벼운 타박상 한 군데도 발견할 수 없는 것이다. 게다가 세상 사람들이 알기로 이들은 아주 금실이 좋은 부부인 것이다. 그리고 나는 일 년간이나 정신 이상으로 요양소에 있다가 나온 경력이 있는 것이다. 따라서 나의 아내를 죽였다는 주장은 정신 이상자의 망상에서 나온 소리쯤으로 간주되기에 충분하다.

그러나 사실은 나의 주장대로 아내는 내가 권총으로 쏘아서 죽인 것이라고 할 수도 있을 것이다. 내가 입으로 '땅' 하며 방아쇠를 당기는 바람에 공포에 질려 있던 아내의 심장이 발작을 일으켜 사망한 것으로 볼 수 있기 때문이다. 그런 측면에서 보자면 나의 살인 행위는 그야말로 완전 범죄에 해당한다고 할 수도 있다 하겠다.

그러나 이 작품에서 주목해야 할 점은 이러한 비극적 파탄을 초래케 되는 이 부부의 행위의 궤적이 우리들에게 주는 의미는 무엇인가를 살피는 일이다. 가난한 시골 출신의 청년과 서울의 부잣집 딸의 결혼, 흔히 있는 이 결합이 어찌하여 지극히 예외적인 파탄으로 나아가게 되었는가. 이유는 간단하다. 서로 사랑이 아닌 증오로 얽혀 있었기 때문이다. 그러나 증오가 살인으로 나아가는 것은 지극히 예외적인 일이다. 다만 극단으로 고조된 증오는 살의(殺意)에로 내달을 수도 있을 것이다. 그러나 일상적 차원에 있어서는 그런 일은 지극히 예외적인 일에 속한다. 이 작품은 그런 지극히 예외적인 개연성을 우리들에게 가시화(可視化)하여 보여주고 있는 작품이라 할 것이다.

동시에 그런 살의를 의식한 당자로서는 도덕적인 자책감을 의식하지 않을 수 없게 된 것은 당연하다. 나의 고백은 이런 차원에서 이해될 수 있을 것이다. 이런 점에서 이 작품은 서두에서 말한 바와 같이

평범한 일상적 차원과 지극히 예외적 차원이 교묘하게 연계되어 있
는 작품이다.

(『우리 시대의 한국문학』 18, 계몽사, 1991)

화해 지향의 문학
— 윤흥길

1

1968년 「회색 면류관의 계절」이라는 작품으로 신춘문예를 통하여 등단한 윤흥길의 작가활동은 70년대에 접어들면서 사뭇 왕성해진다. 「황혼의 집」(1970)을 발표한 것을 기점으로 하여 「장마」 「제식훈련 변천 약사」 「아홉 켤레의 구두로 남은 사내」 등등 뛰어난 단・중편들을 연이어 발표함으로써 확고한 작가로서의 위치를 굳힌다. 한편 1970년대 후반부터는 점차 장편작가로서의 영역을 확대하여 『묵시의 바다』 『순은의 넋』 『완장』 『에미』 『밟아도 아리랑』 등등 숱한 작품들을 생산해오고 있다.

왕성한 작가활동과 병행하여 그의 제재 역시 상당한 다양성을 반영하고 있다. 가령 「황혼의 집」 「기억 속의 들꽃」 같은 작품에서는 작자 자신의 어린 시절의 추억을 다분히 서정적인 톤으로 회상하고 있다.「집」「장마」「무지개는 언제 뜨는가」 등도 어린 시절의 일을 서정적인 톤으로 회상하고 있다는 점에서는 비슷하지만, 어린 목격자의 시선을 통하여 참담했던 시대상황을 재조명하고 있다는 점에서 앞의 작품들과는 다른 점을 보인다. 그런가 하면 당대의 여러 가지 사회적 문제를 사실적으로 천착해가고 있는 작품도 있다. 가령 오늘날 커다란 사회적 문제로 대두하고 있는 '부모로부터 버림받은 고아의 문제'를 다룬 『순은의 넋』, 그리고 자식과 사회로부터 버림받은 노인의 문제를 다룬 「옛날의 금잔디」 등이 그것이다. 폭력배의 생태 내지 그 후일담을 다루고 있는 「비늘」, 이산가족의 참담한 생태를 다루고 있는 「무제」 등도 이 계열에 속하는 작품이라 하겠다. 당대 현실의 부정적 측면을 다분히 회화적으로 다루고 있는 작품들도 있다. 얼굴에서 잃은 체면을 엉뚱하게 발에서 되찾고자 기를 쓰는 병적 자존심의 소유자의 행적을 다분히 회화적으로 추적하고 있는 「아홉 켤레의 구두로 남은 사내」 「직선과 곡선」 등을 비롯하여 제식훈련의 변천 과정을 진술하면서 다름아닌 당대 군사정권의 획일주의적 군사문화를 풍자하고 있는 「제식훈련 변천 약사」 「날개 또는 수갑」 그리고 완장 하나 두르고 거들먹거리는 한 시골뜨기의 모습을 통하여 우리 현실 속에 완강히 뿌리박혀 있는 독재주의적 잔재를 풍자하고 있는 『완장』 등이 그것이다. 도시 소시민의 생태를 회화적으로 그리고 있는 「말로만 중산층」 「달국씨 일가의 꾀죄죄한 나날들」 같은 작품이 있는가 하면, 어느 한 시골 농가에 상황을 설정하여 그 가족들의 삶의 궤적을 차분하게 그리고 있는 『밟아도 아리랑』 같은 작품도 있다.

그는 또 우리의 고유어를 되살려 쓰는 노력을 꾸준히 계속하고 있다. 오늘날 거의 잊혀져 있거나 완전히 사어(死語)가 되어버린 분위기 짙은 우리말들이 그의 소설 공간 안에서 생생한 모습으로 되살아나고 있음을 흔히 볼 수 있다. 가령, "보리깜부기 같은"이니, "암낭해서"니 하는 토속어가 적절한 상황에서 쓰이고 있는가 하면, "길래"

니 "이아침받다"니 하는, 오늘날 사어가 되어버린 우리의 고유어들이 그의 문맥 속에서는 생기 있게 되살아나고 있다. 외래어가 거침없이 밀어닥치고 있는 오늘의 세태에 비추어 생각할 때, 그리고 작가는 무엇보다도 모국어를 소재로 하는 예술가라는 사실을 생각할 때 윤흥길이 지속하고 있는 이러한 노력은 분명 높이 평가해야 할 점이라 하겠다.

기법적인 면에서 볼 때 윤흥길은 한국 사실주의를 충실히 계승한 작가라 할 수 있다. 대현실적 자세에 있어서 그는 염상섭이나 박태원 같은 전형적인 사실주의 작가에서 볼 수 있는, 객관적 관찰자의 입장을 견지하고 있다고 하겠다. 그러면서도 그는 일련의 사실주의 작가들이 곧잘 드러내게 마련인 안이한 평판성(平板性)을 효과적으로 극복하고 있다는 점에서 재래의 사실주의 작가들의 한계를 효과적으로 뛰어넘고 있다. 그의 작중현실이 사실주의를 기반으로 하고 있으면서도 종래의 사실주의가 곧잘 드러내는 평판성을 뛰어넘을 수 있게 되는 것은, 그의 소설 공간 안에는 거의 예외 없이 지극히 당돌한 환상적 요인이 장치되기 때문이다. 이런 환상적 요인은 범속하고 평판적인 작중현실과는 전혀 차원이 다른 당돌하고도 충격적인 것이다. 이런 충격적 요인이 투입됨으로써 범속하고 평판적인 작중현실은 갑자기 전혀 차원이 다른 상징의 세계로 질적 비약을 이룩하게 된다. 윤흥길 문학의 이런 묘미를 음미해보기 위해 「비늘」이라는 중편을 살펴보기로 한다.

김 대장은 느닷없이 가래침을 눈길 위에 칵 뱉었다. 그는 몹시 화가 치밀어오르는 기색이었다. 아무래도 내가 그를 또다시 잘못 건드린 듯했다.

"무책임한 놈들 같으니! 원 세상에 이런 법이 또 어딨어! 이런 얼간이 같은 치과 의사를 내 손에 맡겨서 나더러 도대체 어쩌라는 거야!"

그는 잡아삼킬 기세로 구린내 나는 입을 내 얼굴 가까이 들이대면서 마구 투덜거렸다. 눈송이하고는 느낌이 또 다른 침방울이 내 얼굴에 사정없이 튀었다. 마침내 그는 한숨을 길게 쉬었다.

"그 개자식들이 너한테 일러주지도 않든? 밤거리에 나서면 위험하다구 말야."

나는 입 한번 벙끗 잘못 놀려서 결정적으로 일을 그르치게 될까봐 섣불리 대답할 수가 없었다.

"싸가지없는 놈들! 그놈들 때문에 넌 하마터면 큰일날 뻔했어. 넌 오늘 재수가 좋았던 거야. 이놈의 종곡바닥에서 얼마나 더 있을지는 모르지만 단 하룻밤을 묵더라도 담부터는 해가 진 뒤에 밖에 나다닐 생각 마!"

"순전히 김 대장 당신 한 사람 때문에 종곡의 밤거리가 그처럼 위험하다는 건가?"

나는 조심스럽게 물었다. 그러자 그는 히힛 하고 나지막하게 소리내어 웃는 것이었다.

"그래, 순전히 나 때문이지. 어느 정돈지 너 한번 구경해볼래?"

그는 발성연습으로 두어 차례 목청을 가다듬는 시늉을 했다. 그런 다음 벽력같이 고함을 지르기 시작했다.

"아무리 그래 봤자 소용없어, 이놈들아! 죽은 듯이 자빠져자는 척하지만 창문 뒤에 숨어서 엿보고 있는 줄 다아 안단 말야. 이놈들아! 당장들 일어나서 불 켜지 못하겠어?"

그러나 종곡을 온통 들었다가 놓는 그 우렁찬 호통 소리에도 불구하고 불이 켜지는 집은 하나도 안 보였다. 김 대장은 좌우를 둘러보며 재차 간담이 서늘해지는 고함을 뽑았다.

"야, 거기 쌀가게 최가, 전파상 김가, 세탁소 임가, 담뱃집 김가, 늬들 내 얘기 안 들려? 만일 셋 셀 때까지 불 안 켜면 늬들 집구석 기둥뿌리가 왕창 뽑힐 줄 알어! 하나앗! 두울!"

참으로 희한한 광경이었다. 김 대장의 입에서 셋이 튀어나오기 그 직전에 신통하게도 약속이나 한 듯이 정확히 네 개의 불빛이 좌우 길가에서 일제히 켜지는 것이었다.

"김 대장님 아닙니까?"

"이 밤중에 웬일이슈?"

쌀가겐지 전파상인지 또는 세탁손지 담뱃집인지는 모르지만 방금 잠에서 깬 것처럼 일부러 하품을 섞어서 지껄이는 인사말들이 들렸다. 그러자 김 대장은 술냄새 물씬거리는 입을 내 코앞에 들이대면서 다시 만족스런 웃음을 흘렸다.

"히힛, 너두 봤지? 방금 니 눈으로 분명히 확인했지? 히히히힛……."

무료진료를 해주기 위하여 강원도 산골에 찾아온 작중 화자(치과 의사)가 한밤중에 길거리에서 김 대장이라는 사나이와 맞닥뜨려 수작하는 장면이다. 김 대장이라는 사나이는 '짐승'이라고 일컬어질 정도로 사나운 폭력배로서 술만 취하면 휘젓고 다니는 바람에 고장 사람들은 밤만 되면 문을 닫고 불도 끄고 자는 척할 정도이다. 그런데 화자는 이 고장에 도착한 첫날 밤에, 절대로 밖에 나가지 말라는 친구의 당부에도 불구하고 일부러 한밤중에 가만히 거리에 나와서 돌아다니다가 결국 그 김 대장과 맞닥뜨리게 되는 것이다. 그로서는 절대절명의 위기가 아닐 수 없다. 호기심 때문에 밖에 나온 것이지만, 친구의 간곡한 당부를 무시하고 밖으로 나와서 당한 일이니 결국 자업자득이랄 밖에 없다. 온 고장을 공포의 도가니로 몰아넣을 정도의 사나운 폭력배와 일개 치과 의사의 한밤중의 만남, 그야말로 무슨 일이 기어이 벌어지고야 말 듯한 순간이라 하겠다. 더구나 화자는 본의 아니게 사나이의 비위까지 거슬려서 그에게 멱살까지 잡히게 된 것이다.

그런데 여기에서 우리가 주목해야 할 점은 이런 긴박한 상황을 진술하는 화자의 톤은 지극히 차분하다는 사실이다. 물론 멱살까지 잡힌 화자의 입장은 그야말로 "사타구니 사이로 마구 꼬리를 말아붙이는 불쌍한 강아지"와도 같은 꼴이 아닐 수 없다. 그러기에 숨통이 캑캑 막히고 말도 더듬거릴 수밖에 없다. 그러나 지금 화자가 당면하고 있는 사태의 긴박함에 비하면 이를 진술하는 그의 톤은 훨씬 차분하고도 면밀하다. 화자는 사태의 긴박한 진행에 결코 편승하지 않고 차분한 관찰자의 자세를 견지한다. 전형적인 묘사가의 자세라 할 것이다.

도시의 일개 치과 의사와 한 고장을 쥐락펴락하는 폭력배의 한밤중의 맞닥뜨림, 이러한 상황이란 우리들의 일상현실의 자리에서 보면 지극히 예외적이요 거의 황당무계한 일이라 아니할 수 없다. 말하자면 그러한 상황설정은 사실주의적 차원의 것이 아니라 환상적 차원의 것이라는 말이다. 성낙준을 비롯한 이 고장의 대다수 사람들이 빚어내는 일상적 삶의 흐름에서는 거의 찾아볼 수 없는 차원의 것이다. 그것은 모험으로 가득 찬 동화의 세계에서나 볼 수 있는 상황인 것이다. 말하자면 김 대장과 치과 의사는 이 상황 속에서 완전히 동화의 주인공인 셈이다. 성낙준을 비롯한 이 고장 사람들의 일상적 삶의 흐름에서 볼 때 김 대장 같은 인간은 도저히 용납될 수 없는 예외자임은 물론이려니와 그런 위험천만한 예외자를 굳이 만나고 있는 치과 의사 역시 예외자인 것은 마찬가지다. 사실 김 대장이나 치과 의사는 각기 한 가지 점에서 성낙준을 비롯한 고장 사람들과 다르다. 김 대장의 경우 '짐승' 같은 면을 드러내고 있다는 점에서 그렇거니와, 치과 의사는 성낙준을 비롯한 이 고장 사람들이 '짐승'으로만 여기는 김 대장의 그 '짐승'스런 드러남의 내면에 간직되어 있는 의외로 수줍고 연약한 어린애다움을 간파할 수 있는 총명함의 소유자라는 점에서 그렇다. 김 대장과 치과 의사가 아슬아슬한 파국의 일보 직전에서 그런 나름으로 상호이해에 당도할 수 있게 된 것은, 김 대장의 그 짐승스런 드러남의 내면에 간직되어 있는 어린애다운 연약함과 그 어린애다움을 간파할 수 있는 치과 의사의 총명함이 서로 만날 수 있었기 때문이다. 어린애다움을 통로로 하여 전혀 만나질 것

같지 않은 이 두 사람은 극적으로 만나는 데 성공하는 것이다.

어린애다움을 기반으로 하여 공상의 날개를 펴는 것이 이른바 동화라 할 수 있을진대, 김 대장과 치과 의사는 분명 이순간 성낙준을 비롯한 고장 사람들의 세계와는 다른 동화의 주인공으로 질적 비약을 이룩하기에 이르는 것이다. 윤흥길의 작품 가운데는 '어른을 위한 동화'라는 연작 단편들이 있다. 윤흥길의 문학세계에는 분명 이런 동화적인 면이 있다.

「황혼의 집」「장마」 등을 비롯한 많은 뛰어난 작품들이 동화의 주인공인 어린이를 작중의 관찰자 내지 화자로 설정하고 있는 것도 이런 점에서 결코 우연이 아니다. 가령 「장마」에서 감나무에 기어오르는 구렁이를 매개로 한 친할머니와 외할머니 사이의 극적인 화해, 「무지개는 언제 뜨는가」에서 미친 여인과 부모 잃은 아기와의 만남 등은 그런 예라 할 것이다. 어린이 작중의 화자로 되어 있는 「비늘」을 비롯한 많은 작품의 경우에도 루카치의 이른바 '문제적 개인'이라 할 수 있는 일련의 인물들이 거의 예외 없이 동화적 분위기를 짙게 풍긴다. 가령 「무제」에서 이산가족의 아픔을 농도 짙게 맛보지 않으면 안 되는 고모부와 번번이 '무제'라는 오식을 범하는 문선공의 관계, 「꿈꾸는 자의 나성」에서의 이 다방 저 다방을 전전하면서 LA행 비행기편을 전화로 알아보고 다니는 사내와 '나'와의 만남, 그리고 「비늘」에서의 김 대장과 치과 의사의 극적인 만남 등은 그런 예라 할 것이다.

어떻든 이런 동화적 요인이 작중의 범속한 일상현실의 흐름 속에 투입됨으로써 흐릿하던 작중현실은 비로소 그 정체를 드러내고 실마리를 풀게 된다. 김 대장과 치과 의사의 앞서 말한 바와 같은 만남을 계기로 하여 이제껏 고장 사람들에게 짐승으로 여겨져오던 김 대장은 비로소 유순한 어린애 같은 정체를 드러내게 되며, 성낙준을 비롯한 고장 사람들은 왜소하고 겁 많은 편견의 소유자로 밝혀지게 된다. 그것은 일종의 아이러니라 아니할 수 없다. 이 아이러니야말로 윤흥길의 문학이 간직하는 소중한 매력의 하나라 할 것이다.

2

나는 될 수 있는 대로 그 이상한 과자 위에 시선이 머물지 않도록 신경을 많이 썼다. 그러나 나도 모르게 꿀꺽꿀꺽 넘어가는 침을 어쩔 수가 없었다.

"뭐 조금도 부끄러워할 것 없다. 착한 아이는 상을 받는 것이 당연하단다. 어떠냐, 대답하겠니? 네 대답 한마디면 아저씨는 친구를 만나서 좋고, 너는 이 맛있는 쪼꼴렛을 먹을 수 있어서 좋고……"

무엇 때문에 내가 망설이고 있었는지 알 수 없다. 받아서 좋을 것인가, 아니면 받아서는 안 될 것인가를 결정짓지 못해서였을까. 혹은 그런 도덕적인 문제가 아니라 단순히 그 나이의 시골애답게 모르는 사람에 대한 낯가림 때문에 그랬을까. 확실한 것은 별로 기억에 없다. 아무튼 나는 꽤 오래 시간을 끌었던 것 같다.(「장마」)

"난 네가 굉장히 똑똑한 앤 줄 알았는데…… 참 안됐구나."

그는 또 한 개를 구둣발로 짓밟아놓았다. 벌써 세 개째였다. 사내의 손 안엔 이제 두 개의 과자가 남아 있었다. 그리고 여태까지의 사내의 태도로 보아 나머지 두 개마저도 충분히 짓밟고 남을 사람이었다. 사내가 별안간 껄껄 웃었다.

"너 이녀석 우는구나. 못난 녀석 같으니라구. 애, 꼬마야. 이제라도 늦진 않아. 잘 생각해봐. 삼촌이 집에 다녀갔었니? 그게 언제지?"

어른의 비상한 수완을 나로서는 도저히 당해낼 재간이 없다는 생각이 든 것은 바로 그순간이었다. 그리고, 이 아저씨는 진짜로 삼촌의 친구일는지도 모른다, 그렇게 생각하니 마음이 한결 가벼워졌다.

막 시작할 때의 첫마디가 가장 힘들었다. 그러나 일단 얘기를 꺼낸 다음부터는 연자새에 감긴 실처럼 전날 밤의 기억들이 술술 풀려나왔다.(「장마」)

사복경찰관이 빨치산으로 간 사람의 조카를 꼬여서 그 빨치산의 행적을 추궁하는 장면이다. 이 장면은 "먹음직스런 향기가 풍기는" 이상스런 과자를 사이에 두고 교활한 어른과 배고픈 어린이 사이에 벌이는 줄다리기의 그것이다. 작자는 이 장면을 구체적으로 제시하는 데 그침으로써 그 이상의 어떤 추상적인 방향으로 문장이 일탈할 수 있는 개연성을 엄격하게 차단하고 있다. 이 작품의 시점은 나이 어린 소년의 그것이다. 작중의 모든 액션은 이 소년의 시선이 미칠 수 있는 한도 밖으로 일탈할 수가 없다.

그런데 여기서 또 한 가지 간과할 수 없는 사실은, 이 작품의 작중현실의 시간과 그것을 진술하고 있는 시간 사이에는 뚜렷한 간격이 있다는 것이다. "무엇 때문에 내가 망설이고 있었는지 알 수 없다. 받아서 좋을 것인가, 아니면 절대로 받아서는 안 될 것인가를 결정짓지 못해서였을까. 혹은……" 하는 화자의 진술로서도 알 수 있듯이 화자인 '나'는 지금 자신의 과거사실을 회상하는 시점에 서 있는 것이다. 이리하여 작중의 모든 액션은 철없는 어린이의 시점 안에 국한되어 진술되고 있을 뿐 아니라, 그것은 또 상당히 많은 시간적 거리를 둔 시점에서 진술되고 있다는 점에서 작중의 액션과 화자 사이에는 이중적인 거리가 형성되는 것이다. 이리하여 여기에 펼쳐지는 장면 자체는 지극히 가혹한 비극성과 관련되는 것이지만, 화자의 진술은 그러한 비극성에 대한 하등의 언질을 누설함이 없이 그 자체의 구체성만을 드러내고 있다.

작중현실과 화자 사이에 이와 같은 이중적인 간격이 설정되어 있다는 사실은 요컨대 당대현실에 대한 작자 자신의 대응자세가 엄격히 묘사가의 입장을 견지하고 있다는 사실을 반영하는 것이며, 동시에 그것은 6·25라는 비극적 사태에 대한 이 작가의 대응자세가 엄격히 객관적이라는 사실을 반증하는 것이기도 하다. 말하자면 작가 윤흥길과 6·25라는 비극적 사태 사이에는 이중적인 정서적 여과장치가 설치되어 있다는 것이다. 바로 이 점이야말로 그의 6·25를 제재로 한 문학이 그의 선배작가인 1950년대 작가들의 이른바 전쟁(전후)문학과 근본적으로 구별되는 점이다.

1950년대의 전쟁(전후)문학은 한마디로 말해서 아픔의 문학이요 뜨거운 분노의 문학이었다. 전쟁터는 모든 사람들에게 삶이냐 죽음이냐를 결단케 하는 절박한 현장이었다. 이 가혹한 현장에 대응하지 않으면 안 된 당대작가들은 언제나 삶이냐 죽음이냐, 혹은 적이냐 우군이냐의 양자택일의 고비에 놓여야 하였다. 따라서 그들의 문장은 항상 뜨겁게 고조된 톤으로 일관하였다. 그들은 6·25라는 민족 최대의 비극에 대하여 냉정한 관조자의 입장을 취할 수 없었다. 1950년대 소설이 대체로 객관적 관찰자의 문학이 아니라 직선적 호소의 문학으로 기울었던 것도 이런 점에서 우연이 아니다.

그러나 1960년대에 접어들면서 한국소설에도 변화가 보이기 시작하였다. 4·19와 5·16을 고비로 하여 새롭게 전개되는 상황 속에서 한국소설은 제재의 면에서나 작가적 자세의 면에서 변화가 일기 시작하였다. 특히 어린 나이에 6·25를 겪은 작가들의 6·25를 보는 시각에 두드러진 변화가 나타나기 시작하였다. 이들에게 6·25는 이미 당사자로서 체험한 6·25가 아니다. 당사자가 아니라 어린 목격자로서 겪은 6·25이다. 윤흥길의 「장마」는 어린 목격자의 눈으로 관찰되어진 6·25문학이며, 이런 성격의 문학으로서 백미라 할 만한 작품이다. 「무지개는 언제 뜨는가」는 「장마」의 후편이라 할 수 있는 뛰어난 작품이다.

「장마」의 모든 상황은 어린 목격자인 '나'의 집안에 집약되어 있다. 말하자면 6·25의 모든 요인들이 나의 집안에 집약되어 있는 셈이다. 이 집안에서의 6·25는 아들이 빨치산으로 들어간 친할머니와 아들이 국군으로 가서 전사한 외할머니 사이의 팽팽한 대결의 양상으로 나타난다. 이런 대결의 양상을 더욱 악화시키는 사태가 빚어졌다. 밤중에 돌아온 빨치산 삼촌을 아버지가 나서서 자수시키려던 일이 외할머니의 본의 아닌 개입으로 실패로 돌아가버린다. 게다가 앞서 인용한 장면에서와 같이 '나'는 수사관의 꼬임에 빠져 삼촌이 다녀간 일을 다 실토해버리는 바람에 아버지가 붙들려가서 곤욕을 치르고 나오는 사태까지 빚어지게 되는 것이다. 두 할머니의 대결양상이 극한으로 치닫는 판에 뜻밖의 사태가 벌어진다. 아들이 돌아온다고 점쟁이가 말한 날, 아들은 오지 않고 난데없이 큰 구렁이가 집 안으로 들어와 감나무에 기어오르는 바람에 친할머니는 아들이 죽어 돌아온 것으로 믿고 실신한다. 이때 외할머니가 나서서 반갑지 않은 이 손님을 정중히 뒷산으로 배송(拜送)하는 데 성공하며, 이를 계기로 하여 친할머니와 외할머니는 다 같이 아들 잃은 늙은 어머니답게 서로 화해하게 된다.

이 작품에서 구렁이의 등장은 「비늘」에서 김 대장과 치과 의사의 한밤중의 만남과 같이 작중현실에 전환점을 가져다주는 요인으로 작용한다. 말하자면 그것은 작중의 일상적 차원을 환상적이고 상징적 차원으로 비약시키는 요인으로 된다는 말이다. 사실 이 구렁이의 등장을 고비로 하여 두 할머니 사이에 극적인 화해가 이루어지는 것이다. 어떻든 이러한 화해의 양상은 1950년대의 6·25문학에서는 좀처럼 찾기 어려운, 어린 목격자의 시각으로 그려진 6·25문학에서 비로소 가능한 것이다. 빨치산에게 남편과 어린 자식을 살해당하고 미쳐버린 여인이, 우익 쪽 사람들에 의하여 부모(부역자 가족)를 잃은 젖먹이 어린 것을 소란중에 살려내어 팅팅 불은 자기 젖을 물려주는 행위가 작품의 전화점이 되고 있는 「무지개는 언제 뜨는가」 역시 「장마」의 연장선상에서 읽을 수 있는, 어린 목격자에 의하여 그려진 화해 지향의 6·25문학의 좋은 예라 할 것이다.

자수간첩의 참혹한 후일담을 그리고 있는 「무제」 역시 윤흥길의 화해 지향의 6·25문학의 한 변주(variation)로 읽을 수 있는 작품이다. 간첩으로 남파되었다가 자수를 한 고모부는 남에서 얻은 망나니 아들한테 모진 구박을 당한다. 이런 괴로움의 반동심리로 이북에 두고 온 아들을 그리워하게 된다. 그러나 만날 날은 기약이 없고 세월은 흐르는 속에 아들의 얼굴, 아들의 이름마저 차츰차츰 잊혀져가는 것이다. 이러한 고모부의 어두운 짝이라 할 수 있는 문선공 봉씨 또한 신기루를 찾아 사막을 헤매는 목마른 나그네이다. 그들의 목마름이란 요컨대 그리운 사람을 만나지 못하는 아픔, 이산의 아픔인 것이다. 이산의 아픔이 이처럼 뼈저리다는 것을 보여주고 있는 이 작품은 그만큼 만남의 소중함을 역으로 강조한 작품이기도 하다. 이 작품이 「장마」「무지개는 언제 뜨는가」의 한 변주라고 한 것은 그 때문이다. 「무지개는 언제 뜨는가」에 있어서 미친 여인의 품에서 자란 어린이, 그 어린이가 자란 뒤에 화자에게 "무지개는 언제 뜨는가?"라고 묻고 있다. 부역자의 자식으로, 남편과 자식을 빨치산한테 살해당하고 미쳐버린 여인의 품에서 자란 기구한 성장의 궤적을 지닌 이 사람이야말로 그런 질문을 할 만한 자격이 있다. 무지개는 언제 뜨는가, 통일의 신기루는 언제쯤 현실로 다가올 것인가. 그것이 다름아닌 윤흥길 문학의 신기루라 하겠다.

윤흥길의 화해 지향성은 「아홉 켤레의 구두로 남은 사내」「직선과 곡선」그리고 「꿈꾸는 자의 나성」등 현실풍자적인 분위기가 짙은 일련의 작품에서도 볼 수 있다. 「아홉 켤레의 구두로 남은 사내」 「직선과 곡선」의 주인공은 단적으로 말해서 그 자신의 말과 같이 "얼굴에서 잃은 체면을 발에서 되찾고자 기를 쓰는" 위인들이다. 대학까지 나온 터에 못마땅한 현실에 저항을 하다가 감옥에도 갔다 오고, 그러노라니 자꾸 인생의 응달 쪽으로만 뒤처지게 되어 마침내는 우연히 만난 늙은 창녀와 동반자살까지 기도하다가 실패한 끝에 비로소 삶의 의지를 되찾게 된다. 주어진 삶과의 싸움에서 패배만 거듭하던 그는 죽음이라는 고된 관문을 통과함으로써 삶과의 화해에 성공하는 것이다.

「꿈꾸는 자의 나성」에서 이 다방 저 다방을 전전하면서 LA행 비행기편을 전화문의하는 사내 역시 「아홉 켤레의 구두로 남은 사내」의 사내와 비슷한 과정을 거쳐 자기 고향과의 화해에 당도한다. 그에게 LA는 일종의 신기루이다. 그러나 그는 마침내 그 신기루를 포기하고 자기 고향으로 돌아갈 것을 결심한다. 서로 죽이고 죽는 물고기의 생태를 통하여 소중한 교훈을 얻은 것이다. 즉 서로 물고 뜯고 하다가 외톨이가 된 연후에 후회할 것이 아니라 그런 상처를 빚기 전에 서로 화해하며 살아야 한다는 교훈을, 먼 타국으로 떠난다고 해서 문제가 해결되는 것이 아니고 고향에 뿌리박고 이웃과 더불어 사는 일이 더 소중하다는 지혜를 마침내 깨달은 것이다. 그리고 그 교훈은 시기와 곡해로 아웅다웅하는 나를 비롯한 손 대리, 강 과장 등 모든 직장의 동료들에게도 타산지석이 될 만한 것이라 하겠다.

윤흥길의 문학이 보여주는 또하나의 속성은 당대현실의 부정적 측면에 대하여 풍자적 접근을 시도하고 있는 면이다. 「제식훈련 변천 약사」 「날개 또는 수갑」 「빙청과 심홍」 『완장』 등이 그런 작품들이다. 「제식훈련 변천 약사」에는 일제, 미군정, 대한민국을 거치면서 그때마다 제식훈련의 동작이 여러 가지로 달라져왔는데, 이러한 제식훈련의 변천 양상은 결국 당대의 통치이념과 어떤 상관관계를 갖고 있는가를 추리하고 있다. 그 추리하는 문장의 톤이 다분히 풍자적이다. 그 풍자의 표적이 되는 것은 다름아닌 당대 군사정권의 획일주의적 통치방식이다. 간편하고 능률적인 업무수행을 위하여 제복을 입도록 하라고, 이는 대다수 사원들의 간절한 요청으로 결정된 일이니 절대로 이행해야 한다고 사원들에게 통고하는 어느 회사 사장의 모습을 통하여 군사문화의 한 특징인 획일주의를 풍자하고 있는 작품이 「날개 또는 수갑」이다. 완장을 팔뚝에 둘렀다는 이유 하나만으로 어깻바람을 일으키며 마을 사람들을 내려다보려는 한 시골 저수지 관리인을 통하여 뿌리 깊은 관료주의를 지적하고 있는 『완장』도 풍자적 색채가 짙은 작품이다. 「빙청과 심홍」에서는 돌발적인 사고로 화상을 입었을 뿐인 한 병사를 전우애가 넘치는 영웅으로 조작해 냄으로써 영달을 누리려는 군 지휘자와 그와 결탁한 언론의 타락상을 풍자하고 있다.

한편「말로만 중산층」「달국씨 일가의 꾀죄죄한 나날들」을 비롯한 일련의 작품들은 소시민들의 일상을 다분히 풍자적으로 그려내고 있다. 앞서 작가 윤흥길은 차분하고 면밀한 묘사가의 입장을 견지하고 있다고 말한 바 있다. 그런 입장은 어린아이의 시점으로 그려진 작품들과 본격적인 삼인칭 시점에 입각한 작품들에서, 그리고 당대현실을 풍자적으로 조명한 작품에서 동일하게 관철되어 있다. 이 점에서 윤흥길의 풍자는 가령 조세희 같은 작가의 그것처럼 래디컬하지 않다. 쉽게 말해서 조세희의 풍자가 어떤 실천적 전략을 기반으로 한 그것인 데 반하여 윤흥길의 그것은 작중현실이 스스로 말하게 하는 방식으로 빚어지는 풍자이다. 이 점에서 그의 풍자는 오히려 해학에 가깝다. 소시민의 생태를 풍자한 일련의 작품들의 경우가 특히 그러하다.

1970년대 후반 이후부터 윤흥길은 주로 장편소설 쪽에 주력하게 된다. 『에미』『밟아도 아리랑』등은 근래에 거둔 그의 탁월한 성과라 할 것이다. 이런 장편들은 대체로 전통적인 묘사를 기반으로 하면서도 앞서 언급한 여러 속성들이 종합적으로 드러나 있다고 할 것이다. 작가 윤흥길은 이제야 중후한 무게를 지닌 작가로 정립되었다. 그는 이미 이룩한 성과 못지않게, 오히려 그보다 더 많은 성과를 앞으로 이룩할 것으로 기대한다.

(『한국소설문학대계』60, 동아출판사, 1995)

남성 편향의 문학
—선우휘

1

    이르는 대로 혼자 집으로 내려오던 나는 우물가 향나무까지 왔을 때 무심코 한 번 작은동생의 무덤을 뒤돌아보았다.

    보니 아버지는 그 작은 무덤 앞에 주저앉아 꼼짝도 않고 있었다. 이상한 느낌이 든 나는 향나무 그늘에 숨어 숨을 죽이고 그러한 아버지를 지켜보았다. 그리고 잠시 후 그 작은 무덤의 흙을 어루만지며 억누를 대로 억누른 목소리로 호곡하는 아버지의 울음소리를 들었다. 그것을 보고 나도 향나무 밑에 주저앉아 한없이 울다가 아버지에게 들킬까 싶어 황급히 집으로 돌아왔다. 얼마 후 집으로 돌아온 아버지는 언제 내가 울었더냐는 듯한 멀쩡한 표정으로 아주 천연스러웠다.

    이는 선우휘의 「아버지의 눈물」이라는 수필의 한 구절이다. 죽은 어린 동생을 묻고 돌아올 때의 선우휘 자신의 어린 시절의 한 장면을 회상한 구절이다. 어린 동생이 죽었는데도 아버지는 눈물 한 방울 흘리지 않아 어머니가 야속타고 푸념을 늘어놓기까지 하였던 것이다. 그 죽은 동생을 아버지와 필자가 뒷산에 묻고 돌아오는데 아버지가 필자더러 먼저 내려가라 하여 내려오다 이상한 느낌이 들어 뒤돌아보았더니 아버지가 동생의 무덤 앞에서 "억누를 대로 억누른" 목소리로 울음을 울더라는 것이다. 필자는 이 광경을 보고 자기도 아버지 몰래 울었다고 진술하고 있다. 이어서 필자는, 이때 자기가 아버지한테서 배운 것은 "남자는 그렇게 혼자 운다는 것이었다"라고 진술하고 있다. 이 구절은 작가 선우휘의 문학을 이해하는 한 소중한 실마리가 될 듯하여 여기에 인용하였다.

남자는 남 앞에서 함부로 눈물을 보여서는 안 된다, 정 울고 싶으면 남 안 보는 데서 혼자 울어야 한다, 이것이 어린 선우휘가 당시의 아버지의 모습에서 배운 점이라는 것이다. '남자는 ……해야 한다' '남자는 ……해서는 안 된다' 하는 식의 전제, 그것은 선우휘의 문학에 일관하는 한 기조로 되어 있다고 해도 좋을 것이다. 다시 말하면 선우휘 문학의 근간을 이루고 있는 것은 남성 편향성(男性 偏向性)이라는 말이다.

이 점과 관련하여 선우휘의 소설에 등장하는 중심적 인물들이 대체로 유다른 체격 내지 체력의 소유자들이라는 사실을 간과할 수 없다. 가령 선우휘의 말년의 대작이자 선우휘 문학의 종합이라고 할 수 있는 「노다지」의 주인공인 김도흡— 김수인 부자는 주목의 대상이 된다. 아버지인 김도흡은 남다른 체격과 완력을 가지고 있을 뿐만 아니라 독사나 독충 같은 것에 물려도 전혀 감염되지 않는 특이 체질을 타고난 인물로 그려져 있다. 김도흡이야말로 선우휘 소설에 등장하는 중심적 남성상의 한 전형이라 할 수 있다. 그의 아들인 김수인은 아버지 같은 특이 체질을 타고 나지는 않았으며 또 전형적인 독농가(篤農家)인 아버지와는 달리 신식 교육까지 받은 지식인이기는 하지만 그 체격이나 체력에 있어서는 자기 아버지 못지않게 당당하고 또 필요한 경우 언제나 그런 체력을 효과적으로 구사할 수 있는 능력과 담력(膽力)도 아울러 갖추고 있는 인물이다.

이 작품에 등장하는 부자의 모습은 선우휘의 다른 여러 소설에 다양한 모습을 하고 등장한다. 가령 선우휘의 출세작이라 할 수 있는 초기의 「불꽃」에 등장하는 혹부리노인과 그 손자인 고현의 모습도 「노다지」의 부자의 모습과 방불한 이미지로 부각되고 있다. 특히 선우휘 자신의 모습이 짙게 투영된 것으로 보이는 고현(「불꽃」) — 김수인(「노다지」)의 이미지는 선우휘 소설의 중심인물로서 우리는 그의 작중현실의 도처에서 이들과 이미지가 유사한 인물들을 만날 수가 있다.

게다가 이런 인물들은 필요한 경우에는 언제라도 폭력을 사용하기도 한다는 점에서 일련의 공통성을 갖는다. 내무서원의 총을 빼앗고 큰 소동을 일으키고 몸을 숨겨버리는 고현(「불꽃」)의 모습이나 못마땅한 면서기에게 주먹을 앵기는 바람에 유치장 신세를 지게 된 젊은 날의 김수인(「노다지」)의 모습과 방불한 장면은 그의 다른 많은 작중현실에서도 보게 된다.

이런 점과 관련하여 작가 선우휘의 문학에는 수시로 테러리스트가 등장하고 또 실지로 폭력적 사태가 빚어지는 경우가 많은데 이 또한 선우휘의 남성 편향의 일면을 엿볼 수 있게 하는 점이라 하겠다. 사실 그의 출세작인 「불꽃」 이전에 그는 이미 세 편의 작품을 발표한 바 있는데 그중의 하나에 '테러리스트'라는 제목의 작품이 있다는 것은 우연 이상의 의미가 있다고 하겠다. 물론 이 작품 자체는 결코 테러리즘을 옹호하거나 변호하고 있는 것은 아니다. 작자는 테러리즘을 공산당과 싸우지 않으면 안 되었던 8·15 직후의 상황에 있어서의 '시대가 요구하던 필요악'으로 규정하고 있다. 그러나 작자는 이제는 쓸모없이 되어버린 이들의 모습을 은연중 연민의 정과 아울러 애정의 시선으로 바라보고 있다. 그야 어떻든 남성스러움의 가장 극단적인 모습이 폭력이요 테러리스트는 바로 그 폭력을 업으로 하는 사람들이다. 선우휘 소설의 도처에서 우리는 그런 폭력적인 장면 혹은 그런 분위기를 만나게 되는데 이 또한 그의 남성 편향성을 반영하는 일면이라 하겠다.

이런 점과 관련하여 그의 소설에는 여성들이 작중의 표면에 부각되는 경우가 드물다는 사실을 간과할 수 없다. 말하자면 선우휘 소설의 여성들은 그의 남성들이 차지하고 있는 만큼의, 남성 중심 인물과 대등한 작중의 역할을 배정받고 있지 못하다는 것이다. 「불꽃」에 있어서의 고현의 어머니는 할아버지 아버지 아들 삼대의 액션의 배후에 가리어 있다. 『물결은 메콩 강까지』에 있어서 주인공 남기욱과 관련되는 두 여인, 즉 이은경과 유혜순은 각기 다른 이유에서 남기욱과 대등한 관계를 이룩하지 못한다. 말하자면 이은경과 남기욱 사이에는 조심스러움으로 인하여 사랑으로 내달을 기회를 잃어버렸던 것이며, 호스테스 유혜순과 남기욱 사이에는 정사(情事) 이상으로 발전할 조건이 성립되지 못하였던 것이다. 「노다지」에 있어서의 김수인의 어머니나 누이들도 이 점은 마찬가지다. 이들은 남성들과 대등한 위치에 놓여 있지 못하다. 단적으로 말해서 그들은, 그들뿐만 아니라 선우휘 소설의 거의 모든 여성들은 딸, 아내, 며느리, 혹은 어머니로 등장할 뿐 여성으로 등장하는 경우는 거의 없다. 여기서 말하는 여성이란 한 인간으로서의 자기 자신의 문제에 부딪쳐들어가 자기의 방식으로 자기의 삶을 펼쳐나가는 그러한 여성 말이다.

그의 소설에 연애의 대상으로서의 여성이 거의 등장하지 않는다는 사실은 단적으로 이를 반증하는 현상이라 하겠다. 말하자면 선우휘의 소설에는 거의 모든 경우에 있어서 정사(情事)로서의 남녀관계는 있어도(사실은 그것마저 그다지 빈번한 것은 아니지만), 사랑하고 그리워하고 번민하고 하는 이른바 연애로서의 남녀관계는 거의 그 예를 찾을 수 없다. 가령 통속성이 짙은 장편 『물결은 메콩 강까지』에는 그의 소설 중에는 드물게 남녀관계가 복합적으로 전개되고 있는 것이 사실이다. 그러나 이 경우마저도 남과 여의 관계는 대등한 관계로서 설정되어 있는 것은 아니다. 주인공인 남기욱과 이은경의 관계는 서로 조심하다가 사랑할 기회를 놓쳐버린 관계이며 호스테스인 유혜순과 남기욱의 관계는 결국 정사 이상으로 발전하지는 못하는 관계이다.

나는 평온한 현실과 무위에 가까운 선량한 서민성을 사랑하지만 그것을 소설의 주제로 하여 형상화할 흥미는 없다. 그들의 생활을 조용히 들여다보고 인간 심리의 기미(機微)를 섬세하게 다룰 능력이 나에게 부족한 것은 사실이지만 어딘지 그것은 평범한 가족사진을 찍는 것 같아 몹시 무미건조한 것으로 느껴진다.

(……)

현실을 남의 것이 아니라, 어디까지나 자기의 절실한 문제로 보고 힘을 다하여 부딪쳐가는 성실성과 정열에 나의 관심은 간다. 그것은 성실하면 할수록 고민과 낙망과 좌절이 더하기 마련이다. 정열이 넘치는 곳 때로는 어찌할 수 없는 운명의 벽에 부딪쳐 부서지기도 한다. 그러나 거기에는 엄숙한 인간의 논리와 미가 있다.

이는 그의 「깃발 없는 기수」(1959)라는 작품의 서두에 피력한 작자 자신의 말이다. 1959년에 피력한 견해이므로 그의 작가적 생애로 볼 때 초기에 속하는 견해이지만 선우휘의 문학적 입장은 대체로 여기 언급한 견해에서 그다지 크게 벗어나지는 않았다고 하겠다. 말하자면 평온한 일상의 세계를 '조용히 들여다보는' 그러한 것이 아니라 현실의 문제를 절실한 자기의 문제로 알고 '힘을 다하여 부딪쳐가는 것' 그것이 작가 선우휘의 문학적 지향점이었던 것이다. 이리하여 그는 선이 굵고 거친 세계를 즐겨 다루어온 것이다. 그의 문학을 일러 참여 내지 상황의 문학이니 행동주의 문학이니 하는 것도 대체로 이런 몇 가지 성격들을 근거로 한 것이라 할 것이다.

그의 문장은 가령 황순원과 같이 시적 이미지를 환기시키는 데 주력하는 문장도 아니고 김동리의 경우같이 어떤 짙은 주술적 분위기를 빚어내는 데 주력하는 그러한 문장도 아니다. 선우휘의 문장은 간명(簡明)한 서술이 주류를 이루는 경우가 많다.

Ⓐ 산과 산. 이어간 산줄기와 굽이치는 골짜구니. 영겁의 정적.
  멀리서 보면 북에서 남으로 흐르는 이 골짜구니가 마치 푸른 모포를 드리운 것같이 부드러운 빛깔로 보였다.
  그러나 골짜구니를 뒤덮고 있는 관목의 가지와 잎사귀에 가리어, 험한 바위가 짐승처럼 엎드리고, 담그면 손목이 끊길 것 같은 차디찬 냇물이 그 밑을 흐르고 있었다.

Ⓑ 어느 해 가을의 토요일. 한 소년이 같은 또래, 같은 학년의 어깨동무들과 이웃 고을의 보통학교 운동회에 구경갈 것을 약속했다. 그 약속에는 어린이들의 소악마적인 음모가 곁들여 있었는데, 그것은 오십여 리 떨어진 그 이웃 고을까지 가는데 기차를 타는 일이었고, 기차를 공짜로 타는 무임 승차의 모험이었다.
  그 음모에 참가한 모든 어린이들의 작은 가슴은 무임 승차라는 범죄성으로 말미암아 긴 비상 끝에 나래를 접은 비둘기의 가슴처럼 뛰었다.

ⓒ 갱도 안은 한증막이었다. 며칠 밤이나 불지펴 달구어진 탓이다. 도흡은 곡갱이를 놓으면서 옷소매로 이마의 땀을 훔쳐냈다. 열기에 흐물흐물 해진 살점이 녹아 흐를 것 같다. 땀을 닦고 난 도흡은 광석과 돌가루 범벅을 나무가래로 그러모아 대삼태기에 처넣었다.
  그때 도흡은 그 돌무더기 속에서 은은히 빛나는 물체를 얼핏 보았다. 허리를 구부려 한 주먹 집어들었다. 희미한 촛불빛에 들여다보니, 그 은은한 빛은 메추리알 만한 돌멩이 하나에서 내뿜고 있었다.

Ⓐ는 그의 초기작인 「불꽃」(1957)의 서두요, Ⓑ는 그의 중기의 작품 「쓸쓸한 사람」(1977)의 서두, 그리고 ⓒ는 그의 마지막 작품인 「노다지」(1986)의 서두이다. Ⓐ는 초기작인 탓도 있겠으나 그 문장의 톤이 굵고 비유도 거칠고 당돌하다. 독자로 하여금 무슨 암시적인 분위기를 느끼게 하거나 혹은 어떤 난삽한 추리를 유도해낼 만한 특별한 장치 같은 것이 마련되어 있는 것 같지도 않다. 문장의 흐름은 매우 간명하고 그 톤은 다분히 단정적이다.

Ⓑ는 그의 중기의 작품인 「쓸쓸한 사람」(1977)의 서두이다. Ⓐ와 Ⓑ사이에는 20년의 시간차가 있기도 하여 Ⓑ의 문장은 Ⓐ의 그것에 비하여 그 톤이 다소 가라앉은 듯한 느낌을 주고 있으며 거칠고 당돌한 느낌도 꽤 가시기는 하였으나 그래도 그 톤이 단정적인 점은 마찬가지다. 그 비유가 거칠고 당돌한 점도 아직 다 가시었다고 할 수 없다. 가령 "어린이들의 소악마적인 음모"니 "범죄성"이니 하는 추상어들이 간명한 단정에서 연유되는 것임을 간과할 수 없다.

ⓒ는 선우휘의 마지막 작품인 「노다지」(1986)의 서두이다. Ⓐ와 Ⓑ의 문장에 비하여 묘사가 주류를 이루고 있는 점에서 차이를 느낄 수 있다. 그러나 그 톤이 간명하면서도 단정적인 점에서는 다름이 없다. 이러한 문장의 톤에서 우리는 이 작가의, 주어진 현실을 향하여 '힘을 다하여 부딪쳐가려는' 적극적인 의지의 반영을 보게 된다.

그의 등장인물들은 거의 예외 없이 성격적 일관성을 반영한다. E. M. 포스터의 이른바 평면적 성격(flat character)의 소유자들이라는 말이다. 그의 소설 공간 안에는 선과 악, 적과 우군이 선명히 갈라서 있다. 그 중간자나 이리 갔다 저리 갔다 하는 자는 거의 없다. 따라서 여기서 전개되는 액션은 대개의 경우 이기기 아니면 지기일 뿐이지 절충이나 화해 같은 것은 거의 없다. 그의 작중현실에서 빚어지는 대화의 많은 부분이 논쟁의 방식으로 전개되고 있는 것도 이를 반증하는 점이다.

이렇게 볼 때 가령 「단독강화」 「싸릿골의 신화」 같은 작품은 그의 문학세계에서는 예외적인 작품이라 할 수 있을지 모른다. 낙오된 국군과 인민군 병사가 우연이 산 속에서 만나 처음에는 서로 경계하다가 나중에는 서로 화해한다는 「단독강화」나 한국전쟁의 소용돌이 속에서 국군과 공산당이 아슬아슬하게 교차하고 있는 가운데서 용케도 살육(殺戮)의 참화를 모면하고 평화롭게 전쟁을 넘기는 한 깊은 산골 마을의 이야기를 그린 「싸릿골의 신화」 등, 이런 작품들은 선우휘의 문학세계에 있어서는 분명 예외적인 작품이라 할 수 있을 듯하기도 하다. 그러나 이런 작품에 펼쳐지는 이야기는 엄밀히 말해서 작가 선우휘의 한 염원이요 소망일지언정 그것이 현실이 아님을 누구보다도 먼저 선우휘 자신이 잘 알고 있었으리라고 추리된다. 「단독강화」의 경우 인민군과 국군 사이의 화해가 결국에는 중공군의 무차별 사격으로 하여 좌절되는 것으로 결말짓고 있는 것은 이를 반증한다. 또 국군과 공산당이 교차하는 속에서 용케 참화를 모면하고 평화를 되찾게 되는 「싸릿골의 신화」의 경우도 이 점은 마찬가지다. 작자는 이러한 평화가 싸릿골이라는 이 지상에는 없는, 도원경 아니면 유토피아에서나 있을 수 있는 일임을 독자에게 납득시키고 있다. 그러기에 굳이 '신화'라 한 것이다. 다시 말하면 「단독강화」나 「싸릿골의 신화」에서 볼 수 있는 일이란 선우휘 자신이 염원하는 한 꿈의 세계라 할 것이다. 역설적으로 말하면 그런 세계를 염원하면서도 그런 세계를 만날 수 없다는 전망에서 앞서 말한 바와 같은 상극적인 상황이 전개되는 것이라 할 것이다.

2

선우휘의 문학세계를 구체적으로 이해하기 위해서는 그의 출세작이라 할 「불꽃」을 먼저 살펴보아야 할 듯하다. 이는 그의 초기의 작품으로서의 여러 가지 미숙성을 드러내고 있는 것은 사실이지만 긍정적인 의미로든 부정적인 의미로든 그 이후의 선우휘의 문학적 개연성이 다양하게 포괄되어 있는 것같이 보이기 때문이다.

이 작품은 단적으로 말해서 주인공 고현이 여러 가지의 수난과 방황을 거친 끝에 자기 삶의 지표를 정립하게 되기까지의 과정을 그린 작품이라 할 수 있다. 그 점에서 이는 성장소설적인 요소가 짙은 작품이라 할 수 있다. 고현은 서울에서 백여 리 떨어진 P고을에서 싸전을 하고 있는 할아버지와 홀어머니 슬하에서 성장하였다. 아버지는 기미년의 만세운동 당시 교회의 지도자로서 앞장서서 독립만세를 부르다가 일경의 총에 맞아 죽었다. 고현은 할아버지를 모시며 혼잣 몸으로 농사를 짓고 있는 홀어머니의 유복자로 성장한다. 할아버지 고노인은 일경의 총에 맞아 죽은 아들은 불효자식이라 하여 미워하였으나 자라는 '현'은 냉랭히 대하는 가운데에도 대를 이을 핏줄이라는 점에서 귀여워하였다.

"믿을 것은 자기밖에 없느니라. 딴 녀석을 위해 손가락 하나 까닥거릴 것도 없고, 손톱만큼이라두 남의 도움을 바랄 것도 없어." 이것이 할아버지의 신조이며, 기회 있을 때마다 손자인 현에게 들려주는 교훈이다. 현은 할아버지의 교훈을 그대로 추종한 것은 아니지만 어떻든 "남을 괴롭히지 않고 그저 자기는 자기대로 살아가는 것"을 삶의 신조로 하고서 청년 시절을 맞는다.

그러나 세상은 그의 신조대로 살아가게 내버려두지 않는다. 2차대전이 터졌고 대학을 다니던 그는 결국 학병에 끌려가게 된다. 여기서부터 그의 험난한 삶의 길이 시작된다. 중국전선에 배치된 그는 견디다 못하여 일군에서 탈출하여 중공군의 주둔지로 들어간다. 그러나 그는 그 속에 적응하지 못하고 한 달도 못 되어 그곳을 탈출하여 남만주를 거쳐 고향인 P고을에 돌아온다.

해방과 함께 38선 근처의 P고을은 이남으로 책정되어 있었다. 그는 여기서 여학교 교원이 된다. 이북에서 피난민의 행렬이 줄을 잇고, 학교도 독직사건 등등으로 하여 소란스러웠다. 6·25가 터지고 공산당이 판을 치는 세상이 되었다. 인민재판이 집행되고 하는 속에서 현은 고민한다. "남에게서 괴로움을 받기 싫은 것처럼 나도 남을 괴롭히지 않는다"는 신조로 살아온 이제까지의 자신의 삶의 궤적이 결국 도피의 연속이었음을 깨닫는다. 이러한 심적인 우여곡절을 거친 끝에 그는 마침내 "외면하지 않고 어떻든 정면으로 대하자"는 결의를 다지면서 포악하고 교만한 "광기의 청부업자들(공산당을 가리킴. 필자)"을 물리치고 "'조용한' 인간들의 세계"가 오도록 해야겠다는 결의를 다진다.

금세기 전반기의 프랑스 작가 앙리 바르뷔스의 작품에 「광명」이라는 소설이 있다. 평범한 한 소시민이 점차 사회적 모순을 깨닫기 시작하여 마침내 공산주의자로 되기에 이르는 과정을 그린 소설이다. 러시아 볼셰비키 혁명이 일어난 지 얼마 되지 않은 시점에서 나온 이 소설은 당시의 사회적 풍조와 아울러 지식인들 사이에 상당히 인기가 있었던 모양이다. 이 소설이 계기가 되어 '크라르데(광명) 운동'이 일어나기까지 했던 것이다. 선우휘의 「불꽃」은 그보다 30여 년 뒤에 나온 작품인데 양자의 주인공들이 이념적으로 눈을 떠가는 과정을 그리고 있다는 점에서 비슷하지만 바르뷔스의 주인공이 당도한 지점이 공산주의인데 선우휘의 주인공이 당도한 지점은 그와 정반대의 지점이라는 점에서 양자는 대조적이다.

「불꽃」의 주인공 고현이 당도한 이념적 거점을 통해서 볼 수 있는 바 선우휘의 작가적 자세는 정의와 불의에 대한 관점이 단호하다는 사실이다. 이 점에서 그는 거의 일도양단식의 관점을 견지하고 있다고 하겠다. 앞서 그의 문학이 남성 편향적이라 말한 것도 이와 긴밀히 관련된다. 말하자면 그의 주인공들은 가령 「불꽃」의 주인공이 그러했던 것처럼 일시 방황하고 방관자적인 입장을 취하기도 하지만 대개의 경우 결국은 정의와 불의의 변별 기준을 분명하게 정립하기에 이르고 마침내 이 기준에 입각하여 회의 없는 행동으로 나아간다.

가령 「깃발 없는 기수」의 신문기자인 허윤, 「마덕창대인(馬德昌大人)」의 주인공 마덕창대인 즉 이종혁, 「노다지」의 주인공 김수인 등은 그 대표적인 예이다. 특히 「마덕창대인(馬德昌大人)」은 이런 계열의 탁월한 작품이라 하겠다.

앞서 선우휘에 있어서는 정의와 불의의 변별이 거의 일도양단식이라 할 만큼 단호하다고 말한 바 있거니와 이는 공산당과의 대응 자세에 있어서 특히 그러하다. 「불꽃」에서 이미 살펴본 바와 같이 "남에게서 괴로움을 받기 싫은 것처럼 나도 남을 괴롭히지 않는다"는 신조야말로 고현에 있어서의 정의와 불의의 변별 기준이 되는데 '광기의 청부업자들' 즉 공산당이야말로 그의 '기준'을 유린하는 무리들로 간주되기 때문이다. 고현이 공산당에 협력할 것을 강요하는 '광기의 청부업자'라 할 친구 연호의 강요를 목숨까지 내걸고 단호히 거절하는 것은 이를 반증한다. 해방 직후의 좌우의 싸움 가운데서 중간자적 입장을 취해오던 「깃발 없는 기수」의 주인공인 신문기자 허윤이 공산당의 잔인한 행동을 겪게 되자 마침내 그 두목을 저격하는 일에 나서는 것도 같은 맥락에서 이해될 수 있는 것이며, 「불꽃」의 고현과 거의 동일인이라 할 수 있는 「노다지」의 주인공 김수인이 한국전쟁의 소용돌이 속에서 국군의 장교로서 맹활약하는 것도 같은 관점에서 이해될 수 있다. 삶의 의의를 상실하고 방황하던 『물결은 메콩 강까지』의 주인공인 화가 남기욱이, 거금을 탕진하며 월남전 반대의 광고를 내는 이른바 환상적 평화주의자인 재일교포 김석을 단호히 매도하고 자신은 결국 월남전의 현장까지 종군화가로서 참여하는 것도 같은 맥락에서 이해할 수 있을 것이다.

선우휘 문학에는 강력한 민족주의적 분위기가 느껴지는 것도 사실이다. 그는 해방 직후 이북에서 로스케들에 의하여 한국의 여인이 겁탈당하는 것을 보았고, 월남한 이후 미군에게 몸을 파는 한국 여인의 모습도 보았음을 그의 작품의 도처에서 피력하고 있으며, 엽전(조선 사람에 대한 경멸적인 호칭)의 서글픔을 때로는 희화적으로 때로는 진지하게 토로하고 있다. 그의 작중인물들이 때로는 로스케와 충돌하고 때로는 미군과 마찰하는 것도 이를 반증하는 면이라 하겠다. 조선조 말기에서 시작하여 6·25의 휴전협정의 시점에서 끝나고 있는 「노다지」에서 작자가 되풀이해서 강조하고 있는 것은 그 기간이 여러 외세에 의한 조국 침탈의 기간이었다는 것이다. 이런 치욕의 역사에 종지부를 찍고 당당한 새로운 민족사를 펼쳐나가야 하겠다는 것이 이 작품의 지향점이라 할 수 있다.

선우휘의 문학에 있어서 남과 북의 문제가 중요한 제재로 떠오르는 것은 그가 평안도를 고향으로 한 실향민이라는 사실이 아무래도 결정적 요인이 되어 있다고 할 것이다. 그의 문학에 있어서 이런 남북의 이념적인 문제뿐만 아니라 고향에 대한 실향민으로서의 그리움이 중요한 제재로 되고 있는 것은 그 때문이다. 「망향」「아아 내 고향」 등은 그런 문맥에서 연유된 작품들이다.

한편 남과 북의 문제를 다룬 작품들과는 다소 제재를 달리하면서도 결국 비슷한 갈래로 읽을 수 있는 작품으로 「馬德昌大人」「묵시」「쓸쓸한 사람」 등을 들 수 있다. 「馬德昌大人」의 주제는 조국에 대한 충성과 배신의 문제라고 할 수 있다. 이 작품은 처음 일군 장교로 있다가 러시아 스파이로 잡혀온 한인한테서 당신은 왜 여기 왔느냐는 추궁을 듣고 고민하기 시작하여 3·1운동을 겪은 후 결국 독립군에 참여하여 활약하다가 일군에 체포되어 옥고를 치르면서도 끝까지 전향하지 않은 마더창, 즉 본명 이종혁의 행적을 그리고 있다. 이종혁의 삶의 궤적에서 우리는 일종의 도덕적 준엄성을 느끼게 되는데 그런 면은 고현—김수인 등에서 볼 수 있는 삶의 자세와 궤를 같이하는 면이라 하겠다.

이광수와 그의 친구 서낭(홍명희를 일부 모델로 한 것일 듯?) 두 사람의 일제에 대응하는 자세를 대조적으로 그려내면서 어려운 시대를 살아가는 지식인의 서로 다른 삶의 방식을 그리고 있는 「묵시」는 부분적이기는 하지만 애국과 배신의 문제가 다루어지고 있다. 이 작품에 있어서 작자는 춘원을 비난하기보다는 이해하려는 입장에 서 있다고 하겠다. 이 작품의 초점은 일제에 협력한 이광수 쪽이 아니라 일제에의 협력을 거부한 서낭의 그 이후의 행적을 추적하는 데 집중되어 있기는 하지만. 2차대전 말기 신사참배를 강요하는 일제로부터 교회를 구하고 다른 목사들의 고초를 덜어주기 위해서 스스로 신사참배에 나선 일제 말기의 한 교회 지도자의 해방 이후의 모습을 추적하면서 누가 배교자 내지 위선자이며 누가 진정한 순교자인가를 천착하고 있는 「쓸쓸한 사람」도 같은 맥락에서 읽을 수 있을 것이다. 이 세 편의 작품들은 상대적으로 그 톤이 차분하고 섬세한 뉘앙스를 느끼게 한다. 그만큼 그의 다른 거창한 제재의 작품들보다 호소력이 강하다.

끝으로 선우휘 문학의 총결산이라 할 「노다지」를 살펴보기로 한다. 이 작품은 어찌 보면 그의 출세작인 「불꽃」을 방대한 장편으로 확대시켰다고 말할 수 있을 듯하다. 우선 주인공 고현(「불꽃」)과 김수인(「노다지」)의 인적 사항들이 대체로 비슷하다. 고현의 행적이 공산당에 대항하여 남쪽을 선택하기까지의 이야기로써 일단락되어 있는데 반하여 김수인의 행적은 월남하여 기자생활, 교편생활 등을 거쳐 6·25 직전에 군에 입대하여 전쟁에 참여하여 활약하고 휴전이 된 이후 군복을 벗을 생각을 하기까지의 이야기로써 끝맺고 있다. 이러한 고현— 김수인의 행적을 놓고 볼 때 성장소설적 구도로 되어 있다고 하겠다.

한편 「불꽃」의 계보가 할아버지 — 아버지 — 고현의 3대로 이어지고 있는 데 반하여 「노다지」는 아버지(김도흡) — 아들(김수인)의 2대로 되어 있다. 그러나 「불꽃」의 아버지는 고현이 어머니 뱃속에 있을 때 사망하여 전적으로 할아버지 밑에서 자랐다는 점에서 양편의 가족관계의 유사성을 지적할 수 있다. 어떻든 이런 각도에서 보면 이는 가족사소설적인 면도 있다고 할 수 있다.

그러나 「불꽃」과 「노다지」는 서로 사뭇 다른 점이 있다. 전자가 단편소설인데 후자는 방대한 장편이라는 점이다. 게다가 전자에서는 고현이 6·25 전에 이북 공산당에 반대하여 월남을 결심하는 시점에서 끝나고 있는 데 반하여 후자는 조선조 말기의 시점에서 아버지의 시대가 시작되고 일제가 전쟁을 시작한 시점에서 아들의 시대가 시작되어 6·25의 소용돌이를 거쳐 휴전에 이르는 시점에서 끝맺고 있다.

「노다지」는 구한말에서 휴전이 되기까지 거의 1세기에 해당하는 기간에 걸쳐 있다. 이 소설에는 역사적 사실도 많이 삽입되어 있고 그 역사적 사실에 대한 작자의 논평까지 곁들여 있다. 그 점에서 이 소설은 유종호의 지적과 같이 역사와 개인사가 종합된 소설이라 하겠다.

이 작품의 말미에서 주인공 김수인은, 이번 전쟁 동안 패망의 위기에서 우리를 건져낸 것은 미군이었다. 그러나 무너져가는 둑을 막기 위하여 온몸을 던져 인간 방파제를 쌓았던 것은 우리 형제였다. 그럼에도 미국이나 다른 나라 기록에는 우리 젊은이들 죽음에 대해선 단 한 줄도 기록되어 있지 않다고 개탄하고, "긴 시간의 흐름 뒤에 누가 이 시대의 허망한 피와, 아픔과, 죽음을 증언할 것인가? 이 땅의 숲과 바위마다 맺힌 한과 고통을, 골짜기와 강물마다 스며 있는 피의 의미를 누군가가 뒤에 오는 사람들에게 생생히 되살려서 일깨워주어야 한다"라고 독백하고 있다. 이것이 주인공 김수인의 생각이자 이 소설의 중심적 의도라 하겠다. 그리고 그것이 넓게 말해서 선우휘 문학의 지향점이라 할 수 있다.

(예술원, 『한국예술총집 – 문학편』, 1997. 12)

한의 여러 궤적

—박경리

1

박경리의 『토지』는 여러 가지 점에서 우리 문학사에 새로운 기록을 세운 작품이다. 우선 그 분량에 있어서 전질 16권, 원고지 4만 장에 달하는 방대한 소설이다. 아마도 홍벽초의 『임꺽정전』 이후의 기록 경신이 아닐까 한다. 이 소설에 설정된 시간적·공간적 배경 또한 우리 소설사에서 그 유례를 찾을 수 없는 것이다. 5백 년의 조선 왕조가 이리떼처럼 밀어닥치는 국제 열강의 침략의 위협 앞에 풍전등화의 위기에 놓이게 된 19세기 말엽에서 시작하여 일본 제국주의의 가혹한 침탈의 기간을 거쳐 마침내 1945년의 8·15광복을 맞기까지 거의 1세기에 달하는 기간을 이 소설은 그 시간적 배경으로 설정하고 있다. 장소적 배경 또한 종래에 유례를 볼 수 없이 웅대하다. 경상도 하동땅 평사리의 대지주 최참판 댁을 중심으로 하여 그 그늘

에 살아가는 인근 농민들의 삶의 묘사로 시작되고 있는 이 소설은 제 1부가 완료되는 시점에서부터 그 장소적 배경이 확산되기 시작하여, 만주, 서울 그리고 진주, 하동 등지로 거대한 파노라마처럼 이동한다. 등장인물 또한 미증유의 것이다. 이 소설의 기점이 되고 있는 최참판 댁의 이야기만을 간추려본다 하더라도, 윤씨부인으로 비롯되는 이 집의 가계는 아들(최치수), 손녀(최서희), 증손자(환국·윤국)에 이르기까지 4대에 걸쳐 있다. 뿐만 아니라 최참판 댁 일가와 직접 간접으로 관련되어 있는 다른 모든 인물들 역시 최참판 댁 사람들과 마찬가지로 3대 내지 4대의 가계를 이어오는 것이다. 게다가 이들은 그 사회적 계층에 있어서나 인간 타입에 있어서 굉장히 다양하고 다층적이다. 위로는 양반 토호 내지 선비를 비롯하여 중인이나 상민, 그리고 농민, 목수나 포수 그리고 노비, 천민에 이르기까지 그 계층은 다층적이다. 이러한 신분상의 계층구조는 또한 백 년 동안의 세태의 변화에 따라 다양하게 변화를 보이기도 한다. 즉 김길상의 경우처럼 머슴이 주인으로 상승되기도 하고 김두수의 경우처럼 양반의 후예가 왜놈의 끄나풀로 타락하기도 한다는 말이다.

작자의 연보에 의하면 이 소설의 제1부를 『현대문학』에 연재하기 시작한 것이 1969년으로 되어 있다. 올해로서 완간이 되었으니 장장 25년간의 세월에 걸쳐 작품이 완성된 셈이다. 한 작품을 놓고 이처럼 장구한 세월과 씨름을 하였다는 사실 또한 우리 문학사에서 기록될 민한 일이다. 더구나 이 작품을 쓰는 도중에 이 작가가 암수술을 받고 생사의 갈림길에서 집필을 계속하였노라고, 서문에서 술회하고 있다. 이 또한 감동적인 요인이 아닐 수 없다.

하동땅 평사리를 장소적 배경으로 하여 최참판 댁의 몰락의 과정을 중심적 액션으로 하고 있는 이 작품의 제1부는 그 구성의 면에 있어서나 극적 긴장감을 유지하는 면에 있어서 여타의 부분에 비하여 단연 앞선다. 머슴 구천과 젊은 안주인인 별당아씨 사이의 불륜의 관계 및 뒤이은 도피행, 젊은 주인 최치수의 편집광적 집념으로 비롯되는 추적, 김평산·칠성·귀녀 등의 씨 바꿔치기의 음모와 뒤이은 최치수 살해사건, 역질의 만연과 윤씨부인의 죽음, 악당 조준구의 등장, 소중한 피붙이들을 차례로 잃고 마침내 천애고아가 된 최서희의 조준구의 농간에 대한 필사적인 반발, 마을 사람들의 조준구에 대한 습격으로 비롯되는 의병 거사, 조준구의 농간에 의하여 가산을 온통 빼앗겨버리고 마침내 신변의 위협까지 받게 된 최서희 및 그를 돕는 김길상 등의 필사적인 평사리 탈출 등등. 이 소설의 제1부에서 빚어지는 이런 일련의 사건들은 그 추리소설적 전개로 하여 다분히 엽기적 흥미마저 자아낸다.

그러나 최서희·김길상을 비롯한 평사리 사람들이 멀리 만주 땅 용정으로 활동무대를 옮긴 뒤부터 작중의 흐름에는 일대 변화가 인다. 제1부의 중심인물이었던 최서희·김길상 등 최참판 댁 사람들은 점차 작중에서의 비중이 약화되어간다. 백 년이라는 긴 작중의 시간의 흐름에 따라 이미 있는 사람들은 차례로 늙어서 죽고 새 사람들이 잇따라 등장하게 되는 것이므로 이는 당연한 일이라 하겠으나 어떻든, 이제껏 독자와 친숙했던 사람들이 편을 거듭함에 따라 차례로 독자의 시야에서 사라지고 낯선 인물들이 새로이 등장하여 새로운 삶의 양상을 펼쳐가는 것이다. 이제껏 친숙해온 사람들이 오랜만에 드문드문 독자의 시야에 들어오는 경우도 있지만, 그러한 경우 그들의 모습은 세월의 부피와 더불어 많이 변해 있는 것이다. 요컨대 이 소설에는 전편에 일관하는 주인공이 없다. 윤씨부인·최치수·최서희·최환국·최윤국 등은 각기 자기 몫의 시대에 있어서만 주인공일 뿐 자기 몫의 시대가 지나면 차례로 중심무대에서 사라지는 것이다. 그들과 직접 간접으로 관계되는 다른 모든 인물들 역시 이 점은 마찬가지다.

그런 점에서 이는 주인공 없는 소설이라 할 수 있고, 그 모든 사람들이 자기 몫의 시공간 안에서만 주인공 노릇을 하고, 그러한 소설이라 하겠다. 이런 면에서 이는 우리 소설사에 또하나의 기록을 세웠다 할 것이다.

제2부 이후에 가면, 제1부에서 느낄 수 있었던 구성상의 일관성, 추리소설적 긴밀성 등은 점차 희박해져간다. 생소한 인물들이 생소한 장소에서 잇따라 생소한 사건들을 빚어내기 때문에 독자들은 그 개개의 인물·배경·액션 사이에 일정한 맥락이나 필연성 같은 것을 찾아낼 수 없다. 찾아내려 하는 것 자체가 덧없는 일이다. 재래의 소설읽기의 관습에서 볼 때 이는 독자에게 부담으로 느껴지는 측면일 수도 있다. 그러나 이 작품을 끈기 있게 다 읽고 나면, 백 년이라는 세월의 민족사의 흐름이 거대한 강물처럼 굽이쳐 흐르고 있음을 의식할 수 있다. 대하소설이란 이를 두고 이름일 것이다.

이 소설에는 여러 갈래의 가계 이야기가 서로 얽히고 설키면서 거대한 서사공간을 이룩해간다. 말하자면 여러 갈래의 가족사가 아무렇게나 풀어놓은 실타래처럼 서로 얽혀져나간다는 것이다. 제1부에서는 최참판 댁의 가계 이야기가 중심이 되지만, 그들의 이야기와 병행하여 가령 용이·홍이 등으로 이어지는 가계, 봉순네·봉순(기화)·양현으로 이어지는 가계, 이동진·이상현, 그리고 시우·민우 혹은 양현으로 이어지는 가계, 김평산·함안댁·두수·한복, 그리고 그들의 자녀로 이어지는 가계 등등 숱한 가계의 이야기가 서로 얽히면서 펼쳐진다.

이런 여러 갈래의 가계의 흐름의 전개와 아울러 다양한 계층의 백 년에 걸친 동안의 인정세태의 변모양상이 아울러 전개된다. 그런 점에서 이는 연대기소설적인 속성을 간직한 소설이라 할 수 있다.

그러나 이는 풍속소설 내지 연대기소설에 그쳐 있는 것은 물론 아니다. 나라를 일제에 빼앗겼다가 가혹한 식민통치의 고초를 겪은 끝에 조국 광복을 맞을 때까지의 1세기 동안의 우리 민족의 줄기찬 독립투쟁의 여러 양상들이 이 작품의 서사공간 안에 한 소중한 무늬를 형성한다. 김훈장을 위시한 일련의 사람들의 의병항쟁, 김개주·김환·윤도집을 위시한 일련의 사람들의 동학운동, 이동진·박재연·

권필응 등의 항일독립운동, 김강쇠·송관수 등의 사회운동, 서의돈·강두메의 사회주의운동, 권오송의 문화사업, 임명빈·임명희 등의 교육사업 등등도 이 작품의 연대기적 흐름과 병행하여 한 소중한 시대적 무늬를 형성하는 것이다. 그런 점에서 이는 사회소설적 일면도 지니고 있다 하겠다.

그러나 이는 특정한 이데올로기를 전제로 하는 그러한 사회소설과는 성격을 달리한다. 의병·동학·노동운동 등등 이념이나 기반을 달리하는 이런 모든 갈래의 운동의 흐름에 대한 작가의 자세는 일관하여 관조자의 그것이다. 어떤 점에서 시니컬하기조차 하다. 의병에 나선 김훈장의 시대착오적인 모습이 다분히 희화적으로 그려져 있는 점, 동학의 주요 인물인 김개주나 김환 등이 인륜에 어긋나는 소행을 하는 사람으로 묘사되어 있는 것도 그런 점과 관련된다. 이 소설에는 숱한 장면에서 이른바 이데올로기 논쟁이라 할 수 있는, 작중인물 상호간의 갑론을박이 벌어지거니와 작자는 대부분의 경우 그 어느 편에도 기울지 않는다. 많은 경우에 있어서 작중인물 상호간의 갑론을박이 술자리에서 빚어지고 있는 것도 이런 점과 긴밀히 관련된다. 이데올로기 논쟁이라 할 수 있는, 인물 상호간의 이러한 갑론을박을, 승패 없는 취담으로 묘사함으로써 작자는 그 장면을 캐리커처하고 있다. 그러한 이데올로기 논쟁으로부터 일정한 거리를 유지하려는 작자의 의도를 반영하는 현상이라 하겠다.

백 년간에 걸쳐 있는 이 작품의 시공간 안에는 숱한 사람들이 죽어가지만, 또한 숱한 사람이 새로이 태어나고 자라서 어른이 되기도 한다. 그 자라서 어른이 되는 사람들의 성장의 궤적을 중심으로 보자면 이는 또한 성장소설적인 면도 있다고 할 것이다.

그러나 이제까지 말한바 이 소설이 간직하는 여러 가지 면들은 각기 일면의 것에 지나지 않는다. 이 소설은 그러한 여러 가지 면들을 다 포괄하고 있는 것이다. 말하자면 소설이라는 장르가 포괄할 수 있는 거의 모든 속성들을 다 포괄하고 있는 그러한 소설이다. 그런 면에서도 이는 기록적인 작품이다.

2

이미 살펴본 바와 같이 이 소설은 독자의 흥미의 방향에 따라서 다양하게 읽을 수 있을 것이다. 그러나 이 작품에 제기되어 있는 가장 핵심적 과제는 단적으로 말해서 한을 추구하는 데 있다고 하겠다.

"어머니."

"와."

"지는, 그렇지만 아버지처럼 살지는 않을 겁니다. 저는요, 내 가족들하고 양지 바른 곳에서 살고 싶습니다."

"아부지가 어때서? 다 우리 살게 해놓고 가셨다. 니 아부지 겉은 사람이 어디 있어서? 마음으로는 자개 식구들이 은금보화였제. 어이서 우떻게 돌아가셨는지 흔적도 모리는 부모, 우짜다가 나 겉은 거를 만내서 생기난 너거들 그기이 다 니 아부지 가심에 맺힌 한인기라. 그한이 없었다믄 멋 땀시 찬서리 맞아감서 그리 살았겠노."

"압니다. 알지요. 그러나 저는 그 한을 버릴랍니다."

"한이 어디 안 가지겠다 해서 안 가지는 기가? 또 한이 없는 사램이 어디 있을 기고……"

한 작중인물은, 사람 사는 일 그것이 모두 한이라고 말하고 있거니와 이 장면에 있어서의 어머니 또한 한을 버리겠다는 아들에게, '한이 어디 버리겠다고 해서 버려지는 것이냐? 그리고 한이 없는 사람이 어디 있겠느냐?'고 되묻고 있다. 삶 그 자체가 한이요, 인간존재의 숙명 자체가 한이라는 말이다.

사실 이 소설에서는 여러 가지 경우에 있어서 여러 가지 사람의 입을 통하여 한이 운위되고 있다. 뿐만 아니라 여기에 등장하는 거의 모든 사람들은 각기 그 나름의 한을 지니고 살아가고 있다. 우선 최참판 댁의 제1세대인 윤씨부인부터가 그렇다. 윤씨부인은 청상과부의 몸일 뿐 아니라, 청상의 몸으로 뜻 아니한 불륜의 자식을 낳아야 하였고, 그 아들(구천)이 며느리(최치수의 아내)와 불륜의 관계에 빠져 도피하는 일을 겪게 되고, 이 일로 하여 편집광적인 복수심의 포로가 된 큰아들(최치수)은 그 불륜의 남녀를 추적하기 위하여 날뛰지만 자신의 죄업 때문에 윤씨부인은 미구에 일어날지도 모를 형제간의 살육행위를 드러내어 말리지도 못하는 것이며, 뒤미처 그 아들마저 김평산 등의 음모에 의하여 무참히 살해되는 끔찍한 일을 당하게 되는 것이다. 전생의 무거운 업보처럼 줄이어 닥치는 이런 참혹한 불행을 겪으면서도 의지가지없는 손녀가 걱정되어 죽지도 못하는 윤씨부인의 삶이야말로 한 그것이라 하겠다.

아들 최치수 또한 한에 들려 있는 위인이다. 불륜에의 죄의식으로 하여 마음의 문을 닫아버린 윤씨부인으로부터 어머니로서의 사랑을 받아보지 못한 채 성장한 최치수는 철저히 개인 위주의 윤리를 강조하는 자기 스승 장암의 학문적 영향도 있고 하여 극단으로 고립적이며 편집광적 성향이 짙은 인물로 형성되었는바, 남성의 기능을 상실한 터에 아내가 머슴(구천)과 불륜의 관계에 빠져 행방을 감추자 짙은 복수심을 품게 되는 것이다. 그들에 대한 집요한 추적은 그의 짙은 원한감정을 반영하는 행위라 하겠다.

어머니의 출분, 아버지의 비명횡사, 그리고 할머니의 갑작스런 죽음으로 하여 혈혈단신이 된 어린 최서희에게는 모든 일이 다 못마땅하고 원망스러운 것이다. 더구나 천하의 악당 조준구의 농간으로 하여 집과 재산을 빼앗기고 급기야는 일신의 안위마저 위태롭게 되어 멀리 만주땅 용정으로 피신하지 않으면 안 된 최서희의 가슴에 복수의 일념이 사무칠 것은 당연하다. 그녀의, 오매에도 잊을 수 없는 염원은 어서어서 재물을 모아 고향으로 돌아가는 일이다. 그리하여 조준구가 차지하고 있는 집과 전장을 되찾는 일이다. 그것이 곧 최서희의 한이다.

최참판 댁의 가계와 직접 간접으로 관계를 맺고 있는 다른 대부분의 가계의 사람들에게서도 우리는 거의 예외 없이 무슨 업보와도 같은 한의 흐름을 볼 수 있다. 가령 용이·월선·강청댁·임이네를 비롯하여 홍이로 이어지는 가계, 봉순네·봉순(기화)·양현으로 이어지는 가계, 김평산·김두수·한복 등으로 이어지는 가계, 송관수·송영광 등으로 이어지는 가계에서 업보와도 같은 한의 흐름을 볼 수 있다. 사랑하는 사람을 두고 딴 사내(조용하)와 결혼함으로써 깊은 상처를 입게 되는 임명희, 얄궂게도 일본인(오가다)을 사랑하게 되고 일본인의 아이를 낳지 않으면 안 되게 된 상황에서 결국 사랑도 자식도 버리고 방황하는 유인실, 의지가지없는 몸으로 일신의 외로움을 노래로 삭이면서 세상을 떠돌아다니는 주갑이, 그리고 불륜의 씨로 태어나, 어머니의 집에 머슴으로 들어가, 어머니를 어머니라 부르지도 못하고 씨 다른 형의 부인(별당아씨)과 불륜의 관계에 빠져 고난의 도피행각을 하다가 결국 그 여인과도 사별하고, 동학운동에 투신하는 구천이 등등. 여기 등장하는 거의 모든 사람들은 그 가계의 흐름의 자리에서 보나, 개개의 인물들이 이룩해가는 삶의 궤적의 자리에서 보나 한결같이 한을 안고 있는 것이다.

요컨대 『토지』라는 시공간 안에서는 사람 살아가는 일 자체가 한이요, 인간의 존재 자체가 한이다. '토지'라는 이 작품의 제목은 일차적으로는 하동땅 평사리의 방대한 농토, 그리고 그 농토에 밀착되어 살아가는 사람들의 이야기와 관련된 것이라 할 수 있겠으나, 그것은 오히려, 사람이 살아가는 숙명적 터전, 인간의 조건이라는 의미와 관련되는 것이라 풀이할 수 있을 것이다. 말하자면 사람은 누구나 땅을 밟고 살아가게끔 운명지어져 있음과 같이 한을 안고 살아가게끔 운명지어져 있다는 것이겠다.

3

사람에게는 누구나, 그리고 민족에게는 어느 민족에게나 각기 그 나름의 한이 있게 마련이다. 그러나 그 한의 빛과 결은 각기 그 나름으로 다르다. 이 세상의 모든 사람은 각기 다른 자기의 얼굴을 가지고 살아가듯이, 또한 각기 다른 자기의 한의 얼굴을 이룩하며 살아간다. 뿐만 아니라 한 인간의 생애에 있어 그의 한의 얼굴은 그의 생애의 고비마다에서 각기 다른 빛과 결을 이룩해가는 것이다. 그리고 모든 사람이 각기 자기 나름의 한의 얼굴을 이룩해가는 까닭은 각자의 주체적 선택 및 지향성의 다름에서 연유되는 것이다.

한은 '① 원한, ② 한탄'이라는 그 사전적 풀이에서도 볼 수 있듯이 그 바탕에 어둡고 충충한 정서를 깔고 있다. 그 어둡고 충충한 측면이 어떤 사람의 경우에는 더욱 어둡고 충충한 빛깔로 굴러떨어지고 어떤 사람의 경우는 끊임없이 맑아지고 밝아질 수 있다. 그러한 차이는 자신의 한을 잘 '삭이는 데' 성공하느냐, 못 하느냐의 차이에서 연유된다. 한에 있어서의 '삭임'의 기능, 그것이 곧 한의 주체자의 주체적 선택 내지 가치지향성에서 연유되는 기능이다. 『토지』라는 소설공간 안에서 빚어지는 개개의 한의 궤적 또한 여기서 예외는 아니다.

한은 최서희의 경우 집념 깊은 복수심으로 굳어진다. 불륜의 씨로 태어나, 부모의 사랑도 받아보지 못한 채 지극히 고집세고 까다로운 성품으로 굳어진 최서희는 자기 한의 공격성의 표적을, 집과 전장을 가로채고 자기를 핍박한 조준구에게로 집중한다. 그의 이런 복수심은 강렬한 성취동기를 유발하여 재물을 모으는 데 성공하여 마침내 조준구로부터 집과 전장을 되찾게 되는 것이다. 말하자면 조준구에 대한 복수의 일념이 집과 전장을 되찾겠다는 소망을 성취케 하는 힘으로 되었다는 말이다. 최서희에 있어서 한은 원래 복수심에서 연유되는 어둡고 충충한 측면을 간직하고 있음에도 불구하고 마침내는 간절한 소망으로 일대전환을 이룩하고 나아가서 강렬한 성취 에너지를 빚게 된다.

최서희와 비슷한 지점에서 시발하였음에도 불구하고 전혀 다른 방향으로 궤적을 형성해간 경우가 김두수의 경우다. 살인죄인으로 아버지 김평산은 처형되고 착한 어머니마저 목매달고 죽게 된 이후 살인죄인의 자식이라는 의식을 마음의 화인처럼 안고 살아가는 김두수는 자기를 살인자의 자식이라 하여 멀리하는 마을 사람들을 원망하게 되고 나아가서 자기의 유일의 피붙이인 동생(한복이)을 제외한 세상 모든 사람들을 원수로 생각하기에 이른다. 천하의 악당을 아버지로, 착하고 부덕을 갖춘 함안댁을 어머니로 하여 태어난 김두수·김한복 형제는, 무슨 윤회·업원과도 같이 아우가 착한 보통사람의 길을 간 것과는 달리 형인 김두수는 천하 악당의 길을 가는 것이다.

어머니를 땅에 묻은 날 소나무에 머리를 찧으며 통곡하던 어린 김두수가 독자의 시야에서 오랫동안 사라진 끝에 다시 나타난 것은 성인이 된 이후이며, 일제의 유능한 밀정으로서이다. 살인죄인의 자식이라 하여 손가락질하는 마을사람들에게 품은 그의 앙심은 모든 사람을 미워하는 마음으로, 나아가서 동포를 적으로 돌리는 마음으로 기울어져가는 것이다. 그가 밀정의 길을 가게 된 것은 이런 공격심리에서 연유된다고 하겠다. 기껏 수족처럼 부리던 윤이병을 잔혹하게 살해하고, 정의로운 삶을 살아가려 기를 쓰는 심금녀에게 집념 깊은 가학행위를 계속하고, 철없는 공송애를 타락의 구렁텅이로 끌어넣은 것도 결국 그의 이런 공격심리에서 연유된다. 한은 그에 있어서 밑모를 야차의 나락 속으로 그를 굴러떨어지게 하는 유인이다. 김두수의 삶의 궤적이야말로 한을 '삭이는' 데 실패한 극단적인 예라 하겠다.

사생아·머슴·백정이라는 마음의 화인을 안고 살아가는 구천이·길상이 및 송관수·영광 부자의 한의 궤적은 또 다르다. 불륜의 씨로 태어나 어머니의 집에 머슴으로 들어와 자기 형수인 별당아씨와 불륜의 관계에 빠져 도피행각을 벌이며 최치수의 끈질긴 추적을 피하여 팔도의 산중을 헤매다가 여인의 죽음을 겪게 되는 구천이는 본래 동학의 지도자인 아버지 김개주의 일면을 이어받아 기개와 국량을 지니고 있고, 또 스승인 혜관으로부터 어느 정도의 교육도 받은 위인이다. 여인까지 땅속에 묻은 구천이 찾아간 방향은 동학운동을 벌이는 쪽이다. 말하자면 사무치는 자신의 한을 의로운 일을 하는 과정에서 승화시키려는 것이다. 이 또한 하나의 '삭임'의 길이라 하겠다.

노비의 몸에서 출발하여 주인집 딸(최서희)과 결혼하게 된 김길상의 경우는 어떠한가. 노비라는 신분임에도 불구하고 출중한 인물과 국량을 타고난 그는 자기 신분에 걸맞지 않게 상전의 딸을 사모한다. 그의 한은 여기서 연유된다. 최서희에 대한 지극한 헌신과 희생 또한 그의 사랑 내지 한에서 연유된다. 그의 인물됨을 깊이 신뢰할 뿐 아니라 신분의 장벽을 무너뜨릴 수 있을 만한 용기와 고집도 간직하고 있는 최서희는 결국 그를 평생의 배필로 선택하는 것이다. 물론 그녀로 하여금 그런 당돌한 결정을 할 수 있게 한 것은, 그녀로부터 거부의 쓴 잔을 받은 이상현의 말과 같이 길상의 탁월한 사업수완을 그녀가 필요로 한 때문이기도 하고, 세태가 또한 그만큼 변한 탓이기도 하겠지만.

어떻든 이는 김길상으로서는 엄청난 신분상승을 뜻하는 것이지만, 그렇다고 해서 노비로서의 자의식에서 그가 완전히 해방될 수 있는 것은 아니다. 최서희가 조준구로부터 가산을 회수하고 평사리로 돌아가기로 결정했을 때 김길상의 자의식은 더욱 심각한 갈등을 치르는 것이며, 이러한 갈등 끝에 그는 결국 만주에 그대로 머물러 독립운동에 투신하는 것이다. 노비로서의 자기 한을 초극하려는 한 선택인 것이다.

의병운동에서 시작하여 형평사운동 내지 노동운동에 투신하는 송관수의 행위의 궤적에서도 우리는 김길상의 경우와 비슷한 일면을 볼 수 있다. 노비로서의 자격지심(한)을 극복하기 위하여 독립투사가 되는 김길상의 경우와 비슷하게 송관수는 백정이라는 신분적 조건을 초극하기 위하여 사회운동에 뛰어든 것이다.

송관수의 아들인 송영광의 경우는 자기 아버지의 경우보다는 좀더 복잡하다. 영광은 책도 많이 읽었고 예술적 재능도 탁월하고 인물도 훤칠하다. 그러나 그는 백정의 자식이라는 자의식에서 해방될 수 없다. 이 자의식으로 하여 그는 한 여인과의 사랑에 실패한 후 색소폰 연주자로서 이곳저곳을 떠돌아다니게 되고, 양현 같은 좋은 규수감을 만나고서도, 그리고 진정으로 그녀에게 애정을 느끼면서도 그녀의 사랑을 받아들이지 않는다. 예측할 수 없는 파괴력이 자기 내면에 도사리고 있음을 알고 있는 그는, 이왕에 한 여인을 파멸로 이끈 것과 같이 양현이 또한 그런 파멸로 이끌지 모른다는 두려움에 사로잡혔기 때문이다. 백정의 자식이라는 의식에서 연유되는 한은 그의 행복에의 길을 끊임없이 가로막는다.

용이와 월선 사이의 사랑에서 우리는 한의 한 대표적인 샘플을 보게 된다. 무당의 딸과 처자를 가진 남자 사이의 사랑, 용이와 월선 사이의 사랑은 만나서 누리는 경우보다 헤어져 그리워하는 경우가 월등히 많은 그러한 정한으로서의 사랑이다. 김동리는 정한을 일러, 다른 무엇으로도 영원히 메울 수 없는 그리움의 감정이라 하였거니와, 용이와 월선 사이의 사랑이야말로 그 정한으로서의 사랑이다. 그들의 사랑은 용이의 아내인 강청댁·임이네의 맹목적·동물적인 질투와 탐욕에 눌리어 제대로 뻗어나지 못한 채 끊임없이 절제되고 내면화되면서 그 농도를 더해간다. 빈사의 지경에서도 애오라지 그리운 임을 조용히 기다리는 월선의 모습에서 우리는 「정읍사」나 「가시리」 이래의 한국 서정시의 주조로서의 정한의 여인상을 보게 된다.

"임자."

얼굴 가까이 얼굴을 묻는다. 그리고 떤다. 머리칼에서부터 발끝까지

사시나무 떨 듯 떨어댄다. 얼마 후 그 경련이 멎었다.

"임자."

"야."

"가만히."

이불 자락을 걷고 여자를 안아 무릎 위에 올린다. 쪽에서 가느다란
은비녀가 방바닥에 떨어진다.

"내 몸이 참제?"

"아니요."

"우리 많이 살았다."

"야."

내려다보고 올려다본다. 눈만 살아 있다. 월선의 사지는 마치 새털
같이 가볍게, 용이의 옷깃조차 잡을 힘이 없다.

"니 여한이 없제?"

"야, 없십니다."

"그라믄 됐다. 나도 여한이 없다."

머리를 쓸어주고 주먹만큼 작아진 얼굴에서 턱을 쓸어주고 그리고
조용히 자리에 눕힌다.

임종에 즈음한 월선에게 찾아간 용이가 월선과 수작하는 장면이다.
극도로 절제된 남녀의 대화 속에서 우리는 고도로 농축된 이 남녀의
사랑의 부피를 느낄 수 있다. 과연 고풍스런 조선 남자와 여자의 대
화 장면이다. 『토지』 전편을 통틀어 가장 아름답고 격조 높은 장면
이라 하겠다. 이 경지에 이르러 용이와 월선의 사랑은 이승의 차원을
넘어서 어떤 영적인 차원으로 확산되는 것을 느낄 수 있다. '여한이
없다' 는 말은 바로 이런 차원과 관련된다. 이 남녀의 사랑의 생태에
서 우리는 한을 '삭이는' 데 성공한 소중한 샘플을 보게 된다.

악당의 아들인 꼽추 조병수의 삶의 궤적에서 우리는 또하나 한의
'삭임' 에 성공한 소중한 예를 볼 수 있다. 천하 악당의 아들로 태어

난 그는 또한 신체장애자이기도 하다. 일찍부터 최서희를 남몰래 사랑했지만, 자신의 여러 조건을 돌이켜볼 때 도저히 바랄 수 없는 일이다. 악의 길로만 치닫던 아버지가 버리고 돌보지 않자 그는 소목의 일을 익혀 가위 명단의 경지에 올라서고 장가도 들어 자녀를 두게도 된다. 조병수는 여러 가지 점에서 진흙 속에서 피어난 연꽃 같은 존재이다. 즉 악의 길로만 내닫는 부모에서 태어난 자식임에도 불구하고, 그 부모들과는 정반대의, 착한 길을 걸었다는 점에서 그렇고, 악한 부모의 자식이라는 자각에서 오는 한뿐만 아니라 신체장애자라는 데서 오는 한, 그리고 그렇기 때문에 사랑하는 사람(최서희)에게 감히 고백조차 못하고 평생 가슴속에 그 사랑을 묻어두고 살아야 하는 한을 간직하고 있음에도 불구하고 그 한을 삭이고 맑히면서 장인으로서의 자기 삶을 성공적으로 이룩해낼 수 있었다는 점에서 그렇다. 조병수를 만난 한 사미승이 "어쩌면 눈이 저렇게 깨끗할까?" 하고 감탄할 정도로 맑고 깨끗한 눈의 소유자가 될 수 있었다는 사실이야말로 꼽추 조병수가 한량없는 자비의 마음을 간직하기에 이르렀음을 반증하는 것이다. 조병수야말로 자신의 한을 삭이어 깨끗한 물처럼 승화시킨 인물이라 하겠다. 조병수 자신은 한을 일러 소망이라 말할 수도 있다고 하였다. 작가 박경리 자신도 한을 일러 염원이라 하였다. 소망이니 염원이니 하는 것은 한에 있어서의 지향성을 이름이라 하겠다. 이는 한의 중요한 한 속성이다. 그런데 지향성 자체는 윤리·도덕적 자리에서 보면 가치중립적인 것이다. 그것을 가치지향적인 방향으로 꾸준하게 궤도수정을 하고 질적 변화를 일으키게 하는 것, 그것이 곧 한에 있어서의 '삭임'의 기능이다. 조병수는 『토지』라는 소설공간 안에서, 자신의 한을 삭이어 맑은 물처럼 승화시키는 데 성공한 가장 대표적인 인물이다. 조병수가 다다른 지점이야말로 작가 박경리가 지향한 지점이 아닐까 한다.

(『현대문학』 1994년 10월호)

오만의 미학
—김동인

1

작가 김동인은 그 생애의 과정도 다채롭거니와 그 문학적 업적도 방대하고 다양하다. 한말의 풍운이 바야흐로 거센 1900년에 평양의 대지주의 아들로 태어나 꿈 많은 소년 시절을 일본 동경에서 보내며 미술학교를 다녔고, 약관(若冠)의 나이에 전영택 등과 한국 최초의 순문예동인지 『창조』를 창간함과 동시에 문학활동을 시작하였고, 사치와 방탕의 청장년기를 보내는 동안 첫 부인과는 이혼, 두번째 부인을 맞이하였고, 수리사업(水利事業), 마작, 영화 흥행사업, 양화 수집 등 여러 가지 사업에 손을 대보았으나 모두 실패하여 가산을 탕진했고, 가산을 탕진한 이후에는 문필로써 생계를 지탱하다가, 1951년 6·25의 소용돌이 속에서 고독하게 사망하기까지의 그의 생애는 그 야말로 파란만장의 생애라 아니할 수 없다.

그의 문학적 업적을 살펴보아도 그 생애의 과정만큼이나 다채롭다. 시문학을 제외한 거의 모든 장르에 그는 손을 대고 있다. 소설을 비롯하여 수필, 평론, 야담에 이르기까지 그의 업적은 다양한 분야에 걸쳐 있다. 특히 그의 『근대소설고』(1929)와 『춘원연구』(1934)는 지나치게 주관적이요, 자가선전적(自家宣傳的)인 면이 없지는 않지만, 그래도 비평문학의 전통이 극히 빈곤한 당시의 상황에 있어서는 본격적인 작품론 내지 작가론의 훌륭한 예로 되고 있음을 누구도 부인할 수 없다.

작가로서의 그의 업적도 다채롭다. 단편, 중편, 장편에 걸쳐 두루 손대지 않은 장르가 없고, 현대소설과 역사소설, 그리고 야담류에 이르기까지 그의 관심은 다방면에 걸쳐 있다. 20대의 초기에는 주로 단편소설을 썼고, 30대의 중기 이후부터 단편소설과 병행하여 장편소설 특히 역사소설을 쓰기 시작하였으며, 30대의 후반기부터는 야담에도 손을 대고 있다. 그러나 그의 작가로서의 역량이 가장 화려하고도 정력적으로 발휘된 시기는 30대의 중년기임을 알 수 있다.

20대의 그의 초기의 업적은, 오늘의 입장에서 볼 때, 문학적인 측면에서보다도 더 많이 문학사적인 측면에서 그 의의가 평가되어야 할 듯하다. 물론 이 기간에 그는 「배따라기」「태형(笞刑)」「감자」 등 주목할 만한 몇몇 단편을 생산하기는 하였지만, 그의 문학적인 전 과정을 놓고 볼 때 이 기간의 작품들은 대체로 미숙한 편에 드는 것이다. 그러나 문학시적 및 문단사적인 측면에서 그의 초기의 업적들을 바라볼 때는 그것이 획기적인 것이었음을 승인하지 않을 수 없다. 그것은 다른 무엇보다도 그가 육당과 춘원에 뒤이은 한국 신문학의 개척자의 한 사람이었다는 사실에서 연유된다. 육당과 춘원으로 구성된 2인문단시대가 종언을 고하고, 우리 문학 바야흐로 새로운 문단시대, 즉 다양한 동인지 문단시대로 접어드는 과정에 있어서, 20세의 청년 김동인은 새 시대의 기수로서의 소임을 성공적으로 수행했던 것이다. 그가 한국 최초의 문예동인지 『창조』의 대표자였다는 사실이 이를 반증해준다. 둘째는 육당과 춘원에서 비롯된 막연한 신문학의 개념을 보다 명확하고도 구체적인 것으로 그 성격을 정착시켜놓았다는 사실을 들어야 할 것이다. 그가 육당과 춘원 등에 의하여 표방된 공리주의 및 계몽주의를 거부하고, 순문학운동으로 그 방향을 전환시켰다는 사실은 양자 사이의 이념적 차이만을 드러내는 것이 아니라, 문학에 대한 근본적인 태도상의 차이를 드러내는 것이기도 하기 때문이다. 춘원의 공리주의 및 계몽주의에서 우리는 문학에 대한 그의 전근대적 잔재를 간과할 수 없는바, 그러한 잔재는 '사회 교화의 문제보다 인생문제의 제시'를 표방한 김동인의 문학적 태도에 의하여 명백하게 극복되고 있음을 보게 되는 것이다. 셋째는 그가 단편문학의 개척자였다는 사실이다. 『무정』의 작자인 춘원에게도 이미 몇몇 단편소설이 없었던 것은 아니지만, 그러나 그것들은 내용과 형식에 있어 아울러 미숙한 것이었다. 장편문학이 중심이 되어 있었던 춘원과는 달리 애당초 단편소설에서부터 문학활동을 시작한 김동인은 1919년 『창조』 창간호에 「약한 자의 슬픔」을 발표함으로써 어느 정도 단편소설로서의 형식을 정착시켰고, 「배따라기」(1921) 「감자」(1925) 등에 이르러 한국 단편문학의 한 뚜렷한 형식을 완성시킨 것이다. 신소설에서 춘원으로 이어지는 한국의 신문장운동은 김동인의 명실상부한 언문일치 문장의 확립에 의하여 비로소 그 완성을 보게 되었다고 할 수 있는 것이다.

　20대에 이룩한 이러한 문학사적 및 문단사적 업적들은 30대로 이어지면서 보다 다양하고도 정력적인 문학적 성과로 그 결실을 이룩하게 된다. 문학적 가치의 차원에서 그의 생애의 업적을 평가할 때 가장 소중한 기간으로 부각되는 것이 바로 이 기간이다. 이 기간에 그는 질과 양에 있어 아울러 집중적인 성과를 거두고 있는 것이다. 「광염 소나타」 「광화사」 「발가락이 닮았다」 「붉은 산」 등의 대표적인 단편을 비롯하여 「여인」 「왕부의 낙조」 「김연실전」 등의 중편, 그리고 『젊은 그들』 『대수양』 『운현궁의 봄』(이상 역사물), 『지평선 너머로』(현대물) 등의 장편소설들은 이 시기에 발표된 것들이며, 이 밖에도 문학평론(『춘원연구』) 및 야담의 분야에도 손을 댄 것이 이 기간이다.

40대 이후에는 양과 질에 있어 아울러 저조한 편이다. 몇몇 작품을 발표하고 있기는 하지만, 대체로 주목의 대상이 될 만한 것이 없다. 작가 김동인은 51세로 그 생애를 마쳤지만, 그의 문학적 생애는 그보다 좀더 단명한 편이었다고 아니할 수 없다.

그의 문학적 경향 역시 매우 다양하다. 그가 문학활동을 시작한 1920년대 초기가 문예사조상으로 볼 때 일대 혼류(混流)를 이루던 시기였음이 사실이거니와, 그런 속에서도 그의 문학적 경향은 더욱 다채로운 편이다. 어떤 작품에서 자연주의적 경향을 찾을 수 있는가 하면 다른 작품에서 인도주의적 분위기를 느낄 수 있고, 어떤 작품에서 민족주의적인 면을 느낄 수 있는가 하면 다른 작품에서는 탐미주의적인 면을 느끼게도 된다. 어떤 작품에서 실험주의적 측면을 찾을 수 있는가 하면 또다른 작품에서는 낭만주의적인 면을 볼 수 있기도 하다. 그리고 이런 다양한 경향들은 체계적이거나 계통적으로 나타나 있는 게 아니다. 거의 동시적인 혼류의 현상을 보이고 있는 것이다. 그리고 한 작품 안에도 그런 모순당착된 여러 경향들이 혼합되어 나타나 있는 경우가 많다. 결국 이런 현상은 그의 문학적 관심의 방향이나 재능의 폭이 넓다는 것을 반영하는 것이기도 하지만, 한편으로는 자기의 뚜렷한 문학적 개성을 정립하지 못한 데서 연유되는 것이라 할 수 있다. 그리고 그런 점은 아직도 뚜렷한 주체적 방향을 정립하지 못한 신문학 초창기의 과도기적 성격을 그가 전형적으로 반영하고 있다는 사실을 반증하는 것이라 할 수도 있다.

그러면서도 그의 문학에서 우리는 일관된 문학적 개성을 느낄 수 있는 게 사실이다. 그의 오만한 스타일이 그것이다.

① 그러나, 이튿날의 나의 태도는 천연하였다. 저녁때 식도원에 가

서 유지영이가 옥엽이를 부르자 할 때에도, 나는 웃으면서 거절할 뿐이었다. 나의 푸라우드한 성격은, 비록 이런 문제의 앞에서도 머리를 수그림을 결코 허락치 않았다.

② 나는 아직껏 단 일원의 돈을 남에게 꾸어본 적이 없었다. 아무러한 곤궁에 빠졌을지라도, 내 몸에 지니고 있는 값가는 장신구의 한 가지를 전당국에 가지고 가본 일조차 없느니만치 푸라우드한 나였다.

이상은 그의 거의 유일의 자전적인 작품인 「여인」 가운데서 인용해본 구절들이다. ①은 자기를 떠난 기생을 친구들이 술자리에 불러오자 하는데도, 그리고 자기도 속으로는 간절히 그 기생을 만나고 싶어하는데도 '나'는 '푸라우드한 성격' 때문에 그것을 허락지 않았다는 경위의 진술이요, ②는 객지에서 가진 돈을 탕진하고, 어느 친지를 찾아가 돈을 좀 꾸어달라고 말을 꺼내려는 순간의 진술이다. 이 작품에서 '내'가 자기 자신을 지칭하여, '푸라우드한 성격'이니 '푸라우드한 나'니 하는 표현을 하고 있는 것은, 이상의 구절 외에도 여러 군데에서 발견하게 된다. 김동인 스스로 자기 자신을 '푸라우드한 나'로 자처하고 있음을 능히 짐작할 수 있다. "나는 푸라우드하다"라고 스스로 자처할 만큼, 그리고 좀더 극단으로 말하자면, 그것을 무슨 훈장처럼 내세우고 다닐 수 있을 만큼 인간 김동인의 성격은 매우 오만한 성격의 소유자였음이 분명하다.

인간 김동인의 이런 오만한 성격은 그의 문학세계에로 직결되고 있음을 보게 된다. 우선 그의 문장 스타일에서 그런 점을 느낄 수 있다.

① 좋은 일기다. 좋은 일기라도 하늘에 구름 한 점 없는— 우리 '사람'으로는 감히 접근치 못할 위엄을 가지고 높이서 우리 조그만 '사람'을 비웃는 듯이 내려다보는 그런 교만한 하늘은 아니고 가장 우리

사람의 이해자인 듯이 낮게 뭉글뭉글 엉키는 분홍빛 구름으로서 우리
와 서로 손목을 잡자는 그런 하늘이다. 사랑의 하늘이다.(「배따라기」)

② 근대 문명의 스피드를 자랑하는 거대한 괴물이 어두움을 뚫고
남쪽으로 남쪽으로 닫는다. 봉천서 떠난 이 괴물은, 그의 우렁찬 숨소
리를 연하여 뿜으며 어느덧 만주와 조선의 경계선인 압록강도 넘어서
서 그냥 남쪽으로 남쪽으로 닫는다.(「지평선 너머로」)

①은 김동인의 초기 작품의 서두이고, ②는 가장 활동이 왕성하던
중기 작품의 서두이다. ①이 자연풍경에 대한 것이요, ②가 기차라
는 '괴물'에 대한 것이지만, 그 두 가지가 모두 객관적 묘사가 아닌
주관적 서술이라는 데 일치하고 있다. 사실 김동인의 문학세계의 주
축을 이루고 있는 것은 바로 이 주관적 서술이다. 겸허한 묘사가로
물러앉아 있기에는, 그는 너무도 '오만한' 성격의 소유자인지도 모른
다. 그러기에 자기 개성을 강력히 표출시킬 수 있는 이러한 주관적
서술에 의존하는지도 모른다. 그것도 독자와 대등한 위치에 서서 독
자의 이해에 호소하는 친절한 서술이 아니라, 독자를 정서적으로 압
도하려는 간명직절(簡明直截)한 단정에 가까운 서술이다. 이 점에서
작가 김동인은 언제나 독자와 대등한 위치에서 수평적 관계를 맺고
있는 게 아니라 독자보다 훨씬 높은 위치에서 독자를 수직적으로 내
려다보고 있는 것이다.
이러한 고압적 전단적(專斷的) 자세는 문장의 스타일에 있어서뿐
아니라, 작중현실에 임하는 그의 작가적 자세에 있어서도 마찬가지
다. 그의 위치는 언제나 작중현실을 훨씬 앞선 자리에 서 있다. 쉽게
말해서 모든 사건이 이미 일단락을 지은 다음에야 그의 이야기는 시
작된다는 식이다. 작중현실의 자초지종을 작자는 이미 알고 있고, 이
미 알고 있는바 그 사건의 자초지종을 이제야 독자 여러분에게 들려
준다는 입장에서 그의 작품은 대부분 시작되고 있다. 특히 그의 단편

소설들은 대부분 이러한 패턴을 노골적으로 드러내고 있다. 이러한 패턴이 노골적으로 드러나지 않는 장편소설의 경우에 있어서도 우리는 작품의 표면에 드러나는 작자의 얼굴을 수시로 의식할 수가 있는 것이며, 작자가 이미 작중현실보다 훨씬 앞선 자리에 서서 작중의 경위를 독자에게 이야기해준다는 입장을 취하고 있는 점은 동일하게 느낄 수 있다.

　이런 의미에서 작가 김동인의 문학세계에서 우리는 가령 염상섭의 묘사에서 느낄 수 있는 생생한 구체성을 느끼기 어렵고 현진건의 플롯에서 느낄 수 있는 입체적인 극적 전개를 느끼기 어렵다. 김동인에게서 느낄 수 있는 것은 오히려 추상적 서술이며, 평면적인 이야기의 전개이다. 이런 점은 작가 김동인의 적지 않은 약점이라 할 수 있다.

　그런데도 그의 문학이 독자를 끌어들이는 비밀은 어디 있는가? 첫째는 그의 탁월한 화술(話術)에 있다 해야 할 것이다. 말하자면 객관적인 묘사의 방법을 통해서가 아니라 주관적인 서술을 통해서 독자를 끌어들이고 있다는 것이다. 앞서 나는, 그의 문장은 겸허한 묘사에 의존되고 있는 게 아니라 주관적 서술, 그것도 독자보다 높은 위치에 서서 그 독자를 압도하는 듯한 단정적 서술에 의존되고 있다고 말한 바 있다. 그의 문학적 매력의 중요한 비밀의 하나는 바로 여기에 숨어 있다. 주지하는 바와 같이 그는 탁월한 스타일리스트다. 독자에게 부드럽게 속삭이거나, 그를 작중현실 앞에 친절하게 인도하는 끈기를 보이거나 하는 대신에, 단정적인 선언을 내림으로써 독자를 정서적으로 압도하는 것이다. 그리고 그러한 단정적인 선언이 독자를 끌어들이는 강한 힘을 발휘하는 것이다.

　둘째는 그의 사건전개의 당돌함이다. 우선 그의 등장인물들이 거의 예외 없이 비일상적이요, 비상식적인 인물들이다. 평범한 일상현실이란 그의 문학 세계에서는 거의 찾아보기 힘들다. 염상섭의 작중현실과 비교해볼 때 이 점은 분명히 드러난다. 그의 자전적인 작품인 「여인」에 등장하는 그 숱한 여인들의 모습을 떠올려볼 때 이 점은 분명해진다. 작가 김동인의 눈에 비친 여인은 메리나 세미마루 같은 신비로운 피안의 여인이거나, 아키코 같은 관능의 괴물이거나, 옥엽, 경옥 같은 노류장화의 여인이기는 할지언정, 일상의 둘레에서 흔히 보는 생활인의 아낙네는 하나도 없는 것이다. 인간 김동인에 있어서 그런 평범한 일상현실의 여인은 흥미의 대상일 수 없었던 것임이 분명하다. 그러기에 소설 속에 등장하는 여인조차도 가령 김연실(「김연실전」)이나 그 둘레 여인들과 같은 희화적인 인물이 아니면, 미스 영(「수평선 너머로」) 같은 수수께끼의 여인이거나, 복녀(「감자」)같이 기구한 운명의 여인이거나, 소경처녀(「광화사」)같이 신비로운 여인인 경우가 대부분이다. 천재, 광인, 추물, 방랑아가 즐겨 그의 주인공으로 채용되는 것도, 수양대군, 대원군 같은 걸출한 역사상의 인물이 역사소설의 소재로 되는 것도 모두 그런 점과 관련이 된다 할 것이다.

그런데 이런 인물들이 벌이는 작중의 액션 역시 한결같이 예외적 비일상적인 것들이다. 이 책에 수록되어 있는 「여인」 「김연실전」 「수평선 너머로」 세 편의 작품만을 놓고 생각해보아도 이 점은 금방 알 수 있다. 비일상적・비상식적인 생애를 보낸 김동인 자신의 자전적 기록인 「여인」에서 우리는 그런 점을 느낄 수 있거니와, 나머지의 두 작품 역시 비일상적인 차원에 상황이 설정되어 있음은 마찬가지다. 게다가 그 액션의 전개가 지극히 당돌하고도 충격적이다. 김연실의 기묘한 애정행각의 연쇄에서 우리는 그런 점을 느낄 수 있거니와, 추리소설적으로 상황이 설정되어 있는 「수평선 너머로」에 있어서도 잇달아 일어나는 예측불허의 사건의 연쇄에서 그런 점을 느낄 수 있다.

요컨대 작가 김동인은 탁월한 화술을 가진 작가인 동시에 탁월한 이야기꾼이다. 그가 탁월한 스타일리스트이며 또 탁월한 스토리텔러라는 사실은 그의 문학적 매력의 시와 날이 되고 있으며, 동시에 그의 문학을 다분히 통속적인 것으로 성격짓게 하는 중요한 요인이 되고 있다. 중기 이후의 그의 작업이 주로 신문소설 쪽으로 기울어지고, 야담에까지 관심의 방향이 뻗치게 된 것도 그 원인은 여러 가지 측면에서 찾을 수 있겠으나, 기본적으로는 그의 문학이 간직하는 이런 통속성에 그 주된 이유가 있다 해야 할 것이다.

2

장편작가로서의 김동인의 진면목은 아무래도 그의 역사소설 쪽에서 찾아야 할 것이다. 양적으로나 질적인 면에 있어 아울러 그러하다. 그의 문학적 방향이나 경향이 이미 살펴본 바와 같이 매우 다채로우면서도, 현대소설로서의 장편소설은 의외로 희귀하다. 그의 작가연보를 더듬어보면 몇 차례 현대장편을 시도해보기는 한 듯한데, 정작 완성을 본 것은 『수평선 너머로』 한 편뿐인 듯하다. 이 밖에 「여인」「김연실전」은 하나의 중편으로서의 일관된 짜임새를 간직하고 있는 작품이기는 하지만, 애당초 「수도편」「선험편」「오도편」의 3부로 나누어져 있는 사실이 말해주듯이 세 편의 단편을 연작(連作) 형식으로 묶어놓은 것이라는 인상을 지울 수 없다. 이런 의미에서 그의 유일의 현대장편인 『수평선 너머로』는 여러 가지 의미에서 흥미의 대상이 된다. 1934년 당시의 매일신보에 연재된 이 작품은 두 가지의 문학외적(文學外的) 조건에 의하여 적지 않은 제약을 받은 작품인 듯하다. 하나는 당시의 신문소설이 항용 간직하기 마련인 통속성이요, 다른 하나는 일제의 혹독한 검열의 눈을 피하려는 데서 오는 주제(민족주의)의 불분명성이다.

이 작품은 일종의 추리적인 모험소설이다. 세계적인 범죄과학자이며 상해에 있는 민족주의 단체의 간부이기도 한 서인준은 중대한 사명을 띠고 상해에서 국내로 들어온다. 군자금을 마련하기 위하여 경성 윤 백작이 숨겨두고 있는 수십만원의 국제공채를 은밀히 빼돌리려는 것이 그것이다. 그런데 차 안에서 우연히 이필호라는 총독부의 고등계 형사와 인사를 나누게 된다. 그런데 그들의 첫 대면부터가 충격적이다. 어디서 오느냐, 고향은 어디냐, 무슨 일로 오느냐는 등의 이필호의 집요한 물음에 대하여 서인준은 의외로 "나는 상해에서 오는 사람이외다. 당신의 '블랙리스트'를 뒤져보면 거기에는 내 이름도 아마 있으리다. 당신네의 '블랙리스트'에 든 사람이 친척도 친지도 없는 고향에 돌아오는 이상에야 반드시 무슨 곡절이 있을 것이 아닙니까? 그 곡절은 여기서 말할 수는 없지만……" 하고 태연히 대답하는 것이다. 이리하여 적대적인 입장에 있는 이 두 사람의 기묘한 관계는 시작된다.

뒤미처 경성시내의 갑부 윤 백작 집에서 권총 발사사건이 터진다. 그 진상을 조사하는 과정에서 서인준과 이필호는 협력 아닌 협력을 하게 된다. 그 사건의 배후에 국제적 범죄단체인 LC당이 개입해 있음을 알아낸 서인준은 골치 아픈 이 의외의 방해자를 제거하기 위하여 경찰의 힘이 필요하였고, 또 이 형사로서는 LC당의 내막을 잘 아는 서인준의 도움 없이는 수사를 진행시킬 수 없었기 때문이다. 수사를 진행해나가는 과정에서 의외의 인물이 부각된다. 김소춘이가 곧 그 사람이다. 기생 출신인 백작부인과 그녀의 전남편 사이에서 낳은 김소춘은 LC당원으로 윤 백작을 죽여 원수를 갚고, 그의 거액의 공채를 훔쳐내기 위하여 국외에서 잠입한 것이다. 윤 백작은 지난날 기생이었던 백작부인을 가로채기 위하여 그녀의 전남편이요, 김소춘의 아버지되는 사람을 죽인 일이 있으므로 김소춘에게는 불구대천의 원수가 되는 것이다.

이런 복잡한 소용돌이 속에서 서인준은 또 의외의 사람을 만난다. 댄서 노릇도 했고 대학교수 노릇도 하였으며 또한 처녀 같기도 하고, 유부녀 행세도 하고 있는 미스 영이라는 국적불명의 여인 말이다. LC당원에 의하여 여러 번 위험한 고비를 당한 서인준을 그때마다 구출해준 이 수수께끼의 여인은, 실상은 LC당의 고급간부이며, 그 두목인 맥켄지의 명목상의 부인으로 되어 있으나, 실상은 처녀인 조선 사람이다. 자기 생명의 위험도 무릅쓰고 서인준을 돕는 것은 그를 연모하고 있기 때문이다.

복수심에 불타는 김소춘을 설득하는 데 성공한 서인준은 한편으로 미스 영의 도움을 받아, 경찰의 손으로 LC당원들을 일망타진케 함으로써 윤 백작의 생명을 구하는 일방, 목적한바 그 거액의 공채를 빼내어 상해로 보내는 데 성공하고, 자기는 이필호 형사의 손에 붙들리는 몸이 된다. LC당을 소탕하는 데 경찰에 협력은 했을지언정 범법한 증거는 하등 남아 있지 않은 자기는 결국 무죄로 될 수밖에 없다는 확신을 가지면서……

이 작품은 어디까지나 사건중심의 추리소설이다. 따라서 통속소설의 성격을 전형적으로 드러내고 있다. 이런 통속성을 어느 정도 극복해주고 있는 것은 주인공 서인준으로 표상되고 있는바, 민족주의적인 분위기를 은연중 부각시키고 있는 점이다. 서인준은 전형적인 신사인데다가 자기 사명감에 투철한 인물이다. 앞뒤에서 밀어닥치는 여러 압력에도 불구하고 그는 자기가 소속해 있는 민족주의 단체의 사업계획을 결국 성공리에 끝마친다. 작품의 이러한 결말은 은연중 민족주의의 승리를 암시하는 것이라고 볼 수도 있다. 그러면서도 이 작품의 주제가 뚜렷하게 부각되지 못하고 있음을 부인할 수는 없다. 이 작품의 흥미는 그 민족주의의 승리를 부각시키려는 데 있다기보다도, 오히려 추리소설적인 사건전개 그 자체에 있다고 볼 수 있기 때문이다. 더욱 서인준과 정반대의 위치에 있는 이필호 형사 역시 다분히 긍정적으로 그려져 있는 것이다. 고등계 형사가 이처럼 긍정적인 모습으로 작중현실에 등장하게 될 때, 그것은 상대적으로 서인준으로 표상되는 민족주의적 분위기를 약화시키는 결과로 될 것은 당연하다. 물론 그것은 일제의 검열망을 회피하기 위한 어쩔 수 없는 조치였을 테지만.

「여인」은 김동인이 19세 때 쓴 작품이다. 젊은 날의 김동인을 스쳐간 숱한 여인 가운데서 오래오래 잊혀지지 않는 여인에의 회고담을 차례로 적어나간 일종의 고백적인 기록이다. 따라서 이 작품은 그 분량에 있어서는 중편에 해당하지만, 여러 가지 단편적인 이야기들이 시간적 순서대로 나열되어 있다. 한 작품으로서의 소설적 주제나 짜임새 같은 것을 이 작품에서 찾기는 어렵지만, 그러나 어느 한 시기의 작가 김동인의 인간적 모습이 비교적 적나라하게 부각되어 있다는 점에서 인간 김동인을 이해하는 중요한 단서가 되는 작품이기도 하다. 김동인의 그 많은 작품 가운데서도 그의 인간의 모습이 적나라하게 드러나는 점에 있어 이 작품을 제외하고는 다시 없지 않을까 생각된다.

이 작품은 1915년 김동인의 나이 15세 때부터 1929년 29세 때에 이르기까지의 그의 성애의 과정이 진술되면서 그 사이에 그에게 짙은 인상을 남겨주고 사라진 여러 여인과의 추억들을 차례로 회상하고 있는 것이다. 소년 김동인의 첫사랑은 그가 15세 때 어느 일본계 영국 소녀에 향하여 열린다. 자기 하숙집의 이웃에 사는 소녀였던 것이다. 그러나 그 사랑은 혼자의 가슴속에만 은밀히 간직하는 짝사랑이었던 것이다. 먼발치서 뒷모습만 바라보면서 가슴 두근거리고, 오가다 한두 마디 말을 주고 받는 것뿐으로도 정신이 아득하여지는, 그러한 사랑이었다. 그러나 그 사랑도 오래 가지는 못한다. 그 해 겨울 소녀는 가족들과 함께 어디론가 이사를 가버렸기 때문이다. 소년 김동인은 큰 상처를 받는다. "소년의 꿈은 무참히도 깨어져버렸다. 그리고 그 받은 상처는 컸다. 이래 십수 년 많은 여인을 보고 많은 연애할 기회를 가졌지만(다만 한 번의 예외를 제외하고는), 유희 기분이 안 섞인 눈으로 그들을 바라본 일이 없는 것은 모두가 그때의 영향의 지속이었다. 말 없고 우울하던 소년이 죽을 힘을 다하여, 자기의 성격을 쾌활하고 천하 태평의 청년으로 변케 한 것도, 그때의 그 상처의 아픔을 재현할 기회를 없이 하기 위해서였다"라고 그는 술회하고 있다. 말 한마디 변변히 주고받지 못한 이 이국 소녀에 대한 소년 김동인의 사랑은 절실하였고, 그 사랑의 좌절에서 연유되는 상처는 컸었던 것 같다.

그 뒤의 그의 여자에 대한 관계는 전혀 양상을 달리하고 있다. 그보다 2년 뒤인 19세 때에 그가 만난 아키코와의 관계부터가 그러하다. 그것은 증오와 견인(牽引)이 기묘하게 뒤얽히는 속에서 빚어진 관계다. 여기서는 이미 2년 전의 순정을 찾을 수 없다. 20대에 들어선 이후의 숱한 여인과의 관계는 더욱 그러하다. 한편으로는 "모란꽃과 같은 농후한 옥엽"을, 다른 한편으로는 "개나리꽃과 같은 청초한 경옥"을 거느리며 흥청거리던 20대 초의 그의 여인 관계나 노류장화로 만났다 헤어진 산홍이나 백옥과의 관계나 모두 순정적인 연애 감정에서보다는 오히려 향락적인 방탕심리에서 연유된 것이라 할 것이다.

이리하여 이 작품에서 우리는 사치와 낭비와 방탕의 나날을 보낸 젊은 날의 김동인의 모습에 접할 수가 있다. 대지주의 아들로 태어나 스스로 천재라 자부하는 '푸라우드한 성격'의 소유자인 김동인의 향락주의적인 면모를 여기서 볼 수 있다. 이러한 면모는 얼핏 보기에는 19세기 프랑스의 댄디즘을 연상시키기도 하지만, 그리고 1920년대의 우리 문단에도 이런 유의 호탕한 풍조가 풍미했었던 것도 사실이지만, 그것이 모두 3·1운동의 좌절에서 오는 민족적 실의를 반영하는 한 병적 현상이었음을 부인할 수는 없다. 이 작품에 부각되는 인간 김동인의 모습을 통하여 우리는 지나간 한 시대의 '문인기질'의 어떤 전형을 볼 수 있는 것은 사실이다.

「김연실전」은 일종의 모델소설로 알려져 있다.

"선각자가 되리라. 우리 조선 여성을 노예의 처지에서 건지어내리라. 구습에 젖어서 아직 눈뜨지 못하는 조선 여성을 새로운 세계로 끌어내리라." —1939년에 발표된 김동인의 모델소설 「김연실전」에 나오는 주인공의 이같은 결심과 각오는 '연실'의 실재 인물이 되는 김명순의 각오와 행동이었으며 또한 몇 안 되는 '제일기생 여류문인'을 비롯한 신여성들의 행동과 결의이기도 했다.

이 구절에서도 알 수 있듯이 이 작품에 등장하는 김연실과 그 둘레의 여인들은 모두 이른바 '제1기 여류문인들'을 모델로 한 인물들이다. 이 작품의 후기에도 밝혀져 있듯이 그이들이 걸어온 4반세기의 과정은 그대로 '조선 신여성사'로 된다. 이런 점에서 이 작품은 한 문학작품으로서의 흥미뿐만 아니라, 한국 신여성이 겪어야 했던 수난의 과정을 더듬어보게 하여준다는 점에 더 큰 흥미의 초점이 걸려 있는 작품이다.

　평양의 어느 이속(吏屬)의 소실의 딸로 태어나 둘레의 냉대 속에서 성장하여 사랑이 무엇인지도 모를 어린 나이에 처녀를 유린당하고, 의모(義母)의 돈을 훔쳐가지고 일본으로 건너가 신학문에 눈을 뜨고, 문학이 무엇인지 충분한 온축(蘊蓄)을 쌓기도 전에 여류문인으로 자처하게 되고, "문학은 연애요, 연애는 문학이니라" 하는 생각에 사로잡혀 이른바 연애행각을 일삼게 되고, 그러다가 주위 사람들에게 버림을 받게 되어, 비참한 몰락의 길을 걷게 되기까지의 여주인공 김연실의 30년간의 생애의 과정, 그것은 곧 신문학 초창기의 한국 신여성이 걸어야 했던 수난의 생애의 한 전형적인 예가 된다. "지도자도 없이 정견(定見)도 없이 목표도 없이 다만 새로운 것으로의 돌진"만을 꾀하다가 좌절해버린 한 시대의 희생의 실례를 거기서 볼 수 있다. 작가 김동인은 서양 문명의 겉물만 핥는 일본에 건너가 정견도 목표도 없이 "서양 문명의 겉물만 핥는, 또 그 겉물을 핥는"데 급급했던 김연실의 모습을 통하여, 한국의 제1기 신여성의 맹점을 혹독하게 파헤치고 있다. 이러한 그의 비판의 시선이 도를 지나쳐 때로 악의적인 조소로 일탈하는 경우도 없지 않지만, 아무튼 이 작품은 초창기의 신여성이 치러야 했던 쓰라린 시련의 과정을 생생하게 보여주고 있는 것은 사실이다.

　뿐만 아니라 이 작품을 통해서 우리는 "서양 문명의 겉물을 핥는" 일본을 "또 그 겉물을 핥는"데 급급했던 초창기의 한국 신문학 그 자체에 대한 혹독한 비판을 읽을 수도 있다. 그런 측면에서 이 작품

은 민족문학의 올바른 방향 설정이 요청되는 오늘의 시점(時點)에
있어서도 일말의 교훈을 주는 작품이라 할 수 있다.

(김동인, 『김동인 전집』 해설, 삼중당, 1976)

성장소설의 계보와 실상
―이광수, 이태준, 김남천

1. 머리말

필자는 이광수의 『무정』을 살피면서 우리의 몇몇 전근대소설의 여주인공들의 수난사에서 볼 수 있는바, 한의 궤적은 갑오경장 이후의 신소설의 여주인공들을 거쳐 『무정』의 여주인공 박영채에 이르기까지 지속적으로 표상되어 있음을 지적한 바 있다. 신문학의 선구자인 이광수 자신은 문학전통의 단절론을 강력히 내세웠음에도 불구하고 그의 초기의 대표작인 『무정』에는 우리 문학의 중심적 모티프라 할 수 있는 한의 표상이 박영채라는 여인을 통하여 효과적으로 계승, 표현되어 있음을 지적한 바 있다.[1]

또한 필자는 한국적 한이 전형적으로 표상되어 있는 장르는 판소

---

1) 졸론, 「근대소설의 형성과정의 고찰」, 『국어교육연구』, 원광대 국어교육과, 1983.

리임을 지적하고, 판소리의 대표적 여주인공인 심청과 춘향의 행위의
궤적에 표상되어 있는바 한의 구조와 기능을 살펴본 바 있다.[2]

이를 근거로 하여 여기서는 판소리의 주조로서의 한이 이광수의
『무정』의 인물들을 거쳐 30년대의 김남천의 『대하』, 40년대의 이태
준의 『사상의 월야』 등의 주인공들에게 어떤 모습으로 계승, 표상되
어 있는가를 살펴보고자 한다.

한은 판소리의 여주인공들과 마찬가지로 『무정』의 박영채에 있어
서도 인간으로서의 성숙의 궤적을 뒷받침하는 중심적 모티프로서 기
능하고 있었던 것이며, 그러한 기능은 김남천, 이태준의 인물들에게
서도 마찬가지로 볼 수 있는 것이다. 박영채를 비롯하여 그 뒤의 일
련의 인물들에서 볼 수 있는바, 한의 궤적은 『대하』 『사상의 월야』의
주인공들의 자기 성장의 궤적과 언제나 맞물려 표상되고 있다. 심청,
춘향이 그러했던 것과 마찬가지로 박영채를 비롯한 일련의 인물들의
경우에 있어서도 자기 한을 안고 살아가는 과정에서 점차 인간으로
서 성숙되어가고 있다는 말이며, 이런 측면에서 생각할 때 『무정』을
위시한 일련의 소설들은 이른바 성장소설이라고 장르규정을 할 수
있게 된다. 다시 말하면 한국의 성장소설의 중심 모티프는 곧 한이라
할 수 있다는 말이다.

따라서 본론에 들어가기에 앞서 이른바 성장소설의 개념을 한번
규정하고자 한다. 형성소설 또는 성장소설이라 불리는 이 장르는 주
인공이 미성년의 단계에서 성년으로 성숙하기까지의 삶의 과정을 그
려나가는 소설을 이른다. 이는 괴테의 『빌헬름 마이스터의 수업시대
(Wilhelm Meisters Lehrjahre)』를 기점으로 하는 독일의 'Bildungs-

---

2) 졸론, 「판소리의 주조로서의 한국적 한의 삭임의 기능에 관한 연구—특히 일본의
가타리모노 산쇼다유와 심청가의 비교를 중심으로」, 『한국민족음악학보』 6집, 1992.
　　졸론, 「판소리의 주조로서의 한국적 한의 화해원리에 관한 연구—특히 춘향가와 일
본 죠루리 가명수본충신장(假名手本忠臣藏)의 등장인물들의 액션의 전개양상의 대비를
중심으로」, 『성곡(省谷) 학술논총』, 1993.

roman'을 모델로 하는 것이다. 교양소설 혹은 형성소설, 성장소설이라 번역하는데, 교양소설이라 할 때는 수업의 과정에 중점을 둔 용어이다.[3] 우리나라에서는 성장소설이라는 용어를 널리 쓰고 있으므로 이 용어를 쓰기로 한다.

독일의 경우 『빌헬름 마이스터의 수업시대』를 비롯하여 토마스 만의 『마의 산』, 영국의 서머셋 몸의 『인간의 굴레』 등이 이 계열에 드는 소설인바 우리나라의 경우 이광수의 『무정』, 김남천의 『대하』, 이태준의 『사상의 월야』 등을 들 수 있겠다.

그런데 우리나라의 이러한 성장소설들은 독일의 'Bildungsroman'의 전형이라 할 괴테의 『빌헬름 마이스터의 수업시대』와는 비슷하면서도 다른 점이 많다. 괴테의 『빌헬름 마이스터의 수업시대』와 이광수의 『무정』의 동이점에 대하여는 졸론 「근대소설의 형성과정의 고찰」에서 이미 언급한 바 있으므로 그중의 해당 부분을 여기에 요약함으로써 본론으로 들어가는 실마리를 삼고자 한다.

첫째, 괴테와 이광수는 각기 연대는 다르지만 다 같이 커다란 변혁기에 산 인물들이라 할 수 있다. 귀족이면서도 다가오는 시민사회를 예견할 수 있었고, 고전주의의 교양을 기반으로 하고 있으면서도 다가오는 낭만주의의 시대를 예견할 수 있었던 야누스 괴테는 서양문화의 소중한 변혁기에 처한 인물이었으며, 오랜 폐쇄적인 유교사회를 극복하고 개명한 새 시대를 열겠다는 염원으로 불타는 시대에 청년기를 맞은 이광수 역시 중요한 변혁기에 놓인 인물이었다.

둘째, 이런 조건 속에서 다 같이 새 시대를 살아갈 수 있는 인물을 주인공으로 설정하여 그의 성장의 궤적을 그려나가고 있는 점에서 양자는 또한 유사성을 보이고 있다고 하겠다.

그러나 괴테와 이광수는 아주 다른 점이 많다. 괴테가 귀족이요, 문화적으로 과거와 미래를 동시적으로 수렴할 수 있는 풍요를 누릴

---

3) 진상범, 「헤세의 교양소설」, 『표현』 15호, 1987.

수 있었는 데 반하여, 이광수는 조실부모한 고아인데다가 외적에게 나라를 빼앗긴 망국노의 설움 속에 청년기를 맞아야 하였고, 스스로 '정신의 부로(父老)'[4]가 없음을 개탄하고 있는 점에서 양자는 다르다.

괴테의 궁극적 지향점이 전인적 자아완성에 있었으며, 그것은 독일 관념론 내지 독일 역사주의의 전통과 긴밀히 관련되어 있는 데[5] 반하여, 이광수의 지향점은 '신대한 건설이라는 이상'[6]의 실현에 두고 있었으며, 철저한 전통 단절론에 입각해 있었다.

괴테의 주인공인 빌헬름에게는 부유한 가정적 배경이 있는 데 반하여(빌헬름은 귀족 아닌 중간계급이기는 하지만), 이형식은 몰락한 선비 집안의 조실부모한 고아라는 점, 전자의 삶의 과정에는 훌륭한 스승, 친구 등이 있었는 데 반하여, 후자에게는 스승이나 친구가 없었다고는 할 수 없지만, 그다지 크게 도움이 될 만한 존재는 아니었다는 점도 서로 다른 점이라 하겠다.

19세 때의 이광수는, 자기들에게는 '정신의 부로'가 없고 자기 스스로 스승이면서 제자고 제자이면서 스승이 될 수밖에 없다고 하였거니와, 그의 주인공 이형식 역시 경성학교의 선생이면서 이제 바야흐로 시작되려는 성장소설의 주인공답게 도제(제자)수업을 시작해야 할 입장에 있는 것이다. 말하자면 빌헬름에게 주어져 있는 과제는 제자로서의 자기 수업을 충실히 이수하여 한 사회인으로 정착하면 되는 것이지만, 스승이면서 제자인 이형식은 도제수업과 아울러 스승으로서의 소임을 수행해야 하는 것이다.

양상은 다르지만, 김남천의 『대하』의 주인공 형걸이나, 이태준의 『사상의 월야』의 주인공 이송빈 또한 각기 다른 조건하에서 성장의

---

4) 이광수, 「금일 아한 청년의 경우」, 『이광수 전집』, 삼중당, 1910.

5) Auerbach, *Mimesis*, translated from German by W. Trask, Princeton University Press, 1974.

6) 이광수, 위의 글.

궤적을 엮어가고 있다.[7]

2. 연대기·가족사소설과 성장소설 — 『대하』

　김남천의 『대하』는 『무정』과는 달리 성장소설이라 규정하기에는
적절치 못한 면이 상당히 많다. 작자 자신도 창작과정을 밝히는 글에
서 말하고 있는 바와 같이 이 소설은 1900년대에서 집필할 당시까지
의 약 30년간을 시간적 배경으로 하여, 서도지방의 신흥 부호 일갈의
삶의 모습을 그리려고 하고 있는 것인 만큼,[8] 이는 오히려 연대기소
설 내지 가족사소설로 보아야 할 것이다. "연대기를 가족사의 가운
데 현현시킨다"[9]라는 작자 자신의 창작경위를 밝힌 글에서 보더라도
그렇다.
　그러나 원래 가족사소설은 성장소설적 요소와 겹치는 경우가 많다.
그 가족들 가운데 미성년에서 성년으로 접어드는 인물이 등장하기
마련이고, 그가 작중의 중심인물로 부각되는 경우가 매우 많은 것이
다. 염상섭의 『삼대』의 덕기, 한설야의 『탑』의 상도 등이 모두 그런
인물들이다. 따라서 이런 소설들은 말하자면 가족사소설이면서 성장
소설이라 할 수 있다. 『대하』 역시 이런 유형에 드는 소설이라 하겠
다. 작자 김남천은 말하고 있다.

---

7) 김남천 편, 『월북작가대표문학』, 상음출판사, 1989 및 『이태준문학전집』 5와 『사상
의 월야』, 서음출판사, 1988을 텍스트로 한다.
8) 『대하』는 제1부이며 제2부는 『동맥』이라 개제되었다. 『동맥』의 일부분은 1941년
'개화풍경'이라는 제목으로 『조광』지에 발표되었고, 대부분은 해방 후에 잡지에 발표
되었다. 그런데 그 제2부에서도 미완으로 그치고 있다. 본론에서는 제1부인 『대하』만
을 대상으로 한다. 이주형, 「1930년대 한국장편소설연구」, 서울대 대학원 박사학위논
문, 1983, 신상성 편, 『김남천연구』, 경운출판사, 1990, 참조.
9) 김남천, 위의 책, 385쪽.

가족사의 초석으론 근본없는 신흥부호로 하되 그후 30년을 존명한 장년, 지주 겸 고리대금업자로 할 것이라 하야 당년 40세의 박성권이가 가장으로 선택되었다.[10]

이 말로 알 수 있듯이, 이 작품은 신흥부호 박성권을 가장으로 한 그 일가의 이야기를 그리는 것을 초점으로 하고 있다. 그런데 작자의 관심은 박성권의 셋째아들인 형걸에게 쏠려 있음을 알 수 있다.

시대정신의 구현된 성격으로 발랄하야 전통의 파괴자, 가족 계보의 이단자를 청소년에서 구하되, 서자 학도로 할 것. 이리하야 박성권의 삼남, 서자 19세의 박형걸이가 선발되었다.[11]

이러한 작자의 진술로 알 수 있듯이 작자가 박성권 일가 중에서 이른바 '문제적 개인'으로 설정하고 있는 것은 박성권의 셋째아들 박형걸임을 알 수 있다. 물론 이는 가족사소설답게 작자의 시선은 가장인 박성권을 비롯한 가족 개개인에게 골고루 분배되고 있는 것이 사실이지만, 작자의 시선이 상대적으로 많이 가고 있는 것은 역시 셋째아들 박형걸 쪽이다. '시대정신의 구현자이며 전통의 파괴자인' 박형걸이야말로 작자 김남천과 혈연을 같이하는 인물이라 할 수 있다. 이 작품의 '초석'이 되는 박성권은 "포악하고 아구통 센" 40대 사나이다. 그는 술과 아편으로 가산을 탕진하고 죽은 아버지의 뒤를 이어 다시 집안을 일으킨 사람이다. 그는 아버지가 채 받아내지 못한 몇 군데 빚 준 데를 알아내어 그 "포악하고 아구통 센" 수완으로 빚을 받아내어 그것을 밑천으로 하여 살림을 일으킨 것이다. 그는 큰마누라에게 3남 1녀, 작은마누라에게 아들 하나를 두었다. 부자가 된

10) 김남천, 위의 책, 385쪽.
11) 김남천, 위의 책, 385쪽.

이후로 큰집, 작은집을 마련하여 각각 살림을 차리게 하고, 노비며 머슴도 거느리고, 첫째니 둘째니 하던 아이들 이름도 제법 항렬을 좇아서 형준, 형선, 형걸 하는 식으로 고쳤다. 또한 박성권은 고을의 행사 같은 데 기부를 하며 지방유지 행세도 한다.

큰아들 형준은 한문은 좀 익혔으나 학교에는 다녀보지 않았다. 장가간 지 몇 해가 되고 이제 1남 1녀의 아이를 두었다. 아내에 대한 흥미도 차츰 시들어가는 판인데 우연히 삼십육계라는 노름에 손을 대기 시작하여 점차 그쪽으로 빠져들어간다. 그리고 더부살이하는 두칠의 아내 쌍네를 집적거려보기도 한다.

둘째인 형선이는 동명학교 고등과 학생, 19세인데 장가간 지 얼마 되지 않아서 지금 신혼재미에 빠져 있다. 형준이나 형선에게도 조금씩의 문제는 있으나 이 작품의 중심인물이라 할 만큼 심각한 것은 아니다.

문제가 좀 있다면 얼마 전에 둘째며느리로 들어온 형선의 아내 보부이다. 내세울 만한 무슨 근본이 있는 것은 아니지만 외형으로는 유교적으로 행세하는 이 집안에 며느리로 들어온 그녀는 이 집안의 흐름과는 사뭇 다른 면을 간직하고 있다. 그것은, 그녀가 예수교 신자일지도 모른다는 사실이다. 시집올 때 옷보자기 밑에 성경책과 성화를 간수하여 가지고 왔던 것이다. 게다가 그녀는 형선과 혼담이 오고 갈 무렵부터 시동생이 될 형걸을 자기 신랑감인 줄로 잘못 알고, 그의 당당한 풍채에 은밀히 사모하는 마음을 간직해오다가, 첫날밤에 남편과 첫 대면을 하고서야 자기 신랑은 전혀 다른 사람임을 알고 크게 놀란 일이 있으며, 이 일이 그녀에게는 남모르는 한 죄의식으로 자리잡게 된 것이다. 그러나 그녀의 이런 문제성은 이 작품의 시공 안에서는 어디까지나 개연성의 암시로 그쳐 있을 뿐 밖으로 드러나지는 않는다.

문제성을 심각하게 지닌 인물은 서자인 형걸이다. 물론 그가 간직하는 문제성이라는 것도 둘째며느리 보부의 경우와 마찬가지로 이

미완성의 소설 공간 안에서는 역시 어떤 개연성으로 그쳐 있는 경우가 대부분이다. 그러나 그런 나름으로 몇 가지 심각한 문제를 이 공간 안에서 빚어내기도 한다. 그의 심각한 문제성의 결정적 유인이 되는 것은 바로 그의 서얼로서의 신분적 조건이다. 그는 큰마누라 소생인 형준, 형선 등 배다른 형들에 비하여 인물도 잘났고 기골도 장대하다. 형선과는 동갑이지만 생일이 좀 낮아서 셋째로 되는 셈이지만, 집안에서는 서자인 그를 셋째로 인정하지 않고 작년에 낳은 본처 소생인 형식을 셋째라 불러왔던 것이다. 아버지 박성권이 항렬을 따라 형준, 형선, 형걸, 이런 식으로 개명을 한 이후에는 둘째니 셋째니 하는 이름이 없어져서 형걸로서는 다행이기는 하지만, 큰댁 식구들의 작은댁 모자에 대한 크고 작은 모멸과 냉대는 조금도 변하지 않는다.

그의 한은 여기서 온다. 그는 과묵한 편이지만 어떤 일을 당한 순간에는 파괴적인 힘이 폭발하기도 한다. 형선의 신부인 보부가 시집오기 전에 시아우 될 형걸을 자기 신랑감으로 잘못 알고 연모의 정을 품기도 하였거니와, 형걸 또한 보부가 형수로 들어서기 전에 잠시 자신의 신부감으로 생각해보기도 했었다. 그것은 그저 자기 어머니와 자기 사이에 가볍게 오고간 대화에서였을 뿐이요, 그 이상으로 드러내놓고 무슨 혼담이 오고가거나 그러지는 않았었다. 혼담으로 두드러지기도 전에 형선과 보부 사이에 정혼이 되어버렸기 때문이다.

나는 오늘부터 이 사람의 것이다. 이 사람에게 몸과 마음을 통히 바쳐 버린 사람이다. 아니, 고대로 속속드리 이 사나히에게 맡겨버려야 할 몸이다. 그러므로 여태껏, 자기의 마음 한 귀퉁이에서 어른거리던 나팔 들고 키 큰 총각의 환영은, 그것이 설령 자기의 시동생이 될 사람이건, 누구이건, 한 개의 마귀에 불과하였다. 이리하야 그는, 여태껏 총각을 그리든 제 마음을 마귀의 가르킨 사념(邪念)이라 생각하고, 더 일층 자기를 죄인으로 의식하면서 미안한 마음으로 새로이 맞는

남편에 대한 깊은 애정을 인도하려고 하는 것이었다.[12]

이는 이제껏 "나팔 들고 키 큰 총각"이 자기 신랑감인 줄로만 알고 있던 보부가 첫날밤에 자기 앞에 있는 신랑은 그 총각이 아닌, 그의 형임을 알고 난 직후에 떠올리는 생각이다. 이제껏 다른 사람을 신랑감으로 잘못 알고 잠시나마 사모의 마음을 일으킨 것을 "마귀의 가르킨 사념"이라 생각한 보부는 "새로이 맞는 남편에 대한 깊은 애정을 인도하려고" 굳게 다짐한다. 자칫 다른 방향으로 빗나갈지도 모를 자신의 마음을 바로잡고, 이제 새로이 전개될 자기 운명을 고스란히 받아들이려는 태세를 갖추고 있다고 하겠다.

그러나 이 장면은 이러한 보부의 다짐에도 불구하고, 보부와 아울러 형걸의 앞날에 예상할 수 없는 어떤 문제성이 빚어질지도 모른다는 암시를 빚어내고 있는 것이 사실이다. 그러나 이는 어디까지나 암시일 뿐 미완으로 끝난 이 소설의 공간 안에서는 그 이상의 구체적인 액션의 전개를 보여주지 못하고 있다.

형선이 장가든 바로 그 다음날 형걸은 친구 대봉이를 꼬여서 같이 삭발해버린다. 물론 부모와 아무런 상의도 없이. 그의 '전통의 파괴자'로서의 면모는 이런 데에서 나타나기 시작한다.

왼몸을 내던져서 죽어라고 분풀이를 해대야만 할 곳이 어데엔가 꼭 한 구봉이 남아 있는 것 같다. 누구를 실컷 뚜드리던가, 그렇잖으면 누구한테 늘어지게 맞아보고도 싶었다. 그랬으면 행결 가슴이 후련하고 속이 시원하니 뚫릴 것 같다. 그러나 누구를 때리고, 또 누구에게 매를 맞아야 할 것이냐. 그 대상이 그에게는 똑똑지 않았다. 간지러운 것처럼 안타까웁다.[13]

---

12) 김남천, 위의 책, 166쪽.
13) 김남천, 위의 책, 190쪽.

자기가 삭발한 것을 보고도 꾸중 한마디 하지 못하고 안방으로 들어가버리는 어머니의 모습을 보면서 형걸이 위와 같은 생각을 하는 것이다. 누구를 실컷 패주거나 누구한테 늘어지게 얻어맞아보았으면 차라리 속이 후련해지겠다는 이런 형걸의 파괴심리는 과연 어디서 연유되는 것일까. 그것은 형준이나 형선 등에게도 없고, 자기의 친구인 대봉이에게도 없는, 형걸 자기에게만 있는 것이다. 그것은 자기 어머니와 자기 사이를 이어주는 끈끈한 운명의 사슬에서 연유되는, 남의 집 소실과 그 소실의 몸에서 태어난 서자만이 농도 짙게 느끼는 한에서 연유되는 심리현상인 것이다. 『대하』라는 소설공간 안에서 가장 심각한 문제아인 형걸의 문제성은 바로 이 한에서 연유되는 것이며, 이 소설공간 안에서 벌이는 그의 모든 액션의 자초지종은 바로 이 한의 궤적이라 할 수 있으며, 이 한의 궤적을 이룩해가는 과정은 바로 그의 인간으로서의 성장의 과정이 되는 것이다.

스승이면서 제자일 수밖에 없었던 『무정』의 이형식과는 달리, 어디까지나 학생의 신분일 뿐인 형걸은 제자로서의 수업을 쌓아가는 인물일 뿐이라는 점에서 더욱 전형적인 성장소설의 주인공답다. 그가 특히 존경하는 것은 문선생이다. 문선생은 그에게 신학문을 가르치지만, 특히 소년으로서의 포부를 가질 것을 당부하고 있는 점에서 과연 성장소설의 스승, 신화비평에 있어서의 현자(wiseman)답다. 이런 점과 관련하여 이 소설공간 안에 나팔 부는 장면이 자주 나오는 것은 상징적이다. 그것은 『무정』에 있어서 어둠, 몽매에서 밝음, 눈뜸으로 나아갈 것을 강력히 촉구했던 사실과 궤를 같이하는 것이다. 나팔은 어둠, 몽매에서 밝음, 눈뜸으로 인도하는 그러한 나팔인 것이다. 나팔은 우리의 근대화 과정에 있어서 "학도야 학도야 청년 학도야" 하는 노래가 그러했던 것처럼 새 시대를 인도하는 가장 상징적인 것이었다.

문선생이 형걸을 비롯한 여러 학생들을 기독교로 인도하고 있는 것 또한 주목해야 할 점이다. 우리의 이른바 개화기가 기독교의 유입과 병행하여 진행되었다는 것은 역사적 사실에 속한다. 1900년대의 시대상황에 있어서 기독교는 유교적 전통에 대한 가장 래디컬한 도전자였다. 전통의 파괴자이며 새 시대정신의 구현자인 형걸이 기독교로 기울어져간 것은 당연하다. 그는 기독교에서 전통의 파괴자로서의 이념적 배경을 얻은 것이다.

형걸이 유교사회에 대한 도전자이며 기독교에서 그 이념적 배경을 얻고 있는 사실은 그 작자인 김남천이 당대사회에 대한 래디컬한 도전자로서의 좌익 이데올로기의 신봉자였다는 사실과 관련하여, 문제아로서의 형걸과 김남천은 상사관계(homology)에 있음을 알 수 있다. 『무정』의 이형식과 그 작자인 이광수 사이의 관계가 그러했던 것처럼 형걸의 한은 쌍네에 대한 태도의 이중성에서 잘 나타난다. 그는 19세의 건강한 젊은이답게 쌍네에 대하여 이성적 욕구를 느낀다. 형걸은 쌍네나 그녀 남편 두칠에 대하여 일종의 동일인시현상을 느끼고 있다. 자기 형들이 그들에게 아무렇지 않게 "해라"를 놓는 데 반하여, 그는 그들에게 "허우"를 한다. 서얼로서의 한에서 연유되는 정의 한 표현이라 할 수 있다. 더부살이의 계집인 쌍네(원래는 노비였다)에 대한 그의 동병상련적인 연민의 정과 젊은 여인으로서의 쌍네의 대한 그의 검은 정열이 한데 어우러져 격정으로 치닫게 되는 것이다.

한편 부용과 형걸의 만남은 예수교 선교를 계기로 해서이다. 예수교 선교를 위해서 친구 대봉이와 같이 그는 기생 부용의 집을 찾아간다. 선교라고 하지만 젊은이다운 호기심이 작용한 행위라 할 수 있다. 부용이 그들을 정중히 맞아들인 것은, 선교를 하러 온 그들의 모습에서 자기를 대등한 인격으로 대우해주는 면을 느꼈기 때문이다. 마치 쌍네가 자기를 노비 아닌 여인으로 대해주는 형걸에게 쉽사리 마음의 문을 열어주었던 것과 같이. 어떻든 형걸과 쌍네의 관계는 형걸의 삶의 흩뜨러진 모습을 보여주는 것으로 나타나는 데 반하여 부용에 대한 형걸의 관계는 자신의 삶을 고양시키는 것으로 표상되고 있다. 쌍네에게서는 젊은 여인을 보았을 뿐이지만, 부용에게서는 총명함과 순결성과 용기를 보았던 것이다. 기생과 서얼이라는 점에서 다 같이 전통사회의 소외자인 부용과 형걸은 생명의 고양을 이룩할 수 있는 계기를 열게 된다. 그러나 이 또한 미완으로 그친 이 소설의 공간에서는 어디까지나 개연성에 그쳐 있을 뿐이다.

끝부분에 이르러 운동회가 끝난 날 밤 형걸이 부용의 집에 다가가는 장면에 이르러 성장소설의 주인공으로서의 그의 삶에는 일대 전환점이 다가온다. 형걸이 부용의 집에 다가갔을 때 부용의 방에서 아버지의 말소리가 흘러나온다. 술취한 아버지가 부용에게 손을 뻗치려는 순간을 엿듣게 된 것이다. 여기 대하여 부용은 '천륜(天倫)'을 내세워 방어한다. 이 장면은 형걸에게는 두 가지 점에서 자기 삶의 큰 전환점이 된다. 하나는 부계적 질서에 대한 전면적인 거부의 자세를 정립케 하는 계기를 얻은 것이고, 다른 하나는 사랑에의 신뢰, 나아가서 인간에의 신뢰를 확인할 수 있는 계기를 얻은 것이다.

"아아 아버지가 취하셨다. 아버지가 정신을 잃으셨다"[14]는 부용의 방에서 흘러나오는 아버지의 취한 말소리를 듣고 형걸이 속으로 부르짖은 말이다. 전통의 파괴자로서의 형걸의 모습이 뚜렷하게 드러나는 장면이다. 개화기의 선구자인 이광수는 자기에게는 '정신의 부로'가 없노라고 하였다. 이런 문맥 속에서 그는 전통에 대한 전면적인 부정을 하기에 이르렀다. 취한 아버지의 모습을 엿듣고 속으로 부르짖는 형걸의 이 말 역시 이광수의 경우와 거의 같은 맥락에서 이해할 수 있겠다. 그것은 전통, 권위에 대한 전면적 부정의 상징이라 할 것이다.

물론 서얼로서의 형걸이 아버지가 정점이 되는 가정(혹은 전통)질서에서 소외된 존재인 것은 물론이지만, 형걸에게도 이제 아버지는

---

14) 김남천, 위의 책, 381쪽.

한낱 '정신 잃은' 존재로 비치기에 이르렀다. 이 순간은 형걸의 성장의 궤적에 있어서 한 소중한 전기로 된다. 아버지로 상징되는 기존의 권위를 전면적으로 거부함으로써 그는 이제야 새로운 삶의 길을 자신의 힘으로 열어가게 되기 때문이다.

다른 한편으로 그는 이 순간에 천한 기녀이면서도 순결성과 총명성 그리고 용기를 아울러 간직하고 있는 부용의 참모습을 확인하게 되는 것이며, 이는 그에게 사랑에 대한 신뢰, 인간 자체에 대한 신뢰의 마음을 갖게 하는 소중한 전기를 가져다준다.

형걸이는 엉겁결에 캄캄한 그늘에 몸을 숨겼다. 대문을 잡아 지치드니, 성난 즘생처럼 씨근거리며 박참봉이 대문을 넘어선다. 갓이 후들후들 떨리면서, 그는 격분한 감정을 누르지 못한 채 골목을 지나서 없어진다. 아버지의 뒷 모양을 배웅하고 나서도 형걸이는 그림자 속에서 훤한 데로 나설 용기가 나질 않았다. 그는 그대로 한참 동안을 숨을 죽이고 그늘 속에 파묻혀 있었다. 부용이가 뜰을 건너 대문께로 온다. 그는 박참봉이 간 방향을 잠간 바라보고는 문설주에 손을 얹고 푸 한 숨을 쉬고 있다.

형걸이는 부용이의 얼굴을 살피었다. 피로가 가득 찬 얼굴에 눈물 줄기가 먼 불광에 한번 번뜩하고 빛난다. 형걸이는 가만히 가서 등뒤로부터 부용이를 껴안고 그의 등을 어루만져주고 싶었다. 그는 그의 얼굴에서 어떤 성스리운 표정을 발견하는 것 같았다. 그러나 그의 발은 땅에서 떨어지지 않았다.

이윽고 부용이는 문을 잠그고 뜰을 건너 제 방으로 들어가버린다. 방문이 닫기는 것을 기다려, 형걸이도 비로서 대문 앞까지 나섰다. 대문 판장 틈으로 부용이 방의 불광이 은은히 보인다. 그는 잠시 종교적인 정신적 분위기를 그 불광에서 느껴본다. 그는 한참 동안 그렇거고 서 있을 뿐이였다.[15]

이 장면에 이르러 문제아 박형걸은 소중한 삶의 전기를 맞기에 이른다. 거부해야 할 대상이 무엇이며, 열렬히 사랑하고 옹호해야 할 것이 무엇인가를 분명히 깨닫게 되는 것이며, 이리하여 그는 자신이 나아가야 할 방향을 알아차리게 된다. 성장소설의 주인공으로서의 박형걸에 있어서의 소중한 삶의 전기라 할 것이다.

형걸이의 마음속에 이루어진 결심, 그것은 막연하기는 하나, 오늘 밤 안으로 이 고장을 떠나서 평양으로 가던가, 더 먼 곳으로던가, 새로운 행방을 잡아보자는 것이었다. 그는 몇 시간 뒤에 평원도로를 향하여, 방선문 밖 신작로를 걸어나갈 것을 상상하며, 문우성 선생이 기숙하고 있는 예배당으로 병대처럼 뚜벅뚜벅 걸어갔다.[16]

여기서 잠시 서구의 전형적인 성장소설인 『빌헬름 마이스터의 수업시대』를 생각해보기로 한다. '빌헬름'의 성장의 궤적은 가정을 떠나는 데서 시작하여 세상에 나가 여러 가지로 방황하다가 결국은 다시 사회의 질서 속으로 복귀하여 한 시민으로서의 자신의 역할을 찾음으로써 그 성장의 궤적을 완성하였던 것이다. 그런데 형걸의 성장의 궤적은 전통을 파괴하고 새로운 삶의 길을 찾아나서는 것으로써 그 성장의 궤적을 이룩하고 있다. 물론 『대하』는 미완의 작품이므로 형걸의 성장의 궤적이 어떻게 발전되어갈지는 영원히 알 수 없는 일이 되어버렸지만. 그러나 여기서 『무정』의 이형식, 박영채의 경우를 잠시 생각해보는 것이 좋을 듯하다. 그들은 낡고 어두운 시대를 청산하고, 새로운 밝은 시대를 건설하기 위하여 외국유학의 길을 떠나는 것으로 그들의 성장의 궤적을 끝맺었다. 말하자면 전통에의 복귀 아닌 그것으로부터의 탈출이었던 것이다. 이형식이 고아인 데 비하

---

15) 김남천, 위의 책, 383쪽.
16) 김남천, 위의 책, 384쪽.

여 박형걸은 서자이다. 양자가 다 같이 기존질서로부터 응분의 혜택
을 받지 못한 소외자들이다. 말하자면 정신의 부로가 없는 존재들이
다. 바로 이 점이야말로 독일의 전형적인 'Bildungsroman'과 한국의
성장소설의 다른 점이라 하겠다. 우리 성장소설의 주인공들이 전통
에의 복귀 아닌 그것으로부터의 탈출을 시도한 것도 이런 점과 긴밀
히 관련된다고 하겠다.

3. 성장소설과 한―『사상의 월야』

이태준의 『사상의 월야』는 이광수의 『무정』과 마찬가지로 자전적
색채가 짙은 작품이다. 『사상의 월야』의 주인공 이송빈의 행적은 이
태준의 작가연보에 기록되어 있는 사실과 대체로 궤를 같이하고 있
다.[17]

주인공 이송빈이 아버지를 따라 아라사 땅 해삼 위에 이주한 지 얼
마 안 되어 아버지가 사망한다. 아버지는 벼슬살이를 하다가 개화당
이 되어 개혁운동에 관계하였으나 도리어 몰리어서 아라사 땅으로
쫓기어와 있다가 뜻을 펴보지도 못하고 죽은 것이다. 이리하여 가족
들은 다시 배를 타고 고국으로 향한다. 도중에 어머니는 해산을 하
여, 고향까지 가지 못하고 도중의 조그만 포구에 내린다. 여기서 어
머니와 힐머니는 음식점을 차려 호구하던 중 어머니마저 이송빈이
아홉 살 때 세상을 떠난다. 이리하여 할머니를 비롯한 가족들은 친척
을 따라 아버지의 고향 철원으로 간다. 이곳에서 첫날을 보낸 다음날
새벽에 이송빈은 학교에서 들리는 나팔 소리를 듣는다. 이는 그에게
향학에 대한 의욕을 북돋운다. 그리하여 학교에 들어가고 좋은 성적
으로 졸업한다. 여기서부터 그는 더 배우기 위하여 이곳저곳을 전전

---

17) 이태준, 위의 책, 263쪽.

하다가 결국 서울까지 가게 된다. 그 동안의 그는 숱한 고생을 하지만 그런 고생을 견디면서 그는 한결같이 향학열을 불태운다. 그러나 은주는 집안 어른의 엄명에 의하여 다른 데로 시집을 가고 만다. 이송빈은 이 슬픔을 딛고 일어서며, 기어이 성공하리라 다짐한다. 한편 그는 학교 당국과 뜻이 맞지 않아 동맹휴학을 주도하다가 퇴학을 당한다. 그리하여 더 큰 데 가서 공부하리라는 결심을 하고 천신만고 끝에 현해탄을 건너게 되는 데에서 이 작품은 끝난다.[18]

이광수의 『무정』의 주인공과 이태준의 『사상의 월야』의 주인공은 다 같이 그 작자들과 마찬가지로 몰락한 양반가문의 후예들이요, 조실부모한 고아들이라는 점에서 비슷하다. 그런데 이미 살펴본 김남천의 『대하』의 주인공 박형걸 역시 서자의 신분이라는 점에서 고아와 궤를 같이하는 처지라 하겠다. 이광수의 『무정』, 김남천의 『대하』, 이태준의 『사상의 월야』 등 갑오경장 이후 우리나라의 대표적 성장소설의 주인공들이 고아의식의 소유자들이라는 사실은 우연이라 하기에는 너무도 기이한 현상이라 하겠다. 이 고아의식이라는 것은, 넓게 보면 우리 신문학의 저변에 흐르는 일종의 잠재의식 같은 것이었다고 할 수 있을 듯하다.

---

18) 『사상의 월야』는 매일신보 1941년 3월 4일부터 7월 5일까지 97회에 걸쳐 연재된 것인데, 1946년 을유문화사에서 단행본으로 출판되었다. 끝부분에서 주인공 이송빈이 동경으로 건너가 미국인 선교사의 도움으로 와세다 대학을 다니게 되는데, 후에 그 미국인 선교사와 뜻이 맞지 않아 그곳을 그만두고 나와버리는 것으로 끝을 맺고 있다. 그러나 46년도에 을유문화사에서 나온 단행본에는 이송빈이 일본으로 건너간 이후의 이야기는 잘라내버리고 현해탄을 건너는 배 위에서 결의를 다짐하는 것으로 끝을 맺고 있다. 이는 해방 이후의 그의 사상적 변모양상과 밀접하게 관련되는 일이라 할 것이다. 그리고 이 작품은 원래 더 계속할 예정이었던 듯하다. 매일신보 마지막회분(1941. 7. 5) 79회에 '상편종'이라고 하였고, 여러 가지 사정으로 '우선 상편만으로 쉬이겠습니다' 하는 작자의 말이 실려 있다. 그러나 본론에서는 1946년도 을유문화사에서 나온 개정판을 기준하여 출판한 서음출판사 『이태준전집』 5의 『사상의 월야』를 텍스트로 한다. 이익성, 「『사상의 월야』 자전적 소설의 의미」, 『한국근대장편소설연구』, 한국현대문학회, 1991, 참조.

우선 이광수의 경우에 있어서의 고아의식은 대개 세 가지 공적·사적인 조건에서 연유된다고 하겠다. 사적으로는 이광수 자신이 조실부모한 고아였다는 것, 공적으로는 가장 감수성이 예민한 청년기에 조국을 외적에게 빼앗겼다는 것, 이런 공적·사적 조건과 관련하여 자기에게는 "정신의 부로가 없다"는 극단의 전통 부정론으로 기울어지게 되었다는 것, 이 세 가지 조건은 서로 원인·결과의 관계를 유지하며 상승작용을 하고 있다고 하겠다. 『무정』의 남녀주인공인 이형식, 박영채 역시 이런 고아의식의 소유자라는 점에서 작자 이광수와 상사관계(homology)에 있다고 하겠다.

　그런데 김남천과 이태준의 주인공들 역시 고아의식의 소유자들이라는 점에서 이광수의 남녀주인공들과 비슷하다. 이미 살펴본 바와 같이 김남천의 『대하』의 주인공 박형걸은 고아는 아니지만, 유교적·부계적 질서에서의 소외자인 서얼이라는 점에서 결국 이광수의 주인공들과 궤를 같이하는 인물이라 할 수 있다. 이태준의 『사상의 월야』의 주인공 이송빈은 한결 이광수의 남녀 주인공들과 비슷하다. 물론 이광수의 인물들과 이태준의 인물은 각기 다른 점도 있다.

　『무정』이라는 공간 안에서는 과거의 시간과 현재의 시간이 양분되어 있고, 과거의 시간은 여주인공 박영채를 축으로 하여 전개되고 있고, 현재의 시간은 이형식을 축으로 하여 전개되고 있다. 그런데 박영채, 이형식에 의하여 표상되는 과거, 현재의 시간들은 다 같이 작자 이광수의 자전적 사실들을 반영하고 있다. 물론 이형식에 비하여 박영채는 훨씬 더 고대소설의 여주인공다운 한의 분위기를 표상하고 있고, 따라서 그만큼 허구적 색채를 짙게 풍기기도 하나, 조실부모하고 여기저기 전전하는 어린 그녀의 모습은 이광수 자신의 자전적 조건과 궤를 같이한다고 하겠다. 다시 말하면 박영채와 이형식은 각기 당대의 이광수 자신의 과거의 모습과 현재의 모습을 나누어 표상하고 있다고 할 수 있다는 말이다.[19]

이에 비하면 이태준의 소설공간은 단선적이다. 『무정』의 경우처럼 과거와 현재가 양분되지 않고 과거에서 현재로 이송빈이라는 단일한 인물을 통하여 순식간적으로 이어져나간다. 따라서 이광수의 『무정』에 있어서 한의 모습은 주로 여주인공 박영채의 모습을 통하여 표상되고 있는 데 반하여, 이태준의 『사상의 월야』에 있어서의 한의 모습은 이송빈이라는 단일한 인물을 축으로 하여 외할머니, 어머니, 누이로 이어지는 모계적 흐름과 이송빈과의 관계 속에서 빚어진다.

어떻든, 박영채(『무정』), 이송빈(『사상의 월야』)에서 볼 수 있는 한은 고아가 치러내야 하는 기구한 생애에서 연유되는, 모든 소중한 사람들을 차례로 잃고 고단한 세파에 시달려야 하는 데서 연유되는 그러한 한인 데 반하여, 박형걸(『대하』)에서 볼 수 있는 한은 서얼로 태어났다는 그 출생의 조건에서 연유되는 한이다.

『무정』은 그 주인공 이형식이 제자이면서 스승이었음과 같이, 그 소설의 장르적 성격 역시 성장소설적인 면과 계몽소설적인 면을 아울러 간직하고 있는 데 반하여,[20] 『사상의 월야』는 그 주인공 이송빈이 유년기를 거쳐 줄곧 학생의 신분으로 일관하고 있고, 그 액션의 전개 역시 단선적임과 같이 소설의 장르적 성격도 성장소설로서 일관하고 있다.

그런데 전형적인 'Bildungsroman'인 괴테의 『빌헬름 마이스터의 수업시대』에 있어서의 주인공의 액션은 그가 집을 떠나 넓은 세상에 나와서 방황하고 모색하는 이야기로 이루어져 있는 데 반하여, 우리의 성장소설의 경우는 박형걸(『대하』)처럼 가족사소설적 액션과 병행이 되거나, 박영채(『무정』), 이송빈(『사상의 월야』)처럼 가족사소설적 잔재를 줄곧 끌고 다니거나 한다. 괴테의 주인공 빌헬름은 집을

---

19) "『무정』의 박영채는 이광수 자신의 누이동생을 모델로 한 인물"이라고 한다. 이보영, 「무정론」, 『표현』 3, 1980, 참조.
20) 졸론, 「근대소설의 형성과정의 고찰」 참조.

떠나는 장면에서부터 자신의 성장의 궤적을 쌓아가는 데 반하여, 우리 성장소설의 경우는 박형걸처럼 줄곧 가족들과 어울리는 가운데서 자기 성장의 궤적을 쌓아가거나, 박영채, 이형식, 이송빈처럼 소중한 가족들을 하나하나 잃어가는 과정을 통하여 성장의 궤적을 쌓아간다.

이러한 차이는 어디서 연유되는 것일까? 역시 문화적 전통의 차이에서 연유되는 것이 아닐까 한다. 괴테의 빌헬름은 출가를 기점으로 하여 자기 성장의 궤적을 엮어가는 데 반하여, 우리 성장소설의 주인공들은 줄곧 가족들과의 관계 속에서 자기 성장의 궤적을 쌓아간다는 이 사실은, 우리에게 있어서 가족은 그만큼 개인의 성장의 문제와 떼어놓고 생각할 수 없다는 것을 반증하는 것이다. 이 점은 염상섭의 『삼대』, 한설야의 『탑』, 황순원의 『신들의 주사위』 등과 같은 소설의 경우도 마찬가지다. 덕기(『삼대』), 상도(『탑』), 한수·한영(『신들의 주사위』) 등이 이룩해가는 자기 성장의 궤적은 집을 떠나 광활한 바깥세상에서 자기 성장의 궤적을 쌓아가는 빌헬름과는 달리, 할아버지, 아버지, 형제들이 어울려 살고 있는 가정을 배경으로 하여 이룩된다. 가정이라는 보금자리가 파괴되고 소중한 피붙이들을 차례로 잃어가는 박영채, 이송빈의 경우마저도 가족과의 유대관계는 어렵게나마 지속되는 가운데서 자기 성장의 궤적을 쌓아가기는 마찬가지다. 이는 서구에서는 일찍부터 개인주의가 정신적 기반이 되어온 데 반하여, 우리들은 오래도록 가족주의적 윤리 속에서 살아온 탓이라 할 수 있을 것이다.

가정이라는 평화로운 터전을 박탈당한, 그리하여 한결 참혹한 유년기를 보내야 하였던 고아인 박영채, 이송빈의 한은 소중한 사람들을 하나하나 잃어가면서 친척 집을 여기저기 전전하는 과정에서 형성된다. 말하자면 제대로 갖추어져 있어야 할 가족의 구성원이 송두리째 상실된 데서 연유되는 한이다.

가족의 조건이 제대로 갖추어져 있다고 할 수 있는 박형걸의 경우도 그 한의 기본적 유인은 결국 가족관계에서 연유된 것이다. 즉 그는 다른 가족들이 다 갖추고 있는 소중한 조건을 갖추지 못한 것이다. 적자가 아니라 서자라는 조건 말이다. 정현기 교수에 의하면 이태준은 고아였을 뿐 아니라 서자였다고 한다.[21] 이 점으로 볼 때 『사상의 월야』의 작자는 박영채의 조건과 박형걸의 조건을 아울러 간직한 인물이었음을 알 수 있다.

『사상의 월야』의 주인공 이송빈의 삶의 궤적은 작자 이태준 자신의 작자 연보와 일치한다고 말한 바 있거니와, 그만큼 이 작품은 이광수의 『무정』보다도 더 자서전적이라 할 수 있다. 그리고 가족사소설적 요소가 짙게 나타나 있는 『대하』에 비하여 『사상의 월야』에는 가족이니 가정이니 하는 것이 제대로 갖추어져 있지 않은 조건에서 전개되는 소설이다. 말하자면 가족이라는 숙명적 유대가 늘상 그늘처럼 주인공 이송빈을 따라다니기는 하지만, 그는 기본적으로 가정이라는 운명공동체의 기반이 없는 떠돌이(고아)인 것이다. 이송빈의 삶의 궤적에 줄곧 따라다니는 아버지, 어머니, 외할머니, 친척들, 그리고 누이들은 말하자면 이송빈의 한을 부각시키는 그늘 역할을 하는 존재들이다. 이송빈의 액션의 흐름은 그대로 하나의 한의 궤적을 이룩하고 있으며, 이 점에서 그의 한의 궤적은 『무정』의 박영채가 보여주는 수난사와 궤를 같이하고 있다고 하겠다. 이런 점과 관련하여 이송빈의 삶의 궤적에는 모계적 분위기가 짙은 그늘이 되어 따라다니고 있음에 주목하지 않을 수 없다. 이 작품의 제목에 '달밤(월야)'이 붙어 있는 것도 우연이 아니다. 작자는 서두에서 말하고 있다.

생각하면 우리의 감성의 자모인 이 '달밤'은 카렌더 우에만 오는 것도 아니다. 인생 일생에도 달밤은 있고 한 세대가 가고 오는 사이에도 달은 도다서 우리 젊은이들로 하여금 화려한 몽상과 침통한 사색에 전전케 하는 창백한 저녁은 확실히 있는 것이라 느끼어진다.

---

21) 정현기, 「이태준연구」, 『비평의 어둠 걷기』, 민음사, 1991.

이런 '달밤'들의 이야기는 자연 감상에 치우칠 염려도 없지는 안으나 그러나 나는 아모리 건강한 지성인이라도 먼저 그 뿌리를 윤택한 감성에 뭇지 못하고는 그야말로 수류화개의 명일을 기약키 어려울 줄 믿는 바이다. 이것이 나의 즐겨 이런 제재를 쓰려는 의도려니와[22)]

이는 작자의 의도를 피력한 말이라 하겠거니와, 이 작품에는 여러 군데 달밤의 묘사가 나온다. 이 작품의 첫 장의 제목은 '첫 달밤'이라 되어 있고, "달아달아 밝은 달아"라는 동요로써 첫 문장을 시작하고 있다. 여섯 살짜리 주인공 이송빈은 아버지를 무덤에 묻은 날 밤에 달을 바라보고 있는 것이다. 그의 삶의 과정에는 소중한 고비에 반드시 달밤이 따라다닌다. 송빈의 삶은 말하자면 달밤과 더불어서 성숙되어가는 것이라 할 수 있다. 작자는 달밤을 일러 '감성의 자모'라 하였거니와, 송빈의 감성을 성숙케 하는 것이 바로 이 달밤이라 할 수 있다. 이런 달밤의 분위기와 안팎을 이루는 것이 고아 이송빈에 그늘처럼 따라다니는 모계적 혈연관계이다. 죽은 어머니, 멀리 떨어져 있는 누이들, 그리고 소중한 고비에 가호의 손길을 뻗쳐주는 할머니 등등 그의 성장의 중요한 고비마다에 있어서 이 모성의 흐름은 그야말로 그의 '감성의 자모'로 된다. 이송빈에 있어서는 달밤과 마찬가지로 그의 모계의 흐름은 숙명처럼 따라다닌다. 그것이 그의 한의 바다를 형성한다. 달밤이 거듭될 때마다 그의 소중한 사람들은 차례로 떠나가고, 이에 따라 그의 떠돌이(고아)로서의 한의 농도는 짙어간다.

그러나 이송빈의 경우 한의 농도가 짙어지면 짙어질수록 그 농도에 비례하여 소망의 열도도 강렬해진다. 여기에 이송빈의 한의 역설이 있다. 그것은 심청이나 춘향의 삶의 궤적에서 볼 수 있었던 한의 역설과 궤를 같이하는 것이다.

---

22) 이태준, '작자의 말', 위의 책.

그의 소망이란 배움을 위한 그것이다. 그가 친척집에서 자고 일어난 다음날 새벽에 들은 나팔 소리, 그것은 이송빈의 소망이자 개화기 청소년들의 소망의 상징이다. 『대하』의 박형걸이 들고 다닌 나팔이 바로 그것이었다. 이 나팔 소리를 듣게 됨으로써 그의 소망의 방향은 잡히게 된 것이다. 이리하여 그는 봉명학교에 입학하는 것이다. 이 봉명학교에서 그는 소중한 스승을 만난다. "남아입지출향관 학약무성사불환(男兒立志出鄕關 學若無成死不還)"이라는 시를 일러준 오문천 선생이다. 그는 이송빈에게 꿈을 가질 것을 일러준 것이다. 달밤과 모계의 흐름 속에 이끌려오던 이송빈은 오 선생을 만남으로써 소중한 인생의 전기를 맞게 된다. 말하자면 모계적 정감의 세계에서 논리의 세계로의 전환이 그것이요, 그의 한이 소망으로 일대 전환을 이룩하는 것이 그것이다.

사실 그가 배움을 위하여 먼 떠돌이길을 나선 이후 그는 다양한 사람을 만나게 되고 여러 가지 일을 겪게 된다. 그중에는 착한 사람도 있고, 도움을 주는 사람도 있지만, 악한 사람, 자기를 해치는 사람이 더 많다. 그러므로 그에게는 즐거움보다는 어려움과 괴로움이 더 많이 따라다닌다. 그러나 그럴 때마다 송빈은 자신을 채찍질하며 소망을 다짐한다. 교만하게 구는 사람에 의하여 굴욕감을 느끼면서도 "복수하자! / 돈으로! / 명예로!"[23]라고 속으로 뇌까린다. 불리한 자신의 조건을 돌이켜보고는 "어디서든 저하게 달린 거다, 힘써 배우자!"[24]라고 자신을 다그친다.

이리하여 고학을 하며 갖은 고생을 다하지만, 그는 그야말로 입지적 인물답게 그 고난을 이겨나간다. 은주와의 사랑이 쓰라린 실연으로 막을 내리게 되고 그는 심각한 고뇌에 빠지기도 하지만, 그 고뇌를 딛고 일어서서 언젠가 성공하여 다시 만날 날을 다짐한다.

---

23) 이태준, 위의 책, 103쪽.
24) 이태준, 위의 책, 125쪽.

이러한 그의 삶의 과정은 그를 지극히 고집세고 반항적인 청년으로 성장케 한다. 중학교 졸업을 얼마 남겨놓지 않았는데 학교당국의 잘못에 항의하여 퇴학을 당하게 되는 것도 그러한 그의 성격의 일단을 반영하는 것이다. 어떻든 이 일은 그에게 또하나의 소중한 전기가 된다. 더 너른 데 가서 더 큰 공부를 하자는 결의를 다지게 된 것이다. 이리하여 그는 천신만고 끝에 결국 일본을 향하여 현해탄을 건너는 연락선에 몸을 싣는 것이다.

"오 이게 현해탄!"이라고 현해탄을 건너면서 이송빈은 만감이 교차한다. 개화를 하려다가 실패하여 이곳을 건너갔던 김옥균 선생을 생각하기도 하고, 역시 개화의 큰 뜻을 이루려고 이곳을 내왕하였던 아버지를 생각하기도 하면서, 그는 "오! 아버지? 이 미거한 것이나마 아버지의 뜻을 이으오리다!" [25] 라고 속으로 부르짖기도 하는 것이다.

써늘하게 식은 송빈이의 뺨 위에는 뜨거운 눈물이 흘러내렸다. 오늘 자기의 외로움. 오늘 자기의 가난함이 일찍 그런 아버지가 이 현해탄을 건느신 데 원인한 것이라 생각하면 송빈이는 이미 당해온 고생이 도리어 명예스러웠고, 이 앞으로 당할 고생에 더욱 용기가 솟는 것이었다.

배는 솟는 파도면 갈르고 잦는 파도면 미끄럼치듯 넘으면서 한결같은 속력으로 내닫는다. 송빈은 머얼리 바다 끝에 새벽 하늘이 트이기 시작할 때까지 밝는 날부터의 새 운명을 향해 그냥 서 있었다. [26]

이는 이 소설의 끝맺음 부분이다. 말하자면 이 단계에 이르러 모계적 정감의 세계와 부계적 논리의 세계에 걸쳐 있었던 주인공 이송빈은 결국 후자의 세계에서 자기 삶의 지표를 확인하고 있음을 볼 수

---

25) 이태준, 위의 책, 221쪽.
26) 이태준, 위의 책, 222쪽.

있다. 다시 말하면 달밤의 세계가 아니라 새벽의 세계에 대한 지향, 한에의 침잠이 아니라 소망에의 일대 전환의 계기를 볼 수 있다는 것이다. 그 전환은 개인적 몽상의 세계에의 침잠이 아니라 공인적 광장의 세계에 대한 지향이기도 하다. 주인공 이송빈이 도달한 이 지점은 이광수의 『무정』의 끝맺음과 궤를 같이하고 있다.

어둡던 세상이 평생 어두울 것이 아니요, 무정하던 세상이 평생 무정할 것이 아니다. 우리는 우리 힘으로 밝게 하고, 유정하게 하고, 즐겁게 하고, 가멸케 하고, 굳세게 할 것이로다.[27]

주인공 이송빈의 내부독백으로 진술되고 있는 전자와는 달리 후자는 작자 이광수 자신의 진술이라는 점에서 이를 그대로 주인공의 생각이라 할 수는 없지만, 그러나 이광수와 이형식이 어디까지나 상사관계(homology)에 있음을 생각할 때 이 견해가 또한 『무정』이라는 소설 공간을 통과한 이형식이 얻어낸 한 결론임을 인정할 수 있을 듯하다. 말하자면 『무정』이라는 소설 공간 안에서 자기 성장의 궤적을 쌓아온 이형식이 공인적 소명의식을 확인하는 것으로 자기 성장의 궤적을 마무리하고 있는 것과 같이, 『사상의 월야』의 공간 안에서 자기 성장의 궤적을 쌓아온 이송빈 역시 결국은 달밤, 모계, 정감의 세계가 아닌 새벽, 부계, 논리(이데올로기)의 세계를 지향하는 것으로써 자기 성장의 궤적을 마무리하고 있다.

4. 맺음말

우리나라의 성장소설의 흐름은 이광수의 『무정』(1917)을 위시하

---

27) 이광수, 『무정』, 대유, 1993.

여 염상섭의 『삼대』, 김남천의 『대하』(이상 30년대), 한설야의 『탑』, 이태준의 『사상의 월야』(이상 40년대), 그리고 근래의 황순원의 『신들의 주사위』 등등 단속적으로 이어져왔다. 본론에서는 김남천의 『대하』와 이태준의 『사상의 월야』를 이광수의 『무정』과 대비시켜가면서 성장소설로서의 성격을 살펴보고자 하였다.

① 한국 성장소설의 주인공들은 넓은 의미에서 일종의 고아의식을 기반으로 하는 경우가 많다. 이는 일제에 의한 국권의 침탈, 전통 내지 기존 가치에 대한 부정적인 의식 등에서 연유되는 것이라 할 수 있다. 이 점에서 기존 질서와의 화해를 지향하는 괴테의 '빌헬름'의 행위의 궤적과의 다름을 보여준다.

② 『무정』의 여주인공 박영채의 모습에서는 판소리의 여주인공에서 볼 수 있는 한의 모티프를 볼 수 있는데, 이는 박형걸(『대하』), 이송빈(『사상의 월야』)에게서도 볼 수 있다. 박형걸은 전통사회의 서자라는 조건 때문에, 그리고 이송빈은 천애고아라는 조건 때문에 연유되는 한이다. 모계적 흐름을 늘상 거느리고 있는 이송빈의 행위의 궤적에 있어서 이 점은 더욱 두드러진다. 그리고 그의 한의 궤적에서는 심청의 그것에서 볼 수 있는 바와 같이 한의 역설, 즉 한을 간절한 소망으로 전환시키는 역설을 볼 수 있다.

③ 괴테의 빌헬름은 집을 나서는 데서부터 자기 성장의 궤적을 쌓아가는 데 반하여, 박형걸(『대하』), 박상도(『탑』), 덕기(『삼대』), 한수와 한영(『신들의 주사위』) 등은 가족들과의 관계 속에서 지기 성장의 궤적을 쌓아간다. 따라서 이런 소설들의 경우 가족사소설적인 면과 성장소설적인 면이 겹치게 된다. 또 애당초 가족의 기반을 상실한 고아인 박영채와 이형식(『무정』), 이송빈(『사상의 월야』)의 경우도 가족과의 숙명적 유대관계는 늘상 그늘처럼 따라다닌다. 개인주의를 기반으로 한 서구와 가족주의를 기반으로 한 우리의 문화적 차이에서 연유되는 현상일 것이다.

④ 자기 성장의 지향점을 시민적 자아의 정립에 두고 있는 괴테의

경우와는 달리, 우리의 성장소설, 가령 이광수의 『무정』이나 이태준의 『사상의 월야』의 경우는 공인적 소명의식의 확인에 두고 있다. 김남천의 『대하』, 한설야의 『탑』에 있어서도 미완의 작품이라는 조건은 있지만 역시 그런 소명의식의 확인이라는 면이 암시되어 있다. 일제 침략기, 그리고 해방 직후의 우리들의 불행한 정치적·사회적 조건 탓이리라 생각된다.

(『민족음악학보』 9집, 1995. 2)

4. 판소리와 그 둘레

시김새와 이면에 대하여

1. 머리말

  필자는 한국적 한의 일원적 구조에 관하여 언급한 바 있고, 판소리의 몇 가지 키 워드를 의미론적으로 천착해봄으로써 판소리의 미학적 특질에 관하여 고찰한 바 있었다.

  이 과정에서 한이 판소리의 주조적인 모티프라는 것, 그리고 판소리의 '시김새'가 한국적 한의 특질을 표상하는 키 워드이기도 하다는 사실을 언급한 바 있었다.[1] 물론 이른바 한을 판소리의 주조로 단정할 수 있느냐 하는 데에는 이론의 여지가 있을 수 있을 것이며, 또 시김새가 비록 판소리의 미학적 특질을 표상하는 키 워드로 될 수 있는 것은 사실이라 하더라도, 그것이 그대로 한국적 한의 미학적 ·

---

1) 졸저, 「한과 판소리」, 『한국문학과 한』, 이우출판사, 1985.

윤리적인 가치생성의 기능 내지 구조를 해명하는 키 워드로 간주될 수 있느냐 하는 데에는 역시 이의를 제기할 여지도 있을지 모른다.

그래서 본론에서는 기왕에 발표한 졸문의 미흡한 부분을 보완하면서, 한국적 한의 가장 이상적인 미학적 · 윤리적 표상은 판소리에서 찾을 수 있다는 것, 그것은 맺다 · 풀다의 이원대립의 기능 구조로서가 아니고 '삭임'이라는 일원적 기능 구조로 되어 있음을 밝혀보고자 한다.

아울러 판소리에 있어서 시김새와 긴밀히 관련되는 '이면'의 본래의 의미를 천착해보고 판소리 용어로서의 그 개념을 정립해보고자 한다.

2. 한의 다층성과 '풀이' 론의 한계

문순태는 한(恨)과 원(怨)과 원(冤)을 구분하고 또 한을 정한(情恨)과 원한(怨恨)의 두 가지로 분류한 바 있다.[2] 이제까지의 한에 관한 논의를 더듬어보아도 대체로 정한과 원한의 두 가지 계열로 나눌 수 있는 것이 사실이다. 가령, 김동리, 서정주, 하희주, 이동주 등의 논의가 전자의 계열에 해당이 되고[3] 김열규, 이재선 등이 후자의 계열에 속한다.[4] "다른 그 무엇으로도 메울 수 없는 그리움의 감정"[5]이니 "정의 끝에서 오는 한"[6] (서정주) 이니 또는 "다함 없는 설움의

---

2) 문순태, 「한이란 무엇이냐」, 『민족과 문학』 제1권, 세종출판사, 1983.
3) 김동리, 「청산과의 거리」, 『문학과 인간』, 1948.
　서정주, 「소월에 있어서의 정한의 처리」, 『현대문학』 71호, 1960.
　하희주, 「전통의식과 한의 정서」, 『현대문학』 72호, 1960.
　이동주, 「한과 여운과 우리 문학」, 『그 두려운 영원에서』, 태창문화사, 1982.
4) 김열규, 『한맥원류(恨脈怨流)』, 주우사.
　이재선, 「풀이의 양면성」, 『소설문학』 94호, 1980.
5) 김동리, 위의 글.

덩이"[7] (하희주)니 하는 정의에서도 알 수 있듯이 일련의 정한론의
특징은 한국적 한의 다정다한한 측면에 주목하여 그 정서적 특질을
구명하는 데 초점을 두어왔던 것이며, 반면 김열규, 이재선 등의 맺
다·풀다의 이원대립론은 한에 있어서의 원한의 속성에 초점을 두어,
그것이 초극되어가는 과정에서 흥과 정 등이 생성된다는 논리를 폄
으로써, 이를 기능·구조적 차원에서 포착하려 한 점에 뚜렷한 진전
을 보였다고 할 것이다.

그러나 정한이니 원한이니 하는 것은 모두가 한국적 한의 부분적
속성이라는 사실을 간과해서는 안 될 듯하다. 한국적 한에는 이런 긍
정적 정서로서의 정(情)과 부정적·공격적 정서로서의 원(怨)이 미
분화 상태의 복합체를 형성하고 있다는 사실에 주목하지 않으면 안
된다. 종래의 일련의 논의들은 이 점을 간과하였거나 소홀히 하였던
것이 사실이다.

그런데 종래의 한론에 있어서의 더욱 큰 약점은 한국적 한이 간직
한바 일면의 중요한 속성으로서의 '간절한 소원' 즉 원(願)으로서의
한의 속성을 간과하여왔다는 사실이다. 가령,

　　　모즈의 평싱 훈을 일운 쥴 서로 위ㅎ리니 이만툭텬툭텬하며[8]

이는 『한중만록(閑中漫錄)』의 한 구절이거니와 이의 한역본에는
"모자평생지원야수시축천(母子平生之願也雖是祝天)"[9]이라 되어 있다.
즉 모자의 '평싱훈'이 한역으로는 '평생지원'으로 되어 있는 것이다.
이 경우 한이란 이루지 못한 간절한 소망, 즉 비원(悲願)에 해당하는
것이리라. 「심청가」에는 "차생(此生)의 미진한(未盡恨)을 후생에 다

---

6) 서정주, 위의 글.
7) 하희주, 위의 글.
8) 이병기·김동욱 교주, 『한중만록(閑中漫錄)』 한국 고전문학 6, 보성문화사, 1978.
9) 이병기·김동욱 교주, 위의 책.

시 만나 이별 없이 사사이다"[10]라는 곽씨부인의 유언이 보이거니와 이때의 '미진한(未盡恨)' 역시 이루지 못한 소원, 즉 비원을 뜻하는 것이다. 어떻든 이런 관점에서 한의 컨노테이션을 추적해들어가다 보면 한이란 일부 사람들이 생각하는 바와 같은 정한으로서의 한탄을 위주로 하는 소극적·퇴영적인 속성만 있는 것도 아니고 원한으로서의 대타적 공격심리를 위주로 하는 부정적 속성만을 간직한 것도 아니다. 그런 부정적·퇴영적 속성과 아울러 이런 적극적·긍정적 속성도 아울러 간직하고 있는 것이다.

지면 관계로 이 문제는 다른 기회에 언급키로 하려니와, 여기서 특히 주목해야 할 사실은 정(情)·원(怨)·원(願) 등 서로 이질적이며 모순되기까지 한 속성들이 한국적 한의 다양한 속성으로 포괄되어 있다는 사실이다. 다시 말하면, 한국적 한의 속성은 편의상 정, 원, 원 등등의 몇 가지로 나눌 수 있다 할지라도 그것들은 어디까지나 미분화상태의 복합체를 형성하고 있다는 사실을 간과해서는 안 된다는 것이다.

그리고 한국적 한의 일차적 계기는 좌절, 상실, 결핍 등에서 연유되는 그 유인자에 대한 반격, 보복이 불가능함을 깨닫게 됨으로써 자신의 무력감을 시인할 수밖에 없게 되는 단계에서 형성되는 이차적 계기로서의 대자적 공격성, 즉 한탄이 비롯되는 것이며, 정한(정)은 바로 이 한탄의 연장선 위에서 생성되는 정서현상으로 볼 수 있는 것이다. 그런데 그러한 원한 혹은 정한으로서의 한에 비원이 생기면서 한국적 한은 차츰 적극적인 삶의 지평을 열어가게 되며 한국적 한의 진정한 독자성은 이때에 생성되는 것인바 본론에서 거론코자 하는 '삭임'으로서의 한국적 한의 기능·구조는 바로 이런 부정적 속성이 긍정적 속성으로 질적 비약을 성취해가는 기능·구조를 말하는 것이다.

그러면 이제 한국적 한에 있어서의 고유한 기능·구조로서의 삭임

---

10) 신재효 작, 강한영 교주, 「심청가」, 『한국 판소리 전집』, 단문문고.

352

의 실상을 논하기에 앞서, 종래에 있어온 맺다·풀다의 이원대립론의 요점을 먼저 살펴보기로 하자.

맺다·풀다의 이원대립의 논의가 한국적 한의 정체를 포착함에 있어서 중요한 진전을 보인 사실을 부정할 수는 없다. 한국적 한을 다만 다정다한한 정서적 표상으로만 포착하려다가 결국 한국적 허무주의 내지 한국적 패배주의라는 비판을 자초한 결과가 되고 만 종래의 정한론의 한계를 극복하고, 한의 문제를 기능·구조적 측면에서 포착하려 한 점에서 맺다·풀다의 논의가 거둔 성과는 크다 하겠으나, 이 논의에는 필자가 이미 지적한 바와 같은 한계를 간직하고 있다.[11] 즉, 한국인은 한이 많은 민족이다라는 명제와 한국인은 한을 풀며 살아가는 민족이다라는 명제가 이원론적으로 대립항을 이룰 때, 양자는 모순 관계가 성립되는 것이며, 한을 지니고 사는 한국인과 한을 풀고 사는 한국인이라는 상반된 한국인상이 전제되지 않을 수 없게 되는 모순이 그것이다.

물론 맺다·풀다의 이원대립론이 한국인의 언어적 관습에 입각해 있는 것은 사실이다. '한이 맺히다, 한을 풀다(한이 풀리다)' 등의 용법으로서도 알 수 있듯이 한이란 맺힘이라 할 수 있고, 풀이란 그것의 해소나 이완을 의미하는 것으로 간주될 수 있는 것은 사실이다. 그러나 이 논의는 앞서 지적한 바와 같은 모순에 떨어질 뿐 아니라 맺다·풀다라는 동사의 대칭성에 지나치게 미학적·윤리적 가치성을 부과하고 있다는 사실 또한 간과할 수 없다. 즉 한은 맺힘이요, 부정적인 것이며, 그것의 풀이는 그러한 부정적 속성에서 해방되는 것이며, 이 과정에서 흥과 정과 신명이 솟는다는 것이다. 맺힘은 나쁜 것, 풂은 좋은 것이라는 전제가 여기에 깔려 있다.

사실 맺힘·풂(풀이)이라는 대칭적 어휘는 우리 문화권에 있어서

---

11) 졸고, 「한의 미학적·윤리적 위상」, 『한국문학』, 1984. 12.
　　졸저 『한국문학과 한』, 이우출판사, 1985.

는 매우 폭넓게 사용되고 있는 것이 사실이다. 가령 신흠의

> 노릭 삼긴 사람 시름도 호도 홀샤 일너다 못 일너 불너나 보돗던가
> 진실노 풀닐거시면 나도 불너 보리라.[12]

이 시조에서 우리는 시름(즉 맺힘)과 그것을 극복하는 행위로서의 노래(즉 풀이)가 대칭이 되어 있음을 알 수 있다. 이 시조에 있어서는 시름 혹은 맺힘으로서의 한을 푸는 행위가 다름아닌 노래라는 행위로 되어 있다. 즉 노래하는 행위가 곧 '한풀이'인 셈이다. 이 '한풀이'라는 것을 한국적인 멋과 관련지어 멋을 창조하는 행동 동기로 간주하려 한 최초의 사람은 시인 이동주다. 그는 「한과 여운과 우리 문학」[13]이라는 에세이에서 "한에 대해서 깊이 사색하고 탐구하는 한풀이를 우리네 멋으로써 인류의 공명을 얻고 통사정이 될 만큼 멋지게 해봄직하다. (……) 한을 푼다는 것은 곧 인생을 해명한다는 것과 같다"라고 말한 바 있다. 이동주가 말한바 '멋을 창조하고 인생을 해명하는 창조로서의 한풀이'를 이원대립의 틀로써 포착하려 한 것이 김열규 · 이재선 등의 이원론적인 한론인 것이다.

이어령도 「풀이의 문화」[14]라는 에세이에서 서양의 문화나 일본의 문화는 부동자세의 문화인 데 반하여 한국의 문화는 그와는 정반대의 율동의 문화라고 말하고 부동자세의 문화에 있어서는 아텐션 즉 '차려'라는 구령이 암시하는 바와 같이 고도의 긴장을 기반으로 한 문화인 데 반하여 한국의 문화는 오히려 그런 긴장을 "푸는 행위에서 생성되는 문화"라는 것이다. 비극적인 역사를 살아온 우리 민족이 흥과 신명을 잃지 않고 건강하게 살아올 수 있었던 것은 바로 이

---

12) 심재완 편, 『교본역대시조(校本歷代時調) 전서(全書)』, 세종문화사, 1972.
13) 이동주, 위의 글.
14) 이어령, 「풀이의 문화」, 『恨の文化論』, 동경 : 학생사, 1985.

풀이의 지혜 때문이라는 것이다. 풀이의 행위를 긍정적으로 해석한 대표적 예라 하겠다.

그러나 맺힘이 반드시 나쁘고 풂이 반드시 좋으냐 하는 문제는 다시 한번 따져봐야 할 것이다. 이재선이 「풀이의 양면성」[15]에서 말한 바와 같이 맺힘은 폐쇄성이요 풀이는 개방성이다. 그러나 만일 한이 맺힘, 즉 폐쇄성이라 할 때 그 한이 내포하는 독소가 제거되어 있지 않다면 이의 개방은 결국 독소의 살포 이외의 아무것도 아니며, 따라서 그것은 상대방의 독소를 유발하는 결과가 되고 말 것이며, 결국 보복의 악순환을 초래하는 결과가 되고 말 것이다.

물론, 이 논의에서도 그 점을 간과하고 있는 것은 아니다. 맺힘으로서의 한(怨恨)을 푸는 행위가 미학적 · 윤리적 가치로서의 '풀이'가 되기 위해서는 "한의 전이(轉移) 없이"[16](김열규) 그것을 풀어야 한다라거나 한을 풀되 "긍정적으로"[17](이재선) 풀어야 한다는 전제 조건을 제시하고 있기 때문이다.

그러나 '한의 전이 없이' 한을 푼다는 것, 또는 '긍정적으로' 한을 푼다는 것은 무엇인가? '한의 전이 없이' 한을 푼다는 것은 '풂'의 행위에 앞서서 먼저 한의 전이를 막은 그 행위의 주체자의 도덕적 규제가 선행되어 있으므로, 결국은 풀려 있는 한을 또 푼다는 뜻이 되는 것이며, 한을 풀되 '긍정적으로' 푼다는 것은 '풀이'의 행위에 앞서서 '긍정적' 풀이를 선택한 그 행위의 주체자의 도덕성이 선행되어 있으므로 이 역시 풀려 있는 한을 또 푼다는 뜻이 된다. 요컨대 '풂' 또는 '풀이'라는 말 자체에 전적으로 미학적 · 윤리적 가치를 부여할 수는 없다는 것이다.

이런 문제와 관련하여 '한풀이'라는 말의 컨노테이션을 생각해보

---

15) 이재선, 위의 글.
16) 김열규, 위의 책.
17) 이재선, 위의 글.

기로 하자. '한풀이'라는 말은 한이라는 말 자체가 다의적(多義的)인 것과 똑같이 다의적이다. '풀이'라는 접미어가 붙었다 해서 한 본래의 부정적 어의가 달라져서 긍정적인 어의로 변화하는 것으로 간주할 수는 없다. 『국어사전』[18]에는 '한(恨)풀이'를 "한을 푸는 일"이라 되어 있다. '한(恨) 풀다'라는 말은 "① 소원을 이루다. ② 한풀이하다"라 되어 있다. 전자에 비하여 후자가 다소 구체적이라 할 수 있으나 풀이의 목적어가 되는 소원이나 한이나 다 같이 그 자체로서는 도덕적 측면에서 볼 때는 선과 악의 어느 쪽도 아니다. 한에 비하여 소원이라는 말은 다소 긍정적인 방향을 시사한다고도 할 수 있으나 소원 자체는 도덕적 가치체계와는 일단 별개의 것이기 때문이다.

이재선은 '풀이'의 양면성을 말한 바 있다. 즉 '풀이' 가운데는 소원풀이, 살풀이, 신명풀이 등 긍정적인 것도 있는가 하면 원한풀이, 화풀이, 분풀이 등 부정적·공격적인 것도 있다. 그러나 따지자면 풀이 자체는 도덕적으로 선도 악도 아닌 것임을 이내 알 수 있다. '푸는' 행위의 그 목적물에 따라서 그것은 도덕적으로 선일 수도 악일수도 있다. '한풀이'의 경우만 하더라도 사전의 풀이에 있어서는 도덕적으로 선도 악도 아닌 행위로 규정되어 있지만, 실제의 언어적 관습에 있어서는 선과 악의 양면성이 고스란히 그대로 드러나는 것이다. 가령 '한풀이'라는 말은 분(憤)풀이, 원수풀이 등과 같은 부정적·공격적 행위로 쓰이기도 하고, 소원풀이, 신명풀이 또는 고풀이(푸닥거리―원혼을 달래는 샤먼의 제의) 등과 같은 긍정적 가치체계를 나타내는 말로 쓰이기도 한다.

요컨대 한 자체가 다의적일 뿐이지 '풀이'가 양면성을 가지고 있거나 다의적인 것은 결코 아니다. 미학적·윤리적 가치의 차원에서 볼 때 풀이 자체는 어디까지나 중립적인 행위일 뿐이다. 한 자체 내

---

18) 김민수·홍웅선 편, 『국어사전』, 어문각, 1968.

에 부정적 속성과 긍정적 속성이 일원적으로 복합체를 형성하고 있는 것이며, 더 정확히 말하자면, 한국적 한은 애당초 부정적 공격성에서 시발하여 점차로 긍정적 속성으로 끊임없는 질적 변화를 지속해가는 것이다.

한에 있어서의 부정적 속성을 긍정적 속성으로 질적 변화를 가져다주는 내재적 유인, 그것이 곧 '삭임'의 기능이라고 필자는 생각하는 것이다.

3. 시김새와 삭임의 의미

한국적 한의 부정적 속성과 긍정적 속성은 일원론적으로 포착하지 않는 한 그 정체를 포착할 수 없다. 한은 한국인의 실존적 주체 안에서 그 부정적 속성이 끊임없이 초극되는 것이며, 이 초극의 과정을 통해서 한은 소멸되어 없어지는 것이 아니고, 그 자체가 미학적·윤리적인 가치체계로서 질적 변화를 이룩할 뿐이다. 여기에 한국적 한의 내재적 지향성이 있는 것이며, '삭임'의 기능이란 다름아닌 이 내재적 지향성인 것이다. 종래의 정한론이 마침내는 소극적 체념주의 내지 한국적 허무주의라는 비판을 자초하기에 이른 것도 바로 한에 있어서의 이러한 내재적 지향성을 간과한 데 있었다. 맺다·풀다의 이원대립론이 한의 가치생성적 기능·구조에 착안한 것은 획기적 전개라 할 수 있으나 맺다·풀다의 대립항을 일원적으로 종합하는 '삭임'의 기능을 간과함으로써 결국 이원론의 자기 모순에 떨어지고 만 것이다.

말하자면 한국인은 한을 '풀기'에 앞서 먼저 '삭이는' 민족이며, 그렇게 한을 삭이는 과정에서 주체자는 성숙되어가고 이렇게 삭은 한을 푸는 과정에서 윤리적·미학적 가치는 표상되는 것이다. 여기에 한국적 한의 기능·구조의 진정한 독자성이 있는 것이다.

그러면 그 '삭임'의 기능이란 무엇인가? 필자는 판소리의 예술이야말로 한국적 한을 전형적으로 표상하는 예술이라는 것을 말한 바 있고, 특히 판소리의 몇몇 키 워드를 의미론적으로 추구함으로써 한의 문제를 생각해본 바 있다.[19] 여기서는 특히 '시김새'의 문제를 천착해보고자 한다.

이 용어에 관하여 '판소리 용어해설'[20]에는

> 소리할 때의 발성상태에 관련해서 미적으로 잘 다듬어진 감성적 외피적 요소, texture에 해당됨.

이라 풀이되어 있다. 그러나 여기서 말하는 "감성적 외피적 요소"니 "texture"니 하는 말 자체가 또다른 개념 규정을 요하는 말이므로 이른바 시김새의 정체가 제대로 부각되었다 하기는 어렵다.

이보형은 이를 풀이하여

> 판소리, 가곡, 범패와 같은 우리 노래를 들어보면 서양 고전음악과 달리 음이 크게 떨기도 하고 또 흘러내리기도 하는 것을 알 수 있다. 이러한 음의 흐름을 우리말로 '시김새'라 이른다.
>
> 서양 고전음악에서는 시김새를 아름다운 것으로 보지 않는다. 그래서 대부분의 음이 곧게 퍼지고, 이것을 그림으로 그리면 직선을 긋게 되어 선이 단조롭다. 우리 전통음악에서는 시김새를 아름다운 것으로 봐서 예술성이 짙은 음악일수록 시김새의 선이 묘하다.
>
> 곧게 펴나가고 굵게 떨고 흘러내리고 치켜오르고 구르고 하는 시김새를 그림으로 그리면 갖가지 자연스러운 곡선이 되어 오묘한 맛이

---

19) 졸문, 「한과 판소리」, 『문학사상』, 1984. 12.
    졸저 『한국문학과 한』, 이우출판사, 1985.
20) 『도광대학신문(圖光大學新聞)』 413호, 1982. 10. 6.

있다.

그러고 보니 이것은 서양의 정원은 직선과 기하학적 도형으로 꾸미나 우리 정원은 경주 안압지에서 보듯이 오묘한 자연스러운 곡선으로 꾸민다는 것과 맞아떨어진다는 것을 알 수 있다.[21]

라고 말하여 주로 발성법과 관련된 용어로 파악하였다. 이보형은 또 다른 문장에서 시김새를 풀이하여

　　판소리에서 음을 유동시켜 장식적인 음형을 이루는 것이다. 어느 음이 굵게 떨거나 흘러내리거나, 치켜오르거나, 치켜올랐다 꺾어내리거나 하는 유동적인 장식적 음형은 여러 가지가 있다. 판소리에서 명창은 시김새를 구사하는 능력에 따라 평가되기도 한다.[22]

라고 말하여 발성의 기법은 서양의 것과 판이하게 다름을 시인하면서도, 그 용어의 개념 자체는 대체로 서양 음악에서 말하는 장식음과 비슷한 것으로 파악하고 있다.

그러나 필자의 견해로는 이 시김새란 판소리에 있어서는 단순히 감성적·외피적 요소 또는 텍스처(texture)로만 간주될 수도 없고, 발성법에만 관련되는 용어, 또는 장식적인 것만을 암시하는 용어로 생각되지는 않는다. 물론 그런 감성적 요소, 발성법 내지 장식적인 요소를 암시하는 면도 없지는 않으나, 그런 차원을 넘어서서 판소리의 본질적 성격과 관련되는 용어로 간주되는 것이며, 그런 점은 또 한국적 한의 속성과도 긴밀히 관련되는 것이라고 생각되는 것이다. 필자는 판소리 용어인 시김새를 한과 관련지어 언급한 일이 있다.[23]

---

21) 이보형, 「우리 노래의 시김새」, 조선일보, 1985. 4. 25.
22) 이보형, 「판소리의 이해와 계보」, 『전통문화』, 1985. 6.
23) 졸문, 「한과 판소리」, 『문학사상』, 1984. 12.
　　졸문, 「朝鮮的 恨の構造」, 『삼천리』, 49호, 동경 : 삼천리사, 1987. 2.

여기서 이 시김새를 비롯한 판소리의 키 워드들의 컨노테이션을 살펴나가면서 한의 문제를 살펴보기로 한다.

시김새라는 말은 일차적으로는 판소리의 독특한 발성법과 관련되는 용어이며 그런 점에서 감성적·외피적 요소이며 또 텍스처라 할 수 있고 발성법과 관련되는 장식적인 음형과 관련되는 용어라 할 수 있으나, 이 말의 컨노테이션을 의미론적으로 천착해보면 오히려 판소리 예술의 본질과 직결되는 용어임을 알 수 있고 또 시김새의 이런 의미론적 속성은 한국적 한의 형성 과정과 상사관계를 이루고 있는 것같이 보인다.

시김새라는 말은 '시김'에 접미어인 '새'가 합쳐서 된 말이다. 판소리 용어의 추임새, 붙임새, 너름새 등의 용법과 궤를 같이하고 있다. 그 '시김'이라는 말은 '삭임'에서 온 말이 아닐까 한다. 우리말에서 ㅏ음이 ㅣ음으로 변하기란 좀처럼 어려운 일이므로 '삭임'이 '시김'으로 변했으리라는 음운론적 근거를 찾기는 물론 어렵다. 그러나 의미론적으로는 분명 시김은 삭임을 뜻하는 것이다. 판소리에 있어서 충분히 세련되지 못한 소리를 '생(生)소리'(설익은 소리)라 하고 고도의 예술성을 갖춘 소리를 '삭은 소리' 또는 '곰삭은 소리'라고 하는 것은 '시김새'의 어원을 추리할 수 있는 중요한 단서가 될 수 있으리라고 본다. 아주 훌륭하게 잘 '삭은(또는 곰삭은) 소리'를 일러 시김새가 붙은 소리, 또는 시김새가 좋은 소리라 하기 때문이다. 이렇게 볼 때 시김은 삭임이 변한 소리로 간주할 수 있지 않을까 생각되는 것이다.

'삭임'이란 '삭이다'의 명사형이며, 삭이다는 '삭다'의 사역형이다. '삭다'의 뜻은 무엇인가? 사전[24]의 풀이로는 '삭다'는

① 물건이 오래 되어 썩은 것처럼 되다, decay, ② 묽어지다,

---

24) 김민수·홍웅선 편, 위의 책.

become sloppy, ③ 먹은 것이 내리다, digest, ④ 기운이 풀리다, melt away, ⑤ 김치 따위가 익다, ripen.

등으로 되어 있다. 한편 '삭이다'의 풀이로는

　　① 소화시키다, digest, ② 분한 마음을 참다, tolerate.

의 두 가지만 나와 있다. 그러나 '삭이다'가 '삭다'에서 파생한 그 사역형의 동사라고 볼 때 그 속에서는 '삭다'의 다섯 가지 풀이를 다 포괄하고 있다고 보아야 할 것이다. 다시 말하면 '삭다'에 있어서 "① '옷가지 따위가' 오래 되어 썩은 것처럼 되다가 변성하여, ② '단단한 것, 짙은 것 등이' 묽어지다"로 되고 그것이 다시 변성하여 "③ 음식이 '소화되다'로 발전하고, ④ 어떤 물리적·심리적 기운이 풀리다"로 발전하고, "⑤ 김치나 술이나 땡감 따위가 익어서 맛이 들게 되다"로 발전했으리라고 보거니와 이러한 '삭다'를 '삭이다'라는 사역형에다 적용시켜도 마찬가지 의미망으로 나타난다. 따라서 '삭이다'의 컨노테이션을 다시 한번 정리해보면 ① 옷 가지 따위를 오래 두어 삭게 하다, ② 묽어지게 하다, ③ 음식을 소화시키다, ④ 분한 마음을 가라앉히다, ⑤ 김치, 술, 땡감 따위를 삭게 하여 맛있게 만들다 등의 의미망을 포괄하게 된다는 것이다. 다시 말하면 "삭다"의 사역형인 "삭이다"는 "① 어떠한 것을 소멸케 하다, ② 단단하고 짙은 것을 묽게 하고 연하게 함으로써 연화시키고 희석시키다, ③ 분하게 응결된 마음을 스스로 풀어지게 한다, ④ 미숙한 것, 날(生)것을 익게 하고 성숙케 하다"는 등의 의미를 포괄하게 된다는 것이다.

　요컨대 시김새란 삭이다의 명사형인 '삭임'에다 '새'라는 접미어가 붙은 것으로 생각되며, '새'는 사물의 모양, 상태, 정도 등을 나타내는 말이라 하겠다. 이렇게 볼 때 판소리의 시김새란 광대가 그 스승으로부터 전수받은 판소리의 가락을 오랜 동안의 피나는 수련을 통하여 충분히 삭이고, 익혀서 맛이 들게 하는 데 성공하였을 때의 그 예술적 성취의 양상과 차원을 나타내는 말이라 할 수 있게 된다. 가령 임방울의 판소리에는 시김새가 붙었다 할 때, 그는 스승한테서 전수받는 가락을 충분히 소화시켜 예술로 성숙시키는 데 성공했다는 뜻이며, 그의 노래는 시김새가 좋다고 할 때 그의 예술은 차원이 높다는 뜻이 되는 것이다.

이렇게 볼 때 시김새라는 말은 광대의 예(藝)의 차원이나 미적 가치를 표상하는 용어이며, 한편으로는 그런 차원에 당도하기까지의 꾸준한 '삭임'의 수련의 정도, 차원을 암시하는 말이기도 함을 알 수 있다.

요컨대 '삭임'이라는 행위의 가치생성적 기능을 따져볼 때는 윤리적 측면(분한 마음을 삭이다에서 볼 수 있는 바와 같은 자기 수양적인 면), 미학적 측면(판소리에 있어서의 시김새는 곧 '멋'과 연결되므로), 미각적 측면(술, 김치 따위가 삭다의 경우와 같이 발효를 뜻하므로)의 세 계열로 나눌 수 있음을 알게 된다. 여기서 간과할 수 없는 것은, '삭다, 삭이다'의 기능이 예술적 수련 내지 세련 등에 적용될 경우와 미각의 생성 등에 적용될 경우 완전히 기능·구조를 같이하고 있다는 사실이다. 즉 음식의 맛과 예술(판소리)의 멋은 개념을 달리하면서도 감각적 차원에 있어서는 궤를 같이하여 표상되고 있다는 사실이다.

조지훈은 예술에서 운위하는 '멋'이라는 말은 '맛'에서 왔을 것이라고 추리하고 있거니와,[25] 미각상의 감각과 예술적 감각은 궤를 같이하여 표상되는 듯하다. 가령 '테이스트(taste)'라는 말이 미각을 표상하는 풍미, 맛, 상미(嘗味) 등의 컨노테이션과 아울러, 예술의 감상과 관련되는 기호 취미 내지 심미안(審味眼) 등의 컨노테이션을 포괄하고 있는 것도 그와 같은 이유에서라고 하겠다.

이는 전통적인 '인도 미학의 핵심개념'으로서 약 천 년 동안 인도

---

25) 조지훈, 「멋의 연구」, 『한국인과 문학사상』, 일조각, 1968.

고유의 미적 표상으로서 꾸준한 이론적 전개를 하여온 라사(rasa)라는 용어에 관하여

> 원래 그것(라사)은 음식물이나 예술 혹은 그 이외의 경우에 있어서의 '풍미(風味)'와 이 풍미의 향수(享受)를 의미하는 것이었다.[26]

라는 토머스 먼로의 말에서도 같은 발상을 볼 수 있다.

그런데 미각적인 가치는 예술적 가치와 궤를 같이할 뿐 아니라, 그것은 또 도덕적인 가치의식과도 궤를 같이하여 표상되는 것이다. 특히 동양문화권에 있어서는 대체로 그런 경향이 짙으며, 한국에 있어서도 그 점은 마찬가지다.

조지훈은 한국 문화권에 있어서는 진·선·미가 합일하여 표상되는 경우가 많다고 말한 바 있거니와[27] 삭다·삭이다·시김새 따위가 맛·멋을 아울러 포괄하는 용어로 쓰이고 있는 사실도 이를 반증하며, 또 한이라는 말 자체가 윤리적 문제와 아울러 미적인 표상과도 늘 관련되는 것은 그 때문이다. 한국 문화권에 있어서는 멋과 슬기는 궤를 같이하는 경우가 많은 것이다.

> 판소리는 조선민중의 한을 표상하는 총체라 해도 좋을 것이다. 지배계급인 임금과 양반들에게도 그들 나름의 한은 있고, 피지배계급인 서민에게도 그들 나름의 한이 있다. 특히 사회의 최하층에서 나날을 연명하지 않으면 안 되었던 천민에 있어서는 한이란 하나의 숙명과 동의어였다.[28]

일본어판 『판소리』의 역주자는 판소리를 규정하여 "조선민중의 한

---

26) 토마스 먼로, 백기수 역, 『동양 미학 *Oriental Aesthetics*』, 열화당, 1971.

27) 조지훈, 위의 글.

28) 신재호 본, 강한영·전중명 역주, 『パンソリ』, 동경 : 평범사, 동양문고, 1985.

을 표상하는 총체"라고 규정하고 있다. 군왕이나 양반에게도 한은 있고 서민들에게도 한은 있으나 그 성질이 다르다는 것, 판소리에는 서민의 한이 표상되어 있다고 말하고, 그 서민의 한은 "암담한 역경 속에서도 한결같은 인내로써 미래의 승리를 염원하는 과정에서 생성 되는 것"이라고 말하고 있다. 그리고 판소리 문학에는 이러한 한의 비극성과 대극이 되는 희극성이 있는바, 이 "양면을 조화시키는 데 에서 판소리는 알찬 것으로 되고 있다"고 말하고 있다. 이어서 판소 리가 반영하는 이 밖의 특성으로서 위트와 유머에 넘치는 서민정신 의 반영, 그리고 판소리의 사실성 등을 들고 있다.[29]

본론의 주제와 관련하여 판소리 주조를 한으로 단정하기에는 주저 되는 바 없지 않으나 그 속에 한이 주류적 모티프로 되고 있음은 누 구도 부인 못 할 일이다. 그 한은 광대로서는 '삭임'의 대상이면서 동시에 그 결과로 되기도 하는 것이다. 왜냐하면 광대에 있어서의 판 소리의 주조인 한은 스승으로부터 전수받는 그 순간부터 '삭임'을 행해야 할 대상이면서 삭임의 행위가 지속되면 될수록 한은 더욱더 한답게 되어가는 것이기 때문이다. 마치 금방 담근 날김치도 김치요 '삭은' 김치도 김치지만 그 맛이 달라진 점에서만 차이가 있는 이치 와 같다. 땡감도 삭은 감도 감임에는 틀림이 없으나 그 맛이 달라지 는 이치도 그것이다. 그러면 이제 판소리에 있어서의 이러한 시김새 를 한의 문제와 관련지어 생각해보기로 하자. 한국적 한에 있어서 '풀다'에 선행하는 미적·논리적 가치생성의 행위가 선행되지 않으 면 '풀다'는 또다른 '맺힘'을 유발하게 되고 그것은 결과적으로 한 의 악순환을 초래하게도 된다는 것을 말하여왔다. 그 '풀다'에 선행 하는 미학적·논리적 덕목으로 전제되는 것이 바로 '삭임'의 행위라 고 필자는 생각한다.

여기서 다시 삭다·삭이다 등의 컨노테이션을 살펴보기로 하자.

---

29) 신재호 본, 위의 책.

그것은 물리적인 것이든 심리적인 것이든, ① 어떤 단단하고 질긴 실체를 점차로 연화시키고 희석시키는 것, ② 날것 미숙한 것을 익게 하고 성숙케 하는 것, ③ 감이나 술 같은 것을 발효시켜 맛이 들게 하는 것 등을 표상하는 말이었다. 이를 한에 적용시켜볼 때, 그것은 그대로 한국적 한의 정체를 해명할 수 있는 키 워드가 됨을 우리는 알 수 있다. 삭다, 삭이다라는 말들의 의미를 우리가 가치론적 관점에서 살펴볼 때 매우 중요한 사실을 발견하게 되는 것이다. 김치, 술, 땡감 등이 '삭다' 하게 되면 미각적인 생성을 의미하는 것이 되고, 분한 마음(원한이나 증오)을 '삭이다', 또는 그런 마음이 '삭다' 하게 되면 그런 독소적 공격성이 연화, 희석되고 마침내 소멸되어 마음의 평화를 가져오게 된다는 뜻이 된다. 판소리의 가락을 삭이다, 또는 판소리 가락이 삭다 하게 되면 이는 판소리의 가락이 예술적으로 성숙되었다는 의미의 미적 가치생성을 말하게 되는 것이다. 다시 말하면 '삭다 · 삭이다'가 김치, 술, 땡감 등과 같은 식품에 적용될 경우에는 그것들의 발효작용에 의한 미각적 가치(맛)의 생성을 지향한다는 뜻이요, 이것이 판소리를 포함한 예에 적용되는 경우에는 창조적 승화작용에 의한 미학적 가치생성(멋)을 지향한다는 뜻이며, 이것이 분노, 증오 등과 같은 한의 부정적 · 독소적 속성에 적용될 경우에는 그런 독소적 정서의 연화, 희석 등의 정화 작용에 의한 윤리적 가치(슬기)의 생성을 지향한다는 뜻이 된다는 것이다. 삭다 · 삭이다 · 시김새 등에 있어서의 맛 · 멋 · 슬기는 가기 범주는 달리하면서도 생성의 궤적의 패턴을 같이하는 것이다.

그러나 '삭이다'라는 행위가 미각적(맛) · 미학적(멋) · 윤리적(슬기) 가치생성의 기능으로 작용하기 위해서는 그 '삭이는' 행위자의 주체적 지향성이 전제된다는 사실을 간과할 수 없다. 이 점에서 '삭이다'가 '삭다'의 사역형 동사임을 주목하게 된다. '삭다'라는 자동사가 소극적 · 자연적 현상을 반영하는 것이라면 그 사역형인 '삭이다'라는 타동사는 일정한 목적의식을 전제로 함과 아울러 적극적·인위적 행위성을 반영하는 것이기도 하다. 자동사 '삭다'는 스스로, 자연적으로 '삭는' 무의지적 현상이며, 타동사 '삭이다'는 무엇인가를, 인위적으로 '삭이는' 의지적 행위인 것이다. 그러나 '삭이다'가 성취되기 위해서는 '삭다'가 형성되어야 하며, 따라서 '삭이다'의 인위적·의지적·적극적 행위는 '삭다'의 자연적·무의식적·소극적 현상이 형성될 때까지 지속되지 않으면 안 된다.

삭다와 삭이다를 원인과 결과로서 포괄하고 있는 판소리 시김새는 그러므로 인위적·의지적인 단계에서 자연적·무의지적 단계로 나아가는 무한한 지향성의 표상이라 할 수 있고, 그러한 판소리 시김새와 궤적을 같이하는 미학적·윤리적 기능으로서의 한국적 한 역시 인위적·의지적인 단계에서 자연적·무의지적 단계로의 무한한 지향성의 표상이라 할 수 있다. 그런 점에서 한은 지극히 수동적인 듯하면서도 능동적이요, 소극적인 듯하면서도 적극적이다. 그리고 그러한 한국적 한을 형성시켜온 한국 민중의 생태 자체가 수동적인 듯하면서도 능동적이요, 소극적인 듯하면서도 적극적인 것이다. 70년대의 저항의 시인 김지하가 한국 민중의 생태를 일러 '소극적 적극성'이라는 표현을 한 것도 이런 점에서 정곡을 찌른 것이라 할 수 있다.

종래의 정한론이 간과한 것은 바로 이러한 한의 내재적 속성으로서의 적극성이었다. 한국적 한을 일러 패배주의·허무주의·체념주의 등등 부정적 표현을 하기에 이른 것도 바로 이러한 적극성을 간과한 데서 연유된 것이었다. 한국적 한에 있어서의 적극성은 소극성을 지양하기 위한 적극성이라는 데 그 진정한 성격이 있다.

한국적 한의 이러한 속성은 불교에 있어서의 육도행(六度行) 가운데의 인욕(忍辱)이나 정진(精進)의 덕목과 상통한 바 있다고 하겠다. 인욕 자체는 반격이나 보복으로 나아가지 않고자 하는 행위이므로 얼핏 보기에는 소극적인 것이라 할 수 있으나 그런 소극성에 다다르기 위해서는 반격이나 보복으로 나아가는 길을 차단하는 불퇴전(不

退轉)의 정진이 있고서야 가능한 것이다. '삭다'에 이르기 위한 '삭이다'의 지향성이야말로 이러한 인욕·정진의 소극적 적극성으로서의 지향성이라 할 것이다. 날것을 삭게 하기 위해서는, 꾸준한 '삭이는' 행위가 있고서야 가능하며, 뜨거운 분노나 원한이 그야말로 뜨거운 반격이나 보복으로 살포되지 않도록 하기 위해서는, 살포되지 않을 뿐만 아니라 그 분한 마음의 독소적 공격성 자체가 초극되도록 하기 위해서는, 역시 고도의 인욕이 있고서야 가능한 것이다.

인욕이나 정진이란 정신의 이완이 아니라 오히려 불퇴전의 정신의 집중 내지 긴장을 전제로 하는 것이다. 그것들은 정신 집중을 통한 자아의 초극 행위이기 때문이다. 따라서 인욕이나 정진은 정신의 '풀이'가 아니라 오히려 정신의 '맺힘'을 전제로 하는 것임을 알 수 있다. 판소리 광대가 고도의 '시김새'를 획득하기 위해서는 꾸준한 '삭임'의 과정을 치러야 하고, '삭임'의 과정을 제대로 치르기 위해서는 고도의 충전된 정신의 지속, 즉 올곧은 '맺힘'이 전제되어야 하는 이치와 같다. 이런 의미에서 우리의 문화는 '풀이'의 문화이기에 앞서 '삭임'의 문화라 할 수 있을 듯하다.

이런 점과 관련하여 우리의 민중문화를 지탱해옴에 있어서 이른바 '장이'의 역할을 생각해보는 것은 의의 있는 일이 아닐까 한다. 땜장이, 심술쟁이, 할 때의 접미사로 주로 쓰이고 있는 이 '장이'라는 말은 사전에도 풀이되어 있는 바와 같이 "사람의 직업·성질·행동을 나타내는 말 밑에 붙여, 그 사람을 낮게 이르는 말"[30]이다. 그러나 이 말의 본래의 뜻은 예술이나 기술 분야에서 뛰어난 기예를 가진 사람이라는 재인(才人)에서 온 말이라고 생각되는 것이다. '재인'이라는 말이 재능 있는 사람이라는 뜻과 함께 예술가(광대)를 지칭하는 용어이기도 하였던 사실로서도 알 수 있다.

이 말이 조선조의 계급사회에 있어서는 오히려 그런 기예를 가진

---

30) 김민수·홍웅선 편, 위의 책.

사람을 '낮게 이르는' 뜻으로 쓰이게 되었던 것이며 그것은 그만큼 예술, 기술을 천시하던 당대의 사회 풍조를 반영하는 것이라 하겠으나, 정작 그 당사자인 '재인' 내지 '장이'는 그야말로 도저한 '장이'의 정신을 간직하고 있었으리라는 것을 능히 추리할 수 있으니, 가령 역대의 명창들이 자신의 예술을 연마하기 위하여 심혈을 기울였다는 전설적인 일화들은 이를 방증하는 것이다. 말하자면 광대가 '시김새'를 얻기 위해서는 고도의 정신 집중을 바탕으로 한 불퇴전의 정진이 있고서야 가능했던 것이다. 그리고 그러한 이치는 좌절·상실·결핍 등에 즈음하여 그 유인자에 대한 원한을 일차적인 심리적 계기로 하면서도 그것이 뜨거운 분노나 증오에 의한 즉각적 반격 내지 발산(풀이)으로 나아가지 아니하고, 오히려 그것을 내면으로 수렴하여 '삭이는' 불퇴전의 인욕의 과정을 거치면서 그것을 초극함으로써 슬기의 경지에 다다르는 한국적 한의 기능·구조에서도 엿볼 수 있는 것이다.

한국적 한에 있어서는 미학적 표상으로서의 멋과 윤리적 표상으로서의 슬기가 합일적 양상으로 나타난다는 사실은 앞서 말한 바 있다. 한국인의 가치의식에 있어서는 '멋지다'는 것과 '슬기롭다'는 것은 둘이 아닌 하나라는 관념이 깔려 있다는 것이다. "한국의 가치관념이 진·선·미의 합일을 지향하고 있다"[31]고 조지훈은 말한 바 있다 하였거니와 한국적 한의 가치체계에 있어서 멋과 슬기가 합일적 양상으로 드러나는 것도 이런 관점에서 이해될 수 있는 것이다.

요컨대 한국적 한에 있어서의 미학적 표상으로서의 멋, 그 윤리적 표상으로서의 슬기는 한국적 한의 내재적·일원론적 기능으로서의 '삭임'의 기능에 연유되는 것이지, 맺다·풀다의 이원대립론에서 말하는 바와 같은 '풀이'에서 연유되는 것은 아니다.

조지훈은 '멋'의 형태미의 특질로서 비정제성(非整齊性), 다양성,

---

31) 조지훈, 위의 글.

율동성, 곡선성(曲線性)의 네 가지를 든 바 있다. 그리고 비정제성과 표리가 되는 것이 초규격성(超規格性)이라고 말하고 다음과 같이 규정한 바 있다.

멋의 이러한 '초규격성'은 '원숙성'과 '왜형성(歪形性)'과 '완롱성(玩弄性)'을 속성으로 하고, 또 그것을 바탕으로 해서 이루어진 표현원리이다.[32]

김학현도 조지훈의 이러한 관점에 입각하여 한국의 멋을 일본의 "いき(이끼)"와 비교한 바 있다.[33] 정제성·규격성에서 벗어난 듯한 가운데서 한국적인 멋이 느껴진다는 이러한 견해는 정곡을 찌른 탁견이라 하겠다. 앞서 언급한 이어령의 '풀이의 문화론'[34]도 이러한 관점이 근거로 된 것이 아닐까 한다.

그러나 '풀이'나 비규격성이 일방적으로 강조될 때, 이에 앞선 피나는 정진의 과정을 자칫하면 간과하거나 등한히하기 쉽다. 멋의 초규격성과 관련하여 조지훈이 "격에 들어가 다시 격을 나오는 것, 격을 나와서 새로운 격을 낳아야 하는 것이다"[35]라고 적절히 지적하고 있는 것처럼, 초규격이니 비규격이니 하는 것은 일단 '격에 들어간' 연후에 기대되는 것이다. 그리고 마찬가지 이유로서 한의 '풀이'가 진짜 멋과 슬기의 표현으로서의 풀이가 되기 위해서는 일단 한 자체의 질적 변화가 전세되어야 하며, 멋·슬기의 생성을 위한 '삭임'의 과정이 전제되어야 하는 것이다.

이런 의미에서 한국문화는 풀이의 문화이기에 앞서 '삭임'의 문화

---

32) 조지훈, 위의 글.
33) 김학현, 「いき·意氣·モッ 日本の 'いき' 朝鮮 の 'モッ'」, 『문학』, 1986. 5, 동경: 암파서점.
34) 이어령, 위의 책.
35) 조지훈, 위의 글.

인 것이다. 한국문화가 삭임의 문화라는 것은 문화의 원초적 · 원형적인 것이라 할 수 있는 식사문화에 잘 나타나 있다. 한국의 전래 식품 가운데의 많은 부분이 '삭인' 식품, 즉 발효식품이라는 사실은 주목할 만한 측면이라 생각된다.

이규태는 우리 민족의 식사 풍속에 언급하여

> 국(湯)에다 밥(主食)을 말아먹는 식속(食俗)은 어쩌면 세계에서 우리 한민족뿐일 것이다. 서양에 수프가 있고, 일본에 미소시루(된장국)가 있고 중앙아시아에 챠이(茶水)가 있으나 그것에 밥이나 빵을 말아서 먹는다는 법은 없다.
>
> 현재 우리나라의 국은 말아먹을 것을 전제로 한 국이다. 콩나물국, 쑥국, 미역국, 시래기국, 고기국, 무국, 토장국, 토란국, 근대국, 호박국…… 어떤 식품도 국거리가 된다. 비단 이 국뿐만 아니라 이미 밥과 국을 혼합해서 형성되는 탕반(湯飯) 종류의 다양성은 '국물민족'의 특성을 단적으로 지적해주는 것이 된다.[36)]

라고 말한 바 있다. 이 말은 맞는 말이다. 그러나 그는 이에 앞선, 이보다 더 근원적인 한국인의 식사문화의 특성을 간과하고 있다. 그것은 한국 식사의 주류가 발효식품, 즉 삭인 식품으로 되어 있다는 사실이다. 김치류, 젓갈류를 비롯하여 간이 배게 한 식품류 등 한국 음식의 주류는 삭인(발효시킨) 음식에 있음을 부인할 수 없다. 삭이는 행위, 그것은 한국인의 문화 · 관습과는 긴밀히 관련되어 있는 것이 아닐까 한다. 삭다 · 삭이다 · 새기다 등등과 같은 어휘들이 다양한 의미망을 형성하고 있는 것도 이런 면과 관련이 있는 것이 아닐까 한다.

그러나 앞서도 말한 바와 같이 '삭다'는 '삭이다'라는 주체적 행위에 의하여 제대로 생성되는 것이다. '삭이다'를 제대로 하지 못할

---

36) 이규태, 「탕의 문화론」, 『한국인의 한』, 세종출판사, 1980.

때, '삭다'가 제대로 될 수 없음은 말할 것도 없다. 날김치나 땡감이나 담근 술이 잘 '삭도록' 하기 위해서는 그것을 '삭이는' 주체자, 즉 '삭게 하는' 주체자의 꾸준하고도 용의주도한 행위가 있지 않아서는 안 된다. '삭이는' 일에 실패하면 '삭지' 않는다. 날김치나 땡감이나 갓 담근 술이 잘 '삭지' 않으면 썩거나 시어져서 못 먹게 된다. 마찬가지 이치로 한(원한, 한탄)도 그 주체자에 의하여 '삭이어야' 슬기로 되지, 그렇지 않으면 보복의 악순환을 부르게 되며, 판소리 가락도 그 광대에 의하여 잘 '삭이어야' 멋으로 되지, 그렇지 않으면 '생소리'가 되거나 '것넘은 소리'가 되고 만다. 한에 있어서나 판소리에 있어서의 '삭임'의 주체적 역할이 얼마나 소중한 것인가를 말해주는 것이라 하겠다.

억울한 일을 겪어 앙앙불락할 때 '속이 상하다' 또는 '속이 썩는다'라고 말한다. 분노에 치를 떨 때 '화(火)가 나다, 가슴이 탄다'라고 말한다. 이런 경우 '상하다, 썩다, 불(火)난다, 타다' 등은 '삭다, 삭이다'에 실패한 데서 연유되는 현상이라 할 수 있다. '삭다, 삭이다'는 그런 억울한 일, 분한 일 등을 가라앉히는(삭이다) 일이요, 가라앉힘으로써 그것을 발효·정화·소화시키는 일이다. '삭이는' 데 실패한 것, 예컨대 상한 것, 썩은 것, 타는 것 등을 그대로 '푸는' (개방하는) 것은 결국 상하고, 썩고, 타는 독소의 살포 외의 아무것도 아니다. 종래의 맺다·풀다의 한론에서 간과한 점은 바로 이 점이었다.

한국의 문화와 한국인의 아이덴티티를 운위함에 있어서 곧잘 한이라는 말이 운위되고, 또 그것이 우리 문화, 예술의 주조로 되어오기도 한 것은, 우리 민족에게 한(원한, 한탄)이 많다는 뜻이라기보다는 오히려 우리 민족은 한을 '삭이는' 일을 지속적으로 하여왔다는 뜻으로 볼 수 있다. 말하자면 한국인에 있어서 한은 주조적 정서이면서 문학, 예술의 주조적 제재이기도 하였다는 것, 한국인은 한 속에 살면서도 한을 삭이며, 한을 즐기며 살아왔다는 것이다. 한은 한국인에 의하여 끊임없이 투사되고 표상됨으로써 소화·정화·발효되어 맛·멋·슬기 등을 빚어온 것이며, 그렇게 함으로써 한국인은 낙천적인 삶의 지평을 열어온 것이다. 한국적 한의 일원적 구조, 그 미학적 가치생성의 기능은 여기에 있다.

4. 시김새와 이면, 삭이다와 새기다

전항에서 '삭다' 라는 자동사와 그 사역형으로 간주할 수 있는 타동사 '삭이다' 의 컨노테이션을 살펴나가면서 판소리의 미학적 특성, 그리고 한국적 한의 기능·구조 등을 생각해보았다. 이번에는 '삭이다' 에서 파생되었으리라고 추리되는 '새기다' 의 컨노테이션을 추적함으로써 시김새의 미학적 표상을 생각해보기로 하자.

우리말에서 ㅏ음이 ㅣ음 위에서 그 ㅣ음의 영향을 받아 ㅐ음으로 변하는 현상을 ㅣ음의 역행동화라 하거니와, '삭이다' 할 때에 ㅣ음의 역행동화 현상으로 파생되었으리라고 추리되는 말이 곧 '새기다' 라고 볼 수 있겠다. 그 '새기다' 의 사전적 풀이를 보면

새기다 [1] : ① 물건의 바탕에 글, 그림 또는 무슨 형상 따위를 파다, 조각하다, carve, ② 마음속에 단단히 간직하다, 기억하다, take to heart.

새기다 [2] : 말이나 글의 뜻을 알기 쉽게 풀다, 해석하다, interpret.

새기다 [3] : 소, 양 따위의 반추(反芻)동물이 먹은 것을 되돌려서 씹다, 되새기다, ruminate.[37]

등으로 나와 있다. 이중에서 '새기다[1]' 은 '삭이다' 와는 분명 어원을

---

37) 김민수·홍웅선 편, 위의 책.

달리하고 있는 듯하나, '새기다³'은 '삭이다'와 어원을 같이하는, 그 'ㅣ'음(音) 역행동화에서 파생된 말일 듯하다. 소가 먹은 것을 '새기다' 할 때, 그것은 음식을 '삭이다'와 깊이 관련되리라고 보기 때문이다. 또 '새기다²'도 '삭이다'와 어원을 같이하는 듯하다. '삭이다'에는 음식을 '소화하다'라는 뜻이 있거니와 그 '소화하다'라는 말은 문장 같은 것을 완전히 '이해하다' 할 때에도 쓰이기 때문이다. '새기다²'의 뜻은 '말이나 글의 뜻을 알기 쉽게 풀다, 해석하다'라는 것이므로 '이해하다'라는 것과는 물론 의미가 다르지만, 문장을 알기 쉽게 풀이하거나 해석할 수 있기 위해서는 그에 대한 충분한 이해를 전제로 하는 것이므로 '풀이하다'와 '이해하다'는 긴밀히 연관되는 것으로 추리할 수 있을 듯하다. 즉 '삭이다' '새기다³' '새기다²'는 다 같이 '소화하다'라는 공통된 뜻을 지니고 있다는 점에서 어원을 같이하는 듯하다는 말이다.

이렇게 볼 때 삭다, '삭이다, 새기다²' 등을 내포하는 시김새라는 용어는 ① 광대로서의 예술적 성숙도, ② 판소리의 모든 정황에 대한 깊은 이해력, ③ 판소리의 모든 정황에 대한 탁월한 표현력 등을 나타내는 말로 파악할 수 있게 된다. 이리하여 가령 임방울의 「춘향가」는 시김새가 좋다라고 할 때 이 말은 ① 임방울의 「춘향가」는 고도의 예술성을 지니고 있다, ② 임방울은 「춘향가」의 모든 정황을 깊이 있게 이해하고 있다, ③ 그렇게 이해한 바를 잘 표현하고 있다는 뜻으로 풀이된다. 결국 시김새가 좋다라는 말은 '이면(裏面)을 잘 그렸다'는 말로 연결된다.

따라서 시김새의 문제는 자연히 '이면'의 문제에로 연결된다. 판소리에서 '이면을 그린다' '이면에 맞다' 할 때의 그 '이면'의 뜻이 무엇인가에 대하여는 아직도 검토해야 할 여지가 많이 남아 있다 하겠으나 그것이 광대에 의한 판소리 텍스트의 완벽한 이해, 그리고 그 총체적인 표현과 관련되는 용어인 점은 분명하기 때문이다.

여기서 잠시 이면의 문제를 검토해보기로 하자. 이 말이 판소리 용

어로서 검토되기 시작한 것은 박헌봉의 『창악대강(唱樂大綱)』 이후의 일일 듯하다. 이 저서에서 저자는

> 창인이 입창(立唱)할 때 가사의 이면과 성음의 고저청탁을 조격(調格)에 꼭 맞게 하여 일거수 일투족이 어떤 환영을 그린 듯이 한 손으로 반월형(半月形) 또는 두 손으로 원월형(圓月形)과 같이 곱게 들어 그 창의 내용 이면을 잘 표현하는 동작을 말한다.[38]

라고 말하여 판소리 용어로서의 '이면'에 언급하고 있다. 여기서 그는 가사와 성음이 '조격에 꼭 맞게' 할 것, 그 '일거수 일투족'이 창의 내용을 잘 표현할 것 등을 강조하면서 '이면'이라는 말을 쓰고 있다. 여기서 이면이라는 한자어를 갖다 쓰고 있는 것도 주목할 점이다. 전후문맥으로 보아 박헌봉은 창인(광대)은 모름지기 가사(문학)와 성음(음악) 그리고 동작(연극적 요소) 삼자가 '조격에 꼭 맞게' 표현하는 것이야말로 '이면'을 잘 표현하는 것으로 파악하고 있는 듯하다. 한편 정병욱은 이면에 언급하여

> 판소리 창자들의 전문적인 술어로 "이면"이란 말이 있다. 그리고 이 말을 "이면을 그린다"고 쓰는 때도 있고, "이면에 맞지 않는다"고도 하며, 심지어는 "이면을 찾다가 소리 못 한다"고도 한다. 물론 이 낱말의 어원은 명백하지 않으나 뜻은 리얼리티(reality)라는 말과 같다고 할 수 있다. 음악에서 리얼리티를 찾는다면 그 음악은 사실성을 띠게 마련일 것이다.[39]

라고 말하고 있다. 즉 문학과 음악과 연극적 요소가 총체적으로 표현

---

38) 박헌봉, 『창악대강』, 국악예술고등학교 출판부, 1966.
39) 정병욱, 『한국의 판소리』, 집문당, 1981.

374

되는 판소리가 사실성을 획득하게 될 때 '이면'에 맞는 것이 된다는 논지이다. 이는 박헌봉의 소박한 모사론(模寫論)에 비하여 다소 진전된 관점이라 할 수 있겠으나 '조격에 꼭 맞게'라는 박헌봉의 논지나 리얼리티 내지 사실성으로 이를 파악한 정병욱의 논지가 대체로 궤를 같이하는 것으로 볼 수 있겠다. 이제까지의 이면론의 주류를 형성하여온 것은 바로 이 모사론 내지 사실성의 강조가 아니었던가 한다. 즉, 이면을 그린다는 것은 사설의 서사적 진행에 잘 부합이 되게 창의 표현이 뒤따라야 하고, 또 이에 부합되게 너름새의 표현이 따라야 한다는 것이다.

　사설과 창과 너름새가 서로 부합되게 표현되어야 훌륭한 소리가 될 수 있다는 생각은 '이면'이라는 말이 판소리의 전문 용어로 정착되기 이전부터 있어온 것이 사실이다. 신재효 자신은 「광대가」에서 광대의 필수 요건으로서 인물, 사설, 득음(창), 너름새의 넷을 들고, 그중에 인물에 관하여는 "인물은 천생이라 변통할 수 없다"고 함으로써 일단 판소리의 요건으로서는 제외시키고 나머지 세 요건, 즉 사설, 창, 너름새에 관하여 열거하고 있다. 그러나 그는 이 세 가지 요건의 중요성을 차례로 열거하면서도 그 세 가지 요건이 하나의 예술로서 부합되게 하는 '이면'의 문제에 관하여는 언급이 없었다. 그런데 "신재효의 문하에서 다년간 지침을 받았으므로 문견(聞見)의 고상함이 다른 광대에 비할 바 아닌"[40] 김세종(金世宗)에 있어서는 분명 이 세 가지가 서로 부합되게 연출되어야 한다는 뚜렷한 의식을 가지고 있었던 모양이며, 실지로 그런 견해를 종종 피력하기도 하였던 듯하다. 정노식(鄭魯湜)의 『조선창극사』에 보면

　　김씨(김세종) 종종 말하기를 창극조는 물론 창을 주체로 하여 그 짜임새와 말씨를 놓는 것과 창의 고저장단에 규율을 맞게 하여야 한

---

40) 정노식, 『조선창극사』, 1940.

다. 그러나 형용동작을 등한히하면 아니된다.[41]

라고 말하여 판소리는 '창을 주체로 한다'는 생각을 가지고 있었으나, 그 '형용동작'을 등한히하여서는 안 된다고 말하였다 한다. 그리고 사설 또한 분명히 발성되어야 한다고 하였다는 것이다.

　　말하자면 창극인 만큼 극에 대한 의의를 잃어서는 아니 된다. 가령 우름을 울 때에는 실제로 수건으로 낯을 가리고 울던지 방성통곡(放聲痛哭)으로 울던지 그때그때 경우를 따라서 여실히 우는 동작을 표시하여야 한다. 태연히 아무 비애의 감정도 표현치 아니하고 아무 동작도 없이 그저 우두건히 앉아서 곡성만 발하면 창과 극이 각분(各分)하여 실격이 된다. 청중이 하등의 동정과 감격을 받지 못하면 창극조의 정신을 잃는 게 아니냐. 가령 "죽장 집고 망혜(芒鞋) 신고 천리강산 들어가니"로 불늘 때에는 앉았다가 쭉으리고 쭉으리어서 서서히 기신(起身)하면서 손으로 향편(向便)을 지시하면서 천리나 만리나 드러가는 동작을 형용하여 창조와 동작형용이 마조떠러져야 한다. 희로애락의 감정을 발로(發露)할때에 행왕좌와(行王坐臥)의 동작을 표시할 때에 그 창조와 동작이 상합하여서 마조 떠러져야 한다. "치어다보면 천봉만학 내려구버보면 백사지라'를 부를 때에는 치어다보는 앙면(仰面)과 내려구버보는 평지를 면(面)과 지(指)로 표시가 있어야 한다. "천외무산십이봉(天外巫山十二峰)은 그름 밖에 멀고 월하동정칠백호(月下洞庭七百湖)는 안하(眼下)의 경개로다"를 할 때에는 그 운외(雲外)의 먼 것과 안하(眼下)의 즉격(卽隔)한 것을 사(辭)와 지(指)로 근경(近景)을 표시하여야 한다.[42]

---

41) 정노식, 위의 책.
42) 정노식, 위의 책.

여기에서 강조되고 있는 것은 단적으로 말해서 '극이 명분' 하면 마침내 판소리로서는 '실격'이 되므로 광대는 모름지기 '그때그때의 경우를 따라서 여실히' '동작을 표시하여야' 한다는 것이다. 다시 말하면 '창조와 동작이 상합하여서 마조떠러져야' 한다는 것이다. 여기서 강조되고 있는 것이 창과 너름새의 상호 부합임은 말할 것도 없다. 김세종의 논지는 이어서 사설과 창조의 상호 부합에 대한 강조로 발전한다.

"금강산 상상봉(金剛山 上上峰)이 평지(平地)가 되면 오랴시오"를 한다 하면 금강산 상상봉(金剛山 上上峰)이 운공(雲空)에 용출(聳出)하여 있는 만큼 상상봉(上上峰)을 세세통상성(細細通上聲)으로 내질러야 하고 평지(平地)는 평저(平底)한 음성(音聲)으로 발(發)하여야 한다. 곡조(曲調)의 고저장단(高低長短) 억양반복(抑揚反覆)이며 언사(言辭)의 대소소밀(大小疎密)은 물론(勿論)이고 어음(語音)을 분명(分明)히 하여야 하며 말씨를 느러놓는데 조리정연(條理整然)하게 할 뿐더러 특(特)히 어단성장(語短聲長)에 실격(失格)하지 아니하여야 한다. 어단성장(語短聲長)이라는 말은 부르기 좋고 듣기 좋게 하자는 데에서 나온 말인데 소리를 할 때에 호흡(呼吸)의 조절(操節)과 성량(聲量)의 분배(分排)를 가장 생리적(生理的)으로 하자는 것이다. 가령 예(例)를 들면 「적성(赤城)의 아침날은」이란 소리에 있어서 적성(赤城)은 짧게 하고 '의'는 얼마간 길게 하라는 것이다. 달리 말하면 명사(名詞)나 한문어구(漢文語句) 같은 것은 짧게 부르고 형용적 동사(形容的 動詞)나 '에, 으로' 같은 밧침을 길게 부르란 말이다.[43]

여기서 강조되고 있는 것은 사설의 내용과 창의 발성이 서로 부합하여야 한다는 것이다. "금강산 상상봉"을 발성할 때는 "세세통상성

---

43) 정노식, 위의 책.

(細細通上聲)으로 내질녀야 하고" 반면에 "평지가 되면" 할 때는 "평저(平底)한 음성(音聲)으로 발(發)하여야 한다"는 것이니 사설과 창(唱)의 '상합(相合)'을 강조하고 있음을 알 수 있다.

위의 두 인용문에서 알 수 있는 것은 김세종은 사설, 창, 너름새는 '상합(相合)'하여 표현하여야 훌륭한 판소리가 된다는 생각을 가지고 있었다는 사실이다.

김세종의 이러한 견해는 이 세 가지를 광대의 구비 요건으로 열거한 그의 스승 신재효의 「광대가」의 관점(여기서 첫째 요건으로 열거한 '인물'은 선천적인 것이니 제외하고)을 발전시켜, 이 세 가지의 '상합'에 의해서만 종합예술로서의 판소리의 총체성이 부각된다는 관점으로 나아간 것이라 하겠다. 김세종의 이러한 견해에서는 '이면'이라는 말 그것이 나오고 있는 것은 아니지만 앞서 말한 세 가지 요건들이 "상합하여서 마조떠러져야 한다"는 생각에 입각해 있다는 점에서는 박헌봉의 모사론, 정병욱의 사실성의 강조 등과 맥락을 같이한다 하겠다.

그런데 상기 김세종의 인용문들에서 '이면'이라는 말이 없는 대신, '근경을 표시한다'라거나 '어단성장(語短聲長)'이라는 말이 쓰이고 있음은 주목할 만한 점이다. '근경(近景)을 표시한다' 또는 '근경을 그린다'라는 말은 '이면을 그린다'라는 말과 같은 뜻으로 쓰일 때도 있지만, 위의 문맥에서 보면 '근경'이란 시각적 사실성을 강조하고 있는 것이라 할 수 있겠고 따라서 그것은 이면의 동의어라기보다는 그 하위개념이라 할 수 있겠다. 즉 근경을 표시한다는 것은 사설과 너름새와 관련이 되는 용어라 하겠다. 한편 어단성장(語短聲長)이라는 말은 '부르기 좋고 듣기 좋게' 하자는 데서 나온 말이라는 규정으로 알 수 있듯이, 이는 일차적으로 가사 전달의 정확성을 강조한데서 연유된 용어라 하겠으나, 또 전후 문맥으로 보면 발성(發聲)의 기법과 서사 내용이 '상합(相合)'하여야 함을 강조한 데서 연유되는 용어이기도 하다는 것을 알 수 있다. 가사는 짧게 성음은 길게 발성하는 것이 어째서 가사 전달의 정확성을 기할 수 있는 발성법이 되는지 그리고 그렇게 발성하는 것이 '어째서 서사 내용을 방불케 하는 것이 되는지' 하는 문제 등에 있어서의 충분한 해명이 없는 것이 미진한 점이라 하겠으나 어떻든 '근경을 표시하다' 라는 것이 주로 서사 내용에 '상합' 하는 너름새의 중요성을 강조한 용어라 할 수 있고, '어단성장(語短聲長)'은 발성법 내지 창(唱)과 관련되는 용어로서, 서사 내용과 창조의 '상합' 을 강조한 것이라 할 수 있는 것은 사실이다. 즉 '근경' 은 사설과 너름새의 '상합' 에 의한 청각적 사실성을 강조한 용어라 할 것이니, 이 두 가지는 사설, 창, 너름새를 총체적으로 파악하고 있는 '이면' 의 하위개념이라 할 것이다.

한편 서종문은 '이면' 이라는 용어의 용례를 시대적으로 추적하면서

지금까지 우리는 '이면' 이라는 말이 그것을 쓰고 있는 사람에 따라 그 의미가 조금씩 달리 해석될 여지를 지니고 있다는 점을 알아보았다. 신재효는 '이면' 이란 말을 '판소리 사설이 작중인물의 행위나 설정된 상황이나 나타나는 사실에 꼭 들어맞게 표출되는 일치성과 적합성이라는 뜻으로 썼고, 林芳蔚은 '판소리' 사설을 바탕으로 이루어지는 연극적 表出이란 뜻으로 썼고, 李捺致는 '唱曲과 辭說의 統合體로서의 소리의 완성' 이란 뜻으로 썼던 것이다.[44]

라고 말하고 그리고 오늘날의 대부분의 판소리 창자(唱者)들은 "한결같이 등장인물의 행위나 설정된 상황이나 나타나는 사실을 사설과 창곡과 연극적 행위를 통합시켜서 표출의 적절성이나 일치성을 획득하는 경지를 '이면' 이란 말을 통하여 설명하고 있다"[45]라고 말하고

---

44) 서종문, 「판소리 이면의 역사적 이해」, 『국어교육연구』 19집, 경북대 사범대, 1987.
45) 서종문, 위의 글.

있다. 요컨대 판소리 용어로서의 '이면'이라는 말은 "개개인이 처한 역사적 상황"에 따라 "점차 그 의미의 폭을 넓혀나갔다는 사실을 알 수 있다"[46]는 것이다.

어떻든 이제까지 이면이라는 용어는 주로 사설, 창, 너름새의 상호 부합성, 내지 사실성 또는 그 표현에 있어서의 상호 적절성 등을 강조하는 용어로 해석되어왔다 하겠거니와 근래에는 상당히 다른 견해도 대두하고 있다. 이국자의 『판소리의 연구』에서 그런 견해를 보게 된다. 수용미학적 관점에 입각해 있는 이 저서에서 '이면'은 판소리의 "외피적으로 나타나는 것 뒤에 숨어 있는 어떤 것"으로 규정되어 있다.

모든 예술은 의미를 속모습 그대로 건네주지 않고 온갖 상징이나 은유의 옷을 비밀스럽게 입고서 마치 놀이하듯이 "수용의식" 속에서만 넘논다. 그러므로 판소리의 겉모습인 전승적이고 관습적인 구도(構圖)는 의미를 지시하는 신호 체계인 상징체, 즉 이면체이다.[47]

라고 규정함으로써 이면이라는 말을 텍스트의 상징적인 의미의 총체로 파악하고

이면이 의미라면 어떤 사람의 의식 내의 사상(事象)으로 일어나는 것이지 판소리의 형식 속에 들어 있는 것이 아니기 때문에 이면론은 여기서 또한 청중론을 불러일으킨다.[48]

라고 말하고 있다. 즉 '이면'이란 텍스트의 의미의 총체이며 그것은

---

46) 서종문, 위의 글.
47) 이국자, 『판소리 연구』, 정음사, 1987.
48) 이국자, 위의 책.

'청중의 의식 내'에서 형성되는 것이라는 말이다.

종래의 이면론이 대체로 광대의 표현 과정에 있어서의 사설과 창과 너름새의 상호 부합성을 강조하는 관점, 나아가서 모사 내지 사실성을 강조하는 관점에서 전개되고 있는 논지인 데 반하여, 이국자의 논지는 이면을 판소리가 함축하고 있는바 '속 의미'로 파악하고, 그 속 의미를 드러내게 하는 행위로서의 퍼포먼스에 초점을 집중하고 전개한 논의라 할 수 있다. 종래의 이면론이 자칫하면 정태적인 모사론 내지 기계적 재현론 등을 강조하는 논의로 기울어질 소지가 있는 데 반하여 이국자의 논의는 이면을 판소리의 '속 의미'로 간주하고 그 '속 의미'를 드러내게 하는 행위로서의 '그린다'에 역점을 둠으로써 판소리의 현장성 내지 청중의 적극적 참여성 등을 중요시하여 작용미학적 관점에로 연결될 수 있는 길을 터놓고 있다는 점에서 매우 시사적인 전개를 보이고 있다 하겠다. '이면을 그린다'라는 말과 관련하여 이국자는

　　이면은 내포적인 의미를 지닌 작품의 세계인데, 그린다는 행위에 의해서 작품과 작품의 속세계, 즉 세계와의 관계가 생겨나게 된다. 다시 말해서 그린다는 말은 궁극적으로 작품과 세계와의 관계인 것이다.
　　이면을 그린다는 말은 표현수단으로서의 미메시스(模寫)만으로 설명이 끝나지 않고, 커뮤니케이션 작용과 메시지의 해석으로 넘어가게 된다.[49]

라고 말함으로써 상기한 관점을 반영하고 있다. '이면론'은 이제, 모사론의 영역을 벗어나서 예술의 본질론과 관련을 짓게 되고 또한 판소리의 현장성 및 청중의 퍼포먼스에의 적극적 참여성 등이 관심의 대상으로 부각되기에 이르렀다는 점에서 이국자의 논지는 주목할 만

---

49) 이국자, 위의 책.

한 전개를 보인 것이라 할 수 있다. 『판소리 연구』는 분명 판의 예술로서의 판소리의 연구를 지향함에 있어서 소중한 성과로 평가될 만한 저서이다.

그러나 종래의 이면론이 자칫하면 소박한 모사론에 머물 개연성을 지닌 사실에 필자로서는 미흡함을 금치 못하는 것은 사실이지만, 그렇다고 해서 이면을 '속 의미'로 전제하고서 논지를 전개시키고 있는 이국자의 견해에 전적으로 동조하기에는 다소 주저되는 바 없지 않다. 왜냐하면 '이면을 그리다'라는 용어는, 필자의 견해로서는 사설과 창과 너름새 등이 혼연일체로 융합하는 데에서만 총체성으로서의 판소리의 최상의 표현은 기대될 수 있다는 것을 강조한 말이라고 보기 때문이다. 모든 예술이 다 그러하듯이 판소리에 있어서도 모사만 잘한다 하여 판소리의 여러 요소(사설, 창, 너름새 등과 아울러 장단에 이르기까지)가 혼연일체로 되는 최상의 표현이 빚어질 수 있는 것은 아니며, 또한 모든 예술이 그러하듯이 판소리에 있어서도 '그리는'(표현하는) 행위 자체를 통하여 그 '속 의미'가 빚어지는 것이지, '그리기' 이전에 '속 의미'가 이미 있는 것은 아니다. '이면'은 판소리의 '속 의미'가 빚어질 수 있는 제반 요건과 관련되는 용어일 뿐이지 '속 의미' 그 자체를 지칭하는 용어는 아니다. 이런 문제와 관련하여 '이면'이라는 말의 본래의 뜻이 무엇인지를 생각해보는 것은 무의미하지 않을 듯하다.

왜냐하면 이면이라는 말의 본래의 뜻을 정확히 파악할 때 '이면을 그리다' '이면에 맞다' 할 때의 판소리 용어로서의 개념도 밝혀질 수 있으리라고 보기 때문이다. 이 '이면'이라는 말은 본래 판소리 용어이기에 앞서 일상어였다는 사실을 우선 간과해서는 안 될 듯하다. 신재효본 『판소리』에도 이 말의 용례가 보인다.

① 져 쇼경 ᄒᄂᆞᆫ 말이 옥즁고생ᄒᄂᆞᆫ터의 복치를 달ᄂᆞᆫ 말이 리면은 틀녓시나 졈이라 ᄒᄂᆞᆫ 거슨 신으로만 ᄒᄂᆞᆫ터니 무믈이면 불셩이라 졍셩

을 안 드리면 귀신 감동 못흘 터니 복치를 니여 놋소(남창男唱「춘향
가」)[50]

②춘향 어모 상단 불너 귀흔 숀님 오셔슨이 잡슈실 상 차리 오라
상단이 나가던이 ᄃ담갓치 찰인단 말 이면이 당찬컷다.(동창童唱「춘향
가」)[51]

등의 문장에 나타나는 '이면'이라는 말의 뜻을 서종문은 "행위와 상
황과 사실에 꼭 들어맞는 표출이라는 뜻으로 쓰고 있는 듯하다"고
추리하고 "판소리 표출의 '적합성'을 '이면'이란 말 속에 담으려 한
것 같다"[52]라고 추리하고 있다. 그러나 이 경우의 '이면'이라는 말
은 무슨 판소리의 전문 용어로 쓰이고 있는 것 같지는 않다. ①에
있어서의 '리면'은 옥중에서 고생하는 사람 '춘향'더러 복채(卜債)
를 달라는 것이 경위에 어긋난 일이기는 하나…… 운운 하는 봉사
자신의 변명에서 연유되는 말이요, ②의 '이면'은 춘향어미의 상 차
리라는 분부를 듣고 나간 상단이가 다담상같이 상을 차린다고 되어
있는 종래의 바디는 사리에 맞지 않다는 신재효 자신의 개작 코멘트
에서 연유되는 말이다. ①과 ②에 있어서의 '이면'은 경위, '사리'
정도의 뜻으로 쓰이고 있을 뿐이라는 말이다. 애당초 신재효 자신도
이 어휘를 상기한 바와 같은 일상어의 뜻으로 쓰고 있을 뿐이지, "판
소리 표출의 적합성을 '이면'이란 말 속에 담으려 한 것 같다"[53]고
볼 수는 없다는 말이다.

그렇다고 해서 신재효에게 '이면'에 대한 의식이 전혀 없었다고
단정할 수는 없다. 사설, 득음, 너름새 등을 나열하고 있으면서도 정

---

50) 강한영 교주, 『신재효 판소리 사설집』, 민중서관, 1971.
51) 강한영 교주, 위의 책.
52) 서종문, 위의 글.
53) 서종문, 위의 글.

작 그런 요소들이 최상의 예술로서 불꽃 튀기는 만남을 성취하는 사북(求心點)으로서의 '이면'에 관해서는 이렇다 할 언급이 없는 그의 「광대가」를 감안해볼 때 그런 의식이 없었으리라 하는 생각이 들기도 하지만, '근경을 표출한다' '어단성장(語短聲長)' 등의 용어로써 사설, 창, 너름새가 '상합하여서 마조떠러져야 한다'[54]는 견해를 피력함으로써 뒷날의 이른바 '이면론'의 길을 터놓은 명창 김세종이 그의 "문하에서 다년간 지침을 받은"[55] 제자였다는 사실을 감안해보면 역시 신재효에게도 '이면'에 관한 의식이 없었다고 하기는 어려울 듯하다. 그러나 상기한 인용문에 쓰이고 있는 '리면' 또는 '이면'은 일상어로서 쓰고 있는 것이지, 서종문이 추리하고 있는 것처럼 전문적 용어로서 쓰고 있는 것으로 보이지는 않는다. 말하자면 신재효나 김세종에 있어서는 판소리 용어로서의 '이면'에 관한 의식은 있었어도 전문적 용어로서의 '이면'이라는 말은 아직 쓰지 않았으리라고 보는 것이다. 분명 그들 이후에 쓰이기 시작한 용어라고 볼 수 있겠다. 그야 어떻든 이 말은 애당초 전문적인 용어로서가 아니라 일상어로 쓰이고 있었다는 것이다.

이 '이면'이라는 어휘는 1930년대의 홍명희의 『임꺽정전』에는 상당히 쓰이고 있는 것이다. 그 몇 가지 예를 살펴가면서 이 말의 컨노테이션을 우선 추리해보기로 한다.

① 꾀배를 앓을까 비위를 팔까 꾀배를 앓자니 창피하고 비위 팔자니 이면이 있다. 이면을 상하지 않자면 핑계하는 수밖에 없으니[56]

② 곽오주는 서림의 말이라면 언제든지 뒤쪽으로 잘 나가는 사람이

---

54) 정노식, 위의 책.
55) 정노식, 위의 책.
56) 홍명희, 『임꺽정전』, 「의형제편 2」

라 청석골로 가느니 못 가느니 말다툼한 것이 한두 번이 아니었는데 어느 때는 곽오주가 이면 없이 말을 뒤받는데 늙은 오가가 화증이 나서[57]

③ 황천왕동이의 빠른 걸음을 빌려 써보려고 생각하였던 것인데, 김산이는 친치도 못 할 뿐더러 긴치도 않아서 여짓 그만 두고 도로 가라고 말하고 싶으나 황해감사는 등지고 살아도 청석골패는 등지고 살수 없는 처지에 그 패에서 무등호의(無等好意)로 내보내준 사람을 가거라 말아라 할 수가 없어서 늙은이는 김산이를 보고
"이런 사람의 집의 궂은 일을 봐주러 나오셨다니 황송하기 이를 데 없소" 하고 외면치레로 인사하고 또 황천왕동이가 들어갈 때
"여러분께서 너무 근념을 해주셔서 황감합니다구 면면이 말씀 좀 해주시우" 하고 이면을 차려서 인사부탁까지 하였다.[58]

이러한 용례에서도 알 수 있듯이 이 '이면'이라는 말은 1930년대까지는 일상어로 쓰이고 있었음을 알 수 있다.

『큰사전』[59]에는

이면(裡面) : ① 안쪽, ② 일의 속종, 내부(內部)의 사실(事實). 〔참고, 속종 : 마음 속으로 정한 소견(실속)〕이라 되어 있다. 아울러
　• 이면 경계(裡面境界) : 사리의 내용(內容)과 옳고 그름.
　• 이면 부지(裡面不知) : 경위(經緯)가 없이 구는 사람.
　• 이면 불한당(裡面不汗黨) : 이면 경계(裡面境界)가 멀쩡하면서도 나쁜 짓을 하는 사람의 별명.

---

57) 홍명희, 위의 책, 「화적편 1」
58) 홍명희, 위의 책, 「화적편 3」
59) 한글학회 편, 『큰사전』, 을유문화사, 1957.

- 이면 치레 : 면 치레.
- 면 – 치레 : 속은 어떻든지 체면을 잘 닦음.(이면 치레, 외면치례, 외 양치례) .

등으로 나와 있다. 또한 『국어사전』[60]에는

- 이면 경계(裡面境界) : 일의 내용과 옳고 그름.(~도 모르고 덤빈 다.)
- 이면 부지(裡面不知) : 경위 없이 굶. 또는 그 사람.
- 이면 불한당(裡面不汗黨) : 사리를 뻔히 알면서 나쁜 짓을 하는 사람의 별명.

등으로 나와 있다. 이상을 종합해볼 때 '이면(裡面)'이라는 말의 뜻은 "안쪽, 일의 내막, 내용, 사리, 경위" 등으로 풀이할 수 있을 듯하다. 그리고 '이면 치레' 할 때의 '이면' 역시 '이면(裡面)'에서 파생되어간 말임은 분명하나, 그 뜻이 다소 굴절된 듯하다. 이리하여 상기 『임꺽정전』에서의 인용문에 쓰인 '이면'이라는 말의 뜻을 풀이해볼 때, ①의 '이면 치레' 할 때의 이면은 '체면'이라는 뜻이며, ②의 '이면 없이'의 이면은 '사리 경위(事理 經緯)'의 뜻이며, ③의 '이면을 차려서'의 이면은 '외면치레로'의 경우와 같이 '면 치레' 할 때의 '체면'이라는 뜻이겠다. 한편 신재효 『판소리』[61]에서의 인용문 ①의 '리면'이나 ②의 '이면' 등은 전후 문맥으로 보아 '사리' 혹은 '경위' 등의 뜻으로 풀이될 수 있을 듯하다.

　이상으로 이면(裡面)이라는 말의 일상어로서의 의미망을 살펴보았거니와, 그러면 판소리에서 운위하는 '이면'이란 무엇인가? '이면을

---

60) 김민수·홍웅선 편, 위의 책.
61) 강한영 교주, 위의 책.

그리다' 할 때의 '이면'은 무엇이며, '이면에 맞다 또는 어긋났다' 할 때의 '이면'은 무엇인가? 판소리 용어로서의 '이면'이라는 말 역시 애당초 상기한 일상어의 의미망을 기반으로 하였었을 것으로 추리된다. 즉 '이면을 잘 그렸다' 할 때의 '이면'이란, 일의 내막 또는 속사정이라는 뜻으로 풀이될 수 있을 것이고, '이면에 맞다 또는 어긋났다' 할 때의 '이면'은 사리나 경위 등의 뜻으로 풀이될 수 있을 것으로 본다.

따라서 '이면'이란 일차적으로는 사설, 창, 너름새, 장단 등 판소리의 여러 요소들의 상호관계를 전제로 하는 용어이다. 뿐만 아니라 판소리가 총체성으로서의 예술로서 퍼포먼스된다고 할 때 '이면'이라는 것은 결국 그 여러 요소들이 하나로 만나는 불꽃 튀기는 사북(求心點)과 비유될 수 있는 것이라고 하겠다. 이런 점에서 이면론은 사설, 창, 너름새들이 하나의 자리에서 만나는 예술로서의 판소리의 특질을 구명함에 있어서 중심적 과제라 할 수 있다. '이면을 그리다' '이면에 맞다'라는 말은 사설, 창, 너름새 등이 서로의 '사리, 경위, 속사정에 부합되게 표현한다' 또는 그 표현이 사설, 창, 너름새 등의 서로의 '경위, 사리, 속사정에 어긋나지 않다' 등으로 풀이될 수 있다. 이때의 '이면'은 퍼포먼스의 저편에 내재하는 '속 의미'가 아니고, 의미가 빚어지는 표현의 최상의 행위와 관련되는 용어이다.

이렇게 볼 때 '이면을 그리다' '이면에 맞다'라는 것은 앞서 인용한 김세종의 말과 같이 사설, 창, 너름새(또는 장단이나 추임새까지 포함하여) 등 판소리의 모든 요소들이 "상합하여 마조떠러지"[62]게 표현하는 것, 또는 서종문이 파악한 바와 같이 사설, 창곡, 연극 등을 통합하여 표출함에 있어서의 '적절성 내지 일치성'[63]을 드러내는 것으로 간주할 수도 있겠다.

---

62) 정노식, 위의 책.
63) 서종문, 위의 글.

그러나 이러한 풀이는 자칫하면 소박한 모사나 기계적인 모사적 재현 등을 강조하는 말로 오인될 소지가 없지 않다. '이면'이라는 말을 판소리의 퍼포먼스에 있어서의 여러 요소들의 혼연일체의 하나로서 불꽃 튀기는 만남을 성취하는 자리, 즉 사북(求心點)으로 비유할 수 있다고 할 때, 그런 여러 요소들의 진정한, 하나로서의 만남은 '상합하여'나 '적절하게'나 '일치되게' 만난다고 해서 반드시 최상의 것이 되는 것은 아니기 때문이다. 어떤 때는 '상합하게'가 아니라 오히려 '상반되게' 만날 때 더 빛나는 만남이 될 수 있는 것이며, 어떤 때는 '일치되게'가 아니라 '상반되게' 만날 때 더욱 격렬한 불꽃 튀는 만남이 이룩될 수 있을 것이다. 판소리뿐만 아니라 모든 예술의 다이나미즘은 오히려 이런 폭력적인 격돌에서 더 많이 빚어지는 것이다.

　'이면을 그리다' '이면에 맞다' 할 때의 '이면'이라는 말의 본래의 뜻이 이미 살펴본 바와 같이 어떤 일의 내막이나 속사정 등을 비롯하여 사리, 경위 등의 뜻으로 풀이될 수 있다고 할 때, 상기한 판소리 용어가 일차적으로 소박한 모사론이나 속류 합리주의에로 기울어질 소지를 간직하고 있는 것은 사실이며 이제까지의 '이면론'의 바탕에는 그러한 두 가지 흐름이 기저를 이루어왔던 것도 사실이다. 실지로 역대 명창들의 바디에는 '이리 하였다고 하나, 어찌 그랬을 리가 있으리로' 하는 식의 개작의 코멘트가 나타나는 경우가 많고 그것은 소박한 모사론 내지 합리성에의 지향을 반영하는 경우가 많았던 것이 사실이다.

　그러나 사리니 경위니 또는 내막이니 속사정이니 하는 말들을 예술의 퍼포먼스의 자리에서 풀이한다고 할 때 그것은 결코 기계적 모사나 속류 합리주의로 기울어질 수는 없다. 오히려 텍스트의 여러 요소들 사이의 고도의 긴장을 유지하는 관계, 혹은 유기적 총체성을 지향하기 위한 여러 요소들 사이의 고도의 긴장을 유지하는 관계, 혹은 유기적 총체성을 지향하기 위한 여러 요소들의 격렬한 만남 등을 강조하는 용어로 풀이될 수도 있기 때문이다. 그리고 실지로 뛰어난 천재는 언제나 위대한 예술이 요구하는 속사정이나 사리 혹은 경위에 부합되는 표현을 성취시켰던 것이 사실이다. 뿐만 아니라 고식적인 사리, 경위, 속사정 등을 뛰어넘는 자리에서 새로운 사리와 경위와 속사정을 구현하였던 것이다. 이류시인은 규칙을 준수하나, 일류 시인은 새로운 규칙을 창조한다는 볼테르의 말도 이런 관점에서 이해될 수 있다.

이런 점과 관련하여 '이면'을 강조한 김연수에 대하여 '이면만 찾다가 소리 망친다' [64]고 반박하였다는 임방울의 말이 지닌 역설적 의미는 음미해볼 필요가 있을 듯하다. 이 말은 물론, 판소리에 있어서 "사설에 나타난 극적 요소에 따라 곡조를 변화시키고 연기도 곁들여야 된다"[65]는 김연수의 '이면론'에 대응하여, 어디까지나 '소리' 자체를 위주로 하는 임방울의 입장을 반영한 말이라 할 것이다. 그러나 달리 생각하면 이 말은 '이면만 찾다가 이면을 망친다' 라는 말로 풀이될 수도 있을 듯하다. 왜냐하면 이 말은 김연수의 이면론과 맞선 임방울 자신의 고유한 '이면론'의 피력으로 볼 수 있기 때문이다. 학식도 있고, 창극에도 재능이 있었던 김연수와는 달리 학식도 모자랐고, 창극에도 관심이 없었던 임방울에게는 물론 김연수에 비하여 모자란 점이 많았던 것은 사실이지만 '소리'가 뛰어난 사람이었음은 분명하다. 따라서 그는 김연수와는 다른 각도에서 자신의 예술을 추구하지 않으면 안 되었던 것이니 그것이 바로 '이면만 찾다가 소리 망친다' 는 주장으로 나아간 것이라고 할 것이다. 실지로 그가 남긴 판소리에서 우리는 김연수와는 다른 또하나의 '이면 그리기'의 명수를 보게 된다.[66]

역대 명창들의 바디에는 으레 '이리 하였다고 하나, 어찌 그랬을

64) 이보형, 「임방울과 김연수」, 『뿌리깊은 나무』, 1977. 11.
65) 이보형, 위의 글.
66) 졸저, 『판소리 명창 임방울』, 현대문학사, 1986.

리가 있으리요' 하면서 기존의 바디를 비판하는 이른바 개작 코멘트가 한두 군데쯤은 있게 마련이라 하였거니와, 이런 개작이 가능할 수 있다는 사실이야말로 판소리의 유동성 내지 개방성을 반증하는 것이며 숱한 이본과 숱한 갈래의 바디를 파생케 한 요인이기도 한 것이다. 판소리가 최상의 예술적 차원을 향한 무한한 지향성의 예술이라는 것, 김동욱 교수가 규정한 바와 같이 그것이 적층의 예술[67]이라는 것도, 상기한 점과 관련되는 바 크다고 할 것이다. 적층의 계기는 작사자(문학) 쪽이 원인일 수도, 광대(음악) 쪽이 원인일 수도 있겠으나 어떻든 그것이 판소리를 적층의 예술로 하게 한 중요한 요인의 하나였을 것은 분명하다.

가령, 「춘향가」 가운데 이도령이 어사출도를 한 연후에 춘향을 동헌에 데려다 노는 판에 춘향 어머니가 등장하는 장면에서 임방울이 "한참 노는디 춘향 어머니가 몰랐다고 하지마는 어찌 몰랐을 리가 있겠느냐. 겁짐에 쫓아들어오다가……"[68] 하는 부분은 기존의 바디에 있어서의 서사내용(문학)이 '이면(情況)에 맞지 않는다'는 코멘트라 할 수 있다. 또 가령 「춘향가」 가운데 신관 사또의 '신연맞이' 대문에서 변학도가 부임지 남원을 향하여 내려오는 부분에서 "급급히 발정헐 제 어서 가서 춘향 볼 욕심에 마음은 장히 급허지마는 사또의 행차라 점잔을 빼느라고 진양조로 내려오던 것이었다"[69]라는 김연수의 진술은 기존의 바디에 대한 비판적 코멘트를 가하고 있는 것은 아니지만 역시 광대로서의 김연수의 '이면'에 관한 의식을 반영하고 있음을 간과할 수 없다. 즉 이 부분을 종래의 바디에서는 거의 예외없이 늦은 잦은머리로 부르고 있거니와, 이 장단이 점잖은 '양반 행차'라는 정황에는 어울리지 않고, 진양조 장단이라야 '이면에 맞는다'는 의식을 반영한 것이라 할 수 있는 것이다.

---

67) 김동욱, 『춘향전 연구』, 연세대학교 출판부, 1965.
68) 아세아레코드사 발행, 「임방울 전집 5」 카세트 테이프
69) 김연수, 창본 『춘향가』, 문화재관리국.

이상은 '이면'과 관계되는 간단한 예라 할 수 있겠으나 어떻든 이런 개작행위는 기존의 바디에 대한 불만에서 연유되는 것이요, 그 기준이 되는 것이 곧 '이면'임을 알 수 있다. 이렇게 볼 때 '이면'이란 예술적 판단과 관련되는 것임을 알 수 있다. '이면에 맞다, 어긋났다' 하는 표현이 가능한 것은 그 때문이다. 이런 표현이 속류 합리주의에 입각한 기계적 재단을 정당화하는 근거로 될 수 없다는 것은 앞서 언급한 바 있다.

그러나 '이면'은 앞서 말한 바와 같이 표현행위 자체와 관련되는 용어인 것이다. 다시 말하면 이면은 판소리의 모든 요소들이 하나로 만나는 불꽃 튀는 만남의 자리로서의 사북(求心點)에 비유될 수 있는 것이다. '이면을 그리다'라는 표현이 가능한 까닭이 여기에 있다. 이리하여 광대는 기존의 바디를, ① 깊이 '삭이어야'(소화, 이해하여야) 하며, ② 그 소화한 바를 훌륭히 '새기어야, 풀이(표현)하여야' 한다. '이면'의 문제는 광대에 있어서는 전수받은 바디를 일단 '삭이는' 과제로 연결되기도 하지만 동시에 그 바디를 '새기어' 밖으로 드러냄으로써 구현되는 것이다. 이런 점에서 전적으로 기존 바디를 '삭이는' 과제에 관련되는 시김새가 주로 광대 자신의 수련과 관련되는 용어인 데 반하여, '이면'은 그 수련한 바를 '새기는' 과제와 주로 관련되는 용어이며, 따라서 전자가 내향적인 데 반하여 후자는 외향적인 것임을 알 수 있다.

그러나 양자는 언제나 표리일체의 관계에 있고 상호보완의 관계에 있다는 것은 말할 필요도 없다. 최상의 예술적 차원에 있어서는 이 양자는 실상 구별할 수 없는, 구별 그것이 부질없는 것으로 되고 만다. 손등과 손바닥을 둘로 나누려는 것이 부질없는 일이듯이.

박창섭은 재주가 비상하고 타고난 성음에 성량이 또한 풍부하여 장래의 명창으로 촉망이 되는 데 반하여, 그는 남보다 배 이상을 노력하여도 박창섭을 따라갈 수가 없으므로, 탄식 끝에 어찌하면 소리를 잘

할 수 있느냐고 물었다.

　이에 이날치는, 소리를 수만독하면 자연히 소리의 이면을 알게 되고 방향을 알게 되어 명창이 되리라고 하면서 그를 격려하였다.[70]

　여기서 "소리를 수만독(數萬讀)하면 자연히 소리의 이면을 알게 되고"라는 구절의 수만독이란 서종문의 적절한 지적과 같이 창본을 수만 번 읽는다는 것이 아니고 소리를 수만 번 연습한다는 뜻이다.[71] 즉 소리를 수만 번 연습하면 저절로 그 '이면'을 알게 된다는 것이다. 이때의 이면이란 '시김새'와 거의 같은 뜻으로 풀이해도 좋을 것이다. 물론 시김새란 주로 창법의 수련과 관련되는 용어인데 이면이 총체성으로서의 판소리의 완벽한 표현과 관련되는 용어라는 점에서 양자는 구별되지만, 원인과 결과는 불가분의 관계에 있는 것처럼, 시김새와 이면은 불가분의 관계에 있는 것이다. 즉 수만독하는 것은 시김새에 다다르기 위한 끊임없는 '삭임'의 과정이요, 이 '삭임'의 과정이 제대로 이룩될 때 저절로 총체성으로서의 판소리에 대한 깊은 이해, 즉 이면에 대한 이해가 가능하게 되며, 이때에 판소리를 바르게 '새기는' 행위, 즉 '이면을 그리는' 행위가 가능해지는 것이다. 앞서 '삭다, 삭이다, 새기다 ②'가 한 어원에서 연유되는 것이리라고 추리한 바 있거니와 판소리에 있어서의 시김새(삭이다)와 이면(새기다) 역시 불가분의 관계에 있는 것이다.

5. 맺음말

　이제까지 필자는 한의 일원적 구조와 기능에 관하여 말하였고, 판

　70) 박황, 『판소리 소사』, 신구문화사, 1978.
　71) 서종문, 위의 글.

소리의 '시김새'와 한국적 한의 기능·구조가 상사관계에 있음을 말하였고, 판소리를 총체성으로 드러내게 하는 표현행위와 관련되는 용어로서의 '이면'과 시김새의 관계에 관하여 언급하였다.

이제까지의 한론은 정한을 위주로 하여 한국적 한이 일면의 속성으로 간직하고 있는바 영탄적 측면만을 일방적으로 강조한 정한론, 그리고 한은 일종의 맺힘인데 그것을 '푸는' 과정에서 흥과 정이 생성된다는 맺다·풀다의 이원대립론의 두 가지가 대종을 이루어왔다고 하겠다. 한의 영탄적 속성에 주목한 정한론은 한의 다정다한한 속성에 근거하여 그 정서적·인정적인 면을 부각시키려 한 점에서 진전이 있었다 하겠으나 한을 지나치게 소극적·퇴영적인 것으로 파악하여 결국 그것이 허무주의 내지 패배주의의 표상일 뿐이라는 부정적 평가를 자초하기에 이르렀던 것이며, 한편 맺다·풀다의 이원대립론은 한을 정태적 정서현상으로만 간주하려 한 종래의 정한론의 한계를 극복하고, 이를 가치생성적 기능의 측면에서 바라보려는 점에 주목할 만한 진전이 있다 하겠으나, 맺다·풀다라는 대립항을 일원론적으로 포착하는 데 실패함으로써 부정적인 속성과 긍정적 속성을 일원적으로 포괄하고 있는 한국적 한의 내재적 속성으로서의 가치생성의 기능을 포착하는 데 실패하였다.

한의 내재적 속성으로서의 가치생성의 기능이란 '삭임'의 기능인 것이다. 삭임의 기능이야말로 한의 부정적 속성들이 스스로 정화·승화됨으로써 멋과 슬기를 획득하게 하는 요인이다. 한국적 한의 이러한 삭임의 구조 기능은 판소리에 있어서의 '시김새'의 구조 기능과 상사관계를 이루고 있다. 시김새는 삭임에서 온 말일 듯한데 '삭이다'는 '삭다'의 사역형의 타동사이다. 삭다, 삭이다의 의미망을 종합해보면 ① 술, 땡감, 김치 따위가 잘 익다(발효하다), ② (분한 마음을) 가라앉히다 등으로 요약할 수 있다. 또한 판소리에 있어서 광대가 고도의 시김새를 획득해가는 피나는 수련의 과정을 가락을 '삭이는' 과정이라 할 수 있을진대, '삭이다'는 또한 예술적인 멋이 깃들게 하다라는 뜻으로 풀이될 수 있겠다. 이리하여 삭다, 삭이다 등의 의미망에서 우리는 ① 미각적 가치생성(맛), ② 예술적 가치생성(멋), ③ 윤리적 가치생성(슬기) 등을 유추할 수 있는바 맛, 멋, 슬기의 세 가지는 한국 문화에 있어서는 합일적으로 드러나는 것이 보통이다.

그런데 '삭이다'의 파생어라 할 수 있는 '새기다'에는 ① (음식 따위를) 소화하다, 이해하다, ② (문장 따위를) 풀이하다 등의 뜻을 유추할 수 있는바 판소리에 있어서 '이면을 그리다'라는 말은 판소리의 모든 조건들을 총체성으로 드러내다라는 뜻으로 간주할 수 있다고 할 때, 판소리의 '이면 그리기'란 판소리를 올바르게 '새기는' 일이라 할 수 있다. '삭임'을 기반으로 한 시김새가 주로 판소리 광대의 예술적 수련과 관련되는 용어인 데 반하여 '새김'을 기반으로 하는 '이면'은 총체성으로서의 판소리의 최상의 표현행위와 관련되는 용어이므로 전자가 내향적인 것이라면 후자는 외향적인 것이라 할 수 있다.

그러나 삭다, 삭이다, 새기다 등이 모두 같은 어원에 근거를 두고 있는 것처럼 시김새와 이면은 긴밀한 불가분리의 관계에 있고, 최상의 경지에 있어서는 거의 하나로 융합되기도 하는 것이다.

최상의 시김새와 아울러 최상의 이면 그리기가 이루어질 때 그 판소리에는 '그늘'이 깃들게 된다. 그늘이란 판소리에 있어서의 멋의 표상이다. 그늘이야말로 판소리가 다다를 수 있는 절정의 경지이다. 이 그늘에 관하여는 다른 글에서 언급한 바 있으므로[72] 여기서는 생략하기로 한다.

(『민족음악학보』 제2집, 1989. 5)

---

72) 졸문, 「한과 판소리」

「춘향가」와 「심청가」에 나타난 한풀이의 구조

1

「춘향가」 중에는 이른바 '몽중가(夢中歌)'라는 부분이 있다. 「춘향가」(춘향전) 군에 있어서의 여주인공 춘향의 행위의 궤적을, 그가 자기에게 닥친 수난을 극복해가는 삶의 과정으로 해석한다고 할 때, 다시 말하면 춘향의 행위의 궤적을 자기 한(恨)을 지혜롭게 삭이어가는 삶의 그것으로 간주한다고 할 때, 이 몽중가는 매우 중요한 뜻을 표상하는 부분으로 부각될 수 있으리라고 생각된다. 그래서 이 부분에 관한 소견을 말해보기로 한다. 이 문제에 관하여는 졸저 『한의 구조 연구』에서 부분적으로 언급한 일이 있으나[1] 그것만으로는 미흡하여 이번 기회에 다시 살펴보기로 한다.

---

1) 『한의 구조 연구』, 문학과지성사, 1993.

이에 앞서 판소리학에서 흔히 말하는 노정기(路程記)에 대하여 잠시 생각해보기로 한다. 노정기란 작중 인물이 일정한 공간을 이동할 때 그 과정을 진술하면서 아울러 주위 경개며 관련되는 고사나 인심 등을 서술·나열해가는 일종의 부분창을 말한다. 김동욱에 의하면 「춘향가」에 있어서는 두 군데에 노정기가 나오는데 신관 변사또의 남원부사 도임의 노정기와 거지 차림의 암행어사의 남원행 노정기가 그것이라 한다. 김동욱은 이를 「흥부가」의 제비 노정기와 궤를 같이 하는 것으로 규정하였다.[2]

그런데 판소리에 있어서 노정기는 이 밖에도 가령 「수궁가」의 '고고천변'(별주부가 토끼를 구하기 위하여 수궁에서 세상으로 나오는 부분)과 '범피중류'(별주부가 토끼를 꾀어 등에 태우고 수궁으로 데리고 들어가는 부분), 그리고 '가자 가자 어서 가자. 이수를 지내여 백로주를 어서 가'(별주부가 토끼를 등에 태우고 수궁에서 인간 세상으로 다시 나오는 부분), 심청가 중의 '범피중류(진양조)'에서 '소상팔경 지나갈 제(중머리)'(이하 '지나갈제'라 칭하기로 함)까지(심청이 남경장사 선인들의 배에 실려 인당수로 가는 대문) 등도 노정기로 보아야 할 것이다.[3] 왜냐하면 「수궁가」 중의 '고고천변' '범피중류' '가자 가자 어서 가'나 「심청가」 중의 '범피중류, 지나갈제' 등도 모두 작중 인물의 공간적 이동에 수반하여 전개되는 주위 경개 고사에 관한 진술 등이 주된 흐름을 이루고 있다는 점에서 이들 역시 흥보가의 제비 노정기 「춘향가」의 변사또 도임 노정기, 암행어사 노정기 등과 궤를 같이한다고 보아지기 때문이다.

물론 「흥부가」의 제비 노정기, 「춘향가」의 변사또 도임 노정기 및

---

2) 김동욱, 『증보 춘향전 연구』, 연세대학교 출판부, 1985.
3) '범피중류'는 「심청가」에는 반드시 들어 있고 「수궁가」에는 바디에 따라 들어 있기도 하고 빠져 있기도 하다. 가사와 곡은 「수궁가」 「심청가」에 있어서 대체로 비슷하나 끝부분이 조금씩 다르다. 「심청가」 범피중류는 진계면이나 「수궁가」 범피중류는 평조인 점도 다르다.

암행어사 노정기 등과 「수궁가」의 고고천변, '가자 가자 어서 가' 혹은 「심청가」의 '범피중류, 지나갈제' 등과는 서로 다른 점이 있는 것도 사실이다. 즉 「흥부가」와 「춘향가」 등에 있어서의 노정기는 그 박자가 잦은머리로 되어 있는 데 반하여 김연수 「춘향가」 중의 변사또 도임 노정기만은 "어서 가서 춘향 볼 욕심에 마음은 잔(장? 필자)히 급허지마는 사또의 행차라 점잔을 빼느라고 진양조로 내려오던 것이었다"라는 개작(改作)의 변과 함께 이 대문을 진양조로 부르고 있다. 그러나 아주 빠른 진양조로 부름으로써 잦은머리와 방불한 속도감을 나타내고 있는 것도 사실이다. 사또의 행차이므로 '점잖을 빼느라고 진양조로' 내려오기는 하지만 춘향 보고 싶은 마음은 장히 급한 변사또의 심적 정황을 드러내려는 이른바 '이면 그리기'의 노력의 일단을 여기서 볼 수 있다.[4] 「수궁가」의 '고고천변' '범피중류' '가자 가자 어서 가' 혹은 심청가의 '범피중류, 지나갈제' 등은 그 장단이 다양하다. 즉 「수궁가」의 '고고천변'은 중중머리 '범피중류'는 진양조 '가자 가자 어서 가'는 세마치 그리고 심청가의 '범피중류'는 느린 진양조 '지나갈제'는 느린 중머리로 되어 있다. 각기 그 작중의 정황이 다름을 반영하는 현상이라 하겠다.

　「춘향가」 「흥부가」 등에 있어서의 노정기와 「수궁가」와 「심청가」 등의 노정기에 있어서의 또하나 다른 점은 전자들은 한국에 공간적 배경을 두고 있거나(「춘향가」 변사또 노정기나 암행어사 노정기는 다 같이 서울에서 남원까지의 과정이므로) 한국에 공간적 배경의 중심을 두고 있는 데(「흥부가」에 있어서 강남에서 만리 조선으로 날아오는 제비노정기는 중국을 거쳐 한국 흥부 집에 당도하기까지의 과정이므로) 반하여 후자들은 중국에 공간적 배경을 두고 있고, 또 중국의 역사적·전설적인 고사(故事)들이 많이 나열되고 있다는 점이다. 특히 「심청가」의 '지나갈제'는 중국을 공간적 배경으로 하고 있을 뿐만 아

---

4) 김연수, 『창본 춘향가』, 국악예술고등학교 출판부, 1967.

니라 중국의 고사와 관련되는 신화적인 정경들이 상당히 많이 전개
되고 있는데 이런 점은 다른 노정기에서 찾아볼 수 없는 점이며 서두
에서 필자가 언급한바 「춘향가」의 몽중가와 여러 가지 점에서 관련이
있으므로 그 점에 주목해보고자 한다.

2

「심청가」의 ‘지나갈제’에는 노정기답게 심청이 배를 타고 인당수
에 다다르기까지의 소상강 강가의 여러 경관과 아울러 관련되는 고
사들의 진술이 이어지고 있다. 이 점은 ‘지나갈제’ 바로 앞에 나오는
‘범피중류’나 다른 판소리의 노정기와 별반 다를 바 없다. 그 장단이
빠른 잦은머리(혹은 빠른 세마치)로 되어 있는 제비 노정기 변사또
노정기 혹은 암행어사 노정기 등과는 달리 느린 중머리로 되어 있는
것도 망망 창해를 저어가는 정황이므로 그렇게 된 것이라 하겠다.[5]
　그러나 ‘지나갈제’에는 다른 노정기에서 볼 수 없는 특이한 면이
나타나 있다. 죽음의 장소로 실려가는 여주인공 심청 앞에 역대의 열
녀 열사의 혼령들이 연이어 나타난다는 것이 그것이다. 그 부분을 잠
시 살펴보기로 한다.

　한 곳을 당도허니 향풍(香風)이 일어나며 죽림 사이로 옥패소리 들
리더니 어떠한 두 부인이 선관을 높이 쓰고 신을 끌고 나오면서 저기
가는 심소저야 슬픈 말을 듣고 가라. 창오산붕상수절(蒼梧山崩湘水絶)
하야 죽상지누내가멸(竹上之淚乃可滅)이라. 천추의 깊은 한을 하소할

---

5) 바다를 노 저어 가는 상황인데 중국의 내륙지방인 소상팔경이 나열되어 있다는 것
　은 물론 이치에 맞지 않은 일이나 이는 판소리에 있어서의 한 관습(convention)으로
　보아야 할 것이다. 강남에서 창해 만리를 날아 흥부 집으로 날아오는 제비 노정기 앞
　부분에 일관하여 중국의 경관 및 고사만 나열되고 있는 것도 마찬가지이다.

곳 없었더니 오늘날 출천대효(出天大孝) 너를 보니 오죽이나 음전하
랴. 요순후 기천년으 지금은 천자 어느 뉘며 오현금(五絃琴) 남풍시
(南風詩)를 이제까지 전하드냐. 수로만리 먼먼 길을 조심하여 다녀오
너라. 고이허다 이 말이여. 죽으러 가는 나를 보고 조심하여 다녀오라
하시니 진실로 고이하다. 이난 뉜고 허니 요녀순처(堯女舜妻) 만고열
녀 이비(二妃)로다. 계산(稽山)을 당도허니 풍랑이 대작허고 찬 기운
이 소삽(蕭颯)터니 어떠한 신이 나오는디 키는 구척이요 면여거륜(面
如巨輪)허여 미간(眉間)이 광활허고 두 눈을 감고 가죽을 무릅쓰고 우
루루루 나오더니 저기 가는 심소저야 나의 말을 듣고 가라. 슬프다 우
리 오왕(吳王) 백비(伯嚭)의 참소 듣고 촉루검(髑鏤劍)을 나를 주어
목 찔러 죽인 후 가죽으로 몸을 싸 이 물에 던져놓니 장부의 원통함이
월병(越兵)이 멸오(滅吳)함을 역력히 보랴 허고 내 일찍 눈을 빼어 동
문상(東門上)에 달고 왔네. 세상으 나가거든 내 눈 찾어 전해주소. 천
추의 원통한 것 눈 없는 것 한이로세.

　(a) 수로(水路) 먼먼 길 조심허여 다녀와서 귀헌 몸 되시거든 소인
참소(小人 讒訴) 듣지 말라 황제님전 잘 간(諫)허소. 이는 뉜고 허니
오나라 충신 오자서(吳子胥)라.[6]

　이 부분은 배에 실려 인당수로 향하는 심청에게 역대 열녀, 열사들
이 잇달아 나타나서 자기들의 원억(冤抑)한 사연을 심청에게 하소연
하며 아울러 심청의 출천대효를 칭송하고 있는 장면이다. 뿐만 아니
라 이비(二妃)는 심청에게 "수로만리 먼먼 길을 조심하여 다녀 오너
라"라고 당부하고 있으며, 오자서는 '세상으 나가거든' — 운운함으
로써 심청이 지금 찾아가는 인당수행이 죽음을 향한 길이 아니라 잠
시 다녀와야 하는 일시적인 수난의 길일 뿐임을 암시하고 있다. 김연

---

6) 정권진 창, 「심청가」, 정병욱, 『한국의 판소리』, 집문당, 1981. 단 (a)의 부분은 김
연수 창본 「심청가」에서 인용한 것임.

수 「심청가」에서의 오자서는 "귀한 몸 되시거든 소인 참소 듣지 말라 황제님전 잘 간허소"라는 당부를 하고 있으며, 굴원 역시 조심하여 다녀오라는 말과 함께 "황제께 잘 간하여서 충신 박대 말게 하면" 운운하고 있다. 한편 신재효 본 「심청가」에 있어서는 인당수에 빠져 용궁에 들어갔다가 용왕의 주선으로 심청이 꽃봉에 실려 다시 육지로 돌아오는 도중에 이러한 상황이 전개된다. 심청 앞에 차례로 나타난 혼령들은 "자네는 만승황후가 될 터이니—분분한 이 세상을 요천순일(堯天舜日) 되게 하소"(이비), 대송(大宋) 황후 되신 후에 황제에게 잘 간하여 충신 박대 말게 하면, 만세기업(萬世基業) 누리리라 (굴원), 송 황후가 되실 테니 소인 참소 듣지 말라 황제에게 간하시오(오자서)" 등의 당부를 심청에게 한다. 말하자면 이비, 오자서, 굴원 등은 모두 심청이 죽을 사람이 아님을 알고 있고, 뿐만 아니라 황후가 될 사람임도 알고 있는 것이다. 이러한 상황 전개는 현대인의 안목으로 보면 행복한 결말을 미리 드러내 보이는 것이어서 좋지 않게 여겨질지도 모르지만, 그러나 이 부분은 심청의 행위의 궤적과 관련해서 생각할 때 주목해야 할 부분이라고 생각한다.

이는 심청이 죽음의 장소로 실려가는 장면을 진술한 부분이다. 심청은 꿈인지 생시인지 분간조차 할 수 없는 극도로 격앙된 정황 속에 놓여 있다. 이러한 그녀 앞에 역대의 열녀 열사들이 그야말로 꿈인 듯 생시인 듯 차례로 나타났다 사라진다. 이 열녀 열사들은 ①한결같이 심청의 큰 효성을 칭송하고 있다는 점에서, ②그들은 한결같이 원억하게 죽은 혼령들이며 이제껏 하소할 길 없었던 자기들의 천추의 한을 심청에게 하소하고 있다는 점에서, ③그들은 심청에게 죽지 않고 살아 돌아올 것이니 조심하여 다녀오라고 격려하고 있다는 점에서, ④그리고 장차 귀히 되거든 황제를 바르게 받들어야 한다는 것을 당부하고 있다는 점에서 일련의 공통성을 드러내고 있다.

①은 이 작품의 일차적 주제가 효라는 것을 감안할 때 당연한 상황설정이라 하겠다. 동시에 그것은 당대 민중들의 일반적 견해를 반

영하는 것이기도 할 것이다. ②는 무속적인 관점에서 볼 때 흥미있는 부분이라 하겠거니와 이 장면에서 심청은 이 원억한 혼령들의 억울한 사연을 하소연할 수 있는 상대자가 되고 있다는 점에서 그 원억한 혼령들을 위무하는 샤먼의 역할을 수행하고 있다고 하겠다. ③에 있어서 역대 열녀 열사의 혼령들은 심청에게 죽지 않고 살아 돌아올 것을 말하는 훌륭한 격려자가 되고 있다. ④는 ③의 연장선에서 파악될 수 있는 부분으로서 역대 열녀 열사들은 심청에게 앞으로의 새로운 삶의 지표를 일러주고 있다는 점에서 그들은 신화학적인 면에서 볼 때 심청의 스승 역할을 하고 있다고 할 것이다.

이중에 ②와 ③, ④는 졸론의 주제와 관련하여 특히 주목의 대상이 된다. 그 문제는 「춘향가」의 '몽중가'에 긴밀히 관련되므로 '몽중가'를 살피면서 아울러 검토키로 한다.

3

이제 「춘향가」의 '몽중가'를 살펴보기로 한다.

(진양)일야(一夜)는 꿈을 비니 장주(莊周)가 호접(蝴蝶)되고 호접이 장주되어 실같이 남은 혼백 바람인 듯 구름인 듯 한 곳을 당도하니 천공지활(天空地闊)하고 산명수려한데 은은한 죽림 속에 일층화각(一層畫閣)이 밤비에 잠겼어라. 대저 귀신이라 하는 것이 배풍어기(排風禦氣)하고 승천입지(昇天入地)함에 춘향의 꿈혼백(魂魄)이 만리 소상 강 가에 갔던가부더라. (중머리) 아무덴줄 바이몰라 좌우로 살필적에 안에서 담장소복(淡裝素服)헌 차환이 쌍등을 돋아들고 앞길을 인도커늘 중계(中階)에 다달으니 백옥현판 위에 황금대자(黃金大字)로 뚜렷이 새겼으되 만고정렬 황릉지묘(黃陵之廟)라. 심신이 산란하여 좌우로 살필적에 당상에 백의(白衣)헌 두 부인이 옥패(玉佩)를 느짓들어 좌

상으로 청하거늘 춘향도 성경현전(聖經賢傳)과 예기춘추를 아는 사람이라. 황후의 좌석을 용이(容易)히 오르리까. 당하에 복지사배하고 국궁청명(鞠躬聽命)헌대 부인이 간절히 청하거늘 마지못하여 참여허니 부인이 이른 말씀 네가 춘향이라느냐. 기특고 얌전허다. 조선이 소방(小邦)이나 예의동방 기자유풍(箕子遺風) 청루주사(靑樓酒肆) 번화지지(繁華之地)에 이런 절행이 또 있느냐. 내가 일찍 조회차(朝會次)로 옥경(玉京)에 올라가니 네 말이 천상에 낭자키로 가엽히(가없이?) 보고 싶은 마음 일시에 참지 못하여 네 꿈혼백을 만나 소상강 가에 청하여 왔으니 내심히 불안허다. 춘향이 이말듣고 궤좌하여 여짜오되 첩이 비록 무식하오나 고서를 일찍 보오니 부인의 높은 명망 온 천하에 낭자키로 어찌하여 속히 죽어 존안을 앙대(仰對)헐꼬 주야불망하였더니 오늘날 황능묘에 뵈오니 이제 죽어 한이 없나이다. 부인이 이른 말씀 네가 우리를 안다 허니 나의 설움을 네 들어라. 우리성군 유우씨(有虞氏)가 남순수(南巡狩)허시다가 창오산(蒼梧山)에 붕하심에 속절없는 이두몸이 소상강 대수풀에 피눈물을 뿌려내니 가지마다 아롱지고 잎잎이 원혼이라. 창오산붕 상수절이래야 죽상지누 내가멸이라. 천추의 깊은 한을 어느때나 잊을거나. 아이고 아이고울음우니[7]

「심청가」의 '지나갈제'가 여주인공의 꿈인지 생시인지 모를 격앙된 심적 분위기에서 전개되는 장면인 데 반하여 「춘향가」의 '몽중가'는 여주인공의 꿈속에서 전개되는 장면이라는 점에서 다름이 있다 할 수도 있겠으나 양자가 다 같이 역대의 열녀 열사의 원혼들과 만나는 초인간적 장면이라는 점에서 일치한다.

이 '몽중가'에서는 이비를 비롯하여 태임태사(太姙太姒), 태강맹강(太姜孟姜), 소사(簫史)의 아내 농옥, 석숭의 애첩 녹주, 한고조의 아내 척부인 등 황능묘에 모인 역대의 열녀들이 차례로 나타나서 춘향

---

7) 정정렬 판 김여란 창, 「춘향가」, 정병욱, 앞의 책.

의 정절을 찬양하고 자신들의 억울한 사연을 춘향에게 하소연하면서 울음을 우는 것이다.

한편 신재효본 「춘향가」에서는 "다른 가객 몽중가는 황릉묘에 갔다는데 이 사설 짓는 이는 다른 데를 갔다 하니 좌상 처분 어떨는지"라는 개작의 변과 함께 춘향이 꿈에 호접이 되어 은하수 천장전으로 직녀성을 찾아가는 것으로 되어 있다.

직녀성이 춘향에게 이르되, 네 낭군 이도령은 전생에 태으성군인데 너와 전생의 인연으로 이생에 부부가 되었으나 전생에 희롱한 죄로 이 고생을 하는 것이니 '감심(甘心)하고 지내며는 후일에 부귀영화 측량이 없을 것'이나 약한 몸에 중한 형벌을 감당 못하여 자결할까 염려되어 너를 부른 것이라 하며 약을 내주는 것으로 되어 있다.[8]

바디에 따라 내용이 조금씩 다르기는 하나 「춘향가」의 '몽중가' 역시 「심청가」의 '지나갈제'와 마찬가지로 일종의 노정기라 할 수 있다. 다만 다른 모든 노정기가 현세적·물리적 노정기인 데 반하여 '지나갈제' '몽중가'는 초인간적·영적 노정기라는 점에서 다름을 찾을 수 있다. ① '지나갈제'의 역대 열녀 열사들은 심청의 효성을 찬양하고 있는데 '몽중가'의 역대 열녀들은 춘향의 정절을 칭송하고 있다는 점에서 다 같이 유교윤리를 드러내 보이고 있다. ② '지나갈제'에는 역대의 열녀 열사가 아울러 나타나는데 '몽중가'에는 역대의 열녀들만 나타난다는 점에서 다름을 볼 수 있으나 천추의 한을 품고 죽은 원혼들이라는 점에 공통성이 있으며 그들이 원억한 사연을 심청, 춘향에게 하소하고 있다는 점에서 공통성을 드러내고 있다. ③과 ④는 다른 바디에는 표면에 두드러지게 드러나지 않지만 신재효본에 두드러지는데 춘향을 청하여 들인 직녀성은 춘향의 격려자요

---

8) 신재효·강한영 교주, 『판소리 사설집(全)』, 교문사, 1984.

스승의 역할을 하고 있다는 점에서 '지나갈제'의 혼령들과 궤를 같이하고 있다고 하겠다.

「심청가」와 「춘향가」의 일차적 주제는 효 내지 정절이라 하겠으나 그 여주인공들의 삶의 궤적과 관련하여 바라본다고 할 때 다시 말하면 심청, 춘향이 자기 한을 극복함으로써 새로운 밝은 삶의 지평을 열어가는 그것으로 간주한다고 할 때 이 부분들은 그들의 삶의 소중한 전환점이 되는 부분이라 하겠다. 왜냐하면 이 장면에 이르러 심청, 춘향은 생애의 소중한 스승을 만나게 되는 것이며 자기 삶의 새로운 지평을 예견할 수 있게 될 뿐만 아니라 새로운 삶의 지표 내지 사명감을 깨달을 수 있는 전기를 포착하게 되기 때문이다.

이제까지 「심청가」 '지나갈제'와 「춘향가」 '몽중가'를 여주인공들의 삶의 발전 과정과 관련하여 살펴보았다. 이제 이를 요약하기로 한다.

① '지나갈제'에 있어서의 심청, '몽중가'에 있어서의 춘향은 다같이 역대의 열녀, 열사들 혹은 열녀들을 만나는데 그들은 예외 없이 천추의 한을 품은 원혼들인바 심청, 춘향에게 그 억울한 사연을 하소하고 있다는 점에서 일치한다. 말하자면 그 원혼들은 심청, 춘향에게 '넋두리'를 하고 있는 셈이며, 따라서 심청, 춘향은 그 원혼들을 위무하는 샤먼의 기능을 행사하고 있는 셈이 된다. 따라서 이 장면은 무속의 이른바 명두굿 내지 초혼제(招魂祭)의 그것과 방불하다고 하겠다. 판소리의 무가 기원설의 타당성 여부는 별도로 검토해봐야 하겠으나 그 문제와는 관계없이 판소리 안에 무가적 요소가 있음을 반증하는 일면임은 사실이라 하겠다.

② 이 장면에 있어서 열녀 열사들 혹은 열녀들은 심청, 춘향에 대한 격려자로 되고 있으며, 새로이 전개될 삶의 방향을 열어주는 스승으로 되고 있다. 심청, 춘향은 엄청난 한(恨)을 안고 살아가는 상황에 놓여 있지만 그 한을 '삭임'으로써 새로운 밝은 삶의 지평을 열어나갈 수 있게 된다.[9] 그 소중한 삶의 전환점이 되는 부분이 바로 이

장면이다. 이 장면에 있어서 열녀 열사들 혹은 열녀들은 심청, 춘향에 대한 격려자들이며, 심청, 춘향의, 새로이 전개될 밝은 삶의 영위를 위한 스승들이다.

③ 요컨대 열녀 열사들 혹은 열녀들의 원억한 한은 샤먼인 심청, 춘향에게 쏟아내는 넋두리로써 '풀이'를 이루게 되며, 심청, 춘향은 열녀 열사들 혹은 열녀들이라는 격려자 내지 스승을 만남으로써 자기들의 한의 '삭임'을 이룰 수 있게 된다. 오랜 세월 동안 천추의 한을 품고 응결되어 있던 열녀 열사들 혹은 열녀들은 출천대효(심청)─만고열녀(춘향)이라는 샤먼에 의하여 자기들의 결빙(結氷)된 한이 '풀리게' 되고, 엄청난 한을 안고 살아가야 할 상황에 놓인 심청, 춘향은 자기들의 격려자 내지 스승인 역대 열녀 열사들 내지 열녀들의 격려와 교훈을 받음으로써 자기들의 한을 '삭이고' 새로운 밝은 삶의 지평을 열어갈 수 있게 된다. 이 경우 사자(死者)인 역대 원혼들의 한의 '풀이'는 생자(生者)인 샤먼(심청, 춘향)에 의해서 이루어지는 수동적인 것이지만, 심청, 춘향의 한의 '삭임'은 열녀, 열사 내지 열녀들의 격려와 교훈을 받기는 하지만 결국 심청, 춘향 자신들의 주체적 가치 지향성에 의해서 이루어지는 능동적 의지적인 것임을 간과할 수 없다.[10]

(판소리학회 학술발표대회 발표논문, 1997. 5. 14.
『판소리연구』 8, 판소리학회, 1997)

---

9) 이 문제에 관하여는 상기 졸저 중의 「심청의 한과 원(願)」 및 「춘향의 한과 정(情)」 참조.
10) 이 경우 한(恨)의 '풀이'는 수동적인 상태에서 이루어지지만, 한의 '삭임'은 능동적 가치지향적 의지에 의해서만 이루어진다는 사실에 관하여는 상기 졸저 가운데의 「한국적 한의 일원적 구조와 그 삭임의 기능」 참조.

문학 예술에 표상된 전북인상

1. 머리말

이 글의 목적은 우리나라 고전, 현대의 문학 예술 작품에 표상되어 있는바 전북인의 모습을 살펴봄으로써 전북인의 정체성을 모색하고 나아가서 바람직한 전북인상을 정립하는 한 단서를 얻고자 하는 데 있다. 여기서 전북인이라 하였으니 전라북도라는 행정 구역의 개념이 일단 전제로 될 것은 당연한 일이나 고전과 현대의 문학 예술을 통틀어서 바라보기로 할 때에는 역시 전라도라는 더 포괄적인 안목이 한편에 깔려 있어야 하리라고 생각한다. 정도(定道) 백 년이라는 말과 같이 전라북도와 남도가 각기 별개의 행정 구역으로 나누어진 것은 불과 백 년 전의 일이요 그 이전에는 오랜 동안을 전라도로서 살아왔고 또 전라감영으로서의 전주가 여러 가지 면에서 전라도의 중심일 수밖에 없었기 때문이다. 그렇다고 해서 전북, 전남, 그리고 제주도(제주도도 원래는 전라도의 일부였던 것이다)의 모든 문학 예술이 다 이 글의 대상이 될 수는 없다. 이 글에서는 전라도 문화라는 포괄적인 안목을 바탕에 깔면서도 전북 지방에서 생성된 몇몇 문학예술을 대상으로 하여 논지를 전개하겠다는 것이다.

서두에서 필자는 이 글을 통해서 바람직한 전북인상을 정립하는 한 단서를 얻고자 한다고 하였다. 전북인이 전북인으로서의 정체성을 자각하는 일은 지방화 시대를 올바르게 열어나가야 할 오늘의 시점에 있어서 첫째로 요청되는 과제라고 생각되기 때문이다. 박정희 정권 이후 오늘에 이르기까지의 역대 정권의 지역 차별정책으로 말미암아 전라도는 전국에서 가장 낙후한 고장이 되어버렸고, 이로 인한 지역간의 갈등은 심화될 대로 심화되었고 전라도인들은 심각한 실의와 좌절감 속에 빠져 있는 것이 사실이다. 이런 조건하에서 지역간의 격차를 해소하고 각 고장이 균형 있게 발전해나갈 수 있도록 하는 일이야말로 우리 시대가 감당해나가야 할 가장 중요한 과제라 하겠거니와 그에 앞서 절실히 요청되는 과제가 바로 전북인 스스로가 전북인으로서의 긍지와 자신감을 정립하는 일이라고 할 것이다. 그리고 그러한 긍지와 자신감을 정립하는 가장 소중한 첫째 과제가 바로 전북인이 전북인으로서의 정체성을 분명하게 자각하는 일이라고 할 것이다. 이 글의 진정한 의도가 여기에 있다.

이 글에서는 먼저 이른바 지역감정 혹은 지역차별이라는 것이 우리 민족 사이에 독버섯처럼 파생되기에 이른 역사적 연원을 잠시 살펴보고 나아가서 고전과 현대의 문학 예술 속에 표상되어 있는 전북인의 모습을 추적하고 이어서 전북인의 정체성을 정립하는 한 단서를 모색코자 한다.

2. 지역적 편견의 연원

각 고장의 인심이나 기질을 비유적·해학적으로 표현한 말은 예로부터 적지 않게 전해오고 있다. 가령 함경도 사람의 기질을 일러 맹호출림(猛虎出林)이라, 강원도 사람의 기질을 암하노불(岩下老佛)이라, 전라도 사람을 일러 풍전세류(風前細柳)라 하는 등등의 말들이떠돌고 있거니와 이들은 대체로 귀걸이 코걸이 식의 해석이 가능한무해무득한 재담으로 봐서 과히 틀림이 없다. 가령 맹호출림이라는표현을 볼 때 사나운 범이 숲에서 달려나오는 것이니 함경도 사람의기질은 사납고 성깔이 급하다는 식으로 해석할 수 있지만 긍정적으로 보면 용감하고 매사에 신속 기민하다는 뜻으로 풀이할 수도 있다.또 전라도 사람의 기질을 표현한 것으로 되어 있는 풍전세류의 경우도 부정적으로 보자면 바람 앞의 가는 버들가지같이 줏대가 없고 간사하다는 식의 풀이를 할 수도 있지만 긍정적으로 보자면 전라도인의 기질은 그만큼 감수성이 풍부하고 인정의 기미에 밝다는 식으로풀이할 수도 있을 것이다. 그러나 긍정적인 것이든 부정적인 것이든위에 열거한 정도의 것들은 대체로 호사가의 재담에 지나지 않으며따라서 이는 웃으며 받아 넘길 수 있는 정도의 것임에 틀림없다.

이런 유보다는 꽤 야유적인 것도 있다. 가령 강원도 ××바위니경상도 ×덩이니 전라도 ×땅쇠니 하는 식의 말들이 그것이다. 듣기에 거북한 것들이기는 하지만 사람이란 원래 애향심을 갖게 마련이고 이의 한 삐뚤어진 반동현상으로 타관 사람을 얕잡아서 이렇게 말하는 경우도 있으나 이것 역시 크게 심각한 것은 아니다. 이런 정도의 것 역시 민족 공동체라는 더 큰 테두리 안에 자연스럽게 포섭될수 있는 성질의 것이다.

그러나 역사적으로 볼 때는 아주 심각하게 생각할 수밖에 없는 악의적인 표현이 있어온 것도 사실이다. 그리고 그런 경우는 대체로 어떤 특정한 정치적 의도가 전제되어 있었던 것을 간과할 수 없다. 이제 이런 부정적인 시각의 역사적 연원을 잠시 살펴보기로 한다.

여기서 제일 먼저 주목의 대상이 되는 것은 고려 태조의 이른바 '훈요십조(訓要十條)'라는 것이다. 고려 태조 왕건이 말년에 고굉(股肱)의 신(臣) 대광(大匡) 박술희(朴述希)에게 고려 왕조의 후사를 위하여 대대손손 왕가의 귀감으로 삼도록 훈계하는 열 가지 좌우명을 내렸는바 이것이 곧 훈요십조라는 것이다. 이중에 본론과 관련하여 검토의 대상이 되는 것은 제8조이다. 훈요 제8조는 '차현(車峴, 차령 車嶺) 이남, 공주강(公州江, 금강 錦江) 밖의 땅은 산세와 지형이 모두 배역(背逆)하여 인심도 또한 그러하니 만일 그곳 사람이 조정에 참여하거나 국정(國政)을 맡게 되면 국사를 어지럽히거나 통합에 대한 원한을 품고 반역을 감행할 것이다. 따라서 이들은 등용하지 말라'라는 내용이다.[1] 여기서 '차현(차령) 이남 공주강(금강) 밖의 땅'이란 옛 후백제, 즉 오늘의 전주를 중심으로 한 전라도를 이름이다. 이 조항과 관련하여 이병도(李丙燾)는

이는 태조 자신의 설명과 같이 후일에 만일 후백제 지방의 사람들이 남진(濫進)하여 세력을 잡게 되면 전일(前日) 병합(倂合)의 원을 품고 반란을 일으킬지도 모르겠다는 원려(遠慮)에서 전래의 풍수지리설을 교묘히 이용하여 자손을 훈계한 것이라고 해석된다. 거듭 말하면 위의 훈조(訓條)는 단지 후사를 경계하기 위해서의 것으로, 태조 자신이 여기에 구애를 받았던 것은 아니다.[2]

라고 말하고 그 예로서 태조 즉위 전에 목포 여인 오씨(장화왕후 莊和王后)를 취(娶)하고 승 형미(逈微)를 강진에서 맞이한 점, 즉위한 후에도 영암 출신의 최지몽(崔知夢), 광자대사(廣慈大師) 등과 같은 명

---

1) 『고려사』, 태조 세가 26년 조(條).
2) 이병도, 『한국사』, 을유문화사, 1961.

인들을 모두 전라도에서 맞이하여 우대한 사실을 들고 있다. 즉, 태조 왕건이 왕조의 후사를 염려하여 풍수지리설에 의지하여 후백제 지방의 사람들을 등용하지 말라 하기는 했으나 왕건 자신은 실지로는 그런 차별정책을 쓰지 않았다는 것이다.

그러나 훈요십조의 지역차별적 의도는 고려 왕조 역대의 사실(史實) 가운데의 곳곳에서 발견되고 있으며[3] 조선조에 이르러서도 수시로 이런 지역차별적인 의도가 풍수지리설에 의지하여 나타나곤 하였던 것이다.

가령 실학자의 하나인 이중환(李重煥)의 택리지(擇里志)에는 "고려 태조 왕건이 견훤(甄萱)을 평정한 뒤에 백제 사람을 미워하여 '차령 이남의 물은 모두 산세와 어울리지 않고 엇갈리게 흐르니, 차령 이남의 사람은 등용하지 말라'는 명을 남겼다"라고 말하고, 전라도는 땅이 기름지고 물산이 풍부하나 "습속이 노래와 계집을 좋아하고 사치를 즐기며, 사람이 경박하고 간사하여 문학을 대단치 않게 여긴다"라고 말하고 이어서 "지역이 멀고 풍속이 더러워서 살 만한 곳이 못 된다"라고 적고 있다.[4] 더구나 놀라운 것은 상기한 바와 같은 진술을 한 이중환은 이어서 "대저 전라도와 평안도는 내가 가보지 못하였거니와" 운운하고 있는 부분이다.[5] 전라도 땅에 가보지도 않았고 따라서 전라도 사람을 만나보지도 겪어보지도 않은 터에 그는 전라도인의 습속이 어떻고 그 인심이 어떻고를 운운하고 있는 것이니 이것이야말로 훈요십조로 연유되는 지역적 고정관념 내지 편견을 그대로 답습한 전형적인 예라 하겠다.

훈요십조로 비롯되는 지역차별적 편견은 이중환과 비슷한 시기의 실학자인 이익(李瀷)의 견해에서도 볼 수 있다. 이익도 훈요십조의

---

3) 여기에 대하여는 행석신 편저, 『전라북도』지 향토문화연구회, 1960, 제1편 제1장 참조.
4) 이중환 지음, 이익성 옮김, 『택리지(擇里志)』, 을유문화사, 1987.
5) 이중환, 위의 책.

견해를 답습하여 "금강은 덕유산으로부터 흘러나와 역류하여 공주와 북쪽을 휘감아 금강으로 들어간다. 신도(新都) 계룡산도 역시 덕유산과의 일맥으로 임실(任實) 마이산(馬耳山)을 거쳐 내룡(來龍)이 머리를 돌려 조산(祖山)을 바라보는(회룡고조 回龍顧祖) 공(公) 모양을 이룬다. 그래서 감여가(堪輿家)는 금강을 소위 반궁수(反弓水)라 일컫는다"라 하였고 이어서 "전라도의 수세(水勢)는 무등산 이동(以東)의 하천은 모두 동쪽으로 흘러 입해(入海)하고, 그 이서(以西)의 하천은 모두 서쪽으로 흘러 입해하고, 덕유산 이북(以北)의 하천은 모두 북쪽으로 흘러가 합류하니 마치 산발사하(散髮四下)의 형세가 되어 국면(局面)을 이루지 못하기 때문에 이 고장에는 재덕(才德)이 잘 나타나지 못하고 풍속이 거칠고 교활하다"고 부연하였다.[6] 훈요십조로 연유되는 풍수지리설을 바탕으로 한 지역차별적 고정관념을 드러낸 또다른 예라 하겠다. 이익의 이러한 언급에 대하여 최창조는

　　여기서 핵심이 되는 표현은 반궁수(反弓水)와 산발사하(散髮四下)이다. 반궁수 문제는 주체를 개경(開京) 등지의 중부지방으로 보는 경우 분명히 활 시위를 당겨 화살이 그쪽을 향하는 수세(水勢)가 되겠지만 그 이남을 주체로 보는 경우—수태극(水太極)의 길세(吉勢)로 되어버리는 만큼 중부지방 위주의 견강부회임을 부인할 수 없다.
　　다음 산발사하, 즉 수류가 머리를 흩뜨려 풀어 네 군데로 헤쳐버린 듯하다는 표현도 결국은 지세(地勢)의 대관(大觀)을 보는 안목의 차이일 뿐 한반도 남부지방에서는 어디에서고 피할 수 없는 수세(水勢)이다.[7]

---

6) 최창조, 『한국의 풍수사상』, 민음사, 1986.
7) 최창조, 위의 책.

라고 말함으로써 그것이 '의도적인 지세(地勢)해석'임을 지적하고 있다. 이어서 최교수는 다른 글에서 풍토와 문화의 관계는 그것을 보는 관점에 따라 사뭇 다를 수 있음을 말하고, 이익의 전라도 지세(地勢)에 대한 견해와 독일의 어떤 풍토학자의 프랑스 지세에 대한 견해를 대비시키고 있다. 그 두 사람은 각기 전라도와 프랑스 강줄기의 흐름을 비슷하게 보고 있다는 것이다. 즉 전라도의 강들이 한 곳으로 모이지를 않고 사방으로 흩어지는 이른바 산발사하(散髮四下)의 형국을 이루고 있다고 이익이 보고 있는 것처럼 프랑스의 지세 역시 그 중앙이 고원지대로 되어 있어 강들은 사방으로 흩어져 흐르고 있다는 것이 독일 풍토학자의 견해라는 것이다. 그럼에도 불구하고 이를 해석하는 양인의 견해는 사뭇 다르다는 것이다. 즉 이익은 이른바 훈요십조의 견해를 답습하여 전라도에 언급하여 "이러한 땅인지라 재덕 있는 사람의 출현이 드물고 인풍(人風)이 획교(獲狡)하여 사대부가 귀의할 수 없는 땅이며, 차령 이북에 대하여 역세의 모양임을 부인할 수 없는 땅이다"라고 하였다는 것이다. 한편 같은 종류의 수세(水勢)인 프랑스에 대하여 독일의 풍토학자는 지세와 기후가 극단을 피하고 있기 때문에 프랑스인의 인간적 기질도 중용적이고, 하천이 삼면의 바다로 유입되니 사람들도 가슴을 활짝 열고 오는 자를 환영하는 자세를 갖게 되는 해방성을 간직하게 하며 주민을 낙천적·사교적으로 만드는 은근성을 간직하게 하며, 균형잡힌 풍토로 인한 언어 논리 표현의 명석성을 갖게 하였다고 풀이하고 있다는 것이다.[8] 이러한 일련의 사례에서 우리가 알 수 있는 것은, 고려 왕조를 괴롭혔던 견훤(甄萱)이 근거한 후백제의 땅을 경계하기 위하여 풍수지리설을 교묘히 이용하여 남겨놓은 왕건의 이른바 훈요십조라는 것이 한갓 정치적 의도에서 연유된 것임에도 불구하고 이것이 고려 5백년은 말할 것도 없고 조선조에 이르기까지 끈질기게 전승되어 지역

---

8) 최창조, 『좋은 땅이란 어디를 말함인가』, 서해문집, 1992.

차별적 편견을 조작하는 빌미로 되어왔음을 부인할 수 없다는 사실이다.

소설가 이문구는 나당(羅唐) 연합군에 의한 백제의 패망을 외세에 의한 최초의 국가와 민족에 대한 유린이며 "주야로 창칼을 갈고 활시위를 조이는" 세력에 의한 문화선진국의 패망이라 규정하고 있다. 그는 이어서 백제 유민들에 의한 백제 복원을 위한 투쟁과 견훤에 의한 후백제의 건국, 그리고 양호(兩湖)의 갑오동학농민혁명을 모두 핍박받는 옛 백제권의 저항의 표현으로 파악하고 있다. 고려 왕건에 의한 훈요십조라는 것은 말하자면 자기를 괴롭힌 견훤과 그 추종 세력인 옛 백제인을 경계하기 위한 정치적 의도의 산물이라는 것이다. 이리하여 백제 유민들은 오랜 인고의 세월을 겪으면서 기질적인 변화를 겪지 않을 수가 없었는바 호서지방의 말씨와 움직임이 유독 느리고 여유만만한 것은 당군(唐軍), 신라, 고려 등 역사 속의 원치 않은 지배자와 겨루며 버티어낸 비타협, 비협조의 여운이 정신유산으로 토착화한 까닭이며, 호남의 사무치게 구성진 가락, 정한어린 길쌈 한산세모시 등도 이런 역사적 연원에서 파생된 것이라 한다.[9]

전라도의 대표적 민요의 하나인 농부가에는 "전라도라 하는 데는 신산(神山)이 비친 곳이라 이 농부들도 상삿소리를 메기는 데 각기 저절거리고 잘도 논다"라는 구절이 있다. 전라도라는 고장은 신령스런 산의 기운이 비친 곳이라 농부들도 놀 때는 아주아주 흥겹게 멋이 넘치게 논다는 것이다. 그만큼 전라도의 모든 사람들은 흥이 많고 멋이 넘친다는 말일 것이다. 회룡고조(回龍顧祖)니 배역(背逆)이니 하는 식의 표현과는 달리 신산(神山)이 비친 곳이라고 전라도 산세를 표현하고 있다. 이중환은 "습속이 노래와 계집을 좋아하고" 운운함으로써 전라도인의 기질을 아주 부정적으로 표현하였지만 이 농부가에서는 전라도인의 기질을 흥이 많고 멋이 넘친다고 긍정적으로 표현

---

9) 이문구, 「민중사상의 뿌리를 찾아서」, 『실천문학』 1985년 봄호.

하고 있다. 이중환은 노래를 좋아하는 것마저 몰아때려서 부정적으로 표현하고 있지만 그러나 노래를 좋아하고 예술을 즐기는 일이 부정적으로 평가될 수는 없다. 앞서 이문구가 말한바 "사무치게 구성진 가락"은 예로부터 예술의 고장으로서의 전라도의 진면목을 반영하는 한 부분이며 따라서 이는 긍지를 가져 마땅한 일일지언정 부정적으로 평가될 수는 없는 것이다.

또 가령 판소리 「춘향가」에는 각 고장의 산세의 특징을 들어 그곳 인심을 풀이한 구절이 있다. "경상도 산세는 산이 웅장허기로 사람이 나면 정직허고, 전라도 산세는 산이 촉(矗)허기로 사람이 나면 재조 있고, 경기도로 올라 한양터 보면 절운동 높고 백운대 떴다. 삼각산 세 가지 북주가 되고 인왕산이 주산으로 동작이 수기를 막었기로 사람이 나면 선할 때 선하고 악하기로 들면 벼락지상(別惡之象)이라."[10] 각 고장의 산세를 들어 그곳 인심을 말하되 대체로 긍정적인 각도에서 말하고 있다. 훈요십조 내지 그 추종자들의 견해와는 달리 전라도 산세로 하여 전라도인은 재주가 있다는 것이니 산세에 대한 관점의 뚜렷한 차이를 볼 수 있다.

3. 전라도의 여인상

전라도가 예술의 고장이라고 하는 것은 여러 각도에서 얘기할 수 있겠지만 우선 문학 그리고 판소리에서 그 일면이 두드러지게 나타나고 있음을 알 수 있다. 그 점에서 제일 먼저 주목의 대상이 되는 작품이 「정읍사」이다.

　　　달ᄒᆞ 노피곰 도ᄃᆞ샤

---

10) 『판소리 다섯 마당』, 한국 브리태니커, 1982.

어긔야 머리곰 비취오시라
어긔야 어강됴리 아으 다롱디리
져재 녀러신고요
어긔야 즌디를 드디욜세라
어긔야 어강됴리
어느이다 노코시라
어긔야 내 가논디 점그를셰라
어긔야 어강됴리 아으 다롱디리

『악학궤범』에 전하는 이 정읍사는 『고려사』지에 그 배경설화가 전한다. 정읍은 전주의 속현(屬縣)인데 그 고장 사람이 행상을 나가 오래도록 돌아오지 않았으므로 그 아내가 그 근처 산에 올라 달을 바라보며 그 남편이 밤에 다니다가 해를 입을까 함을 진 데에 비유하여 노래하였다고 하는데 전하기는 등점망부석(登岾望夫石)이 있다는 것이다.

이 노래에 대하여 가람 이병기는

이 노래의 대의는 『고려사』 삼국속악(三國俗樂) 정읍 조에, "恐其 夫夜行犯害 托泥水之汚 以歌之(그 남편이 밤에 다니다가 해를 범할까 함을 이수지오에 탁(托)한 것이다.)" 하는 것에서 벗어나지 않는다. 컴컴한 밤에 다니다가 수렁물을 밟아 더럽히기 쉬운 것과 같이, 도적의 해도 이와 같다 함이다. 다시 이 노래를 요즈음 말로 옮겨보면

달하 높이 돋으샤
멀리 멀리 비춰오시라
저재 다니시는가요
즌늬를 드디올세라

어쩌다 (마음) 놓으시(리)라
당신 가는데 점길세라.

한 것이다. 과연 그 남편이 오래 돌아오지 않음을 조금도 원망하지
않고 다만 몸이나 편안하여 다니시라 하고 달을 빌어 말한 노래다.[11]
　백제가요로서 유일하게 전해오는 이 정읍사는 한국 서정시 중에
가장 오래된 것일 뿐 아니라 과연 백미로 꼽히는 작품이기도 하다.
집 떠난 지 오래도록 돌아오지 않고 소식조차 알 수 없는 낭군을 그
리워하며 다만 무사하기만을 달님께 축수하는 여인의 간절한 순정이
절절히 스며나는 노래라 아니할 수 없다. 게다가 이 여인의 행적에는
망부석의 전설이 따르고 있다. 달님께 축수하며 기다리고 기다리다
마침내 망부석으로 변했다는 이 노래의 배경설화는 우리나라 곳곳에
편재하는 망부석 전설의 원조라 할 것이다. 이 점에서도 이 노래는
읽는 이의 심금을 울리게 한다. 우리는 이 「정읍사」의 여인의 모습에
서 전라도 여인의 한 원형을 볼 수 있고 동시에 한국 여인의 원형을
보는 것이다.
　「정읍사」의 여인에서 볼 수 있는 지순한 순정은 부안 여인 이매창
(李梅窓)의 시조로 이어진다.

이화우(梨花雨) 흣뿌릴 제 울며 잡고 이별흔 님
추풍 낙엽에 저도 나를 싱각는가
천리에 외로운 쑴만 오락갈가 ᄒ노매

　매창은 계랑(桂娘)이라고도 하는데 부안의 명기로 황진이와 비견
될 여류시인이다. 촌은(村隱) 유희경(劉希慶)과 사귀어 정이 깊었다
가 유희경이 상경한 후 소식이 없자 이 시조를 짓고 수절하였다 한

---

11) 이병기·백철 공저, 『국문학전사』, 신구문화사, 1973.

다.[12] 이 시조 또한 전라도 여인의 빼어난 서정시라 아니할 수 없다. 배꽃이 비처럼 흩날리는 봄철에 울면서 이별했던 그 임, 한양 가면 편지도 자주자주 하고 쉬 돌아오리라던 그 임이 여름이 가고 가을도 어느새 깊어 차가운 바람에 낙엽마저 지는데 떠난 이후로 소식조차 없으니 과연 그 임은 지금도 나처럼 나를 잊지 않고 생각하고 있기나 한지, 사무치는 그리움만 외로운 꿈길을 타고 천리나 떨어져 있는 임께로 오락가락할 뿐이다라고 진술하는 이 여인의 모습에서 우리는 「정읍사」의 여인에게서 볼 수 있었던바 지순한 사랑의 또다른 표현을 볼 수 있다. 그 모습은 동시에 한국 서정시의 주조로서의 정한(情恨)의 모습이기도 하다.

「정읍사」와 매창의 시조 등에서 볼 수 있는바 전라도 여인의 순정 내지 수절의 모티프는 「춘향가」의 여주인공 춘향에 이르러 절정에 이른다. 가람 이병기는 「춘향가」의 원류를 『삼국사기(三國史記)』의 '도미(都彌) 설화'와 『고려사 악지(樂志)』와 『동국여지승람(東國輿地勝覽)』「남원 조」에 있는 '지리산녀 설화'에 두고 있다.[13] '도미 설화'란, 백제인 도미의 아내는 미인인데 개루왕(蓋婁王)이 이를 듣고 그녀를 불러들여 범하려 하니 여인이 죽기로써 정절을 지키고 궁성을 탈출하여 개루왕에 의하여 모진 핍박을 당한 자기 남편과 다시 만나 같이 고구려로 도망쳤다는 이야기이며, '지리산녀 설화'는 지리산의 한 여인이 집은 비록 가난하나 부도(婦道)가 도저하였는데 백제왕이 그녀가 미색이라는 소문을 듣고 불렀으나 죽기로써 듣지 아니하였다는 이야기이다.

김동욱도 소설의 성립 과정을 근원 설화 — 판소리 — 소설의 성립으로 규정하고 춘향전의 여러 가지 근원 설화를 열거한 바 있다.[14]

---

12) 예술원 간, 『한국문학사전』, 「계랑 조」 참조. 또 이 사전에는 「이매창 조」가 있는데 여기에는 '1513(중종 8)∼1550(명종 5)'이라는 생몰 연대가 명기되어 있다.
13) 이병기, 『국문학사』, 「근조편」
14) 김동욱, 『춘향전연구』, 연세대학교 출판부, 1985.

여기서 이를 일일이 소개할 수는 없다. 그중에 이른바 '박색(薄色) 춘향 신원(伸寃) 설화'가 춘향전의 근간이 되고 여기에 '열녀 설화' '암행어사 설화' '염정(艶情) 설화' 등이 첨가되어 오늘날 볼 수 있는 「춘향가」가 성립되었으리라고 필자는 생각한다. '박색 춘향 신원 설화'란, 노기의 딸 춘향이 박색으로 남원부사의 아들 이몽룡과 정을 통하였는데 이윽고 부사를 따라 서울로 올라간 이몽룡에게서 아무 소식이 없자 춘향이 비관하여 죽고 말았는데 그 뒤로 남원에 흉년이 계속되었다. 이에 고을 이방이 춘향전을 지어 무녀의 살풀이굿에 얹어 춘향의 원혼을 위무(慰撫)하였던바 그 뒤로 풍년이 들었다. 그 춘향전이 역대의 판소리에 의하여 부연 윤색되어 오늘의 「춘향가」로 되었다는 것이다.

엄밀한 의미에서 「춘향가」의 여주인공인 춘향은 한 허구의 인물일 뿐이다. 따라서 「춘향가」의 여주인공인 춘향의 모습에서 전라도 여인의 모습을 찾으려고 하는 것은 허구와 현실을 혼동하는 행위라 할는지 모른다. 그러나 그렇지 않다. 우선 「춘향가」가 남원에 전래하는 춘향 설화를 바탕으로 하고 있다는 사실만으로 보더라도 춘향이라는 여주인공이 현실로서의 남원인 내지 전라도인과 전혀 상관없는 존재가 아님을 반증한다. 말하자면 남원에 살았던 춘향이라는 아가씨가 이 소설의 모델 내지 소재로 되었다는 점에서 그렇다는 말이다. 하기야 소설 공간 안에 펼쳐지는 모든 상황과 그 근원이 되는 모델 내지 소재와는 일단 별개의 차원의 것이라는 점에서 「춘향가」의 히로인으로서의 춘향과 근원 설화의 인물로서의 박색 춘향을 동일시할 수는 물론 없다. 그러나 적어도 양자 사이에는 분명 친연성이 있음을 부인할 수는 없다. 잘났건 못났건 춘향 설화의 아가씨가 있었기에 「춘향가」의 히로인이 탄생하게 된 이상 양자 사이의 친연성을 부인할 수는 없다고 할 것이다.

게다가 「춘향가」의 여주인공으로서의 춘향은 집합적인 의미로서의 남원인 내지 전라도인의 상상의 산물임을 간과할 수 없다. 다시 말하면 이미 있었던 아가씨로서의 춘향 설화의 인물인 춘향을 마땅히 있어야 할 춘향으로, 다시 말하면 현실로서의 춘향을 허구로서의 춘향으로, 평범한 시골 처녀로서의 춘향을 한 이상화된 여인상으로서의 춘향으로 창조한 것은 다름아닌 집합적인 의미로서의 남원인 내지 전라도인이라는 사실을 간과해서는 안 된다는 말이다.

이런 점과 관련하여 여주인공으로서의 춘향이 구비문학으로서의 판소리를 통해서 창조된 인물이라는 사실은 특히 주목해야 할 점이다. 판소리의 본고장으로서의 남원 내지 전라도 땅에서 오랜 세월 동안 남원인 내지 전라도인의 숨결 속에서 그 모습이 빚어지고 다듬어진 여주인공으로서의 춘향의 인간상은 말하자면 남원인 내지 전라도인의 상상적 합의에 의한 산물임을 부정할 수 없다. 따라서 그녀는 비록 실재의 인물 아닌 상상의 인물이라 할지라도, 아니 상상의 인물이기에 더욱 집합적인 의미에서의 남원인 내지 전라도인의 온갖 꿈이 실려 있는 인물로 간주해도 마땅하다는 말이다.

앞서 필자는 「정읍사」나 매창의 시조 등에서 볼 수 있는바 전라도 여인의 순정은 춘향의 모습에 이르러 절정에 이른다고 말한 바 있다. '만고열녀'의 표상으로서의 춘향이 비록 남성 위주의 전근대적 유교 윤리의 산물임을 부정할 수 없는 것이 사실이라 할지라도 죽음을 무릅쓰고 자신의 진실을 지켜낸 그녀의 소행은 시대나 윤리관의 차이를 넘어서서 만인의 감동을 불러일으킬 수 있는 요인이 아닐 수 없다. 죽음을 무릅쓰고 사랑하는 사람에 대한 순정을 고이 지켜낸다는 것은 영원히 아름답고 감동적인 일이 아닐 수 없다.

그러나 「춘향가」의 주제를 이런 유교적인 정절에서만 찾으려 한다면 그는 「춘향가」의 많은 소중한 부분을 놓치게 될 것이다. 모든 위대한 문학 예술이 다 그러한 것처럼 이 작품에도 여러 주제들이 복합적으로 얽혀 있다. 이중에 특히 주목해야 할 점은 자기 순정을 지켜내기 위한 수난의 과정을 치르면서 춘향은 한 인간으로서의 성장의 궤적을 성공적으로 밟아가고 있다는 점이다. 이 점에서 「춘향가」는 한 윤리 교과서에 그치는 것이 아니라 훌륭한 성장소설로서의 요건을 완벽하게 갖추고 있다고 할 것이다.

성장소설의 영웅(히로인)으로서의 춘향의 삶의 궤적은 네 단계의 과정을 거치면서 이룩된다. 「춘향가」는 숱한 이본이 있지만 그중에 오늘날 연행되고 있는 「춘향가」의 최대로 공통되는 부분을 집약하면 다음과 같다. 첫 단계는 임(이도령)과의 만남과 헤어짐의 단계이다. '사랑가'와 '이별가'가 이에 대응한다. 임과의 만남으로 하여 춘향의 영웅으로서의 행보는 시작되지만 뒤미처 이별이 그들에게 닥친다. 한(恨)의 여인으로서의 춘향의 고난의 궤적이 시작되는 단계이다. 고난이 심화되는 과정이 그 다음 단계이다. 가해자인 변학도가 춘향 앞에 나타나 핍박을 가하는 단계가 그것이다. '신연맞이'와 '집장가'가 이에 대응한다. 춘향이 미색이라는 소문을 들은 신관 남원부사 변학도는 서둘러 기생점고를 실시한다. 그러나 춘향이 불참한다. 사령에게 끌려온 춘향에게 수청들라 하지만 춘향이 이를 거절한다. 이에 매질이 시작된다. 이 부분이 비장미 넘치는 '집장가'이다. 열녀 내지 순정의 아가씨로서의 춘향의 모습이 격조 높게 부각되는 장면이기도 하다. 이윽고 춘향이 하옥된다. 춘향의 고난은 일대 방향전환을 이룩한다. '옥중가'와 '몽중가'가 이에 대응된다. 옥에 갇힌 춘향은 임을 그리며 한탄으로 세월을 보내다가('옥중가') 마침내 호접의 안내를 받아 이비(二妃 : 아황과 여영)와 역대의 열녀들을 만나는 꿈을 꾼다.('몽중가') 이때 춘향은 이비와 역대 열녀들로부터 숱한 찬사와 아울러 격려와 교훈을 받게 된다.('몽중가') 이 단계에 이르러 춘향은 자기 삶의 새로운 방향을 파악할 수 있게 된다. 말하자면 신화적 영웅으로서의 춘향이 스승(old wise man)을 만나게 되는 장면이다. 또한 원한과 한탄으로서의 춘향의 한(恨)은 내면화되면서 삭임의 단계에 접어들게 된다. 마침내 기다리고 기다리던 임을 만나 춘향은 낭군에게 유언을 하고('옥중상봉가') 다음날 위기일발의 순간에 암행어사의 출도로 하여 행복한 결말을 맞게 된다.('어사출도가') '옥중상봉가'의 장면에 이르러 비장미는 절정에 이르고 죽음을 넘어선 춘향의 순정은 극치에 이른다. 인간으로서의 완전한 성숙을 이룩하는 것이다. 그녀의 인간으로서의 성숙의 모습은 어사가 된 낭군에게 본관사또(변학도)를 괄시하지 말라고 당부하는 장면에 이르러 극명하게 드러난다. 말하자면 춘향의 한(恨)은 용서로써 승화되는 것이다.

춘향은 앞서 말한 바와 같이 전라도인의 상상적 합작에 의해서 이룩된 이상적 여인상이다. 동시에 그녀는 전라도라는 지역성을 넘어선 전 민족의 이상적 여인상으로서 추앙받고 있다. 전라도 출신의 시인 서정주는 「춘향의 유문」에서 춘향의 순정을 찬양했지만 경상도의 시인 박재삼도 일찍이 『춘향이 마음』이라는 시집에서 춘향과 이도령의 사랑을 다음과 같이 노래한 바 있다.

어지간히 구성진 노래 끝에도 눈물나지 않던 것이 문득 머언
들판을 서성이는 구름그림자에 눈물져 올 줄이야.

사람들아 사람들아,
우리 마음 그림자는, 드디어 마음에도 둥을 넘어 내려오는 눈
물이 아니란 말가.

문득 이도령이 돌아오자, 참 가당찮은 세월을 밀어버리어,
천지에 넘치는 바람의 화안한 그림자를 춘향은 눈물 속에 아로새겨
보았을 줄이야.

　　　　　　　　　　　　　　　　　　　　—「바람 그림자를」 전문

변학도에 의하여 핍박받던 "참 가당찮은 세월"이 끝나고 이제야 그리운 낭군을 만나는 그 황홀한 순간에 춘향은 "천지에 넘치는 바람의 화안한 그림자를" 눈물 속에 아로새겨 보았다는 것이다. 말하자면 천지에 화안한 것이 넘치는 가장 황홀한 순간에 눈물이 넘친다는 것이

다. 춘향의 올곧은 순정이 최상의 보상을 받게 되는 순간을 격조 높게 노래한 시라 하겠다.

춘향은 이처럼 숱한 시인들에 의하여 다양한 시적 모티프로서 노래불리워지고 있다. 뿐만 아니라 춘향전은 연극 영화 오페라 대중가요 등의 제재로서 끊임없이 그리고 다양하게 재생산되고 있다. 민족의 고전으로서 단연 으뜸의 자리를 차지하고 있다. 이는 「춘향가」가 전라도인의 상상적 산물이되 전라도를 넘어선 전 민족의 문학 유산임을 반증하는 것이며 여주인공 춘향이 전라도의 아가씨이되 전 민족의 영원한 아가씨로 되어 있음을 반증하는 것이라 하겠다.

4. 전라도인의 한과 멋

판소리 다섯 바탕 중에 전라도를 장소적 배경으로 하고 있고 전라도인이 주인공으로 등장하는 것이 두 편 있는데 「춘향가」와 「홍보가」가 그것이다. 「춘향가」는 이미 언급하였으니 이제는 「홍보가」에 대하여 살펴보기로 하자. 「춘향가」가 집합적인 의미로서의 남원인 내지 전라도인의 상상적 합의의 산물인 것과 마찬가지로 「홍보가」 역시 집합적인 의미로서의 남원인 내지 전라도인의 상상적 합의의 산물이다. 따라서 춘향이 전라도인이 창조해낸 여인상인 것과 마찬가지로 홍보는 전라도인이 창조해낸 남성상이다.

「홍보가」의 주제는 형제간의 우애라고 일단 말할 수 있을 것이다. 「춘향가」와 마찬가지로 「홍보가」 역시 밖으로 두드러지는 주제는 철저히 유교적 윤리이다. 그러나 「춘향전」이 한낱 도덕 교과서로 그치지 않은 것과 마찬가지로 「홍보가」 역시 한낱 도덕 교과서로 그쳐 있는 것은 아니다.

「홍보가」는 그 극적 필연성이라는 면에서 「춘향가」에는 멀리 미치지 못하는 것임을 부정할 수 없다. 마음씨 착한 홍보는 제비 덕으로 벼락부자가 되고 마음씨 궂은 놀부는 혼쭐이 난다는 이야기도 「춘향전」의 짜임새 있는 구성과는 비교도 안 될 정도로 엉성하다.

그러나 「흥보가」는 또 그 나름의 묘미가 없는 것은 아니다. 마음씨 착한 흥보는 일시 가난으로 하여 고생을 하기는 하지만 결국에는 복을 받게 된다는 이야기는 너무도 편리하게 만들어진 것이어서 근대인의 안목으로는 도시 수용할 수 없는 것이라 할 것이다. 근대인뿐만 아니라 당대의 조선조의 청중들 역시 이 점은 마찬가지였을 것이다. 그럼에도 불구하고 「흥보가」가 당대의 청중들에 의해서뿐만 아니라 오늘의 청중들에 의해서도 사랑을 받고 있는 이유는 무엇일까. 역설적인 이야기 같지만 너무도 편리하게 만들어진 그 구성 때문이라고 할 수 있지 않을까 한다. 마음씨가 착한 사람은 결국 복을 받게 되고 마음씨가 궂은 사람은 결국 벌을 받게 된다는 원리는 도덕 군자의 설교에서나 있을 수 있는 이야기지 현실은 그 원리대로 운행되고 있지 않음은 세 살 먹은 어린이가 아닌 바에 모르는 사람은 거의 없다. 제비가 물어온 박통 속에서 금은 보화가 쏟아져나오는 것과 같은 너무도 푸짐한 이야기는 더구나 그렇다.

그러나 바로 그렇기 때문에 상상의 세계에서나마 그런 푸짐한 꿈같은 이야기가 실현되기를 사람들은 바라는 것이다. 즉 현실에서는 도무지 있을 수 없는 일인 줄을 번연히 알면서도 상상의 세계에서나마 흥보 같은 팔자가 한번 돼보는 것은 모든 사람들의 공통된 소망이다. 말하자면 「흥보가」의 주인공 박흥보는 남원인 내지 전라도인의 그러한 소망의 집합적 투사체로서 빚어진 인간상인 것이다.

따라서 흥보의 삶의 궤적에는 남원인 내지 전라도인의 한량없는 낙천주의가 투영되어 있다. 착한 사람은 복을 받게 마련이요 악한 사람은 벌을 받게 마련이라는 신념, 그것은 모든 것을 긍정적으로 생각하려는 낙천주의의 산물이라 하겠다. 사실 이런 낙천주의는 남원인 내지 전라도인에 국한된 것이 아닌 민족적인 에토스로 보아야 할 것이다. 어떻든 이런 낙천주의는 우선 우리의 거의 모든 서사문학의 구조가 '잘 먹고 잘살았다더라' 하는 식의 행복한 결말로 끝나고 있는 사실로써도 반증이 된다. 절개가 도저한 춘향은 변학도에 의하여 일시 수난을 겪게 되지만 결국에는 그리운 낭군을 만나게 된다. 마음씨 착한 흥보는 일시 고생을 하지만 결국에는 잘살게 된다.

착한 사람이 망하는 법 없다는 낙관주의는 한 걸음 더 나아가서 근본이 악한 사람은 하나도 없다는 낙관주의로 연결된다. 다시 말하면 아무리 악한 사람일지라도 그에게 개과천선의 기회를 주면 착한 사람으로 될 수 있다는 신념이 곧 그것이다. 춘향이 마지막에 이르러 변학도를 용서코자 한 것도 이런 발상에서 연유되는 것이다. 흥보와 놀부가 마지막에 이르러 화해하는 것도 마찬가지다. 악한 놀부에게 개과천선의 기회를 주었고 그리하여 그는 마침내 착한 사람으로 되어 형제간에 우애롭게 살게 되는 것이다.

이런 점과 관련하여 한국의 거의 모든 고전 서사문학에 등장하는 악인들이 대부분 긍정적인 주인공(protagonist)에 의하여 용서되거나 그럴 개연성이 있다는 사실, 그리고 그들은 근원적인 악인이 아니라는 사실은 주목해야 할 점이다. 긍정적 주인공의 악인에 대한 용서는 그 악인에게 개과천선의 기회를 주자는 것이고 그것은 그가 근원적인 악인은 아니라는 전제가 깔려 있다. 이 점에서 변학도나 놀부 같은 한국 고전문학에서 만나게 되는 악인은 가령 성서에 나오는 사탄이나 셰익스피어의 「오델로」에 나오는 이아고 같은 악인과는 전혀 성격을 달리한다. 한국 고전 서사문학의 구조가 화해원리에 입각해 있는데 서구 비극의 구조가 상극의 원리에 입각해 있는 사실도 이 점과 긴밀히 관련된다.[15]

어떻든 흥보가에서 볼 수 있는 바와 같은 낙천주의는 전라도 고장 출신의 현대시인 서정주의 시집 『질마재 신화』에 나오는 여러 인물들의 모습에서 재확인할 수 있다.

---

15) 졸저, 「한국적 한의 화해 지향성」, 『한의 구조 연구』, 문학과지성사, 1993.

아무리 집안이 가난하고 또 천덕꾸러기드래도, 조용하게 호젓이 앉아, 우리 가진 마지막 것 — 똥하고 오줌을 누어두는 소망 항아리만은 그래도 서너 개씩은 가져야지. 上鑑녀석은 宮의 각장 장판房에서 白磁의 梅花틀을 타고 누지만, 에잇, 이것까지 그게 그까진 程度여서야 쓰겠나. 집안에서도 가장 하늘의 해와 달이 별이 잘 비치는 외따른 곳에 큼직하고 딴딴한 옹기 항아리 서너 개 포근하게 땅에 잘 묻어놓고, 이 마지막 이거라도 실컨 오붓하게 자유로이 누고 지내야지.

이것에다가는 지붕도 휴지도 두지 않는 것이 좋네. 여름 暴注하는 햇빛에 일사병이 몇천 개 들어 있거나 말거나, 내리는 쏘내기에 벼락이 몇만 개 들어 있거나 말거나, 비 오면 머리에 삿갓 하나로 웅뎅이 드러내고 앉아 하는, 휴지 대신으로 손에 닿는 興夫 박잎사귀로나 밑 닦아 간추리는 — 이 한국 '소망' 의 이 마지막 용변 달갑지 않나?

"하늘에 별과 달은
소망에도 비친답네."

가람 이병기가 술만 거나하면 가끔 읊조려 찬양해왔던, 그 별과 달이 늘 두루 잘 내리비치는 화장실 — 그런 데에 우리의 똥오줌을 마지막 잘 누며 지내는 것이 역시 아무래도 좋은 것 아니겠나?

—「소망」 전문

이 시의 화자는 지극히 희화화된 인물이다. 제대로 된 화장실 하나 없어 항아리를 묻어놓고 비가 오면 삿갓 하나로 비를 가리고 웅뎅이 드러내고 앉아 일을 보는 주제에 장판방에서 매화틀을 타고 일을 보는 "上鑑녀석"을 빈정대고 있다. 그 어조가 지극히 해학적이다. 아니 해학의 정도를 넘어서 차라리 자학적이라고 해야 할 정도다. 작중화자가 풍기는 그러한 분위기는 먹을 것이 없어 매품 팔러 가는 주제에 '죽어도 양반이라고' 거들먹거리며 감영을 찾아가는 흥보의 모습을 느끼게 한다. 이런 점에서 화자가 "興夫[16] 박잎사귀로" 밑을 간추린

다는 진술은 그의 궁상맞은 정경을 해학적으로 부각시키는 데 한결
효과적으로 기여하고 있다.

그러나 화자의 삶의 자세는 역시 낙천적이라 할 밖에 없다. "하늘
에 별과 달은／소망에도 비친답네"라고 노래한 조선 민중과 마찬가지
로 화자가 보고 있는 것 역시 지붕도 없는 소망에서 일을 봐야 하는
궁상맞은 자기 처지 쪽이 아니라 지붕이 없는 덕으로 하늘의 해와 별
과 달을 실컷 볼 수 있다는 쪽이기 때문이다.

버나드 쇼는 낙천주의자와 비관주의자를 구분하여, 여기에 반 병
의 술이 있다고 할 때 술이 반 병이나 있다고 생각하는 사람은 전자
에 해당하고 술이 반 병이나 없어졌다고 생각하는 사람은 후자에 해
당한다고 말한 바 있다. 작중화자 역시 푸짐한 흥부 이야기를 좋아하
는 조선시대 민중과 마찬가지로 술이 반 병이나 있음을 기뻐하는 인
간형이라 하겠다. 서정주의 고향인 고창 질마재의 사람들은 이런 낙
천적인 삶을 영위하는 사람들이다. 그런 면은 동시에 전라도인의 모
습이기도 하다.

서정주가 파악한바 자기 고향 질마재 사람들의 낙천적인 모습은
「상가수의 소리」에 이르러 한결 심화 확대된다.

질마재 상가수의 노랫소리는 답답하면 열두 발 상무를 젓고, 따분하
면 어깨에 고깔 쓴 중을 세우고, 또 喪輿면 상여머리에 뙤약볕 같은
놋쇠 요령 흔들며 이승과 저승에 뻗쳤습니다.

그렇지만, 그 소리를 안 하는 어느 아침에 보니까 상가수는 뒷간 똥
오줌 항아리에서 똥오줌 거름을 옮겨내고 있었는데요, 왜, 거, 있지
않아, 하늘의 별과 달도 언제나 잘 비치는 우리네 똥오줌 항아리, 비
가 오나 눈이 오나 지붕도 앗세 작파해버린 우리네 그 참 재미있는 똥
오줌 항아리, 거길 明鏡으로 해 망건 밑에 염발질을 열심히 하고 서

---

16) 홍보(興甫)는 흥부(興夫)라고도 한다.

있었습니다. 망건 밑으로 흘러내린 머리털들을 망건 속으로 보기좋게
밀어넣어 올리는 쇠뿔 염발질을 점잔하게 하고 있어요.

　明鏡도 이만큼은 특별하고 기름져서 이승 저승에 두루 무성하던 그
노랫소리는 나온 것 아닐까요?

—「상가수 소리」 전문

　앞서 인용한 바와 같이 이중환은 전라도를 일러 "습속이 노래와 계
집을 좋아하고 사치를 즐기며" 운운하였거니와 그의 언급 중에 한 가
지 적중한 것이 있다면 그것은 전라도인이 노래를 좋아한다는 점이
다. 이문구가 "호남의 사무치게 구성진 가락"[17]이라고 한 것도 전라
도인의 노래 좋아함을 두고 한 말일 것이다. 농부가에서도 전라도라
하는 데는 신산이 비친 곳이라 이 농부들도 놀 때는 각기 저절거리고
잘도 논다고 하였던 것이다. 전라도가 동편제 및 서편제 판소리의 요
람이자 본고장으로서의 전통을 연면히 이어오고 있는 것도 이런 점
에서 결코 우연이 아니다.

　이 시에 등장하는 질마재의 상가수는 그처럼 기름진 전라도의 토
양에서 나온 가수인 것이다. 이 상가수는 「소망」의 화자 못지않게 해
학적이며 낙천적인 사람이다. 그는 답답할 때는 열두발 상무를 저어
답답증을 풀고 따분할 때는 어깨에 무등을 태우며, 상여소리를 메길
때는 그 소리가 따가운 오뉴월의 햇볕처럼 사람의 가슴에 사무치는
놋쇠요령과도 같이 어찌나 절절한지 이승과 저승에 두루 뻗칠 정도
라는 것이다. 말하자면 그는 뛰어난 광대라는 것이다.

　그런데 작중화자가 어느 날 아침에 보니까 그 상가수는 소망에서
똥오줌 거름을 져내고 있더라는 것이다. 그는 이 마을 제일의 상가수
이지만 한편으로는 이 세상에서 제일 더러운 데서 고된 일을 해야 하
는 일꾼이기도 하다는 것이다. 그에 있어서의 이 양면성은 그야말로

---

17) 이문구, 위의 글.

이승에서 저승까지라 할 만한 거리이지만 그러나 그의 정체성은 그 양면성을 포괄하고 있는 것이다. 그런데 그의 이런 양면성과 대응을 이루고 있는 것이 바로 소망이다. 말하자면 그 소망은 상가수에 있어서는 고된 노동의 현장이면서 다른 한편으로는 그의 염발질을 도와주는 거울이 되기도 하는 것이다. 앞서 「소망」이라는 작품에서 이미 본 바와 같이 그것은 지상의 일 중에서 가장 더러운 것이 고여 있는 곳이지만 한편으로는 천상의 해와 달을 비쳐주는 거울이 되기도 하는 것이다. 고된 노동의 당사자이자 높은 차원의 멋의 소유자인 상가수의 정체성이 추(醜)와 미(美), 궁상맞음과 넉넉함의 양면에 걸쳐 있는 것처럼 그와 대응하고 있는 소망 또한 미와 추, 밝음과 어둠의 양면에 걸쳐 있는 것이다. 소망의 이미지가 우리에게 지상의 가장 더러운 것이 고여 있는 곳이 천상의 해와 달과 별을 비치는 거울로 될 수 있기까지의 오랜 침잠의 과정을 환기시키고 있음과 같이, 이 상가수의 이미지는 우리에게 고된 노동의 당사자로서의 그의 한(恨)이 '이승과 저승에' 두루 뻗칠 수 있는 멋으로 성취되기까지의 오랜 삭임, 승화의 과정을 환기시키고 있다. 이 상가수야말로 소설가 이문구가 말한바 '사무치게 구성진' 전라도의 한—멋을 표상하는 한 전형적 인간상이라 할 수 있다. 전라도에 동편제—서편제의 판소리가 이룩될 수 있었던 것도 이런 인적 기반 위에서 가능했다고 할 것이다.

5. 맺음

이제까지 필자는 이제까지 있어온바 전라도에 대한 지역편견 내지 나쁜 선입견의 역사적 연원을 문외한의 입장에서나마 잠시 살펴보았고, 「정읍사」와 매창의 시조 그리고 「춘향가」를 중심으로 전라도 여인의 모습을 살펴보았으며, 「흥보가」와 서정주의 「소망」「상가수의 소리」 등을 중심으로 전라도 남성의 모습을 살펴보았다. 이는 전라도인의 여러 모습 가운데의 일부분에 지나지 않으리라고 본다. 앞으로 이런 방향의 활발한 천착이 있기를 기대하면서 이 시론을 제기하는 바이다.

　박정희 정권 이래의 역대 정권의 지역차별적 정책으로 말미암아 지역간의 편견이 오히려 심화되어왔다고 하겠다. 이러한 망국적 현상은 하루속히 극복되어야 한다. 이 시점에서 시급히 요청되는 과제는 전라도인이 전라도인으로서의 긍지와 자신감을 갖는 일이요 그러기 위해서는 전라도인이 전라도인으로서의 뚜렷한 정체성을 자각하는 일이라 하겠다. 이문구는 나당(羅唐)연합군에 의한 백제의 패망을 '주야로 창칼을 갈고 활시위를 조이는' 세력에 의한 문화선진국의 패망이라 규정한바 있다. 옛 백제의 일을 오늘의 형편에 빗대어 운운하는 것은 지나친 비약이라는 생각이 없지도 않으나 어떻든 전라도가 문화적 전통에 있어서나 그 잠재력에 있어서 다른 어느 고장에 못지않다는 것만은 사실이다. 전라도인은 이 점에서 긍지와 자부심을 가져야 하겠다. 본론은 그런 면에 일조라도 되었으면 할 뿐이다.

(전라도청, 『전북학』, 1997)

작가 연보

1929년   전북 남원 출생

1955년   전북대학교 국문학과 졸업

1957년   전북대학교 대학원 국문학 이수 문학석사

1992년   일본 경도 불교대학에서 「한국적 한의 구조 기능에
              관한 연구」라는 논문으로 문학박사 학위 받음

1961~1976년   전북대학교 문리대 및 사범대학 국문학 교수

1978~1995년   원광대학교 사범대학 국문학 교수

1986년   1년간 일본 경도 불교대학 객원교수

1993~1995년   원광대 사범대 학장

현재 원광대 사범대 객원교수. 월간지『문화저널』발행인

수상 경력

1965년   현대문학상(현대문학사)

1975년   전라북도 문화상(전라북도 지사)

1983년   월탄문학상(월탄문학상 운영위원회)

1994년   모악문학상(모악문학상 운영위원회)

1995년   문화훈장 동백장(대통령)

1996년   춘향문화대상(춘향문화상 운영위원회)

저서

1969년   『한국현대소설론』, 형설출판사

1974년	평론집 『종합에의 의지』, 일지사
1980년	평론집 『한국소설의 관점』, 문학과지성사
1982년	평론집 『문학과 시대』, 문학과지성사
1985년	평론집 『한국문학과 한』, 이우출판사
1986년	평전 『판소리 명창 임방울』, 현대문학사
1989년	에세이집 『삶과 꿈 사이에서』, 도서출판 청한
1993년	『한의 구조 연구』, 문학과지성사
1998년	전기 『명창 임방울』, 한길사

문학동네 평론집
우리 시대의 문학
ⓒ 천이두 1998

| 1판 1쇄 | 1998년 11월 19일 |
| 1판 2쇄 | 1998년 12월 23일 |

지 은 이	천이두
펴 낸 이	강병선
펴 낸 곳	(주)문학동네
출판등록	1993년 10월 22일 제22-188호

주 소	110-521 서울시 종로구 명륜동 1가 31-9
하 이 텔	podo1
천 리 안	greenpen
인 터 넷	www.munhak.com
전화번호	765-6510~2, 743-2036, 743-9324~5
팩 스	743-2037

ISBN 89-8281-147-8 03810
* 잘못된 책은 바꿔드립니다.